CAZADORES DE SOMBRAS: LAS ÚLTIMAS HORAS

LA CADENA DE ESPINAS

CAZADORES DE SOMBRAS: LAS ÚLTIMAS HORAS

LA CADENA DE ESPINAS

Cassandra Clare

Traducción de Patricia Nunes y Cristina Carro

Obra editada en colaboración con Editorial Planeta – España

Título original: *The Last Hours. Book 3. Chain of Thorns*

© del texto: Cassandra Clare, LLC, 2023
Publicado originalmente en Estados Unidos por Margaret K. McElderry Books,
un sello editorial de Simon & Schuster Children's Publishing Division
Publicado mediante acuerdo con Baror International, INC, Armonk,
New York, U.S.A.

© de la traducción: Patricia Nunes y Cristina Carro, 2023

© 2023, Editorial Planeta S. A. – Barcelona, España

Derechos reservados

© 2023, Editorial Planeta Mexicana, S.A. de C.V.
Bajo el sello editorial DESTINO M.R.
Avenida Presidente Masarik núm. 111,
Piso 2, Polanco V Sección, Miguel Hidalgo
C.P. 11560, Ciudad de México
www.planetadelibros.com.mx

Primera edición impresa en España: octubre de 2023
ISBN: 978-84-08-27879-5

Primera edición impresa en México: noviembre de 2023
ISBN: 978-607-39-0759-0

Impreso en los talleres de Litográfica Ingramex, S.A. de C.V.
Centeno núm. 162-1, colonia Granjas Esmeralda, Ciudad de México
Impreso en México - *Printed in Mexico*

Para Emily y Jed
Me alegro de que finalmente se casen

Debemos aprender a soportar aquello que no podemos evitar; nuestra vida, como la armonía del mundo, está compuesta de cosas contrarias, de diversos tonos, placenteros y estridentes, agudos y planos, animados y solemnes; el músico que solo use algunos, ¿de qué será capaz? Debe saber cómo emplearlos todos y cómo mezclarlos; y de la misma forma debemos entreverar las luces y sombras que son consustanciales a nuestra vida; nuestro ser no puede subsistir sin esta unión, y no hay una parte que sea menos necesaria que la otra.

MICHEL DE MONTAIGNE, *Ensayos*

PRÓLOGO

Más tarde, James solo recordaría el sonido del viento. Un chirrido metálico, como el de un cuchillo arañando un cristal, y por debajo, lejano, un aullido desesperado y hambriento.

Caminaba por una larga carretera virgen: parecía que nadie había transitado antes por ella, pues no se veía ningún tipo de marca en el suelo. Sobre él, el cielo tenía el mismo aspecto. James no habría sabido decir si era de noche o de día, invierno o verano. Lo único que se extendía a su alrededor era la yerma tierra café y el cielo del color del asfalto.

Entonces fue cuando lo oyó. El viento se levantó y formó un remolino de hojas muertas y trocitos de grava alrededor de sus tobillos. Su sonido, que crecía poco a poco, casi alcanzaba a cubrir el ruido de los pasos que habían empezado a acercarse.

James se volteó para mirar. Remolinos de polvo giraban en el aire, atrapados por el viento repentino. La arena le irritaba los ojos al contemplarlos. Vapuleadas por la tormenta de arena, había una docena, no, una centena, más de una centena, de oscuras figuras. No eran humanas, James lo sabía bien; aunque no volaban, parecían formar parte del vendaval, y las sombras se arremolinaban en torno a ellas como alas.

El viento aullaba en sus oídos, mientras aquellas criaturas sombrías se entrelazaban sobre su cabeza, provocándole no solo un escalofrío físico sino también la sensación de una gélida amenaza. Por debajo y a través de este sonido, como un hilo pasando por el telar, le llegó un susurro.

—Se despiertan —dijo Belial—, ¿oyes eso, querido nieto? Se están despertando.

James se sobresaltó, tenso. No podía respirar. Se esforzó por salir de allí, lejos de la arena y las sombras, y de pronto se encontró en una habitación desconocida. Cerró los ojos y volvió a abrirlos. Ya no era desconocida: sabía dónde estaba. En la habitación que compartía con su padre de la casa de postas. Will estaba dormido en la otra cama; Magnus se hallaba en alguna habitación pasillo abajo.

Salió de la cama y se estremeció cuando los pies desnudos tocaron el suelo frío. Cruzó la habitación en silencio hasta la ventana y contempló, a la luz de la luna, los campos nevados que se extendían hasta donde alcanzaba la vista.

Sueños. Le aterrorizaban: Belial llevaba visitándolo en sueños desde que tenía uso de razón. En sus sueños, había visto los desoladores reinos de los demonios; había visto a Belial matar. Y aún seguía sin saber cuándo un sueño no era más que eso y cuándo era una horrible realidad.

El mundo en blanco y negro del exterior solo reflejaba la desolación del invierno. Estaban en algún lugar cerca del congelado río Tamar; la noche anterior habían parado allí, cuando la nieve se había vuelto demasiado espesa para poder continuar. No había sido una bonita nevada de copos aterciopelados, ni siquiera una borrasca caótica y ventosa. Esta nieve tenía una dirección y un propósito, y golpeaba el desnudo suelo de losas cafés en un ángulo afilado, como una descarga inacabable de flechas.

A pesar de no haber hecho otra cosa que estar sentado en un carruaje durante todo el día, James se sintió exhausto. Apenas logró tomar un par de cucharadas de sopa caliente antes de dirigirse escalera arriba y caer desplomado en la cama. Magnus y Will se quedaron en el salón, en unos sofás cerca del fuego, hablando en voz baja. James suponía que sobre él. Bueno, que siguieran. No le importaba.

Hacía tres noches que habían salido de Londres en busca de su hermana, Lucie, que huyó con el brujo Malcolm Fade y el cadáver conservado de Jesse Blackthorn, con un propósito tan oscuro y aterrador que ninguno de ellos se atrevía a decir la temida palabra.

Nigromancia.

Lo importante, como subrayó Magnus, era encontrar a Lucie lo antes posible. Algo que no resultaba nada fácil. Magnus sabía que Malcolm tenía una casa en Cornualles, pero no dónde se hallaba exactamente, y Malcolm había bloqueado cualquier intento de rastreo. Tuvieron que recurrir a un método mucho más anticuado: irse parando en las tabernas del submundo que iban encontrando en su ruta. Allí, Magnus platicaba con los lugareños mientras James y Will se veían obligados a quedarse esperando en el carruaje, escondiendo bien su identidad de cazadores de sombras.

—No van a contarme nada si piensan que voy con nefilim —dijo Magnus—. Ya tendrán su momento cuando lleguemos a casa de Malcolm y tengan que tratar con él y con Lucie.

Esa tarde les informó que era posible que hubiera localizado la casa, y que podrían llegar al día siguiente sin problemas en unas cuantas horas de viaje. Si no era el sitio que buscaban, continuarían su camino.

James estaba desesperado por encontrar a Lucie. No solo porque estuviera preocupado por ella, que lo estaba, sino por todas las otras cosas que estaban pasando en su vida. Todo lo que dejó de lado y en lo que se obligaba a no pensar hasta que encontrara a su hermana y supiera que estaba a salvo.

—¿James? —La voz somnolienta interrumpió sus pensamientos. James se apartó de la ventana y vio a su padre incorporado en la cama—. Jamie *bach*, ¿qué pasa?

James miró a su padre. Will parecía cansado, y tenía el oscuro cabello alborotado. A James le solían decir que se parecía a Will, lo cual sabía que era un cumplido. Su padre siempre le había parecido el hombre más fuerte que conocía, el más ético, el que mostraba su amor con más fiereza. Will nunca dudaba. No, James no se parecía en nada a Will Herondale.

—Nada. Una pesadilla —contestó, apoyándose contra la fría ventana.

—Mmm. —Will parecía pensativo—. Anoche también tuviste una. Y la noche anterior. ¿Hay algo que quieras contarme, Jamie?

Por un momento, James se imaginó desahogándose con su padre. Belial, Grace, el brazalete, Cordelia, Lilith. Todo.

Pero esa imagen se desvaneció rápidamente. No podía imaginarse la reacción de su padre. No podía imaginarse diciendo las palabras. Llevaba tanto tiempo guardándose aquello, que no sabía hacer otra cosa más que seguir ocultándolo, aún más dentro, protegiéndose de la única forma que sabía.

—Nada, estoy preocupado por Lucie —contestó James—. No sé en qué se habrá metido.

La expresión de Will cambió; a James le pareció ver una sombra de decepción cruzar el rostro de su padre, aunque era difícil asegurarlo en medio de la oscuridad.

—Pues regresa a la cama —le dijo—. Puede que la encontremos mañana, por lo que dice Magnus; así que es mejor estar descansados. Es posible que no se alegre de vernos.

14

1

DÍAS DE CREPÚSCULO

Mi París es un lugar donde la penumbra del día se transforma en violentas noches negras y doradas.
Donde, quizá, la noche del amanecer es fría: ¡Ah, pero las noches doradas, y los caminos perfumados!

ARTHUR SYMONS, *Paris*

Los azulejos dorados del suelo brillaban bajo las luces de la magnífica lámpara de cristal, que lanzaba gotas de luz semejantes a copos de nieve caídos al agitar la rama de un árbol. La música era suave y dulce, y se elevó cuando James salió de entre la multitud de bailarines y le tendió la mano a Cordelia.

—Bailemos —le dijo. Estaba muy guapo con su levita negra, pues el color de la tela le acentuaba el dorado de los ojos y las angulosas mejillas. El cabello negro le caía sobre la frente—. Estás preciosa, Daisy.

Cordelia lo tomó de la mano. Mientras él la llevaba hasta la pista, volteó la cabeza para ver el reflejo de ambos en el espejo del otro extremo del salón de baile: James de negro y ella a su lado, con un atrevido vestido de terciopelo rojo rubí. James la estaba mirando...

15

No... Estaba mirando al otro lado de la sala, donde una chica pálida, con un vestido de color marfil y el cabello del color blanco cremoso de los pétalos de rosa, le devolvía la mirada.

Grace.

—¡Cordelia! —La voz de Matthew la regresó bruscamente a la realidad. Cordelia, agitada, apoyó una mano en la pared del probador y se tomó un momento para calmarse. La ensoñación (o más bien pesadilla, pues no había resultado nada agradable) había sido muy vívida—. Madame Beausoleil quiere saber si necesitas ayuda. Por supuesto —añadió, con tono travieso—, te ofrecería esa ayuda yo mismo, pero eso sería un escándalo.

Cordelia sonrió. Los hombres no solían acompañar a la modista ni siquiera a sus esposas o hermanas. Cuando fueron allí por primera vez, hacía dos días, Matthew había desplegado su legendaria sonrisa y embrujado a Madame Beausoleil para que le permitiera quedarse en la tienda con Cordelia.

—No habla francés —le mintió a la mujer—, y necesitará mi ayuda.

Dejarlo entrar en la tienda era una cosa. Pero dejarlo entrar en el probador, donde Cordelia acababa de ponerse un vestido de terciopelo rojo intimidantemente elegante, habría sido un «affront et un scandale», sobre todo en un establecimiento tan exclusivo como el de Madame Beausoleil.

Cordelia contestó que no era necesario, pero un momento después, alguien llamó a la puerta y apareció una de las costureras portando un gancho para botones. Abrochó los cierres de la espalda del vestido de Cordelia sin requerir instrucción alguna, ya que estaba claro que había hecho aquello muchas más veces, y manejó a la chica como si fuera un maniquí. Un momento después, con el vestido fijado, el pecho levantado y las faldas ajustadas, Cordelia fue expuesta en la sala principal de la modista.

Era un lugar de fantasía, todo de colores azul celeste y dorado, como un huevo de Pascua mundano. En su primera visita, a Corde-

16

lia le había desconcertado, y también encantado, el modo en que exhibían sus mercancías: las modelos, altas, delgadas y teñidas de rubio, se paseaban por la sala con un lazo negro al cuello que mostraba el número del diseño que lucían. Tras una puerta cubierta por una cortina de encaje, había todo un muestrario de tejidos para elegir: sedas y terciopelos, satenes y organdíes. Cordelia, tras contemplar tal tesoro, agradeció silenciosamente a Anna el haberla aleccionado sobre moda: tras desechar los encajes y los colores pastel, escogió directamente lo que sabía que le sentaba bien. En solo un par de días, la modista confeccionó lo que le pidió, y ese día volvió para probarse el resultado final.

Y a juzgar por la cara de Matthew, eligió bien. El chico se acomodó en un sillón dorado con rayas blancas y negras, y tenía un libro, el escandaloso *Claudine à Paris,* sobre una rodilla. Cuando Cordelia salió del probador y fue a mirarse en el espejo triple, él levantó la mirada y sus ojos verdes se ensombrecieron.

—Estás preciosa.

Por un momento, Cordelia casi cerró los ojos. «Estás preciosa, Daisy». Pero no iba a pensar en James. No en ese momento. No cuando Matthew estaba siendo tan agradable y prestándole el dinero para aquellas prendas (había huido de Londres con un solo vestido y estaba desesperada por ponerse algo limpio). Además, ambos se habían hecho promesas: Matthew, que no bebería demasiado mientras estuvieran en París; Cordelia, que no se torturaría dándole vueltas a sus fracasos: no pensaría en Lucie, ni en su padre, ni en su matrimonio. Y desde que llegaron, Matthew no había tocado ni una copa de vino.

Dejó su melancolía a un lado, le dedicó una sonrisa a Matthew y volvió a centrar su atención en el espejo. Casi no se reconocía. Le confeccionaron el vestido a la medida, y la línea del escote era atrevidamente escotada, mientras que la falda se le ceñía a las caderas antes de abrirse en vuelo, como el tallo y los pétalos de una azucena. Las mangas, cortas y fruncidas dejaban los brazos al des-

17

cubierto. Sus Marcas, nítidas y negras, destacaban sobre su piel morena, aunque sus *glamoures* hacían que ningún mundano pudiera verlas.

Madame Beausoleil, que tenía su local en la rue de la Paix, donde estaban situadas las modistas más famosas del mundo, la Casa de Worth, Jeanne Paquin... conocía de sobra, según Matthew, el mundo de las sombras.

—Hypatia Vex no compra en ningún otro lugar —le dijo a Cordelia en el desayuno. El pasado de Madame estaba rodeado de misterio, lo cual a Cordelia le pareció muy francés.

No había mucho debajo del vestido; por lo visto, la moda francesa consistía en llevar el vestido ceñido al cuerpo. Aquí, se colocaban finas varillas dentro del tejido del corpiño, que se recogía en el busto con un rosetón de flores de seda; la falda terminaba en volantes de encaje dorado. La espalda era escotada y mostraba la curva de la columna. El vestido era una obra de arte, algo que le dijo a Madame (traducida por Matthew), cuando esta apareció, alfiletero en mano, para ver el resultado de su trabajo.

—Mi tarea es muy fácil —rio Madame—. Solo he realzado la gran belleza de su esposa.

—Oh, no es mi esposa —corrigió Matthew, con los verdes ojos chispeando. Nada le gustaba más que escandalizar. Cordelia le echó una mirada amonestadora.

Pero Madame ni parpadeó; quizá fuera lo usual en Francia.

—*Alors* —dijo—. No es muy frecuente vestir a semejante belleza natural. Aquí, la moda es toda para las rubias, pero las rubias no pueden llevar este color. Es sangre y fuego, demasiado intenso para la piel y el cabello pálido. A ellas les va mejor el encaje y el pastel, pero la señorita...

—Señorita Carstairs —completó Cordelia.

—Señorita Carstairs, ha elegido perfectamente sus propios colores. Cuando entre en una estancia, *mademoiselle*, parecerá la llama de una vela y todas las miradas irán hacia usted como polillas.

18

Señorita Carstairs. Lo de señora Cordelia Herondale no le había durado mucho. Sabía que no debía sentirse unida a ese nombre. Dolía perderlo, pero eso no era más que autocompasión, se recordó con firmeza. Era una Carstairs, una Jahanshah. La sangre de Rostam corría por sus venas. Se vestiría de fuego si quería hacerlo.

—Semejante vestido merece un adorno —dijo Madame, pensativa—. Un collar de rubí y oro. Esta es una fruslería bonita, pero demasiado modesta. —La mujer señaló el pequeño colgante dorado que llevaba Cordelia. Un pequeño globo terráqueo en una cadenita dorada.

Se trataba de un regalo de James. Cordelia sabía que debería quitárselo, pero aún no estaba preparada. De alguna forma, parecía más definitivo que quitarse la runa del matrimonio.

—Estaría encantado de comprarle rubíes, si me lo permitiera —confesó Matthew—, pero ay, no me deja.

Madame se sorprendió. Si Cordelia era la amante de Matthew, como parecía ser, ¿por qué no quería joyas? Le dio una palmada a Cordelia en el hombro, compadeciéndose de su mal ojo para los negocios.

—Hay joyerías fantásticas en la rue de la Paix —comentó—. Quizá si echa un vistazo a sus escaparates, cambie de opinión.

—Quizá —convino Cordelia, resistiéndose a la tentación de sacarle la lengua a Matthew—. En este momento, mi prioridad es la ropa. Como mi amigo le explicó, mi maleta se perdió durante el viaje. ¿Podrían mandar estas prendas a Le Meurice durante la tarde?

—Por supuesto, claro que sí. —Madame asintió y se retiró al otro lado de la sala, donde empezó a hacer bocetos con un lápiz en un recibo de compra.

—Ahora cree que soy tu amante —se quejó Cordelia con Matthew, con los brazos abiertos.

Él se encogió de hombros.

—Estamos en París. Las amantes son más corrientes que los cruasanes o esas absurdas tacitas de café enanas.

19

Cordelia resopló y volvió al probador. Intentó no pensar en lo caros que eran los vestidos que había elegido: el de terciopelo rojo para los días de frío y los otros cuatro: uno de paseo con rayas blancas y negras a juego con un saco, uno de satén de color esmeralda con ribetes de color agua marina, un traje de noche muy atrevido de satén negro y uno de seda color café adornado con cintas doradas. A Anna le encantarían, pero Cordelia tendría que gastar todos sus ahorros para devolverle el dinero a Matthew. El chico se ofreció a correr con los gastos, pues no le generaba ningún problema: por lo visto, sus abuelos paternos le habían dejado una buena cantidad de dinero a Henry; pero Cordelia no quiso aceptarlo. Matthew ya la había ayudado bastante.

Vestida de nuevo con sus viejas prendas, Cordelia volvió al salón. Matthew ya había pagado, y Madame había confirmado la entrega de los vestidos para esa tarde. Una de las modelos le guiñó el ojo a Matthew mientras este salía de la tienda con Cordelia para dirigirse a las bulliciosas calles de París.

Era un día claro y de cielo azul; en París no había nevado en todo el invierno, aunque lo hubiera hecho en Londres, y las calles estaban frías y luminosas. Cordelia accedió de buena gana a regresar a casa dando un paseo en vez de tomar un *fiacre* (el equivalente parisino del taxi. Matthew, que se guardó el libro en el bolsillo del abrigo, seguía hablando de su vestido rojo.

—Vas a deslumbrar en los cabarés. —Matthew se sentía como si hubiera triunfado—. Nadie hará caso a las actuaciones. Bueno, para ser justos, los que actúan irán cubiertos de pintura brillante y llevarán cuernos de demonios, igual y sí los miran.

Matthew le sonrió; la sonrisa, que derretía a los mayores cascarrabias y hacía llorar al hombre o mujer más fuerte. La propia Cordelia no era inmune. Le respondió con otra sonrisa.

—¿Ves? —preguntó Matthew, haciendo un gesto con el brazo que mostraba la vista ante ellos: el amplio bulevar parisino, las coloridas marquesinas de las tiendas, los cafés donde mujeres con espléndidos sombreros y hombres con pantalones de infinitas rayas entraban en calor con tazas de chocolate humeante—. Te prometí que lo pasarías bien.

«¿La estaba pasando bien?», se preguntó Cordelia. Quizá sí. De momento, había evitado, casi todo el rato, pensar en cómo les falló a todos los que quería. Y eso, después de todo, era el propósito de ese viaje. Una vez perdido todo, razonaba, ya no había motivo para no aprovechar cualquier pequeña felicidad que se presentara. ¿No era esa la filosofía de Matthew? ¿No era ese el motivo por el cual decidió ir con él?

Una mujer sentada en un café cercano, que lucía un sombrero con plumas de avestruz y rosas de seda, miró a Matthew y a Cordelia, y sonrió con aprobación ante el amor juvenil, supuso Cordelia. Meses atrás, Cordelia se habría sonrojado; en ese momento, se limitó a sonreír. ¿Qué más daba si la gente pensaba lo peor de ella? Cualquier chica se sentiría feliz de tener a Matthew como pretendiente, así que dejaría que los paseantes pensaran lo que quisieran. Después de todo, así era como Matthew funcionaba, sin preocuparse por el qué dirán, limitándose a ser él mismo, y era sorprendente la facilidad que eso le confería para moverse por el mundo.

Sin él, y tal y como estaba, dudaba que hubiera conseguido realizar el viaje a París. Él se había encargado de dirigirlos, sin haber dormido y bostezando, desde la estación de tren hasta el Le Meurice, donde llegó con una sonrisa y bromeando con el botones. Parecía como si hubiera descansado toda la noche en un colchón de plumas.

Durmieron hasta el día siguiente a mediodía (en las habitaciones separadas de la *suite* de Matthew, que se comunicaban por un salón común), y ella soñó que se confesaba con el recepcionista del Le Meurice. «Verá, mi madre está a punto de tener un bebé, y quizá yo no esté allí para entonces, porque estoy muy ocupada divirtiéndome con el mejor amigo de mi marido. Solía ser la portadora de la espada *Cortana*, quizá la conozca de *La Chanson de Roland*. Sí, bueno, resultó que no me la merecía, así que se la di a mi hermano, lo cual, por cierto, lo pone en peligro mortal a causa no de uno, sino de dos demonios muy poderosos. También se supone que me iba a convertir en la *parabatai* de mi mejor amiga, pero ahora puede que eso no suceda nunca. Y se me ocurrió pensar que el hombre al que amo podría amarme a mí, y no a Grace Blackthorn, aunque él siempre ha sido sincero sobre su amor por ella».

Una vez que este acabó, miró hacia arriba y vio que el recepcionista tenía la cara de Lilith, en cuyos ojos había un montón de serpientes negras que se retorcían.

«Al menos a mí me has tratado bien, querida», dijo Lilith, y Cordelia se despertó con un grito que resonó en su cabeza durante un buen rato.

Más tarde, cuando se despertó de nuevo con el sonido de la doncella al abrir las cortinas, contempló maravillada el radiante día y los tejados de París, que avanzaban hacia el horizonte como soldados obedientes. A lo lejos, la Torre Eiffel, se recortaba desafiante sobre un cielo azul tormenta. Y en la habitación contigua, Matthew la aguardaba para salir a la aventura.

Durante los dos días siguientes, comieron juntos (una de las veces en el precioso Le Train Bleu dentro de la Gare de Lyon, que cautivó a Cordelia, ¡era como estar dentro de un zafiro!), recorrieron juntos los parques y fueron de compras juntos: camisas y trajes para Matthew en Charvet, donde Baudelaire y Verlaine se compraban la ropa, y vestidos, zapatos y un abrigo para Cordelia. Incluso estuvo a punto de permitir que Matthew le comprara sombreros, pero, como le dijo finalmente, algún límite tendría que poner. Él sugirió que el límite fueran los paraguas, que eran esenciales para un correcto atuendo y útiles como arma. Ella se rio, y a continuación se maravilló de lo agradable que era reírse.

Quizá lo más sorprendente fuera que Matthew no solo había mantenido su promesa, sino que fue más allá: no había probado ni una sola gota de alcohol. Hasta aguantaba las miradas de desaprobación de los camareros cuando rehusaba el vino en las comidas. Pensando en el alcoholismo de su padre, Cordelia esperaría que Matthew se encontrara fatal por la abstinencia, pero al contrario: se mostraba lúcido y enérgico, llevándola a todos los sitios de París, museos, monumentos, jardines. Todo sonaba maduro y cosmopolita, que probablemente era de lo que se trataba.

En ese momento miraba a Matthew y pensaba: parece feliz. Simple y sencillamente feliz. Y si ese viaje a París no conseguía salvarla a ella, al menos se aseguraría de que lo salvara.

Él la tomó del brazo para ayudarla a sortear una losa rota de la banqueta. Cordelia pensó en la mujer del café, en cómo les sonrió pensando que eran una pareja enamorada. Si supiera que Matthew no había intentado besarla ni una sola vez... Era el modelo de caballero acomedido. Una o dos veces, cuando se daban las buenas noches en la *suite* del hotel, le pareció ver una mirada especial, pero quizá eran solo imaginaciones suyas. Cordelia no estaba muy segura de lo que esperaba, ni de cómo se sentía sobre... bueno, sobre lo que fuera.

—Me la estoy pasando bien —dijo, y era verdad. Sabía que era más feliz en París de lo que lo habría sido en Londres, donde se habría enclaustrado en la casa familiar de Cornwall Gardens. Alastair habría intentado ser amable, y su madre se habría mostrado sorprendida y apenada, y con el peso de intentar sobrellevar todo eso le hubieran dado ganas de morir.

Esto era mejor. Envió una breve carta a su familia desde el servicio de telégrafos del hotel, para hacerles saber que estaba comprándose el vestuario de primavera en París, acompañada de Matthew. Sospechaba que les parecería todo esto algo raro, pero, al menos, esperaba que no se preocuparan.

—Tengo curiosidad —añadió cuando se acercaban al hotel, con su impresionante fachada llena de balcones de hierro forjado y luces brillando desde el otro lado de las ventanas y proyectando su resplandor sobre las calles invernales—. Dijiste que iba a brillar en un cabaré. ¿Qué cabaré es ese y cuándo vamos a ir?

23

—Pues de hecho, esta misma noche —contestó Matthew, mientras le abría la puerta del hotel—. Viajaremos juntos al corazón del Infierno. ¿Te preocupa?

—En absoluto. Contenta de haber elegido un vestido rojo. Combinaré.

Matthew rio, pero Cordelia no pudo evitar preguntarse: ¿viajar juntos al corazón del Infierno? ¿Qué quería decir?

No encontraron a Lucie al día siguiente.

La nieve no había espesado, así que, al menos, los caminos estaban despejados. *Balios* y *Xanthos* trotaban entre setos desnudos, con su aliento elevándose en nubles blancas. Llegaron a Lostwithiel, un pequeño pueblo del interior, a mediodía, y Magnus se dirigió a un establecimiento llamado The Wolf's Bane para hacer algunas preguntas. Salió negando con la cabeza, y aunque fueron igualmente hasta la dirección que les dieron, resultó ser una granja abandonada con el tejado cayéndose.

—Hay otra posibilidad —apuntó Magnus, mientras se subía al carruaje. En sus cejas había copos de nieve, que probablemente cayeron de los restos del tejado—. En algún momento del siglo pasado, un misterioso caballero de Londres adquirió una vieja capilla en ruinas en Peak Rock, en un pueblo de pescadores llamado Polperro. Reconstruyó el lugar, pero apenas sale. Las habladurías subterráneas dicen que es un brujo; por lo visto, algunas noches brotan llamas púrpuras de la chimenea.

—Pensé que era aquí donde vivía un mago —dijo Will, señalando la granja destruida.

—No todos los rumores son ciertos, Herondale, pero hay que investigarlos todos —contestó Magnus con serenidad—. De todas formas, calculo que en unas pocas horas podríamos estar en Polperro.

James suspiró. Más horas, más espera. Más cosas de las que preocuparse: Lucie, Matthew y Daisy. Su sueño.

24

«Se despiertan».

—Te entretendré con una historia, entonces —ofreció Will—. La historia del infernal viaje con *Balios*, desde Londres a Cadair Idris, en Gales. Tu madre, James, había desaparecido, raptada por Mortmain, el malhechor. Salté sobre Balios: «Si alguna vez me has querido, *Balios* —exclamé— aligera tus cascos y llévame hasta mi amada Tessa antes de que sufra algún daño». Era una noche de tormenta, aunque la que arreciaba dentro de mi corazón era una tormenta mucho mayor...

—No puedo creerme que no hayas oído ya esta historia, James —comentó Magnus, casual. Ambos compartían un lado del carruaje, pues en el primer día de viaje quedó claro que Will necesitaría todo el otro lado para sus gestos teatrales.

A James le resultaba raro haber oído tantas historias sobre Magnus durante toda su vida, y por fin estar viajando a su lado. En esos días se dio cuenta de que, a pesar de sus elaborados atuendos y sus aires teatrales, que habían alarmado a varios posaderos, Magnus era sorprendentemente tranquilo y práctico.

—Pues no —contestó James—, desde el jueves pasado no la había oído.

Lo que no dijo fue que resultaba muy reconfortante oírla otra vez. Era una historia que les había contado mil veces, y que a su hermana le encantaba de pequeña: Will, siguiendo su corazón, se lanzaba al rescate de su madre que, aunque él aún no lo sabía, ya también lo amaba.

James apoyó la cabeza contra la ventanilla del carruaje. El paisaje había cambiado dramáticamente: los acantilados caían a su izquierda, y desde el fondo se alzaba el rugido del batir de las olas; olas de un océano gris plomo rompiendo contra las rocas, que extendían sus nudosos dedos en la lejanía del grisáceo mar azul. Más allá, en lo alto de un promontorio, se distinguía el perfil de una iglesia recortado sobre el cielo, cuyo tejado gris parecía de algún modo terriblemente aislado, terriblemente lejos de todo.

La voz de su padre era como música de fondo y las palabras de la historia le resultaban tan familiares como una nana. James no pudo evitar pensar en Cordelia leyéndole a Ganjavi su poema favorito, el de los condenados amantes Layla y Majnun. Su voz sonaba suave como el terciopelo. «Y cuando la luna la mejilla le iluminó, un millar de corazones ganó: ni orgullo ni escudo podían contra su poder. Layla era su nombre».

Cordelia le sonreía sentada en la mesa del estudio. Había sacado el ajedrez, y sostenía un caballo de marfil en su elegante mano. La luz del fuego le iluminaba el cabello, un halo de llamas y oro.

—El ajedrez es un juego persa —le dijo—. *Bi aba man bazi kon.* Juega conmigo, James.

—*Kheili Khoshgeli* —contestó él. Las palabras vinieron a su mente sin esfuerzo: era lo primero que aprendió a decir en persa, aunque nunca se lo había dicho antes a su esposa. «Eres preciosa».

Ella enrojeció. Le temblaron los labios, rojos y carnosos. Tenía los ojos tan oscuros que resplandecían: eran serpientes negras, zigzagueando y lanzándose hacia él, mostrando amenazadoras sus dientes...

—¡James! ¡Despierta! —La mano de Magnus le sacudía el hombro. James despertó, con una arcada seca y los puños apretados contra el estómago. Seguía en el carruaje, aunque el cielo había empezado a oscurecer. ¿Cuánto tiempo pasó? Había vuelto a soñar. Esta vez, Cordelia apareció en sus pesadillas. Se recostó sobre el asiento almohadillado, sintiéndose mareado.

Miró a su padre. Will lo observaba con un gesto severo inusual en él, y tenía los ojos muy azules.

—James, tienes que contarnos qué está pasando —le dijo.

—Nada. —La boca le sabía a hiel—. Me quedé dormido, tuve otro sueño. Ya sabes, estoy preocupado por Lucie.

—Estabas llamando a Cordelia —replicó Will—. Nunca había oído a nadie sonar tan angustiado. Jamie, tienes que hablar con nosotros.

Magnus miró a James y a Will. Su mano seguía en el hombro de James, pesada a causa de tanto anillo.

—También gritaste otro nombre. Y una palabra. Una que me pone bastante nervioso.

«No», pensó James. No. Fuera, el sol empezaba a ponerse y las granjas que se divisaban entre las colinas desprendían un brillo rojo oscuro.

—Seguro que no era nada.

—Gritaste el nombre de Lilith —afirmó Magnus y miró a James con tranquilidad—. Hay muchos rumores en el submundo sobre los recientes acontecimientos de Londres. La historia que me contaron no me acaba de cuadrar. También hay rumores sobre la madre de los demonios. James, no hace falta que nos digas lo que sabes. Aunque igualmente lo deduciremos. —Miró a Will—. Bueno, lo deduciré. No puedo hablar por tu padre. Siempre ha sido algo lento.

—Pero nunca me he puesto un gorro ruso con orejeras de piel —contestó Will—, como otros aquí presentes.

—Todos cometemos errores —replicó Magnus—. ¿James?

—Yo no tengo ningún gorro con orejeras —informó James.

Los dos hombres lo miraron.

—No puedo hablar de todo eso ahora —dijo finalmente, y sintió que el corazón le daba un vuelco: por primera vez acababa de reconocer que había algo de lo que hablar—. No si vamos a buscar a Lucie y...

Magnus sacudió la cabeza.

—Ya oscureció, y empezó a llover, y parece ser que el camino desde Chapel Cliff a Peak Rock es bastante malo. Es más seguro hacer un alto esta noche y seguir mañana por la mañana.

Will asintió; estaba claro que él y Magnus habían hecho planes mientras James dormía.

—Muy bien —dijo Magnus—. Nos detendremos en la próxima posada decente que encontremos. Apartaré una sala donde podamos hablar a solas. Y James... sea lo que sea, podemos arreglarlo.

James lo dudó mucho, pero no tenía sentido decirlo. Se limitó a mirar la puesta de sol a través de la ventanilla, mientras metía la mano en el bolsillo. Los guantes de Cordelia, el par que se llevó de su casa, seguían allí, la piel de cordero suave como pétalos de flores. Apretó uno de ellos en la mano.

En una pequeña habitación blanca cerca del océano, Lucie Herondale dormitaba, tratando de conciliar el sueño.

La primera vez que se despertó, en esa cama extraña que olía a paja vieja, escuchó una voz, la voz de Jesse, e intentó llamarlo para hacerle saber que estaba consciente. Pero antes de llegar a hacerlo, un cansancio mortal se apoderó de ella, arrasándola como una fría ola gris. Un cansancio como nunca había sentido, ni siquiera imaginado, profundo como la herida de un cuchillo. Su débil conexión con la consciencia se evaporó, dejándola a merced de la oscuridad de su mente, donde el tiempo oscilaba y daba tumbos como un barco en medio de una tormenta, y apenas sabía si estaba dormida o despierta.

En los momentos de lucidez, consiguió reunir unos pocos detalles. La habitación era pequeña y las paredes eran del color de la cáscara de huevo; solo había una ventana, a través de la cual se veía el océano, con el vaivén de las olas, de un gris plomo oscuro entreverado de blanco. También creía oírlo, pero su rugido distante estaba mezclado casi todo el rato con ruidos mucho menos agradables, y no sabía si su percepción era real o no.

Había dos personas que entraban de vez en cuando a ver cómo estaba. Una era Jesse. La otra era Malcolm, una presencia más reticente; de alguna manera, sabía que se hallaban en su casa, la de Cornualles, con el mar Córnico batiendo contra las rocas allá afuera.

Aún no había sido capaz de hablar con ninguno de ellos; cuando lo intentaba, era como si su mente formara las palabras, pero el cuerpo no le obedeciera. Ni siquiera podía mover una mano para que supieran que estaba despierta, y los esfuerzos que hacía solo servían para sumergirla más en la oscuridad.

La oscuridad no estaba solo en su mente. Al principio pensó que sí, que era esa oscuridad que acudía antes de que el sueño portara los vívidos colores de los sueños. Pero esta oscuridad era un lugar.

Y no estaba sola en ese lugar. Aunque parecía un vacío en el que vagaba a la deriva, podía sentir otras presencias, no vivas pero tampoco muertas: sin cuerpo, almas que giraban dentro de ese vacío sin encontrarse entre ellas ni con Lucie. Eran almas infelices. No entendía qué les pasaba. Mantenían un gemido constante; lamentos sin palabras de dolor y sufrimiento que se le clavaban en la piel.

Sintió que algo le acariciaba la mejilla. La devolvió a su cuerpo. Estaba de nuevo la habitación blanca. El roce en la mejilla era la mano de Jesse; lo sabía sin haber abierto los ojos o haberse movido.

—Está llorando —dijo él.

La voz de Jesse. Había algo profundo en ella, una textura que no tenía cuando había sido un fantasma.

—Quizás esté teniendo una pesadilla. —La voz de Malcolm—. Jesse, está bien. Empleó mucha energía en traerte de vuelta. Necesita descansar.

—Pero ¿no te das cuenta? Todo esto es porque me trajo de vuelta. —La voz de Jesse se rompió—. Si no se cura... nunca me lo perdonaré.

—Este don que tiene. La habilidad de alzar el velo que separa a los vivos de los muertos, lo ha tenido toda la vida. No es culpa tuya; en todo caso, es de Belial. —Malcolm suspiró—. Sabemos muy poco de los mundos de las sombras que están más allá del final de todo. Y ella se adentró allí, para traerte de vuelta. Le está llevando algún tiempo recuperarse.

—Pero ¿y si está atrapada en algún lugar horrible? —El tacto suave volvió otra vez, la mano de Jesse acariciándole el rostro. Lucie sentía un deseo casi doloroso de mover la cara para rozar esa piel—. ¿Y si necesita que haga algo para sacarla de allí?

Cuando Malcolm volvió a hablar, su voz sonó más amable.

—Solo han pasado dos días. Si mañana no despierta, puedo intentar traerla de vuelta con magia. Lo intentaré, si dejas de revolotear inquieto a su alrededor. Si de verdad quieres hacer algo útil, puedes ir al pueblo y traer algunas cosas que hacen falta...

La voz se fue apagando hasta quedar en silencio. Lucie estaba otra vez en el lugar oscuro. Podía oír a Jesse, un susurro lejano, apenas audible: «Lucie, si puedes oírme... estoy aquí. Cuidando de ti».

«Estoy aquí —intentó decir—. Te oigo». Pero igual que la vez anterior y la anterior a la anterior, la oscuridad se tragó sus palabras y ella cayó al vacío.

—¿Quién es mi pajarito bonito? —preguntó Ariadne Bridgestock.

Winston, el loro, entrecerró los ojos mirándola. No emitió ninguna opinión sobre quién podría ser o no su pajarito bonito. Ariadne sabía que estaba concentrado en el puñado de nueces de Brasil que le mostraba en la mano.

—He pensado que podíamos hablar un poco —le dijo, tentándolo con una nuez—. Se supone que los loros hablan. ¿Por qué no me preguntas cómo me está yendo el día?

Winston frunció el ceño. Se lo regalaron sus padres hacía mucho tiempo, cuando acababa de llegar a Londres y estaba deseando algo colorido para contrarrestar la deprimente grisura con la que se encontró en la ciudad. *Winston* tenía el cuerpo verde, la cabeza de color ciruela y pinta de sinvergüenza.

Su gesto dejó claro que no habría conversación hasta que no hubiera nuez de Brasil.

«Manipulada por un loro», pensó Ariadne, y le tendió una nuez a través de los barrotes. Matthew Fairchild tenía un hermoso perro dorado de mascota, y ahí estaba ella, negociando con un ave que se portaba como un caprichoso Lord Byron.

30

Winston tragó la nuez y extendió la pata, enroscando la garra sobre uno de los barrotes de la jaula.

—¡Pájaro bonito! —canturreó— ¡Pájaro bonito!

«Algo es algo», pensó Ari.

—Mi día ha sido pésimo, gracias por preguntar —dijo, dándole a *Winston* otra nuez a través de los barrotes—. La casa está vacía y solitaria. Madre va de un lado a otro con aspecto angustiado y preocupadísima por padre. Lleva fuera ya cinco días. Y... nunca pensé que echaría de menos a Grace, pero al menos me haría compañía.

No mencionó a Anna. Eso no era cosa de *Winston*.

—Grace —graznó este. Presionó los barrotes, de forma significativa—. Ciudad Silenciosa.

—Sí —murmuró Ariadne. Su padre y Grace se fueron la misma noche; resultaba evidente que sus salidas tenían que estar conectadas, aunque Ariadne no sabía cómo. Su padre se fue a la Ciudadela Irredenta, con la intención de interrogar a Tatiana Blackthorn. A la mañana siguiente, Ariadne y su madre descubrieron que Grace tampoco estaba. Recogió lo poco que tenía y se fue en medio de la noche. No supieron nada hasta mediodía, cuando llegó una nota de Charlotte diciéndoles que Grace estaba bajo la custodia de los Hermanos Silenciosos, contándoles los crímenes de su madre.

La madre de Ariadne no dejaba de referirse a ello, agitadísima.

—¡Haber tenido a una criminal bajo nuestro techo sin saberlo!

Ante esto, Ariadne ponía los ojos en blanco y señalaba que Grace se fue por voluntad propia, no se la habían llevado a rastras los Hermanos Silenciosos, y que la criminal era Tatiana Blackthorn. Esa mujer ya había causado suficiente dolor y problemas, y si Grace quería darles más información sobre sus actividades ilegales a los Hermanos Silenciosos, pues mejor, era una buena ciudadana cumpliendo su deber.

Sabía que resultaba ridículo echar de menos a Grace. Apenas habían hablado. Pero el sentimiento de soledad era tan intenso que Ariadne pensaba que solo el hecho de tener a alguien allí, seguro que lo aliviaba. Había gente con la que sí hubiera querido realmente hablar, claro, pero estaba haciendo todo lo posible por no pensar en ellos. No eran sus amigos, no, no lo eran. Eran amigos de Anna, y Anna...

Su meditación se vio interrumpida por el repiqueteo furioso de la campanilla de la puerta.

Vio que *Winston* se quedó dormido colgado al revés. Echó rápidamente en su comedero las nueces que le quedaban y, apresurada, cruzó la terraza interior hasta la entrada de la casa, ansiosa por tener noticias.

Pero su madre llegó antes a la puerta. Ariadne se detuvo en lo alto de la escalera cuando oyó su voz.

—Cónsul Fairchild, hola. Y señor Lightwood. Qué amables por pasarse. —Hizo una pausa—. ¿Quizá traen... noticias de Maurice?

Ariadne pudo oír el miedo en la voz de Flora Bridgestock, así que se quedó allí, oculta tras el barandal de la escalera. Si Charlotte Fairchild portaba malas noticias, era más fácil que las diese si ella no estaba delante.

Esperó, agarrada con fuerza al poste del barandal, hasta que oyó la voz amable de Gideon Lightwood.

—No, Flora. No hemos sabido nada desde que se fue a Islandia. Más bien esperábamos... bueno, que tú supieras algo.

—No —respondió su madre. Sonaba ausente, distante; Ariadne sabía que estaba intentando no mostrar su miedo—. Supuse que si se ponía en contacto con alguien, sería con la oficina de la Cónsul.

Hubo un silencio incómodo. Ariadne, aturdida, sospechó que Gideon y Charlotte estaban deseando no haberse presentado.

—¿No has sabido nada de la Ciudadela? —preguntó por fin su madre—, ¿de las Hermanas de Hierro?

—No —admitió la Cónsul—. Pero, incluso cuando las cosas van bien, son un grupo reservado. Probablemente, Tatiana sea difícil de interrogar; es posible que consideren que aún no hay noticias que dar.

—Pero les has mandado mensajes —dijo Flora—. Y no han respondido. Quizá... ¿el Instituto de Reikiavik? —Ariadna creyó oír una nota de miedo escapársele a su madre entre las murallas de sus buenas maneras—. Sé que no podemos rastrearlo, porque sería a través de agua, pero ellos sí podrían. Podría darles algo de él para enviárselo. Un pañuelo, o...

—Flora. —La Cónsul hablaba con su voz más amable; Ariadne supuso que en ese momento estaría tomándole la mano a su madre—. Esta es una misión altamente secreta; Maurice sería el primero en pedir que no alarmáramos a toda la Clave. Mandaremos otro mensaje a la Ciudadela, y si no sabemos nada, pondremos en marcha una investigación por nuestra cuenta. Te lo prometo.

La madre de Ariadna murmuró su asentimiento, pero Ariadne estaba preocupada. La Cónsul y su consejero más cercano no hacían visitas en persona solo para saber si había habido noticias. Algo les preocupaba; algo que no le habían dicho a Flora.

Charlotte y Gideon se despidieron renovando su promesa y tranquilizándola. Cuando Ariadne oyó la puerta cerrarse, bajó la escalera. Su madre, que se había quedado inmóvil en la entrada, reaccionó cuando la vio. Ariadne hizo lo que pudo para fingir que acababa de llegar.

—Escuché voces —dijo—, ¿era la Cónsul la que acaba de irse?

Su madre asintió vagamente, perdida en sus pensamientos.

—Y Gideon Lightwood. Querían saber si tenían noticias de tu padre. Y yo esperaba que ellos vinieran a traérmelas.

—Tranquila, mamá. —Ariadne tomó sus manos entre las suyas—. Ya sabes cómo es padre. Tendrá cuidado y se tomará su tiempo, y averiguará todo lo que pueda.

—Oh, ya lo sé. Pero... fue idea suya mandar a Tatiana a la Ciudadela Irredenta. Si algo salió mal...

—Fue un acto de compasión —repuso Ariadne con firmeza—. Para no encerrarla en la Ciudad Silenciosa, donde, sin duda, se habría vuelto más loca de lo que ya está.

—Pero entonces no sabíamos lo que sabemos ahora —replicó su madre—. Si Tatiana Blackthorn tuvo algo que ver con el ataque de Leviathan al Instituto... Eso no es el acto de una pobre loca que merezca piedad. Es la guerra contra los nefilim. Es el acto de un peligroso adversario, aliado con las peores maldades.

—Estaba en la Ciudadela Irredenta cuando Leviathan atacó —señaló Ariadne—. ¿Cómo iba a hacerlo sin que las Hermanas de Hierro lo supieran? No te preocupes, mamá —añadió—, todo va a salir bien.

Su madre suspiró.

—Ari —comentó—, te convertiste en una muchacha adorable. Te echaré mucho de menos cuando algún buen hombre te elija y nos dejes para casarte.

Ariadne soltó un sonido que no decía nada.

—Sí, ya lo sé, esa terrible experiencia con ese Charles —dijo su madre—. Pero ya encontrarás un hombre mejor cuando llegue el momento.

Flora respiró hondo y cuadró los hombros, y una vez más Ariadne recordó que su madre era una cazadora de sombras como cualquier otra, y que enfrentarse a la adversidad era parte de su trabajo.

—Por el Ángel —exclamó Flora en un tono claro y vivo—, la vida sigue, y no podemos quedarnos en el vestíbulo lamentándonos todo el día. Tengo muchas cosas de las que encargarme... La esposa del Inquisidor debe llevar la casa mientras el señor está fuera, y todo eso...

Ariadne murmuró su aprobación y besó a su madre antes de volver a su habitación. A mitad del pasillo, pasó delante de la puerta del estudio de su padre, que estaba entreabierta. La empujó con suavidad y miró dentro.

La habitación era un desastre. Si Ariadne tenía la esperanza de que ver el estudio de Maurice Bridgestock le haría sentir más cerca de su padre, se sintió decepcionada, pues lo único que consiguió fue preocuparse más. Su padre era meticuloso y organizado, y se enorgullecía de ello. No toleraba el desorden. Ari sabía que su padre había tenido que salir a toda prisa, pero el estado de la habitación evidenciaba lo alarmado que debía de estar.

Casi sin proponérselo, se encontró arreglándolo. Empujó la silla bajo el escritorio, colocó bien las cortinas que habían quedado atoradas en una tulipa, sacó las tazas de té al pasillo donde la asistenta pudiera verlas. Había ceniza fría caída delante de la rejilla, agarró la pequeña escoba de bronce para recogerla...

Y se detuvo.

Había algo blanco brillando entre las cenizas de la chimenea. Reconoció la pulcra letra de su padre en un montón de papel carbonizado. Se acercó a mirarlo. ¿Qué tipo de notas creyó su padre que debía destruir antes de salir de Londres?

Sacó los papeles de la chimenea, les sacudió la ceniza, y empezó a leer. Al hacerlo, sintió una punzante sequedad en la garganta, como si estuviera a punto de asfixiarse.

Garabateadas sobre el inicio de la primera página, se veían las palabras «Herondale/Lightwood».

Seguir leyendo era una transgresión clara, pero el nombre Lightwood la atraía sin remedio; no podía apartar la vista de él. Si había algún tipo de problema que afectara a la familia de Anna, ¿cómo iba a renunciar a saberlo?

Las páginas estaban etiquetadas por años: 1896, 1892, 1900. Ojeó todas las páginas y sintió un escalofrío en la nuca.

Su padre no había registrado de su puño y letra un recuento de dinero gastado o ganado, sino un recuento de hechos. Hechos que involucraban a los Herondale y los Lightwood.

No, hechos no. Fallos. Errores. Pecados. Era un registro de cualquier hecho de los Herondale y los Lightwood que habría causado lo que su padre consideraba problemas; cualquier cosa que pudiera entenderse como irresponsable o mal vista estaba allí anotada.

12/3/01: G2. L se ausenta de la reunión del Consejo sin explicación. CF se enoja.

6/9/98: WW en Waterloo dice que WH/TH se niegan a reunirse, haciendo que tengan que interrumpir el mercado.

8/1/95: El director del Instituto de Oslo se niega a reunirse con TH, aludiendo a su herencia.

Ariadne se sintió asqueada. La mayoría de los hechos parecían insignificantes o simples rumores; lo del director del Instituto de Oslo negándose a reunirse con Tessa Herondale, una de las mujeres más agradables que Ariadne había conocido, era repulsivo. Deberían amonestar al director del Instituto de Oslo. Y, sin embargo, el hecho era consignado como si hubiera sido culpa de los Herondale.

¿Qué era esto? ¿En qué estaba pensando su padre?

Al fondo del montón había algo diferente. Una hoja de color blanco crema. No eran notas, era una carta. Ariadne la separó del resto de los papeles, mientras leía el contenido sin dar crédito.

—¿Ariadne?

Rápida, Ariadne se metió la carta en el corpiño del vestido, antes de incorporarse y voltearse hacia su madre. Parada en la puerta, Flora fruncía el ceño. Cuando habló, la calidez que había mostrado en la conversación en el piso de abajo desapareció.

—Ariadne, ¿qué estás haciendo?

2

MAR GRIS

Rocas grises, y mar aún más gris,
y olas que a la orilla van a morir;
y en mi corazón, un nombre
que mis labios no volverán a decir.

CHARLES G. D. ROBERTS,
Rocas grises y mar aún más gris

Cuando Lucie despertó por fin, fue con el sonido de las olas y una brillante luz de sol invernal tan hiriente como el borde de un cristal. Se incorporó tan rápido que le dio vueltas la cabeza. Estaba decidida a no volver a dormirse, a no quedarse inconsciente, a no regresar a ese oscuro lugar vacío lleno de voces y ruido.

Apartó la tela afgana de rayas bajo la cual había dormido y sacó las piernas fuera de la cama. Su primer intento de mantenerse de pie no tuvo éxito; las piernas se le doblaron y cayó sentada en la cama. La segunda vez usó uno de los postes de la cama para agarrarse. Esto funcionó algo mejor, y durante unos instantes se tambaleó como un viejo capitán de mar desacostumbrado a la tierra.

Aparte de la cama, una simple estructura de hierro forjado pintada de color cáscara de huevo, a juego con las paredes, había pocos muebles en la pequeña habitación. Una chimenea, en cuyo interior las cenizas chisporroteaban y ardían con un ligero resplandor púrpura, y un tocador de madera sin barnizar, con relieves de sirenas y serpientes de mar. Su baúl de viaje a los pies de la cama le dio seguridad.

Finalmente, con las piernas medio dormidas, consiguió llegar hasta la ventana, colocada en una esquina, y miró hacia fuera. La vista era una sinfonía de blanco y verde profundo, negro y el azul más pálido. La casa de Malcolm parecía colgada a mitad de un acantilado rocoso, sobre un pequeño y bonito pueblo de pescadores. Bajo la casa había una estrecha bahía por donde el océano se adentraba hasta el puerto, y pequeñas barcas pesqueras se mecían en la marea. El cielo era de un claro azul porcelana, aunque resultaba evidente que había nevado hacía poco, a juzgar por la capa blanca que cubría los techos inclinados del pueblo. El humo de carbón de las chimeneas se elevaba hacia el cielo en hilos negros, y las olas batían contra el acantilado, blanco espumoso y verde pino.

Era precioso, inhóspito aunque precioso, y la infinitud del mar le provocó a Lucie un extraño sentimiento de vacío. Londres parecía estar a un millón de kilómetros, y lo mismo la gente de allí: Cordelia y James, su madre y su padre. ¿Qué creerían? ¿En qué parte de Cornualles se imaginarían que estaba? Seguro que no la hacían allí, mirando al mar que se extendía hasta la costa de Francia.

Para distraerse, probó a mover los dedos de los pies. Al menos ya no sentía las punzadas del despertar. Las ásperas tablas de madera del suelo se habían ido desgastando con el paso de los años y le resultaban tan suaves en los pies como si acabaran de pulirlas. Se deslizó por ellas hasta el tocador, donde un aguamanil y una toalla la esperaban. Casi gritó cuando se vio en el espejo. Tenía el cabello suelto y todo despeinado, su atuendo de viaje completamente arrugado y uno de los botones de la almohada le había dejado una marca en la mejilla del tamaño de un peso.

«Tendría que rogarle a Malcolm que, más tarde, le permitiera bañarse», pensó. Era un brujo; seguro que podía conseguir agua caliente. De momento, hizo lo que pudo con el aguamanil y un jabón antes de quitarse el arrugado vestido, tirarlo en una esquina y abrir el baúl. Se sentó y miró un momento su contenido: ¿de verdad se había llevado un traje de baño? El pensamiento de nadar en las aguas verdes y heladas del puerto de Polperro era aterrador. Después de apartar el hacha y el traje de combate, eligió un vestido de lana azul oscuro con bordados en los puños, y se recogió el cabello con pinzas, para estar presentable. Tuvo un momento de pánico cuando se dio cuenta de que no llevaba el medallón dorado, pero tras una apresurada búsqueda de un minuto, lo encontró en la mesa de noche.

«Jesse lo puso ahí», pensó. No podía decir por qué lo sabía, pero estaba segura.

De pronto se sintió desesperada al verlo. Se calzó con unas botas bajas y salió al pasillo.

La casa de Malcolm era bastante más grande de lo que pensaba; su habitación era una de las seis que había en ese piso, y la escalera del fondo, tallada igual que el tocador, conducía a un salón abierto de techo alto digno de una casa señorial. Resultaba evidente que no había espacio para ese techo tan alto y las habitaciones de arriba, lo que resultaba desorientador; Malcolm debió de haber encantado la casa para que su interior fuera tan grande como él quisiera.

No había señal de que hubiera nadie más en la casa, pero se oía un golpeteo lento y rítmico que provenía de algún lugar del exterior. Tras buscar un momento, Lucie localizó la puerta delantera y salió.

La brillante luz de sol la engañó. Hacía frío. El viento cortaba los acantilados como un cuchillo y le atravesaba la lana del vestido. Se abrazó a sí misma temblando y se encorvó para protegerse del frío. Tenía razón respecto a la casa, desde fuera parecía muy pequeña, una casita de pueblo con capacidad para tres habitaciones más o menos. Las ventanas parecían clausuradas, aunque ella sabía que no lo estaban, y el revestimiento se desprendía a causa del aire salado.

La hierba congelada le crujía bajo los zapatos mientras seguía el sonido del golpeteo por un lado de la casa. Y se detuvo de golpe.

Era Jesse. Tenía un hacha en las manos y se encontraba junto al montón de leña que estuvo cortando. A Lucie le temblaron las manos, y no solo por el frío. Jesse estaba vivo. Nunca lo había sentido con tanta intensidad. Nunca lo había visto así: nunca había visto al viento enredarle el oscuro cabello, ni las mejillas enrojecidas por el esfuerzo. No había visto su aliento formar nubes blancas al salir. Nunca lo había visto respirar; siempre había estado en el mundo, pero sin formar parte de él, insensible al calor o al frío o a la atmósfera, y ahí estaba en ese momento, respirando y vivo, con su sombra extendiéndose tras él sobre el suelo rocoso.

No pudo aguantar ni un momento más. Corrió hacia él. Jesse solo tuvo tiempo para levantar la cabeza, sorprendido, y dejar caer el hacha antes de que ella le lanzara los brazos al cuello.

Él la apretó con fuerza contra sí, hundiendo los dedos en el suave tejido de su vestido. Le enterró la cara en el cabello, musitando su nombre, «Lucie, Lucie», y sintiendo la calidez de su cuerpo aferrado al de ella. Por vez primera, ella sintió su olor: lana, sudor, piel, humo de leña, el aire justo antes de la tormenta. Por primera vez, notó el corazón de él latir junto al suyo.

Finalmente se separaron. Él mantuvo los brazos alrededor de ella, sonriéndole. Había una pequeña duda en su expresión, como si no estuviera seguro de lo que pensaba ella de este nuevo Jesse, real y vivo. «Tonto», pensó Lucie; tendría que ser capaz de leer todo en su cara. ¿Aunque quizá fuera mejor que no pudiese?

—Por fin te despertaste —dijo él. Su voz era..., bueno, era su voz; ella la conocía. Pero era mucho más física, más presente de lo que nunca fue. Y podía sentir la vibración de su pecho cuando hablaba. Se preguntó si se acostumbraría alguna vez a todos estos detalles nuevos.

—¿Cuánto tiempo estuve dormida?

—Unos días. No ha pasado mucho tiempo; básicamente esperábamos a que te despertaras. —Frunció el ceño—. Malcolm dijo que acabarías por ponerte bien, y pensé que... —Hizo una mueca de dolor y levantó la mano derecha. Lucie se estremeció al ver la piel roja y dañada. Pero Jesse parecía encantado—. Ampollas —dijo, feliz—. Tengo ampollas.

—Mala suerte —se compadeció Lucie.

—En absoluto. ¿Sabes cuánto tiempo hace que no tenía ampollas? ¿Que no me hacía un rasguño en la rodilla? ¿Que no perdía un diente?

—Espero que no te quedes sin todos los dientes con la emoción de estar vivo —expuso Lucie—. No creo que pudiera am... que pudieras gustarme igual si estuvieras desdentado.

Ay, no. Casi había dicho «amar». Al menos, Jesse estaba tan encantado con sus nuevas heridas que parecía no haberse dado cuenta de ello.

—Qué superficial —se quejó él, mientras enrollaba un dedo en un mechón de cabello de ella—. A mí me gustarías igual aunque estuvieras calva y arrugada como una uva pasa.

Lucie sintió un fuerte deseo de echarse a reír. Pero se forzó a ponerse seria.

—En serio, ¿por qué estuviste aquí fuera cortando leña? ¿Malcolm no puede conseguir leña con magia, si la necesitan? Por cierto, ¿dónde está Malcolm?

—Fue al pueblo —contestó Jesse—. Dijo que a comprar provisiones, pero creo que es que le gusta caminar; si no, ya habría conseguido comida con magia, como tú dices. La mayoría de los días se pasa fuera toda la tarde.

—¿La mayoría de los días? —repitió Lucie—. Me dijiste que habían sido solo unos días, ¿cuánto tiempo fue?

—Llevamos aquí cinco días. Malcolm usó su magia para determinar que estabas a salvo y solo necesitabas dormir. Mucho descanso.

—Oh —exclamó Lucie y dio un paso atrás, alarmada—. Mi familia estará buscándonos, seguro, siempre quieren saberlo todo, estarán furiosos conmigo... y con Malcolm; tenemos que pensar algo...

Jesse frunció el ceño.

—No les va a resultar fácil encontrarnos. La casa tiene fuertes protecciones contra rastreos, y supongo que contra todo lo demás.

Lucie estaba a punto de explicar que conocía a sus padres, y que no iban a dejar que algo como unas protecciones impenetrables les impidiera averiguar dónde se hallaba, pero antes de que pudiera hacerlo, apareció Malcolm por la esquina, con un bastón en la mano y las botas crujiendo sobre la hierba congelada. Llevaba el mismo abrigo blanco de viaje que la última vez que lo vio, en el Santuario del Instituto. «En aquella ocasión estuvo furioso, asustado, probablemente por lo que ella hizo», pensó Lucie. En ese momento, solo parecía cansado y más desaliñado de lo que ella se esperaba.

—Te dije que se pondría bien —le recordó a Jesse. Miró la leña—. Un trabajo excelente —añadió—. Si sigues así, te sentirás más fuerte cada día.

Así que la tarea de cortar leña era más por la salud de Jesse que por otra cosa. Tenía sentido. Conservado o no, sin duda su cuerpo se habría debilitado tras siete años de haber muerto. Claro que Belial poseyó a Jesse y usó su cuerpo como una marioneta, obligándolo a andar kilómetros por todo Londres, para...

Pero no quería pensar en eso. Eso formaba parte del pasado, de cuando Jesse realmente no habitaba su cuerpo. Pero todo había cambiado.

Jesse examinó la pila de leña sin partir que tenía ante él.

—En media hora, termino.

Malcolm asintió y se volteó hacia Lucie. Esta pensó que la miraba con una extraña falta de emoción, y se sintió algo incómoda.

—Señorita Herondale —le dijo—, ¿podría hablar contigo dentro?

* * *

—Fíjate, preparé esta hoja con una solución de bicarbonato de amonio —estaba diciendo Christopher—, y cuando aplique la llama con una runa de combustión estándar... Thomas, ¿me estás escuchando?

—Soy todo oídos —respondió Thomas—. Incontables oídos.

Estaban en el sótano de la casa de los Fairchild, en el laboratorio de Henry. Christopher le había pedido a Thomas que lo ayudara con un nuevo proyecto, y este aprovechó la oportunidad para distraerlo.

Christopher se subió los lentes por la nariz.

—Veo que no tienes muy claro que la aplicación de fuego sea necesaria —dijo—. Pero sigo de cerca los avances mundanos en el área de ciencias, ya sabes. Últimamente han desarrollado formas de mandar mensajes de una persona a otra, a gran distancia, primero a través de cables de metal, y más recientemente a través del aire.

—¿Y eso qué tiene que ver con que le prendas fuego a cosas? —preguntó Thomas, a su modo de ver, con mucha educación.

—Bueno, por simplificarlo, los mundanos han usado el calor para crear la mayor parte de su tecnología, como la electricidad y el telégrafo, y nosotros, los cazadores de sombras, no podemos quedarnos atrás respecto a ellos, Thomas. Mala cosa será si sus artefactos les dan poderes que no podemos igualar. En este caso, ellos pueden mandar mensajes a distancia y, bueno... nosotros no. Pero sí puedo usar runas; mira, quemo el borde de este pergamino con una llama, y lo doblo, y lo marco con una runa de comunicación aquí, y una runa de exactitud aquí y aquí...

Arriba sonó la campanilla de la puerta. Christopher lo ignoró, y por un momento Thomas se preguntó si debía ir él a abrir. Pero con una segunda y tercera campanada, Christopher suspiró, dejó la estela, y se dirigió a la escalera.

Thomas oyó abrirse la puerta principal. No era su intención escuchar, pero cuando la voz de Christopher le llegó, diciendo: «Ah, hola, Alastair, supongo que vienes a ver a Charles. Creo que está arriba, en su estudio», Thomas sintió que el estómago le daba un vuelco, como un pájaro zambulléndose por un pez. (Luego pensó

43

que ojalá se le hubiera ocurrido una analogía mental mejor, pero el toque poético lo tenía, como James, o no lo tenía).

La respuesta de Alastair fue demasiado baja para oírla. Christopher carraspeó.

—Oh, nada—dijo después—, abajo en el laboratorio, ya sabes. Estoy con un proyecto bastante interesante...

Alastair lo interrumpió para decirle algo. Thomas se preguntó si Christopher mencionaría que él estaba allí. Pero no lo hizo.

—Matthew sigue en París, por lo que sé. Sí, estoy seguro de que a Charles no le molestará tener visita...

El pájaro en el estómago de Thomas cayó muerto. Apoyó los codos en la mesa de trabajo de Christopher, e intentó respirar hondo para calmarse. Sabía que no debería sorprenderle. Alastair dejó claro, la última vez que se habían visto, que no podía haber nada entre ellos. Y la razón principal para ello era la hostilidad entre Alastair y los amigos de Thomas, los Alegres Compañeros, que no le tenían ningún aprecio por algún motivo.

Thomas se levantó a la mañana siguiente con un pensamiento claro en la cabeza: «Ya es hora de que les hable a mis amigos de mis sentimientos por Alastair. Quizás él tiene razón y es imposible, pero seguro que seguirá siendo imposible si no lo intento».

Tuvo toda la intención de hacerlo. Se levantó de la cama completamente decidido a hacerlo.

Pero entonces se enteró de que Matthew y James dejaron Londres durante la noche, y tuvo que retrasar su plan. Y de hecho, no eran solo Matthew y James los que se fueron. Al parecer, Cordelia se marchó con Matthew a París, mientras que James se fue con Will en busca de Lucie, a la cual, al parecer se le metió en la cabeza visitar a Malcolm Fade en su casita de Cornualles. Christopher aceptó ese cuento sin cuestionárselo; Thomas no, y sabía que Anna tampoco, pero ella dejó claro que no pensaba discutirlo. «Uno chismorrea sobre sus conocidos, no sobre sus amigos», dijo. La propia Anna parecía pálida y cansada, quizá porque volvía a tener en su habitación a una chica diferente cada noche. Thomas echaba de menos a Ariadne y sospechaba que Anna también, pero la única vez que la nombró, Anna había estado a punto de lanzarle una taza de té a la cabeza.

Esos últimos días, Thomas se propuso hablarle a Christopher acerca de sus sentimientos, pero aunque Christopher sería amable con él, se sentiría raro por saber algo que James y Matthew aún no sabían, y además eran James y Matthew los que realmente despreciaban, incluso odiaban, a Alastair.

Y luego estaba el tema de Charles. Él fue el primer gran amor de Alastair, a pesar de que terminaron mal. Pero Charles resultó herido en un encuentro con Belial, y aunque ya se estaba recuperando, Alastair sentía que le debía apoyo y cuidados. Por más que Thomas podía entenderlo desde un punto de vista moral, le atormentaba la imagen de Alastair enjugando el sudor de la febril frente de Charles y dándole uvas. Era demasiado fácil imaginar a Charles poniendo una mano en la mejilla de Alastair y dándole las gracias mientras lo miraba profundamente a los ojos, esos maravillosos ojos oscuros de pestañas espesas...

La vuelta de Christopher del piso de arriba casi hizo que Thomas saltara de la silla. Christopher, por suerte, parecía completamente ajeno al revuelo interior de Thomas, y regresó inmediatamente a la mesa de trabajo.

—Bien —dijo, mientras volteaba hacia Thomas con una estela en la mano—, intentémoslo otra vez, ¿de acuerdo?

—¿Mandar un mensaje? —preguntó Thomas. Christopher y él habían «enviado» docenas de mensajes, y aunque algunos de ellos desaparecieron en el aire o subieron por la chimenea, ninguno llegó a su destino.

—Eso es —contestó Kit, tendiéndole una hoja y un lápiz—. Solo tienes que escribir un mensaje, mientras yo compruebo este reactivo. Puede ser cualquier tontería que quieras.

Thomas se sentó en el banco de trabajo y miró la hoja en blanco. Tras un largo momento, escribió:

Querido Alastair, ¿por qué eres tan estúpido y frustrante y por qué pienso en ti todo el rato? ¿Por qué tengo que pensar en ti cuando me levanto y cuando me acuesto y cuando me lavo los dientes y ahora mismo? ¿Por qué me besaste en el Santuario si no querías estar conmigo? ¿Es porque no quieres contárselo a nadie? Me exaspera.
Thomas.

—¿Está? —preguntó Christopher. Thomas reaccionó y dobló rápidamente la hoja en cuatro, de forma que el contenido quedara oculto. Se la dio a Christopher con una leve punzada. Ojalá le pudiera enseñar esas palabras a alguien, pero sabía que era imposible. «De todas formas, había sido agradable escribirlas», pensó mientras Christopher encendía un cerillo y tocaba con él el borde de la página. Aunque el mensaje, al igual que la relación de Thomas con Alastair, no fuera a llegar a ningún sitio.

Teniendo en cuenta las horribles historias que su madre le contó, Grace Blackthorn esperaba que la Ciudad Silenciosa fuera una especie de mazmorra donde la encadenarían a una pared y quizá la torturarían. Incluso antes de llegar a la entrada de la ciudad en Highgate, empezó a imaginar cómo sería que la juzgaran con la Espada Mortal. Estar ante las Estrellas Parlantes y sentir el veredicto de los Hermanos Silenciosos. ¿Cómo sería que la obligaran a decir la verdad, después de tantos años mintiendo? ¿Sería un alivio? ¿O una agonía terrible?

Supuso que daba igual. Se merecía la agonía.

Pero no la habían apresado con hierros ni nada por el estilo. Dos Hermanos Silenciosos la habían escoltado desde la casa de James en Curzon Street hasta la Ciudad Silenciosa. Apenas llegó (y sí resultó ser un lugar oscuro, imponente y sombrío), el hermano Zachariah, del que sabía que era primo de Cordelia, pues antes era James Carstairs, dio un paso al frente como para hacerse cargo de ella.

—«Debes de estar exhausta. —Su voz sonó calmada e incluso amable en la mente de la chica—. Deja que te muestre tu aposento. Ya mañana tendremos tiempo para hablar de lo sucedido».

Se quedó asombrada. El hermano Zachariah era alguien a quien su madre se había referido, más de una vez, como ejemplo de la corrosiva influencia de los Herondale sobre los nefilim.

—Ni siquiera le cosieron los ojos —masculló su madre, sin mirar a Grace—. Solo los favorecidos por los Lightwood y los Herondale reciben un trato especial. Es vergonzoso.

Pero el hermano Zachariah le hablaba de forma amable. La guio a través de la fría ciudad de paredes de piedra hasta una pequeña celda, que ella imaginaba como una cámara de tortura, donde dormiría sobre la piedra fría, y quizá atada con cadenas. Pero, a pesar de no ser lujosa en absoluto, solo una habitación de piedra, sin ventanas y con poca privacidad, ya que la gran puerta estaba hecha de barrotes de *adamas* bastante juntos, comparada con la mansión Blackthorn, era bastante confortable; contenía una cama de hierro forjado bastante cómoda, una vieja mesa de roble y una estantería de madera repleta de libros (ninguno de su interés, pero ya era algo). Había piedras de luz mágica de cualquier manera, como puestas a última hora, y ella recordó que los Hermanos Silenciosos no necesitaban luz para ver.

Lo más desconcertante del lugar era la imposibilidad de saber si era de día o de noche. Zachariah le llevó un reloj de mesa, que algo ayudaba, aunque no estaba muy segura de saber si las doce eran del mediodía o de la noche. Aunque suponía que tampoco importaba. El tiempo se alargaba y se comprimía como un muelle, mientras esperaba a que los Hermanos Silenciosos quisieran hablar con ella.

Aunque cuando querían hablar, no resultaba agradable. No podía fingir lo contrario. No porque le hicieran daño, o la torturaran, o usaran la Espada Mortal; solo la interrogaban, con calma pero implacables. Y aun así, no era el interrogatorio lo desagradable. Era decir la verdad.

Grace se dio cuenta de que realmente solo conocía dos formas de comunicarse con los demás. Una era llevar una máscara, mentir y fingir detrás de ella, como había fingido obediencia a su madre y amor a James. La otra era ser honesta, algo que solo hizo con Jesse. E incluso a él le escondió las cosas de las que se avergonzaba. No esconder cosas, empezaba a darse cuenta, era doloroso.

Dolía estar ante los Hermanos y admitir todo lo que hizo. «Sí, obligué a James Herondale a creer que estaba enamorado de mí. Sí, usé mis poderes de procedencia diabólica para atrapar a Charles Fairchild. Sí, tramé con mi madre la destrucción de los Herondale y los Carstairs, los Lightwood y los Fairchild. Le creí cuando me dijo que eran nuestros enemigos».

Las sesiones la dejaban exhausta. Por la noche, sola en su celda, veía la cara de James la última vez que él la miró y escuchaba el desprecio en su voz: «Te echaría a la calle, pero tu poder es como una pistola cargada en las manos de un niño egoísta. No puedo permitir que sigas usándolo».

Si los Hermanos Silenciosos pretendían arrebatarle ese poder, que si por ella fuera se lo podían quedar, aún no mostraban ninguna señal de ello. Tenía la sensación de que la estaban estudiando, analizando su habilidad en formas que ella misma no entendía.

Lo único que tenía para reconfortarse era pensar en Jesse. Jesse, al que Lucie probablemente habría resucitado con la ayuda de Malcolm. Suponía que estarían todos en Cornualles. ¿Estaría bien Jesse? ¿Habría sido un viaje terrible ese regreso de las tierras sombrías que habitó tanto tiempo? Le habría gustado estar con él, tomarle la mano durante el proceso, igual que él la había ayudado en tantas cosas.

Sabía, por supuesto, que era posible que no consiguieran resucitar a Jesse. La nigromancia era poco menos que imposible. Pero su muerte fue muy injusta, un crimen terrible basado en una mentira envenenada. Si alguien merecía una segunda oportunidad, ese era Jesse.

Y Grace sabía que la quería, la quería y se preocupaba por ella de una manera que nadie más hacía, y en la que quizá nadie más haría nunca. Quizá los nefilim la condenaran a muerte por sus poderes. Quizá se pudriera para siempre en la Ciudad Silenciosa. Pero si no era así, un Jesse vivo era lo único que ella podía imaginar en su futuro.

Estaba Christopher Lightwood, por supuesto. No era que él la amara; apenas la conocía. Pero parecía realmente interesado en ella, en sus pensamientos, sus opiniones, sus sentimientos. Si las cosas hubieran sido diferentes, él podría haber sido su amigo. Nunca había tenido uno. Solo James, seguramente la odiaba, ahora que sabía lo que le hizo, y Lucie, que pronto la odiaría también, por la misma razón. Y la verdad era que se estaba engañando al pensar que Christopher podía sentir algo diferente. Era amigo de James y lo quería. Sería leal y la despreciaría... No podía culparlo.

Hubo un sonido, el chirrido delator de la puerta de barrotes abriéndose. Se incorporó rápidamente en su estrecho colchón y se alisó el cabello con las manos. A los Hermanos Silenciosos no les importaba su apariencia, pero era la fuerza de la costumbre.

Una figura envuelta en sombras la observaba desde la puerta.

—«Grace —dijo el hermano Zachariah—, me temo que la última sesión del interrogatorio fue demasiado dura».

Fue dura, sí; Grace casi se desmaya al describir la noche en que su madre la llevó al bosque oscuro; el sonido de la voz de Belial en las sombras. Pero a Grace no le gustaba la idea de que alguien pudiera notar cómo se sentía.

—¿Aún falta mucho para que se decida mi sentencia?

—«¿Tanto deseas tu castigo?»

—No —contestó Grace—. Lo que quiero es que el interrogatorio se acabe ya. Pero estoy lista para aceptar mi castigo. Lo merezco.

—«Sí, actuaste. Pero ¿qué edad tenías cuando tu madre te llevó al bosque de Brocelind para recibir tu poder? ¿Once? ¿Doce?»

—No importa.

—«Sí, sí importa —afirmó Zachariah—. Considero que la Clave te falló. Eres una cazadora de sombras, Grace, nacida en una familia de cazadores de sombras, y abandonada a unas terribles circunstancias. Es injusto que la Clave te dejara allí tanto tiempo, sin intervenir o investigar siquiera».

Grace no soportaba su compasión; la sentía como pequeños pinchazos en la piel.

—No deberías ser amable o comprensivo conmigo —replicó—. Usé un poder demoniaco para encantar a James y hacerle creer que me amaba. Le causé un daño terrible.

Zachariah la miró sin hablar, con una expresión inquietantemente impasible.

Grace sintió deseos de golpearlo.

—¿No crees que merezco un castigo? ¿No debe haber un ajuste de cuentas? ¿Un poner las cosas en su sitio? ¿Un ojo por ojo?

—«Así es como piensa tu madre, no yo».

—Pero los otros Hermanos Silenciosos, el Enclave, todo el mundo en Londres... Todos quieren verme castigada.

—«Ellos no saben nada —explicó el hermano Zachariah. Por primera vez, Grace vio un atisbo de duda en él—. Lo que hiciste a instancias de tu madre solo lo sabemos nosotros y James».

—Pero ¿por qué? —No tenía sentido; seguro que James se lo contaría a sus amigos, y pronto lo sabría todo el mundo—. ¿Por qué querrían protegerme?

—«Queremos interrogar a tu madre; eso será más fácil si cree que tú sigues de su lado y que nosotros no conocemos tus poderes».

Grace se sentó en la cama.

—Quieres respuestas de mi madre porque crees que yo soy un títere y ella la titiritera, la que mueve los hilos. Pero el verdadero titiritero es Belial. Ella lo obedece. Cuando actúa es por orden de él. Es a él a quien hay que temer.

Hubo un silencio largo. Luego, una voz amable dentro de su cabeza.

—«¿Tienes miedo, Grace?»

—Por mí, no —contestó—. Yo ya lo perdí todo. Tengo miedo por otros. Mucho miedo, de hecho.

Lucie siguió a Malcolm dentro de la casa y esperó mientras el brujo se despojaba en la entrada del abrigo de viaje y el bastón. La condujo hasta el salón que atravesó antes, el del techo alto, y con un chasquido de dedos encendió el fuego de la chimenea. Lucie pensó que Malcolm no solo podría conseguir leña sin necesidad de que Jesse se la cortara, sino que probablemente podría mantener el fuego encendido sin madera alguna.

Aunque tampoco era que le molestase ver a Jesse cortando leña. Y él parecía disfrutarlo, así que era bueno para ambos.

Malcolm le señaló un sofá tan mullido que Lucie pensó que se hundiría tanto que sería incapaz de volver a levantarse. Se sentó sobre el brazo del sofá. En realidad, la sala era bastante acogedora: en absoluto lo que se habría esperado de Malcolm Fade. Muebles de madera satinada, usados hasta adquirir una suave pátina, tapizados con tela gruesa y terciopelo. Nada combinaba con nada, pero todo parecía cómodo. Una alfombra bordada con piñas cubría el suelo, y varios retratos de gente a la que Lucie no conocía colgaban de las paredes.

Malcolm permanecía de pie, y Lucie supuso que iba a sermonearla por lo de Jesse, o a interrogarla sobre lo que le hizo. Pero no era nada de eso.

—Puede que hayas notado que, aunque no fui yo el que estuvo inconsciente varios días tras un acto de brujería desacostumbrado, tengo una pinta desastrosa.

—No me di cuenta —dijo Lucie, que sí lo sabía—. Pareces bastante elegante y arreglado.

Malcolm desdeñó su comentario.

—No estoy buscando halagos. Solo quería explicarte que estos últimos días, mientras tú dormías para recuperarte de los efectos de la magia que hiciste, yo aproveché el estar de vuelta en Cornualles para continuar mi investigación sobre Annabel Blackthorn

Lucie sintió un retortijón de nervios en el estómago. Annabel Blackthorn. La mujer que Malcolm amó, cien años atrás, y de la que siempre pensó que lo había dejado para unirse a las Hermanas de Hierro. En realidad, su familia prefirió matarla antes que permitirle casarse con un brujo. Lucie hizo una mueca de dolor al recordar la expresión de Malcolm cuando Grace le contó la verdad sobre lo ocurrido con Annabel.

Los brujos no envejecían y, sin embargo, Malcolm aparentaba mayor edad hasta hace poco. Las arrugas de tensión alrededor de la boca y los ojos eran pronunciadas.

—Sé que quedamos en que convocarías su espíritu —continuó él—. Que me permitirías hablar con ella otra vez.

A Lucie le parecía extraño que los brujos no pudieran invocar, por sus propios medios, a los muertos que ya no rondaban por el mundo y estaban en un lugar mejor. Que el poder terrible de su sangre le permitiera hacer algo que ni siquiera Magnus Bane o Malcolm Fade podían. Pero así era, y ella le dio su palabra a Malcolm, aunque la mirada ansiosa de los ojos de este le provocaba un ligero temblor.

—No sabía qué pasaría cuando resucitaras a Jesse —prosiguió Malcolm—. Pero que haya vuelto como lo ha hecho, con aliento y vida, completamente sano, y perfectamente consciente, es más un milagro que magia. —Respiró con dificultad—. La muerte de Annabel no fue menos injusta ni menos monstruosa que la de Jesse. Ella merece volver a vivir tanto como él. Estoy seguro de eso.

Lucie no mencionó el detalle de que el cuerpo de Jesse lo conservó Belial en un extraño estado semivivo, mientras que no creía que hubiera pasado lo mismo con el de Annabel.

—Malcolm, te di mi palabra de que invocaría su espíritu —repuso con cierta ansiedad—. Que te permitiría comunicarte con su fantasma. Pero solo eso. A ella no se la puede... traer de vuelta. Ya lo sabes.

Malcolm no pareció prestar mucha atención a sus palabras. Se dejó caer en una silla cercana.

—Si es que los milagros son posibles —dijo—, aunque nunca he creído en ellos. Conozco a los demonios y los ángeles, pero mi fe está puesta solo en la ciencia y la magia...

Se interrumpió, aunque Lucie ya estaba intranquila. La ansiedad vibraba en su interior como una cuerda tensa punteada.

—No todos los espíritus quieren regresar —susurró—. Algunos muertos están en paz.

—No creo que Annabel esté en paz —replicó Malcolm. Sus ojos púrpuras parecían moretones en su pálido rostro—. No sin mí.

—Señor Fade... —A Lucy le tembló la voz.

Por primera vez, Malcolm se dio cuenta de su inquietud. Se incorporó en la silla y forzó una sonrisa.

—Lucie. Entiendo que sobreviviste por poco a la resurrección de Jesse, y que estás tremendamente debilitada. Ninguno de los dos conseguirá nada si por convocar a Annabel caes inconsciente de nuevo. Tenemos que esperar a que estés más fuerte. —Miró fijamente el fuego como si pudiera leer algo en el baile de las llamas—. Esperé cien años. Para mí el tiempo no es igual que para un mortal, sobre todo uno tan joven como tú. Si es necesario, esperaré otros cien años.

—Bueno —dijo Lucie, intentando sonar despreocupada—, no creo que necesite tanto tiempo.

—Esperaré —insistió Malcolm, más como si hablara para sí mismo—. Esperaré lo que haga falta.

3

LAS LENTAS HORAS OSCURAS

Pero ¿hay para la noche un lugar de descanso? Un techo para cuando lleguen las lentas horas oscuras.
¿Podría la oscuridad ocultarlo de mi rostro? No puedes pasar por alto ese lugar.

Christina Rossetti, *Colina arriba*

James estimó que llevaban como un mes hablando.

Magnus, que parecía ser capaz de detectar a distancia las posadas más confortables, encontró una en el camino a Polperro. Con *Balios* y *Xanthos* ya en los establos, Will reservó un comedor privado para los tres en la planta baja de la posada, para poder comer y hablar sin ser molestados.

Aunque James tampoco había comido gran cosa. La sala era bastante agradable: anticuada, tapizada en un tono oscuro, con alfombras gastadas y una amplia mesa de roble en el centro, y la comida parecía decente. Pero una vez que empezó a hablar de los acontecimientos de las últimas semanas, no paró; tras todos los secretos y las mentiras, la verdad salió de él como el agua de una jarra. Pero incluso así, tuvo cuidado de no revelar secretos que no eran suyos: no dijo nada del compromiso que, accidentalmente, Cordelia contrajo con Lilith, y solo mencionó a esta última para contar que se hizo pasar por Magnus para engañarlos.

—Sé que debería pedirles perdón —concluyó James, cuando la boca ya se le había quedado seca—. Tenía que haberles contado todo esto, pero...

—Pero no eras el único involucrado —completó Will. Parecía tenso, con las ojeras inusualmente marcadas—. Así que mantuviste la boca cerrada para proteger a tus amigos y a tu familia. No soy completamente idiota, James. Entiendo cómo funcionan esas cosas.

Magnus destapó una jarra de oporto y sirvió un poco en los vasos de Will y James.

—Estoy preocupado. Belial no debió ser capaz de volver a nuestro mundo tras la estocada que Cordelia le dio con *Cortana*. Pero lo hizo, por medio de un plan que desarrolló desde hace años, cuando Jesse Blackthorn era solo un bebé...

Will parecía furioso.

—Y por eso nunca debimos tolerar el excéntrico comportamiento de Tatiana Blackthorn con sus hijos. ¿Qué daño podría hacer que no permitiera a los Hermanos Silenciosos colocarle los hechizos de protección a Jesse? Pues ya se vio. Gracias al Ángel, Maurice fue a buscarla a la Ciudadela Irredenta. Los Hermanos Silenciosos van a tener que sacarle la historia entera.

—¿Por qué no se lo dijiste al Enclave —le preguntó Magnus a James, con bastante amabilidad—, si sabías que era cosa de Belial?

—No se lo dijo al Enclave —contestó Will—, porque si el Enclave averiguara que Belial es su abuelo, el padre de Tessa... Bueno, las consecuencias podrían ser bastante graves para nuestra familia. Para Tessa. Yo también lo sabía, y también me lo callé por la misma razón. No puedes culpar a James de eso.

—¿Alguien más lo sabe? —inquirió Magnus.

—Solo mis mejores amigos —contestó James—. Cordelia, por supuesto, y Matthew... Y Thomas y Christopher. Y Anna. Pero guardarán el secreto. Confío absolutamente en ellos —añadió, quizás un poco a la defensiva.

Will intercambió una mirada con Magnus que James no pudo descifrar. Luego habló despacio.

—Me alegro de que al menos pudieras confiar en tus amigos. Ojalá me lo hubieras contado a mí también, James. —Por un momento, pareció triste—. Me rompe el corazón imaginarte atormentado por esos sueños con Belial, y además guardando el secreto. —Agarró su vaso, como si acabara de darse cuenta de que estaba ahí, y tomó un sorbo—. Yo también he visto la muerte —dijo en voz baja—. Sé lo terrible que es presenciarla.

Su padre apartó la vista de ellos un momento, y James se preguntó a qué se referiría, y de pronto recordó que, hacía mucho tiempo, Jessamine murió en brazos de Will. Estaba tan acostumbrado a su presencia fantasmal en el Instituto que era fácil olvidar el trauma que su muerte debió suponer para todos. Su padre hacía que fuera fácil de olvidar; su habitual actitud optimista conseguía esconder todo lo que pasaba.

Magnus se aclaró la garganta, y James dirigió la vista hacia él, que lo miraba pensativo con sus luminosos ojos de gato. Will se dio cuenta y se incorporó en la silla, volviendo de sus recuerdos.

—¿En qué piensas, Magnus?

—En que Belial estaba dispuesto a esperar mucho tiempo a que su plan con Jesse llegara a buen fin —contestó Magnus—. Me pregunto qué otros planes hicieron mientras tanto. Planes de los que no sabemos nada. —Miró a James con ojos brillantes—. Tengo que preguntártelo. ¿Qué soñabas, en el carruaje? Cuando te despertaste gritando.

James sintió un nudo en la garganta. Después de todo, aún se guardaba el secreto de Cordelia.

—Soñaba con sombras que se entremezclaban —explicó—. Estaba en un lugar asolado por el fuego y veía criaturas monstruosas moverse veloces por el aire.

—¿Eran demonios? —quiso saber Magnus.

—No lo sé —contestó James—. Tenían formas difusas y sombrías, y la luz era oscura... Era como si no pudiera verlas bien. Pero son parte del plan de Belial. Él me habló.

—¿Y qué te dijo? —preguntó Magnus en voz baja.

—«Se despiertan» —respondió James.

Will resopló.

—Bueno, no es de mucha ayuda. ¿Qué se despierta?

—¿Algo que dormía? —sugirió Magnus—. En el pasado, parecía que Belial quería que vieras claramente sus acciones. Ahora te quiere confuso.

—Me quiere asustado —corrigió James—. Eso es lo que quiere.

—Bueno, pues no lo estés —le aconsejó Will con decisión—. En cuanto encontremos a Lucie, volveremos a Londres. Ahora que sabemos lo que pasa, podemos reunir todos los recursos a nuestro alcance para hacer frente a esta situación.

James intentó fingir que ese pensamiento lo reconfortaba. Sabía que su padre tenía fe en que cualquier problema podía resolverse, pero él carecía de tal fe; James no podía imaginarse una vida en la que no estuviera ligado a Belial. La conexión existiría mientras Belial viviera, y como le repetían a James muchas veces, un Príncipe del Infierno no podía morir.

—¿No vas a beberte tu oporto? —preguntó Magnus—. Te puede calmar un poco y ayudarte a dormir.

James negó con la cabeza. Se sentía mareado solo con ver el alcohol, y sabía que no se trataba de los nervios. Era Matthew. Desde que se quitó el brazalete, recordaba cosas. Eran recuerdos no solo de cosas que pasaron, sino también de sus propios pensamientos y sentimientos, muchos que olvidó, que decidió olvidar. Sus sentimientos por Cordelia... su deseo de quitarse el brazalete... pero también la preocupación por el alcoholismo de Matthew. Era como si la influencia del brazalete insistiera en que Matthew no tenía ningún problema, que no era necesario que se preocupara de nada que no fuera lo que el brazalete quería que le preocupara. Cada vez era más evidente que Matthew sí tenía un problema, y que la cosa iba peor, pero el brazalete se aseguró de que no retuviera ese pensamiento, que no lo analizara. Recordó el Mercado de Sombras en Londres, un callejón nevado y él gritándole a Matthew: «Dime que hay algo a lo que amas más que a esa botella que tienes en la mano».

Fue consciente de ello, y no hizo nada. Permitió que el brazalete dirigiera su atención hacia otras cosas. Le falló a su mejor amigo. Le falló a su *parabatai*.

—Bueno, necesitas dormir —dijo Magnus—, y de ser posible sin sueños. Esperaba usar el más mundano de los métodos para conseguirlo, pero...

James tragó saliva.

—No creo que pueda beber.

—Entonces te daré otra cosa —ofreció Magnus con decisión—. Agua con algo más mágico que el mero vino. ¿Tú qué dices, Will?

—Por supuesto —contestó Will, y James pensó que aún seguía perdido en sus pensamientos—. Trae las pociones.

Aquella noche, James durmió como un tronco, y si su padre se levantó en medio de la noche para ver cómo estaba, igual que si fuera un niño pequeño, y si Will se sentó a su lado en la cama y le cantó en español antiguo, James no lo recordó al despertar.

—Como puedes ver —dijo Matthew, abarcando con el brazo todo el Boulevard de Clichy. Llevaba un gabán de pieles con varias capas, lo que le confería mayor dramatismo al gesto—. El infierno.

—Matthew Fairchild —respondió Cordelia—, eres una persona muy mala. Muy mala. —Pero no pudo evitar sonreír, mitad por la expresión expectante de Matthew, mitad por lo que le mostraba en Montmartre.

Montmartre era uno de los barrios más escandalosos de una ciudad escandalosa. Allí estaba el famoso Moulin Rouge, con su famoso molino rojo y sus bailarinas medio desnudas. Suponía que terminarían allí, pero Matthew, por supuesto, tenía que ser diferente. La llevó al Cabaret de l'Enfer, literalmente, el Cabaret del Infierno, cuya entrada estaba tallada en forma de rostro demoniaco, con enormes ojos negros y una hilera de dientes afilados en la parte superior de la boca abierta, que servía como puerta.

—No tenemos que entrar, si no quieres —avisó Matthew, más serio de lo habitual. Puso un enguantado dedo bajo la barbilla de Cordelia, para alzarle la cara. Ella lo miró sorprendida. El chico llevaba la cabeza descubierta, y sus ojos eran de un verde muy oscuro a la luz que salía de l'Enfer—. Pensé que te divertiría, igual que el Ruelle Infierno. Y este lugar deja al Ruelle como una guardería.

Cordelia dudó. Era consciente de la calidez del cuerpo de Matthew cerca del suyo, y de su olor: lana y colonia. Mientras retrocedía un poco, una pareja ricamente vestida salió de un *fiacre* y se dirigió a L'Enfer, entre risitas.

«Los parisinos ricos —pensó Cordelia— se iban a los tugurios de un barrio famoso por sus artistas pobres, que se morían de hambre en los áticos». La luz de las antorchas de gas que flanqueaban las puertas les iluminó la cara al entrar, y Cordelia vio que la mujer era de una palidez mortal y tenía los labios rojo carmín.

Una vampira. Era evidente que a los seres del submundo les atraería un lugar como ese. Cordelia entendió lo que pretendía Matthew: intentar proporcionarle toda la emoción del Ruelle Infierno, pero en otro sitio, sin el peso de los recuerdos. ¿Y por qué no? ¿De qué tenía miedo, cuando no había nada que perder?

Cordelia se irguió.

—Entremos.

Dentro, una escalera empinada los condujo a una caverna débilmente iluminada por antorchas tras aplicaciones de cristal rojo, que lo tenían todo de escarlata. En el yeso de las paredes había rostros gritando, todos diferentes, y todos con expresión de temor, agonía y terror. Del techo colgaban lazos dorados y cada uno mostraba una frase del *Inferno* de Dante: desde EN MEDIO DEL CAMINO DE LA VIDA, ME VI PERDIDO EN UNA SELVA OSCURA, hasta NO HAY MAYOR DOLOR QUE RECORDAR LOS TIEMPOS FELICES DESDE LA MISERIA.

En el suelo había dibujos de remolinos rojos y dorados; Cordelia supuso que pretendían evocar las llamas eternas de los condenados. Estaban en la parte de atrás de una gran sala de techo alto, que descendía en suave pendiente hacia el escenario en el extremo opuesto; en medio, había innumerables mesas de café iluminadas por suaves luces brillantes, la mayoría ocupadas por seres del submundo, aunque también había unos cuantos mundanos, vestidos con elaborados disfraces, que bebían absenta verde. Sin duda, pensaban que los subterráneos también eran mundanos, vestidos con disfraces divertidos.

El espectáculo aún no comenzaba, y las mesas bullían en conversaciones. Hubo una breve interrupción cuando varias cabezas se voltearon a mirar a Matthew y a Cordelia, lo que llevó a esta a preguntarse con qué frecuencia irían allí los cazadores de sombras y si serían realmente bienvenidos.

Entonces, desde una esquina, un coro de voces agudas gritó: «¡Monsieur Fairchild!». A la extraña y abigarrada luz de las velas, Cordelia vio que era una mesa repleta de lo que le parecieron seres mágicos, quizá duendes. En cualquier caso, lucían alas con los colores del arcoíris; ninguno llegaba a los dos palmos, y había unos veinte. Resultaba evidente que todos conocían a Matthew, y lo que era más sorprendente, todos parecían encantados de verlo. En el centro de la mesa, que era de tamaño humano, había una enorme taza de ponche, medio llena de una bebida dorada, que algunos de ellos estaban usando como alberca.

—¿Viejos amigos? —preguntó Cordelia, divertida.

—Anna y yo una vez les ayudamos a salir de un lío —explicó Matthew. Saludó alegremente a las hadas—. Es toda una historia, con duelos, carreras de carruajes y un apuesto príncipe de Feéra. Al menos dijo que era príncipe —añadió Matthew—. Siempre me da la sensación de que todo el mundo en Feéra es un príncipe o una princesa, igual que todo el mundo es un duque o una duquesa secretos en los libros de Lucie.

—Bueno, no apartes al príncipe apuesto. —Cordelia le clavó el dedo en el hombro—. Creo que me gustaría escuchar esa historia.

Matthew rio.

—De acuerdo, de acuerdo. Ahora te la contaré, pero primero tengo que hablar con el propietario.

Se alejó un momento para hablar con un fauno con unos cuernos que parecían demasiado largos para permitirle pasar por la puerta de entrada. Hubo un sentir amistoso antes de que Matthew regresara y le ofreciera a Cordelia su mano. Ella le permitió que la guiara hasta una mesa cercana al escenario. Cuando se sentaron, vio que las luces brillantes no eran velas, como había pensado, sino hadas luminosas aún más pequeñas que las que saludaron a Matthew.

¿Fuegos fatuos, quizá? El de su mesa estaba sentado en un cuenco de cristal, con las piernas cruzadas, y vestía un trajecito café. Los miró mal cuando tomaron asiento.

Matthew dio un golpecito en el cristal.

—No es un trabajo muy divertido, ¿eh? —le dijo, amable.

El hada de la taza se encogió de hombros y al hacerlo dejó ver el pequeño libro que sostenía. Llevaba un par de lentes.

—Hay que ganarse la vida —contestó con un acento claramente alemán, y volvió a su lectura.

Matthew pidió café para ambos, lo que le valió una mirada de desaprobación del mesero, a la que no prestó atención. Probablemente, los cabarés obtenían buena parte de sus ganancias con la venta de bebidas alcohólicas, pero a Cordelia le daba igual; estaba orgullosa de los esfuerzos de Matthew por mantenerse sobrio.

Matthew se reclinó en la silla.

—Bueno —comenzó—. El año pasado, Anna y yo estábamos en la Abbaye de Thélème, un club de temática monástica, con bailarinas de cancán vestidas de monjas y curas. Muy llamativo para los mundanos, supongo; algo así como si yo abriera un cabaré donde las Hermanas de Hierro y los Hermanos Silenciosos posaran desnudos.

Cordelia se rio, ganándose una ceñuda mirada del hada de la mesa. Matthew siguió, describiendo con gestos y palabras una divertida historia en la cual un príncipe hada, al que perseguían asesinos demoniacos, se escondía detrás de la mesa en la que estaban Anna y él.

—Rápidamente —dijo—, echamos mano de las armas. No nos dejaron entrar con las nuestras, normas de la casa, así que tuvimos que improvisar. Anna mató a un demonio con un cuchillo de untar. Yo aplasté un cráneo con una pierna de jamón. Anna usó un queso como disco. A otro desgraciado lo eliminamos con un chorro de expreso recién hecho y aún humeante...

Cordelia se cruzó de brazos.

—Déjame adivinar. El príncipe hada molestó a los subterráneos de Francia al pedir un bistec bien hecho.

Matthew ignoró el comentario.

—A un demonio lo atacó un grupo de pequeños y ruidosos perros, cuyo dueño, inexplicablemente, los metió en el cabaré...

—Nada de esto es verdad...

Matthew se rio.

—Como en las mejores historias, algo de esto es verdad.

—*Das ist Blödsin* —murmuró el hada de la lámpara—. A mí me parece que son un montón de estupideces.

Matthew agarró la lámpara y la puso en otra mesa. Para cuando regresó, el mesero les había servido café en unas tacitas de peltre.

—¿Llevas una estela? —le preguntó Matthew en voz baja, mientras se sentaba—. ¿O algún tipo de arma?

Cordelia se tensó.

—¿Qué pasó?

—Nada —contestó Matthew, jugando con el asa de su tacita de café—. Me di cuenta de que acabo de contarte una historia sobre armas improvisadas, pero tú...

—No puedo empuñar ningún arma, a no ser que lo haga en su nombre. —Cordelia fue incapaz de disimular la amargura en su voz; no quería pronunciar el nombre de Lilith en alto, ni quería darle la satisfacción, aunque fuera indirectamente, de su furia—. Pero extraño a *Cortana*. ¿Es raro extrañar una espada?

—No, si la espada tiene una gran personalidad, como es el caso de *Cortana*.

Cordelia sonrió, agradecida por su comprensión. No creía que le gustara que dejara la espada al cuidado de Alastair. Su hermano y Matthew seguían sin llevarse bien. Así que no dijo nada; además, no tenía ni idea de dónde la escondió Alastair. Antes de que pudiera decir nada más, las luces empezaron a atenuarse y a dirigirse hacia el escenario vacío.

La conversación enmudeció , el silencio se extendió por el ambiente, que de pronto se volvió inquietante. Sobre ese silencio se oyeron unas pisadas, y al cabo de un momento una mujer apareció en el escenario. Cordelia supuso que era una bruja; la rodeaba una de esas auras indefinibles, de poder bajo control. Tenía el cabello de un color gris metálico, recogido en un moño bajo, aunque su cara parecía bastante joven. Vestía una túnica de terciopelo azul oscuro, con bordados de planetas y estrellas.

Llevaba los ojos tapados con un pañuelo de seda azul, pero eso no pareció impedirle saber que había alcanzado el centro del escenario. Extendió los brazos hacia el público y abrió las manos, y Cordelia reprimió un gritito asustado. En el centro de cada palma tenía un ojo humano de largas pestañas, unos ojos de color verde brillante que mostraban un agudo conocimiento.

—Vaya marca de bruja, ¿no crees? —susurró Matthew

—¿Va a leer la suerte? —preguntó Cordelia.

—Madame Dorothea es una médium —contestó Matthew—. Dice que puede hablar con los muertos, que es lo que dicen todos los espiritistas; pero ella es una bruja, así que es posible que diga la verdad.

—*Bon soir, mes amis* —saludó la bruja. Tenía una voz profunda, fuerte como el café. A pesar de lo pequeña que era, su voz llegaba hasta el fondo de la sala—. Soy Madame Dorothea, pero piensa en mí como Caronte, hijo de la Noche, que conduce su barca por el río que separa a los vivos de los muertos. Como él, me siento igual de cómoda con los vivos que con los muertos. —Y levantando las manos, añadió—: El poder que me da mi segundo par de ojos me permite ver los mundos intermedios, los mundos del más allá.

Avanzó hasta el frente del escenario. Los ojos de sus palmas parpadearon, y se movieron de arriba abajo dentro de las órbitas, para examinar al público.

—Hay alguien aquí —comenzó Madame Dorothea—, alguien que perdió un hermano. Un amado hermano que clama para que lo oiga... su hermano, Jean Pierre. —Levantó la voz—. Jean Pierre, ¿estás aquí?

Se hizo un silencio expectante, y un licántropo de mediana edad se levantó despacio en una de las mesas del fondo.

—¿Sí? Soy Jean Pierre Arland. —Su voz se oía baja en el vacío.

—¿Y perdiste a un hermano? —preguntó en alto Madame Dorothea.

—Murió hace dos años.

—Te traigo un mensaje de él —anunció Madame Dorothea—. De Claude. Ese era su nombre, ¿verdad?

La sala entera estaba en silencio. Cordelia se dio cuenta de que sus propias palmas estaban húmedas de la tensión. ¿Era verdad que Dorothea se comunicaba con los muertos? Lucie lo hacía, lo que significaba que era posible; Cordelia la había visto, así que no sabía por qué se sentía tan ansiosa.

—Sí —contestó Arland, con tono cansado. Quería creer, pensó Cordelia, pero no estaba seguro del todo—. ¿Qué... qué es lo que dice?

Madame Dorothea cerró las manos. Cuando las abrió de nuevo, los verdes ojos parpadeaban con rapidez. Habló con una voz baja y ronca.

—Jean Pierre, tienes que devolverlos.

El licántropo pareció desconcertado.

—¿Qué?

—¡Los pollos! —exclamó Madame Dorothea—. ¡Tienes que devolverlos!

—Lo... lo haré —contestó Jean Pierre, asombrado—. Lo haré, Claude...

—¡Tienes que devolverlos todos! —gritó Madame Dorothea. Jean Pierre miró alrededor, agobiado, y luego corrió hacia la puerta.

—Quizá se los haya comido —susurró Matthew. Cordelia quiso sonreír, pero su extraña sensación de ansiedad seguía presente. Miró a Dorothea, que volvió del trance y miraba al público a través de sus palmas abiertas.

—¡Pensaba que podíamos hacer preguntas! —gritó alguien desde una esquina de la sala.

—¡Los mensajes van antes! —ladró Madame Dorothea con su voz original—. Los muertos perciben que hay un portal. Se apresuran a dar sus mensajes. Tenemos que permitirles hablar. —Los ojos de las palmas se cerraron y volvieron a abrirse—. Hay alguien aquí —dijo—, alguien que perdió a su padre. —Los ojos verdes buscaron y se posaron sobre Cordelia—. *Une chasseuse des ombres.*

Una cazadora de sombras.

Cordelia se quedó helada mientras los murmullos llenaban la sala: la mayoría no sabía que había cazadores de sombras entre ellos. Echó un rápido vistazo a Matthew, ¿tendría algo que ver con esto? Pero él parecía tan sorprendido como ella. Matthew extendió la mano sobre la mesa y le rozó los dedos.

—Podemos irnos...

—No —susurró Cordelia—. No, quiero quedarme.

Alzó la mirada y se encontró a Madame Dorothea observándola fijamente. Las luces del proscenio creaban una gran sombra sobre el muro trasero, enorme y negra. Cuando la mujer levantó los brazos, las mangas de su túnica parecieron alas.

—Cordelia, tu padre está aquí —dijo simplemente Madame Dorothea, y su voz era extrañamente baja, como si estuviera hablándole solo a Cordelia—. ¿Quieres escucharlo?

Cordelia se agarró al borde de la mesa. Asintió, consciente de que todo el cabaré la miraba. Consciente de que iba a exponerse, iba a exponer su dolor. Incapaz de no hacerlo, a pesar de todo.

Cuando Madame Dorothea habló de nuevo, su voz era más profunda. No ronca, pero modulada, y ya no hablaba francés ni tenía acento.

—Layla —dijo, y Cordelia se tensó por completo. Era él. No podía ser nadie más; ¿qué otra persona iba a conocer su apodo familiar?—. Lo siento mucho, Layla.

—Padre —murmuró ella. Miró a Matthew, que parecía perplejo.

—Tengo que contarte muchas cosas —siguió Elias—. Pero primero debo advertirte. No esperarán. Y el arma más afilada está cerca.

Un murmullo recorrió todo el club; los que entendían a Elias, traducían a los que solo hablaban francés.

—No entiendo —repuso Cordelia, con dificultad—. ¿Quién no esperará?

—A su debido tiempo, habrá tristeza —siguió Elías—, pero no arrepentimiento. Habrá silencio. Pero no paz.

—Padre...

—Se despiertan —dijo Elias—. Si no puedo decirte nada más, escucha esto. Se están despertando. Ya no se puede parar.

—Pero no entiendo —protestó Cordelia de nuevo. Los ojos verdes de las palmas de Dorothea la miraban, vacíos, sin compasión o simpatía—. ¿Quién se despierta?

—Nosotros, no —contestó Elias—. No los que estamos muertos. Nosotros somos los afortunados.

Y Madame Dorothea cayó al suelo desmayada.

4

FANTASMA BENDITO

Me moví y no sentí los miembros,
me sentía tan ligero, que casi creí
que había muerto en sueños
y era un fantasma bendito.

SAMUEL TAYLOR COLERIDGE,
El Viejo Marinero

Malcolm apenas permaneció en la mesa los pocos minutos que le llevó comerse la cena. De hecho, ya se mostraba impaciente cuando, horas después de que el sol se pusiera, Lucie señaló que necesitaban comer. Sospechó que hacía tiempo que Malcolm no tenía huéspedes en esa casa. Y probablemente, rara vez se tomaba la molestia de sentarse a comer a la mesa. Probablemente hacía algún encantamiento para conseguir comida cuando tenía hambre, estuviera donde estuviese.

Aunque protestó, al final preparó un plato, que según les explicó, era uno de los más típicos de la cocina tradicional de Cornualles: sardinas asadas sobre fuego de leña, grandes hogazas de pan con una corteza en la que se podía perder un diente, un cremoso queso redondo y una jarra de sidra. Lucie se abalanzó sobre los platos como si no hubiera comido en varios días, lo cual, se dio cuenta, era cierto.

Jesse miraba las sardinas con recelo, y las sardinas le devolvieron la mirada con sus ojos vidriosos, pero finalmente se relajó y comió unas cuantas. Lucie estaba tan encandilada viendo a Jesse comer que casi se olvidó de lo hambrienta que estaba. Aunque habría comido mientras ella estaba inconsciente, resultaba evidente que era novedad para él. Cerraba los ojos con cada bocado; hasta se chupó una gota de sidra que se le derramó por el dedo con una mirada que hizo que Lucie se acalorara.

A mitad de la comida, a Lucie se le ocurrió preguntarle a Malcolm dónde consiguió la comida, y ella y Jesse intercambiaron miradas de horror cuando el brujo admitió que se la robó a una familia que estaba a punto de sentarse a cenar.

—Culparán a los piskies —dijo, que por lo visto era un tipo de hada traviesa del lugar.

Tras un momento de culpa, Lucie consideró que ya no era factible devolver los restos de la comida, así que intentó quitárselo de la cabeza.

En cuanto los platos estuvieron vacíos, Malcolm se levantó y se puso en marcha de nuevo, no sin antes voltear hacia ellos para decirles que se sintieran libres de poner la tetera a hervir, si les apetecía, y luego salió con tanta prisa que temblaron las bisagras de la puerta de entrada tras su portazo.

—Me pregunto adónde va —dijo Jesse. Mordió delicadamente una esquina de un pastel de melaza—. Se pasa afuera la mayor parte del tiempo. Incluso cuando estabas inconsciente.

—No sé a dónde va exactamente —contestó Lucie—. Lo que sé es que intenta averiguar lo que le pasó a Annabel Blackthorn.

—Ah, ¿su gran amor perdido? —comentó Jesse, y cuando Lucie se sorprendió, le sonrió—. Malcolm me contó algo. Que se enamoraron de pequeños y la familia de ella no lo aprobaba, y que la perdió trágicamente, y ahora ni siquiera sabía dónde estaba enterrada.

Lucie asintió.

—Siempre creyó que ella se había convertido en una Hermana de Hierro, pero resulta que eso no fue así —explicó ella—. Eso fue lo que le dijo la familia, para que dejara de buscarla.

—Eso no me lo contó. Me dijo que no me preocupara, porque los Blackthorn que le mintieron eran familiares míos muy lejanos.

—Oh, vaya. ¿Y qué le dijiste?

Jesse la miró burlón.

—Que si tenía que sentirme responsable por el mal comportamiento de mis familiares, tenía problemas mucho peores en mi propia casa.

Recordar a Tatiana hizo que Lucie se estremeciera. Jesse se preocupó al instante.

—¿Vamos al salón? Hay un fuego encendido.

A Lucie le pareció una buena idea. Agarró su libreta y las plumas del baúl de su habitación, y pensó que podía intentar escribir un poco después de la cena.

Fueron a la sala, y Jesse se ocupó de buscar un chal para que Lucie se envolviera en él; luego fue a la chimenea y se arrodilló para remover las brillantes ascuas con un atizador. Lucie, que por una vez no tenía ganas de agarrar la pluma, se acurrucó en el sofá y lo observó. Se preguntó si alguna vez dejaría de maravillarse ante lo real que era ese nuevo Jesse. Tenía la piel enrojecida por el calor del fuego; se arremangó, y se le notaba la flexión de los músculos de los brazos al moverlos.

Jesse se incorporó y se volteó hacia ella. Lucie tomó aire. Su rostro era muy hermoso; ella ya lo sabía, claro que sí, era la misma cara de siempre, pero antes estaba como desdibujada, distante. Sin embargo, en ese momento parecía brillar con un fuego pálido. Tenía una textura y una profundidad que antes no poseía; era algo real, algo que se podía tocar. También tenía unas ligeras ojeras, ¿habría estado durmiendo mal? Dormir debía de resultarle muy extraño; pasó mucho tiempo sin poder hacerlo.

—Jesse —le dijo con suavidad—, ¿pasa algo?

La boca de él se curvó en una media sonrisa.

—Qué bien me conoces.

—No tanto —contestó—. Sé que te preocupa algo, pero no sé el qué.

Él dudó unos instantes, luego habló, y lo hizo de un modo temerario, como lanzándose hacia una oscuridad desconocida.

—Se trata de mis Marcas.

—¿Tus... Marcas?

Extendió los antebrazos desnudos para que ella los viera. Lucie se levantó, quitándose el chal: ya tenía suficiente calor. Se acercó a él; realmente no lo había notado antes, ya que casi todo el mundo que conocía tenía Marcas. En el dorso de la mano derecha, Jesse tenía la antigua cicatriz de una runa de visión fallida, y en el interior del codo izquierdo, una runa de poder angelical. Había cuatro más, Lucie lo sabía: fuerza, en el pecho; velocidad y precisión, en el hombro izquierdo y una nueva runa de visión en el dorso de la mano izquierda.

—Estas no son mías —afirmó, mientras miraba la runa de visión y las *enkeli*—. Pertenecen a muertos, gente a la que Belial asesinó usando mis manos. Siempre he querido tener runas, desde que era un niño, pero ahora siento como si llevara en el cuerpo las marcas de sus muertes.

—Jesse, no es culpa tuya. Nada de esto es culpa tuya. —Lucie le tomó la cara entre las manos, haciendo que la mirara—. Escúchame. No puedo imaginar lo horrible que debió de ser. Pero no tenías control sobre nada de ello. Y... y cuando volvamos a Londres, estoy segura de que podrás quitarte las runas, y conseguir unas nuevas, unas que sean tuyas, que tú elijas. —Apartó un poco la cara; estaban a escasos centímetros—. Sé lo que se siente cuando Belial te regala algo que no has pedido ni quieres.

—Lucie... eso es diferente.

—No —murmuró ella—. Tú y yo nos parecemos en eso. Y lo único que espero es ser siempre tan valiente como has sido tú, soportarlo tan bien como tú.

Él la besó. Ella respiró asombrada contra su boca y bajó las manos hasta sus hombros, aferrándose a él. Se habían besado antes, en el Mercado de Sombras. Pero esto era algo completamente distinto. Era como la diferencia entre que alguien te describiera un color y verlo por ti misma.

Las manos de él se deslizaron por su cabello, enredándose en los densos mechones; Lucie sintió como el cuerpo de él cambiaba al sujetarla, cómo los músculos se tensaban y el calor crecía entre ellos. Abrió la boca para él, sintiéndose atrevida, casi sorprendida por su falta de contención. Jesse sabía a sidra y miel, y sus manos se deslizaron a través de su espalda, acariciándole los omóplatos y siguiendo el arco de la columna. Pudo sentir cómo a Jesse se le aceleraban los latidos del corazón mientras la atraía más hacia sí, y oyó el gemido profundo que brotó de su garganta. Jesse temblaba mientras le susurraba, pegado a su boca, que la sentía perfecta, perfectamente viva, y no dejaba de repetir su nombre: «Lucie, Lucie».

Se sintió mareada, como si estuviera cayendo. Cayendo a través de la oscuridad. Como las visiones, o sueños que tuvo, semiinconsciente, en la cama. Se sentía igual que cuando lo había resucitó, como si se perdiera a sí misma, como si perdiera todo lo que la conectaba con el mundo real.

—Oh. —Se apartó, parpadeando desorientada. Se encontró con los ojos verdes abrasadores de Jesse, vio el deseo oscureciéndole la mirada—. Maldición —dijo.

—¿Estás bien? —le preguntó él, sonrojado y despeinado.

—Me mareé un poco... puede que aún esté algo débil y cansada —contestó ella, desconsolada—, y es horrible, porque estaba disfrutando mucho besándote.

Jesse respiró hondo. Parecía confundido, como si lo acabaran de despertar.

—No digas eso. Me dan ganas de besarte otra vez. Y probablemente no debería, si estás... débil.

—Quizá si me besaras en el cuello —sugirió ella, mirándolo con los ojos entrecerrados.

—Lucie. —Respiró tembloroso, le besó la mejilla y se apartó—. Te prometo que me sería difícil detenerme ahí. Lo que significa que ahora voy a asir un atizador y, muy respetablemente, me encargaré de cuidar el fuego.

—Y si intento besarte yo, ¿me pegarás con el atizador? —preguntó Lucie, con una sonrisa.

—En absoluto. Seré un caballero y me pegaré a mí mismo con el atizador, y tú tendrás que explicar el desaguisado resultante a Malcolm cuando llegue.

—No creo que Malcolm quiera quedarse aquí mucho más tiempo —aventuró Lucie con un suspiró, mientras miraba las chispas que se alzaban en la chimenea, motas rojas y doradas que daban vueltas—. Tendrá que volver a Londres en algún punto. Es el Brujo Supremo.

—Lucie —dijo él con suavidad. Se volteó para mirar el fuego un momento. La luz se le reflejaba en los ojos—. ¿Cuáles son nuestros planes de futuro? Tendremos que volver al mundo.

Lucie pensó unos segundos.

—Supongo que si Malcolm nos echa, podemos lanzarnos al camino y ser bandidos . Solo robaremos a los crueles e injustos, por supuesto.

Jesse sonrió reticente.

—Desgraciadamente, los bandidos se vieron obligados a reducir su actividad debido a la creciente popularidad del automóvil.

—Entonces, unámonos al circo —sugirió Lucie.

—Lamentablemente, me aterrorizan los payasos y las rayas anchas.

—Entonces podemos embarcarnos en un vapor con destino a Europa —sugirió Lucie, repentinamente entusiasmada con la idea—, y hacernos músicos ambulantes en el viejo continente.

—No sé cantar —replicó Jesse—. Lucie...

—¿Qué crees tú que debemos hacer?

Él respiró muy hondo.

—Creo que debes regresar a Londres sin mí.

Lucie dio un paso hacia atrás.

—No, no pienso hacer eso. Yo...

—Tienes una familia, Lucie. Una familia que te quiere. Nunca me aceptarán, es una locura pensar que sí, e incluso si lo hicieran... —Movió la cabeza, frustrado—. Incluso si lo hicieran, ¿qué explicación le darán al Enclave sin crearse problemas? No quiero que se alejen de ti por mi culpa. Tienes que regresar con ellos. Diles lo que necesites, invéntate una historia, lo que sea. Yo me mantendré alejado de ti para que no te culpen por lo que hiciste.

—¿Qué hice? —preguntó ella en un susurro. Claro que pensó, y muy a menudo, en el horror que sus amigos y familiares sentirían si supieran hasta dónde se extendía su poder. Que no solo podía ver fantasmas, sino tener control sobre ellos. Que ordenó a Jesse que volviera, que volviera de ese lugar intermedio de sombras en el que Tatiana lo tenía atrapado. Que ella lo trajo de vuelta, a través del umbral de la vida y la muerte, lo empujó hacia el mundo brillante de los vivos. Porque así lo quiso.

Sintió temor por lo que pudieran pensar, pero no le pasó por la cabeza que a Jesse también le podría preocupar.

Habló con firmeza.

—Yo soy la que te trajo de vuelta. Tengo una responsabilidad hacia ti. ¡No puedes quedarte aquí y... y ser un pescador en Cornualles, y no ver a Grace nunca más! No soy la única que tiene una familia.

—Pensé en eso, y claro que veré a Grace. Le escribiré en cuanto sea seguro. Hablé con Malcolm. Él piensa que lo mejor que puedo hacer es trasladarme a través de un portal a un Instituto lejano y presentarme como un cazador de sombras, allí nadie conocerá mi cara ni a mi familia.

Lucie se quedó sorprendida. No se dio cuenta de que Malcolm y Jesse estuvieron haciendo planes, hablando de ella, mientras no estaba. No le gustaba demasiado la idea.

—Jesse, eso es ridículo. No quiero que vivas una vida de... de exilio.

—Pero es una vida —contestó él—, y la tengo gracias a ti.

Ella movió la cabeza.

—No te saqué de entre los muertos para que... —«Para que te alejes de mí», estuvo a punto de decir, pero se interrumpió. Oyó un ruido, proveniente de la puerta delantera. Ella y Jesse se miraron preocupados—. ¿Qué será? —susurró ella.

—Probablemente nada. Un vecino, quizá, que busca a Malcolm. Yo contestaré.

Pero asió el atizador antes de salir de la habitación. Lucie se apresuró a ir tras él, preguntándose por qué los Blackthorn eran tan aficionados a usar las herramientas de la chimenea como armas.

Antes de que Jesse llegara a la puerta, ella se interpuso, incapaz de controlar su instinto de protegerlo incluso cuando no lo necesitaba. Lo apartó, y abrió la puerta con decisión. Se quedó mirando, entre el horror y el alivio, a las tres personas que estaban allí, envueltas en abrigos de invierno, y coloradas del frío y el largo paseo colina arriba.

Su hermano. Su padre. Y Magnus Bane.

Cordelia soñó que estaba sobre un ajedrez que se extendía hasta el infinito bajo un cielo nocturno igualmente infinito. Las estrellas destacaban en medio de la negrura como reflejos de diamantes. Al mirar, su padre apareció sobre el tablero, con el abrigo rasgado y ensangrentado. Cuando él cayó de rodillas, ella corrió hacia él, pero por muy rápido que corriera, no parecía llegar nunca. El tablero seguía extendiéndose entre ellos, incluso cuando él se desplomó sobre un charco de sangre, que contrastaba con el fondo blanco y negro del tablero.

—¡*Baba*! ¡*Baba*! —lloró—. ¡Papá, por favor!

Pero el tablero se alejó de ella girando. De repente estaba en el salón de Curzon Street, con la luz del fuego cayendo sobre el tablero con el que James y ella jugaron tan a menudo. El propio James estaba junto al fuego, con las manos sobre la repisa de la chimenea. Se volteó para mirarla, dolorosamente bello a la luz del fuego, con sus ojos color oro líquido.

Pero en esos ojos no había señales de reconocimiento.

—¿Quién eres? —le preguntó—. ¿Dónde está Grace?

Cordelia se despertó jadeando y enredada en las sábanas. Se liberó con dificultad, casi con náuseas, clavando los dedos en la almohada. Echaba de menos a su madre, a Alastair. A Lucie. Enterró la cara entre las manos, temblando.

La puerta de su cuarto se abrió, y una luz brillante se extendió por la habitación. Iluminado por esa luz estaba Matthew, en pijama y con el cabello revuelto.

—Escuché un grito —dijo preocupado—, ¿qué pasó?

Cordelia suspiró y se destensó.

—Nada —respondió—. Solo un sueño. Soñé que... que mi padre me pedía que lo salvara.

Matthew se sentó a su lado y el colchón se hundió bajo su peso. Olía a un jabón y una colonia reconfortantes, y cuando le tomó la mano y se la sostuvo, su pulso redujo su velocidad.

—Tú y yo somos iguales. Tenemos el alma enferma de viejas heridas. Sé que te culpas, por Lilith, por James, y no debes hacerlo, Daisy. Nos recuperaremos juntos de nuestra enfermedad del alma. Aquí en París, conquistaremos el dolor.

Le sujetó la mano hasta que se quedó dormida.

James no estaba seguro de que reacción esperaba de Lucie ante su llegada, pero se quedó sorprendido cuando vio el miedo en su cara.

Ella dio un paso atrás, casi chocando con el chico que estaba a su lado; era Jesse Blackthorn, ¡Jesse Blackthorn! Lucie levantó las manos, como impidiéndoles el paso. Impidiendo el paso a James y a su padre.

—¡Oh, vaya! —murmuró Magnus.

James pensó que eso era decir muy poco. Estaba exhausto. Entre los sueños plagados de pesadillas, interrumpidos por incómodos viajes en carruaje; la confesión que hizo ante Magnus y su padre, y una larga y húmeda caminata cuesta arriba por el resbaladizo camino del acantilado que llevaba a la casa de Malcolm Fade, lo agotaron hasta la médula. Aun así, la mirada de preocupación y miedo de Lucie hizo que se le disparara el instinto de protección.

—Luce —dijo, dando un paso hacia delante—, no pasa nada...

Lucie lo miró agradecida durante unos segundos, pero dio un respingo cuando Will, desenvainado un cuchillo de su cinturón de armas, entró a la cabaña y agarró a Jesse Blackthorn por la pechera. Con una daga en el puño y la furia en los ojos azules, Will aprisionó a Jesse contra la pared.

—Espíritu maligno —rugió—. ¿Qué le hiciste a mi hija para obligarla a traerte de regreso? ¿Dónde está Malcolm Fade?

—Papá, no, no... —Lucie quiso detener a Will, pero James la tomó de un brazo. Casi nunca veía a su padre disgustado, pero sabía que, cuando se molestaba, era explosivo, y las amenazas a su familia era lo que más furia le provocaba.

—*Tad* —llamó James con urgencia; solo usaba la palabra «padre» en galés cuando quería que Will le prestara atención—. Espera.

—Sí, por favor, espera —pidió Lucie—. Siento irme como lo hice, pero no entiendes que...

—Entiendo que este era un cuerpo que poseía Belial —replicó Will, poniendo el cuchillo en la garganta de Jesse. Este no se movía;

de hecho no se movió desde que Will lo agarró, y tampoco dijo nada. Estaba muy pálido («bueno, eso era lo normal, ¿no?», pensó James) y le ardían los ojos verdes. Mantenía los brazos pegados a los lados, como dando a entender que no representaba ninguna amenaza—. Entiendo que mi hija, que tiene un corazón de oro, piensa que puede salvar a cualquier gorrión herido. Entiendo que los muertos no pueden vivir de nuevo, no sin exigir un alto precio a los vivos.

James, Lucie y Magnus empezaron a hablar a la vez. Will, molesto, dijo algo que James no pudo escuchar bien. Exasperado, Magnus chasqueó los dedos. De ellos salieron chispas azules y el mundo se quedó en completo silencio. Incluso desapareció el sonido del viento, tragado por el hechizo de Magnus.

—Ya está bien —espetó el brujo. Estaba apoyado en el marco de la puerta, con el sombrero bien calado, y una postura que transmitía una calma exagerada—. Si vamos a hablar de nigromancia, o posible nigromancia, esta es mi área de conocimiento, no la tuya. —Miró a Jesse de cerca, con una mirada inquisitiva en sus ojos de color verde dorado—. ¿Habla?

Jesse alzó las cejas.

—Ah, vaya —repuso Magnus, y chasqueó los dedos de nuevo—. Se acabó el hechizo de silencio. Procede.

—Hablo —afirmó Jesse, con calma—, cuando tengo algo que decir.

—Interesante —murmuró Magnus—. ¿Sangra?

—Ah, no —exclamó Lucie—, no animes a mi padre. Papá, ni se te ocurra...

—Lucie —dijo Jesse—. No pasa nada. —Levantó la mano en la que tenía la runa de visión dibujada en el dorso. Alzó la palma y presionó contra la punta del cuchillo de Will.

La sangre salió, roja y brillante, y se derramó por la mano, tiñendo de rojo el puño de su camisa blanca.

Magnus entrecerró los ojos.

—Aún más interesante. Vaya, estoy harto de estar aquí congelándome. Seguro que Malcolm tiene algún tipo de salón; le gustan las comodidades. Lucie llévanos a ese salón.

Una vez que estuvieron en dicho salón, más pintoresco y bonito de lo que James hubiera imaginado, Will y James se hundieron en un gran sofá. Lucie, de pie, observaba a Magnus, que colocó a Jesse delante del fuego crepitante y llevó a cabo algún tipo de examen mágico completo.

—¿Qué buscas? —preguntó Jesse. A James le pareció que el chico estaba nervioso.

Magnus lo miró a los ojos un instante, mientras le salían chispas azules de los dedos. Alguna se quedó enredada en el cabello de Jesse y brillaba como un escarabajo.

—Muerte —contestó.

Jesse permanecía estoico y serio. James supuso que tendría que aprender a soportar cosas desagradables, dada la vida que llevó, ¿o no era una vida? En algún momento lo fue, pero ¿cómo denominar a la experiencia que vivió después? Una especie de pesadilla, de vida en muerte, como el monstruo del poema de Coleridge.

—No está muerto —afirmó Lucie—. Nunca lo estuvo. Déjenme que lo explique. —Sonaba agobiada, igual que se sintió James cuando reveló sus secretos en la posada. ¿Cuántos problemas se habrían ahorrado si hubieran confiado los unos en los otros?

—Luce —dijo James con amabilidad. La notó muy cansada, parecía más joven y al mismo tiempo mayor de lo que la recordaba—, cuéntanos.

James habría adivinado la mayor parte de esa historia, si no de forma detallada, sí en general. Primero, Lucie contó lo de Jesse: lo que Belial y su propia madre le hicieron. James ya conocía gran parte de esa historia: cómo Belial usó al brujo corrupto Emmanuel Gast para sembrar un poco de la esencia demoniaca de Belial dentro de Jesse cuando este era solo un bebé; cómo esa esencia destru yó a Jesse cuando le pusieron las primeras Marcas. Cómo Tatiana convirtió a su hijo moribundo en una especie de espectro viviente: un fantasma por la noche, un cadáver por el día. Cómo preservó su último aliento en el medallón de oro que Lucie llevaba colgado al cuello, esperando que un día le sirviera para traer a Jesse de vuelta a la vida.

Y cómo Jesse, sin embargo, sacrificó ese último aliento para salvar a James.

—¿De verdad? —Will estaba sentado muy recto, con un ceño que sugería más un estado reflexivo que disgusto—. Pero ¿cómo...?

—Es cierto —intervino James—. Yo lo vi hacerlo.

«Un chico que se inclinaba sobre él: un chico de cabello tan negro como el suyo y ojos verdes del color de las hojas de primavera, un chico cuyo contorno empezaban ya a desdibujarse, como una figura vista en una nube que desaparece cuando cambia el viento».

—Tú dijiste: «¿Quién eres?» —explicó Jesse. Magnus había acabado con su examen; Jesse estaba apoyado sobre la chimenea, con aspecto de verse arrastrado por la historia que Lucie estaba contando, que era la suya también—. Pero... no pude contestarte.

—Lo recuerdo —afirmó James—. Gracias. Por salvarme la vida. Aún no te lo decía.

Magnus se aclaró la garganta.

—Ya basta de sentimentalismos —los cortó, obviamente queriendo adelantarse a Will, que deseaba echarse sobre Jesse para abrazarlo paternalmente—. Nos queda claro lo que pasó con Jesse. Lo que no entendemos, querida Lucie, es cómo lo trajiste de vuelta del estado en el que se hallaba. Y me temo que debemos preguntarlo.

—¿Ahora? —intervino James—. Es tarde, debe de estar exhausta...

—No pasa nada, Jamie —dijo Lucie—. Quiero contarlo.

Y lo hizo. La historia de cómo descubrió sus poderes sobre los muertos, a los que no solo podía ver aunque ellos no quisieran, igual que James y Will, sino que podía darles órdenes que ellos se veían obligados obedecer; le recordó a James el descubrimiento de su propio poder, de la sensación ambivalente de fuerza y culpa que le causaba.

James quería levantarse y acercarse a su hermana, mientras esta continuaba relatando su historia y contó cómo levantó a un ejército de ahogados y muertos para salvar a Cordelia del Támesis. Quería decirle lo importante que fue para él que ella le salvara la vida a Cordelia; hablar del horror que sintió ante el pensamiento de perder a Cordelia. Pero no dijo nada. Lucie no tenía ningún motivo para creer que él no estaba enamorado de Grace, y lo único que conseguiría sería quedar como un hipócrita a los ojos de su hermana.

—Me siento un poco ofendido —dijo Magnus—, por el hecho de que acudieras a Malcolm Fade y no a mí, en busca de consejo sobre el tema de Jesse. Suelo ser el brujo al que primero vienes a molestar, y considero eso como una tradición.

—Estabas en el Laberinto Espiral —le recordó Lucie—. Y... bueno, tuve otras razones para recurrir a Malcolm, pero no vienen al caso ahora.

James, sentía que era un maestro en el arte de contar solo la parte de la historia que requiriera la situación, sospechó que esas razones sí venían al caso, pero no dijo nada.

—Malcolm nos contó, me contó, que era como si Jesse estuviera atrapado en el umbral entre la vida y la muerte. Por eso no podías verlo como ves a los fantasmas normales —dijo Lucie, dirigiéndose a Will—, porque no estaba realmente muerto. Lo que hice para traerlo de vuelta fue nigromancia. Le... —Se tomó las manos—. Le ordené que viviera. No habría funcionado si él estuviera muerto del todo, pero como lo único que yo hacía era unir un alma viva con un cuerpo vivo del cual fue separada de forma impropia, funcionó.

—¿Qué piensas, Magnus? —preguntó Will, mientras se apartaba de la frente un mechón de cabello negro entreverado de canas.

Magnus miró a Jesse, que seguía tenso y apoyado contra la chimenea, y suspiró.

—Hay algunas manchas de energía muerta en Jesse. —Alzó un dedo antes de que nadie tuviera tiempo de decir nada—. Pero solo están sobre las runas que le puso Belial.

«Así que James le contó a Will y a Magnus todo lo que Belial le hizo a Jesse», pensó Lucie. El propio Jesse parecía a punto de vomitar.

—Por todo lo demás —añadió Magnus—, diría que es un ser humano vivo y sano. He visto lo que sucede cuando alguien resucita a un muerto. Esto... no es lo mismo.

—Yo estaba delante cuando Lucie le ordenó a Jesse expulsar a Belial —explicó James—. Y lo hizo. No es fácil luchar contra un Príncipe del Infierno que quiere tu alma. Ganar esa batalla... —James miró a Jesse a los ojos— requiere coraje y mucho más. Bondad. Lucie confía en él; creo que nosotros deberíamos hacer lo mismo.

Jesse pareció destensarse un poco, como si la rigidez que lo envolvía como cadenas invisibles lo relajara. Miró a Will... todos miraron a Will, Lucie con una ansiosa esperanza en los ojos.

Will se levantó y cruzó la sala hacia Jesse. Este no se movió, pero parecía nervioso. Seguía quieto y observaba fijamente a Will, esperando que hiciera el primer movimiento.

—Salvaste la vida de mi hijo —dijo Will—, y mi hija confía en ti. Eso me basta. —Alzó la mano y se la ofreció a Jesse para estrecharla—. Me disculpo por haber dudado de ti, hijo.

Con esa última palabra, Jesse brilló como el sol cuando sale tras una nube. James se dio cuenta de que el chico nunca tuvo una figura paterna. Su única cuidadora fue Tatiana, y la única fuerza adulta de su vida, Belial.

Y Will parecía pensar lo mismo.

—Eres la viva imagen de tu padre, ¿sabes? —le dijo a Jesse—. Rupert. Es una lástima que no lo conocieras. Estoy seguro de que se sentiría orgulloso de ti.

Jesse parecía ser más alto. Lucie lo miraba resplandeciente.

«Ah —pensó James—, esto no es un capricho. Lucie está enamorada de verdad de Jesse Blackthorn. ¿Cómo no me di cuenta de que esto pasaba?».

Pero él mismo guardó su amor en secreto. Pensó en Matthew, que estaría con Cordelia en París. Intentó sobrellevar la pena que ese pensamiento le produjo.

—Bien —dijo Will, y con aire decidido le dio una palmada en el hombro a Jesse—. Perderíamos el tiempo culpando a Tatiana, y créeme que yo sí la culpo, pero no nos servirá de nada. Parece que tú eres nuestra preocupación, joven Jesse. ¿Qué haremos contigo?

Lucie frunció el ceño.

—¿Por qué no acudimos a la Clave y le explicamos lo que pasó? Ellos ya saben que Tatiana estaba inmersa en cosas oscuras. No culparán a Jesse de lo que se le hizo.

Magnus puso los ojos en blanco.

—No. Una idea terrible. Rotundamente no.

Lucie lo miró ceñuda.

Magnus se encogió de hombros.

—Lucie, tu intención es buena. —Lucie le sacó la lengua y él sonrió—. Pero sería peligroso involucrar a la Clave por completo. Hay algunos que tienen motivos para creer esta historia, pero también hay muchos que preferirían no creerla.

—Magnus tiene razón —lo apoyó Will—. Desafortunadamente. Es una cuestión de matices. Jesse no resucitó, porque no estaba realmente muerto. Aun así, estaba poseído por Belial. Y durante esa posesión él hizo...

La alegría se apagó en el rostro de Jesse.

—Hice cosas horribles —completó—, eso es lo que dirán: «Pues, si estaba vivo, es responsable de las cosas que hizo; si estaba muerto, entonces esto es nigromancia». —Miró a Lucie—. Te dije que no podía volver a Londres —insistió—. Mi historia es complicada. Ellos quieren historias simples, en las que la gente es buena o mala, y los buenos no cometen errores, y los malos nunca se arrepienten.

—No tienes nada de lo que arrepentirte —repuso James—. Si alguien sabe lo que es tener a Belial susurrándole al oído, ese soy yo.

—Pero no cumpliste su voluntad, ¿verdad? —argumentó Jesse, con una sonrisa amarga—. Creo que la única solución es que me vaya. Una identidad nueva...

—Jesse, no —exclamó Lucie; hizo ademán de acercarse a él, pero luego se detuvo—. Te mereces tener tu vida. La que Tatiana intentó arrebatarte.

Jesse no dijo nada. James recordó lo que le dijo su hermana sobre tratarlo como una persona.

—Jesse, ¿qué querrías hacer tú?

—¿Qué quiero yo? —repitió él con una sonrisa triste—. Quiero cuatro cosas imposibles. Quiero unirme al Enclave de Londres. Quiero ser un cazador de sombras, que es para lo que nací. Quiero que me acepten como una persona normal y viva. Quiero reunirme con mi hermana, la única familia verdadera que he tenido. Pero dudo que nada de eso sea posible.

El silencio se hizo sobre los presentes en la sala, mientras reflexionaban sobre estas palabras, pero se interrumpió con un repentino y leve chirrido que los sobresaltó a todos. Venía de la entrada, y tras un momento Malcolm Fade entró en el salón, golpeando los pies contra el suelo para sacudirse la nieve de las botas. Iba sin sombrero, y aún tenía copos de nieve blanca en el cabello. «Estaba más delgado que la última vez que lo vio», pensó James; tenía una mirada intensa y peculiarmente lejana. Le llevó un buen rato darse cuenta de que su salón estaba lleno de visitantes. Cuando los vio, se pasmó en el sitio.

—Supusimos que no te molestaría que entráramos, Malcolm —dijo Magnus, animado.

Malcolm deseaba de huir en la noche y aparecer por la mañana en Rio de Janeiro o cualquier otro lugar por el estilo. Pero en vez de eso, suspiró y echó mano del último baluarte de un inglés bajo presión.

—¿Un té? —sugirió.

Era tarde, y Anna Lightwood estaba cansada. Por desgracia, la fiesta en su departamento estaba en su apogeo. Casi todos sus amigos cazadores de sombras estaban fuera de la ciudad por alguna estúpida razón, así que aprovechó la oportunidad para invitar a algunos subterráneos a los que deseaba conocer mejor. Claude Kellington, director de música del Ruelle Infierno, tenía una composición nueva y quería presentarla ante un público reducido y selecto. El departamento de Anna, según él, era el lugar perfecto.

La nueva composición de Kellington tenía muchas partes cantadas, algo que nunca fue el fuerte de Claude. Y Anna no se dio cuenta de que era una cantata adaptada de un poema épico también compuesto por él. La actuación comenzaba su cuarta hora, y los invitados de Anna, a pesar de tener buena disposición hacia el artista, se habían aburrido y emborrachado hacía ya un buen rato. Kellington, cuyo público habitual eran los parroquianos aburridos y borrachos del Ruelle Infierno, ni se daba cuenta; tampoco había escuchado hablar nunca, tal como Anna comprobó, de la palabra «intermedio».

En ese momento, un vampiro y un licántropo, cuyos nombres Anna no recordaba, daban rienda suelta a su pasión en el sofá, un paso adelante para las relaciones entre subterráneos, al menos. Alguien en la esquina junto a la vitrina de las porcelanas inhalaba rapé. Hasta *Percy*, la serpiente disecada, estaba aburrida. De vez en cuando, Anna miraba discretamente el reloj y veía cómo las horas pasaban, pero no tenía ni idea de cómo detener a Kellington sin ser maleducada. Cada vez que él hacía una mínima pausa, ella se levantaba para interrumpir, pero él entraba enseguida en el siguiente movimiento.

Hyacinth, un hada azul pálida que trabajaba para Hypatia Vex, también asistió y se dedicó a lanzarle miraditas a Anna durante toda la tarde. Ella y Anna tuvieron una historia, y a esta última no le gustaba repetir los errores del pasado; aun así, la actuación de Kellington lo habría lanzado sobre ella antes de acabar la primera hora. Sin embargo, se limitó a esquivar disimuladamente las miradas del hada. Ver a Hyacinth le recordaba a Anna las últimas palabras que Ariadne le dijo: «Es culpa mía que te hayas convertido en lo que eres. Dura y brillante como una piedra preciosa. Intocable».

Esas palabras se repetían en su mente cada vez que pensaba en algún idilio. Lo que una vez le interesó, el murmullo de la ropa interior cayendo al suelo, el susurro del cabello al soltarse... ya le daba igual, a menos que fuera el cabello de Ariadne. La ropa interior de Ariadne.

«La olvidaría —se decía—. Conseguiría olvidarla». Se lanzó de cabeza a las distracciones. La actuación de Kellington, por ejemplo. También tomó unas clases de dibujo al natural con *Percy* como modelo, asistió a un buen número de bailes vampíricos sorprendentemente aburridos, y jugó al *cribbage* con Hypatia hasta el amanecer. Extrañaba a Matthew más de lo que creyó posible. Seguro que él sí la habría distraído.

Unos repentinos golpes en la puerta la sacaron de sus pensamientos. Sorprendida, se levantó. Era bastante tarde para un visitante inesperado. Quizás, ojalá, fuera un vecino que acudía a quejarse del ruido.

Atravesó la sala y abrió la puerta. En el vestíbulo, temblando de frío, estaba Ariadne Bridgestock.

Tenía los ojos rojos y las mejillas manchadas. Estuvo llorando. A Anna le dio un vuelco el corazón; todo lo que ensayó para decirle la siguiente vez que la viera se le olvidó instantáneamente. En vez de eso, sintió una comezón causada por el miedo: ¿qué había pasado? ¿Qué pasó?

—Lo siento —exclamó Ariadne—, siento molestarte. —Alzó la barbilla y los ojos le brillaban con desafío—. Sé que no debí venir. Pero no tenía otro sitio al que acudir.

Sin decir una palabra, Anna se hizo a un lado para dejarla entrar en el departamento. Ariadne entró; llevaba un pequeño bolso y un abrigo demasiado fino para el frío que hacía. Tenía las manos desnudas. Anna se alarmó aún más. Algo iba mal, estaba segura.

En ese momento, aunque Ariadne no dijo nada, Anna tomó una decisión.

Fue hasta el piano, que Kellington tocaba *fortissimo* mientras cantaba algo sobre un lobo solitario a la luz de la luna, y le cerró la tapa en las manos. La música cesó de forma abrupta, y Kellington la miró con expresión dolida. Anna no le prestó atención.

—Muchas gracias a todos por haber venido esta noche —dijo en voz alta—, pero ¡oh, desgracia!, importantes asuntos nefilim reclaman mi atención. Me temo que debo pedirles a todos que se vayan.

—Pero aún estoy a la mitad —protestó Kellington.

—Entonces no reuniremos en cualquier otro momento para escuchar la segunda parte —mintió Anna, y en pocos minutos condujo a la docena de huéspedes fuera de su departamento. Cuando la puerta se cerró tras el último de ellos, sobrevino el silencio, esa misteriosa quietud que siempre llegaba tras el final de una fiesta. Solo Ariadne permanecía.

Unos pocos minutos después, Ariadne estaba sentada, inquieta, en el sofá de Anna, con las piernas cruzadas y el abrigo secándose al fuego. Dejó de temblar cuando Anna la convenció de que bebiera un poco de té, pero tenía una expresión sombría y lejana. Anna esperó, con la espalda recostada en el sofá, falsamente calmada.

Mientras bebía el té, Ariadne miraba alrededor, observándolo todo detenidamente. Anna no entendió su actitud hasta que recordó que Ariadne nunca estuvo allí. Anna siempre organizaba los encuentros en otro sitio.

—Supongo que te preguntas por qué estoy aquí —comenzó Ariadne.

«Uf, gracias al Ángel. Va a sacar ella el tema», pensó Anna.

Siempre acogió en su departamento a aquellos que la pasaban mal: Eugenia, cuando lo de Augustus Pounceby; Matthew, cargado de tristezas que no se explicaba ; Christopher, temiéndose no llegar nunca a nada con su ciencia; Cordelia, desesperadamente enamorada de James, pero demasiado orgullosa para admitirlo. Sabía cómo tratar a los corazones rotos; sabía que siempre era mejor no preguntar demasiado, y esperar a que quisieran hablar.

Pero con Ariadne las cosas eran diferentes; Anna sabía que esperaría más para preguntar qué pasó. Le importaba demasiado. Ese era el problema. Con Ariadne, las cosas siempre le importaban demasiado.

Ariadne empezó a hablar, despacio, al principio, más rápido después. Explicó que ese mismo día, la Cónsul fue a preguntar si sabían algo de su padre, y que luego ella entró a la oficina de este y encontrado un montón de información sobre los Herondale y los Lightwood, de cada vez que uno de ellos transgredió alguna ley menor, o causó algún problema al Enclave, aunque fuera por error. Pero, según Ariadna, nada de eso tenía la importancia suficiente para interesarle al Inquisidor.

Anna no le preguntó inmediatamente, como deseaba, si alguno de esos datos era sobre ella. En vez de eso se limitó a fruncir el ceño.

—No suena nada bien. ¿Qué esperaba conseguir con semejante registro de hechos?

—No lo sé —contestó Ariadne—. Pero eso no es lo peor. Lo peor es que todo esto lo encontré en la chimenea, parcialmente quemado.

Sacó una hoja de papel del bolsillo del abrigo, arrugada y quemada por los bordes, y se la dio a Anna. Era una carta, con el sello del Inquisidor y una firma borrosa en la mitad inferior de la página, pero estaba llena de pequeños agujeros y faltaba la primera página.

...Y siempre te consideré una de las (mancha) más brillantes del firmamento de los cazadores de sombras. Me di cuenta de que pensamos lo mismo respecto a cuál debe ser el comportamiento de un cazador de sombras y la importancia del estricto cumplimiento de la ley. Por ello observé con creciente preocupación cómo desarrollaste una simpatía e incluso preferencia hacia los Herondale y alguno de los más escandalosos Lightwood con los que se relacionan. Intenté razonar contigo y debatimos, pero, por lo que parece, sin ningún resultado. Por ello, decidí dar el paso de comunicarte algo: conozco los secretos que crees que ignoro. Hay varios en tu historia que yo pasaría por alto, pero te aseguro que el resto de la Clave no lo haría. Debes saber que pretendo (mancha) los Herondale y conseguir que se vayan de (mancha). Con tu ayuda, creo que hasta presentaría cargos contra algunos de ellos. Cuento con que el Enclave se resistirá, pues algunas personas son demasiado sentimentales, y aquí es donde tu ayuda será vital. Si me apoyas en mi intento de limpiar las ramas más corruptas del árbol nefilim, pasaré por alto tus indiscreciones. Tu familia siempre se benefició del botín de... (aquí la carta se volvía ilegible a causa de una enorme mancha de tinta)... pero perdería todo si tu casa no está como debe.

Atentamente,
Inquisidor Maurice Bridgestock

Anna miró a Ariadne.

—¿Chantaje? —preguntó—. ¿El Inquisidor, tu padre, está chantajeando a alguien?

—Eso parece, ¿no? —contestó Ariadne seria—. Pero es imposible saber a quién, o por qué, o sobre qué. Solo sé que mi madre se enfureció cuando se dio cuenta de lo que encontré.

—Podría no ser lo que parece —sugirió Anna—. Para empezar, no lo mandó.

—No —dijo Ariadne, despacio—, pero ¿ves esta mancha? «Tu familia siempre se benefició del botín de..». algo. Creo que este pudo ser un borrador que descartó y echó al fuego.

Anna frunció el ceño.

—Sin la primera página, es difícil saber a quién va dirigido. Parece que la persona no es ni un Lightwood ni un Herondale, pues aparecen nombrados como si el destinatario no perteneciera a ninguno de los dos. —Anna dudó—. ¿Y tu madre te corrió solo por encontrar estos papeles?

—No... no del todo —contestó Ariadne—. Me puse muy nerviosa cuando encontré los papeles y la carta. Ella dijo que no era asunto mío; que mi única obligación era ser una hija obediente y casarme. Y cuando dijo eso, bueno... puede que yo perdiera un poco los nervios...

—¿En serio? —preguntó Anna.

—Le dije que no pensaba casarme, que no pensaba casarme en absoluto, que nunca me casaría porque no tenía ningún interés en los hombres.

La habitación parecía sin aire.

—¿Y? —inquirió Anna con un suspiro.

—Se vino abajo —contestó Ariadne—. Me rogó que le dijera que no era cierto, y cuando no lo hice, me dijo que no permitiera que tales impulsos me arruinaran la vida. —Se frotó impaciente las lágrimas con el dorso de la mano—. Me di cuenta de que siempre lo supo. O al menos sospechado. Me dijo que pensara en mi futuro, que estaría siempre sola, que nunca tendría hijos.

—Ah —dijo simplemente Anna. Sintió dolor. Sabía cuánto deseaba Ariadne tener hijos, que ese deseo fue uno de los factores que terminó con su relación hacía dos años.

—Me fui a mi habitación, metí un par de cosas en un bolso... Le dije que no pensaba vivir bajo el mismo techo que ella y mi padre si no me aceptaban como era realmente. Como soy. Y ella me dijo... me dijo que prometía olvidar todo lo que le dije. Que fingiríamos que la conversación nunca sucedió. Que si yo le contaba a mi padre lo que le conté a ella, él me correría de la casa. —Anna ni respiraba—. Así que me fui —finalizó Ariadne—. Salí de casa y vine aquí. Porque tú eres la persona más independiente que conozco. No puedo regresar a esa casa. No lo haré. Mi orgullo y mi... mi propio ser dependen de ello. Tengo que aprender a valerme por mí misma. Tengo que ser autosuficiente, como tú. —Su expresión era decidida, pero le temblaban las manos al hablar—. Pensé que... quizá tú podrías enseñarme cómo...

Anna le sostuvo con cuidado la taza.

—Por supuesto —le dijo—. Serás todo lo independiente que quieras. Pero no esta noche. Esta noche ha sido muy dura para ti, y es muy tarde, y tienes que descansar. Por la mañana empezarás una vida nueva. Y será maravillosa.

Una lenta sonrisa afloró en el rostro de Ariadne. Y por un momento, Anna se sintió desarmada por su enorme belleza. La gracia que tenía, la forma en la que le brillaba el oscuro cabello, la línea del cuello y el pausado aleteo de las pestañas. Sintió el repentino impulso de abrazarla y cubrirle los párpados y la boca con besos. Apretó los puños a la espalda, donde Ariadne no pudiera verlos.

—Usa mi recámara —dijo con calma—. Yo dormiré aquí, en el sofá; es bastante cómodo.

—Gracias —repuso Ariadne, y se levantó con su bolso—. Anna... la última vez que nos vimos... estaba enojada —explicó—. No debí decirte que eras fría. Siempre has tenido el corazón más grande que yo conozco, con espacio en él para todo tipo de necesitados. Como yo —añadió, con una pequeña sonrisa triste.

Anna suspiró para sí. En el fondo, Ariadne recurrió a ella por la misma razón que lo hacía Matthew o Eugenia: porque era fácil hablar con ella, porque se contaba con ella para lo que necesitaras, ya fuera un poco de comprensión, un té o un sitio para dormir. No culpaba a Ariadne, ni cambiaba su opinión sobre ella. Pero le gustaría que fuera por un motivo diferente.

Poco después, cuando Ariadne ya estaba en la cama, Anna fue a apagar el fuego. Cuando regresó notó la mirada decepcionada de *Percy*.

—Lo sé —dijo a media voz—. Es un error tremendo dejar que se quede aquí y lo lamentaré. Lo sé.

Percy no pudo más que estar de acuerdo.

Resultó que nadie quería té.

—Malcolm Fade —dijo Will, avanzando hacia el brujo. Su furia, que se disipó rápido al escuchar la historia de Lucie, regresaría junto con Malcolm. James se levantó, listo para intervenir si era necesario; conocía ese tono en la voz de su padre—. Debería llevarte enjaulado ante la Clave, ¿sabes? Demandarte por romper los Acuerdos.

Malcolm pasó al lado de Will y se dejó caer en la silla que estaba cerca del fuego.

—¿Con qué acusaciones? —preguntó, con voz cansada— ¿Nigromancia? Yo no realicé ningún tipo de nigromancia.

—Bueno —intervino Magnus, cruzándose de brazos—, te llevaste a una cazadora de sombras menor de edad a un lugar secreto sin el consentimiento de sus padres. Bastante reprochable. Oh, y robaste el cadáver de un cazador de sombras. Diría que es bastante demandable también.

—¿*Et tu*, Magnus? —preguntó Malcolm—. ¿No tienes solidaridad con tus colegas brujos?

—No cuando secuestran menores —contestó Magnus, seco.

—Malcolm —dijo Will, y James notó que intentó no alzar la voz—, eres el Brujo Supremo de Londres. Si Lucie acudió a ti con un asunto tan delicado como este, tendrías que haberle dicho que no. De hecho, tendrías que haberme puesto al corriente.

Malcolm suspiró, como si toda la situación le agotara.

—Hace mucho tiempo, perdí a alguien que amaba. Su muerte... su muerte casi acabó conmigo. —Miró por la ventana, un mar gris se extendía ante sus ojos—. Cuando tu hija acudió a mí pidiendo ayuda, no pude evitar compadecerla. No pude decirle que no. Si eso significa que debo perder mi posición, que así sea.

—No permitiré que Malcolm pierda su posición por mi culpa —exclamó Lucie, con los brazos abiertos—. Fui yo quien acudió a él. Yo le pedí su ayuda. Cuando le devolví la vida a Jesse, Malcolm ni siquiera sabía que lo estaba haciendo. Cuando él llego, yo... —Se detuvo—. Yo insistí en que me trajera a Cornualles. Temía lo que la Clave haría a Jesse. Estaba intentando protegerlo, y Malcolm también. Eso es todo lo que hice. Y no tengo problema en presentarme ante la Clave y confesarlo.

—Lucie —le dijo James—, esa no es una buena idea.

Lucie le echó una mirada que le recordó a algunas de las escenas de la primera novela de Lucie, *Rescatando a la princesa secreta Lucie de su terrible familia*. Si no le fallaba la memoria, el hermano de la protagonista, el cruel príncipe James, tenía la costumbre de poner murciélagos vampiro en el cabello de su hermana, y más tarde moría merecidamente al caer en un barril de melaza.

—James tiene razón. La Clave es brutal, despiadada —concordó Malcolm en un tono lúgubre—. No me gustaría que te interrogaran, Lucie.

—La Espada Mortal... —empezó Lucie.

—La Espada Mortal te obligará a revelar no solo que resucitaste a Jesse, sino que fuiste capaz de hacerlo gracias a Belial —dijo Magnus—. Gracias a un poder que viene de él.

—Pero entonces James... y mamá...

—Eso es —repuso Will—. Y por eso involucrar a la Clave no es una buena idea.

—Y por eso yo sigo siendo un problema —intervino Jesse—, desde mi punto de vista, deberíamos pensar alguna manera para que pueda volver al mundo de los cazadores de sombras.

—No —exclamó Lucie—, pensaremos en algo...

—Jesse Blackthorn —apuntó Malcolm—, con su madre, su herencia y su historia, no puede volver a la sociedad de los cazadores de sombras, al menos no en Londres.

Lucie se quedó helada; Jesse tenía la triste expresión de alguien ya resignado.

Magnus entrecerró los ojos.

—Malcolm —dijo—, me parece que intentas decirnos algo.

—Jesse Blackthorn no pude unirse al Enclave de Londres —repitió Malcolm—, pero, debido a mi historia, a mi investigación, nadie sabe más sobre los Blackthorn que yo. Si encontrara una forma de que Jesse volviera a la sociedad de cazadores de sombras, sin levantar sospechas... ¿podríamos dar este asunto por zanjado?

Will clavó la mirada en Lucie durante un largo momento.

—De acuerdo —dijo finalmente, y Lucie soltó el aire y cerró los ojos aliviada. Will señaló a Malcolm—. Tienes de plazo hasta mañana.

5

LOS REINOS SUPERIORES

¡Oh! Desde la juventud venía su amistad;
pero las lenguas maliciosas envenenan la verdad;
y la constancia vive en los reinos superiores; y
la vida es espinosa, y la juventud vana;
y enfurecerse con quien se ama
provoca en el alma, toda clase de furores.

SAMUEL TAYLOR COLERIDGE, *Christabel*

James no podía dormir. Era la primera vez en cinco días que tenía una recámara para él solo; ya no tenía que aguantar los ronquidos de su padre o a Magnus fumando su horrible pipa, y además estaba exhausto. Pero aun así permanecía despierto, mirando las grietas del techo y pensando en Cordelia.

Will consiguió desviar la conversación hacia el tema de dónde dormirían ellos tres, y con ello («de un modo muy hábil», pensó James, lo que le recordó por qué su padre era tan bueno en su trabajo) consiguió que Malcolm los considerada menos unos invasores y más unos invitados.

La pequeña cabaña resultó ser mucho más grande por dentro que por fuera, y a ambos lados del pasillo del piso de arriba, había habitaciones individuales limpias. Magnus usó la magia para subir sus pertenecías del carruaje y todo estuvo listo.

En cuanto James se encontró solo, Cordelia le llenó la mente. Ya antes pensó que la extrañaba, y que era atormentado por la culpa. Pero se dio cuenta de que, al estar con su padre y Magnus continuamente, y tener una misión en la que centrarse, sus sentimientos se adormecieron; no había ni siquiera empezado a imaginar el dolor que iba a sentir. Entendió por qué los poetas maldecían su propio corazón, su capacidad para la desolación y el anhelo. Nada de lo que sintió por Grace, en su falso encantamiento de amor, se acercaba a esto. Su mente le dijo que tenía el corazón roto, pero no lo sentía, no sentía las piezas afiladas de su esperanza rota, como esquirlas de cristal en el pecho.

Pensó en Dante: «No hay mayor dolor que recordar los tiempos felices desde la miseria». Nunca se dio cuenta de lo cierto que era eso. Cordelia riendo, bailando con él, su mirada inteligente cuando sostenía una pieza de ajedrez en la mano, la forma en que lo miraba el día de la boda, toda ella dorada... Esos recuerdos lo atormentaban. Le daba miedo herirla si le pedía que entendiera lo que pasó realmente, que él nunca amó a Grace. Pero aún le daba más miedo no intentarlo, y condenarse a sí mismo a una vida sin ella.

«Respira lentamente», se dijo. Se sentía agradecido por todo el entrenamiento recibido de Jem a lo largo de los años: control sobre sí mismo, control sobre sus emociones y miedos. Eso era lo único que le impedía hacerse añicos.

¿Cómo no se dio cuenta? La carta de Matthew (leída y releída, y guardada en el bolsillo del abrigo) lo impactó como un disparo. No tenía ni idea de los sentimientos de su amigo, y seguía sin conocer los de Cordelia. ¿Cómo fue tan necio? Sabía que, en parte, se debía al brazalete, porque en el salón vio la forma en que Lucie miraba a Jesse, y en ese momento supo que ella ya llevaba tiempo enamorada de él. Y, sin embargo, anteriormente, no tenía ni la más mínima sospecha de los sentimientos de su hermana, ni, por lo visto, de los de su *parabatai*, o los de su esposa. ¿Por qué las personas a las que más amaba en el mundo eran a las que menos conocía?

Después de hacer un desastre con las sábanas, James se quitó de encima la cobija de lana y se levantó. Una brillante luz de luna se filtraba por la ventana y lo alumbró en su camino hasta el perchero donde colgaba su abrigo. En el bolsillo, seguían los guantes de Cordelia. Sacó uno de ellos, pasó los dedos por la suave piel gris de cabritilla con un bordado de hojas. La veía apoyando la barbilla en la mano enguantada, veía su cara ante él, con los ojos brillantes, oscuros e insondables. La veía volteando esa mirada hacia Matthew, con las mejillas rojas y la boca entreabierta. Sabía que estaba torturándose, como si estuviera pasándose el borde afilado de una daga por la piel, pero no podía parar.

Un repentino destello de movimiento lo distrajo. Algo que cortó el rayo de luz de la luna, como una interrupción en la iluminación plateada. Volvió a guardar el guante en el bolsillo y se acercó a la ventana. Desde ella veía las escarpadas rocas de Chapel Cliff, los peñascos esculpidos por el viento, que se precipitaban hacia el mar de un oscuro color plateado.

Había alguien al borde de los acantilados, donde la piedra estaba cubierta de hielo. Alguien alto y delgado; llevaba una capa blanca... no, no era blanca. Era de color hueso o pergamino, con runas dibujadas en el dobladillo y las mangas.

Jem.

Sabía que era su tío. No podía ser otra persona. Pero ¿qué hacía allí? James no lo llamó, y si Jem quisiera que todos se enteraran de su presencia allí, llamaría a la puerta. Moviéndose en silencio, James tomó su abrigo del perchero, se puso los zapatos y bajó la escalera.

El frío lo golpeó en cuanto traspasó la puerta de la casa. No caía nieve, pero el aire estaba cargado de afiladas partículas de escarcha. Para cuando rodeó la casa y llegó al acantilado donde estaba Jem, James estaba medio cegado. Jem solo llevaba su delgada túnica y tenía las manos desnudas, pero los Hermanos Silenciosos eran inmunes al frío y al calor. Miró a James cuando este apareció, pero no dijo nada, parecía bastarle con que los dos estuvieran allí, mirando el mar.

—¿Viniste a buscarnos? —preguntó James—. Supuse que Madre te diría que nos fuimos.

—«No hizo falta. Tu padre mandó una carta la noche que saliste de Londres, —dijo Jem en silencio—. Pero no podía esperar a que volvieras para hablar contigo».

Sonaba serio, y aunque los Hermanos Silenciosos siempre sonaban así, había algo en Jem que hizo que a James le diera un vuelco el estómago.

—¿Belial? —susurró James.

Pero para su sorpresa, Jem negó con la cabeza.

—«Grace».

Oh.

—«Como sabes —prosiguió Jem—, se halla en la Ciudad Silenciosa desde poco después de tu partida».

—Allí está más segura —repuso James. Y luego, con un rencor que no planeó, añadió—: Y el mundo está más seguro con ella allí. Bajo estricta vigilancia.

—«Ambas cosas son ciertas —afirmó Jem. Tras un breve silencio, agregó—: ¿Hay alguna razón por la que no les contaste a tus padres lo que te hizo Grace?»

—¿Cómo sabes que no lo hice? —preguntó James. Jem lo miró en silencio—. Da igual —siguió James—, supongo que serán los poderes de Hermano Silencioso.

—«Y un conocimiento general del comportamiento humano —puntualizó Jem—. Si Will habría sabido antes de salir de Londres lo que Grace te hizo, su carta habría sido muy diferente. Y sospecho que tampoco se lo dijiste después».

—¿Por qué sospechas eso?

—«Te conozco, James —afirmó su tío—. Sé que no te gusta que te compadezcan. E imaginas que eso es lo que pasaría si contaras la verdad de lo que Grace y su madre te hicieron».

—Porque es cierto —replicó James—, es exactamente lo que pasaría. —Se quedó mirando al océano; en la distancia, brillando en la oscuridad, se veían las luces de las barcas de pesca. No podía imaginar lo solitario que sería estar allí, en el medio de la oscuridad y el frío, en medio de las olas en un pequeño bote—. Pero supongo que no tengo mucha elección. Sobre todo si van a someter a juicio a Grace.

—«De hecho —explicó Jem—, los Hermanos Silenciosos decidieron que el poder de Grace permanezca en secreto por ahora. Aún no queremos que Tatiana Blackthorn sepa que su hija ya no es su aliada, ni queremos que sea consciente de lo que sabemos. No hasta que podamos interrogarla con la Espada Mortal».

—Qué conveniente para Grace —replicó James, y le sorprendió la amargura de su voz.

—«James —comenzó Jem—. ¿Acaso te pedí que escondas la verdad de lo que Grace y Tatiana te hicieron? Los Hermanos Silenciosos no quieren que la Clave conozca la verdad, pero entiendo que quizá tú necesites contársela a tu familia, para tranquilizar tu mente y la de ellos. Pero confío en que, si lo haces, enfatizarás la importancia de que esto permanezca todavía en secreto. —Vaciló un instante—. Tenía la impresión de que quizá tú preferirías que nadie lo supiera. Que para ti sería un alivio que permaneciera en secreto».

James se contuvo. Porque se sentía aliviado. Imaginaba la compasión que despertaría, el deseo de entenderlo, la necesidad de hablarlo, cuando la verdad saliera a la luz. Necesitaba tiempo antes de que eso ocurriera, tiempo para acostumbrarse a la verdad. Necesitaba tiempo para aceptar que vivió una mentira durante años y sin ningún propósito.

—Me resulta raro —dijo— que estés hablando con Grace. Que puedas ser la única persona en el mundo que tenga una conversación honesta con ella sobre... lo que hizo. —Se mordió el labio; seguía costándole llamarlo «el encantamiento» o «el hechizo de amor»; era más fácil decir «lo que hizo» o incluso «lo que me hizo», y sabía que Jem lo entendería—. No creo que se lo haya contado ni a su hermano. Jesse no sabía nada sobre eso.

El fuerte viento le revolvió el cabello a James y se lo echó sobre los ojos. Tenía tanto frío que sentía el contacto helado sobre la piel de sus propias pestañas, mojadas por la brisa del mar.

—Desde luego, él nunca le dijo nada a Lucie sobre el poder de Grace, eso lo sé —añadió. Lucie no podría evitarlo; correría enfurecida a contárselo a James en cuanto lo supiera, despotricando contra Grace.

—«Él no sabe nada. Al menos, Grace nunca se lo dijo. De hecho, no se lo dijo a nadie».

—¿A nadie?

—«Hasta su confesión, no lo sabía nadie excepto su madre —explicó Jem—. Y Belial, claro. Creo que ella se avergonzaba, por si eso sirve de algo».

—No, no sirve de mucho —contestó James, y Jem asintió como si lo comprendiera.

—«Como Hermano Silencioso —continuó Jem—, mi tarea es conseguir un mejor entendimiento de la situación. Sea cual sea el plan de Belial, no creo que acabara con nosotros, ni contigo. Intentó llegar a ti de muchas formas. Entre ellas, a través de Grace. Pero cuando se dé cuenta de que esa puerta está cerrada, será mejor que sepamos a qué nos atenemos».

—Dudo que Grace lo sepa —repuso James, con una voz pesada—. Ella no conocía su plan con Jesse. Para ser justos, no creo que siguiera adelante si lo supiera. Creo que Jesse es la única cosa en el mundo que a ella realmente le importa.

—«Estoy de acuerdo —coincidió Jem—. Y aunque puede que Grace no sepa los secretos de Belial, conocer los suyos quizá nos ayude a encontrar fisuras en la armadura de él. —Echó la cabeza hacia atrás dejando que el viento le revolviera el oscuro cabello—. Pero no volveré a hablarte de ella, si no es necesario».

—Como dijiste —indicó James—, hay poca gente a la que sienta que puedo contárselo. Que merezcan que se lo cuente. —Jem no dijo nada, solo aguardó—. Cordelia está en París. Me gustaría contárselo primero a ella, antes de que nadie más lo sepa. Se lo debo. Después de mí, ella fue la principal afectada.

—«Es tu historia, solo tú puedes contarla —repuso Jem—. Pero si se la cuentas a Cordelia o... a otros, te agradecería que me lo hicieras saber. Puedes ponerte en contacto conmigo siempre que quieras».

James pensó en la caja de cerillas de su bolsillo, cada una, una especie de señal luminosa que, encendida, llamaría a Jem a su lado. No sabía cómo funcionaba esa magia, ni creía que Jem fuera a decírselo si se lo preguntaba.

—«No me resulta fácil —explicó Jem. Su expresión no cambió, pero sus manos pálidas se movieron, enlazándose—. Sé que debo escuchar el testimonio de Grace desapasionadamente. Pero cuando habla de lo que te hizo, mi corazón silencioso exclama: eso estuvo mal, siempre estuvo mal mal. Tú amas como tu padre: por completo, sin condiciones o dudas. Usar eso como arma es una blasfemia».

James miró hacia la casa de Malcolm, y luego a su tío. Nunca lo vio tan agitado.

—¿Quieres que despierte a mi padre? —preguntó James—. ¿Quieres verlo?

—«No. No lo despiertes» —contestó Jem, y aunque su discurso era silencioso, había una especie de amabilidad en la forma en la que pensaba en Will».

James pensó en Matthew, que sin duda estaría durmiendo en algún lugar de París, y sintió una terrible mezcla de amor y rabia, como veneno en la sangre. Matthew fue para él lo mismo que Will era para Jem. ¿Cómo lo perdió? ¿Cómo lo perdió sin siquiera darse cuenta?

—«Siento contarte todo esto. No es una carga que tú debieras llevar».

—No es una carga saber que hay alguien en la Ciudad Silenciosa que escucha todo esto y lo considera no solo una peculiaridad de la magia, sino algo que tuvo un costo real —repuso James con suavidad—. Incluso si compadeces a Grace, aunque debas ser imparcial como juez, tú no me olvidarás, ni olvidarás a mi familia o a Cordelia. Eso significa mucho para mí. Que tú no olvidarás.

Jem le apartó a James el cabello de la frente, una ligera bendición.

«Nunca», le dijo, y luego, entre el romper de una ola y la siguiente, desapareció, fundiéndose con las sombras.

James volvió a la casa y se metió en la cama con el abrigo aún puesto. Sentía frío en el centro de su ser, y cuando se durmió, no descansó: soñó con Cordelia, vestida con un camisón rojo sangre, sobre un puente hecho de luces, y aunque lo miraba directamente, estaba claro de que no tenía ni idea de quién era él.

Había una mancha en el techo, sobre la cabeza de Ariadne, que tenía forma de conejo.

Ariadne pensó que se quedaría dormida en el momento en el que tocara la cama. Y, sin embargo, ahí estaba, aún despierta, divagando. Sabía que debería estar pensando en los inquietantes papeles de su padre. En su madre, llorosa, diciéndole que solo con que ella admitiera que «aquello» no era verdad, solo con que retirara sus palabras, no tendría que irse. Podría quedarse.

Pero pensaba en Anna. Anna, que dormía a unos cuantos metros, su cuerpo esbelto y elegante sobre el sofá violeta. Podía imaginársela allí perfectamente: el brazo detrás de la cabeza, el cabello negro curvándosele en la mejilla, su collar de rubí parpadeando en su bonito cuello.

O quizá Anna no estuviera dormida. Quizá estuviera despierta, igual que ella. Quizá se levantaba y ajustaba el cinturón de la bata mientras caminaba silenciosa y ponía la mano en la perilla de la puerta de su recámara.

Ariadne cerró los ojos. Pero su cuerpo seguía despierto. Tenso y a la espera. Sentía a Anna sentándose a su lado en la cama, y hundiéndose bajo su peso. Sentía a Anna inclinándose sobre ella, el calor de su cuerpo, su mano en el tirante de su camisón, deslizándose por el hombro. Sus labios sobre su piel desnuda...

Ariadne se puso de lado sofocando un gemido. Por supuesto, no pasó nada de eso. La última vez que se vieron, le dijo a Anna que se mantuviera alejada de ella, y desde luego Anna no era de las que iban a donde no la querían. Miró desanimada a su alrededor: la recámara era un espacio pequeño, que contenía un ropero repleto de ropa y libreros y más estanterías de libros.

Desde luego, Ariadne no estaba para leer, no cuando cada célula de su cuerpo parecía gritar el nombre de Anna. Se dijo a sí misma que purgó todo su deseo por Anna, que entendía que Anna no podía darle lo que ella quería. Pero en ese momento, todo lo que deseaba era a Anna: sus manos, sus palabras susurradas al oído, su cuerpo pegado al de ella.

Se apoyó sobre un codo y alcanzó la jarra de agua de la mesa de noche. Encima de esta, en la pared, había un estrecho mueble de madera y la manga se le enganchó en un objeto que colgaba de él, haciéndolo caer sobre la mesa al lado de la jarra. Tomó el objeto y vio que era una muñeca del tamaño de una mano. Se incorporó, curiosa; nunca imaginó a Anna, ni siquiera de niña, como a alguien que tuviera muñecas. Esta era la típica de las casas de muñecas, con las extremidades rellenas de algodón y la cara de porcelana blanca. Era un señor, de los que solía venderse con una esposa y un pequeño bebé de porcelana en una cuna de miniatura.

Ariadne tuvo las mismas muñecas cuando era pequeña: no había nada que diferenciara el sexo de las muñecas salvo las diminutas prendas cuidadosamente cosidas que vestían. Ariadne imaginó a Anna jugando con esta pequeña muñeca, con su elegante traje de rayas y su sombrerito. Quizá, en la mente de Anna, la muñeca era la señora de la casa, solo que con el atuendo que Anna consideraba que la dama prefería; quizá la muñeca fue una alegre bohemia, que componía poemas pequeñísimos con una pluma en miniatura.

Con una sonrisa, Ariadne puso cuidadosamente la muñeca de regreso a su sitio. Una cosa tan pequeña y, sin embargo, le servía para recordar que estaba finalmente en casa de Anna, entre las cosas de Anna. Que incluso aunque no tuviera a Anna, ella inició el mismo camino de independencia que Anna eligió para sí misma hacía ya años. Era el turno de Ariadne de escoger esa libertad y elegir qué hacer con ella. Se acurrucó en la cama y cerró los ojos.

Cornwall Gardens estaban a un buen paseo de distancia de la casa de Thomas, unos cuarenta y cinco minutos, una hora si uno se paraba a disfrutar de las vistas por el camino, pero a Thomas no le importaba. Era un extraño día de sol invernal en Londres, y aunque aún hacía frío, el aire era claro y brillante, y parecía poner de relieve cada pequeño detalle de la ciudad, desde los coloridos anuncios en los lados de los autobuses hasta las veloces sombras de los pequeños gorriones.

«Las veloces sombras de los pequeños gorriones —pensó—. Thomas, suenas como un idiota». Mierda. ¿Qué pensaría Alastair si él apareciera por Cornwall Gardens con una sonrisa ridícula y diciendo bobadas sobre pájaros? Se desharía de él de malos modos. Tristemente, ni siquiera ese pensamiento estropeó el buen humor de Thomas. Sus pensamientos parecían un torbellino; era necesario volver al principio para ordenarlos.

En el desayuno, mientras estaba comiéndose un pan tostado tranquilamente, llegó un chico con un mensaje; sus padres se sorprendieron, pero no tanto como Thomas.

El mensaje era de Alastair.

Thomas tardó cinco largos minutos en digerir el hecho de que el mensaje fuera de Alastair, Alastair Carstairs, no ningún otro Alastair, y contenía la siguiente información: Alastair quería reunirse con Thomas en Cornwall Gardens, lo antes posible.

Con el mensaje ya digerido, Thomas se lanzó escalera arriba a tal velocidad que tiró la tetera y dejó a sus confundidos padres mirando a Eugenia, que se limitó a encogerse de hombros, como dando a entender que era imposible esperar desentrañar el bello misterio que era Thomas.

—¿Más huevos? —ofreció, tendiendo la charola hacia su padre.

Mientras, Thomas entró en pánico respecto a qué ponerse, a pesar de que era difícil encontrar ropa que le sirviera a alguien de su complexión, por lo que su vestuario era un aburrido conjunto de cafés, negros y grises. Recordó que Matthew le dijo que cierta camisa verde le resaltaba el color avellana de los ojos; Thomas se la puso, se peinó y salió de casa, pero volvió un momento después, ya que se olvidó la bufanda, los zapatos y la estela.

En ese momento, mientras el ladrillo de arcilla roja de Knightsbridge, atestado de compradores, se fundía lentamente para dar paso a las silenciosas calles y los dignos edificios blancos de South Kensington, Thomas se recordó a sí mismo que el hecho de que Alastair le mandara un mensaje no tenía por qué significar nada. Era posible que Alastair quisiera traducir algo al castellano, o necesitara la opinión de una persona muy entendida en algún asunto en particular, aunque Thomas no acababa de imaginar qué asunto podría ser. Incluso era posible que quisiera, por alguna razón, hablar sobre Charles. Ese pensamiento hizo que se le erizara la piel. Para cuando llegó al hogar Carstairs, estaba algo más desanimado o lo estuvo, al menos, hasta que entró al jardín y vio a Alastair, con el cabello revuelto y solo con camisa, en la puerta de entrada, sosteniendo una espada muy reconocible.

La expresión de Alastair era triste. Levantó la vista hacia Thomas cuando este se aproximó. Thomas se dio cuenta de dos cosas al instante: una, que Alastair, con su piel suave y ligeramente morena y su espléndida figura, seguía siendo dolorosamente atractivo. Y la segunda, que tenía los brazos cubiertos de arañazos con muy mala pinta y la camisa llena de manchas negras de aspecto ácido.

Icor de demonio.

—¿Qué pasó? —Thomas se detuvo—. Alastair, ¿un demonio? ¿En pleno día? No me digas que... —«No me digas que volvieron».

Hacía unos meses sufrieron una plaga de demonios que poseían la capacidad de aparecer a plena luz del día, pero eso fue obra de Belial. Si estaba sucediendo de nuevo...

—No —se apresuró a contestar Alastair, al ver la preocupación de Thomas—. Fui, como un estúpido, a los cobertizos a buscar algo. Estaba oscuro, y parece ser que uno de los demonios decidió esperar allí.

—¿Uno de qué demonios? —preguntó Thomas.

Alastair hizo un vago gesto con la mano.

—Menos mal que tenía a *Cortana* —dijo.

—¿Por qué tienes tú a *Cortana*? —preguntó Thomas, sorprendido.

Cortana era la espada de Cordelia, que pasó de generación en generación en la familia Carstairs. Era una herencia muy preciada, forjada por el mismo herrero cazador de sombras que creó *Durendal* para Roland y *Excalibur* para el rey Arturo. Thomas casi nunca había visto a Cordelia sin ella.

Alastair suspiró. Thomas se preguntó si no tendría frío, estando en el exterior solo con camisa, pero decidió no decir nada, porque Alastair tenía unos antebrazos esbeltos y musculosos. Y quizá el frío ni le molestara.

—Cordelia la dejó aquí cuando se fue a París. Pensó que debía dejarla por lo del desastre del paladín.

—Es raro —aventuró Thomas—, ¿no?, eso de que Cordelia se fuera a París con Matthew.

—Es raro, sí —admitió Alastair—, pero supongo que los asuntos de Cordelia son cosa suya. —Hizo girar a *Cortana* y la acuosa luz del sol se reflejó en la hoja—. En cualquier caso, lleve la espada conmigo todo lo que pude. Lo cual está bien durante el día, pero no tanto cuando se pone el sol. Los malditos demonios parecen verse atraídos hacia ella cada vez que salgo.

—¿Estás seguro de que te atacan a causa de la espada?

—¿Sugieres que es por mi personalidad? —soltó Alastair—. No me atacaban antes de que Cordelia me entregara la espada, y me la dio porque no quería que nadie supiera dónde estaba. Sospecho que estos demonios andrajosos son como espías y alguien los manda en busca de *Cortana*: Lilith, Belial... hay una buena cantidad de villanos para elegir.

—Entonces, quienquiera que sea que la esté buscando... ¿sabe que la tienes tú?

—Lo sospechan, sí —contestó Alastair—. Creo que maté a todos los demonios antes de que pudieran regresar para informar. Al menos, todavía no aparece ninguna otra cosa más asquerosa para atacarme. Pero no es una forma de vivir muy sostenible.

Thomas cambió el peso de un pie a otro.

—¿Me pediste que venga para ayudarte? —preguntó—. Porque lo haré encantado. Christopher y yo haríamos turnos para cubrirte, y seguro que Anna nos ayudaría...

—No —replicó Alastair.

—Solo intento ayudar —dijo Thomas.

—No te pedí que vinieras para ayudarme. Es solo que apareciste justo después de... —Alastair hizo un gesto como para abarcar a cualquier demonio que estuviera escondido en los establos, y metió a *Cortana* en la vaina que le colgaba de la cintura—. Te pedí que vinieras porque quería saber por qué me mandaste una nota llamándome estúpido.

—No te mandé ninguna nota —empezó Thomas ofendido, y luego recordó, con repentino horror, lo que escribió en el laboratorio de Henry. «Querido Alastair, ¿por qué eres tan estúpido y frustrante, y por qué no dejo de pensar en ti?»

Oh, no. Pero ¿cómo...?

Alastair sacó un trozo de papel quemado del bolsillo y se lo pasó a Thomas. La mayoría del papel estaba tan carbonizado que ni se leía. Lo que quedaba, rezaba:

Querido Alastair,
¿por qué eres tan estúpido?
Me lavo los dientes.
No se lo cuentes a nadie.
Thomas

—No sé por qué quieres que nadie sepa que te lavas los dientes —añadió Alastair—, pero por supuesto que mantendré esta noticia en el más estricto secreto.

Thomas se debatía entre un sentimiento de terrible humillación y una extraña emoción. Por supuesto, esta fue la primera vez que el estúpido experimento de Christopher funcionaba a medias, pero por otra parte ¡funcionó a medias! Se moría de ganas de contárselo a Kit.

—Alastair —respondió—, es solo una tontería. Christopher me pidió que escribiera algo para un experimento que hacía.

Alastair pareció dudar.

—Si tú lo dices...

—Mira —siguió Thomas—, aunque no me pidieras que venga a ayudarte, quiero hacerlo. No... —«No soporto saber que estas en peligro»—. No creo que sea una buena idea que te ataquen los demonios constantemente, y dudo que Cordelia te dejara la espada si supiera que eso iba a pasar.

109

—Es cierto —concordó Alastair.

—¿Por qué no la escondemos? —sugirió Thomas—. A *Cortana*, me refiero.

—Sí, es la solución más sensata —respondió Alastair—. Pero me parece más seguro tenerla conmigo, aunque sigan acosándome los demonios. Si la escondiera, estaría todo el rato preocupado de que quien sea que la busque la encuentre, y en ese caso, ¿qué le diría a Cordelia? Y además, ¿qué pasa si el demonio que la busca la quiere usar para destruir el mundo o algo así? Me sentiría fatal. No se me ocurre ningún lugar donde esconderla que sea lo suficientemente seguro.

—Um. ¿Y si yo tuviera un lugar donde esconderla que sí fuera lo suficientemente seguro?

Alastair alzó sus morenas cejas.

—Lightwood, como siempre, estás lleno de sorpresas. Dime en qué piensas.

Thomas lo hizo.

Cordelia salió de su recámara con su vestido de paseo a rayas y se encontró a Matthew untando un cruasán con mantequilla en la mesa del desayuno. El día brillaba con una luz de color amarillo margarita, que se derramaba por las altas ventanas arqueadas y hacía que el cabello de Matthew pareciera un halo dorado.

—No iba a despertarte —dijo este—, porque ayer nos quedamos despiertos hasta tarde. —Se recostó en el respaldo de la silla—. ¿Te gustaría desayunar?

La mesa estaba llena de una abrumadora cantidad de cruasanes, mantequilla, mermeladas de fruta y gelatinas, cereal de avena, tocino, papas fritas, arenques ahumados, huevos con mantequilla y té.

—¿A qué ejército vamos a alimentar? —preguntó ella, mientras se sentaba en la silla frente a él.

Matthew se encogió de hombros.

—No estaba seguro de lo que querrías, así que pedí de todo.

Cordelia se enterneció. Se notaba que Matthew estaba nervioso, aunque tratara de disimularlo. La pasada noche ella se alteró bastante. Recordó los brazos de él a su alrededor mientras permanecía bajo la luz de gas del Boulevard de Clichy, con los *fiacres* atronando como trenes. Ella le dijo lo amable que era, y lo decía de verdad.

—Pensé que hoy visitaríamos el Museo Grévin —propuso Matthew mientras ella se servía una taza de té—. Tiene estatuas de cera, y un laberinto de espejos que parece el interior de un caleidoscopio.

—Matthew —dijo ella—. Esta noche quiero volver al Cabaret de l'Enfer.

—No pensé que...

—¿Que me gustara? —concluyó ella, jugueteando con la cuchara—. Supongo que no exactamente, pero si... si ese era realmente mi padre... quiero saber la verdad. Me gustaría preguntarle a Madame Dorothea algo que solo mi padre sabría.

Él negó con la cabeza, lo que agitó sus rubios rizos.

—No puedo decirte que no a nada —aseguró, y Cordelia sintió que se sonrojaba—. Pero solo si pasamos el resto del día divirtiéndonos. Sin pensar en fantasmas o en presagios funestos, ¿de acuerdo?

Cordelia asintió, y se pasaron el día haciendo turismo. Matthew insistió en tomar la pequeña cámara Brownie que llevó, así que en el Museo Grévin, Cordelia tuvo que posar con las versiones de cera del Papa, Napoleón, Víctor Hugo, María Antonieta, y varias figuras que estaban en salas decoradas con escenas de la Revolución Francesa, algunas con un aspecto tan real que se hacía raro caminar entre ellas.

Matthew dijo que necesitaba salir a respirar aire fresco, así que pararon un *fiacre* para que los llevara al Bois de Boulogne.

—Todo es mejor en París —comentó él, mientras pasaban ante la Ópera y avanzaban despacio por la rue Saint-Lazare—, excepto, quizá, el tráfico.

Cordelia le dio la razón: mientras pasaban junto al Arco de Triunfo y se aproximaban al Bois de Boulogne, lo que parecían cientos de carruajes avanzaban hacia la entrada, mezclados con coches que sonaban las bocinas, jinetes a caballo, grupos de ciclistas, y montones y montones de gente a pie. El *fiacre*, atrapado entre la multitud, fue zarandeándose lentamente a lo largo de un callejón flanqueado por árboles, que acababa en un lago, donde un bullicioso grupo de jóvenes estudiantes decidió hacer un pícnic a pesar del frío.

Cuando por fin bajaron del carruaje, Cordelia no dejó de pensar en el pícnic en Regent's Park, donde conoció a los Alegres Compañeros. Pensó en Christopher comiendo pays de limón, en la sonrisa fácil de Thomas, en las carcajadas de Anna, en la curiosidad de Lucie, en James...

Pero no pensaría en James. No pudo evitar echar un melancólico vistazo a los estudiantes, que le parecían muy jóvenes, más que ella y sus amigos, aunque ya fueran universitarios. No sabían nada del mundo de las sombras, no lo veían, no se imaginaban lo que acechaba más allá del tenue velo de ilusión que los separaba de un universo más oscuro.

Los envidiaba.

Finalmente, Matthew y ella encontraron una banca desocupada y se sentaron en ella. Matthew alzó el rostro hacia la pálida luz de invierno y Cordelia vio en su mirada lo cansado que parecía. Matthew tenía una piel extremadamente pálida que, además de combinar con su cabello claro, acentuaba en ese momento sus ojeras severamente marcadas, como si estuvieran pintadas. Por supuesto, estuvo despierto la mitad de la noche, se recordó Cordelia a sí misma con cierta culpa, tomándole la mano mientras ella entraba y salía de un sueño inquieto.

—Matthew —dijo.

—¿Hmm? —preguntó él, sin abrir los ojos.

—Quizá deberíamos hablar —sugirió—, de tu hermano y mi hermano.

Matthew siguió sin abrir los ojos, pero se quedó quieto.

—¿Alastair y Charles? ¿Qué pasa con ellos?

—Bueno —continuó Cordelia—, seguro que te darás cuenta de que...

—Claro que me di cuenta —espetó él. Cordelia nunca le oyó emplear un tono tan frío y, desde luego, no dirigiéndose a ella. Recordó la primera vez que lo vio, cómo pensó que quizá ella le caería mal y cómo él la encantó igualmente. Cabello rubio, miradas de reojo y un amago de sonrisa—. No soy idiota. Me di cuenta de cómo mira Charles a tu hermano y cómo tu hermano no mira a Charles. Amor no correspondido. —Abrió los ojos. Eran de un verde muy claro a la luz del sol—. Y para ser justo, dudo que mi hermano hiciera algo para merecer el tipo de amor que él mismo siente.

—¿En serio? ¿Crees que Charles siente tanto por Alastair? Era él quien quería mantenerlo en secreto.

—Ya, pero por su carrera, sin duda. —Matthew pareció escupir las palabras—. Supongo que depende de cómo entiendas el amor. El amor que no renuncia a nada, el amor que uno está dispuesto a sacrificar por una vida más cómoda no es amor, en mi opinión. El amor debe estar por encima de todo.

La intensidad de sus palabras sorprendió a Cordelia. Las sintió como una especie de acusación: ¿debió estar dispuesta a renunciar a más, a sacrificar más por James? ¿Por Lucie? ¿Por su familia?

—Da igual —concluyó Matthew, en un tono más amable—. Parece que los afectos de Alastair ya no se dirigen hacia Charles, así que toda esta historia quedará en nada. Creo que me duele un poco la cabeza. Deberíamos hablar de otra cosa.

—Entonces, te contaré una historia —propuso Cordelia—, ¿te gustaría escuchar algo del *Shahnameh*? ¿Te cuento la derrota de Zahhak, el malvado Rey Serpiente?

A Matthew se le iluminaron los ojos.

113

—Por supuesto —dijo, recostándose en la banca—. Teje una historia para mí, querida.

James se levantó aún cansado, como si apenas hubiera dormido. Se acercó al lavamanos y se echó agua fría en la cara, lo que lo espabiló de inmediato. Se tomó un momento para observarse en el espejo: ojos cansados y caídos por el rabillo, rizos morenos mojados, una pronunciada inclinación hacia abajo en las comisuras de la boca que no recordaba tener antes.

«No me extraña que Cordelia no te desee».

Se ordenó a sí mismo, furioso, que parara, y se fue a vestir. Mientras se abotonaba los puños, oyó un rumor fuera de su habitación, como si hubiera un ratón curioso en el pasillo. Se acercó a la puerta en un par de zancadas y la abrió de golpe. No se sorprendió cuando se encontró a Lucie, con un vestido azul con ribetes de encaje y demasiado veraniego para la época, al otro lado de la puerta, mirándolo.

—Pero si es la Princesa Secreta Lucie —dijo con calma—, que viene a visitar a su terrible familia.

Lucie le puso una mano en el pecho y lo empujó de vuelta a la habitación. Cerró la puerta con el pie.

—Tenemos que hablar antes de bajar.

—Ten cuidado —advirtió James—, suenas justo como sonaba mamá cuando estaba a punto de regañarnos por algo.

Lucie bajó la mano con un pequeño chillido.

—No es cierto —exclamó—. Aunque, hablando de padres, ¿recuerdas cuando compramos aquel enorme conejillo de indias? ¿Y que cuando papá y mamá se enteraron, les dijimos que era un regalo especial del Instituto de Lima?

—Ah, sí, Spots —contestó James—. Lo recuerdo bien. Me mordió.

—Mordía a todo el mundo —le recordó Lucie, quitándole importancia—. Estoy segura de que lo hacía como un cumplido. Lo que trato de decirte es que la mentira funcionó porque tú y yo contamos la misma historia y trabajábamos con la misma información.

—Cierto —concordó James. Y le gustó comprobar que, a pesar de lo decaído que se sentía, aún podía bromear con su hermana—. Recuerdos idílicos de un pasado dorado.

—Y —siguió Lucie, impaciente—, no sé cuánto le contaste a papá... y tú sí sabes todo lo que yo le conté, así que no es justo. Ni una buena idea.

—Bueno, les conté, a Magnus también, prácticamente todo, creo. —James se sentó en la cama—. Al menos, todo lo que sabía. Si quedaban huecos que rellenar, supongo que los completaron con lo que pasó ayer por la noche.

—¿Todo? —quiso saber Lucie.

—Nada sobre Cordelia —admitió James—. Ni sobre Lilith, ni sobre paladines ni... nada de eso.

—Bien. —Lucie se relajó un poco—. No creo que podamos contárselo, ¿verdad? Es un secreto de Cordelia. No sería justo para ella.

—Estoy de acuerdo —indicó James—. Oye, Luce, ¿por qué nunca me contaste lo de Jesse? No me refiero a lo de tratar de resucitarlo —añadió deprisa, cuando Lucie empezó a protestar—. Entiendo que eso no me lo contaras. Sabías que no lo aprobaría, y sabías que no aprobaría que colaboraras con Grace.

—Es cierto —contestó Lucie.

—Y sigue sin parecerme bien —admitió James—, pero entiendo por qué creíste que debías hacerlo. Pero ¿por qué nunca me dijiste que podías ver a Jesse, o incluso que existía?

Lucie, con una timidez inusual en ella, dio un puntapié al aire.

—Supongo que... Sabía que había algo extraño en el hecho de que pudiera verlo. Algo oscuro y misterioso. Algo que la gente no aprobaría.

—Luce, sé mejor que nadie lo que es tener un poder que el resto de la gente encuentra inquietante. Hasta grotesco.

Ella levantó la vista al instante.

—Tú no eres grotesco, Jamie, ni horrible, ni nada por el estilo...

—Nuestros poderes provienen del mismo sitio —comentó James—. Belial. ¿Quién entendería mejor que yo cómo lidiar con eso? Tengo que creer que puedo hacer el bien incluso con un poder que viene de la oscuridad. Lo creo en mi caso, y lo creo en el tuyo.

Lucie parpadeó y luego se sentó al lado de James en la cama. Se quedaron un momento en un cómodo silencio, hombro con hombro.

—James —dijo ella, finalmente—, Jesse va a necesitarte. Hay cosas en las que puedes ayudarlo y que... que yo no puedo. Que lo poseyera Belial, tener en la piel las Marcas de cazadores de sombras muertos. Eso le hace daño. Puedo verlo en sus ojos.

«Y yo», pensó James.

—Puedo hablar con él. Cuando volvamos a Londres.

Lucie sonrió. Fue una especie de sonrisa adulta, un poco triste, una sonrisa que James no asociaba con su hermana pequeña. Pero supuso que había cambiado. Todos habían cambiado.

—Papá me lo ha contado —comenzó ella—. Lo de Cordelia. Y Matthew. Que se han ido juntos a París. Él creía que a ti no te importaba, pero... —Lo miró—. ¿Te importa?

—Muchísimo —respondió James—. Más de lo que pensé que me podía importar nada.

—Entonces, ¿no amas a Grace?

—No. No —respondió él—. Creo que nunca lo hice. Yo... —Por un momento, estuvo a punto, quería contarle el secreto a su hermana. «Fue un hechizo, nunca la quise, esos sentimientos se me impusieron». Pero no estaría bien contárselo a Lucie antes que a Cordelia. Cordelia tenía que saberlo primero—. ¿Crees que Cordelia lo ama? A Matthew, me refiero. Si es así...

—Lo sé —lo interrumpió Lucie—. Si es así, te harás a un lado sin decir nada y los dejarás ser felices. Créeme, conozco bien la naturaleza sacrificada de los hombres Herondale. Pero... si realmente siente algo por Matthew, nunca dio muestra de ello, ni me dijo nada. Aun así...

James intentó disimular su impaciencia.

—Aun así —siguió Lucie—, París es un sitio romántico. Yo me plantaría allí y le diría a Cordelia lo que realmente sientes, cuanto antes. —Para dejar clara su postura, le dio un puñetazo en el hombro—. No pierdas el tiempo.

—Me pegaste —se quejó James—. ¿Era necesario pegarme para enfatizar?

Llamaron a la puerta y Magnus asomó la cabeza.

—Odio interrumpir este momento de hermosa hermandad —dijo—, pero a Malcolm le gustaría hablar con todos nosotros abajo.

Cuando Lucie y James bajaron, Malcolm estaba sentado en una silla junto al fuego. Tenía en el regazo un enorme libro encuadernado en cuero negro con remaches de metal en las esquinas. Seguía con la misma ropa de la noche anterior.

Magnus y Jesse estaban en el sofá, mientras que Will paseaba de un lado a otro por detrás de ellos, con el ceño fruncido en ademán pensativo. Jesse sonrió a Lucie; esta sabía que pretendía ser una sonrisa tranquilizadora, pero la preocupación se le notaba demasiado. A Lucie le habría gustado cruzar la sala y abrazarlo, pero sabía que solo conseguiría escandalizar a su hermano, a su padre y a los dos brujos presentes. Tendría que esperar.

Cuando todos estuvieron listos, Malcolm se aclaró la garganta.

—Me pasé la noche pensando en la pregunta que se planteó ayer y creo tener una respuesta. Creo que Jesse debiera volver a Londres, y debiera hacerlo como un Blackthorn.

Will emitió un sonido de sorpresa.

—Su aspecto es, inconfundiblemente, el de un Blackthorn —añadió Malcolm—, y no creo que sea capaz de fingir que es otra cosa. Es el vivo retrato de su padre.

—Sí lo es —admitió Will, con impaciencia—, pero ya quedó claro que sería un problema aparecer como lo que realmente es. No solo por el tema de la nigromancia, sino porque lo último que la Clave supo de él, es que era un cuerpo muerto que un demonio poseyó con la intención de matar a cazadores de sombras.

Jesse se miró las manos. A la runa de visión que perteneció a Elias Carstairs. Apartó la mano izquierda, como si no soportara mirarla.

—Sí, ya discutimos todo eso —contestó Malcolm, tenso—. No estoy sugiriendo que se presente como Jesse Blackthorn. ¿Cuánta gente lo ha visto, visto de verdad, como está ahora, después de la posesión?

Hubo un breve silencio.

—Lucie, por supuesto —contestó James—. Yo. Matthew, Cordelia... Los Hermanos Silenciosos, que prepararon su cuerpo...

—La mayoría del Enclave sabe lo que pasó —dijo Malcolm—. Pero no vieron a Jesse.

—No —coincidió Will—, no lo hicieron.

—Deben entender que tengo lazos con la familia Blackthorn que ninguno de ustedes comparte —explicó Malcolm—. Estuve bajo su tutela, bajo la tutela de Felix y Adelaide Blackthorn, hace cien años.

—¿Te criaron? —preguntó James.

El gesto de Malcolm se endureció.

—Yo no lo llamaría así. Me consideraban su propiedad, y a cambio de que me alimentaban, me vestían y me daban un techo, yo hacía magia siempre que me lo ordenaban.

—Algunos cazadores de sombras siempre fueron unos cabrones —exclamó Will—. Mi familia lo sabe bien.

Malcolm hizo un gesto displicente.

—No responsabilizo a todos los nefilim de las acciones de los Blackthorn. Ellos son los únicos que tendrían que rendir cuentas por lo que hicieron. Pero centrándonos en el tema, lo que es importante es que Felix y Adelaide tuvieron cuatro hijos: Annabel, Abner, Jerome y Ezekiel.

—Qué nombres tan feos tenían en esos tiempos —murmuró Lucie—, feos de verdad.

—Los niños tenían... una actitud diferente a la de sus padres —siguió Malcolm—, en cuanto al trato con los subterráneos. A Ezekiel, sobre todo, le molestaba su fanatismo y crueldad tanto como a mí. Cuando llegó a la mayoría de edad, renegó de su familia y se estableció por su cuenta. En la Ciudad Silenciosa no hay ningún registro de que Ezekiel tuviera hijos, pero yo sé que eso no fue así.

Jesse levantó la vista.

—Resulta que sé —prosiguió Malcolm— que Ezekiel sí tuvo descendencia. Que se fue a América, en aquel entonces una nación muy joven donde los cazadores de sombras eran pocos y estaban lejos, y se casó con una mundana. Criaron a sus niños como mundanos, pero por supuesto, la sangre nefilim no se pierde, y sus descendientes son tan cazadores de sombras como cualquiera de ustedes.

»Por eso propongo que Jesse se presente como uno de los nietos de Ezekiel, que regresó para reunirse con los nefilim y buscar a sus primos. Que cuando supo la verdad sobre su ascendencia, quiso ser un cazador de sombras y se presentó ante Will en el Instituto. Después de todo, la historia de Will no es tan diferente.

«Eso era cierto», pensó Lucie; a su padre lo tuvieron por un mundano hasta que se supo la verdad, momento en el que recorrió todo el camino desde Gales hasta Londres para unirse al Enclave. Con solo doce años.

—Un plan excelente —dijo la chica, aunque Will y Magnus seguían con aspecto dubitativo—. Lo llamaremos Jesse Hezekiah Blackthorn.

—No —replicó Jesse.

—¿Qué te parece Cornelius? —propuso James—. Siempre me gustó ese nombre.

—Ni hablar —dijo Jesse.

—Debería empezar con J —dijo Will, de brazos cruzados—. Algo que a Jesse le sea fácil de recordar, para darse por aludido. Como Jeremy.

—Entonces, ¿estás de acuerdo con Malcolm? —preguntó Magnus—. ¿Este es el plan? ¿Jesse va a ser Jeremy?

—¿Tienes una idea mejor? —replicó Will, que parecía cansado—. ¿Que no sea dejar a Jesse desamparado por el mundo? En el Instituto, podemos protegerlo. Y lo cierto es que es un cazador de sombras. Es uno de los nuestros.

Magnus asintió pensativo.

—¿Podemos, al menos, decirle la verdad a los Lightwood? —preguntó James—. Gabriel y Gideon, Sophie y Cecily. Después de todo son familia de Jesse, y él ni los conoce.

—Y a mi hermana —recordó Jesse—. Grace tiene que saber la verdad.

Lucie vio cómo el rostro de James se tensaba.

—Por supuesto —contestó Will—. Solo que, Jesse... No sé si te contaron, pero...

—Grace está en la Ciudad Silenciosa —dijo James, con voz gélida—, bajo la custodia de los Hermanos Silenciosos.

—Cuando se enteró de lo que tu madre te hizo, se fue allí por su propia voluntad —se apresuró a decir Will—. Los Hermanos Silenciosos se están asegurando de que no se usara la misma magia negra con ella.

Jesse parecía anonadado.

—¿En la Ciudad Silenciosa? Debe de estar aterrorizada. —Se volteó hacia Will—. Tengo que verla. —Lucie se dio cuenta de que hacía un esfuerzo por parecer más tranquilo de lo que realmente estaba—. Sé que los Hermanos Silenciosos son nuestros hermanos cazadores de sombras... pero entiende que nuestra madre nos crio haciéndonos creer que eran monstruos.

—Estoy seguro de que podemos organizar una visita —aseguró Will—. Y sobre lo de considerar a los Hermanos Silenciosos monstruos... Si tus hechizos de protección los hubiera hecho uno de ellos en vez de Emmanuel Gast, no te habría pasado lo que te pasó.

—¡Los hechizos de protección! —Lucie se incorporó de golpe—. Hay que hacérselos de nuevo. Mientras no los tenga, estará desprotegido ante la posesión demoniaca.

—Me encargaré de eso con Jem —ofreció Will, y Lucie vio que una expresión extraña aparecía repentinamente en el rostro de su hermano—. No podemos llevar a cabo este engaño sin la cooperación de los Hermanos; yo se los contaré.

—Malcolm, ¿hay alguien, además de ti, que tenga acceso a esta información sobre la rama americana de los Blackthorn? —preguntó Magnus—. Si alguien sospechara...

—Hay que organizar bien el plan —dijo James—. Hay que sentarse y pensar bien cada posible objeción, cada pregunta que puedan hacernos sobre la historia de Jesse, para tener las respuestas preparadas. Tiene que ser un plan sin fisuras.

Hubo un coro general de asentimiento; el único que no se unió fue Jesse. Tras un momento, cuando el silencio volvió, él habló.

—Gracias. Gracias por hacer esto por mí.

Magnus hizo ademán de levantar un vaso en su dirección.

—Jeremy Blackthorn —dijo—. Bienvenido, de antemano, al Enclave de Londres.

Esa noche, Cordelia se puso el vestido de terciopelo rojo y la capa ribeteada de piel, con un par de guantes de seda hasta el codo, y se unió a Matthew en un *fiacre* camino a Montmartre. París se deslizaba al otro lado de la ventanilla, a medida que avanzaban por la rue de la Paix, alumbrada por las luces de los escaparates, que parecían cuadrados iluminados en la oscuridad.

Matthew llevaba el chaleco y las polainas a juego con el vestido de Cordelia, de terciopelo escarlata, y ambas prendas brillaban como rubíes al pasar bajo la luz intermitente de las lámparas de gas. Sus guantes eran negros y los ojos se le oscurecían cuando la miraba.

—Hay más clubes que podemos probar —dijo mientras el carruaje traqueteaba por delante de la iglesia de Sainte-Trinité, con su gran vitral—. Está el Rat Mort...

Cordelia hizo un gesto sorprendido.

—¿La Rata Muerta?

—Sí, justo. Se llama así por el cuerpo momificado de un roedor que mataron por molestar a unos clientes —explicó con una sonrisa—. Un lugar típico para comer langosta a las cuatro de la mañana.

—Desde luego que podemos ir... después de L'Enfer. —Alzó la barbilla—. No me harás cambiar de idea, Matthew.

—Ya veo —dijo él, con serenidad—. Todos tenemos gente con la que queremos contactar, sea como sea. Algunos se alejaron por la muerte, otros por su negativa a escuchar, o por nuestra incapacidad de hablar.

Ella le tomó la mano de forma impulsiva y entrelazó sus dedos con los de él. Los guantes negros del chico destacaban sobre los escarlata de ella. Negro y rojo, como las piezas de un tablero de ajedrez.

—Matthew —dijo ella—, cuando volvamos a Londres, porque algún día volveremos, tienes que hablar con tus padres. Te perdonarán. Son tu familia.

Los ojos de Matthew parecían más negros que verdes.

—¿Perdonaste a tu padre? —preguntó él.

La pregunta dolió.

—Nunca me pidió perdón —contestó ella—. Quizá, si lo hubiera hecho... y quizá eso es lo que quiero oír, el motivo por el que quiero hablar con él una vez más. Porque quiero perdonarlo. La amargura es un peso muy difícil de llevar.

La mano de él se tensó entre las de ella.

—Ojalá pudiera aliviarte de ese peso.

—Ya me aliviaste bastante. —El carruaje empezó a aminorar hasta detenerse delante del cabaré. La luz salía por las puertas abiertas de la boca del demonio. Cordelia apretó la mano de Matthew y luego la soltó. Llegaron.

El mismo guardia de barba y hombros anchos se encontraba ante la puerta del cabaré mientras Cordelia se acercaba; Matthew iba un poco más atrás, pues se paró a pagar al conductor. Cuando llegó a la puerta, Cordelia vio que el guardia negaba con la cabeza.

—No entrada para ti —dijo con marcado acento francés—. Paladín.

6

A TRAVÉS DE LA SANGRE

¿Qué corazones debo romper? ¿Qué mentiras mantener?
¿A través de la sangre de quién debo vadear?

ARTHUR RIMBAUD, *Una temporada en el infierno*

A Cordelia se le heló la sangre.

«Pero si nadie lo sabe —pensó—. Nadie lo sabe». Era un secreto que ella estuviera unida a Lilith. Ella y Matthew hablaron de *Cortana* allí la noche anterior, pero no mencionaron a la madre de los demonios, ni la palabra «paladín».

—Tiene que haber un error —dijo—. Yo...

—No. *Je sais ce que je sais. Vous n'avez pas le droit d'entrer* —masculló el guardia. «Sé lo que sé. No puedes entrar».

—¿Qué pasa? —preguntó Matthew en francés, mientras se acercaba a la puerta—. ¿Nos estás impidiendo la entrada?

El guardia contestó; siguieron la conversación en un francés tan rápido que Cordelia no consiguió enterarse bien. El guardia se negaba; Matthew le decía que había un error, que se confundía de persona. Cordelia era una cazadora de sombras de pleno derecho.

El guardia negaba con la cabeza, testarudo. «Sé lo que sé», era todo lo que decía.

Cordelia juntó las palmas, intentando que dejaran de temblarle las manos.

—Solo quiero hablar con Madame Dorothea —dijo, cortando la perorata del hombre—. Quizá puedas darle un mensaje...

—Ella no está aquí esta noche. —Un joven que entraba al club señaló el programa que estaba pegado a la puerta; era cierto, el nombre de Madame Dorothea no aparecía en él. En su lugar, había un encantador de serpientes como espectáculo de la noche—. Siento decepcionar a una *mademoiselle* tan bella.

Hizo un gesto galante con su sombrero antes de entrar al club, y Cordelia vio un rayo dorado de luz de luna reflejado en sus los ojos. Licántropo.

—Oye —dijo Matthew, a punto de empezar otra vez con el guardia, mientras agitaba su bastón de una manera bastante teatral de la que probablemente disfrutaba al menos un poco, pero Cordelia le puso la mano en el brazo.

—No vale la pena —repuso la joven—. No si ella no está. Matthew, vámonos.

«Paladín». La palabra resonaba en los oídos de Cordelia, aun después de que Matthew y ella subieran a un *fiacre*. Aunque se alejaban rápido de Montmartre, sentía como si estuviera delante del cabaré, oyendo cómo el guardia le negaba la entrada. «Sé lo que sé. No puedes entrar».

«Porque estás corrompida por dentro —le dijo una vocecita en su interior—. Porque perteneces a Lilith, madre de los demonios. Porque a causa de tu propia estupidez, estás maldita. Nadie debiera estar cerca de ti».

Pensó en Alastair. «Nos convertimos en aquello que tememos ser, Layla».

—¿Cordelia? —La voz preocupada de Matthew parecía llegar de muy lejos—. Cordelia, háblame, por favor.

125

Intentó levantar la vista, mirarlo, pero la oscuridad parecía arremolinarse en torno a ella: visiones de rostros acusadores y voces decepcionadas le retumbaban en la cabeza. Era como si la arrojaran de vuelta a aquella noche en Londres, aquella noche en la que el corazón se le rompió en mil pedazos, empujándola hacia el frío de la noche y la nieve. La terrible sensación de pérdida, de horrible decepción consigo misma, se alzaban como una ola. Levantó las manos como si se protegiera de todo ello.

—El carruaje... detén el carruaje —se oyó decir—. No puedo respirar, Matthew...

La ventanilla se abrió y dejó entrar aire frío. Oyó a Matthew golpear en la ventanilla del conductor y mascullar instrucciones en francés. Los caballos se detuvieron de golpe, haciendo que el *fiacre* se tambaleara. Cordelia abrió la puerta y casi saltó, a punto de tropezar con la pesada crinolina. Oyó a Matthew apresurarse tras ella después de pagar al conductor.

—*Ne vous inquiétez pas. Tout va bien.* —«No pasa nada, todo va bien».

Corrió para alcanzarla, mientras ella daba un par de pasos antes de apoyarse a ciegas contra un farol.

—Cordelia. —Le puso la mano en la espalda, mientras ella intentaba recuperar el aliento. El roce de su mano era leve—. No pasa nada. No hiciste nada malo, querida...

Se detuvo, como si la palabra cariñosa se le escapara sin querer. Cordelia ni se percató.

—Sí lo hice —contestó ella—. Elegí convertirme en su paladina. Todo el mundo lo sabrá; si ese guardia lo sabe, pronto todo el mundo lo sabrá.

—En absoluto —replicó Matthew con firmeza—. Incluso aunque haya un rumor en el submundo, eso no significa que vaya a extenderse hasta los cazadores de sombras. Ya viste lo poco que les interesan a los nefilim los chismes de los subterráneos. Cordelia, respira.

Cordelia respiró hondo. Luego otra vez, obligando al aire a entrar en sus pulmones. Los puntos negros que le nublaban la visión comenzaron a desaparecer.

—No puedo ocultárselo para siempre, Matthew. Estar aquí contigo es maravilloso, pero no podemos quedarnos para siempre...

—No, no podemos —admitió él, y de pronto sonó cansado—, y solo porque no quisiera pensar en el futuro no significa que no sepa que está ahí. Y llegará pronto. ¿Por qué apresurarnos hacia él?

Ella dejó escapar una triste carcajada.

—¿Es tan terrible? ¿Nuestro futuro?

—No —contestó él—, pero no es París, contigo. Anda, ven aquí.

Él le tendió una mano y ella la tomó. La condujo hacia el centro del Pont Alexandre; era más de medianoche y estaba desierto. En la orilla izquierda del Sena, se veían Les Invalides, con su cúpula dorada, que se alzaba sobre el cielo nocturno. En la orilla derecha, el Grand y el Petit Palais resplandecían bajo una luz eléctrica. La luna bañaba la ciudad como si fuera leche, haciendo brillar el puente: una barra de oro blanco a lo ancho del río. Las estatuas de bronce de dorados caballos alados observaban a los que cruzaban desde altos pilares de piedra. Bajo el arco del puente, el agua del río centelleaba como una alfombra de diamantes, bañada por la luz de las estrellas en los remolinos que formaba la corriente.

Matthew y ella se quedaron allí unos instantes, tomados de la mano, observando el río fluir bajo el puente. El Sena seguía, como Cordelia sabía, y alcanzaba el centro de París como una flecha plateada, igual que el Támesis en Londres.

—No estamos aquí solo para olvidar —dijo Matthew—, también para recordar que en el mundo hay cosas buenas y bellas, siempre. Y los errores no pueden quitarnos eso; nada puede quitarnos eso. Son eternas.

Ella le apretó la mano enguantada.

—Matthew, ¿te estás escuchando? Si crees lo que dices, entonces también es verdad para ti. Nadie puede quitarte las cosas buenas del mundo. Y eso incluye lo mucho que te quieren tus amigos y tu familia, lo mucho que siempre te querrán.

Él bajó la vista para mirarla. Estaban muy cerca; Cordelia sabía que cualquiera que los viera pensaría que eran amantes en busca de un lugar romántico. Le daba igual. Podía ver el dolor en el rostro de Matthew, en sus ojos verde oscuro.

—¿Crees que James...? —empezó Matthew, pero se detuvo. Ninguno mencionó a James desde que llegaron a París. Rápidamente, cambió de tema—. ¿Te importa si regresamos al hotel caminando? El aire nos despejará un poco.

Un grupo de escalones de piedra llevaban desde el puente hasta el *quai*, el paseo de los muelles junto al Sena. Durante el día, los parisinos pescaban en las orillas; a esas horas, los botes estaban amarrados de lado, meciéndose suavemente con la corriente. Los ratones corrían por el pavimento, buscando restos de comida; a Cordelia le gustaría tener algo de pan para darles. Se lo dijo a Matthew, que opinó que los ratones franceses seguramente serían muy esnobs y solo comerían quesos franceses.

Cordelia sonrió. Las bromas de Matthew, las vistas de París, su propio sentido común... deseaba que algo de todo eso aligerara el peso que cargaba en el corazón. No dejaba de pensar en qué pasaría cuando su madre se enterara de su alianza con Lilith. O cuando se enterara el Enclave. Cuando lo supieran Will y Tessa. Sabía que no serían su familia política durante mucho más tiempo, pero se dio cuenta de que le importaba mucho lo que pensaran de ella.

Y Lucie. Lucie sería la más afectada. Planearon ser *parabatai*; sentía como si la abandonaran, dejándola sin una compañera guerrera, sin una hermana en la lucha. No evitó pensar que, para Lucie, era mejor no haberla conocido nunca, tendría una vida diferente, una *parabatai* diferente, oportunidades diferentes.

—Daisy. —Matthew le habló en voz baja, y le apretó la mano—. Sé que estás perdida en tus pensamientos. Pero... escucha.

Su voz sonaba urgente. Cordelia dejó de pensar en Lilith, los Herondale o el Enclave. Se volteó para mirar detrás de ellos, sobre el gran túnel del *quai*; el río a un lado, el muro de contención de piedra al otro, y la ciudad sobre ellos como si estuvieran bajo tierra.

Shhhh. No era el viento meciendo las ramas desnudas, sino el siseo de algo deslizándose. Un olor amargo transportado por el viento.

Demonios.

Matthew retrocedió y se puso ante ella. Se oyó el sonido de desenvainar un arma y un destello de luz de luna sobre el metal. Resultó que el bastón de Matthew tenía un espadín hábilmente escondido en la madera vaciada. Tiró el palo vacío a un lado justo cuando las criaturas salieron de las sombras, arrastrándose y deslizándose sobre el asfalto.

—Demonios Naga —susurró Cordelia. Eran largos y bajos, con cuerpos como látigos, cubiertos de escamas negras y grasientas, parecían enormes serpientes de agua. Pero cuando abrieron la boca para sisear, Cordelia vio que las cabezas eran más parecidas a las de los cocodrilos, con bocas grandes y triangulares, llenas de dientes afilados que emitían un brillo amarillo bajo la luz de los faroles.

Una marea gris pasó veloz a su lado, un repique de patitas pequeñas y presurosas. Los ratones que vio antes, huían a medida que los demonios Naga avanzaban hacia los cazadores de sombras.

Matthew se quitó el abrigo, lo dejó caer al suelo y atacó. Cordelia se quedó congelada, mirando, mientras él le cortaba la cabeza a un demonio, luego a otro; apretó los puños. Odiaba no poder hacer nada. Iba en contra de su naturaleza echarse atrás mientras tenía lugar una pelea. Pero si agarraba un arma, sería vulnerable a Lilith, sería Lilith la que ejerciera su voluntad a través de Cordelia.

Matthew lanzó una estocada baja y falló. Un demonio Naga le atacó y le mordió en el tobillo con su mandíbula de dientes afilados.

Matthew gritó: «¡Mis polainas!» y lanzo una estocada hacia abajo. El icor saltó hacia arriba y le salpicó; él se giró, haciendo un remolino con la espada. Un demonio cayó el suelo con un ruido húmedo, sangrando y sacudiendo la cola como un látigo. Con un grito de dolor, Matthew se tambaleó hacia atrás; la mejilla le sangraba con un buen corte.

Todo estaba mal. Cordelia tendría que estar allí, al lado de Matthew, con *Cortana* en la mano, trazando su firma de sangre y oro en el cielo. Sin poder evitarlo, se arrancó la capa, recogió el bastón que Matthew tiró y se lanzó a la lucha.

Oyó a Matthew llamarla, mientras retrocedía; quedarían unos diez demonios Naga. «Él solo no podría matarlos a todos», pensó Cordelia, por mucho que él le gritaba que se hiciera a un lado y se protegiera. «De Lilith», pensó Cordelia, pero ¿de qué serviría protegerse a sí misma si dejaba que a Matthew le pasara algo?

Golpeó la cabeza de un demonio Naga con el bastón, oyó cómo el cráneo estallaba y el cuerpo se deshacía hasta desaparecer, absorbido hacia su propia dimensión. Matthew, abandonando la idea de detener a Cordelia, trazó un amplio arco con su espadín y partió a un demonio Naga limpiamente en dos. Cordelia clavó el bastón hacia abajo y abrió un agujero en el cuerpo de otro demonio. Este también se desvaneció, dejando una masa de icor goteando en el suelo. Cordelia golpeó otra vez... y vaciló. Los pocos demonios Naga que quedaban de pie retrocedieron, alejándose de los dos cazadores de sombras.

—Lo conseguimos —jadeó Matthew, llevándose una mano a la mejilla ensangrentada—. Nos deshicimos de esos bastardos...

Se quedó paralizado. Y no por la sorpresa, o por sigilo. Simplemente se quedó paralizado, con el cuchillo en la mano, como si lo convirtieran en piedra. Cordelia alzó la vista, con el corazón latiéndole desbocado, mientras a sus pies, los demonios Naga inclinaban la cabeza, con la barbilla rozando el suelo.

—Madre —siseaban—, madre.

A Cordelia se le cayó el corazón a los pies. Caminado hacia ella por el *quai*, vestida con un traje de seda negra, se hallaba Lilith.

Llevaba el cabello suelto y el viento jugaba con él, moviéndolo como una bandera. Sus ojos eran como canicas negras planas, sin ningún blanco. Sonreía. Tenía la piel muy blanca, y su cuello se alzaba como una columna de marfil surgiendo del vestido. Tiempo atrás fue lo suficientemente bella para seducir a ángeles y demonios. Parecía tan joven como siempre, aunque Cordelia no dejó de preguntarse si cambiaría a lo largo de los años, con la amargura y la pérdida. Su boca tenía un gesto duro, incluso cuando miró a Cordelia con un placer letal.

—Sabía que no te resistirías, pequeña guerrera —dijo—, llevas en la sangre la necesidad de luchar.

Cordelia soltó el palo que sujetaba que rebotó contra el asfalto hasta acabar a los pies de Lilith. La madera estaba manchada de icor.

—Protegía a mi amigo.

—El apuesto chico Fairchild, sí. —Lilith la miró y luego tronó los dedos; los demonios Naga se retiraron, de regreso a las sombras. Cordelia no estaba segura de sentirse aliviada. Tenía más miedo de Lilith que de los demonios a sus órdenes—. Tienes muchos amigos. Eso hace que sea fácil manipularte. —Inclinó la cabeza hacia un lado—. Pero verte, a ti, a mi paladina, luchando con este... este trozo de madera... —Le dio una patada al bastón con desprecio—. ¿Dónde está *Cortana*?

Cordelia sonrió.

—No lo sé.

Y era verdad. Le dio la espada a Alastair para que la escondiera. Y confiaba en que lo haría. Se alegraba de no saber dónde.

—Me aseguré de no saberlo —añadió—, para no poder decírtelo. No importa lo que me hagas.

—Qué valiente —exclamó Lilith, con cierto regocijo—. Después de todo, ese es el motivo por el que te elegí. Ese corazoncito valiente que late en tu interior. —Dio un paso adelante; Cordelia se mantuvo en su sitio. Su único temor era por Matthew. ¿Le haría daño Lilith, solo para mostrarle su poder a Cordelia?

Se prometió a sí misma que si Lilith lo hacía, ella, Cordelia, dedicaría su vida a encontrar la forma de herir a Lilith.

Lilith miró a Matthew y luego a Cordelia, y se le ensanchó la sonrisa.

—No voy a dañarlo —dijo—. Aún no. De eso ya se encarga él solo, ¿no te parece? Eres leal, fiel a tus amigos, pero creo que a veces eres demasiado lista.

—Pues no es de ser muy lista —replicó Cordelia—, hacer lo que tú quieres que haga. Desearías tener la espada para poder matar a Belial...

—Algo que tú también deseas —señaló Lilith—. Te alegrará saber que las dos heridas que le provocaste aún le duelen. Vive una agonía sin descanso.

—Puede que deseemos lo mismo —concedió Cordelia—, pero eso no hace que sea buena idea darte lo que quieres, un paladín, un arma poderosa. No eres mejor que Belial. Simplemente también lo odias. Y si yo te aceptara y me convirtiera en tu verdadera paladina, sería mi fin. El fin de mi vida, o de la parte de ella que merece la pena.

—¿Y de la otra manera tu vida será larga y feliz? —El cabello de Lilith crepitó. Quizá fueran las serpientes que tanto le gustaban, deslizándose entre la oscuridad de sus rizos—. ¿Crees que dejaste atrás el peligro? El peligro más grande te acecha de cerca. Belial no detuvo sus planes. Yo también escuché los susurros en el viento: «Se despiertan».

Cordelia se quedó parada.

—¿Qué...? —empezó. Pero Lilith se limitó a reírse y desaparecer. El *quai* volvía a estar vacío, y solo las manchas de icor, y los abrigos y las armas tirados de ella y de Matthew, indicaban que algo ocurrió.

Matthew. Se regresó a toda prisa y lo vio de rodillas. Corrió a su lado, pero él ya estaba levantándose, con la cara pálida y el corte de la mejilla marcado en rojo.

—La escuché —dijo—. No podía moverme, pero lo vi y escuché todo. «Se despiertan». —La miró—. ¿Estás bien? Cordelia...

—Lo siento mucho. —Se disculpó mientras se quitaba los guantes y sacaba la estela. Estaba empezando a temblar, por lo sucedido y por el frío—. Deja que te... necesitas un *iratze*. —Le subió el puño de la camisa y dibujó la runa de curación con la punta de la estela—. Siento mucho que estés herido. Yo lo...

—No digas otra vez que lo sientes —dijo Matthew en voz baja—, o empezaré a gritar. Esto no es culpa tuya.

—Me dejé engañar —repuso. El interior del antebrazo de Matthew era pálido y con venas azules, y estaba surcado por las marcas blancas de antiguas runas ya borradas—. Quise creer que Wayland *el Herrero* me eligió. Fui una estúpida.

—Cordelia. —Mathew la agarró con tal fuerza que la estela cayó al suelo. El corte de la mejilla ya estaba curándose y los moretones desapareciendo—. Soy yo el que creyó a un hada que me dijo que lo que estaba comprando era una inofensiva poción de la verdad. Soy yo el que casi mata a su propia... —Inhaló, como si le doliera decir las palabras—. ¿Crees que no entiendo lo que es tomar una mala decisión, creyendo que es lo correcto? ¿Crees que hay alguien que pueda entenderlo mejor?

—Debería cortarme las manos para no volver a tomar un arma —murmuró ella—. ¿Qué hice?

—No. —El dolor en la voz de él hizo que Cordelia lo mirara—. No hables de hacerte daño. Lo que te hiere a ti, me hiere a mí. Te quiero, Daisy. Yo...

Calló de golpe. Cordelia se sintió como flotando dentro de un sueño. Sabía que dejó caer la capa, el aire frío le entraba a través del tejido del vestido. Sabía que estaba en una especie de *shock*, que a pesar de todo lo que sabía, no se esperaba que Lilith apareciera. Sabía que la desesperación estaba allí, extendiendo hacia ella sus dedos largos y oscuros como una sirena, deseando arrastrarla al fondo consigo, hundirla en la miseria, en el susurro de voces que decían: «Perdiste a James. A tu familia. Tu nombre. A tu *parabatai*. El mundo te dará la espalda, Cordelia».

—Cordelia —dijo Matthew—. Lo siento.

Ella le puso las manos en el pecho. Respiró hondo y el aire le penetró entrecortado en el pecho.

—Matthew, abrázame —le pidió.

Sin una palabra, él la apretó contra sí. El futuro era frío y oscuro, pero Matthew era algo cálido y cercano, un escudo contra las sombras. Olía a aire nocturno, a sudor, colonia y sangre.

«Eres todo lo que tengo —pensó—. Mantén lejos la oscuridad. Mantén lejos los recuerdos. Y sujétame».

—Matthew —dijo—, ¿por qué no me has besado desde que llegamos a París?

Las manos de él, que le acariciaban la espalda, se detuvieron.

—Me dijiste que me considerabas solo un amigo —contestó—. Eres una mujer casada. Puede que sea un borracho y un despilfarrador, pero tengo mis límites.

—Seguro que en Londres ya somos un deplorable escándalo.

—Me da igual ser un escándalo —replicó Matthew—, lo que resultaría evidente en todo lo que hago. Pero tengo mis... mis propios límites. —Le tembló la voz— ¿Crees que no he deseado besarte? He querido hacerlo cada segundo de cada día. Me he reprimido. Y siempre lo haré, a no ser que... —Su voz sonaba ansiosa, desesperada—. A no ser que me digas que no tengo motivos para hacerlo.

Ella cerró los dedos sobre la tela de la camisa y lo atrajo hacía sí.

—Me gustaría que me besaras —le dijo.

—Daisy, no bromees...

Ella se puso de puntitas y le rozó los labios con los suyos. Durante un momento, un recuerdo se iluminó en la oscuridad de su mente: la Sala de los Susurros, el fuego, James besándola, el primer beso de su vida, encendiendo una llama inimaginable. «No —se dijo a sí misma—. Olvida. Olvida».

—Por favor —pidió ella.

—Daisy —susurró Matthew, con voz estrangulada, antes de perder el control. Con un gemido, la apretó contra sí y bajó la cabeza para cubrir su boca con un cálido beso.

Cuando el hermano Zachariah fue a decirle que tenía un visitante, Grace sintió que el corazón se le aceleraba. No se le ocurría que nadie la visitara para darle buenas noticias. No podía ser Jesse; si fuera de conocimiento público que Lucie lo resucitara, si estuviera en Londres, Zachariah se lo diría. Y si fuera Lucie... Bueno, James ya le habría contado a Lucie la verdad sobre el brazalete. Lucie no tendría razón alguna para visitarla salvo reprenderla y culparla. Como todos.

Pero, claro... Grace ya había perdido la cuenta de los días que llevaba en la Ciudad de Hueso. Pensaba que era como una semana, pero la falta de luz solar y la irregularidad de las visitas de los Hermanos, hacían complicado saberlo. Dormía cuando se sentía cansada, y cuando tenía hambre, alguien le llevaba algo de comer. Era una prisión cómoda, pero una prisión al fin y al cabo. Una prisión donde ninguna voz humana rompía el silencio; a veces, Grace deseaba gritar, solo por oír a alguien.

Para cuando vio la sombra acercándose por el pasillo hacia la celda, ya estaba resignada: sería un encuentro desagradable, pero sería un paréntesis en el tedio adormecedor. Se sentó en la estrecha cama, se pasó las manos por el cabello. Preparándose para...

—¿Christopher?

—Hola, Grace —saludó Christopher Lightwood. Llevaba sus habituales manchas de tinta y ácido en la ropa, y tenía el cabello castaño claro despeinado por el viento—. Escuché que estabas aquí. Pensé que debía pasarme y ver cómo estás.

Grace tragó saliva. ¿Es que no lo sabía? ¿James no le contó lo que ella le dijo? Pero el chico la miraba con su habitual curiosidad. No había ira en su rostro.

—¿Cuánto tiempo —preguntó Grace, casi susurrando— llevo aquí?

Para su sorpresa, Christopher enrojeció.

—Una semana, más o menos —contestó—. Habría venido antes, pero Jem dijo que te diera un tiempo para acostumbrarte.

Él estaba justo delante de la puerta de barrotes. Grace se dio cuenta, con gran sorpresa, de que él pensaba que lo acusaba de algún tipo de negligencia por no ir antes.

—Oh —exclamó ella—, no, no quería decir... Me alegro de que estés aquí, Christopher.

Él sonrió, el tipo de sonrisa que le iluminaba esos ojos de color extraño. Christopher no era apuesto en el sentido común del término, y Grace sabía muy bien que había un montón de gente, su madre incluida, que no lo habrían considerado atractivo en absoluto. Pero Grace conocía un montón de hombres apuestos, y sabía que la belleza exterior no era garantía de amabilidad ni de inteligencia ni de buen corazón.

—Y yo —respondió él—. Llevo tiempo queriendo saber cómo estás. Pensé que era muy valiente por tu parte entregarte a los Hermanos Silenciosos y dejar que te estudiaran. Para ver si tu madre... te había hecho algo horrible.

«No lo sabe». Y Grace se dio cuenta, en ese mismo momento, de que no se lo diría. No de momento. Sabía que era deshonesto no hacerlo, que iba en contra de la promesa que se hizo a sí misma de ser más sincera. Pero ¿no dijo Zachariah que planeaban mantener en secreto la información sobre su poder? ¿No hacía lo que los Hermanos Silenciosos querían?

Christopher cambió el peso de un pie a otro.

—Bueno —admitió—. Vine porque quería ver si estabas bien. Pero no solo por eso.

—¿Ah, no?

—No —contestó Christopher. De repente metió la mano en el bolsillo del pantalón y sacó un montón de páginas, cuidadosamente dobladas—. Mira, estuve trabajando en este nuevo proyecto, una especie de mezcla de ciencia y magia de cazadores de sombras. Está pensado para mandar mensajes a distancia, y estoy avanzando, pero encontré algunos escollos, y estoy como en una especie de *impasse* y... oh, no, mis metáforas se enmarañan.

La ansiedad de Grace se evaporó al ver las páginas, cubiertas con los ilegibles garabatos de Christopher. Se dio cuenta de que incluso estaba sonriendo un poco.

—Y tú tienes una mente científica —siguió Christopher—, lo que no es muy común entre los cazadores de sombras, ya sabes, y Henry estuvo demasiado ocupado para ayudarme, y creo que mis otros amigos están hartos de que les prenda fuego a sus cosas. Así que me preguntaba si leerías estas páginas y me harías el favor de decirme tu opinión.

Grace sintió que sus labios se extendían en una amplia sonrisa. Probablemente era la primera vez que sonreía desde... bueno, desde la última vez que vio a Christopher.

—Christopher Lightwood —le dijo—, nada me gustaría más que ayudarte.

En cuanto se tocaron, todo se alejó de Cordelia: preocupaciones, miedos, frustraciones, desesperación. La boca de Matthew desprendía calor sobre la suya; él dio un par de pasos atrás hasta apoyarse en un farol. La besó febrilmente, una y otra vez, enredándole los dedos en el cabello. Cada beso era más ardiente y fuerte que el anterior. Sabía dulce, como a caramelo.

Ella dio rienda suelta a sus manos, recorriendo cada parte de su esbelto cuerpo, los brazos que admiraba, el pecho a través de la camisa, la piel ardiente a su contacto. Hundió los dedos en su cabello, más denso que el de James, y le tomó la cara entre las manos.

Él se quitó los guantes y también la tocaba; las manos acariciaban el grueso terciopelo del vestido, un dedo le recorría la clavícula, el

137

escote del vestido. Ella gimió con suavidad y lo sintió temblar. Él le hundió el rostro en el cuello, con el pulso disparado.

—Tenemos que regresar al hotel, Daisy —susurró él mientras le besaba la garganta—. Tenemos que regresar, Dios mío, antes de que me deshonre a mí y a ti delante de todo París.

Cordelia apenas recordaba cómo regresar . Recuperaron los abrigos, dejaron el arma de Matthew, e hicieron el camino de retorno en una especie de ensoñación. Se detuvieron varias veces para besarse en sombríos portales. Matthew la abrazaba con tanta fuerza que le dolía; y sus manos le acariciaban la cabeza, enredando los dedos en su cabello.

«Era como un sueño», pensó Cordelia, mientras pasaban ante el recepcionista del hotel. Este quería decirles algo, pero ellos se escabulleron dentro de uno de los ascensores de cristal dorados y dejaron que los subiera hasta la habitación. Cordelia no podía contener una risita casi histérica mientras Matthew la apretaba contra el espejo y le besaba el cuello. Con los dedos en el cabello de él, la chica se observó en el cristal de enfrente. Estaba sonrojada, casi borracha, tenía la manga de su vestido rojo rasgada. Por la pelea, quizá, o quizá a causa de Matthew; no estaba segura.

La habitación, cuando entraron en ella, estaba oscura. Matthew cerró la puerta de una patada y se quitó el abrigo con manos temblorosas. Él también estaba sonrojado y tenía el cabello dorado despeinado por las caricias de ella. Ella tiró de él hacia sí, aún estaban en la entrada, pero la puerta estaba cerrada; estaban solos. Los ojos verdes de Matthew se oscurecieron hasta ponerse casi negros, mientras le soltaba la capa de los hombros, que cayó amontonada a sus pies con un leve susurro.

Las manos de Matthew sabían lo que hacían. Sus largos dedos se curvaban en su nuca mientras ella alzaba la cara para que la besara.

«Que no crea que James nunca me besó», pensó, y le devolvió el beso, intentando apartar a James de su cabeza. Le rodeó el cuello con los brazos; el cuerpo de Matthew era delgado y fuerte contra el de ella, su boca suave. Ella le pasó la lengua por el labio inferior y lo sintió temblar. Él, con la mano que tenía libre, le deslizó la manga del vestido, dejándole el hombro al descubierto. Le besó la piel desnuda, y Cordelia se oyó gemir.

«¿Quién era esta —pensó—, esta chica atrevida que besaba a un chico en un hotel parisino?» No podía ser ella, Cordelia. Tenía que ser otra persona, alguien más libre, alguien valiente, alguien cuyas pasiones no estaban dirigidas a un marido que no la amaba. Alguien a quien deseaban, deseaban de verdad; podía sentirlo en la manera en la que Matthew la agarraba, en la manera en que pronunciaba su nombre y temblaba cuando la acercaba hacia sí, como si no creyera su buena suerte.

—Matthew —susurró. Tenía las manos bajo el abrigo de él; sentía el calor de su cuerpo a través del fino algodón de la camisa, sentía la vibración del estómago cuando ella le acariciaba el torso—. No podemos... aquí no... tu recámara...

—Está hecho un desastre. Vamos al tuyo —respondió; la besó con urgencia, y la cargó. La llevó a través de las puertas francesas al salón, iluminado tan solo por la luz que entraba por la ventana. Una mezcla de luces de luna y de faroles, que pintaba las sombras de un gris oscuro. Matthew tropezó contra una mesa baja, soltó una palabrota, y se rio, soltando por un momento a Cordelia.

—¿Te duele? —susurró ella, sujetándose fuerte a la pechera de su camisa.

—Nada me duele —le aseguró él, atrayéndola hacia sí para besarla con tanta ansia y deseo, que ella lo sintió hasta la médula.

Era un alivio sentir, dejarse llevar por la sensación, descargarse del peso de los recuerdos. Se acercó para tocarle la cara, una sombra en la oscuridad, justo cuando las luces se encendieron.

Cordelia parpadeó durante unos segundos, mientras los ojos se le acostumbraban a la nueva iluminación. Alguien encendió la lamparita Tiffany de la esquina. Alguien estaba sentado en el lujoso sofá de terciopelo bajo esa lámpara, alguien vestido con un traje negro de viaje, con la cara pálida como un borrón blanco entre la camisa y el cabello negro como el ala de un cuervo. Alguien con los ojos del color de la luz de los faroles y el fuego.

James.

7

FRUTA AMARGA

¿Estoy loco, que debo adorar aquello que no da más
que fruta amarga?
La arrancaré de mi pecho, aunque mi corazón esté en la
raíz.

ALFRED, LORD TENNYSON, *Locksley Hall*

Thomas nunca lideró una misión secreta antes. Normalmente
era James quien las planeaba (al menos, las importantes; Matthew
planeaba a menudo misiones secretas que eran completamente frí-
volas). Era una experiencia ambigua, reflexionó, mientras él y Alastair bajaban los escalones del exterior de las puertas del Instituto.
Por una parte, se sentía culpable por mentirle a su tía Tessa sobre la
razón de su visita. Por la otra, era muy satisfactorio tener un secreto, especialmente uno compartido con Alastair.

«Además —pensó Thomas—, un secreto que no estaba cargado
de emociones, deseos, celos e intrigas familiares». Alastair sentía lo
mismo; a pesar de que no era precisamente dichoso, estaba tranquilo, sin su rudeza habitual. Thomas siempre pensó que esa rudeza
era algo que Alastair usaba de forma consciente, como si fuera ne-

cesario contrarrestar cualquier cosa buena con algo de mal carácter para mantener el equilibrio.

Alastair se detuvo al pie de los escalones del Instituto y metió las manos en los bolsillos.

—Es un buen escondite, Lightwood —dijo, sin el tono áspero que normalmente usaba para disfrazar su buen humor—. Nunca se me ocurriría.

Iban bien abrigados para resistir el frío, Thomas con un abrigo de *tweed* que Barbara le dio hacía años, y Alastair con un ajustado abrigo azul oscuro que le resaltaba los hombros. Alrededor del cuello llevaba una bufanda verde oscuro. Debido al invierno y al tenue sol inglés, la piel de Alastair estaba un par de tonos más clara de lo habitual, lo que hacía que sus pestañas parecieran aún más oscuras. Le enmarcaban los ojos negros como los pétalos de una flor.

«¿Los pétalos de una flor? CÁLLATE, THOMAS».

Thomas apartó la mirada.

—Entonces, ¿qué pasa ahora si los demonios la buscan? ¿Les dices que no la tienes y se van?

Alastair se rio entre dientes.

—Creo que pueden sentir dónde está, sentir de algún modo su presencia. Si siguen apareciendo por mi casa y no la sienten, dejarán de venir. Bueno, esa es mi teoría. Lo cual es bueno —añadió—, porque lo último que necesita mi madre ahora mismo son demonios correteando entre las plantas de su jardín.

Thomas notó la preocupación en la voz de Alastair, bajo la aparente displicencia. Sona Carstairs estaba embarazada, y le faltaba poco para dar a luz. Fue un embarazo difícil, y la muerte del padre de Alastair hacía pocas semanas no ayudaba.

—Si hay algo que pueda hacer para ayudar —ofreció Thomas—, dímelo, por favor. Me gusta ser útil.

«Y de momento —pensó—, no tengo a quien serle útil, aparte de Christopher, que me tiene por otro instrumento de laboratorio».

Alastair frunció el ceño.

—El abrigo te queda enorme —comentó—, debes de tener el cuello helado.

Para sorpresa de Thomas, Alastair se sacó la bufanda y se la enrolló alrededor del cuello.

—Toma —dijo—. Así estarás bien. Ya me la devolverás la próxima vez que nos veamos.

Thomas sonrió sin poder evitarlo. Sabía que esa era la forma de Alastair de darle las gracias. La bufanda olía a él, a jabón caro de triple molido. Alastair, que aún sujetaba los bordes de la bufanda, miraba a Thomas a los ojos, sin apartar la mirada.

Una ligera ráfaga de nieve flotó alrededor de ellos. Se le posó a Alastair en el cabello y en las pestañas. Tenía los ojos tan negros que las pupilas casi se le perdían en la suave oscuridad de los iris. Sonrió un poco, una sonrisa que hizo que el deseo latiera en la sangre de Thomas como un pulso. Quería abrazar a Alastair y acercarlo hacia sí, allí, delante del Instituto, y hundir las manos en su espesa cabellera. Quería besar su boca prominente, explorar su forma con su propia boca, las pequeñas arrugas en las comisuras de sus labios, parecidas a comillas.

Pero estaba Charles. Thomas seguía sin tener ni idea de lo que había entre Alastair y Charles; ¿no visitó Alastair a Charles justo el otro día? Dudó, y Alastair, sensible como siempre al más mínimo atisbo de rechazo, apartó la mano y se mordió los labios.

—Alastair —dijo Thomas, sintiendo calor, frío y un ligero mareo, todo a la vez—, necesito saber si...

Un fuerte crujido partió el aire. Thomas y Alastair se apartaron de un salto y echaron mano a sus armas, justo cuando un portal se abría en medio del patio, un portal enorme, mucho más grande de lo normal. Thomas miró a Alastair y vio que este estaba en posición de lucha y sostenía una espada corta ante él. Thomas sabía que ambos estaban pensando lo mismo: la última vez que algo apareció de repente en el patio del Instituto, fue un Príncipe del Infierno con tentáculos.

Pero no hubo ningún chorro repentino de agua de mar, ni aullidos de demonios. En vez de eso, Thomas oyó el retumbar de cascos de caballo y un grito de advertencia. El carruaje del Instituto atravesó el portal, apenas apoyado en sus cuatro ruedas. *Balios* y *Xanthos* estaban muy satisfechos de sí mismos cuando el carruaje giró en el aire y aterrizó, con un golpe estridente, al pie de la escalera. Magnus Bane iba en el lugar del conductor, con un llamativo fular blanco y sujetando las riendas con la mano derecha. Parecía aún más satisfecho consigo mismo que los caballos.

—Me preguntaba si sería posible conducir un carruaje a través de un portal —dijo, mientras bajaba de su asiento—, y por lo que parece, sí lo es. Maravilloso.

Las puertas del carruaje se abrieron, y con paso vacilante, Will, Lucie, y un chico que Thomas no conocía, descendieron de él. Lucie saludó a Thomas antes de apoyarse en el costado del carruaje; tenía un color ligeramente verdoso.

Will rodeó el carruaje para ir por el equipaje, mientras el chico desconocido, alto y delgado, con cabello liso negro y una bonita cara, ponía una mano en el hombro de Lucie. Lo cual resultaba sorprendente, pues era un gesto íntimo, uno que se consideraría maleducado a menos que el chico y la chica en cuestión fueran amigos íntimos o familiares, o tuvieran algún tipo de entendimiento. Pero parecía improbable que Lucie tuviera un entendimiento con alguien que Thomas nunca vio antes. Casi se enojó al pesar en eso, como si fuera su hermano mayor; James no parecía estar, así que alguien tenía que enojarse por él.

—¡Te dije que funcionaría! —exclamó Will a Magnus. Este estaba ocupado embrujando el equipaje hasta lo alto de la escalera y de las puntas de sus dedos enguantados salían chispas azules como luciérnagas—. ¡Debimos hacerlo también a la ida!

—No dijiste que funcionaría —contestó Magnus—. Dijiste, y cito literalmente: «Por el Ángel, nos matarás a todos».

—Jamás —replicó Will—. Mi fe en ti es inamovible, Magnus. Lo cual es bueno —añadió mientras se tambaleaba un poco— porque el resto de mí se siente bastante movible, la verdad. —Volteó hacia Thomas, como si no esperara otra cosa que verlo merodear por la escalera del Instituto—. ¡Hola, Thomas! Qué bien que estés aquí. Alguien debiera correr para decirle a Tessa que llegamos.

Thomas parpadeó. Will no saludó a Alastair, algo que a Thomas le pareció bastante descortés por su parte, hasta que miró alrededor y se dio cuenta de que Alastair ya no estaba. Se escabulló, en algún punto entre la llegada del carruaje y el momento presente.

—Ya voy —se ofreció Thomas—, pero... ¿dónde está James?

Will intercambió una mirada con Magnus. Por un momento, Thomas sintió un espasmo de terror. No creía que, después de lo de Barbara y después de todo lo que pasó, fuera capaz de soportar que a James le hubiera...

—Está bien —se apresuró a decir Lucie, como si leyera la expresión de Thomas.

—Está en París —añadió el chico desconocido. El también miraba a Thomas compasivo, algo que a este le pareció exagerado. Ni siquiera sabía quién era aquel extraño, así que no deseaba su compasión.

—¿Tú quién eres? —preguntó secamente.

Hubo un momento de duda, compartido por Magnus, Will, Lucie y el extraño; una duda que dejaba fuera a Thomas. Empezaba a sentir un nudo en el estómago, cuando Will habló.

—Thomas. Te debemos una explicación; creo que se la debemos a todos nuestros amigos más íntimos. Ven al Instituto. Es hora de convocar una reunión.

Cordelia se quedó helada. Por un momento pensó que seguía en el sueño, que James era una alucinación, un horror que su mente fabricó. Pero no, estaba allí, imposiblemente, estaba allí en su *suite*, con la cara impasible, pero el infierno ardía detrás de sus ojos dorados. Y Matthew también lo vio.

Matthew soltó a Cordelia. Se separaron el uno del otro, pero Matthew no se apresuró; no fingiría que no pasó nada. Y de hecho, ¿qué sentido tendría? Era humillante; Cordelia se sintió una estúpida, expuesta, pero probablemente a James le daría igual.

Extendió una mano para estrechar la de Matthew. Este estaba frío como el hielo, pero habló con cordialidad.

—James, no esperaba verte aquí.

—No —repuso James. Su voz era tranquila, su rostro impasible, pero estaba blanco como la nieve. Parecía como si le estiraran la piel sobre los huesos—. Está claro que no. No sabía que... —Sacudió la cabeza—. Que interrumpiera algo.

—¿Recibiste mi carta? —preguntó Matthew. Cordelia lo miró de forma significativa; era la primera noticia que tenía de una carta a James—. Te explicaba...

—La recibí. Sí. —James hablaba despacio. Su abrigo estaba tirado sobre la silla que estaba tras él. Estaba en camisa y pantalones, uno de los tirantes se le deslizó por el hombro. Una parte de Cordelia deseaba acercarse y ponérselo en su sitio, apartarle el cabello de la frente. Él sostenía algo, una botella verde, que no dejaba de girar entre las manos.

—¿Pasó algo? —preguntó Cordelia. Pensó de pronto, con una punzada de miedo, en su madre. En el bebé que estaba a punto de llegar. Pero seguro que si pasara algo, lo sabría por Alastair. Sabía dónde se estaba hospedando—. Para que hicieras todo el viaje hasta París...

—Hubiera venido antes —dijo James, en voz baja—. Hubiera venido la noche que te marchaste, si no fuera por Lucie.

—¿Lucie? —A Cordelia se le secó la boca—. ¿Qué le ha...? ¿Está bien?

James se inclinó hacia delante.

—Se fue de Londres, la misma noche que tú —explicó, cauteloso—, a causa de Jesse Blackthorn. Mi padre me buscó para que lo ayudara a traerla de regreso a casa. Está bien —añadió, alzando una mano—, y deseando verlos. Igual que yo.

—¿Huyó a causa de Jesse Blackthorn? —preguntó Cordelia—. ¿A causa de su muerte? ¿Adónde fue?

James negó con la cabeza.

—No puedo decirlo. Es una historia que le corresponde contar a Lucie.

—Pero no entiendo —intervino Matthew, con el ceño fruncido—. Dijiste que vendrías aquí la noche que nos fuimos, si no fuera por Lucie... Pero nosotros supusimos que...

—Que estarías con Grace. —Dolía decirlo. Cordelia respiró a pesar de la espiga invisible clavada en su corazón.

James sonrió. Cordelia nunca lo vio sonreír así; una sonrisa que era todo amargura, todo odio hacia sí mismo.

—Grace —dijo—. No deseo pasar ni un solo momento con ella. La detesto. Me aseguraré de no verla nunca. Cordelia, Effie me explicó lo que viste...

—Sí —contestó Cordelia. Se sentía como si estuviera fuera de su cuerpo, mirándolo desde arriba. Matthew, a su lado, respiraba a bocanadas cortas y ahogadas—. En aquel momento no odiabas a Grace, James. La tenías entre los brazos. Dijiste...

—Sé lo que dije.

—Eso fue la noche que me fui —gritó Cordelia—, la misma noche. No puedes decir que me siguieras hasta aquí.

La voz de James sonó abrasada, yerma como la tierra de Belial.

—Vine en cuanto pude. Por ambos. Si me dejaras explicar...

—James —lo interrumpió Matthew. La voz le temblaba—. Tú no la deseabas.

—Fui un estúpido —replicó James—. Lo admito sin problema. Me equivoqué sobre mis propios sentimientos. Me equivoqué sobre mi matrimonio. No pensaba que fuera real. Y sí lo era. Lo más real que existió en mi vida. —Miró directamente a Cordelia—. Deseo reparar las cosas rotas. Juntar sus piezas. Ojalá...

—¿Y lo que yo deseo no importa? —Cordelia apretó con más fuerza la mano de Matthew—. ¿No importa, todas las veces que íba-

147

mos a fiestas, a reuniones, y tú mirabas a Grace en vez de mirarme a mí? ¿Que la besaras mientras estábamos casados? Si te dañé viniendo aquí con Matthew, lo siento. Pero creí que no te importaría.

—Que no me importaría... —repitió James, y miró la botella que tenía entre las manos—. Llevo horas aquí, antes de que llegaran. Pensé emborracharme con esto, creí que me ayudaría a mantener el coraje, pero sabe al veneno más horrible. Solo fui capaz de darle un trago. No sé cómo eres capaz de beber esto, Math.

Puso la botella medio vacía en la mesa que estaba junto a él, y Cordelia, por primera vez, vio la etiqueta verde: ABSENTA BLANQUI.

La mano de Matthew, aún sostenía la de Cordelia, estaba fría como el hielo.

—Eso no es de Matthew —dijo Cordelia.

James se sorprendió.

—Estaba en su habitación...

«No», pensó Cordelia, pero James se desconcertó.

—¿Entraste a mi habitación? —preguntó Matthew, y cualquier pensamiento que Cordelia tuviera de que aquello era un error, de que la botella no era suya, se desvaneció con sus palabras.

—Te estaba buscando —contestó James—. Vi esto y el *brandy* de cereza... Supongo que no debí agarrarla, pero parece que no se me da muy bien eso de mantener el coraje. Yo... —Pasó la mirada de Matthew, blanco como una sábana, a Cordelia. Frunció el ceño—. ¿Qué pasa?

Cordelia pensó a qué le supo Matthew cuando lo besó. Dulce, como un caramelo. *Brandy* de cereza. Soltó la mano de Matthew. Y tomó la suya, entrelazando los dedos temblorosos. Era una estúpida. Una estúpida que no aprendió nada de la vida y la muerte de su propio padre.

Podría arremeter contra Matthew ahí mismo, supuso. Gritarle delante de James por mentirle. Pero parecía tan atónito y frágil, con los ojos fijos en algún punto en la distancia, y un músculo de la mandíbula tironeándole.

—No debí venir —repuso James. Los miraba a ambos, Matthew y Cordelia, y sus ojos estaban llenos de rabia y amor, de esperanza y desesperanza. Cordelia deseó consolarlo, y se odió por ello—. Cordelia, dime lo que quieres. Si es a Matthew, me iré. Saldré de tu vida. Nunca fue mi intención herir a ninguno de los dos...

—Tú lo sabías —susurró Matthew—. Te dije en la carta que amaba a Cordelia. Y aun así apareces aquí como un ángel negro, Jamie, a decirle a Cordelia que sí la quieres...

—Tú dijiste lo que tú sentías —replicó James, blanco como un cadáver—. Yo solo necesito oírlo también de Cordelia.

—Por el Ángel —exclamó Matthew, echando la cabeza hacia atrás—. No hay escape, nunca lo habrá, ¿no? Nunca habrá nada mejor...

—Basta. —De pronto, Cordelia se sintió exhausta. Era el tipo de cansancio que a veces le sobrevenía tras una batalla, una ola oscura que se cernía sobre ella, como si cayera muy hondo en el mar y vagara por las profundidades, incapaz de salir a la superficie—. No pienso ser la causa de una pelea entre ustedes dos. Me niego. Sea cual sea el problema que tengan entre ustedes, arréglenlo. Voy a recoger mis cosas, y mañana vuelvo a Londres. Siento que hicieras este viaje para nada, James. Y Matthew, siento haber venido contigo a París. Fue un error. Buenas noches.

Se fue del salón. Acababa de entrar en su recámara cuando oyó a Matthew, más vencido de lo que nunca lo había oído.

—Maldito seas, James.

Un momento después, la puerta de la *suite* se cerró de un portazo. Matthew salió.

A James le llevó un rato reunir el valor necesario para llamar a la puerta de Cordelia.

Al llegar al hotel, le resultó fácil conseguir el número de la habitación de Matthew y Cordelia diciéndole al recepcionista que deseaba dejar un mensaje. Un viaje en ascensor, una runa de apertura, y estaba dentro, caminando de una habitación a otra para ver si estaban allí.

Fue primero a la habitación de Matthew: este ni siquiera intentó esconder las botellas de *brandy* y absenta, la mayoría vacías, muy pocas llenas. Estaban en fila en el hueco de la ventana, como centinelas de cristal verde. Había ropa tirada por todas partes: en los respaldos de las sillas, en el suelo; chalecos y polainas dejados de cualquier manera.

En la habitación de Cordelia solo estuvo un momento. Conservaba el olor a su perfume, o su jabón: especias y jazmín. Le recordó a ella de una forma demasiado dolorosa. Huyó al salón con una de las botellas de absenta de Matthew, aunque no fue capaz de darle más que un trago. Aquel fuego amargo le abrasó la garganta.

Recordó sentirse aliviado de que Matthew y Cordelia tuvieran habitaciones separadas. Se dijo que no debería sorprenderle. Matthew era un caballero, por muy fuertes que fueran sus sentimientos hacia Cordelia. Hablaría del tema con ellos, explicar sus sentimientos. Las cosas se arreglarían.

Fue entonces cuando oyó abrirse la puerta. Los oyó antes de verlos, la risa suave, el sonido de ropa cayendo. La luz de la luna los convertía en sombras en movimiento mientras entraban en la habitación sin darse cuenta de que él estaba allí. Matthew dejando a Cordelia de pie en el suelo, sus manos sobre ella, recorriendo las curvas de su cuerpo, y ella devolviéndole el beso, con la cabeza inclinada hacia atrás, las manos en el cabello de él, y James recordó perfectamente, con dolor, cómo era besar a Cordelia, más caliente y mejor que cualquier fuego. Se sintió mareado, avergonzado y desesperado, y ni siquiera recordaba haber encendido la lámpara.

Pero lo hizo, y allí estaban. Matthew se fue, y James sabía que tenía que hablar con Cordelia. Tenía que contarle la verdad, daba igual lo incómodas que fueran las circunstancias. No iban a ser menos incómodas por esconder la razón que lo llevó hasta allí.

Llamó otra vez y abrió la puerta. La habitación estaba decorada con colores pastel pálidos, que le recordaron a los vestidos que Cordelia usaba cuando llegó a Londres. El papel tapiz y la cabecera de la cama eran verde celadón, la alfombra de rayas de color salvia y dorado. El papel tapiz tenía un diseño de flores de lis y listones de marfil. El mobiliario era dorado; había un pequeño escritorio al lado del gran ventanal con arcos, a través del cual se veían las luces de la Place Vendôme.

En el centro de la habitación se encontraba Daisy, que en ese momento sacaba un vestido de rayas del ropero para dejarlo sobre la cama, donde estaba el resto de su vestuario. Se detuvo cuando lo vio, a medio movimiento.

Lo miró arqueando las cejas, pero no dijo nada. Llevaba el cabello recogido en un elaborado moño que se deshizo un poco. Unos mechones largos de rojo vivo le caían alrededor de la cara. Llevaba un vestido casi del mismo tono; James nunca se lo había visto, a pesar de que creía conocer la mayor parte de sus vestidos. Este era de terciopelo y se le ceñía al pecho y la cintura, para luego ensancharse en las caderas y muslos como una trompeta invertida.

Un cordón de deseo se le fue desenrollando en el estómago y se le enroscó en un nudo de ansiedad. No estuvo tan cerca de ella desde que se dio cuenta de lo que sentía. Quería cerrar los ojos ante la mezcla de dolor y placer que sentía; al parecer su propio cuerpo era demasiado estúpido para reconocer cuándo no era bienvenido. Parecía como si estuviera hambriento y acabaran de ponerle delante un plato de la comida más deliciosa.

«Vamos, idiota —parecía decirle—. Estréchala entre tus brazos. Bésala. Tócala».

«Como hacía Matthew».

Respiró de forma profunda y entrecortada.

—Daisy —comenzó—, quería decirte que... Nunca me disculpé.

151

Ella giró y dejó el vestido de rayas sobre la cama. Se quedó allí, jugueteando con los botones.

—¿Disculparte por qué?

—Por todo —contestó él—. Por mi estupidez; por hacerte daño; por dejar que pensaras que la amaba, cuando nunca fue amor. No era mi intención.

Al oírlo, ella sí lo miró. Lo miró con unos ojos muy oscuros y las mejillas encendidas.

—Sé que no era tu intención. Nunca pensaste en mí en absoluto.

Su voz era baja, casi ronca; la misma voz que le leyeron *Layla y Majnun,* hacía ya tanto tiempo. Se enamoró de ella entonces. La amó desde aquel momento, pero sin saberlo; incluso en aquella ceguera, la voz de ella le provocó escalofríos desconcertantes.

—Pensaba en ti siempre —afirmó. Era verdad; pensaba en ella, soñaba con ella. El brazalete le susurró que aquello no significaba nada—. Te quería a mi lado siempre. Todo el tiempo.

Ella se volteó para mirarlo. El vestido se le deslizó por un hombro, dejando parte de la piel al descubierto, un suave moreno dorado que contrastaba con el color del vestido. Tenía un brillo como de satén, y una suavidad que James recordó con una sensación de deseo casi dolorosa. ¿Cómo vivió con ella, en la misma casa, durante semanas, sin besarla, acariciarla, todos los días? Moriría por volver a tener esa oportunidad.

—James —repuso Cordelia—. Me tuviste. Estábamos casados. Pudiste decir algo de todo esto en cualquier momento, pero no lo hiciste. Dijiste que amabas a Grace; ahora dices que me quieres a mí. ¿Qué puedo pensar de todo esto, salvo que solo deseas lo que no puedes tener? Grace acudió a ti, yo la vi, y... —La voz le tembló ligeramente—. Y ahora decidiste que no sientes nada por ella, y que me quieres a mí. ¿Cómo voy a creer que lo que dices es la verdad? Dímelo. Dime algo que me haga sentir que esto es real.

«Ahora es el momento —pensó James. En ese momento era cuando debía decirle—: No, mira, estaba embrujado; pensé que amaba a Grace, pero solo era magia negra; no pude decírtelo antes porque no lo sabía, pero ahora todo eso ya quedó atrás y...».

Pudo oír cómo sonaba. Absurdo, para empezar, aunque sabía que finalmente la convencería, sobre todo una vez que regresaran a Londres. No era que no pudiera hacer que ella le creyera. Era más que eso.

La imagen de Cordelia y Matthew abrazados volvió a él. Le causó una impresión horrible verlos así. No sabía que esperaba, y una parte de él sintió una especie de felicidad al verlos, pues los extrañaba muchísimo, aunque rápidamente fue reemplazada por unos celos profundos y terribles. Lo asustó su intensidad. Quiso romper algo.

Pensó en Matthew dando un portazo al salir. Quizá él sí rompió algo.

Pero había más en ese recuerdo. Dolía rememorarlo, como cortarse uno mismo con una navaja. Pero lo hizo, y en el recuerdo vio más allá de su rabia y su pena; los vio a ellos, más felices de lo que los vio en mucho tiempo. Incluso cuando él y Cordelia fueron felices juntos, en los recuerdos a los que se aferraba en las últimas semanas, siempre había un dejo de melancolía en los oscuros ojos de su esposa.

Quizá no sintiera esa melancolía con Matthew. Quizá, convencida de que James nunca la amaría y de que su matrimonio nunca sería más que una mentira, Cordelia encontró la felicidad con alguien que le decía claramente que la amaba, sin reservas ni negaciones.

James fue a París decidido a decirle la verdad a Cordelia sobre Grace y sobre el brazalete. Decirle que su corazón y su alma eran de ella y siempre lo fueron. Pero en ese momento se daba cuenta de que eso era como atarla con cadenas. Su Daisy era amable, la clase de persona que lloraría si viera un gatito herido en la calle. Ella lo compadecería, a él y a su amor encadenado, lo compadecería por lo que Grace y Belial le hicieron. Se sentiría obligada a permanecer a su lado, a volver a su matrimonio, a causa de su compasión y su amabilidad.

Por un momento, se sintió tentado a decirle la verdad, a usar esa amabilidad y compasión, y dejar que esos sentimientos la encadenaran a él. Que la llevaran de regreso a Curzon Street con él. Sería como antes: jugarían al ajedrez, darían paseos, platicarían y cenarían juntos y, finalmente, se la ganaría, con regalos, palabras y devoción.

Dejó que esa imagen planeara en su mente, la de ellos dos en el estudio, frente al fuego, con Cordelia sonriendo entre la cascada de su cabello suelto. Sus dedos tomándola de la barbilla, atrayendo su rostro hacia sí. «¿En qué piensas, mi amor?»

Apartó ese pensamiento, con determinación, como quien explota una burbuja de jabón. La compasión y la amabilidad no eran amor. Solo la libre elección era amor; si el horror del brazalete le enseñó algo, fue eso.

—Te amo —dijo. Sabía que no era suficiente, lo supo incluso antes de que ella cerrara los ojos, como si estuviera terriblemente cansada—. Puede que creyera amar a Grace, pero no era la persona que yo creía. Además me costaba admitirme a mí mismo que me equivoqué tanto y, especialmente, en algo tan importante. El tiempo que llevo casado contigo, Daisy, ha sido... el más feliz de mi vida.

«Ahí estaba —pensó con tristeza—. Parte de la verdad, si no toda».

Ella abrió los ojos lentamente.

—¿Eso es todo?

—No exactamente —contestó—. Si amas a Matthew, dímelo ya. Dejaré de molestarte. Los dejaré ser felices.

Cordelia negó con la cabeza, despacio. Por primera vez pareció un poco insegura.

—No... No lo sé. James, necesito tiempo para pensar en todo esto. No puedo darte ningún tipo de respuesta ahora.

Ella se llevó la mano a la garganta, un gesto inconsciente, y James se dio cuenta de repente de lo que había sobre el escote del vestido: el dije dorado con forma de globo que él le regaló.

Algo se encendió dentro de él. Una pequeña y loca chispa de esperanza.

—Pero no me estas dejando —dijo—. No quieres el divorcio, ¿verdad?

Ella esbozó un amago de sonrisa.

—No, aún no.

Lo que James más quería en el mundo era atraerla hacia sí, unir su boca con la de ella y mostrarle, con los labios y las manos, todo lo que las palabras no alcanzaban a demostrar. Luchó contra Belial, se enfrentó dos veces a un Príncipe del Infierno, y aun así creyó que lo más difícil que había hecho nunca era esto: asentir, apartarse de Cordelia, dejarla sin decir una palabra más, sin más preguntas.

Y, sin embargo, lo hizo.

8

CONTRA TODA PAZ

Y, de una vez para siempre, diré también que, para mi desgracia, comprendía muchas veces, si no siempre, que amaba (a Estella) contra toda razón, contra toda promesa, contra toda paz y esperanza, y contra la felicidad y el desencanto que hubiera en ello. Y, de una vez para siempre, diré también que no por eso la quería menos.

CHARLES DICKENS, *Grandes Esperanzas*

Ariadne nunca se despertó en la cama de otra persona, y cuando abrió los ojos parpadeando, se preguntó si sería siempre tan extraño. Estaba desorientada, primero por la luz que se colaba por las ventanas, en ángulos y sombras distintos a los de su propia recámara. Y luego recordó que estaba en la habitación de Anna, y por un instante se permitió simplemente estar en ese lugar, en ese momento. Estaba durmiendo donde Anna dormía, donde apoyaba la cabeza todas las noches, donde soñaba. Sintió una especie de separación íntima de Anna, como si fueran dos manos presionando los lados opuestos del mismo cristal. Recordó sus manos entrelazadas en la

Sala de los Susurros, mientras Anna pasaba lentamente entre los dedos el listón del cabello de Ariadne...

Y entonces, por supuesto, la realidad se impuso, y Ariadne se reprendió por permitirse tanto pensamiento romántico. «Era solo porque acababa de despertarse», se dijo.

Anna renegaba del amor, o eso decía, y Ariadne tenía que creerla. Se amputó una parte de sí misma, para protegerse, y Ariadne no podía rescatar esa parte, traerla de vuelta.

El agua de la jarra del lavamanos tenía una fina capa de hielo. Ariadne se lavó la cara deprisa, se trenzó el cabello, y se puso el mismo vestido que llevaba cuando llegó; estaba arrugado y usado, pero no se trajo nada más. Tendría que comprar algunas cosas nuevas.

Cautelosa, salió al salón, procurando no despertar a Anna por si seguía dormida. Pero no solo no lo estaba, sino que tenía compañía. En la mesa del desayuno se encontraba sentado su hermano, Christopher y, de entre toda la gente posible, Eugenia Lightwood. Los tres estaban acabando de desayunar. Eugenia, a la cual Ariadne tenía por una persona agradable, pero que no era alguien en quien necesariamente confiaría, le dedicó un discreto saludo y una sonrisa. Lo que fuera lo que Anna le contó sobre los motivos de la presencia de Ariadne, la chica no parecía molesta.

—Ah, Ariadne. No quería despertarte —dijo Anna, con voz brillante—. ¿Quieres desayunar algo? Es solo té con pan tostado, me temo. Christopher, hazle sitio.

Christopher lo hizo, esparciendo las migajas mientras se hacía a un lado en un sofá Chester que movieron para utilizar como asiento en un lado de la mesa. Ariadne se sentó a su lado, tomó una rebanada de pan de la charola, y empezó a untarla de mantequilla. Anna, con aspecto plácido, le sirvió una taza de té.

—Nunca entenderé las rejillas para pan tostado —murmuró Eugenia—. Lo único que hacen es enfriar el pan lo más rápido posible.

—Anna —dijo Christopher—. He estado trabajando en algo últimamente y... bueno, con tu permiso, me gustaría poner un par de pequeñas runas en la base de la tetera antes de que la pongas al fuego, para...

—No, Christopher —intervino Anna, dándole unas palmaditas en el hombro—. Ariadne, como puedes ver, reuní un equipo para nuestra misión de hoy.

Ariadne parpadeó.

—¿Qué misión?

—La misión de recoger tus cosas para sacarte de casa de tus padres, claro.

Ariadne parpadeó un par de veces más.

—¿Vamos a hacer eso hoy?

—Qué emocionante —exclamó Eugenia, con los oscuros ojos brillantes—. Me encantan las misiones.

—Tu madre, como todos sabemos —dijo Anna—, estará muy consternada por el hecho de que su única hija se mude, así que estaremos allí para suavizar la situación. La señora Bridgestock confía plenamente en Eugenia. —Esta se llevó una mano al pecho e inclinó la cabeza—. Lo cual lo facilitará todo. Yo, por otra parte, soy una presencia desestabilizadora así que sorprenderé a tu madre para que no llore copiosamente, o a rememore tu infancia, o ambas.

—Sí, ambas son probables —suspiró Ariadne—. ¿Y Christopher?

—Christopher, además de conferirnos la seguridad de una presencia masculina de autoridad...

—¡Aquí estoy yo! —intervino Christopher, con aspecto complacido.

—... es mi hermano pequeño y tiene que hacer lo que le diga —finalizó Anna.

Ariadne mordisqueó el pan tostado con aire pensativo. Era un plan inteligente, la verdad. Su madre era extremadamente exigente con la observación de la etiqueta social y sería tremendamente educada con los visitantes inesperados. Entre los Lightwood la mantendrían tan ocupada que, aunque notara que Ariadne estaba llevándose sus cosas, nunca sería tan maleducada con sus huéspedes como para armar un escándalo delante de ellos.

«Y la otra parte inteligente del plan —pensó— era que evitaba que Anna y Ariadne pensaran en Ariadne levantándose en la cama de Anna, o en lo que cada una sentía sobre ello».

—Desafortunadamente —dijo Christopher—, tendremos que darnos prisa. A los tres nos esperan en el Instituto a última hora de la mañana.

Eugenia puso los ojos en blanco.

—No es más que el tío Will que quiere asignarnos tareas para la fiesta de Navidad.

—¿Todavía hacen fiesta de Navidad? —preguntó Anna, sorprendida—. ¿Con todo lo que está pasando?

—Nada puede detener la fiesta de Navidad de los Herondale —afirmó Christopher—. Hasta un Príncipe del Infierno retrocedería ante la capacidad del tío Will para crear felicidad. Además, es bueno para todos tener algo por lo que seguir adelante, ¿no?

Ariadne no pudo evitar preguntarse qué pensaría Eugenia sobre eso. Fue en una fiesta de Instituto, en verano, cuando la hermana de Eugenia, Barbara, sufrió un colapso y, poco después, falleció, víctima de veneno de demonio.

Pero si Eugenia tenía esto en mente, no lo mostró. Seguía animada y decidida, mientras salían del departamento y se metían en el carruaje Lightwood.

Fue ya en el carruaje, saliendo de Percy Street en dirección a Cavendish Square, cuando Ariadne se dio cuenta de que, si iban a recoger sus cosas, el único sitio al que podría llevar sus baúles era al departamento de Anna. Pero eso ya se le ocurriría a Anna, ¿no? Ariadne intentó llamar su atención, pero Anna estaba hablando con Eugenia sobre barrios donde Ariadne encontraría el departamento adecuado para una joven soltera como ella.

159

Así que Anna no esperaba que Ariadne tuviera sus cosas en su casa durante mucho tiempo. Desde luego, no lo suficiente para que la situación se volviera incómoda. Aunque Anna no mostraba ninguna señal de incomodidad; seguía igual de adorable y risueña que siempre. Llevaba un chaleco espectacular, de rayas rosas y verdes, que Ariadne estaba segura de que se lo quitó a Matthew. Y tenía los ojos del azul oscuro de los pensamientos.

«Y pronto dirás que los ángeles cantan cuando ríe —pensó Ariadne consternada—. Sé menos sentimental».

No tardaron en llegar a la mansión Bridgestock. Ante la puerta, Ariadne dudó, pensando en las mil cosas que saldrían mal en su plan. Pero Anna la miraba expectante, convencida, al parecer, de que Ariadne era capaz de manejar la situación. Fue esa mirada la que hizo que Ariadne se irguiera y reforzara su resolución. Con una sonrisa fijada en la cara, usó su llave para abrir la puerta, entró y saludó con alegría forzada.

—¡Mamá, mira a quien me acabo de encontrar!

Su madre apareció en lo alto de la escalera. Flora llevaba el mismo vestido que el día anterior, y resultaba evidente que pasó la noche en vela; tenía unas profundas ojeras y el rostro tenso. Cuando su vista se posó en su hija, a esta le pareció ver una expresión de alivio en sus rasgos.

«¿Habrá estado preocupada por mí?», se preguntó Ariadne, pero su madre vio entrar a Anna, Christopher y Eugenia, y forzaba ya una sonrisa.

—Eugenia, querida —dijo con calidez, mientras bajaba la escalera—. Y el joven Lightwood, y Anna, por supuesto... —¿Se lo pareció a Ariadne o había cierta frialdad en la manera en la que Flora Bridgestock miraba a Anna?—. ¿Cómo están tus queridos padres?

Eugenia se lanzó de inmediato a contar una larga historia sobre la búsqueda de Gideon y Sophie de una nueva asistenta, después de haber descubierto a la última montando de autobús en autobús

160

como una loca por toda la ciudad mientras un grupo de brownies lugareños hacían sus tareas.

—Horrible —oyó Ariadne decir a Flora, y también—: Qué tiempos más difíciles. —Mientras Eugenia la dirigía hábilmente hacia el salón, seguida por Anna y Christopher. «Subestimó a Eugenia —pensó Ariadne—. Sería una espía excelente».

Ariadne intercambió una rápida mirada con Anna y luego se apresuró escalera arriba hacia su habitación, donde agarró un baúl y lo llenó con sus cosas. «¡Qué difícil empacar una vida y tan rápido!», pensó. Ropas y libros, por supuesto, y viejos tesoros: un sari que fue de su primera madre, un *pata* que perteneció a su primer padre, una muñeca que le dio su madre adoptiva y a la que le faltaba uno de sus ojos de botón.

Oyó a Anna, en el piso de abajo hablar en alto.

—¡Christopher lleva toda la mañana entreteniéndonos con su último trabajo en ciencia! Christopher, cuéntale a la señora Bridgestock lo que nos contabas.

Ariadne supo que eso significaba que Flora empezaba a impacientarse. No le quedaba mucho tiempo.

Acababa de doblar su traje de combate y estaba colocando el *pata* sobre la pila de ropa en el baúl cuando Anna apareció en su puerta.

—¿Te falta mucho? —preguntó—. Al final tu madre conseguirá meterse en el monólogo de Christopher, ya sabes.

Ariadne se irguió y se limpió las manos en la falda. Se obligó a no mirar alrededor: el mobiliario de su habitación, la manta que su madre tejió para ella antes de que llegara de la India.

—Estoy lista.

Juntas, llevaron el baúl hasta la entrada y consiguieron no golpearlo contra todos los escalones. Cuando pasaron por la puerta del salón, Ariadne vio a su madre, que miraba a Christopher desde el sofá, desviar la mirada hacia ella. Tenía el rostro pálido y tenso. A Ariadne le costó no ir hasta ella y preguntarle si estaba

161

bien, u ofrecerle una taza de té, como solía hacer en los momentos difíciles.

El conductor del carruaje subió corriendo la escalera para agarrar el baúl y Ariadne volvió a entrar en la casa. Oyó a Eugenia contarle a su madre otra historia doméstica y se preguntó si sería posible que los Lightwood consiguieran distraerla el tiempo suficiente para que ella fuera a toda velocidad al invernadero y tomara la jaula de *Winston*.

Técnicamente, era suyo: un regalo de sus padres. Y aunque Anna no especificó que daría cobijo a un loro en su pequeño departamento, Ariadne, y por lo tanto *Winston*, solo iban a estar un tiempo, hasta que encontraran su propio departamento.

Estaba a punto de correr por *Winston* cuando se oyó un fuerte chirrido en el exterior. Anna lanzó un seco grito de advertencia. Ariadne volvió a toda prisa hacia la puerta y vio un carruaje de alquiler conducido como alma que lleva el diablo, que se detuvo solo a unos centímetros del carruaje de los Lightwood. La puerta del carruaje se abrió, y salió un hombre que llevaba un sucio abrigo de viaje y un sombrero doblado encasquetado de lado en la cabeza. Lanzó un puñado de monedas al cochero antes de dirigirse a la puerta de los Bridgestock.

Ariadne no reconoció el abrigo, el sombrero o la tambaleante cojera, pero sí reconoció al hombre, aunque lucía una barba blanca de varios días y parecía varios años más viejo que la última vez que lo vio.

—¿Padre? —murmuró. No pretendía hablar; la palabra se le escapó de la boca.

Anna la miró sorprendida. Resultaba evidente que ella tampoco reconoció al Inquisidor.

—¿Maurice? —La madre de Ariadne corrió a la puerta, con Eugenia y Christopher tras ella, todos con idéntica expresión de sorpresa y preocupación. Le tomó la mano a Ariadne y la apretó con fuerza antes de bajar volando los escalones para echarle los brazos al cuello a su marido, que permaneció inmóvil, plantado como un viejo árbol, a pesar de los sollozos de su mujer—. ¿Qué pasó? ¿Dónde estuviste? ¿Por qué no nos hiciste saber que...?

—Flora —dijo, y su voz sonaba ronca, como si la gastara gritando o chillando—. Ay, Flora. Es peor de lo que puedas imaginarte. Mucho peor de lo que cualquiera de nosotros imaginaba.

A la mañana siguiente, el mayor temor de Cordelia era tener que encontrarse con James o Matthew al salir de la recámara. Lo retrasó todo lo que pudo, tomándose su tiempo para vestirse, aunque a juzgar por el ángulo del sol a través de la ventana ya era media mañana.

Durmió mal. Una y otra vez, cuando cerraba los ojos, veía el rostro de James, oía sus palabras. «Estaba equivocado sobre mi matrimonio. No pensaba que fuera real. Y sí lo era. Lo más real que existió en mi vida».

Le dijo que la amaba

Siempre pensó que eso era todo cuanto deseaba. Pero descubrió que ahora le sonaba falso. No sabía qué era lo que lo llevó a decírselo; la pena, quizá, o la nostalgia de la vida que compartieron en Curzon Street. Dijo que fue feliz. Y ella nunca pensó que Grace lo hiciera feliz, solo desdichado, pero era una desdicha que él parecía disfrutar. Y los sentimientos se demostraban con acciones: Cordelia sí creía que a James le gustaba, que la deseaba incluso, pero si la amara...

Correría a Grace.

Tras atarse las botas, salió a la sala y se la encontró vacía. La puerta de la habitación de Matthew estaba cerrada, y James no estaba por ningún sitio.

La botella verde de absenta seguía en la mesa. Cordelia pensó en Matthew, en su boca cerca de la suya, y en la forma en la que palideció al preguntarle a James si entró en su habitación.

Tenía un nudo en el estómago cuando salió al pasillo azul y dorado. Vio al botones del hotel, que justo salía de otra habitación.

—*Monsieur!* —lo llamó, y se apresuró a alcanzarlo. Al menos intentaría comer algo antes de ir en camino—. Quería preguntar si el desayuno...

—Ah, *madame* —exclamó el botones—. No se preocupe. Su compañero ya pidió el desayuno y se lo llevarán pronto.

Cordelia no estaba segura de a qué compañero se refería, James o Matthew. Tampoco estaba segura de querer desayunar con ninguno de ellos, y menos con ambos, pero le parecía excesivo explicarle todo eso al botones. Así que le dio las gracias y estaba a punto de alejarse cuando dudó.

—¿Puedo hacerle otra pregunta? —inquirió—. ¿Trajo usted una botella de absenta a nuestra *suite* ayer por la noche?

—No, *madame.* —El botones pareció sorprendido—. Traje una botella ayer por la mañana. A las seis en punto.

Entonces fue Cordelia la sorprendida.

—¿Y por qué hace eso?

El botones pareció aún más desconcertado.

—Traigo una botella todas las mañanas, justo después del amanecer. A petición de Monsieur Fairchild. *Brandy* o absenta. —Se encogió de hombros—. La anterior vez que estuvo aquí, la quería por la tarde. Esta vez, por la mañana temprano. Para mí es lo mismo, le dije, a las seis en punto todas las mañanas.

—Gracias —consiguió decir Cordelia, y dejó al botones mirándola mientras ella se alejaba vacilante por el pasillo.

Una vez dentro de la *suite*, se apoyó en la pared, con los ojos cerrados. Matthew le mintió a conciencia. Juró no beber y no lo hizo... delante de ella. Pero el botones le llevaba una botella de licor todas las mañanas. ¿Bebería en cada momento que ella no lo veía? Eso era lo que parecía.

Con esa ya eran demasiadas mentiras; se sentía completamente destrozada, sin posibilidad de arreglarlo. Le mintieron una y otra vez, todos aquellos a los que quería. Su familia le mintió sobre el alcoholismo de su padre. James le mintió sobre Grace, sobre ella, sobre la mismísima premisa de su matrimonio. Lucie, que se suponía que era su mejor amiga, a la que conocía mejor que a nadie, mantuvo su relación con Jesse Blackthorn en secreto, y huyó de Londres sin darle ninguna explicación.

Pensó que Matthew sería diferente, precisamente porque no creía en nada, porque renunció a la moralidad tal y como la mayoría de la gente la entendía, a la virtud y a la altura de miras. Solo se preocupaba por la belleza, el arte y el significado, como hacían los bohemios; por eso pensó que no le mentiría. Porque si iba a beber, se lo diría.

Pero la miró a los ojos y le prometió que si iba a París con él, bebería poco; le hizo creer que no tocó la bebida en absoluto. Sin embargo, el botones le llevó *brandy* todos los días desde su llegada. Cordelia pensó que aunque París no la salvara a ella, al menos salvaría a Matthew. Pero parecía que no cambiaría solo por cambiar de lugar, por mucho que se deseara; ninguno de ellos dejó atrás sus problemas. Solo los llevaron consigo.

Cuando James regresó a la *suite*, la encontró igual, como si nadie se despertara aún. Las puertas de ambas habitaciones seguían cerradas. Sacudiendo la cabeza, fue a llamar a la puerta de Matthew. Como nadie contestó, llamó otra vez, un poco más fuerte, y se vio recompensado con un leve gruñido desde algún punto del interior.

—Desayuno —dijo. Hubo otro gruñido, incluso más bajo, desde la habitación—. Levántate, Matthew —llamó, con un tono más duro de lo que él mismo se esperaba—. Tenemos que hablar.

Hubo una serie de sonidos de golpes y choques, y un minuto después, Matthew abrió la puerta y miró a James parpadeando. Parecía totalmente exhausto, y James se preguntó a qué hora regresó la noche anterior; sabía que había vuelto porque vio su abrigo arrugado en el suelo de la *suite* con otro par de botellas vacías al lado. Pero fuera a la hora que fuese, sin duda Matthew regresó cuando James dormía, lo cual sucedió tarde. James pasó lo que le parecieron horas tumbado en el sofá, despierto, mirando a la oscuridad en un estado de absoluta desesperación. Magnus le dio una palmadita en la espalda y le deseó buena suerte antes de mandarlo a París a través de un portal, pero visto lo visto, ninguna cantidad de suerte le serviría de ayuda.

En lo que le pareció solo un momento, perdió no a una sino a dos de las personas más importantes de su vida.

Cuando finalmente se quedó, su sueño fue extraño e inquieto. No recordaba haber soñado nada; solo la sensación de un áspero ruido blanco. Le pareció raro, más aún que los oscuros sueños que Belial le envió en el pasado. Fue como el rugido del océano, pero desagradable y metálico; un sonido que le hizo sentir como si se le rompiera el corazón y de su interior manara un chillido estridente que solo él escuchaba.

Matthew llevaba la ropa de la noche anterior, incluso el chaleco de terciopelo rojo que hacía juego con el vestido de Cordelia, pero las prendas estaban arrugadas y manchadas. Tras él, su recámara era un desastre. El baúl estaba tirado, con toda la ropa esparcida, y había platos y botellas vacías por todas partes, como los trozos de cristal y basura que se veían en las orillas del Támesis.

Matthew tenía los ojos rojos y el cabello hecho un desastre de rizos despeinados.

—Dormía —anunció.

Su voz sonaba inexpresiva.

James contó hasta diez en silencio.

—Math —dijo—, tenemos que regresar a Londres.

Matthew se apoyó contra el marco de la puerta.

—Ah. ¿Cordelia y tú regresan a Londres? Buen viaje, entonces, ¿o debería decir *bon voyage*? Eres rápido, James, pero, bueno, supongo que te lo puse bastante fácil, ¿no? —Se frotó los ojos con una manga rematada en puño de encaje, aún parpadeando somnoliento—. No lucharé contigo por ella —añadió—. Sería indigno.

James pensó que ese sería el punto en el que Christopher o Thomas o Anna se irían. Cuando Matthew estaba en ese extraño estado pendenciero, solía ser mejor dejarlo solo. Pero James nunca se apartaba de él, no importaba lo impertinente que Matthew se pusiera.

Pudo ver que las manos de su amigo seguían temblando y había dolor en su mirada. Lo que más deseaba era abrazar a Matthew con fuerza y decirle que lo quería.

Pero ¿qué palabras podrían reconfortarlo en ese momento? ¿«Cordelia te ama»? Tres palabras que parecían puñales en su corazón. Tres palabras que no sabía si eran ciertas. No sabía qué sentía Cordelia.

Se frotó las sienes, que empezaban a palpitarle.

—No es así Matthew —le dijo—, no hay ninguna lucha. Si hubiera sabido antes de tu carta de la semana pasada lo que tú sentías por Cordelia...

—¿Qué? —lo interrumpió Matthew con dureza—, ¿qué habrías hecho? ¿No casarte con ella? ¿Casarte con Grace? Porque Jamie, eso es lo que no entiendo. Durante años amaste a Grace, incluso cuando pensabas que no te correspondía. La amabas... ¿cómo dice Dickens? «Contra toda razón, contra toda promesa, contra toda paz y esperanza, y contra la felicidad y el desencanto que habría en ello».

—Nunca la amé —replicó James—, pero creía que sí.

Matthew se dejó caer contra el marco de la puerta.

—Ojalá pudiera creer eso —repuso—, porque lo que parece es que en el momento en el que Cordelia te dejó, decidiste que no podías soportar que te abandonara. Supongo que a nadie le gusta, ¿no? Todo el mundo te quiere —afirmó con una naturalidad que resultaba desconcertante—. Excepto Grace, quizá. Tal vez fuera por eso que tú la querías. No creo que ella sea capaz de amar a nadie.

—Matthew... —James sentía el peso del brazalete de plata como si aún lo llevara puesto en la muñeca, aunque sabía perfectamente bien que estaba roto y en Curzon Street. Quería protestar, explicar que era inocente, pero ¿cómo iba a hacerlo si aún no se lo decía a Cordelia? Ella merecía ser la primera en conocer esa verdad. Pero la idea de decírselo, de suscitar su compasión, seguía resultándole insoportable. Prefería que lo odiaran a que lo compadecieran, tanto Daisy como Matthew, aunque el simple hecho de pensar que su *parabatai* lo odiara le provocaba náuseas.

Se oyó un fuerte golpe en la habitación a su espalda, como si una lámpara se hubiera caído y roto. James se volteó, justo a tiempo para ver un portal abrirse en el salón.

Magnus lo atravesó entrando en la *suite*. Iba, por supuesto, perfectamente vestido con un traje a rayas, y mientras miraba a James y a Matthew, se sacudió una mota de polvo de la inmaculada pechera de la camisa.

Al otro lado de la *suite*, la puerta se abrió de pronto, y apareció Cordelia, completamente vestida con ropa de viaje. Miró a Magnus asombrada.

—Magnus —exclamó—, no esperaba... O sea, ¿cómo diablos supiste dónde estábamos?

—Porque me envió por el portal ayer por la noche —contestó James—. Sé dónde le gusta hospedarse a Matthew cuando viene a París.

Matthew se encogió de hombros.

—Qué previsible soy.

—Y el encargado de noche de aquí es un brujo —señaló Magnus—, ¿quién si no elegiría esas cortinas?

Cuando nadie contestó, su mirada fue de James a Cordelia, ambos, supuso James, con claro aspecto de estar tensos, y luego miró a Matthew, desarreglado y con manchas de vino.

—Vaya —dijo Magnus, bastante sombrío—. Ya veo que aquí tiene lugar un drama personal. —Alzó una mano—. No sé a quién afecta, ni quiero saberlo. James, tú llegaste anoche, ¿no?

James asintió.

—¿Y ya les hablaste a Cordelia y a Matthew sobre Lucie... y sobre Jesse?

James suspiró.

—Solo les dije que estaban bien. No tuve tiempo de contarles más.

Tanto Cordelia como Matthew empezaron a preguntar por Lucie; Magnus alzó de nuevo la mano, como si fuera el director de una orquesta díscola.

—Se enterarán de toda la historia cuando estén de vuelta en Londres —contestó—. Es imperativo que regresemos ya...

—Mi madre. —Cordelia se agarró del marco de la puerta—. ¿Está bien? ¿El bebé ha...?

—Tu madre está bien —contestó Magnus con gentileza, aunque con expresión sombría—. Pero la situación en Londres es difícil, y es probable que empeore.

—¿Hay algún otro Príncipe del Infierno con tentáculos amenazando el Instituto? —preguntó Matthew con desgana—. Porque tengo que decir que si es así, mi instinto me dice que esta vez me abstenga.

Magnus lo miró con severidad.

—El Inquisidor volvió, y las noticias que trae no son buenas. Tatiana Blackthorn se escapó de la Ciudadela Irredenta y unió fuerzas con Belial. Tienen que regresar a Londres conmigo lo antes posible; hay mucho que hablar.

9

SI EL ORO SE OXIDA

Si el oro se oxida, ¿qué hará el hierro?

GEOFFREY CHAUCER,
Los cuentos de Canterbury

Dada la seriedad con la que Magnus dio la noticia, Cordelia casi esperaba que el portal los transportara a una escena de caos: una batalla, una multitud, gente asustada gritándose los unos a los otros.

Pero se abrió a una oscuridad fría que olía a piedra helada. Cordelia parpadeó para eliminar el leve mareo y se dio cuenta de que se encontraban bajo tierra: en la cripta del Instituto, donde había un portal permanente.

Miró rápidamente a los demás. La última vez que estuvo allí, ella y Matthew discutían con James mientras este se preparaba para cruzar el portal hasta Idris para frustrar los planes de Tatiana.

«Y por culpa de Grace —dijo una pequeña voz en su cabeza—. Lo hizo por Grace».

«Este fue el punto de inflexión de su vida», pensó: James cruzó, y ella y Matthew fue tras él. La mansión Blackthorn ardió; James fue acusado, Cordelia habló para defenderlo y James le propuso matrimonio para salvar su reputación, y todo cambió para siempre.

Ella ya no era la misma persona que entonces, pensó, mientras Magnus hacía un gesto y las lámparas de bronce alineadas en las paredes se encendían, cubriendo los muros de piedra de un inquietante resplandor dorado. Había aprendido mucho desde entonces, sobre lo que la gente llegaba a hacer, incluso sobre lo que ella misma era capaz de hacer, y sabía que las cosas no se podían cambiar solo con desearlo. Los sueños, las esperanzas, los deseos eran solo eso. La fuerza residía en agarrarse con firmeza a la realidad, aunque fuera como sujetar una punzante ortiga con la mano.

Los cuatro subieron por la escalera de piedra hasta la planta baja del Instituto. A través de las ventanas, Londres les daba la bienvenida con una nieve gris, que giraba en remolinos contra los cristales, y un cielo de color acero desvaído.

James y Matthew no se miraban. James tenía esa expresión que Cordelia llamaba la Máscara, impertérrita e inexpresiva; James la empleaba cuando no quería mostrar sus sentimientos... «Y Matthew —pensó Cordelia— tenía una máscara igual de resistente a su manera: una mirada distante y vagamente divertida, como si viera una obra no muy bien escrita. Sintió la fuerza del silencio de ambos como la calma antes de la tormenta.

Su punto de apoyo fue Magnus, que comenzó a caminar al lado de Cordelia en cuanto salieron del portal. Lo hizo con tanta sutileza, que al principio ella pensó que simplemente estaba siendo amable. Pero no tardó en darse cuenta de que, por supuesto, el brujo entendió la situación en cuanto llegó a Le Meurice. Drama personal, dijo con tono aburrido, pero cuando la miró lo hizo con genuina amabilidad.

No estaba segura de por qué. La gente sabría en breve que huyó a París con Matthew sin que James lo supiera. Cuando se fue, no pensó en el regreso, más allá de saber que volvería, se mudaría a casa de su madre y trataría de rehacer su vida. Expiaría todos los estúpidos errores que cometió, cuidando de su hermanita o hermanito. No pensó en cómo la verían, no solo los chismosos del Enclave, sino sus amigos: Lucie y Thomas, Christopher y Anna... Fueron amigos de James antes que suyos, y Lucie era su hermana. Estarían del lado de él, molestos con ella.

Se preguntó si Matthew pensaba también en ello. Si estaba preocupado por lo que dirían o pensaran sus amigos. Pero bueno, él era un chico. La gente trataba a los chicos de forma diferente.

—Aquí estamos —dijo Magnus, sacando a Cordelia de sus pensamientos. «Aquí» era la oficina de Will. Es decir, una habitación con menos libros que la biblioteca del Instituto, más libros que la mayoría de las demás habitaciones y una silla alta con ruedas que se deslizaría entre las estanterías. También había varias sillas cómodas desperdigadas por la sala, y en ese momento, de ellas se levantaban Will, Tessa, Charles y el Inquisidor.

Cordelia se hizo a un lado cuando Will y Tessa se acercaron a abrazar a James. Si Tessa notó lo desaliñado que estaba, no lo mostró; lo besó en la frente de una manera que hizo a Cordelia extrañar a su madre y a Alastair.

—Matthew —dijo Charles, sin cruzar la habitación para ir hacia su hermano—. Tarde, como siempre, por lo que veo. ¿Tanto tardaste en atravesar la ciudad?

—Estaba en París, Charles —respondió Matthew, tenso.

—¿Ah, sí? —contestó Charles sin mucho interés—. Lo olvidé. Bueno, te perdiste de madre; estuvo aquí antes, pero se fue a casa porque no se encontraba muy bien. Y todos se perdieron la historia de Maurice. Estoy seguro de que Will y Tessa les contarán todo lo que necesiten saber.

—Probablemente será mejor que lo oigan del propio Inquisidor —dijo Magnus con tono suave.

—El Inquisidor ya contó la historia varias veces hoy —contestó Charles—. Necesita descansar después de pasar por ese calvario.

Como ninguno de ustedes son altos miembros del Enclave, y tú, brujo, ni siquiera eres cazador de sombras, no parece necesario. —Se volteó hacia el Inquisidor—. ¿Estás de acuerdo?

—Pues sí —contestó Maurice Bridgestock. Lucía un poco maltrecho, tuvo que admitir Cordelia, con el rostro lleno de moretones que empezaban a sanar; se sujetaba el brazo derecho con cuidado, como si estuviera herido, aunque seguramente ya le habrían dibujado las runas sanadoras, ¿no?—. Will, confío en que adoptes todas las medidas que hablamos. Tessa... —Le dirigió una inclinación de cabeza, y salió de la habitación sin decir nada más, seguido de Charles.

Magnus cerró la puerta tras ellos. Su expresión no era amistosa; Cordelia no pudo culparlo por ello.

—Qué bien que Charles encontrara a alguien nuevo que lo adopte —comentó Matthew. Estaba rojo de ira; Cordelia sospechó que también estaba sorprendido y triste. Él y su hermano tenían una relación compleja, a menudo enfrentada, pero ella creía que las cosas estaban algo mejor. Charles parecía regresar a su antigua y desagradable forma de ser, pero ¿por qué?

—Todos ustedes —añadió Will, dejándose caer en un sofá—, siéntense. Andan por ahí deambulando sin saber que hacer, y lo odio'.

Una vez sentados, Will los miró.

—Vaya —exclamó—, parece que me tocó contarles una historia emocionante y cargada de drama. Una terrible responsabilidad cayó sobre mí.

James resopló.

—Por favor, apenas eres capaz de disimular que te encanta. Va, empieza. Cuéntanos.

Will se frotó las manos y empezó.

—Como saben —dijo—, viajar a la Ciudadela Irredenta no es fácil, y a Bridgestock le llevó un día entero llegar, pasando por el Instituto de Reikiavik. Una vez allí, pidió audiencia a las Hermanas con las señales, y varias de ellas salieron para reunirse con él en la planicie que se extiende ante la propia Ciudadela, pues como saben, allí solo pueden entrar mujeres. Le dijeron que Tatiana no estaba allí, pero cuando él insistió, le explicaron que no era raro, que a menudo iba a dar largos paseos por las llanuras volcánicas.

—Pero ¿por qué se lo permitían? —preguntó Cordelia, asombrada.

Will se encogió de hombros.

—La Ciudadela Irredenta no es una prisión. Y no hay nada más que rocas vacías en muchos kilómetros a la redonda, ningún sitio al que Tatiana pudiera ir, nada que pudiera hacer, nadie con quien se pudiera encontrar. Las Hermanas de Hierro esperaban que aprovechara esos paseos para pensar en sus opciones o meditar sobre su nueva situación como miembro de la orden.

James lanzó un bufido burlón.

—Por lo visto, Bridgestock pidió a las Hermanas de Hierro que le trajeran algo de Tatiana que pudiera usar para rastrearla. Le trajeron la fajilla de uno de sus vestidos. Él pudo usarlo... hasta cierto punto. —Will frunció el ceño pensativo—. Dice que sentía claramente que la runa estaba conectada a ella. No como rastrear a alguien que murió, donde solo hay un vacío. La runa de rastreo lo llevaba con urgencia tras ella, pero en círculos... Indicándole a menudo que estaba cerca, pero nunca lo suficientemente cerca, y cambiando de repente la dirección, más deprisa de lo que nadie se movería. Era como si la runa no estuviera funcionando, aunque esto parecía imposible, sobre todo estando tan cerca de una de las fortalezas principales de los nefilim.

»Bridgestock acampó en la planicie, algo que soy incapaz de imaginar, pero que al parecer así fue. Quizá montó una tienda. No podía permanecer en la propia Ciudadela, aunque le dieron un caballo islandés que podía moverse por el difícil terreno.

»En medio de la noche, oyó una voz que llegaba con el viento frío y le decía que se fuera a casa, que dejara de buscar lo que buscaba. Él no le prestó atención y continuó la búsqueda al día siguiente, por las llanuras volcánicas, aunque la voz volvió a acosarlo varias veces. Luego, por la noche, cuando el sol se puso tras las montañas, se dio cuenta de que estaba afuera de la reja dorada de las Tumbas de Hierro.

Cordelia sabía bien lo que eran las Tumbas de Hierro. Eran el sepulcro donde permanecían las Hermanas de Hierro y los Hermanos Silenciosos, que no morían como los cazadores de sombras normales, sino que vivían durante siglos antes de que sus almas salieran de sus cuerpos. Esos cuerpos no se estropeaban, sino que se mantenían intactos, y se preservaban en las Tumbas de Hierro, un lugar prohibido para la mayoría de los cazadores de sombras.

—Bridgestock sacudió la reja —siguió Will—, pero nadie le contestó, porque nadie en las Tumbas de Hierro está vivo, algo que debió suponer por el nombre del lugar. En cualquier caso, hizo un buen berrinche hasta que una mano invisible lo tiró de su montura. Pero en vez de caer al suelo, se encontró rodeado de una oscuridad en movimiento. Una oscuridad terrible y sin fin, de las que se extienden más allá de la imaginación, el tipo de oscuridad que puede enloquecer a un hombre con una simple mirada...

—Will —dijo Tessa—, no hagas literatura.

Will suspiró y prosiguió.

—Oyó un terrible sonido, como de una sierra cortando madera, o hueso. A través de las sombras, vio una tierra baldía; sospechó que ya no estaba en Islandia, ni siquiera en nuestro mundo, pero no estaba seguro. Y entonces... una figura monstruosa se alzó ante él, con el doble de estatura de un hombre y ojos como carbones encendidos. Y le habló.

Cordelia esperó que Tessa reprendiera a Will, pero esta se mantuvo en silencio. Parecía no haber exageración en esa parte.

—¿Un demonio? ¿Se identificó? —preguntó James, muy atento, echándose hacia delante en su silla.

175

—Según Bridgestock —respondió Will, despacio—, él pensaba que un ángel sería un ser de tal belleza e infinitud que apenas se comprendería su presencia. Y aun así, siempre deseó ver uno. Después de todo, somos sus sirvientes.

—¿Estás diciendo que Bridgestock vio un ángel? —preguntó Matthew

—Un ángel caído —intervino Tessa, con la voz trémula—. Un Príncipe del Infierno en toda su gloria. Era a la vez hermoso y horrible. La oscuridad salía de él como una luz invisible. Parecía vestido de oscuridad, aunque Bridgestock pudo verle dos grandes heridas en el pecho, de las cuales le manaba sangre de forma constante, aunque no parecía molestarle.

—Belial —susurró Cordelia. Tampoco había mucha duda, pero solo había un Príncipe del Infierno al que ella hiriera dos veces con la hoja de *Cortana*.

—Le dijo a Bridgestock quién era. Se anunció y exigió que Bridgestock dejara de buscar a Tatiana. Profirió amenazas, que Bridgestock no quiso repetir. Imagino que eran del tipo general: lluvia de fuego, destrucción del Enclave... pero también personales, relacionadas con la familia Bridgestock.

—Dijo una cosa desconcertante —remarcó Tessa.

—Ah, sí, casi lo olvido —asintió Will—. Lo último que dijo antes de desaparecer. Lo apunté. «Si estás pensando en mandar a tu paladín por mí, harás caer la maldición sobre el mundo».

Cordelia sintió que una lanza de hielo se le clavaba en la espalda. Notó que la cara se le quedaba sin sangre y se preguntó si los demás se darían cuenta. James y Matthew, correctos, apenas la miraban. Magnus levantó las cejas; Will y Tessa simplemente parecían perplejos.

—Y después de eso, ¿Bridgestock huyó de casa? —inquirió Magnus.

—Es imposible culparlo —contestó Will—. Y créeme, no es que el hombre me caiga muy bien. Pero no es rival para Belial. Y está el asunto de que cuando se despertó, se encontró el sello de Belial impreso a fuego en el antebrazo derecho.

«No me extraña que se agarrara el brazo de forma rara», pensó Cordelia.

—¿En serio? —preguntó James— ¿Lo viste?

—Sí. Una cosa fea —respondió Will—. Supongo que estaba aterrado. Se pasó la mayor parte del tiempo castigando a otros cazadores de sombras, no enfrentándose a Príncipes del Infierno sobre tierras arrasadas.

—¿Era una tierra arrasada? —preguntó James.

—En mi imaginación, sí —contestó Will—, probablemente cubierta de rocas retorcidas para adoptar formas siniestras. Uno se imagina las cosas.

—¿Qué le pasó al caballo? —preguntó Matthew.

—Salió corriendo —respondió Will—. Probablemente de regreso a la Ciudadela Irredenta. Los caballos son sensatos. *Balios* nunca aguantaría semejante sinsentido.

Tessa suspiró.

—Charlotte ya escribió una nota para poner sobre aviso a todos los Institutos, con la orden de que estén alerta por si localizan a Tatiana.

—Dudo que la encuentren —opinó Magnus—. Tiene todos los reinos del infierno para esconderse.

—Pues estaría bien que se quedara en ellos —dijo Will—. Si vuelve con Belial, o si pretende facilitar su entrada a este mundo de alguna manera...

—No veo cómo lo haría —intervino Cordelia—. Sigue siendo solo una mujer. Su poder viene del propio Belial. No puede hacer aquello que él mismo no tiene poder para hacer.

—Belial no puede venir a este mundo durante mucho tiempo —explicó James—. Tiene que poseer a una persona viva para hacerlo, pero su presencia destruiría cualquier cuerpo humano normal. Podría poseer mi cuerpo sin destruirlo porque tenemos la misma sangre, pero yo tendría que estar dispuesto a permitírselo, y no lo estoy. Tiene el mismo problema que siempre ha tenido. No veo de qué manera Tatiana podría ayudarlo.

—Aun así —replicó Magnus—, no es buena señal que regresara tan pronto. Puso su marca en el brazo de Bridgestock no porque él le importe, sino para hacernos saber que está aquí. Y que debemos temerle. La última vez, se mantuvo lejos durante meses; ahora solo pasó una semana. ¿Y qué es todo eso de un paladín? ¿Qué paladín? No ha habido un paladín entre los nefilim desde los tiempos de Jonathan Cazador de Sombras.

—Es difícil jurar servicio a un ángel —dijo Tessa—, cuando no suele haber ninguno cerca.

—Los Príncipes del Infierno no son como la gente normal —opinó James—. Seguro que para él no ha pasado mucho tiempo desde que aparecieron los paladines en el mundo. Será mejor que no indaguemos demasiado sobre eso.

—Nos aseguraremos de que la Clave esté alerta por si ve a Tatiana —aseguró Will—. No hay mucho más que podamos hacer. Aun así... —Señaló a James, Cordelia y Matthew—. Ustedes tres, que aún no son adultos, aunque piensen que sí, quédense cerca de sus casas. Preferiríamos que se quedaran aquí en el Instituto, al menos por la noche.

—No saldré después de que anochezca, si ese es el problema —dijo Matthew—. Pero me quedaré en mi departamento.

—Yo me quedaré aquí —dijo James, sin hacer ninguna mención a Cordelia—, y supongo que Lucie también, ¿no?

—Sí, por supuesto, y... —Will echó una mirada a Tessa—. Tenemos que decírselo, querida. Lo de Jesse.

Cordelia intercambió una mirada de perplejidad con Matthew.

—¿Jesse? —preguntó ella, en medio del silencio—. ¿Jesse Blackthorn?

—No puedo creer que no nos lo dijeras —protestó Matthew, mientras él, Cordelia y James salían de la oficina de Will, con instrucciones de reunirse con Lucie y Jesse en la sala de baile.

—Más les vale acostumbrarse a él —dijo Will—. Estoy bastante seguro de que vino para quedarse.

—Pero no hubo tiempo, ¿no crees? —contestó James, bastante tenso.

—No, no hubo —confirmó Cordelia inmediatamente, deseando disipar la situación—. Es una historia extraña, con bastantes puntos que explicar. Yo... —Movió la cabeza—. No tenía ni idea de nada de eso.

—Lucie lo guardó en completo secreto —explicó James—. Parece que temía el rechazo si se descubría el alcance de sus poderes. Incluso los brujos ven con malos ojos la magia relacionada con la muerte.

—Es comprensible —comentó Matthew mientras subían la escalera—. La nigromancia tiene a menudo resultados desagradables.

—Bueno —replicó James, con un tono que sugería que no quería seguir discutiendo el tema—, en este caso, no.

Matthew se encogió de hombros.

—Por el Ángel, Charles es odioso. Sé que hace una semana estaba preocupado por si se moría, pero la verdad es que ya no recuerdo por qué.

James sonrió un poco.

—Parece que se apegó mucho a Bridgestock. Raziel sabe por qué. Como rompió su compromiso con Ariadne, pensé que Bridgestock lo despreciaría.

—A Bridgestock le gusta que lo elogien —repuso Matthew con acritud—. Y a Charles se le da bien eso...

Se detuvo. Estaban acercándose a la sala de baile, y desde fuera, Cordelia oyó una risa brillante y conocida.

Lucie. ¿Cuándo fue la última vez que escuchó reír así a Luce?

Hasta James se detuvo en la puerta, antes de mirar a Matthew y a Cordelia con un gesto irónico.

—Lucie y Jesse —dijo—. Es... una situación extraña. Muy extraña. Pero ella está feliz, así que...

—¿Intenten no parecer sorprendidos? —completó Cordelia.

—Justo —contestó James, y abrió la puerta.

La sala de baile estaba llena de luz. Quitaron todos los adornos con el fin de dejarla lista para el siguiente evento: las cortinas estaban abiertas y no había ningún mueble en la sala salvo un gran piano de cola, lacado tan negro y brillante como un carruaje nuevo.

Frente al piano se sentaba Jesse Blackthorn. Tenía los dedos apoyados sobre las teclas: no las tocaba como un experto, pero Cordelia se dio cuenta de que tenía algo de formación, sin duda de cuando era muy joven.

Lucie estaba apoyada en el piano, sonriéndole. Ninguno de ellos pareció darse cuenta de que alguien entraba en la sala. Lucie leía algo de un papel.

—Jeremy Blackthorn —dijo—. ¿Cuándo regresó tu familia contigo a Inglaterra?

—Yo era bastante pequeño —dijo Jesse, tecleando un rápido grupo de notas agudas—. Siete años, quizá. Así que eso sería... 1893.

—¿Y qué les pasó a tus padres?

—Se les cayó encima una carpa de circo —contestó Jesse inmediatamente—. Por eso me dan miedo las rayas.

Lucie le dio un pequeño golpe en el hombro. Él tocó una grave nota de protesta en el piano.

—Tienes que tomarte esto en serio —le reprendió ella, pero estaba riéndose—. Te harán todo tipo de preguntas, ya lo sabes. Una nueva incorporación a la Clave... eso es raro.

«Se les ve tan felices juntos —pensó Cordelia sorprendida—. Como nos pasaba a James y a mí y, sin embargo, no sé nada de esta faceta de Lucie. No sabía que esto estaba ocurriendo.

—Jeremy Blackthorn —dijo Jesse, con tono solemne—. ¿Quién es la chica más bonita de todo el Enclave? Es una pregunta muy importante...

En ese preciso instante, antes de que la bobería fuera a más, Cordelia carraspeó ruidosamente.

—¡La sala de baile está preciosa! —exclamó—. ¿Van a decorarla para la fiesta de Navidad?

—Muy sutil —dijo Matthew, curvando la comisura de los labios.

Tanto Jesse como Lucie giraron hacia ellos. Lucie resplandecía.

—¡James, regresaste! Cordelia y Matthew, ¡vengan los dos a conocer a Jesse!

Cordelia vio inmediatamente que ese Jesse era completamente diferente del Jesse poseído por Belial. Cuando se puso de pie y fue a saludarlos, Cordelia pensó que, de alguna manera, parecía más nítido que cuando lo vio antes, como una pintura restaurada. La ropa que llevaba le quedaba algo pequeña, vestía un saco visiblemente apretado en los hombros y unos pantalones que dejaban al descubierto sus tobillos. Pero era innegablemente atractivo, con un rostro de rasgos angulosos, y ojos de largas pestañas y un verde varios tonos más claros que el de los ojos de Matthew.

Mientras se presentaban y se saludaban, Cordelia vio que Lucie miraba a James y a Matthew, y fruncía el ceño. Claro, los conocía muy bien: se daría cuenta de cualquier rareza que hubiera entre ambos. Un pequeño gesto de extrañeza apareció en su expresión.

—¿Qué es toda esa historia de Jeremy? —preguntó finalmente Matthew.

—Ah, sí —contestó Lucie—. Después de regresar de Cornualles, tuvimos una reunión con Charlotte y todos los tíos y tías, y decidimos... que presentaríamos a Jesse como Jeremy Blackthorn, un primo lejano de los Blackthorn, parte de la rama que se fue a América hace cien años.

Cordelia frunció el ceño.

—¿Los Hermanos Silenciosos no tienen el registro de quién pertenece a cada familia?

—Los de la gente que dejó la Clave no suelen ser demasiado exactos —contestó Jesse—. Y mi abuelo Ezekiel la dejó. Además, un tipo muy amable llamado hermano Zachariah estaba también en la reunión.

—Debí intuir que él estaba metido en todo esto—comentó Matthew—. Bueno, no se puede decir que, como grupo, no estemos siempre dispuestos a un engaño. ¿Lo sabe el Inquisidor?

Lucie dio un brinco.

—Claro que no. ¿Te imaginas? Sobre todo después de que supuestamente se encontrara a Belial en los páramos de la Ciudadela Irredenta. No creo que sienta mucha simpatía hacia los Blackthorn, o, bueno, hacia cualquier cazador de sombras que haga cualquier tipo de magia.

Todos se abstuvieron de preguntarle a Lucie cómo resucitó a Jesse exactamente; James parecía saberlo, pero Cordelia se dio cuenta de que era una más de las cosas que ella ignoraba sobre Lucie. Sintió un triste vacío en su interior. Era parecido al que sentía por James: ahí estaba, tan cerca de alguien a quien amaba y sintiéndose a mil kilómetros de distancia.

—Es una pena no poder decir la verdad —se quejó Matthew—, porque es un asunto muy emocionante. En mi opinión, tener con nosotros a alguien que regresó de entre los muertos es un logro para el Enclave.

—Por mí me daría igual —explicó Jesse. Tenía una actitud calmada y apacible, aunque Cordelia supuso que había corrientes más profundas por debajo—. Pero no soportaría que castigaran a Lucie por todo lo que hizo por mí. O a Grace. Sin ellas dos, yo no estaría aquí ahora.

—¿Grace? —preguntó Cordelia, confusa.

Lucie se puso roja y extendió las manos hacia Cordelia.

—Tenía que habértelo dicho. Pero tenía miedo de que te disgustaras conmigo...

—¿Trabajaste con Grace —preguntó James, brusco— y no nos lo dijiste a ninguno de nosotros?

Jesse los miró: el rostro cenizo de James, y Cordelia, que no tomó las manos de Lucie. Y Matthew, cuya sonrisa se le desvaneció.

—Algo va mal —dijo—. ¿Algo sobre mi hermana que...?

—Digamos que no se hizo querer por el Enclave cuando estaba entre nosotros. Por ejemplo, rompió el compromiso de Charles con Ariadne, porque quería casarse con él, y luego lo dejó, sin ningún tipo de explicación, por medio de una carta que envió desde la Ciudad Silenciosa —contó Matthew.

Era una pequeña parte de la historia. Pero los ojos de Jesse se oscurecieron de preocupación.

—No puedo disculparme por lo que hizo mi hermana —dijo—. Eso tendrá que hacerlo ella. Lo que sí puedo decir es que fue mi madre quien insistió para que persiguiera a Charles. Mi madre siempre vio a Grace como una vía hacia el poder. Y creo que el hecho de entregarse a los Hermanos Silenciosos prueba que ya no quiere ser un instrumento en las manos de mi madre. Espero que eso sirva de algo cuando Grace regrese al Enclave.

Durante un momento se hizo el silencio. Cordelia miró a James; vio desesperada que se ocultaba de nuevo tras la Máscara. Era su armadura, su protección.

«Lucie ha estado enamorada de Jesse todo este tiempo, y yo no lo sabía —pensó Cordelia—. Ahora están todavía más unidos, y eso la acercará más a Grace. Quizá Grace sea su cuñada algún día, y mientras, yo no puedo ser su *parabatai*. Voy a perder a Lucie, por Grace, igual que pasó con James».

—Me alegro por ti, Lucie —dijo Cordelia—, y por ti, Jesse. Pero estoy muy cansada y necesito volver a casa a ver a mi madre. No está del todo bien, y ya estuve fuera demasiado tiempo.

Se volteó para irse.

—Cordelia —la llamó Lucie—. Seguro que tienes un momento para estar solas, para hablar...

183

—Ahora, no —respondió Cordelia, mientras se alejaba del grupo—. Parece que hay muchas cosas que no sabía. Perdóname si necesito algún tiempo para reconsiderar la naturaleza de mi ignorancia.

James alcanzó a Cordelia en la escalera de la fachada del Instituto.

Salió corriendo tras ella sin dudarlo; sabía que era de mala educación, pero no pudo evitarlo después de ver a Cordelia irse triste y compungida.

La nieve paró de caer, pero dejó un fino tul blanco como de azúcar en polvo sobre los escalones de la entrada y los adoquines del patio. Cordelia se detuvo en el primer escalón, con su aliento formando nubes blancas a su alrededor, y se agarró las manos sin guantes. Su cabello parecía una llama brillante en contraste con la blancura del invierno, como una amapola en un campo de lirios.

—Daisy... —empezó él.

—No —lo cortó ella, suave, con la mirada puesta en la inscripción latina de la reja del Instituto, PULVIS ET UMBRA SUMUS—. No me llames así.

James vio que ella tenía la punta de los dedos enrojecida por el frío. Quiso envolverle las manos con las suyas, metérselas bajo su abrigo, como vio hacer a su padre con las manos de su madre. Con el autocontrol que años de entrenamiento con Jem le proporcionaron, se apartó.

—Cordelia —dijo—. ¿Se lo dirás a Lucie? Sé que no lo hiciste, que no tuviste la oportunidad, pero... ¿se lo dirás? ¿Que me viste... con Grace, antes de irte a París?

Cordelia negó con la cabeza.

—No, no lo haría. Nunca le conté nada de nuestras discusiones sobre Grace o sobre... nuestros acuerdos relacionados con ella.

—Alzó la barbilla y lo miró con los oscuros ojos brillando como escudos—. No quiero tener su compasión. Ni la de nadie.

«En eso, somos iguales», quiso decir James; soportaba decirle a nadie lo del brazalete, lo del hechizo. No soportaría que lo compadecieran por lo que Grace le hizo. Intentó decírselo a Cordelia, pero se imaginó que el reencuentro entre ellos sería muy diferente.

Apartó el recuerdo de Cordelia en brazos de Matthew.

—Lo siento —dijo—. Nunca quise ponerte en una posición en la que tuvieras que mentirle a Lucie. Me acabo de dar cuenta de que eso las distanció. No era mi intención. Mi orgullo no vale tanto. —Se permitió mirar a Cordelia, cuya expresión se suavizó un poco—. Vayámonos a casa.

Incapaz de evitarlo, se le acercó para retirarle un mechón de cabello escarlata de la cara. La punta de los dedos le rozó la suave piel de la mejilla. Para su sorpresa, ella no se lo impidió. Pero tampoco dijo: «Sí, volvamos a casa a Curzon Street». No dijo nada.

—Esa casa es nuestro hogar —continuó él, con el mismo tono tranquilo—. Nuestro hogar. Para mí no significa nada si tú no estás en ella.

—Iba a ser tu hogar con Grace —señaló ella, sacudiendo la cabeza—. Nunca fingiste que finalmente no sería suya. Solo estaríamos casados un año, James...

—Nunca pensé en vivir allí con ella —replicó James. Era verdad, no lo hizo. El hechizo no funcionó así. Sacó de su mente los pensamientos sobre futuro y cualquier análisis de sus propios sentimientos—. Cordelia —susurró. Le acarició la cara. Ella cerró los ojos, bajando las largas pestañas, como una cortina de cobre oscuro. Tenía tantas ganas de besarla que le dolía—. Regresa a casa. No significa que me perdones. Me disculparé cien veces, mil. Podemos jugar al ajedrez. Sentarnos frente al fuego. Podemos hablar. De París, de Matthew, de Lucie, de lo que quieras. Siempre hemos podido hablar...

En ese momento, Cordelia abrió los ojos. James sintió que el corazón le daba un vuelco; no pudo evitarlo. Incluso melancólicos y con la vista baja, la profundidad de sus ojos oscuros siempre conseguían desarmarlo.

—James —dijo—. En realidad nunca hablamos de nada.

Él se apartó.

—Pero...

—Déjame acabar —pidió ella—. Sí, hemos hablado, pero nunca nos dijimos la verdad. Al menos, no toda la verdad. Solo las partes que eran fáciles.

—¿Fáciles? Daisy... Cordelia... te conté cosas que no le conté antes a nadie. Confié en ti por completo. Aún lo hago.

Pero pudo ver que su momentáneo ablandamiento acabó. Su rostro lucía de nuevo una expresión decidida.

—No creo que sea una buena idea que yo vuelva a Curzon Street —afirmó ella—. Me voy a casa, a Cornwall Gardens. Necesito ver a mi madre, y a Alastair. Después de eso...

James se sintió como si tragara plomo hirviendo. Ella llamó «casa» a la de Cornwall Gardens; dejó claro que, para ella, la de Curzon Street ya no era su «casa». Pero no la culpaba. Nada de todo eso era culpa de ella. Los dos estuvieron de acuerdo: era un matrimonio de conveniencia, y solo durante un año.

Un año. Y apenas tuvo un mes. Pensar que eso era todo el tiempo que pasó con Cordelia era como una herida. Habló de forma mecánica.

—Déjame ir por el carruaje. Te llevo hasta Kensington.

Cordelia dio un paso atrás. Durante un momento, James se preguntó si dijo algo que la incomodara; luego le siguió la mirada y vio a Matthew, cerrando la puerta principal del Instituto tras él. No llevaba abrigo, solo el saco de terciopelo, rasgado en la muñeca.

—El carruaje de la Cónsul también está a tu disposición, si lo prefieres. Yo no iré en él —añadió—, solo Charles. Aunque ahora que lo pienso, eso no resulta una proposición muy atractiva, ¿no?

Cordelia lo miro con expresión solemne. James no pudo evitar recordar la expresión de Cordelia cuando se dio cuenta de que Matthew estuvo bebiendo en París. Sabía cómo se sintió; él se sintió igual.

—Son muy amables —dijo—. Pero no hace falta. Alastair va a venir a buscarme. Miren.

Señaló con la mano y, efectivamente, un carruaje de alquiler estaba entrando por la reja del Instituto. Traqueteó sobre el pavimento y se detuvo justo a la entrada, con el vapor saliendo de los flancos cubiertos de los caballos.

La portezuela se abrió y Alastair Carstairs descendió. Llevaba un grueso abrigo azul, y guantes de cuero. Fue hasta su hermana y le habló sin mirar a James ni a Matthew.

—¿Y tus cosas, Layla?

«Layla». El sonido de ese nombre la dañaba, le recordaba al poema, la historia cuyo hilo unió a James y a Cordelia, de forma invisible, a lo largo de los años. «El deleite del corazón, una sola mirada y los nervios se desatan, una sola mirada y el pensamiento se embrujaba... Layla, se llamaba».

—Magnus dice que ya las envió —contestó Cordelia—. Con algún tipo de hechizo. Se supone que mi baúl aparecerá en casa, y si no...

—Espero que sea así —dijo Matthew—. Tiene todas tus cosas bonitas de París.

«Todas tus cosas bonitas». Cosas como el vestido de terciopelo rojo que llevaba la noche anterior. Cosas que, sin duda, Matthew fue a comprar con ella. A James se le revolvió el estómago.

—Va, vamos, *soma mitavanid tozieh bedid, che etefagi brayehe in ahmagha mioftad vagti ma mirim* —dijo Alastair. «Ahora me cuentas qué pasa con estos dos idiotas». Por lo visto, se le olvidó que James aprendió persa.

—Ve yendo. Te alcanzo ahora mismo —repuso Cordelia. Alastair asintió y se dirigió hacia el carruaje. Cordelia volteó para mirar a Matthew y a James.

—No sé cómo me siento —admitió—. Están pasando demasiadas cosas, demasiadas complicaciones. Por un lado, estoy enojada con los dos. —Los miró firmemente—. Pero por otro, siento que los herí a ambos, que fui injusta con ustedes. Eso es algo que tengo que aclarar con mi propia conciencia.

—Cordelia... —empezó Matthew.

—No —dijo, superada—. Estoy muy cansada. Por favor, entiéndalo. Los aprecio mucho a los dos.

Se apresuró hacia el carruaje y allí tendió una mano que Alastair agarró para ayudarla a subir. Cuando la puerta se cerró, James oyó a Alastair preguntarle a Cordelia si estaba bien o si necesitaba que le diera un puñetazo a alguien. El carruaje salió traqueteando y dejó a James y Matthew a solas, con un silencio que Cordelia conocía bien.

James se volteó para mirar a Matthew. Su *parabatai* estaba tan pálido como si no tuviera sangre, y sus ojos eran como dos borrones de pintura verde oscura en medio de la blanca tez.

—Math —le dijo—, no peleemos.

—No estamos peleando —respondió Matthew, aún mirando al sitio donde estuvo el carruaje—. Ya te dije que te dejo el campo libre.

—Pero esa no es una decisión que tú puedas tomar —repuso James—, ni yo. Es una decisión de Cordelia. Siempre será suya.

Matthew se frotó los ojos con una mano enguantada.

—Creo que nos odia a ambos —repuso—. Quizá eso nos deja en el mismo lugar. —Miró a James—. No lo sabía —dijo en voz baja—. No tenía ni idea, cuando fui a París con Cordelia, de que eso te molestaría. No sabía que la amabas. Si lo hubiera sabido, nunca hubiera ido.

—Es razonable que pensaras eso, dado mi comportamiento —aceptó James—. Aunque... Ojalá me lo hubieras preguntado.

—Debí hacerlo, sí. Estaba enojado. Estaba a punto de irme solo, y de repente, Cordelia apareció en mi departamento, llorando y...

—Movió la cabeza—. Pensé que fuiste muy cruel con ella. Ahora no sé qué pensar. Grace está en la cárcel y a ti parece alegrarte. No puedo decir que lamente que esté allí, pero estoy sorprendido.

—Grace vino a casa la noche que te fuiste a París —explicó James—. Yo la entregué a los Hermanos Silenciosos. Cuando me di cuenta de que Cordelia se fue, salí corriendo tras ella. Hasta tu departamento, y luego hasta Waterloo. Estaba en el andén cuando su tren partió.

Matthew se dejó caer contra la puerta.

—James...

—Matthew —dijo James, despacio—. Estoy enamorado de Cordelia, y es mi esposa. Tienes que entenderlo, haré todo lo que pueda por arreglar las cosas entre nosotros.

—¿Por qué nunca se lo dijiste? —preguntó Matthew—. ¿Por qué tuvo que huir?

—Tenía que haberlo hecho —contestó James—. Ojalá se lo hubiera dicho. —Dudó—. ¿Por qué nunca me dijiste que la amabas, antes incluso de enviarme la carta?

Matthew lo miró.

—Porque es tu esposa, y tengo algunos escrúpulos, ¿sabes? Lo que viste, el beso, eso fue todo lo que pasó entre nosotros físicamente.

James sintió una oleada de alivio.

—¿Y si no los hubiera interrumpido? —Alzó la mano—. No, da igual. Creías que mi matrimonio con Cordelia era una farsa. Lo entiendo.

—Pero sabía... —Matthew se interrumpió y dejó escapar un suspiro—. Sabía que una vez que vivieran juntos, y pasaras tiempo con ella, acabarías amándola tú también. Y además, cuando te das cuenta de que estás enamorado de la mujer de tu mejor amigo, no vas por ahí contándolo. Tratas de ahogar las penas con la bebida, solo, en Londres o en París, hasta que o bien te mata o bien los sentimientos desaparecen.

189

James sabía que no debió decirlo, pero no pudo evitarlo.

—Pero no estabas solo en París, ¿no?

Matthew tomó aire.

—Es una enfermedad. Pensé que si Cordelia estaba conmigo, no necesitaría beber. Pero al parecer es demasiado tarde para eso. La bebida me necesita a mí.

—Yo te necesito más —replicó James—. Math, déjame ayudarte...

—¡Oh, Dios, James! —exclamó Matthew con una especie de desesperación apasionada—. ¿Cómo puedes ser tan bueno? —Se apartó de la puerta—. Ahora mismo no soportaría que tú me ayudaras.

Antes de que James dijera algo más, oyó a Charles, con su voz retumbante.

—¡Ah, ahí estás, Matthew!, ¿te llevo a tu departamento? O si quieres, ven a casa a ver a nuestros padres. Estoy seguro de que les encantará que les cuentes cómo te fue en París.

Matthew puso una cara que James conocía bien: significaba «dame paciencia».

—Un momento —respondió. Se volteó hacia James y le puso una mano en el hombro—. Pase lo que pase, no me odies, James. Por favor. No lo soportaría.

James quería cerrar los ojos. Sabía que así vería a dos niños corriendo por un campo verde en Idris, uno rubio, el otro moreno.

—Nunca te odiaría, Math.

Mientras Matthew iba a reunirse con su hermano y dejaba a James solo en la escalera, este pensó: «Nunca te odiaría , porque reservo todo mi odio para mí mismo. No me queda nada para los demás».

10

VAGABUNDO

Vio una sombra negra: un gran cuervo posado e inmóvil,
mirando a Majnun con ojos brillantes como lámparas.
«Vestido de luto, es un vagabundo como yo —pensó Majnun—,
y probablemente sentimos lo mismo en el corazón».

NIZAMI GANJAVI, *Layla y Majnun*

A Cordelia siempre le sorprendía que Londres pudiera ser a la vez tan nublado y lluvioso y, sin embargo, lo suficientemente brillante para deslumbrarla. Desde dentro del carruaje, acompañada por Alastair, parpadeó a causa del brillo del cielo lechoso y pensó en la clara luz del sol de París. Su estancia allí le parecía confusa y lejana, como el recuerdo de un sueño.

Iban sentados en silencio mientras el conductor sorteaba el tráfico del Strand. Alastair, incluso hacía un año, la acosaría con mil preguntas. Pero en ese momento se contentaba con esperar a que fuera ella la que hablara.

—Alastair —comenzó, mientras se mecían entrando en el Mall, con sus hileras de fachadas blancas—. Supongo que fue Magnus quien dijo que vinieras a recogerme ¿no es así?

Alastair frunció el ceño.

—Cordelia, ponte los guantes. Hace frío. Y sí, Magnus me dijo que acababas de regresar por un portal. Dijo que parecías exhausta tras tus viajes y que seguramente apreciarías que fuera a recuperarte.

—«Recuperarme» —repitió Cordelia—. Suena como si fuera el equipaje. Y no llevo guantes. Debí de dejármelos en el hotel.

Con un suspiro exagerado, Alastair se sacó los suyos y empezó a ponérselos a Cordelia. Eran cómicamente grandes, pero muy cálidos, sobre todo porque conservaban el calor de él. Ella movió los dedos agradecida.

—Me sorprendí —dijo Alastair—. Suponía que regresarías a tu casa de Curzon Street. Quizá la recuerdes. ¿La casa en la que vivías con James Herondale? ¿Tu marido?

Cordelia miró por la ventanilla. Carruajes, autobuses y demás estaban atascados un poco más adelante, alrededor de un gran arco de piedra, algún tipo de monumento, aunque no recordaba cuál. Arriba, el cochero iba protestando por el tráfico.

—Estaba preocupada por *maman* —respondió Cordelia—. No debí de irme con el bebé a punto de llegar. De hecho, creo que me quedaré en Cornwell Gardens al menos hasta que nazca.

—Tu devoción por tu familia es admirable —dijo Alastair, seco—. Estoy seguro de que no tiene nada que ver con el hecho de que huyeras a París con el *parabatai* de tu marido.

Cordelia suspiró.

—Tenía mis motivos, Alastair.

—Estoy seguro de que sí —repuso él, sorprendiéndola de nuevo—. Ojalá me los contaras. ¿Estás enamorada de Matthew?

—No lo sé —respondió Cordelia. No era que no tuviera nada que decir sobre ese tema, pero de momento no quería compartir sus pensamientos con Alastair.

—Entonces, ¿estás enamorada de James?

—Bueno, estamos casados.

—Esa no es una respuesta —replicó Alastair—. La verdad es que James no me cae bien —añadió—, pero Matthew tampoco. Así que ya ves, me siento dividido.

—Sí, debe de ser difícil para ti —contestó Cordelia, irónica—. No me imagino cómo lo superarás.

Hizo un gesto displicente, que quedó perdido por la risa de Alastair.

—Lo siento —dijo—, pero es que esos guantes te quedan enormes.

—Uumm —resopló Cordelia.

—Respecto a James...

—¿Somos el tipo de familia que conversa sobre sus relaciones íntimas? —lo interrumpió Cordelia—. ¿Quizá quieras hablar de Charles?

—Normalmente, no. Charles parece que está recuperándose, y más allá de que sobreviva, no tengo ningún interés en lo que le suceda —respondió Alastair—. De hecho, hubo algunos momentos incómodos por preocuparme de si sobrevivía. Siempre me pedía que le acomodara las almohadas. «Y ahora la de los pies, Alastair» —dijo con una voz chirriante que, en verdad, no se parecía nada a la de Charles. Alastair era muy malo con las imitaciones.

—No me importaría tener una almohada para los pies —dijo Cordelia—. Suena muy agradable.

—Es evidente que estás emocionalmente inestable, así que ignoraré tus divagaciones —repuso Alastair—. Mira, no es necesario que me hables de tus sentimientos por James, Matthew o cualquier harén de hombres que tengas. Solo quería saber si estás bien.

—No, tú quieres saber si alguno de ellos me hizo algo horrible, para poder perseguirlos a gritos —replicó Cordelia, sombría.

—Puedo querer ambas cosas —señaló Alastair. Finalmente dejaron atrás el tráfico y traqueteaban por Knightsbridge, pasando delante de Harrods, brillante con la decoración navideña, y por las calles repletas de puestos callejeros de castañas y pasteles calientes.

—Sí estaba preocupada por *maman* —dijo Cordelia.

La expresión de Alastair se suavizó.

—*Maman* está bien, Layla, simplemente está cansada. Duerme casi todo el rato. Cuando se despierta, se dedica a llorar a nuestro padre. Creo que es ese dolor el que la cansa, no el embarazo.

—¿Está molesta conmigo? —Cordelia no se dio cuenta de que iba a decir tal cosa hasta que salió de su boca.

—¿Por irte a París? No, en absoluto. Estaba muy calmada cuando recibimos tu nota; más calmada de lo que yo esperaba, incluso. Dijo que si tu sueño te llevó a París, le parecía bien. No recuerdo que nadie dijera eso de mí cuando me fui a París —añadió—. Ser el mayor es terrible.

Cordelia suspiró.

—No debí de irme, Alastair... Si no fuera por ella, por Lilith, no creo que lo hubiera hecho. Pero soy una inútil. No puedo proteger a nadie. Ni siquiera puedo tomar mi espada.

—*Cortana.* —Él la miró, con una expresión extraña en los oscuros ojos. Cordelia sabía que tenían los mismos ojos, negros, solo un tono más claro que las pupilas, pero en los de Alastair ella veía una luz que le transformaba el rostro, suavizando su severidad. Veía que eran impresionantes. Nunca había pensado eso de sus propios ojos; suponía que la gente no los consideraba impresionantes—. Layla, tengo que decirte algo.

Ella se tensó.

—¿El qué?

—No pude esconder a *Cortana* en casa —explicó—, ni tampoco puedo llevarla conmigo, debido a unos visitantes un tanto... desagradables.

Pasaban por Hyde Park; era como una mancha verde al otro lado de la ventanilla de Cordelia.

—¿Demonios?

Alastair asintió.

—Ravener. Demonios espía. Podría ocuparme de ellos estando solo, pero con *maman*... —respondió—. No te preocupes —añadió rápidamente al ver su expresión—. Thomas me ayudó a esconderla. No te diré dónde, pero está segura. Y no he visto a otro Ravener desde que la sacamos de casa.

Ella deseaba preguntarle dónde la escondía, pero sabía que no debía. Era una tontería, pero extrañaba muchísimo a *Cortana*.

«Cambié tanto —pensó—, que no sé si *Cortana* volvería a elegirme, incluso aunque no fuera la paladina de Lilith». Era una idea muy triste.

—¿Thomas te ayudó? —preguntó, sin embargo—. ¿Thomas Lightwood?

—Mira, ya llegamos —dijo Alastair alegremente; abrió la portezuela del carruaje y saltó de él antes de que se detuviera del todo.

—¡Alastair! —Cordelia bajó tras su hermano, que no parecía nada afectado por el salto y ya estaba pagándole al conductor.

Ella miró hacia la casa. Le tenía cariño: le gustaba la fachada blanca, el 102 pintado en negro brillante en la columna de la derecha, la tranquila y frondosa calle de Londres. Pero no era su hogar, pensó, mientras seguía a Alastair hasta el camino que conducía a la puerta. Era la casa de su madre, un refugio, pero no su hogar. Su hogar era Curzon Street.

Cordelia sospechó que Risa miraba por la ventana, ya que apareció inmediatamente para abrir la puerta de par en par y hacerlos pasar. Señaló de forma acusadora al baúl de Cordelia, que se encontraba en medio del vestíbulo.

—Apareció sin más —se quejó, abanicándose con un trapo de cocina—. Estaba todo tranquilo y de repente ¡puf! Casi me da un infarto, ya te digo. *Tekan khordam.*

—Lo siento, Risa, querida —se disculpó Cordelia—. Estoy segura de que Magnus no pretendía asustarte.

Risa murmuró algo por lo bajo mientras Alastair levantaba el baúl y lo subía por la escalera.

—¿Qué compraste en París? —se quejó—. ¿Un francés?

—No hables alto que está dormido —contestó Cordelia—. No habla nuestro idioma, pero sabe cantar «Frère Jacques» y hace unos *crêpes suzette* buenísimos.

Alastair soltó un bufido.

—Risa, ¿me ayudas a subirlo?

—No —contestó Risa—. Voy a llevar a Layla con *khanoom* Sona. Estará mucho más feliz en cuanto vea a su hija.

Cordelia se quitó el abrigo y, con aire culpable, dijo adiós con la mano a Alastair mientras seguía a Risa por el pasillo hasta la recámara de su madre. Risa se llevó un dedo a los labios antes de asomarse; un momento después le hacía señas a Cordelia para que entrara en el espacio en penumbra y cerrara la puerta.

Cordelia parpadeó para ajustar su vista al débil resplandor del fuego y la lámpara de la mesa de noche. Sona estaba sentada en la cama, apoyada sobre un montón de almohadas coloridas y con un libro en las manos. La barriga parecía más redonda que cuando Cordelia la vio hacía solo una semana, y tenía el rostro cetrino y cansado, aunque sonrió a Cordelia alegremente.

Cordelia sintió un terrible ataque de culpa.

—*Maman* —exclamó, y se apresuró hacia la cama para abrazar con cuidado a su madre.

—Bienvenida —dijo su madre, acariciándole el cabello.

—Lo siento, *maman*. No debí de irme...

—No te preocupes. —Sona dejó el libro—. Te dije que lo más importante era que hicieras aquello que te proporcionara felicidad. Bueno, fuiste a París. ¿Cuál es el problema? —Los oscuros ojos buscaron la mirada de Cordelia—. Solía pensar que lo importante era resistir, mantenerse fuerte. Pero la infelicidad continuada... te envenena la vida.

Cordelia se sentó en la silla que estaba al lado de la cama y le tomó la mano a su madre.

—¿Fue realmente tan horrible, con Baba?

196

—Los tenía a Alastair y a ti —contestó Sona—, y eso siempre me hacía feliz. En cuanto a tu padre... Lo único que puedo es extrañar la vida que nunca tuvimos, y que pudimos tener, si él... si las cosas hubieran sido diferentes. Pero no se puede cambiar a las personas, Cordelia —añadió—. Al final, si quieren cambiar, tienen que hacerlo ellas mismas.

Suspiró y miró a las llamas que danzaban en la chimenea.

—Cuando decidí venir a Londres —siguió Sona—, fue para salvar a la familiar. Para salvar a tu padre. Y lo hicimos. Tú lo hiciste. Y siempre estaré orgullosa de ti por ello. —Sonrió melancólica—. Pero el motivo por el que vinimos ya no existe. Creo que quizá sea el momento de pensar en dejar Londres.

—¿Regresar a Cirenworth? —Cirenworth era la casa de campo en Devon, ahora cerrada y vacía, con sábanas sobre los muebles y cortinas tapando las ventanas. Era raro pensar en volver allí.

—No, Layla, a Teherán —contestó Sona—. Llevo demasiado tiempo extrañando a mis tíos y tías de allí. Y ya que tu padre no está...

Cordelia se quedó mirándola sin decir nada. Teherán, donde nació su madre; Teherán, cuyo lenguaje e historia conocía igual que la palma de su mano, pero donde no tenía recuerdos de haber vivido y cuyas costumbres no le eran completamente familiares.

—¿Teherán? —repitió Cordelia—. Yo... pero es aquí donde vivimos. —Estaba demasiado impresionada para hablar—. Y no podemos irnos ahora. El Enclave nos necesita...

—Ya hiciste suficiente por el Enclave —repuso su madre—. En Persia también puedes ser una gran cazadora de sombras, si eso es lo que deseas. Se necesitan en todas partes.

«Habla como toda una madre», pensó Cordelia.

—Layla, no estoy diciendo que debas venir a Teherán. Tú tienes un marido aquí; sería completamente razonable que te quedaras.

A Cordelia le dio la sensación de que su madre estaba intentando, con delicadeza, sacar el tema del matrimonio. Se preguntó, tristemente, qué pensaría su madre que estaba mal entre James y ella.

¿O era que simplemente presentía algún tipo de problema? En ambos casos, le ofrecía a Cordelia una vía de escape.

—Alastair ya dijo que vendrá —dijo Sona—. Y Risa también, claro. Con el bebé, voy a necesitar la ayuda de ambos.

—¿Alastair dijo que irá? —Cordelia estaba asombrada—. ¿A Teherán? ¿Y que cuidará del bebé? —Intentó imaginar a Alastair haciendo eructar al bebé y no lo consiguió en absoluto.

—No hace falta que repitas todo lo que digo, Layla. Y no tienes que decidirlo ahora. —Sona se acarició la barriga; se le cerraban los ojos de cansancio—. No estoy para mudarme a miles de kilómetros esta noche. Primero tengo que dar a luz a este de aquí. Luego ya decidirás qué quieres hacer.

Cerró los ojos. Cordelia la besó en la frente y salió al pasillo, donde se encontró a Alastair deambulando. Lo miró con los ojos entrecerrados.

—¿Sabías todo esto? ¿Le dijiste que te mudarías a Teherán sin decirme nada a mí?

—Bueno, tú estabas en París. Además, pensé que debería ser *maman* quien te lo dijera, no yo. —En la oscuridad del pasillo, Cordelia no pudo verle la expresión—. No tengo nada aquí por lo que quedarme, la verdad es que no. Quizá tú sí, pero nuestras circunstancias son diferentes.

Cordelia lo miró en silencio. No era capaz de contarle cómo sentía que todo se le estaba escapando: James, Matthew, Lucie. Su propósito como cazadora de sombras, la portadora de *Cortana*. ¿Cómo serían las cosas si perdía todo eso, y también a su familia, se quedaba en Londres?

—Puede que no —dijo finalmente—. Quizá son más parecidas de lo que piensas.

En cuanto el carruaje del Cónsul dejó de verse, James se puso en camino hacia Curzon Street, con el viento helado cortándole como un cuchillo a través del abrigo.

Era un buen paseo de tres kilómetros desde el Instituto hasta su casa, pero James necesitaba estar un rato solo. Londres era como un remolino a su alrededor, con toda esa vida vibrante. La propia Fleet Street, con sus periodistas, procuradores y hombres de negocios, y luego, Leicester Square, donde cientos de personas hacían fila en el Teatro Alhambra para conseguir las entradas del *ballet* de invierno. Los turistas alzaban las copas y brindaban en los brillantes ventanales de la *brasserie* del hotel de l'Europe. Para cuando llegó a Piccadilly Circus, ya estaba oscureciendo, y las luces alrededor de la estatua de Eros estaban rodeadas de nubes de copos de nieve danzantes. El tráfico era tan intenso que se detuvo; una oleada de compradores navideños, provenientes de Regent Street, pasaron por su lado, cargados con paquetes envueltos en papel café. Un hombre de cara roja que llevaba una enorme jirafa de peluche y que estuvo en Hamleys chocó contra él, parecía que soltaría alguna grosería, pero vio la expresión de James y se alejó a toda prisa.

James no se cubrió por ningún *glamour*, ya que las ropas de invierno le cubrían las runas. Aun así, no podía culpar al hombre por huir de él. Cuando se vio reflejado en los escaparates, vio a un joven de rostro pálido y duro que parecía acababa de recibir muy malas noticias.

La casa de Curzon Street daba la sensación de llevar meses abandonada, más que días. En el vestíbulo, James dio un par de patadas al suelo para quitarse el hielo y la nieve de las botas, y el brillante papel de la pared le recordó la primera vez que llegó con Cordelia.

«¡Qué bonito! —exclamó ella—, ¿quién lo eligió?».

Y él sintió un momento de orgullo al decirle que fue él. Orgullo por elegir algo que a ella le gustaba.

Fue de una estancia a otra, encendiendo las lámparas de gas, atravesando el comedor y pasando por el estudio, donde Cordelia y él jugaron tantas partidas de ajedrez.

Por el rabillo del ojo, vio un destello de luz. Todavía con el abrigo puesto, se dirigió abajo a la cocina, donde no se esperaba en absoluto ser recibido por un grito sobrecogedor.

Un instante después tenía una daga en la mano y estaba cara a cara con Effie ante la encimera de la cocina. Ella empuñaba un cucharón de madera como si fuera un gladiador, con su gris peinado *pompadour* temblando.

—Caramba —exclamó, relajándose al reconocerlo—. No le esperaba de vuelta.

—Bueno, no regresé por mucho tiempo —contestó James, mientras guardaba la daga—. Resulta que voy a quedarme en el Instituto al menos unos días. Cosas de cazadores de sombras.

—¿Y la señora Herondale? —preguntó Effie, curiosa. Aún sujetaba el cucharón.

—Fue a casa de su madre. Hasta que nazca el niño.

—Pues a mí nadie me lo dijo —protestó Effie—. A mí nadie me dice nunca nada.

James comenzó a sentir dolor de cabeza.

—Estoy seguro de que ella te agradecería que recogieses algunas de sus cosas y se las pusieras en un baúl. Mañana vendrá alguien a recogerlo.

Effie se apresuró a salir de la cocina; James pensó que parecía aliviada de tener algo concreto que hacer, o quizá solo fuera que se alegraba de alejarse de su jefe que llevaba un cuchillo en la mano. Estaba claro que la popularidad de James no dejaba de crecer.

Continuó recorriendo la casa, encendiendo lámparas allí por donde pasaba. Fuera ya estaba oscuro, y la luz brillaba contra los ventanales. Sabía que debía prepararse un baúl, aunque tenía ropa y armas en el Instituto, cosas que dejó en su antigua habitación. No era capaz de decidir si llevaría algunos objetos de valor sentimental: no quería estar sin ellos, pero tampoco contemplar la idea de que no regresaría pronto a Curzon Street, a vivir con Cordelia.

Allí todo le recordaba a ella. Se dio cuenta, en alguna parte de su mente, pero en ese momento le parecía evidente que cada decisión que tomó respecto a la decoración de la casa fue con la esperanza de agradar a Cordelia, intentando adivinar qué le gustaría. El ajedrez en el estudio, las miniaturas persas, el panel grabado sobre la chimenea que incluía el escudo Carstairs. ¿Cómo pudo no darse cuenta? Desde el principio acordaron que solo estarían casados un año; él creía que estaba enamorado de Grace, pero en el diseño de la casa que supuestamente compartirían algún día, no pensó en ella para nada.

El trabajo del brazalete fue sutil. Era posible que se preguntara en aquel momento por qué no tenía a Grace más presente. Pero el brazalete se aseguraría de que aquellos pensamientos se extinguieran rápidamente. Ya no podía recrear cómo fueron sus pensamientos en aquel entonces. Era raro no ser consciente de sus propios sentimientos, y muy exasperante darse cuenta cuando ya era demasiado tarde.

Se encontró de repente junto a la chimenea del estudio. Sobre la repisa se hallaban los trozos rotos del brazalete de plata. Effie debió recogerlos del suelo, donde James los dejó.

No fue capaz de tocarlos. Seguían allí, con su gris apagado a la luz de las velas. La inscripción del interior, LOYAULTÉ ME LIE, quedó partida por la mitad. Las dos medias lunas restantes solo parecían una baratija rota, incapaz de destruir la vida de nadie.

Pero destruyó la suya. Cuando pensaba en lo que sintió por Grace —porque la realidad era que tuvo sentimientos hacia ella, físicos y antinaturales—, y peor aún, lo que creyó sentir, lo invadía una profunda náusea, de un modo que era a la vez violento y violador. Sus sentimientos, retorcidos; su amor, mal dirigido; su inocencia, convertida en un arma contra sí.

Se le vino a la cabeza la imagen de Grace en la Ciudad Silenciosa. En la oscuridad, sola.

«Bien. Espero que se pudra ahí», pensó, con una amargura que no le cuadraba en absoluto. Una amargura que, en otras circunstancias, lo haría sentir avergonzado.

Un brillo naranja, como una luz de candelabro, apareció de repente y se coló por la ventana abierta. Era un trozo de papel, doblado como una carta, pero ardiendo en un fuego que lo consumía rápidamente. Aterrizó con suavidad sobre el piano, donde la carpeta de encaje que lo cubría prendió en un segundo.

«Christopher», pensó James inmediatamente.

Apagó el fuego y limpió las cenizas de los bordes del papel. Cuando lo abrió, solo había tres palabras legibles. James estaba casi seguro de que ponía «puerta de casa».

Curioso, fue hasta la puerta y la abrió. Allí sí que encontró a Christopher, que merodeaba por la escalera con aire de estar avergonzado.

—¿Esto es tuyo? —preguntó James, mostrando la nota quemada—. ¿Qué tienes en contra de los timbres?

—Lo que hago —respondió Christopher—, lo hago en nombre del avance científico. ¿Cómo funcionó, por cierto?

—Bueno, la mayoría del mensaje está quemado, y me debes una carpeta de encaje —contestó James.

Christopher asintió con solemnidad, y sacó un pequeño cuaderno y un lápiz del saco. Empezó a escribir una nota.

—Lo añadiré a la lista de cosas de amigos que debo reponer, debido a las exigencias de...

—La ciencia. Lo sé —dijo James—. Bueno, pues entra. —No pudo evitar sonreír mientras Christopher entraba y colgaba su abrigo, un poco raído en los puños donde se había quemado y manchado con diferentes compuestos ácidos. El cabello castaño claro se le quedaba de punta en lo alto cabeza como la suave pelusa de un patito. Su presencia familiar y sin cambios era como un rayo de luz en un mundo oscuro.

—¿Está Cordelia? —preguntó Christopher, mientras James lo conducía al estudio. Ambos se dejaron caer sobre los sillones, y Christopher se guardó la libreta en el saco.

—No —contestó James—. De momento va a quedarse en casa de su madre. Al menos hasta que nazca el bebé.

Se preguntó cuántas veces iba a tener que decir las mismas palabras. Ya empezaban a irritarle.

—Claro —contestó Christopher con firmeza—. Es lógico. De hecho, sería raro que no se quedara con su madre, teniendo en cuenta que su nuevo hermano está a punto de nacer. Yo creo que cuando un bebé va a nacer, debe estar cerca el mayor número de personas posible para, bueno, sí. Ya sabes.

James enarcó una ceja.

—En cualquier caso —siguió Christopher, antes de que James contestara—. Estuve hablando con Thomas y ambos nos preguntábamos... O sea, él lo pensó y yo estuve de acuerdo, que... bueno, Matthew nos mandó una nota diciendo que estaba en París y que se la estaba pasando muy bien con Cordelia, y que ya nos lo explicaría a su regreso. Y ahora Matthew, tú y Cordelia regresaron todos de París, pero Cordelia no está aquí y...

—Christopher —dijo James, sin inmutarse—, ¿dónde está Thomas?

Al chico se le pusieron las orejas coloradas.

—Hablando con Matthew.

—Ya entiendo —repuso James—. Tú viniste por mí, y Thomas por Math. Lo mejor para conseguir sacarle información, al menos, a uno de los dos.

—No es eso —replicó Christopher, con aspecto triste, y James se sintió un canalla—. Somos los Alegres Compañeros, uno para todos y todos para uno...

—Creo que esos son los Tres Mosqueteros —repuso James.

—Eran cuatro, si cuentas a D'Artagnan.

—Christopher...

—Nunca peleamos —argumentó Christopher—. O sea, entre nosotros, al menos por nada serio. Si tuviste un problema con Math... queremos ayudar a solucionarlo.

A su pesar, James se emocionó. Por muy unidos que estuvieran Christopher y él a lo largo de los años, sabía que muy raramente, por no decir nunca, su amigo estaba dispuesto a hablar de algo tan irracional como los sentimientos.

—Nos necesitamos los unos a los otros —afirmó Christopher—. Sobre todo ahora.

—De acuerdo, Kit. —James sintió un nudo en la garganta. Un anhelo de acercarse a Christopher y abrazarlo, pero sabía que eso solo alarmaría a su amigo, así que se quedó donde estaba—. Math y yo no vamos a pelearnos a puñetazos. No es eso. Ni estamos ninguno enojado con Cordelia, ni ella con nosotros. Las cosas entre nosotros son... complicadas.

—También necesitamos a Cordelia —dijo Christopher—. Y a *Cortana*. Estuve leyendo sobre paladines...

—Supongo que sabes lo del Inquisidor. Lo que le pasó cuando fue a buscar a Tatiana.

—Sí, estoy informado —contestó Christopher—. Parece que Belial intentará algo pronto, y sin Cordelia, o su espada...

—Lilith también odia a Belial —indicó James—. No le impediría a Cordelia usar a *Cortana* contra él, si llega la ocasión. Pero Cordelia no quiere entrar en acción mientras sea Lilith quien lleve las riendas, y no la culpo.

—No —convino Christopher—. Al menos Belial no tiene un cuerpo que poseer, como hizo con Jesse Blackthorn.

—¿Ya sabes lo de Lucie y Jesse, entonces?

—Sí —respondió Christopher—. Lo conocí en la reunión familiar que tuvimos ayer por la noche. Parece un buen tipo, aunque no me dejará experimentar con él, lo cual es una pena.

—No consigo imaginarme por qué.

—Quizá cuando las cosas se calmen, reconsidere su postura.

—Quizá —concedió James, que lo dudaba—. Mientras tanto, tenemos que reunirnos, los que sabemos lo de Cordelia y Lilith, y ver qué podemos hacer.

Christopher frunció el ceño.

—¿Jesse sabe lo de Cordelia y Lilith? Porque Lucie va a querer que venga a cualquier reunión que tengamos.

—Y debería venir —repuso James—. Conoce a Belial de una forma diferente del resto. Yo incluido. —Se frotó los ojos. Se sentía exhausto, como si hubiera viajado desde París en tren y no por un portal—. Yo se lo diré.

—Y yo mandaré una bandada de mis nuevos mensajes de fuego a todos los que vengan a la reunión —exclamó Christopher, emocionado.

—¡No! —protestó James, pero al ver a Christopher parpadear preocupado, añadió—: Basta con que enviemos mandaderos.

—Y mensajes de fuego —insistió Christopher.

James suspiró.

—De acuerdo. Avisaré a los mandaderos. Y a los bomberos.

A Thomas no le resultó difícil encontrar el departamento de Matthew. Ya había estado allí, pero incluso aunque no hubiera sido así, cualquiera que conociera a Matthew y quisiera adivinar el edificio de Marylebone que este eligió para vivir, señalaría la monstruosidad barroca rosa de la esquina de Wimpole Street.

El portero dejó entrar a Thomas y le dijo que el señor Fairchild estaba en casa, pero que no quería que lo molestaran. Thomas mostró su llave y le dejaron entrar en la jaula dorada del ascensor con acceso al departamento de Matthew. Llamó un par de veces a la puerta y, al no obtener respuesta, decidió entrar por su cuenta.

En la habitación hacía frío, el suficiente para que Thomas sintiera escalofríos. Había lámparas encendidas, pero pocas y emitían una luz muy tenue, Thomas estuvo a punto de caerse al tropezar con el baúl de Matthew justo a la entrada del salón.

Le llevó un momento distinguir a Matthew, que estaba sentado en el suelo delante de la chimenea, sin sombrero ni zapatos, con la espalda apoyada en el sofá. Tenía la mirada clavada en la rejilla fría, donde las cenizas formaban pequeños montículos de un suave gris.

Matthew sostenía una botella de vino pegada al pecho; *Oscar* estaba tumbado junto a él, gimoteando y lamiéndole la otra mano, como si supiera que pasaba algo muy malo.

Thomas cruzó la estancia; tomó un poco de leña del cesto, abrió la rejilla de la chimenea y empezó a preparar un fuego. En cuanto este empezó a crepitar, se volteó para mirar a Matthew. A la luz del fuego, pudo ver que tenía la ropa arrugada; su chaleco de terciopelo escarlata estaba desabotonado sobre una camisa que tenía lo que Thomas pensó que eran manchas de sangre, hasta que se dio cuenta de que eran salpicaduras de vino.

Los ojos de Matthew estaban rojos, y el verde del iris era casi negro. Era evidente que estaba bastante borracho. Otra botella de vino, vacía, estaba encajada entre los cojines del sofá, tras él.

—Bueno —comenzó Thomas, tras un largo momento—, ¿qué tal París?

Matthew permaneció en silencio.

—A mí siempre me ha gustado París —siguió Thomas, con tono de charla—. Es una ciudad encantadora. En una ocasión, comí en el Au Chien Qui Fume, una experiencia inolvidable. El mejor pato que probé jamás.

Matthew habló despacio, sin apartar la vista del fuego.

—No quiero hablar sobre estúpidos patos. —Cerró los ojos—. Pero la próxima vez que vayas, si te gusta el pato, comerlo, me refiero, debes ir a La Tour d'Argent. Es aún mejor, creo. Te dan una tarjeta conmemorativa del pato en particular que acabas de devorar. Es deliciosamente mórbido. —Abrió los ojos—. Déjame adivinar —dijo—. A Christopher le tocó James, y a ti te toqué yo.

—Para nada —protestó Thomas. Matthew enarcó una ceja—. Bueno, de acuerdo, sí. —Se sentó en el suelo junto a Matthew—. Lo echamos a suertes.

—Supongo que perdiste tú. —Matthew tomó una bocanada de aire larga y profunda—. ¿Hablaste con Luce?

—Nos dijo que regresaste —respondió Thomas—. Y puede que mencionara algo relacionado con tu bienestar, pero la idea de hablar con ustedes fue nuestra.

Matthew echó la cabeza hacia atrás y dio un trago a la botella que tenía en la mano. Estaba medio vacía. Thomas notó el perfume avinagrado del vino.

—Mira —comenzó Thomas—, sea lo que sea lo que sientes, quiero ayudarte. Quiero entender. Pero sobre todo, tienes que conservar tu amistad con James. O arreglarla, o lo que sea necesario. Son *parabatai*, y eso es mucho más de lo que yo puedo entender. Si se pierden el uno al otro, estarán perdiendo algo irremplazable.

—«No me ruegues que te deje» —recitó Matthew, con voz cansada—. Tom, yo no estoy enojado con James. —Se movió para rascarle la cabeza a *Oscar*—. Estoy enamorado de Cordelia. Desde hace tiempo. Y creía..., lo creía de verdad y pienso que ustedes también, que su matrimonio con James era una farsa, y que el amor de James era todo y por siempre para Grace Blackthorn.

—Bueno, sí —convino Thomas—. ¿No es así?

Matthew soltó una risa seca.

—Cordelia vino a decirme que estaba harta de todo, que ya no era capaz de fingir más, que la situación se volvió insoportable. Y yo pensé... —Dejó escapar una risa sarcástica—. Pensé que quizá era nuestra oportunidad de ser felices. De ser felices todos. James estaría con Grace, como siempre deseó, y Cordelia y yo iríamos a París, donde seríamos felices. Pero entonces James vino a París —siguió Matthew—, y como siempre, por lo que parece, yo estaba equivocado en todo. Dice que no ama a Grace. Que nunca la amó. Ama a Cordelia y no quiere renunciar a ella.

—¿Eso te dijo? —preguntó Thomas. Mantenía la voz calmada, aunque por dentro se sentía perplejo. Era desconcertante lo que la gente escondía, incluso a sus amigos más cercanos—. ¿Cordelia sabía algo de esto?

—No creo —contestó Matthew—. Pareció tan sorprendida como yo. Cuando James llegó, estábamos...

—No estoy seguro de querer saberlo —lo interrumpió Thomas.

—Nos besamos —dijo Matthew—. Eso es todo. Pero fue como alquimia, solo que con tristeza transmutada en felicidad, en vez de plomo en oro.

Thomas pensó que sabía exactamente a qué se refería Matthew, y también que no se lo diría.

—Conozco bastante bien a Cordelia —dijo— como para saber que no te besaría si no lo deseara. Lo que creo es que, si los dos la aman...

—Decidimos que respetaremos la decisión que ella tome —explicó Matthew, apagado—. Por el momento, su decisión es que no quiere vernos a ninguno. —Posó la botella y se miró la mano. Le temblaba notoriamente. Emoción y bebida, pensó Thomas con empatía. Él ató en corto sus pasiones, pero Matthew nunca fue capaz de hacer eso. Los sentimientos manaban de él como la sangre de una herida—. Lo arruiné todo —dijo—. Creía de verdad que James no la amaba. Pensaba de verdad que mi decisión era lo mejor para todos, pero lo único que conseguí es hacerles daño a los dos. La cara de Cordelia cuando vio a James en la habitación del hotel... —Se estremeció—. ¿Cómo pude hacerlo todo tan mal?

Thomas se acercó a Matthew hasta que los hombros de ambos se tocaron.

—Todos hacemos las cosas mal a veces —dijo—, todos cometemos errores.

—Parece que los míos son especialmente terribles.

—Lo que me parece a mí es que James y tú estuvieron ocultándose cosas durante bastante tiempo. Ambos. Y es de eso de lo que realmente tienen que hablar, y dejar al margen el asunto de Cordelia.

Matthew buscó con la mano la botella de vino, pero *Oscar* lloriqueó, así que Matthew retiró la mano.

—Cuando tienes un secreto es difícil saber... ¿si lo cuentas te sentirás mejor? ¿O solo más herido? ¿No es egoísta contarlo solo para aliviar tu conciencia?

Thomas estaba a punto de decir que no, «no, por supuesto que no», pero dudó. Después de todo, él mismo tenía un secreto que no le había contado a Matthew, ni a James ni a Christopher. Si se lo contaba a Matthew y así se desahogaba, ¿las cosas mejorarían? ¿O Matthew pensaría en el dolor que Alastair le causó y causó a sus amigos, y creería que a Thomas eso le daba igual?

Entonces, ¿cómo iba a decirle a Matthew que contara la verdad, si él mismo no iba a hacerlo?

—Math —dijo—. Quiero contarte algo.

Matthew lo miró. Y *Oscar* también, con igual curiosidad.

—¿Sí?

—No me gustan las chicas —confesó Thomas—. O sea, sí que me gustan. Son encantadoras, y Cordelia, Lucie y Anna son unas amigas excelentes...

—Thomas —lo interrumpió Matthew

—Me atraen los hombres —aclaró Thomas—. Pero no como a ti. Solo los hombres.

Matthew sonrió ante confesión.

—Lo suponía —afirmó—. No estaba seguro. Pudiste decírmelo antes, Tom. ¿Por qué iba a importarme? No es que estuviera aquí sentado esperando a que escribieras un manual titulado «Cómo seducir a las mujeres».

—Porque —respondió Thomas, bastante triste—, el primer chico que me... el único que me... —Tomó aire—. Estoy enamorado de Alastair. Alastair Carstairs.

Oscar gruñó. Parecía que no le gustaba la palabra «Alastair».

—Ah. —Matthew cerró los ojos—. Tú... —Dudó, y Thomas vio que Matthew estaba intentando pensar con cordura a través de la espesa niebla del alcohol, esforzándose por no reaccionar de forma impulsiva—. No puedo juzgarte —dijo al fin—. El Ángel sabe que he cometido muchos errores y dañado a mucha gente. No creo estar capacitado para juzgar a nadie. Ni a Alastair. Pero ¿sabe él de tus sentimientos?

—Sí —contestó Thomas.

—¿Y fue respetuoso contigo al respecto? —Matthew abrió los ojos—. ¿Él es... estás...?

—Él no quiere estar conmigo —explicó Thomas, con tranquilidad—, pero no por rechazo. Cree que sería malo para mí. Me parece que... en cierta manera... piensa que no merece ser feliz. O quizá sea que es infeliz y cree que es algo contagioso.

—Entiendo eso —dijo Matthew, un poco admirado—. Cuánto amor se negará la gente a lo largo de los años por pensar que no lo merece. Como si el desperdicio del amor no fuera la tragedia más grande. —Sus ojos eran de un verde muy oscuro cuando miró a Thomas—. ¿Lo amas?

—Más que a nada —contestó Thomas—. Pero es todo... muy complicado.

Matthew dejó escapar una risita. Thomas se acercó más a él y Matthew apoyó la cabeza en su hombro.

—Lo resolveremos —dijo—. Todos nuestros problemas. Seguimos siendo los Alegres Compañeros.

—Eso es cierto —afirmó Matthew. Tras un largo silencio, añadió—: Probablemente tenga que dejar de beber tanto.

Thomas asintió, mirando al fuego.

—Eso también es cierto.

11

PALADÍN DEL DIABLO

Au gibet noir, manchot aimable,
dansent, dansent les paladines,
les maigres paladins du diable,
les squelettes de Saladins.

Arthur Rimbaud,
Bal des Pendus

—Alastair —dijo Cordelia. Tenía las manos en la espalda de su hermano y lo empujaba, o al menos lo intentaba, hacia el carruaje. Por desgracia, era como intentar empujar una roca. No se movía de la entrada—. Alastair, sube al carruaje.

Su hermano tenía los brazos cruzados y el gesto de enojo.

«En un mundo envuelto en el caos —pensó Cordelia—, al menos hay algunas cosas que no cambian».

—No quiero —se negó—. De todas formas nadie quiere que yo esté en esa disparatada confabulación.

—Yo, sí —repuso Cordelia con paciencia—, y además, ellos sí que quieren, y la prueba está aquí escrita. —Agitó un papel. Lo dejó esa mañana, después del desayuno, un joven mensajero llamado Neddy, uno de los irregulares preferidos por los Alegres Compañeros.

Los Alegres Compañeros requerían la presencia de Cordelia y Alastair en la Taberna del Diablo esa tarde «para discutir la situación en curso». Cordelia tenía que admitir que se sintió aliviada al recibirlo: hasta ese momento no se había dado cuenta de lo preocupada que estuvo por si sus amigos la iban a dejar de lado. Por el crimen de tratar mal a James, o a Matthew, o hablarle mal a Lucie. Pero no... La invitaron y de una forma muy amable, nombrando también a Alastair.

—No me imagino por qué cualquiera de ellos iba a querer que yo esté allí —gruñó Alastair.

—Quizá Thomas los convenció —aventuró Cordelia, lo que hizo que Alastair se olvidara de que estaba resistiéndose a salir. Dejó de agarrarse del marco de la puerta y casi se cayeron los dos por la escalera. Cordelia oyó a Risa, envuelta en mantas de piel y subida al lugar del conductor, reírse para sí.

Subieron al carruaje y partieron, con Alastair un poco anonadado, como si no acabara de creerse que accediera a ir. Llevaba sus lanzas, y su daga favorita, ya que Cordelia iba desarmada, no fuera que se despistara e invocara accidentalmente a Lilith. Ella odiaba esa situación. Era una cazadora de sombras, e ir desarmada era como ir desnuda, solo que más peligroso.

—¿Por qué no paras de mencionarme a Thomas? —preguntó Alastair. Pasaban hileras de casas blancas, muchas con guirnaldas de acebo adornando las puertas. Risa decidió tomar callejones para llegar a la Taberna del Diablo, evitando el tráfico de Knightsbridge en la hora pico de las compras navideñas.

Cordelia lo miró levantando una ceja.

—Thomas Lightwood —aclaró él, colocándose la bufanda.

—No pensaba que te refirieras a Tomás de Aquino —respondió Cordelia—. Y lo nombro porque no soy idiota del todo, Alastair. Apareciste de repente en el Instituto justo cuando lo arrestaron para decirle a todo el mundo que sabías que era inocente porque llevabas varios días siguiéndolo.

—No sabía que estuvieras enterada de todo eso —se quejó Alastair.

—Matthew me lo contó. —Se inclinó para darle una palmadita en la mejilla a su hermano con la mano enguantada—. No hay por qué avergonzarse de que te importe alguien, Alastair. Aunque duela.

—«La herida es el lugar por el cual la luz penetra en ti» —recitó Alastair. Era su línea favorita de Rumi. Cordelia apartó rápidamente la vista para mirar por la ventanilla.

Se ordenó a sí misma no ser tonta, no llorar, por muy amable que fuera Alastair. Al otro lado de la ventanilla, veía las bulliciosas calles de Piccadilly, donde los vendedores empujaban sus carritos de ramas de muérdago y juguetes de madera. Los autobuses pasaban, anunciando en sus laterales pasteles y galletas navideñas.

—A ti no te importa ver a James, ¿no? —preguntó Alastair—. ¿No te molesta?

Cordelia se tiró del encaje de la falda. Llevaba un vestido de color lavanda floral que su madre le compró al llegar a Londres, con demasiadas fanfarrias ceremoniales. Sus únicas otras opciones eran los elegantes vestidos de París, pero cuando abrió el baúl y tocado la seda y el terciopelo, empaquetados con tanto mimo en papel tisú, sintió que la invadió la tristeza. Su estancia en París le parecía ahora teñida de sombras, como una vieja fotografía que se oscurece.

—Fui yo quien lo dejó, Alastair —dijo—, no él a mí.

—Lo sé —contestó él—, pero a veces dejamos a alguien para protegernos, ¿no es así? No porque no queramos estar con ellos. A menos, por supuesto —añadió—, que estés enamorada de Matthew, en cuyo caso, será mejor que me lo digas ya, y no que me lo dejes caer más tarde. Estoy preparado, creo que podré soportarlo.

Cordelia le hizo una mueca.

—Ya te dije —respondió—. No sé lo que siento...

El carruaje se detuvo. Habían ahorrado bastante tiempo cruzando el parque y yendo por Trafalgar Square; ya estaban en la Taberna del Diablo. Mientras Cordelia y Alastair se bajaban del carruaje, Risa les informó de que estaría esperándolos en la esquina de Chancery Lane, donde el tráfico estaba más calmado.

La planta baja de la taberna estaba tan bulliciosa como de costumbre. El surtido habitual de clientes llenaba el espacio de techos altos, y un breve grito de bienvenida de Pickles, el kelpie borracho, les llegó desde la otra esquina mientras cerraban la puerta. Alastair se quedó asombrado cuando Ernie, el mesero, saludó a Cordelia por su nombre. Cordelia sintió una oleada de orgullo por ello; siempre era gratificante sorprender a Alastair, daba igual cuántos años cumplieran.

Lo guio a través del gentío hasta la escalera del fondo. De camino vieron a Polly, que llevaba una bandeja llena de bebidas sobre la cabeza en un equilibrio precario.

—Todos tus compañeros están ya arriba —le dijo a Cordelia con un asentimiento de cabeza, y luego se volteó para comerse a Alastair con los ojos—. Cor, quién iba a decir que los cazadores de sombras escondieron al más atractivo. ¿Cómo te llamas, amor?

Alastair, tan sorprendido que no dijo nada, dejó que Cordelia lo sacara de allí y lo llevara escalera arriba.

—Eso fue... realmente ella me...

—No te preocupes —lo tranquilizó Cordelia con una sonrisa—. Mantendré los ojos bien abiertos, no sea que quiera comprometer tu virtud.

Alastair la fulminó con la mirada. Llegaron a lo alto de la escalera y a la familiar puerta, sobre la que estaba grabado: «No importa como muere un hombre, sino cómo vive. S. J»..

Alastair leyó la frase con cierto interés. Cordelia le dio un pequeño codazo.

—Quiero que seas amable ahí dentro —dijo con severidad—. No quiero oír ningún comentario sobre el mal estado del mobiliario o sobre la nariz rota del busto de Apolo.

Alastair enarcó una ceja.

—No me preocupa el mal estado del mobiliario —contestó altivo— sino el mal estado de la compañía.

Cordelia emitió un sonido de frustración.

—Eres imposible —se quejó, y abrió la puerta.

Dentro, la pequeña habitación estaba llena. Parecía que todos los demás ya habían llegado: James, Matthew, Thomas y Christopher, por supuesto, pero también Lucie y Jesse, Anna e incluso Ariadne Bridgestock. Dispusieron de todo el mobiliario disponible de la habitación contigua para que todos pudieran sentarse (contando el hueco de la ventana, donde Lucie se encaramó), pero estaban muy apretados. James y Matthew no estaban sentados uno al lado del otro, pero Cordelia pensó que era un alivio que ambos se presentaran y no estuvieran lanzándose miraditas.

Un coro de saludos se alzó cuando entraron Alastair y Cordelia. Thomas se levantó del brazo de la silla de Anna y fue hacia ellos, con sus ojos avellana brillantes.

—Viniste —le dijo a Alastair.

—Bueno, me invitaron —repuso este—, ¿fue cosa tuya?

—No —negó Thomas—. Bueno, o sea, eres el portador actual de *Cortana*, así que tienes que estar aquí, y eres el hermano de Cordelia; no tendría sentido dejarte fuera...

Cordelia decidió dejarlos solos. Le sonrió incómoda a Luce, que le devolvió una sonrisa igualmente incómoda, y fue a sentarse en el sofá, donde se encontró al lado de Ariadne.

—Oí que estuviste en París —dijo Ariadne. Cordelia vio algo diferente en ella, pero no supo qué—. Siempre he querido ir. ¿Es bonito?

—París es precioso —contestó Cordelia. Y era verdad, París era maravilloso. Nada de lo ocurrido fue culpa de la ciudad.

Vio que Matthew la miraba. El chico le sonrió un poco triste. Cordelia se dio cuenta, impresionada, del mal aspecto que tenía, al menos, malo para ser Matthew. El chaleco no hacía juego con el saco, el cordón de una bota se le rompió e iba despeinado. Esto en Matthew era equivalente a aparecer en medio de una fiesta con un puñal clavado en el pecho.

La cabeza de Cordelia se llenó de pensamientos que odiaba: ¿estaba borracho? ¿Bebería esa mañana? En París guardó las apariencias; ¿qué significaba que ahora no lo hiciera? Se dijo a sí misma que, al menos, estaba allí.

En cuanto a James... James parecía el de siempre. Ordenado, en calma y con la Máscara perfectamente puesta. No la miró, pero Cordelia lo conocía lo suficientemente bien para notar su tensión. Él no mostraba su sufrimiento, como Matthew hacía, suponiendo que sintiera algún tipo de sufrimiento.

—¿Y tú? —preguntó Cordelia a Ariadne—, ¿cómo estás? ¿Y tus padres? Siento muchísimo lo que le pasó a tu padre, aunque al menos no sufrió graves daños.

—Creo que mis padres están bastante bien —respondió Ariadne con calma—. En este momento no estoy en su casa, sino en la de Anna.

«Oh». Cordelia miró a Anna, que se reía por algo que dijo Christopher. Ariadne estuvo persiguiendo a Anna, y Anna resistiéndose, ¿significaba esto que Anna finalmente cedió? ¿Qué pasaba entre ellas? Quizá Lucie lo supiera.

Thomas reapareció y ocupó su lugar en el brazo de la silla de Anna; Alastair se colocó junto a la chimenea apagada. Cordelia no dejó de darse cuenta de que Thomas llevaba una prenda nueva: una bufanda larga y verde que reconoció al instante. ¿Acaso Alastair se la regaló a Thomas?

Un sonoro «crac» hizo el silenció en la habitación, y Cordelia miró alrededor hasta ver a Christopher, golpeando la mesa con un pequeño martillo.

—¡Orden en la sala! —exclamó.

—¿Eso es un mazo? —preguntó Thomas—. ¿Eso no lo usan los jueces solo en América?

—Sí —contestó Christopher—, pero lo encontré en una tienda de gangas, y como ves, es bastante útil. Nos reunimos aquí esta tarde para discutir... —Giró hacia James y en voz baja, dijo—: Dime otra vez cuál era el asunto de la discusión.

James miró alrededor con sus oscuros ojos dorados. Esos ojos que una vez fueron capaces de derretir a Cordelia por dentro y llenarle el estómago de mariposas.

«Pero ya no —se dijo con firmeza—, en absoluto».

—Primero —prosiguió James—, vamos a discutir el problema de Lilith. En concreto, que engañara a Cordelia para convertirla en su paladín, y que, por su propio bien y por el nuestro, tenemos que encontrar la forma de romper la conexión entre ambas.

Cordelia parpadeó sorprendida. Ni se le había ocurrido que la reunión fuera a estar centrada en ella, y no en Tatiana o Belial.

—A decir verdad —comentó Ariadne—, nunca escuché hablar de un paladín hasta que Anna me contó lo que pasó. Es un término muy antiguo, ¿no?

Christopher golpeó su martillo otra vez. Cuando lo miraron, se agachó bajo la mesa y sacó un enorme tomo antiguo de cubiertas de madera, elaboradamente grabadas. Lo dejó caer en la mesa con un estruendo.

—¿Así que trajiste el martillo y el libro? —preguntó Matthew.

—Creo en las preparaciones cuidadosas —explicó Christopher—. Escuché el término «paladín», en la Academia, pero solo de pasada. Así que lo busqué.

Todos aguardaron expectantes.

—¿Y qué pasó luego? —quiso saber Alastair, finalmente—. ¿O esa es toda la historia?

—Ah, sí, disculpa —contestó Christopher—. Paladín es simplemente el nombre que se la da a un guerrero que jura servir a un poderoso ser sobrenatural. Hay historias sobre cazadores de sombras paladines, vinculados a Raziel o, a veces, a otros ángeles, que se remontan a la época de los primeros cazadores de sombras. Pero van siglos sin haber ninguno. De hecho, la referencia más reciente que encontré, de hace quinientos años, se refiere a los paladines como seres «de un tiempo antiguo» y que «ya no se encuentran entre nosotros».

Lucie frunció el ceño.

—¿Hubo paladines que juraron su servicio a demonios?

—No entre los cazadores de sombras —contestó Christopher—, al menos no en los registros que tenemos.

—Quizá ocurriera —sugirió Alastair—, pero probablemente estaban demasiado avergonzados como para registrarlo. —Cordelia le dirigió una fría mirada—. ¿Qué? —preguntó—. Sabes que tengo razón.

Christopher se aclaró la garganta.

—Sí hay registros de unos pocos mundanos —prosiguió— que se convirtieron en paladines de Demonios Mayores. Suelen describirse como guerreros temibles que mataban por placer y no conocían la compasión.

—¿Y fueron paladines hasta su muerte? —preguntó James.

—Sí —respondió Christopher lentamente—, pero no eran el tipo de persona que muere en la cama. Casi todos murieron violentamente en alguna batalla. El problema, como ven, es que todos ellos estaban encantados de ser paladines de un demonio.

—¿Alguno de ellos lo fue de Lilith? —preguntó Cordelia.

—No creo —contestó Christopher—. Creo que dijiste que Lilith te buscó como paladín porque perdió su reino... Edom. Es un lugar terrible, por lo que dicen, un desierto inhóspito con un sol abrasador.

—Entonces, ¿por qué quiere recuperarlo tan desesperadamente? ¿Qué tiene de importante? —preguntó Ariadne.

—Los demonios están muy unidos a sus reinos —contestó James—. Son fuentes de poder, como si el reino fuera casi una extensión del propio demonio. —Frunció el ceño—. Si al menos pudiéramos encontrar la forma de correr a Belial de Edom, quizá Lilith liberara a Cordelia.

—Dudo que sea fácil hacer eso —opinó Christopher, sombrío—. Aunque me gusta la naturaleza épica de tu forma de pensar, James. Edom es un mundo que una vez fue como el nuestro. Hasta tenía cazadores de sombras y una capital, Idumea, muy parecida a nuestro Alacante. Pero los demonios destruyeron a los nefilim. Algunos de los textos antiguos hablan de los Príncipes del Infierno refiriéndose a Edom como el lugar de una gran victoria, donde se truncaron las esperanzas de Raziel. Imagino que tal como funcionan los reinos, es una especie de trofeo y... Veo que empiezan a perderse, así que solo diré que seguiré investigando más sobre el tema. Y espero que todos ustedes me ayuden —añadió, blandiendo el martillo hacia los demás.

Todo el mundo esperaba que Cordelia dijera algo.

—Entiendo por qué todos piensan que acabar con el control que Lilith tiene sobre mí debería ser nuestro objetivo —dijo la chica—. Si pudiera empuñar de nuevo a *Cortana*, tendríamos la mejor defensa contra Belial.

—No seas ridícula —dijo Lucie, acalorada—. Es nuestro objetivo porque estás en peligro, y nos preocupamos por ti.

Cordelia se sintió enrojecer, dolorosamente halagada.

—Si me permiten... —empezó James—, Lucie tiene razón, pero Cordelia también. Está claro que Belial no nos va a dejar en paz. Quizá si mi familia estuviera muerta...

—James —murmuró Lucie con la cara pálida—. Ni lo pienses.

—... pero incluso así, Tatiana seguiría viva y causaría problemas. Con *Cortana*, quizá sea posible acabar con la vida de Belial.

—Hay algo que no entiendo —intervino Anna—. Se supone que los Príncipes del Infierno son eternos, ¿no es verdad? Pero nos han dicho muchas veces que *Cortana* puede matar a Belial. ¿Se le puede matar o no?

—Mucho del lenguaje referido a Belial, Lilith y los Príncipes del Infierno es poético. Simbólico —explicó Jesse, y su suave y rico timbre de voz sorprendió a Cordelia. Sonaba muy seguro para alguien que se pasó tantos años medio vivo y escondiéndose. Sonrió ante las miradas sorprendidas que estaba recibiendo—. Leí mucho cuando era un fantasma. Sobre todo cuando me di cuenta de que mi madre se estaba mezclando con demonios poderosos. Hubo un tiempo —prosiguió— en el que las investigaciones sobre los Príncipes del Infierno y sus poderes eran muy populares. Desgraciadamente, los monjes, los magos y el resto de personas que se dedicaban a hacer tales investigaciones tenían la fea costumbre de aparecer muertos, clavados en los troncos de los árboles.

Todo el mundo se sorprendió.

—Como resultado, los libros que contienen tal información son pocos y antiguos. Y no resuelven la paradoja. Están llenos de enigmas. Lucifer vive, pero no vive. A Belial no se le puede matar, pero *Cortana* puede acabar con Belial con tres estocadas mortales. —Se encogió de hombros—. Lo cierto es que Belial le teme a *Cortana*. Creo que debemos confiar en que eso signifique algo.

—¿Quizá una tercera estocada de la espada lo sumirá en un sueño muy profundo y permanente? —aventuró Thomas.

—¿Del que despertará con un beso de amor de los pegajosos tentáculos de Leviathan? —sugirió Matthew, desencadenando un coro de gruñidos.

—¿Qué hay de tus sueños, James? —preguntó Anna—. En el pasado, siempre tuviste el poder de ver qué planeaba Belial.

James negó con la cabeza.

—No ha habido nada —dijo—. De hecho, ha habido tanta nada que empiezo a preocuparme. Nada de sueños, ni visiones, ni voces. Ni rastro de Belial en mi mente desde... bueno, desde que estuve en Cornualles. —Frunció el ceño—. Soñé que veía una larga carretera vacía, con demonios acechando sobre ella, y oía la voz de Belial. Desde entonces, nada más. Es como si fuera capaz de ver a través de una puerta y ahora esa puerta estuviera cerrada.

—¿Escuchaste su voz? —preguntó Anna—. ¿Qué dijo?

—«Se despiertan» —respondió James.

Cordelia sintió como si subiera por un tramo de escalera y tropezara; la misma vacilación, la misma sensación en el estómago. Su mirada se encontró con la de Matthew; él también parecía sorprendido, pero cuando ella negó con la cabeza, él asintió. Aún no iban a decir nada.

—Pero ¿qué significa? —caviló Anna en alto. Volteó hacia Jesse—. ¿Alguna vez Belial te dijo algo parecido a «se despiertan»?

Jesse se encogió de hombros y negó.

—Dudo que mi posesión fuera como la de un ser vivo. Durante el tiempo que Belial habitó mi cuerpo, no tuve consciencia de su presencia, ni recuerdo alguno de que mi cuerpo saliera de Chiswick. Cuando se encontraban con él mientras estaba en mí... yo no era consciente de nada. Y no tengo constancia o imagen de él desde entonces.

—¿Quizá eso sea algo bueno? —sugirió Thomas—. Quizá se retiró de momento y tengamos algo de tiempo.

—Puede ser —dijo James, dudoso—. Pero no estoy diciendo que las cosas fueran «normales». No sueño con Belial, pero tampoco sueño ninguna otra cosa. En las últimas noches, no sueño nada, solo hay un espacio blanco vacío donde deberían estar los sueños.

—También está el asunto de Tatiana —apuntó Lucie—. Belial se le apareció al Inquisidor para advertirle que no la buscara más.

—James —preguntó Christopher—, ¿crees que Belial se está escondiendo de ti a propósito?

James se encogió de hombros.

—Podría ser.

Matthew lanzó una risa hueca.

—Qué frustrante. Todo lo que deseas es que Belial te deje en paz, y lo hace ahora, justo cuando queremos saber en qué anda metido.

—Teniendo todo eso en cuenta —dijo Anna—, quizá debamos tratar los temas de Lilith y Belial como investigaciones paralelas. Volvamos a Cordelia. Nuestra mejor arma contra Belial, si aparece, es *Cortana*, ¿y quién porta a *Cortana*? Tú, querida. Te necesitamos.

Cordelia echó una mirada a Alastair, preocupada, pero este estaba asintiendo.

—Es cierto —dijo el chico—. *Cortana* eligió a Cordelia hace mucho tiempo. Yo no me convertí en su portador cuando Cordelia me la dio para que la escondiera. La he usado, como uno puede usar cualquier espada, pero no se ajustaba a mi mano, como se ajusta a la de mi hermana.

—Entonces —intervino Christopher—, para resumir: *Cortana* está escondida. Cordelia sigue unida a Lilith, aunque solo nosotros diez lo sabemos.

—Y Belial —apuntó James en voz baja—. Le dijo a Bridgestock que mantuviéramos a nuestro paladín apartado de él, aunque por supuesto el Inquisidor no supo a qué se refería. —Sus ojos se fijaron brevemente en Ariadne, luego apartó la vista.

Anna, sin embargo, se percató de esa mirada.

—Ariadne ya no se habla con el Inquisidor —dijo con delicadeza—. Ahora es parte de nuestro grupo. —Miró alrededor como retando a alguien a negarlo, pero nadie lo hizo.

—Si Bridgestock investiga sobre lo que Belial quiso decir —apuntó Cordelia—, solo será cuestión de tiempo que lo averigüe.

—Belial puede saber que eres el paladín de Lilith, pero no puede saber que no alzarás la espada en su nombre —argumentó James—. Si Belial le dice a Bridgestock que te mantenga alejada de él, es probable que tema a *Cortana* más que nunca.

—¿Crees que Tatiana lo sabe? —preguntó Thomas— ¿Lo de que Cordelia es un paladín?

—No me sorprendería que no se lo dijera —contestó James—. Ella no es su confidente ni su socia. Belial no tiene de eso. Tiene incautos y esbirros... —Dudó.

—¡Oh, vaya! —exclamó Christopher—. Lo siento, Jesse. Igual esto es un poco incómodo para ti.

Jesse negó.

—En absoluto.

—Puedes esperar en el descanso —ofreció Christopher, magnánimo—, mientras hablamos de cómo vencer a tu madre y acabar con sus planes. Si quieres.

Jesse sonrió agradecido.

—Sé que sería útil si tuviera alguna idea de dónde puede estar mi madre. Mientras estuve con ella no me contó nada, ni cuando estaba vivo del todo, ni después, aunque hice lo que pude para ir uniendo los retazos de información. Mañana voy a hablar con Grace en la Ciudad Silenciosa, aunque dudo que tenga más idea que yo del paradero de nuestra madre.

—Jesse —dijo Lucie, dándole con el codo—. Cuéntales tu idea.

—Iba a sugerir —contó Jesse— que mientras siga vacía, podríamos realizar una búsqueda exhaustiva en Chiswick House. Puede que no sepa dónde está ahora mi madre, pero conozco muchos de sus escondites en la casa.

—El Enclave ya estuvo en Chiswick House —dijo Matthew, con voz cansada—. Muchas veces. Si no han encontrado nada...

—Quizá sea porque no hay nada que encontrar —completó Jesse—. Pero probablemente sea porque mi madre esconde las cosas muy bien. La vi hacerlo; no solía darse cuenta de cuándo la estaba observando.

—De acuerdo —dijo James—, pues iremos mañana. Somos suficientes para formar un bloque de búsqueda. —Dudó—. Después de que veas a Grace, por supuesto.

—Podríamos ir ahora mismo —sugirió Ariadne—. Estoy ansiosa por hacer algo. ¿Ustedes no?

—Yo no puedo —contestó James—. Ni Lucie, ni, lo que es más importante, Jesse. Convencimos a mis padres de que nos dejaran venir porque aún es de día. Si no estamos de regreso para la cena, mandarán su propio bloque de búsqueda por nosotros.

—Y además Chiswick no será el primer lugar donde busquen —añadió Lucie—, probablemente sea el tercero o el cuarto. Registrar Chiswick es una buena idea —siguió—, pero tiene que haber algo que podamos hacer para ayudar también a Cordelia. No espero que encontremos nada sobre Lilith, o paladines entre las cosas de Tatiana.

Cordelia respiró profundamente.

—Sigue vigilándome. Mandó demonios a atacarnos, en París. Para que yo luchara contra ellos y la invocara.

—¿Qué? —dijeron Alastair y James al mismo tiempo. Se miraron por un momento, antes de que Alastair preguntara—: ¿Con qué propósito? ¿Qué pretendía?

—Supuso que yo aún tenía a *Cortana* —contestó la chica—. En cuanto vio que no, se dedicó a burlarse y amenazarme.

—¿Sabemos de algo que pueda herir a Lilith? —preguntó Thomas—. *Cortana* podría, por supuesto, pero... no es una opción.

A Lucie se le encendió el rostro.

—El revolver de James, sin duda. Así es como nos deshicimos de ella la última vez.

—Parece que solo la hiere de forma temporal —apuntó Cordelia—. Nos dejó en paz, pero cuando la vi en París no parecía herida en absoluto.

—El revolver —señaló Christopher— estaba bendecido con los nombres de tres ángeles: Sanvi, Sansanvi y Semangelaf. Son los enemigos de Lilith. Bueno, supongo que todos los ángeles son enemigos de Lilith. Pero estos tres lo son de una forma particular. Quizá podamos usar el poder de esos ángeles de alguna otra manera para deshacernos de ella.

Para sorpresa de Cordelia, fue Alastair quien habló.

—¿Y si intentamos encontrar o invocar al verdadero Wayland *el Herrero*? Es uno de los seres vivos más poderosos, si es que sigue vivo. Seguramente se ofenderá si sabe que un demonio se hizo pasar por él.

—Una buena idea —dijo James, y Alastair pareció un poco sorprendido de tener la aprobación del chico. Thomas le sonrió, pero Alastair estaba mirando al suelo y no pareció darse cuenta.

—Y debemos tener en cuenta —dijo Jesse— que Belial y mi... que Belial y Tatiana se están utilizando el uno al otro. Ella lo utiliza para encontrar una manera de vengarse de los que odia: los Herondale, los Lightwood, los Carstairs, los Fairchild. Hasta los Hermanos Silenciosos. Para qué la utiliza él a ella, aún no lo sabemos. Pero supongo que será una parte importante de su plan.

Se hizo un pequeño silencio.

—¡Creo —exclamó Christopher— que esto requiere una investigación exhaustiva!

Esto puso punto final a la reunión, e inmediatamente la conversación ordenada se fraccionó en varias charlas. Christopher empezó a intentar reclutar investigadores, mientras que Lucie empezó a organizar quién iría a Chiswick House y cuándo lo harían. Solo Matthew se quedó sentado donde estaba, con los ojos cerrados y aspecto mareado. «Resaca», pensó Cordelia con tristeza. Deseó que... pero daba igual lo que deseara. Le quedó claro en París.

Con toda la discreción que pudo, se levantó de su sitio y se acercó a James. Este estaba al lado de una de las estanterías de libros, pasando un dedo por los lomos de los libros, claramente buscando algo.

—James... Necesito hablar contigo en privado —dijo en voz baja.

Él la miró. Sus ojos dorados parecieron arder en su rostro serio y pálido. Durante un momento en la habitación solo estaban ellos dos.

—¿De verdad?

Ella se dio cuenta, tarde, de que al decirlo de esa manera, él pensó que quería hablar de su matrimonio. Notó que se sonrojaba.

—Es sobre algo que oí —dijo—. En París. Pensé que podríamos hablarlo en el Instituto para no alarmar a todo el mundo. Lucie también debería estar presente —añadió.

Durante un segundo, él se quedó quieto, con la mano sobre un grueso tomo de demonología. Pero enseguida reaccionó.

—Por supuesto —contestó, apartándose de los libreros—. Podemos hablar en el Instituto. Y si quieres, te puedes quedar a cenar.

—Gracias. —Cordelia se quedó mirando a James mientras este se alejaba para decirle algo a Christopher y a Matthew. Se sintió tensa, incómoda, y era casi insoportable sentirse así cerca de James, de James precisamente.

Su corazón era como un trapo, escurrido pero aun así lleno de un amor testarudo e inextirpable. No evitó preguntarse si, en caso de no existir Grace, James se hubiera enamorado de ella. ¿Habrían encontrado James y ella la felicidad juntos, una felicidad simple y directa que ahora ya estaba para siempre fuera de su alcance? Ni en sus sueños más atrevidos era capaz de dibujar cómo sería ese final feliz. Quizá debería aprender algo de eso antes de que todo ocurriera: si no se es capaz de imaginar algo, ¿puede que sea porque ese algo no está destinado a suceder?

12

LOS QUE VEN

Y tú lo conociste desde su origen,
me dices; y un golfo pequeño de lo más extraño
debe de ser para los pocos que ven;
un poco aterrador, me atrevería a decir,
descubriendo un mundo con sus ojos de hombre,
igual que otros niños verían unos pinzones.

EDWIN ARLINGTON ROBINSON,
Ben Jonson recibe a un hombre de Stratford

Mientras iban hacia el departamento de Anna, levantando con
las botas la nieve medio derretida, esta observó a Matthew.

Matthew siempre fue su compañero de infortunios. Juraba que
recordaba el día en el que, con dos años, le dejaron caer en el regazo
a un gorjeante bebé llamado Matthew y ella decidió que serían mejores amigos para siempre.

Hubo un momento, dos años atrás, en que la mirada de Matthew se cargó de oscuridad. Una sombra donde siempre hubo luz.
Él nunca quiso hablar de eso, y tras un tiempo, esa oscuridad desapareció, remplazada por una alegría ligeramente más salvaje y

crispada. Ella lo atribuyó a las rarezas de la maduración masculina, después de todo, James también se volvió raro y distante en la misma época.

Pero ese día, en la Taberna del Diablo, Anna vio que la oscuridad regresó a los ojos de Matthew. No era tan tonta como para no suponer que tenía algo que ver con la desagradable situación entre Cordelia y James. Si Matthew era infeliz, y estaba claro que sí, era lo suficientemente infeliz como para enfermar por ello. Sus ojeras parecían los moretones de un boxeador.

Así que lo invitó a casa a tomar el té. Él aceptó, sobre todo en cuanto quedó claro que Cordelia regresaría al Instituto con James y Lucie. Habló poco de camino a Percy Street: iba sin sombrero y sin guantes, como si disfrutara del desagradable aire frío.

Una vez dentro del departamento, Ariadne se excusó diciendo que tenía que cambiarse de vestido, pues un carruaje en Tottenham Court Road le salpicó llenándole de lodo la crinolina. Anna le ofreció comida a Matthew, que rehusó, y té, que sí que aceptó. Las manos le temblaban al llevarse la taza a la boca.

Anna insistió para que se quitara el abrigo húmedo y le ofreció una toalla para secarse el cabello. Matthew ya se había acabado el té, así que le sirvió otra taza y añadió unas gotas de *brandy*. Matthew hizo ademán de protestar; lo cual era raro, nunca antes había protestado por el *brandy* en el té; pero lo pensó mejor. Con el cabello de punta en húmedos mechones de un suave dorado, agarró la taza y miró hacia la puerta de la recámara de Anna.

—¿Así que Ariadne ahora vive contigo?

Poco perdía Matthew las ganas de chismorrear, fueran cuales fuesen las circunstancias.

—De forma temporal —respondió Anna—. No podía quedarse con los Bridgestock.

—Incluso siendo una medida temporal —dijo Matthew, al que un trago de té con *brandy* parecía calmarle el temblor de las manos—, ¿crees que es buena idea?

—¿Y tú quién eres, exactamente, para decir algo sobre buenas ideas? —preguntó Anna—. Tu idea más reciente fue huir a París con la esposa de James.

—Ah, pero es que yo soy conocido por tener solo malas ideas, mientras que a ti se te considera poseedora de buen juicio y sentido común.

—Bueno, pues ahí lo tienes —contestó Anna—. Si esto no fuera una buena idea, no lo haría, ya que yo solo tengo buenas ideas.

Matthew empezó a protestar, pero Anna lo hizo callar alzando un dedo; Ariadne regresó al salón con un vestido de color melocotón. Anna conocía a poca gente que pudiera llevar ese tono de coral, pero parecía reluciente desde dentro la piel de Ariadne. Llevaba el cabello suelto, una cortina de seda negra sobre los hombros.

Ariadne miró a Matthew preocupada, pero, prudente, no dijo nada y se limitó a sentarse a su lado en el sofá púrpura.

«Bien, no le muestres que estás preocupada —pensó Anna—. Eso solo hará que se retraiga más, como un niño enfurruñado».

Pero la madre de Ariadne la entrenó muy bien en cuestiones de etiqueta. Probablemente mantendría una conversación sobre el tiempo con alguien cuya cabeza ardiera.

—Me comentaron, Matthew —le dijo, mientras aceptaba una taza de Earl Grey—, que tienes tu propio departamento. Que, al igual que Anna, prefieres vivir solo. ¿Es así?

—No estoy seguro de que sea preferencia y no necesidad —contestó Matthew—. Pero sí que me gusta el sitio donde vivo —añadió—, y creo que a ti también te gustaría; los departamentos tienen servicio de mantenimiento, y estoy convencido de que podrías luchar con un demonio en el portal y el portero sería demasiado educado como para preguntar nada. —Echó una mirada a Anna—. ¿Para eso estoy aquí? ¿En calidad de consejero de departamentos?

Anna no dijo nada; la idea de que Ariadne se fuera la inquietaba de un modo que no acababa de definir. «Claro que deseaba volver a tener privacidad —pensó—, y la calma y la comodidad de su departamento, el refugio que le proporcionaba, viviendo allí ella sola..».

Ariadne dejó la taza.

—No es eso. Queremos tu consejo en algo que encontré.

Matthew alzó las cejas, con clara curiosidad. Ariadne tomó la carta de la repisa de la chimenea y se la pasó. Matthew la abrió y la leyó rápidamente, sorprendiéndose a medida que lo hacía.

—¿Dónde encontraste esto? —preguntó al acabar. A Anna le alegró ver que parecía más activo y centrado.

—En la oficina de mi padre —contestó Ariadne—. Y obviamente es suya. Su letra, su firma.

—Pero no llegó a enviarla —remarcó Matthew—. Así que, o bien tu padre está chantajeando a alguien, o está planeando hacerlo... Sin embargo, no le dio tiempo a hacerlo antes de irse a la Ciudadela Irredenta. ¿Se dio cuenta de que le falta?

Ariadne se mordió el labio.

—Pues... no lo sé. Creo que pretendía quemarla... la encontré en la chimenea, así que no creo que esté buscándola. Pero no hemos hablado desde que regresó.

—La cuestión —señaló Anna— es a quién chantajearía el Inquisidor y respecto a qué.

—No tengo ni idea —contestó Ariadne—. Ya tiene una posición de poder. ¿Por qué necesitaría chantajear a alguien? Si un cazador de sombras estuviera infringiendo la ley, tiene la autoridad para enfrentarse directamente.

Matthew se quedó en silencio durante un momento.

—¿Esta carta es el motivo por el que crees que debes mudarte? —preguntó finalmente— ¿Por qué... necesitas irte?

—Me educaron para ser una cazadora de sombras ejemplar —respondió Ariadne con suavidad—. Soy la hija del Inquisidor. El trabajo de mi padre es llevar a todos los nefilim al inalcanzable estándar de la Ley de Raziel, y no espera menos de su familia. Me criaron para ser una hija obediente, entrenada para llegar a ser un día una esposa obediente. Haría lo que me dijeran, me casaría con quien ellos quisieran...

—Charles, por ejemplo —apuntó Matthew.

—Sí. Pero al final todo es basura, ¿no? Parece que mi padre es el primero en incumplir este altísimo estándar suyo. —Sacudió la cabeza y miró por la ventana—. La hipocresía fue la gota que colmó el vaso, supongo. —Miró a Matthew directamente, y mientras hablaba, Anna se sintió, a su pesar, orgullosa de Ariadne—. Le dije a mi madre que no me casaría con ningún hombre que me eligiera. Que, de hecho, no me casaría con ningún hombre en absoluto. Que no me gustaban los hombres, sino las mujeres.

Matthew jugueteó con un mechón de su cabello rubio, un gesto nervioso que tenía desde niño.

—¿Sabías —dijo lentamente— que le estabas diciendo algo que ella no quería oír? ¿Algo que pensabas que provocaría que te repudiara? ¿Incluso que te... odiara?

—Sí —contestó Ariadne—. Pero lo volvería a hacer. Estoy segura de que mi madre extraña a la hija que nunca tuvo. Pero si me quiere, y yo creo que sí, creo que debe amar a la persona que soy.

—¿Y qué hay de tu padre?

—Estaba en *shock* cuando regresó de Islandia —respondió Ariadne—. Estuve casi un día entero sin saber de él, y luego me llegó una carta; sin duda sabía que me estaba quedando con Anna. Me decía que podía regresar a casa si me disculpaba con mi madre y retiraba lo que dije.

—Cosa que no harás —dijo Matthew.

—Cosa que no haré —confirmó Ariadne, con una sonrisa triste—. Puede que te resulte difícil de entender. Tus padres son especialmente amables.

Matthew se encogió. Anna pensó con tristeza en la época en la que los Fairchild eran una de las familias más unidas que conocía, antes de que Charles se volviera tan frío, antes de que Matthew se volviera tan triste.

—Bueno, seguro que no están chantajeando a nadie —afirmó Matthew—. Me llama la atención esta parte de la carta: «Tu familia siempre se benefició del botín de..».. Mancha enorme de tinta... «Pero se perdería todo si tu casa no está como debe». ¿Y si con botín quiere decir, literalmente, botín?

Ariadne frunció el ceño.

—Pero desde la firma de los Acuerdos, es ilegal agarrar botines de los subterráneos.

Anna tembló. Botín. Era una palabra fea, un concepto feo. El botín suponía la confiscación de las posesiones de subterráneos inocentes: fueron habituales antes del histórico tratado de paz entre subterráneos y cazadores de sombras, los Acuerdos. Comunes y, por lo general, permitidos. Muchas familias antiguas de cazadores de sombras se enriquecían de este modo.

—Puede que no se refiera a crímenes actuales. Cuando se firmaron los Acuerdos, en 1872, los cazadores de sombras tuvieron que devolver los botines que tomaron. Pero muchos no lo hicieron. Los Baybrook y los Pounceby, por ejemplo. Su riqueza viene de ahí. Todo el mundo lo sabe.

—Algo que es horrible —apuntó Ariadne—, pero no motivo de chantaje.

—Dudo que el chantaje salga de una afrenta moral —opinó Matthew—. Más bien por conveniencia. Desea chantajear a esta persona y encontró la excusa para hacerlo. —Se frotó los ojos—. Podría ser cualquiera a quien quisiera tener controlado. Podría ser Charles.

Ariadne pareció sorprendida.

—Pero mi padre y Charles siempre se han llevado bien. Incluso después de romper nuestro compromiso, arreglaron las cosas rápidamente. Charles siempre quiso ser la clase de político que es mi padre.

—¿Qué crees que Charles hizo que lo hiciera susceptible de un chantaje? —preguntó Anna.

Matthew negó con la cabeza. El cabello, ya seco, comenzó a caerle sobre los ojos.

—Nada. Es solo una idea. Me preguntaba si el botín se refería a un botín de poder político, pero estoy de acuerdo... Investiguemos primero a los Baybrook y a los Pounceby. —Se volteó hacia Ariadne—. ¿Te importa dejarme la carta? Hablaré con Thoby; es al que mejor conozco. Y nunca se le dio bien aguantar los interrogatorios. Una vez robó comida de la cesta de alguien en la Academia y se rindió enseguida en el interrogatorio.

—Claro —contestó Ariadne—. Yo me llevo bien con Eunice. Estoy segura de que aceptará reunirse conmigo y ni se dará cuenta de que la estoy interrogando. Está demasiado centrada en sí misma.

Matthew se puso de pie, un soldado preparado para volver al campo de batalla.

—Tengo que irme —dijo—. *Oscar* estará aullando a la espera de mi retorno.

Anna lo acompañó abajo a la puerta. Mientras Matthew la abría, miró a Ariadne, que se quedó en lo alto de la escalera.

—Es valiente —dijo—. Más valiente que nosotros, creo.

Anna le puso una mano en la mejilla.

—Mi Matthew —le dijo—. ¿Qué es eso que tanto temes decirles a tus padres?

Matthew cerró los ojos, mientras negaba con la cabeza.

—No... No puedo, Anna. No quiero que me desprecies.

—Nunca te despreciaría —repuso Anna—. Todos somos criaturas defectuosas. Igual que los diamantes son imperfectos y cada imperfección los hace únicos.

—Quizá no desee ser único —replicó Matthew—. Quizá solo quiero ser feliz y corriente.

—Matthew, querido, eres la persona menos corriente que conozco, salvo yo misma, y eso es parte de lo que te hace feliz. Eres un pavo real, no un pato.

—Veo que heredaste de tu madre el odio Herondale por los patos —bromeó Matthew, con una sonrisa de lo más leve. Levantó la mirada al cielo, de un negro profundo y adornado de estrellas—. No dejo de pensar que va a pasar algo terriblemente oscuro. Incluso en París, ya tenía esa sensación. No es que le tenga miedo al peligro o a la batalla. Es una sombra más grande que eso, y se cierne sobre todos nosotros. Sobre Londres.

Anna frunció el ceño.

—¿Qué quieres decir? —preguntó, pero Matthew, que sentía que ya había dicho demasiado, no contestó. Se limitó a ajustarse el saco e irse, una figura delgada alejándose por Percy Street, invisible para los paseantes.

—Puedes pasar la noche en el Instituto, Daisy —le dijo Lucie a Cordelia, mientras ellas, Jesse y James pasaban por Fleet Street. Los faroles ya estaban encendidas y cada una formaba un círculo de luz donde los pequeños copos de nieve remolineaban como enjambres de mosquitos helados. Se levantó el viento, y alrededor de todos ellos revoloteaban de nuevo torbellinos brumosos de hielo, algo que Jesse disfrutaba, pues tenía la cara levantada al cielo nocturno mientras caminaba. Comentó que durante años no sintió ni frío ni calor, y las temperaturas extremas le encantaban. Por lo visto, una vez se acercó tanto a la chimenea del salón del Instituto, que se quemó el saco antes de que Lucie lo apartara—. Quiero decir, mira toda esta nieve.

—Quizá —respondió Cordelia. Miró a James por el rabillo del ojo, este calló durante todo el trayecto, con las manos metidas en los bolsillos del abrigo. Tenía pálidos copos de nieve entre la oscura cabellera.

No terminó su pensamiento; llegaron al Instituto. Una vez dentro, se quitaron la nieve de los zapatos en la entrada y colgaron los abrigos junto a las chamarras de combate y un surtido de armas, en los percheros cercanas a la puerta principal. James hizo sonar la campana del servicio, probablemente para que Will y Tessa supieran que habían llegado.

—Deberíamos ir a una de las recámaras. Para tener privacidad —dijo el joven.

Si estuviera en Curzon Street, por supuesto, no se preocuparía de si Will y Tessa los oían. Pero James prometió quedarse en el Instituto mientras Tatiana estuviera libre, y de todos modos, Cordelia no podría enfrentarse a Curzon Street.

—Al tuyo —dijo Lucie como un resorte—. El mío está hecho un desastre.

La recámara de James. Cordelia había estado allí en contadas ocasiones; tenía un recuerdo borroso de llegar para ver a James, con una copia de *Layla y Majnun* en la mano, y encontrárselo allí con Grace. Ojalá hubiera renunciado a él en aquel mismo momento en vez de dejar que la farsa continuara durante tanto tiempo. Guardó silencio mientras atravesaban la capilla: estaba sin iluminar y vacía de decoración. Solo hacía unas pocas semanas que ella y James se casaron allí, con guirnaldas de flores pálidas adornando los bancos y esparcidas por el pasillo. Caminó hasta el altar sobre pétalos aplastados para que soltaran su perfume en una nube de crema y nardos.

Miró a James de reojo, pero él estaba sumido en sus pensamientos. Por supuesto no esperaba que sintiera lo mismo que ella respecto al lugar. Para él no sería un cuchillo en el corazón.

James los condujo hasta su dormitorio. Estaba mucho más ordenado que cuando James vivía allí, probablemente porque estaba casi vacío, más allá del baúl abierto a los pies de la cama. Dentro de él, Cordelia reconoció la ropa de James que acababan de traerle desde casa, y un par de objetos... ¿Le pareció ver un destello de marfil? Antes de que le diera tiempo a cerciorarse, James cerró el baúl con el pie y se volteó hacia Jesse.

—Cierra con llave, por favor.

Jesse dudó antes de voltearse hacia Cordelia, lo que la sorprendió.

—Cordelia —le dijo—, oí a Lucie hablar tanto de ti, que siento como si te conociera. Pero la verdad es que para ti soy prácticamente un extraño. Si prefieres hablar a solas con James y Lucie...

—No. —Cordelia se quitó los guantes y se los metió en los bolsillos. Miró el rostro preocupado de Lucie, el impasible de James, y luego de vuelta a Jesse—. Belial nos afectó a todos, de una forma u otra —dijo—. Lucie y James, porque comparten su sangre. Tú, por la forma monstruosa en que te controló. Y yo, porque soy la portadora de *Cortana*. Nos teme y nos odia a los cuatro. Eres tan parte de esto como cualquiera de nosotros.

Jesse la miró a los ojos. La chica entendió perfectamente por qué a Lucie le atraía. Era atractivo, pero eso no era todo; poseía una intensidad, una atención, como si todo lo que viera fuera cuidadosamente considerado. Hacía que una quisiera ser el objeto de su consideración.

—De acuerdo —dijo—, cerraré la puerta.

Se distribuyeron por la habitación de forma rara: James en el baúl, Cordelia en la silla, Lucie en la cama de James y Jesse encaramado en el hueco de la ventana, con la espalda apoyada en el frío cristal. Todo el mundo miró expectante a Cordelia.

—Fue lo que dijiste sobre tu sueño —explicó la chica—, lo que le oíste decir a Belial: «Se despiertan».

—No tengo ni idea de lo que significa —dijo James—. Pero al abuelo le gustan los rompecabezas. Tengan solución o no.

—Uf —exclamó Lucie—, no lo llames abuelo. Suena como si nos hubiera llevado a caballito cuando éramos pequeños.

—Estoy seguro de que lo habría hecho —repuso James—, siempre y cuando fuera para subirnos a un volcán y sacrificarnos a Lucifer.

—Nunca te sacrificaría —replicó Lucie, áspera—. Te necesita.

Jesse carraspeó.

—Creo —dijo— que Cordelia estaba intentando decirnos algo.

James dirigió la mirada hacia ella, aunque Cordelia notó que la apartaba enseguida, como si no aguantara mirarla directamente.

—¿Daisy?

—Sí —contestó, y les contó rápidamente lo que pasó en el Cabaret de l'Enfer con Madame Dorothea, y las palabras que procedían, supuestamente, de su padre—. «Se despiertan» —dijo y se echó a temblar—. Y pensaría que no es importante, si no fuera porque durante el ataque de Lilith, esta repitió esas mismas palabras. No estoy segura de que ella supiera lo que significaban —añadió Cordelia—. Dijo: «Belial no detuvo sus planes. Yo también escuché los susurros en el viento. Se despiertan».

Cuando Cordelia terminó de hablar, Lucie suspiró.

—¿Por qué las profecías son siempre tan vagas? ¿Qué tal un poco de información sobre quiénes se despiertan, o por qué es tan importante?

—Y, sin embargo, Belial quería que yo lo oyera —reflexionó James—. Dijo: «¿Oyes eso, querido nieto? Se despiertan». Y estoy bastante seguro de que no se refería a una camada de cachorros en algún sitio de Oxfordshire.

—Lo hizo para asustarte. El miedo es el objetivo —dijo Jesse. Todos lo miraron—. Es un método de control. Mi madre lo usaba mucho... haz esto, haz aquello o ya verás.

—Pero aquí no hay ninguna orden, ninguna petición —repuso James—. Solo una advertencia.

—No creo que Belial sienta miedo —opinó Jesse—. No como lo sentimos nosotros. Quiere agarrar y poseer. Siente rabia cuando no se cumple su voluntad. Pero para él, el miedo es una emoción humana. Sabe que hace que los mortales se comporten de forma irracional. Puede pensar que dándonos miedo, correremos en círculos, facilitándole —Jesse suspiró— lo que sea que planee.

—Belial tiene miedo de una cosa —replicó James—. Tiene miedo de Cordelia.

Jesse asintió.

—No desea morir, así que si teme algo, supongo que es a *Cortana* en la mano de Cordelia.

—Quizá lo único que quiera decir es que una horda de demonios se despertó —dijo Lucie—, que sería lo esperable. Demonios que planea mandar contra nosotros.

—Podría mandar una armada de demonios en cualquier momento —señaló James—, ¿por qué ahora?

—Quizá necesitaran entrenamiento militar —sugirió Lucie—. La mayoría no están realmente entrenados, ¿no? Incluso aunque los lidere un Príncipe del Infierno.

Cordelia intentó imaginar a Belial poniendo a una horda de demonios a hacer una instrucción militar básica y no lo consiguió.

—Lucie —dijo, y dudó—, con tus poderes, podríamos... bueno, ¿crees que sería sensato... intentar contactar con mi padre a través de ti? ¿Para averiguar si sabe algo más?

Lucie parecía desconcertada.

—No creo que debamos. Invoqué a un fantasma reticente y es... desagradable. Como torturarlos. —Negó con la cabeza—. No me gustaría hacerle eso a tu padre.

—Puede que no fuera tu padre quien te habló —repuso Jesse—. Las palabras «se despiertan» indican claramente que el espíritu sabía quién eres. Pero quizá ese espíritu estuviera fingiendo ser tu padre.

—Lo sé —contestó Cordelia. «Pero deseo tanto que haya sido mi padre. Nunca pude despedirme de él, no adecuadamente».

—Si te acercaras, Lucie —insistió—, no traerlo de vuelta, solo averiguar si es un espíritu que vaga por algún lugar del mundo...

—Ya lo hice, Cordelia —repuso Lucie—. Ya miré... y no, no sentí nada. Tu padre no parece estar en ningún lugar en el que yo pueda... alcanzarlo.

Cordelia se sintió asombrada, y un poco como si le acabaran de pegar. El tono de Lucie fue muy frío, aunque suponía que no más que el suyo en la sala de baile. Los chicos también parecían sorprendidos, pero antes de que ninguno pudiera hablar, alguien llamó a la puerta, aunque más bien fue como si alguien hubiera golpeado la puerta con un martillo. Todos se sobresaltaron, salvo James, que puso los ojos en blanco.

—Bridget —dijo en voz alta—, ya te dije que...

—Tus padres me envían a avisarles que la cena está lista —replicó Bridget—. Veo que pusiste el seguro de la puerta. Dios sabe qué están tramando. ¿Y dónde está tu hermana?

—Está aquí, también —respondió James—. Estamos manteniendo una conversación privada.

—Umm —exclamó Bridget—, ¿alguna vez te cantaron la canción sobre el joven príncipe que no fue a cenar cuando sus padres lo llamaron?

—Oh, no —murmuró Lucie—, una canción, no.

> Un apuesto joven era Eduardo el príncipe.
> Siempre con sus mejores trajes vestido,
> Pero un día aciago ir a cenar no quiso,
> aunque sus padres lo llamaron.

Jesse alzó las cejas.

—¿Existe esa canción?

James suspiró.

—Ya te acostumbrarás a Bridget. Es... un poco excéntrica.

Bridget continuó cantando:

> Su padre lloró, su madre se lamentó,
> Pero Eduardo caso no les hizo.
> Esa noche un bandolero lo asaltó,
> y las orejas le cortó.

Cordelia no aguantó la risa, a pesar de la preocupación. James la miró y sonrió, con esa sonrisa verdadera que la derretía. Ay...

—Creo que no estarías feo sin las orejas, James —le dijo Lucie cuando las zancadas de Bridget se alejaban por el pasillo—. Podrías dejarte crecer el cabello para que te tapara los agujeros.

—Qué gran consejo de mi querida hermana —replicó James, levantándose del baúl—. Cordelia, ¿quieres quedarte a cenar?

Cordelia negó con la cabeza; estar con Will y Tessa le resultaría doloroso. Y estaba la tensión con Lucie, que no resolverían rodeadas de más gente.

—Mejor regreso con mi madre.

James se limitó a asentir.

—Te acompaño, entonces.

—Buenas noches —dijo Lucie, no directamente a Cordelia—. Jesse y yo estaremos en el salón, guardando el fuerte.

Tras comprobar que el pasillo estaba vacío, James acompañó a Cordelia escalera abajo. Pero su disimulada salida no iba a funcionar: Will apareció de repente en el descanso, abrochándose las mancuernillas, y sonrió encantado al ver a Cordelia.

—Querida —dijo—, que alegría verte. ¿Vienes de Cornwall Gardens? ¿Cómo está tu madre?

—Ah, muy bien, gracias —contestó Cordelia, y luego se dio cuenta de que si su madre estaba bien, no tenía ninguna excusa para no quedarse con James en el Instituto—. Bueno, ha estado muy cansada y, claro, todos estamos pendientes de que recupere la energía. Risa ha estado dándole muchas... sopas.

¿Sopas? Cordelia no sabía por qué había dicho eso. Quizá porque su madre siempre le decía que la *ashe-e jo*, una sopa agria de centeno, lo curaba todo.

—¿Sopas?

—Sopas —repitió Cordelia con firmeza—. El cuidado de Risa es muy exhaustivo, pero claro, mi madre desea que yo esté a su lado todo lo posible. Le leo...

—Ah, ¿algo interesante? Siempre estoy buscando libros nuevos —dijo Will, que ya había acabado con las mancuernillas. Tenían incrustaciones de topacio amarillo. El color de los ojos de James.

—Pues... no —contestó Cordelia—. En realidad, solo cosas aburridas. Libros sobre... ornitología. —Will alzó las cejas, pero James intervino rápidamente.

—Tengo que llevar a Cordelia a casa —dijo, poniéndole a esta una mano en la espalda. Fue un gesto totalmente marital, nada destacable. Cordelia lo recibió como un rayo en medio de la espalda—. Te veo enseguida, padre.

—Bueno, Cordelia, todos deseamos tenerte de vuelta lo antes posible —dijo Will—. James está completamente perdido aquí sin ti. Incompleto sin su media naranja, ¿eh, James? —Se fue escalera arriba y se perdió por el pasillo sin dejar de silbar.

—Bueno —dijo James, tras un largo silencio—. Cuando tenía diez años y mi padre le enseñaba a todo el mundo mis dibujos como Jonathan Cazador de Sombras, matando a un dragón, creía que sería lo más humillante que me tocaría vivir. Pero parece que no es así. Consiguió un nuevo hito.

—Tu padre es un romántico, eso es todo.

—Te das cuenta, ¿eh? —James seguía con la mano en su espalda, y ella no tenía fuerza de voluntad para pedirle que la quitara. Dejó que la guiara hasta el piso de abajo, donde recogió el abrigo en la entrada mientras James iba a pedirle a Davies, uno de los lacayos del Instituto, que sacara el carruaje.

Cordelia se reunió con él en la escalera. James no se puso el saco y el viento helado le removía los mechones de cabello oscuro. Cuando la vio salir, exhaló, una nube de vaho, y buscó algo en los bolsillos.

Para sorpresa de Cordelia, James sacó un par de guantes. Sus guantes. Piel de cabritilla gris pálido con encaje de hojas, aunque ahora estaban muy arrugados, y un poco manchados, como si le hubieran caído gotas de lluvia.

—Los dejaste —dijo James, con voz muy calmada—, cuando te fuiste a París. Quería dártelos. Lo siento, los he llevado conmigo todo este tiempo y quería dártelos antes.

Cordelia tomó los guantes, sorprendida.

—Pero ¿por qué los llevabas contigo?

Él se pasó la mano por el cabello, un gesto muy suyo.

—Quiero ser sincero contigo —dijo—, muy sincero, porque creo que es la única forma de que solucionemos esto. Y espero que lo hagamos, Daisy. No voy a molestarte con esto, sobre lo que tenemos tú y yo, pero tampoco voy a rendirme.

Ella lo miró sorprendida. Por mucho que bromeara sobre sentirse humillado por su padre, en ese momento solo mostraba una calmada determinación en el rostro, en los ojos. Casi una especie de firme orgullo. Era evidente que no se avergonzaba de nada de que lo sentía.

—Esa noche, salí detrás de ti —contó—. La noche que te fuiste. Te seguí hasta la casa de Matthew, y luego hasta la estación de tren. Estaba en el andén, te vi tomar el tren. Hubiera ido tras de ti, pero mi padre me rastreó hasta Waterloo. Lucie había desaparecido y tuve que ir a buscarla.

Cordelia miró los guantes.

—¿Estabas allí? ¿En el andén de la estación?

—Sí —contestó James. Se acercó y envolvió, con su mano, la mano de ella que sostenía los guantes. Su mano estaba roja del frío y tenía las uñas mordidas—. Quería que lo supieras. Fui detrás de ti en cuanto supe que te fuiste. No esperé hasta que el orgullo herido se asentara ni nada por el estilo. En cuanto me di cuenta de que te fuiste, salí corriendo detrás de ti, porque cuando se va alguien que amas, lo único que piensas es en que regrese.

«Alguien que amas». El rostro de él estaba a escasos centímetros del de ella.

«Podría ponerme de puntitas y besarlo —pensó ella—. Y él me devolvería el beso. Podría por fin deshacerme del peso que estuve cargando, el peso de la precaución que me dice: "Ten cuidado. Te pueden herir otra vez"».

Pero en ese momento, la imagen de Matthew destelló ante sus ojos. Matthew y las luces de París, y todos los motivos por los que se fue. Oyó el traqueteo de las ruedas del carruaje que entraba en el patio, y como si dieran las doce en el reloj de Cenicienta, el hechizo se rompió.

—Gracias —dijo ella—, por los guantes.

Giró y bajó la escalera; no volteó para mirar si James la veía irse.

Mientras el carruaje se alejaba del Instituto y se internaba en el atardecer púrpura y gris de Londres, Cordelia pensaba: «Si James me vio tomando ese tren, no pudo estar más de una hora con Grace, probablemente menos. Y entonces, ¿qué? ¿Huyó de ella? Pero ¿qué causó que sus sentimientos cambiaran con tanta rapidez?».

¿Alguna vez volverían las cosas a ser como antes? James no estaba seguro. Allí estaba sentado, cenando con su familia en el comedor donde había comido mil veces antes y, sin embargo, la experiencia de las pasadas semanas lo convirtieron todo extraño. Allí estaba la vitrina de porcelanas con las puertas de cristal y la delicada ebanistería floral incrustada; recordó a su madre encargándola en Shollbred's para reemplazar la horrible monstruosidad victoriana que había antes. Allí estaban las esbeltas y elegantes sillas de comedor con los respaldos grabados con formas de helechos que Lucie, cuando era más joven, jugaba a imaginar que eran barcos piratas; y el papel tapiz verde claro; y sobre la repisa de la chimenea, las lámparas de cristal blanco con forma de lirio a cada lado del jarrón de porcelana acanalado que Tessa rellenaba de flores frescas todas las semanas, incluso en invierno.

Nada de eso había cambiado. Pero James, sí. A fin de cuentas, era él quien se fue. Se casó y se mudó a su propia casa. En breve sería mayor de edad, y la Clave lo reconocería como adulto. Pero en ese momento se sentía como si las circunstancias lo metieran de nuevo en una ropa de niño en la que no cabía, un disfraz que ya hacía tiempo que le quedaba pequeño.

—¿Y tú qué piensas, James? —le preguntó su madre.

James levantó la mirada, sintiéndose culpable. No estaba atento en absoluto.

—Perdona, ¿de qué hablan?

—De la fiesta de Navidad —contestó Lucie—. Solo faltan tres días. —Echó una mirada a James, como diciendo: «Sé perfectamente que no estabas prestando atención, ¿y no acabábamos de hablar precisamente de eso?».

—¿En serio? —James frunció el ceño—. ¿Y todos siguen pensando en asistir?

Sus padres estaban muy inmersos en la tradición de la fiesta de Navidad del Instituto. Comenzó con Charlotte y Henry, quienes, como le explicaron sus padres, decidieron que no importaba que los cazadores de sombras no celebraran las fiestas mundanas. En Londres estaba tan generalizada, tan presente en cada rincón de la ciudad durante todo diciembre, que se dieron cuenta del valor de tener algo festivo que el Enclave esperaría con ilusión durante los duros meses de invierno. Los Herondale siguieron con la tradición del baile a finales de diciembre; de hecho, James sabía que fue en una de las fiestas de Navidad del Instituto donde sus padres se comprometieron para casarse.

—Es raro —comentó Tessa—. Pero las invitaciones se mandaron a principios de mes, antes de que empezaran los problemas que estamos teniendo. Pensábamos que los invitados cancelarían, pero no lo hicieron.

—Es importante para el Enclave —apoyó Will—, y el Ángel sabe que no es malo mantener la moral alta.

Lucie miró a su padre con ironía.

—Sí, un acto completamente desinteresado, celebrar la fiesta que más te gusta de todas.

—Mi querida hija, me ofende tu insinuación —contestó Will—. Todas las miradas estarán puestas en el Instituto, que se encargará de establecer las pautas y demostrar que, como guerreros elegidos por el Ángel, los cazadores de sombras seguirán adelante, un frente unido contra las fuerzas del infierno. «Adelante, Brigada Ligera, cargar contra los cañones…».

—¡Will! —le reprendió Tessa—. ¿Qué te dije?

Will parecía arrepentido.

—Nada de «La Carga de la Brigada Ligera» en la mesa.

Tessa le dio unas palmaditas en la mano.

—Eso es.

—¿Hay algo especialmente peligroso en celebrar la fiesta? —preguntó Jesse

Era una pregunta sensata. James notó que esa era la tónica de Jesse: solía estar callado y hablar poco, pero cuando lo hacía, siempre iba al grano.

—En lo que respecta a Belial, no —contestó James—. El Instituto es el lugar más seguro de Londres en lo referente a demonios; si consiguieran atacar de alguna forma, el Enclave al completo se retiraría aquí como medida de seguridad.

—Lo suponía —dijo Jesse, con la misma voz calmada —. Pensaba en mi madre. Una fiesta así, con tantos de ustedes reunidos en el mismo sitio... la atraería. Arrastrarla hasta aquí.

Will miró a Jesse, pensativo.

—¿Y qué haría?

Jesse negó con la cabeza.

—No lo sé. Es impredecible, pero lo cierto es que los odia a todos, y desprecia especialmente las fiestas navideñas; muchas veces me contó que la humillaron en una de ellas, y que al Enclave no le importó.

Will suspiró.

—Fui yo. Leí su diario en alto en una fiesta de Navidad, hace mucho. Tenía doce años. Y me castigaron con bastante dureza, así que de hecho, el Enclave se puso de su parte.

—Ah —dijo Jesse—. Cuando era pequeño, pensaba que era terrible que la hubieran ofendido tanto. Luego me di cuenta de que mi madre se tomaba todo como una ofensa personal contra ella. Coleccionaba agravios como quien colecciona figuritas de porcelana. Le gustaba sacarlos y hablar sobre ellos, examinarlos una y otra vez para encontrar nuevas facetas de maldad y traición. Estaba más apegada a esas ofensas que a sus propios hijos.

—La próxima vez que haga algo, la Clave no será tan indulgente con ella —dijo Will, tenso—. Esta vez le quitarán las Marcas.

—¡Padre! —lo amonestó Lucie, señalando con la mirada a Jesse.

—No pasa nada —repuso Jesse—. Créeme, después de lo que me hizo... —Dejó el tenedor, mientras movía la cabeza—. Intento no pensar en vengarme. No me causa ningún placer, pero sé que merece un castigo. Lo que nos hizo a mí y a mi hermana es demasiado, no se le puede dar otra oportunidad.

«Grace». Por un momento, James no fue capaz de decir nada; se le cerró la garganta. Pensar en Grace era como caer en un agujero negro infinito, un pozo con espejos que le devolvían una imagen de él servil, estúpido, cargado de vergüenza.

Vio que Lucie lo miraba, con sus azules ojos llenos de preocupación. Sabía que no entendía por qué, pero que sentía claramente su angustia.

—Estaba pensando —dijo ella en alto—, que ya que sí vamos a dar la fiesta, podríamos aprovechar para presentarle a Jesse al resto del Enclave. Como Jeremy Blackthorn, por supuesto.

Consiguió atraer la atención de sus padres, para así dejar a James recuperarse. Will dibujó un círculo en el aire con la punta de la cuchara.

—Bien pensado, *cariad*.

—Estoy segura de que lo adorarán al instante —dijo Luce.

Jesse sonrió.

—Me conformaré con que no dejen que me pudra en la Ciudad Silenciosa.

—Tonterías —dijo Tessa, amable—. La Clave me aceptó, y a ti también te aceptará.

—Necesita ropa nueva —advirtió Lucie—. No puede seguir yendo con los trajes viejos de James, le quedan demasiado cortos. —Y era cierto; Jesse era más alto que James, aunque también más delgado—.

246

Y la mitad están deshilachados, y todos llevan viejos caramelos de limón en los bolsillos.

—Los caramelos de limón no me molestan —dijo Jesse, afable.

—Por supuesto —exclamó Will—. Un guardarropa nuevo para un hombre nuevo. Tenemos que llevarte a ver al señor Sykes.

—El Señor Sykes es un licántropo —aclaró Lucie.

—Hace un trabajo excelente —afirmó Will—. Veintisiete días al mes. Los otros tres, se vuelve un poco loco con los colores y los cortes.

—No hace falta que dependamos de Sykes. Hablaremos con Anna. Te vestirá de arriba abajo.

—Si me van a presentar al Enclave... —Jesse se aclaró la garganta— me gustaría hacer uso de la sala de entrenamiento. Sé muy poco de lucha y puedo estar mucho más fuerte de lo que estoy. No necesito dominar cada modalidad, ya sé que soy mayor para aprender, pero...

—Yo entrenaré contigo —propuso James. El pozo negro había pasado. Estaba de vuelta en la mesa con su familia. El alivio y la gratitud lo cargaban de empatía. Quería ayudar a Jesse. Y si en parte era también por tener a alguien con quien entrenar que no fuera Matthew, no se lo admitió a sí mismo en ese momento.

Jesse asintió complacido. Will los miraba a ambos con una expresión que parecía presagiar una canción galesa en el horizonte. Por suerte para todos los presentes, Bridget apareció de repente, refunfuñando mientras cerraba la puerta tras ella. Se acercó a Will y le dijo algo al oído.

Los ojos de Will se iluminaron.

—¡Caramba! Tenemos una llamada.

Tessa se sorprendió.

—¿Una llamada?

—¡Una llamada! —confirmó Will—. ¡En el teléfono! Tráelo, Bridget.

James lo había olvidado. Hacía unos meses, Will pidió que le instalaran en el Instituto uno de esos nuevos teléfonos mundanos, aunque James sabía que Magnus hizo bastantes arreglos mágicos para que funcionara. Pero ahora los Institutos podían usarlos para llamarse unos a otros. James estaba casi seguro de que los teléfonos mundanos estaban conectados a algo por un cable, y este no lo estaba, pero no quiso sacarlo a colación.

Bridget entró portando una pesada máquina de madera. La mantenía completamente separada de sí, como si fuera a explotar, mientras de algún sitio del interior, un timbre no dejaba de sonar, como un reloj despertador.

—Y sigue sonando —se quejó Bridget, poniéndolo sobre la mesa con un buen estruendo—. No consigo que pare.

—Sí, funciona así —explicó Will—. Déjalo ahí, gracias.

Will levantó una especie de cono negro adjunto a la caja de madera. Inmediatamente se oyó una voz que sonaba como si gritara desde el otro extremo de un túnel.

—¡Identifíquese! —bramó la voz.

Will se apartó el cono del oído, con expresión dolorida.

James y Lucie se miraron. La voz era fácilmente identificable: Albert Pangborn, director del Instituto de Cornualles.

Alegremente, Lucie hizo como si tuviera las manos pegadas, lo que desconcertó a Jesse y causó una mirada de desaprobación en Tessa.

—Soy Will Herondale —respondió Will, alto y claro, en el receptor—, y eres tú el que me está llamando a mí.

—¡Soy Albert Pangborn! —gritó de vuelta Albert.

—Sí, Albert —contestó Will en el mismo tono cuidadoso—, del Instituto de Cornualles. No hace faltar gritar.

—¡Quería! ¡Decirte! —gritó Albert—. ¡Que encontramos a la mujer! ¡Que desapareció!

—¿Qué mujer, Albert? —preguntó Will.

James estaba fascinado. Era algo muy raro presenciar una conversación en la que su padre era la parte calmada y silenciosa.

—¡LA QUE DESAPARECIÓ! —gritó Albert—. ¡De la Ciudadela Irredenta!

Jesse se quedó helado. Por el rabillo del ojo, James vio a Lucie palidecer. De pronto Will era todo atención, inclinado sobre el teléfono.

—Albert —dijo—, repite eso otra vez. ¿A qué mujer desaparecida encontraron?

—Titania Greenthorpe —gritó Albert.

—¿Te refieres a Tatiana Blackthorn, Albert?

—¡Como se llame! —dijo Albert—. ¡Es que ella no nos lo puede decir, sabes!

—¿Qué? —preguntó Will—. ¿Qué quieres decir?

—¡La encontramos en los páramos! —informó Albert—. ¡Uno de nosotros, o sea, yo no! ¡Fue el joven Polkinghorn el que la encontró!

—¿En los páramos? —repitió Will.

—¡En Bodmin Moor! —concretó Albert—. ¡Durante la patrulla! ¡Estaba desvanecida cuando la encontramos! ¡Aún no se despierta! ¡Me atrevería a decir que está gravemente herida!

James pensó que era muy extraño, un poco confuso, patrullar por páramos desiertos en vez de calles de ciudad llenas de mundanos. Albert seguía gritando.

—¡Al principio pensamos que estaba muerta, la verdad! ¡La acuchillaron gravemente! ¡Ni siquiera le queríamos poner *iratzes*! ¡No estábamos seguros de que los aguantaría!

—¿Dónde está ahora? —preguntó Will.

—Santuario —contestó Albert, calmándose un poco—. Pensamos que sería lo mejor.

Will asintió, aunque por supuesto Pangborn no podía verlo.

—Lo es. Manténgala ahí, Albert —pidió Will, mientras Tessa no paraba de hacer el gesto de dibujarle en el brazo. Will añadió—: Pero no le pongan runas. No sabemos cuánta magia demoniaca puede haber en ella.

—Increíble lo que la gente joven llega a hacer, ¿eh, Will? —comentó Pangborn—. ¡Ya me entiendes! ¡Los jóvenes! ¡Qué locos!

—Soy un año mayor que Tatiana —señaló Will.

—Pero, bueno, ¡eres un joven! —gritó Albert—. ¡Mira, no tengo ni idea de cómo hacen las cosas en Londres, pero yo prefiero no dar cobijo a criminales en el Santuario de mi Instituto! ¿Va a venir alguien a buscar a esta mujer?

—Sí —contestó Will—. En breve, los Hermanos Silenciosos irán para allá a examinarla. Hasta entonces, manténgala en el Santuario. Nada de runas, y el contacto mínimo. Manténganse alejados de ella en lo posible.

—¿Qué dices de una botella y un fusible? —gritó Albert, pero Will ya estaba colgando. Sin decir nada más, se inclinó para besar a Tessa, que estaba igual de sorprendida que todos los demás, y salió del comedor.

Para ponerse en contacto con Jem, por supuesto; James no tenía ni que preguntarlo. Conocía a su padre.

Hubo un silencio. Jesse estaba sentado recto como una estatua, la cara blanca, la vista clavada en la pared de enfrente. Finalmente, Tessa habló.

—Quizá rompió su alianza con Belial. Puede que... se le resistiera, o estuviera en desacuerdo con él y él la abandonara.

—Sería muy raro en ella —repuso Jesse, y había cierta amargura en su voz. James no evitó pensar que también sería muy raro en Belial hacer eso: si Tatiana se opusiera a él, probablemente él la mataría sin pensárselo dos veces.

—Siempre hay esperanza para la gente, Jesse —dijo Tessa—. Nadie es una causa perdida, ni siquiera tu madre.

Jesse la miró, desconcertado, y James pensó que Jesse nunca tuvo una figura materna en su vida. No conoció una madre que le diera esperanza, en vez de desánimo y miedo. En ese momento, el chico apartó la silla de la mesa, se levantó e hizo una pequeña reverencia.

—Creo que necesito estar un rato solo —dijo, con voz calmada—. Tendré que contarle todo esto a Grace cuando la vea mañana. Pero les agradezco mucho la cena. Y las palabras de aliento —añadió, y salió.

—¿Creen que debería ir con él? —preguntó Lucie.

—Ahora mismo, no —contestó Tessa—, a veces la gente necesita estar sola. Pobre Tatiana —añadió, para sorpresa de James—. No puedo evitar preguntarme si Belial se limitó a tomar lo que necesitaba de ella, durante todos estos años, y cuando no la necesitó más, la dejó para que muriera.

James se preguntaba si Tessa pensaría «pobre Tatiana» si supiera lo que esa mujer le hizo a él, su hijo, a través de Grace. ¿Qué pensaría si supiera cómo se sentía James, el fuego ácido de la amargura en la garganta, el terrible sentimiento cercano al placer ante el sufrimiento de Tatiana, que le avergonzaba a medida que lo sentía?

Se sujetó la muñeca desnuda con la otra mano. Daba igual lo mucho que lo quisiera, no podía contarles nada a sus padres sobre el brazalete. Su madre siempre pensaba lo mejor de todo el mundo, y viendo su rostro, lleno de preocupación compasiva por una horrible mujer que solo le deseó el mal, decidió que no debía estropearlo.

13

SOLO LOS ÁNGELES

Las paredes de piedra no hacen una prisión,
ni los barrotes de hierro una jaula:
las mentes inocentes y tranquilas
toman tal por una ermita.
Si tengo libertad en mi amor,
y soy libre en mi alma,
solo los ángeles, que vuelan arriba,
disfrutan la misma libertad.

RICHARD LOVELACE,
Para Althea, desde la prisión

Cordelia entornó los ojos para ver bien la página en la menguante luz de la vela.

Estaba metida en su cama de Cornwall Gardens, bajo los aleros, leyendo uno de los libros sobre paladines que Christopher le dio. El suave golpeteo de la nieve contra el tejado hacía que la habitación pareciera más confortable, aunque seguía sin sentirla su hogar. Más bien como una habitación en la casa de un amable pariente al que estuviera visitando.

Cordelia sabía que aún no acababa de vaciar el baúl con sus cosas: le faltaba la ropa de París y lo que James le mandó de Curzon Street. Estaba viviendo en una especie de limbo, ni en un lugar ni en otro, un espacio en el que aún no tomaría una decisión firme.

Pensó un poco en el bebé, que nacería pronto. Esperaba que no demasiado pronto, no mientras ella, su hermana mayor, siguiera indecisa en todos los aspectos de su vida, y peor aún, mientras siguiera siendo la paladina de un demonio. Volvió a su libro; con la luz combinada del fuego y de la vela de la mesa de noche apenas conseguía distinguir las palabras.

Lo que leía no era muy halagüeño. La mayoría de los paladines querían serlo y nunca intentarían romper el lazo con sus maestros. Había muchas cosas asombrosas que podían hacer: luchar mejor, saltar más alto, sobrevivir a heridas que matarían a otro. Incluso encontró la historia de un paladín que apuñaló a su amigo debido a una confusión de identidad, pero luego fue capaz de curarlo mágicamente con su «espada de paladín», todo lo cual resultaba bastante improbable; para empezar, ¿qué significaba exactamente eso de «curarlo con su espada»? Pero no era más que una anécdota, y a continuación venía otra en la que un solo paladín venció a un ejército entero, y luego otra en la cual dos *parabatai* se hicieron paladines juntos.

¡Plaf!, hizo la nieve contra la ventana. Casi sonó como un pájaro golpeándose contra el cristal. No evitó acordarse de la vez que Matthew apareció en su ventana con unas polainas naranjas, portando verdades alarmantes: «Puede que sea una boda falsa —dijo—, pero tú estás enamorada de James de verdad».

Pensó en James, en lo que le dijo esa noche, lo de seguirla hasta Waterloo; pensar en él en el andén del tren era demasiado duro...

¡Plaf! Esta vez más fuerte, más insistente. ¡Plaf, plaf, plaf!, y la ventana se abrió, dejando entrar un puñado de nieve blanca. Cordelia se incorporó en la cama, dejó el libro y estaba a punto de gritar llamando a Alastair, cuando se dio cuenta de que la persona que se estaba colando por la ventana, botas de nieve y cabello castaño suelto, era Lucie.

Se sentó en la cama, anonadada, mientras Lucie cerraba la ventana tras de sí y se apresuraba a arrimarse al fuego. Llevaba una pesada capa sobre el traje de combate, y el cabello suelto que le caía por la espalda, entreverado de hilos de hielo.

—Lucie —dijo Cordelia, cuando recuperó el habla—, debes de estar helada. ¿Por qué entras por la ventana? Risa te dejaría, podrías usar la puerta...

—No quería —contestó Lucie, molesta. Tenía las manos extendidas hacia el fuego, para que el calor le devolviera el color a la punta de los dedos helados.

—Bueno, pues entonces ven aquí —pidió Cordelia—, ya no puedo alzar un arma, pero aún puedo usar una estela. Te vendría bien una runa de calor...

Lucie volteó hacia ella y el cabello se movió con dramatismo.

—Las cosas no pueden seguir así.

Cordelia creía saber a qué se refería Lucie, pero aun así se aseguró.

—¿A qué te refieres?

—Cuando te casaste con James —explicó Lucie—, pensé que eso nos uniría más. Pero nos separó.

—Lucie. —Cordelia entrelazó las manos en el regazo. Se sentía medio desnuda: Lucie vestía un traje de combate, y ella no llevaba más que un camisón con el fondo ligeramente rasgado, y el cabello recogido en trenzas—, nuestro distanciamiento no es culpa de James. No es culpa de nuestro matrimonio...

—¿Ah, no? Cordelia, le estás rompiendo el corazón. Es muy infeliz.

—Bueno, supongo que puede ser motivo de discordia —admitió Cordelia con frialdad—, si tú tomas partido. Sé que adoras a tu hermano. También sé que eres consciente de que, hasta la semana pasada, estaba enamorado de Grace Blackthorn. Y este es exactamente el tipo de conversación que no deberíamos tener. Yo no quiero dañar a James, pero tampoco quiero que me dañen a mí, y lo único que James siente es culpabilidad...

—No es solo culpabilidad —protestó Lucie—. Conozco la diferencia...

—¿Conocías la diferencia cuando elegiste hacerte amiga de Grace, en secreto, a mis espaldas y no decirme nada?

Probablemente era lo más duro que Cordelia le había dicho nunca a su amiga. Lucie se sorprendió.

—Lo hice para salvar a Jesse —murmuró Lucie.

—Sé lo que es estar enamorada —dijo Cordelia—. ¿Crees que no lo hubiera entendido? No confiaste en mí.

—Lo que estaba haciendo —explicó Lucie— era tan prohibido, tan terrible, que no quise meterte en ninguno de los problemas en que me metería yo si alguien lo averiguaba.

—Tonterías —replicó Cordelia—. Tú querías hacer lo que estabas haciendo sin que yo te reprochara nada sobre Grace. —Una parte de sí parecía haberse desprendido de ella y observaba horrorizada cómo atacaba a Lucie con palabras como puñales, que cortaban y herían. Otra parte sentía una especie de alivio desesperado, porque, a pesar de lo mucho que la hirieron, ya no tenía que callárselo; podía decir: «Me heriste. No pensaste en mí para nada, y eso es lo que más duele».

Lucie parecía no dar crédito a sus oídos.

—Se supone que los *parabatai* se lo cuentan todo —siguió Cordelia—. Cuando tuve el peor problema de mi vida, enterarme de que había jurado lealtad a Lilith, te lo conté.

—No, no me lo contaste —replicó Lucie—, me enteré cuando lo hiciste. No pudiste esconderlo.

—Te conté toda la historia...

—¿Ah, sí? —Los azules ojos de Lucie se llenaron de lágrimas. Cordelia no la había visto llorar casi nunca y en ese momento lo estaba haciendo, aunque seguía hablando furiosa—. ¿Se supone que nos lo contamos todo? ¡Bueno, pues tengo algunas preguntas para ti sobre el hecho de que huyeras a París con su mejor amigo, justo en el momento en que mi hermano llegó a Cornualles buscándome! Nunca me dijiste nada sobre Matthew...

—Ese —dijo Cordelia con una voz tan fría como la nieve del exterior— no es exactamente el orden de los acontecimientos. Y tu hermano no es inocente, pero dejaré que sea él quien te cuente lo que pasó aquella noche.

—No sé qué es lo que crees que hizo —repuso Lucie, secándose las lágrimas con las manos—. Pero sé cómo está. Como si quisiera morirse sin ti. ¿Y esperas que me crea que te fuiste con Matthew como amigos, y no ocurrió nada entre ustedes?

—¿Y me culparías si así hubiera sido? —Cordelia sintió un fuego blanco de rabia y dolor subirle por las costillas hasta dejarla casi sin aire—. ¿Sabes lo que es estar en un matrimonio que es una mentira, donde la única que siente algo eres tú? James nunca sintió nada por mí, nunca me miró como lo hizo Matthew, estaba demasiado ocupado mirando a Grace, tu nueva mejor amiga. ¿Por qué no le preguntas si besó a Grace mientras estábamos casados? Mejor aún, ¿por qué no le preguntas cuántas veces besó a Grace mientras estábamos casados?

—Aún están casados —Lucie negaba con la cabeza—, y... no te creo.

—Entonces estás llamándome mentirosa. Y quizá eso es lo que sí nos separa. Lo mismo que nos separa a James y a mí. Tiene un nombre: Grace Blackthorn.

—No sabía que mi colaboración con ella fuera a herirte tanto —repuso Lucie—. Y dudo que James lo supiera. Nunca dejaste ver que tuvieras sentimientos por él. Eres... eres tan orgullosa, Cordelia.

Cordelia alzó la barbilla.

—Quizá sí. ¿Qué importa? Después de todo, no vamos a ser *parabatai*, así que no necesitamos conocer los secretos de la otra. Eso no está en nuestro futuro.

Lucie retuvo el aliento.

—Eso no lo sabes. ¿O me estás diciendo que no quieres ser mi *parabatai*, aunque consiguieras romper el nexo con Lilith?

—Pero, Lucie —dijo Cordelia desesperada—, es como si no vivieras en el mundo real. Vives en un mundo de cuentos. La bella Cordelia, que puede hacer cualquier cosa que quiera. Pero en el mundo real, no conseguimos todo lo que queremos. Quizá... ni siquiera debamos.

En ese momento, Cordelia vio cómo se le rompía el corazón a Lucie. Su rostro se descompuso, y se dio media vuelta, como si pudiera esconder su reacción de Cordelia, pero se le veía en los hombros, que le temblaban y en los brazos, con los que se abrazaba a sí misma como si pudiera consolarse.

—Luce. —A Cordelia le tembló la voz—. Yo no quería...

Pero Lucie corrió a la ventana. La abrió y prácticamente se lanzó fuera. Cordelia la llamó y se puso de pie, apresurándose para seguirla: Lucie no debería escalar por tejados helados en ese estado. Pero cuando llegó a la ventana, lo único que vio en el exterior fue la oscuridad y la nieve formando remolinos.

Lucie lloró tanto de regreso al Instituto que cuando finalmente se coló dentro y subió a su habitación, descubrió que tenía mechones de cabello congelados sobre las mejillas con regueros cristalinos de sal.

Se limpió lo mejor que pudo, puesto el camisón y sentado en su escritorio. Ya no le quedaban lágrimas; solo sentía un espantoso vacío, una terrible añoranza de Cordelia y el reconocimiento de su propia culpa. Ocultó su relación, amistad o lo que fuera, con Grace; ocultó la existencia de Jesse.

Pero... Cordelia también ocultó cosas. Para empezar, sus sentimientos por James, algo que normalmente no sería asunto de Lucie, pero que en ese ese momento, ella sentía que sí lo era. Quería a su hermano. Cada vez que Cordelia se alejaba de él y, así, lo dañaba, Lucie quería levantarse y gritar.

En el pasado, habría volcado sus sentimientos en el papel, pero desde el regreso de Jesse no había sido capaz de escribir una palabra. Y en ese momento era peor: seguía oyendo la voz de Cordelia en su cabeza: «Es como si no vivieras en el mundo real. Vives en un mundo de cuentos». Como si eso fuera algo malo.

Apoyó la espalda en el respaldo de la silla.

—No sé qué hacer —dijo en alto, a nadie—. Es que no lo sé.

—Podrías obligar a los muertos a resolver tus problemas —dijo una voz familiar e insolente. Jessamine, el fantasma residente del Instituto, estaba sentada sobre el ropero de Lucie, con sus largas faldas extendiéndose en distintos grados de trasparencia—. Es lo que haces siempre, ¿no?

Lucie suspiró.

—Ya te pedí perdón, Jessamine. —Era cierto. Cuando Lucie entró en su habitación tras regresar de Cornualles, le ofreció una extensa y sincera disculpa por haber controlado a los muertos contra su voluntad. Hubo muchos ruidos de roces, y ella estaba segura de que Jessamine la escuchó.

Jessamine cruzó los transparentes brazos.

—Tu poder es demasiado peligroso, Lucie. Incluso en manos de alguien sensato, causaría problemas, y tú eres la persona menos sensata que conozco.

—Entonces te alegrará saber que no tengo intención de volver a usarlo.

—No es suficiente —Jessamine negó con la cabeza—. Una cosa es tener la intención de no volver a usar más tu poder, pero ahí está el problema con el poder, ¿no? Siempre hay un motivo para hacer una excepción, solo por esta vez. No, tienes que deshacerte de él.

Lucie abrió la boca para protestar, pero la cerró otra vez sin haber hablado. «Probablemente —pensó Lucie con una sensación incómoda—, Jessamine tenía razón».

—No sabría cómo hacerlo —dijo honestamente.

Jessamine alzó la barbilla y se dispuso a hacer una teatral salida a través de la pared.

—Espera —llamó Lucie—. Si yo te dijera: «Se despiertan», ¿tendría algún sentido para ti?

—Pues claro que no —resopló Jessamine—. ¿Qué sé yo sobre gente despertándose? ¿Qué tipo de estúpida pregunta es esa?

Lucie apagó su luz mágica, se puso de pie y se inclinó para agarrar la bata.

—Ya me harté de esto —dijo—. Me voy a ver a Jesse.

—¡No puedes! —Escandalizada, Jessamine siguió a Lucie fuera de la habitación y por el pasillo—. ¡Esto es vergonzoso! —gritó, mientras daba volteretas cerca del techo—. ¡Una joven dama nunca debe visitar a un joven caballero en su recámara, a solas!

—Por lo que cuentan mis padres —soltó Lucie, molesta—, tú te escapabas continuamente para ver a un caballero soltero cuando tú aún no estabas casada, por la noche. Y resultó ser mi malvado tío. Cosa que no va a pasar con Jesse.

Jessamine ahogó un gritito. Y luego otro cuando la puerta de Jesse se abrió y él salió al pasillo, aparentemente alertado por el alboroto. Solo llevaba los pantalones y una camisa arremangada, que dejaba al descubierto una buena parte de sus admirables antebrazos.

—Eras un fantasma —dijo Jessamine, con voz algo sorprendida, aunque Lucie estaba segura de que ya estaba al tanto del regreso de Jesse. Aun así, debía de ser muy raro para Jessamine verlo allí de pie, delante de ella, tan vivo.

—La gente cambia —replicó Jesse, comedido.

Jessamine, que se dio cuenta de que Lucie estaba dispuesta a seguir con su escandaloso plan de entrar en la habitación de Jesse, soltó un grito y desapareció.

Jesse seguía manteniendo la puerta abierta; Lucie pasó bajo su brazo e inmediatamente se dio cuenta de que no había estado allí dentro, no desde que Jesse había elegido la habitación, delante de ella y toda la familia.

Seguía vacía, ya que no hubo mucho tiempo para decorarla; era una habitación estándar del Instituto, con un ropero, un escritorio, una estantería y una cama con dosel. Pero había algunos rastros de Jesse. El saco que llevaba en la cena, colgado sobre el respaldo de una silla. Los libros en la mesa de noche. La espada Blackthorn, que recuperó del Santuario, apoyada contra la pared. El peine dorado de Lucie que él robó la noche de la fiesta de Anna, que parecía ya tan lejana, tenía un lugar de honor encima del vestidor.

Ella se sentó en la cama, mientras él fue a poner seguro a la puerta. Claro que lo hizo, pues siempre parecía notar cuándo Lucie necesitaba estar sola, o sola con él, para sentirse a salvo.

—¿Qué pasa? —le preguntó, volteando hacia ella.

—Tuve una pelea horrible con Cordelia.

Jesse permaneció callado. Ella se preguntó si, comparado con todo lo demás, su problema parecía una tontería. Él se quedó junto a la puerta, claramente nervioso; Lucie supuso que era la primera vez que iban a estar solos en su habitación, y ella ni le había avisado.

Esperaba que cuando regresaran al Instituto y vivieran juntos allí, estuvieran los dos todo el rato entrando y saliendo de la habitación del otro. Pero Jesse fue implacable y escrupulosamente educado, despidiéndola cada noche y no yendo nunca a llamar a su puerta. Lo vio más veces de noche cuando era un fantasma.

Se sentó muy erguida, dándose cuenta, también, de que llevaba solo una bata de batista blanca, con un camisón trasparente de encaje. Las mangas de la bata eran amplias y tendían a resbalársele por los hombros. Miró a Jesse.

—¿Te estoy incomodando?

Él exhaló.

—Me alegra que estés aquí. Y estás... —Su mirada se posó en ella. El calor se extendió por el pecho de la joven—. Pero no dejo de pensar en...

—¿Sí?

—En tus padres —dijo, disculpándose—. No me gustaría que pensaran que me estoy aprovechando de su hospitalidad. Su extrema amabilidad.

Por supuesto. Su amable, atenta y fastidiosa familia. Se dio cuenta de cómo Jesse brillaba bajo la atención de Will y Tessa, sintiéndose más libre para ser él mismo. Jesse nunca tuvo una familia donde la gente se apreciara y se quisiera; ahora que estaba en un entorno así, le paralizaba el miedo de estropearlo. Y a pesar de que ella sabía que esto era bueno para Jesse, también significaba que él haría todo lo posible para demostrarle a Will, incluso cuando este no estaba delante, que sus atenciones con Luce eran honorables. Algo que ella no quería que fuera así del todo.

—Cuando tenían nuestra edad —le explicó ella—, mis padres hicieron las cosas más escandalosas que te puedas imaginar. Créeme si te digo que no te rechazarán sin más si se enteran de que vine buscando tu comprensión y me senté en el borde de tu cama.

Él seguía preocupado. Lucie se enrolló un mechón de cabello en el dedo y lo miró aleteando las pestañas. Inclinándose ligeramente hacia un lado, dejó que una de las mangas se le deslizara por el hombro.

Jesse hizo una especie de ruido incoherente. Un momento después, se sentaba en la cama al lado de ella, aunque no demasiado cerca. Aun así, era una pequeña victoria.

—Luce —dijo. Su voz era cálida, intensa y amable—. ¿Qué te pasó con Cordelia?

Se lo contó rápidamente: desde la visita a Cordelia hasta su silencioso regreso a casa en un carruaje de alquiler tras estar a punto de caerse desde el tejado de los Carstairs.

—Es como si nunca hubiera querido ser mi *parabatai* —añadió Lucie—. Para mí no hay nada más importante en el mundo y ella... se empeña en tirarlo todo por la borda.

—Puede que le resulte más fácil —opinó Jesse— comportarse como si quisiera descartar esa idea que reconocer que es algo que le arrebataron en contra de su voluntad.

—Pero si lo deseara... si quisiera ser mi *parabatai*...

—No puede, Lucie. Mientras sea la paladina de Lilith, no puede ser tu *parabatai*. De modo que, al igual que tú, siente la pérdida de ese vínculo, pero a diferencia de ti, sabe que es culpa suya.

—Si le importara —insistió Lucie, sabiendo que estaba siendo testaruda—, lucharía por ello. Es como si estuviera diciendo que nunca fuimos especiales la una para la otra. Que éramos amigas normales. No como... como yo pensaba.

Jesse le apartó el cabello de la cara, con dedos amables. Cuidadosos.

—Mi Lucie —dijo, y soltó un suspiro—. Sabes que es la gente a la que más queremos la que más daño nos puede llegar a hacer.

—Sé que está molesta. —Lucie presionó la mejilla contra la mano de él. De alguna manera, se acercaron; ella estaba casi en su regazo—. Sé que siente que no le conté cosas, y es cierto. Pero ella también lo hizo. Es difícil de explicar, pero cuando alguien es tu *parabatai*, o casi, y te sientes distante de esa persona, es como si te arrancaran un trozo de corazón. —Se mordió el labio—. No quiero sonar dramática.

—No lo haces —repuso Jesse, y como hipnotizado, le recorrió con los dedos la mejilla hasta los labios. Le tocó la boca con la punta de los dedos y ella vio que se le oscurecían los ojos—. Así me siento yo cuando estoy lejos de ti.

Ella llevó la mano hacia la cinta que le mantenía cerrada la bata. Con los ojos fijos en él, tiró despacio de la cinta hasta que se deshizo, hasta que la bata le resbaló por los hombros y cayó sobre la cama, un remolino de encaje y satén. Se quedó solo con el camisón, sintió un escalofrío recorriéndole el cuerpo, y todos sus pensamientos concentrados en un murmullo silencioso: «Quiero olvidar. Llévatelo todo, todo el dolor, toda la pérdida».

Fue como si él la escuchara. Jesse le tomó la cara entre las manos y acercó la boca de ella a la suya, con cuidado, con reverencia, como si estuviera bebiendo de la Copa Mortal. Los labios de ambos se tocaron primero ligeramente, y luego, con presión creciente, él la besó una y otra vez, mientras la respiración se le aceleraba y el corazón se le desbocaba. Ella sentía el corazón de él, vivo y palpitante, contra su cuerpo, y hacía que quisiera sentir aún más.

Se olvidó de todo decoro. Abrió la boca para él y le recorrió el labio de abajo con la punta de la lengua, mientras se agarraba a la pechera de su camisa, con el cuerpo arqueado hacia él, hasta que se fundieron en uno solo. Hasta que estuvo segura de que ningún miedo a sus padres, ni ningún sentido del deber malentendido, iban a arrancarle a Jesse.

Se tumbó sobre las almohadas y él se puso encima de ella. La expresión de su rostro era sorprendida, hambrienta. Ella temblaba: no podía ni imaginar cómo sería ese torrente de sensaciones para él, que hasta hacía no mucho había sentido tan poco.

—¿Puedo tocarte? —murmuró ella.

Él cerró los ojos con fuerza.

—Sí. Por favor.

Ella le pasó las manos por los brazos y hombros, por la fibrosa longitud del torso. Notó su calor, febril bajo su contacto. Él tembló y le besó la garganta, haciéndola gemir como una heroína de novela. Lucie empezaba a entender por qué las heroínas de las novelas hacían las cosas que hacían. Todo merecía la pena por experiencias como esa.

—Mi turno —dijo él, deteniéndole las manos—. Déjame tocarte. Dime cuándo parar —le besó la comisura de la boca—, si quieres que lo haga.

Los dedos de él, largos, pálidos y sabios, le recorrieron el contorno del rostro, la boca, bajaron por el cuello, juguetearon alrededor de las clavículas, recorrieron la forma de los hombros desnudos. El verde de sus ojos se calentó hasta transformarse en negro. Trazó su cuerpo con las manos, las ligeras curvas de los pechos, la estrecha cintura, hasta que esas manos se aferraron a la tela que le cubría las caderas.

—Soñaba con esto —le dijo—, con poder tocarte. Tocarte de verdad. Siempre te sentía solo a medias... y me imaginaba cómo sería... me torturaba con eso...

—¿Es cómo lo imaginabas? —susurró Lucie.

—Creo que me rompería —contestó él, y se estiró sobre ella—, podrías romperme, Lucie. —Y aproximó su boca a la de ella, cálida y exigente. Le separó los labios con los suyos y los recorrió con la lengua, haciéndola arquearse hacia él desesperada por sentir el latido de su corazón aún más cerca.

—Oh, Dios —murmuró él en su boca, y ella pensó: «Claro, nunca aprendió a invocar al Ángel, como nosotros»—. Oh, Dios, Lucie. —Y ella quiso romperse en trocitos para que sus cuerpos encajaran a la perfección, romperse para recomponerse siendo uno solo.

Y entonces llegó la oscuridad. La misma oscuridad que ella ya había sentido, la sensación de perder el equilibrio, de caerse del mundo. Un descenso incontrolado, el vuelco en el estómago, la lucha por salir a la superficie en un mar completamente oscuro. A su alrededor, todo eran voces gimiendo desesperadas, sombras andrajosas acechándola, lloriqueando porque se perdieron, de algún modo exiliadas y desorientadas. Les robaron algo, algo precioso. A Lucie le pareció ver el resplandor de una forma familiar, pero retorcida hasta hacerse irreconocible...

—¡Lucie! ¡Lucie!

Se incorporó hasta quedarse sentada, jadeando, con el corazón desbocado. Estaba en la cama de Jesse y este estaba arrodillado sobre ella, con la cara blanca de miedo.

—Lucie, ¿qué pasó? Por favor, dime que no te hice daño...

—No —susurró ella—. No fuiste tú... nada de lo que hiciste...

—Tuve que serlo —insistió Jesse, con un repentino tono de desprecio hacia sí mismo—. Porque soy antinatura, porque estaba muerto...

Ella le tomó la mano. Sabía que probablemente estaba aplastándole los dedos, pero no podía evitarlo.

—No —repitió, con voz más fuerte—. Es algo que hay en mí. Puedo sentirlo. —Lo miró, ansiosa—. Cuando te beso, oigo... —Sacudió la cabeza—. Voces que gritan. Parecen contarme algo terrible, algo espantoso que pasa en un lugar lejano, quizá en otro mundo —le explicó, con los ojos ardiendo—. Algún lugar que está más allá de donde yo, o cualquiera, debería ser capaz de ver.

—Malcolm me dijo que caminaste entre las sombras cuando me resucitaste —dijo Jesse, suavemente—. Supongo que es posible que alguna de esas sombras siga aferrada a ti. Pero no puede ser solo cosa tuya. Yo viví demasiado tiempo cerca del límite de la muerte y tú siempre has podido cruzar esa frontera. Tiene que ser una combinación de los dos, de alguna forma. Algo amplificado cuando nos tocamos.

—Entonces tendré que hablar con Malcolm —decidió Lucie, que se sentía tremendamente cansada. Esperaba que esa parte de su vida quedara atrás: los tratos con brujos, las conversaciones desesperadas sobre Jesse, la sombra de la muerte tocando todo lo que ella hacía o era—. Puede que él sepa alguna forma de acabar con esto. —Alzó la cabeza con determinación—. Porque no pienso renunciar a ti. Ahora no.

—No. —Jesse le besó el cabello—. No creo que pudiera soportar perderte, Lucie Herondale. Creo que te seguiría, incluso aunque me pidieras que me fuera. Estoy vivo por ti, pero no solo porque me ordenaras vivir. Estoy vivo porque te tengo en mi vida.

A Lucie le ardían los ojos, pero las lágrimas parecían algo absurdo. Inútil. Así que besó a Jesse, rápidamente, en la mejilla, y le dejó ponerle la bata por encima mientras la abrazaba, antes de escabullirse por el pasillo.

Apenas recordaba haber vuelto a su habitación. Estaba casi oscura y un fuego débil ardía en la chimenea. Sin embargo, una tenue luz de luna que entraba por la ventana. Era suficiente. Se sentó en su escritorio, agarró la pluma y empezó a escribir.

14

NUNCA SIMPLE

La verdad rara vez es pura, y nunca simple.

OSCAR WILDE,
La importancia de llamarse Ernesto

Entre un interrogatorio y otro, Grace leyó las notas de Christopher.

En ellas, con una caligrafía apretada y cuidadosa, plasmó una mezcla de pensamientos y ecuaciones que resplandecían en las páginas sueltas como una lluvia de estrellas. Al leerlas, Grace sintió leer un libro en otro lenguaje, uno que hablaba de forma casi fluida. Había momentos en que se erguía en la silla, entusiasmada por su facilidad para comprender, y otros en los que se desesperaba al no entender nada.

El hermano Zachariah tuvo la amabilidad de traerle una libreta y una pluma, para que pudiera tomar notas. Se enfrascaba tanto que a menudo se sorprendía cuando era hora de salir de su celda e ir a las Estrellas Parlantes para que los Hermanos la interrogasen.

No había ninguna tortura o tormento. Solo las incesantes voces que murmuraban en su cabeza, forzándola a desenterrar recuerdos que llevaban mucho tiempo soterrados e ignorados. «¿Cuándo te llevó tu madre por primera vez al bosque? ¿Cuánto te diste cuenta de que estabas cumpliendo los mandatos de un demonio? ¿Por qué no te escapaste?»

Y desde que Tatiana había huido de la Ciudadela Irredenta, había sido peor. «¿Adónde crees que fue tu madre? ¿Sabes si tenía algún escondite? ¿Está con el demonio Belial?»

No había ninguna respuesta que Grace pudiera dar, salvo que ella no sabía nada, que su madre nunca la consideró merecedora de su confianza. Que deseaba más que nadie que agarraran a su madre y la castigaran, y la encerraran en algún lugar seguro donde no pudiera dañar a nadie.

Tras cada interrogatorio, que dejaba a Grace sin fuerzas, el hermano Zachariah la escoltaba de regreso a su celda. Se sentaba silenciosamente en una silla al otro lado de la puerta de barrotes, hasta que Grace dejaba de temblar, acurrucada en la cama. Cuando volvía a respirar con normalidad, él se iba dejándola sola, como ella prefería.

Sola, para pensar en ecuaciones mágicas y masas moleculares, en cálculos que traspasaban las leyes de la física, y gráficos que planeaba sobre su cama mientras se quedaba dormida, dibujados en líneas brillantes sobre los muros de piedra.

Estaba en su escritorio, peleando con un cálculo especialmente difícil, cuando el hermano Zachariah apareció en la puerta. Se movía silenciosamente por la Ciudad, pero en deferencia a ella, solía llamar a los barrotes para avisar que estaba allí y no sobresaltarla al hablarle.

«Grace, tienes visita».

Con el susto, casi dejó caer la pluma. Pasó una rápida revista mental a lo que llevaba puesto: un sencillo vestido marfil, el cabello recogido en una coleta baja con un listón. Presentable.

—¿Es Christopher? —preguntó.

Hubo un momento de pausa.

«Es tu hermano, Grace —dijo Zachariah—. Es Jesse. Vino desde el Instituto de Londres».

Grace se dio cuenta de que tenía frío, a pesar del chal.

«No puede ser —pensó—. Tuve mucho cuidado en no preguntar... Por Lucie, ni por..».

—¿Jesse? —Tomó aire y lo soltó—. Por favor... oh, por favor, tráelo aquí.

Zachariah dudó, luego se fue. Grace se puso de pie temblando. Durante mucho tiempo, Jesse solo fue real para ella. Y ahora estaba vivo, y era alguien que estuvo en el Instituto de Londres, que viajó desde allí hasta donde ella estaba.

La luz mágica se iba moviendo por las paredes, iluminando la celda. Un momento después, siguiendo la luz, llegó Jesse.

Grace se aferró al borde del escritorio para no caerse. Confió en que Lucie lo resucitara. Tuvo fe. Pero verlo así, igual que estaba el día antes de la fatídica ceremonia de las runas, joven, alto, sano y sonriente...

Lo observó mientras se acercaba a la puerta y ponía la antorcha de luz mágica en un soporte de la pared. Era el mismo, pero a la vez diferente; no recordaba la expresión curiosa de sus ojos, o el gesto irónico y pensativo de su boca.

Jesse metió la mano izquierda por los barrotes de la puerta. Una mano donde se veía una gran runa negra de visión.

—Grace —dijo—. Grace. Soy yo. Funcionó.

Grace Blackthorn no lloraba, o al menos, no lloraba de verdad. Esta fue una de las primeras lecciones que su madre le dio.

«El llanto de una mujer —le dijo— es una de las pocas fuentes de poder que tiene. No debes verterlas de cualquier manera, igual que un guerrero no debería tirar su espada a un río. Si vas a llorar, debes saber, desde el principio, para qué».

Así que cuando notó la sal en los labios, se sorprendió. Hacía tanto tiempo... Le tomó la mano a su hermano y se la apretó con fuerza, y cuando él le dijo que todo iba a salir bien, se permitió creerlo.

Ariadne no pudo evitar pensar en lo agradable que era subir los escalones del edificio de Anna, mientras sacaba la llave de Anna de su bolsa y entraba en el precioso y acogedor espacio que olía a cuero y rosas.

«No te acostumbres», recordó al entrar en el vestíbulo desde el frío exterior. Eso solo la llevaría a la locura. Sabía bien el peligro de permitirse caer en otra fantasía respecto a una vida con Anna. Después de todo, regresaba de buscar un departamento, y eso era lo mejor para ambas.

Encontrar un buen departamento en el centro de Londres estaba resultando más difícil que encontrar un demonio Naga escondido en una tubería de desagüe. Lo que se permitía era un horror, y lo que no era un horror no se lo permitía. Tenía la misma paga que cualquier otro cazador de sombras, pero mientras vivió con sus padres, se la entregó toda para los gastos de la casa; no tenía nada ahorrado.

En cuanto a los departamentos que se permitía si vendía sus joyas, eran todos horribles. Fue a ver uno que estaba en el almacén de una casa cuyo propietario anunció, tan tranquilo, que solía pasearse desnudo por el vestíbulo y no esperaba tener que llamar a la puerta o avisar. Estaba infestado de ratas, que eran, según le contó la casera, mascotas. Los otros que vio solo eran moho, llaves rotas y paredes descascaradas. Y lo peor, lo que los mundanos pensaban de una mujer de la edad y complexión de Ariadne que buscaba un departamento para ella sola, no era muy halagador, y la mayoría no tuvo reparos en dejarlo claro.

—Voy a tener que ir a Whitechapel —se dijo a sí misma mientras subía la escalera—. Daré con una banda de navajeros y me uniré a ellos para conseguir algo de dinero. Quizá se me de bien y me convierta en una brillante mente criminal.

Una sonrisa se pintó en su cara al tiempo que abría la puerta del departamento. Dentro, se encontró a Anna mirando el librero medio vacío, rodeada de libros sobre todas las superficies cercanas. Hacía equilibrios en una silla que se tambaleaba peligrosamente, y llevaba una amplia camisa blanca y un chaleco de seda con botones dorados.

—Los estoy ordenando por colores —dijo, señalando los libros—, ¿qué te parece, querida?

—¿Cómo los encontrarás? —preguntó Ariadne, sabiendo que el casual «querida» era algo que Anna usaba con todo el mundo—. ¿O es que recuerdas el color de todos tus libros?

—Pues claro —contestó Anna, saltando al suelo desde la silla. Llevaba el cabello fijado hacia atrás y los pantalones de raya diplomática se le ajustaban a las caderas: claramente fueron hechos a medida para sus ligeras curvas. Ariadne suspiró para sí—. ¿No lo hace todo el mundo? —añadió Anna, y miró a Ariadne con más atención—. ¿Qué pasa? ¿Cómo va la búsqueda de departamento?

Una parte de Ariadne quería contarle todos sus problemas a Anna. Al menos, reirían juntas del casero nudista de Holborn. Pero prometió que dejaría el departamento de Anna lo antes posible; seguro que esta deseaba recuperar su privacidad.

—Me fue muy bien —mintió, mientras iba a colgar su abrigo. «¿No puedo quedarme aquí?», se dijo para sí—. Encontré un sitio pequeño muy mono en Pimlico.

—¡Qué bien! —Anna colocó un libro verde con un sonoro golpe que sobresaltó a Ariadne—. ¿Cuándo te dejan entrar?

—Ah —contestó Ariadne—, a principios de mes. Año nuevo, vida nueva, como se dice.

—¿Se dice eso? —preguntó Anna—. Bueno, ¿cómo es?

—Está muy bien —respondió Ariadne, consciente de que se estaba metiendo en un problema, pero incapaz de parar—. Es luminoso, aireado y tiene aplicaciones decorativas. —Así que no solo tenía que encontrar un departamento en Pimlico en los próximos diez días, sino que tenía que ser «luminoso» y «aireado». Con «aplicaciones decorativas». Ni siquiera estaba segura de qué eran las aplicaciones—. A *Winston* le va a encantar.

—¡*Winston*! —repitió Anna—. ¿Por qué no lo trajimos cuando fuimos a casa de tus padres?

Ariadne suspiró.

—Lo intenté, pero no tuve oportunidad. Me siento fatal. Como si lo hubiera abandonado. No lo va a entender.

—Bueno, es tuyo —repuso Anna—. *Winston* fue un regalo, ¿no? Tienes todo el derecho a recuperar a ese loro.

Ariadne suspiró de nuevo y se sentó en el sofá.

—La carta de mis padres decía que cambiaron la cerradura. No puedo ni entrar. Al menos a madre le cae bien *Winston*. Lo cuidará bien.

—Eso es muy injusto para *Winston*. Te extrañará. Los loros se sienten muy unidos a sus dueños, y escuché que pueden vivir más de cien años.

Ariadne alzó una ceja.

—No sabía que fueras tan defensora de los sentimientos de los pájaros.

—Los loros son muy sensibles —insistió Anna—. No todo se reduce a piratas y galletas. Sé que esta tarde quedamos con el resto en Chiswick, pero resulta que también sé que tus padres estarán en casa de la Cónsul esta noche. Lo que nos da una oportunidad perfecta para liberar a *Winston* y que se una a ti en tu nueva vida.

—¿Se te acaba de ocurrir la idea ahora mismo? —preguntó Ariadne, asombrada.

—Qué va —contestó Anna, soplando el polvo un volumen de poesía de Byron—. Le he dedicado dos o tres horas en los últimos días. Y tengo un plan.

—Al principio no querían dejarme verte —dijo Jesse, sonriendo. Arrimó la silla del pasillo a la puerta de la celda cuanto pudo, y Grace arrastró la silla de su escritorio hasta el otro lado. Estaba sentada agarrándole la mano a su hermano mientras este le contaba todo lo que había pasado desde que salió de Londres con Lucie y Malcolm, hasta ese mismo momento. Mientras hablaba, ella se maravillaba de lo normal y vivo que estaba—. Pero me negué a que me colocaran los hechizos de protección a menos que me dejaran verte. No tendría ningún sentido venir a la Ciudad Silenciosa y no verte, ¿no?

—A veces me pregunto si hay algo que tenga sentido —contestó Grace—. Pero... estoy muy contenta de verte. Y también de que Lucie hiciera lo que hizo.

—Le daré las gracias de tu parte. —Sonrió al pensar en Lucie, la misma sonrisa embobada que Grace vio tantas veces en sus propios pretendientes. Tuvo que reprimir una pequeña punzada de inquietud. Su madre le dijo demasiadas veces que si Jesse se enamoraba, no tendría tiempo para su madre y su hermana. Pero su madre se equivocó en muchas cosas. Además, tampoco podía dar marcha atrás al reloj y deshacer lo que el chico sentía. Y parecía feliz. No le quitaría eso aunque pudiera.

—¿Y ambos están seguros? —preguntó Grace—. ¿La Clave no sospecha de Lucie... de nada?

—Grace —respondió Jesse—, no te preocupes.

Pero no podía evitarlo. Era poco probable que la Clave entendiera, o se preocupara por entender, la diferencia entre nigromancia y lo que Lucie hizo. Jesse fingiría ser un lejano primo Blackthorn, y ella tendría que fingirlo también, de momento. Quizá para siempre. Aun así, valía la pena.

—Ayer por la noche —la informó Jesse—, atraparon a madre. La encontraron en Bodmin Moor. Supongo que Belial se cansó de ella y la abandonó. —Se le curvaron los labios—. Era de esperar. Mira que confiar en un demonio...

—¿La atraparon? —preguntó Grace, tan aturdida que le costaba hablar—. Entonces, ¿la llevarán a Idris? ¿La someterán a la Espada Mortal?

Jesse asintió.

—Sabes lo que eso significa, ¿no? No tienes que quedarte aquí, Gracie. Fuiste muy valiente entregándote a los Hermanos Silenciosos, para ver si madre te hizo lo mismo que a mí, pero supongo que a estas alturas ya lo sabrían si fuera así. Y seguro que aquí te sientes a salvo —añadió, bajando la voz—, pero si regresas conmigo al Instituto...

—Pero ahora eres Jeremy Blackthorn —apuntó Grace, con la cabeza dándole vueltas—. Se supone que ni siquiera me conoces.

—Dentro de los muros del Instituto, sigo siendo Jesse —aclaró él—, sigo siendo tu hermano. Y yo quiero que estés conmigo. Allí estarás a salvo...

—Todos hablarán de mí —sentenció Grace—. La hija de Tatiana. Todo el Enclave me mirará.

—No puedes pasarte el resto de tu vida en la Ciudad Silenciosa solo porque te preocupen las habladurías —replicó Jesse—. Sé que madre te obligó a hacer cosas de las que te avergüenzas, pero la gente entenderá...

Grace sintió que el corazón le latía con fuerza en el estómago. La cabeza se le llenó de un tortuoso horror ardiente. Ir al Instituto... Ver a James todos los días, James, que la miró como si ella fuera el monstruo más horrible... James, al cual engañó de la forma más terrible. Y estaban Cordelia, Charles, Matthew... Y Lucie...

Quizá aún no supieran la verdad. Parecía que James había guardado el secreto. Pero pronto la sabrían.

—No puedo —dijo Grace—. Tengo que quedarme aquí.

—Grace, yo también llevo las marcas de las cosas terribles que nuestra madre me obligó a hacer. Literalmente. Pero es la familia de Lucie. Lo entenderán...

—No —negó Grace—, no lo entenderán.

Los inteligentes ojos verdes de Jesse se entrecerraron.

—¿Es que los Hermanos Silenciosos encontraron algo? —preguntó despacio—. ¿Te hizo ella algo...?

Grace dudó. A él no mentiría. No le ocultaría la verdad. Además, Jesse era la persona más importante de su vida. Tenía que saber quién era ella realmente. Por completo. Si él no entendía, no solo lo que sufrió, sino también lo que hizo, nunca la conocería realmente.

—Es peor que eso —dijo.

Y se lo contó. Todo, sin ahorrarse detalles, desde el bosque hasta el brazalete, pasando por Charles y la petición de James de que la arrestaran. Solo se guardó una cosa: la última petición de su madre, que pretendía que usara su poder para seducir también a Jesse y así atarlo a la voluntad de Belial.

Mientras Grace hablaba, Jesse fue echándose hacia atrás en la silla, retirando su mano de las de ella. Temblando, la chica apretó los puños en el regazo, hasta que su voz finalmente se detuvo. Lo contó todo. Se sentía como si se hubiera cortado las venas ante su hermano, y de ellas saliera veneno en vez de sangre.

—Tú —dijo Jesse, y se aclaró la garganta. Ella vio que estaba temblando, a pesar de que se metió las manos en los bolsillos del abrigo—. ¿Tú le hiciste todo eso a James? ¿Y a los otros también? Matthew y Charles y... Christopher.

—A Christopher, no —dijo Grace—. Nunca usé mi poder contra él.

—Ya. —Había una frialdad en la voz de Jesse que ella no había oído nunca—. Lucie dice que te hiciste amiga de él; no veo cómo iba a pasar eso sin usar tu poder. ¿Cómo pudiste, Grace? ¿Cómo pudiste hacer todo eso?

—¿Cómo iba a no hacerlo? —murmuró ella—. Madre me dijo que yo tenía un gran don. Dijo que yo era un arma en sus manos, que si me limitaba a hacer lo que me dijera, juntas podríamos recuperarte...

—No me uses de excusa —masculló Jesse.

—Creía que no tenía otra opción.

—Pero sí la tenías —replicó él—. Sí tenías otra opción.

—Eso lo sé ahora. —Intentó mirarlo a los ojos, pero él apartó la mirada—. No fui lo suficientemente fuerte. Ahora estoy intentando serlo. Por eso estoy aquí. Y por eso no me iré. Le conté la verdad a James...

—Pero no se la contaste a los demás. Lucie no sabe nada. Y Cordelia... los problemas que causaste en su matrimonio, Grace...

«¿James no se lo contó?», pensó Grace, sorprendida, pero apenas fue capaz de notarlo. Estaba entumecida, como si le amputaran un miembro y estuviera aún con la conmoción de la herida.

—No puedo decírselo a nadie —explicó ella—. No tendría que habértelo contado a ti. Es un secreto. Los Hermanos Silenciosos quieren mantenerlo oculto, y así usar la información para engañar a nuestra madre con lo que saben...

—No te creo —replicó Jesse, con voz plana—. Estás intentando que forme parte de tu engaño. No voy a consentirlo.

Grace movió la cabeza, cansada.

—Pregúntaselo a James —dijo—. Te dirá lo mismo que yo. Habla con él antes que con los demás... él tiene derecho a...

Jesse se levantó, volcando la silla, que retumbó contra el suelo de piedra.

—Eres la última persona —le espetó—, que me puede dar lecciones sobre los derechos de James. —Agarró la luz mágica de la pared. Los ojos le brillaban iluminados por su resplandor, ¿eran lágrimas?—. Tengo que irme —dijo—, voy a vomitar.

Y sin más palabras, se fue, llevándose consigo la luz.

* * *

Thomas preferiría ir a Chiswick House que ayudar a Christopher en la biblioteca del Instituto, a pesar de lo mucho que lo apreciaba. Sentía una gran curiosidad por el lugar abandonado que una vez perteneció a su familia, además, tenía la sensación de que James y Matthew necesitaban su apoyo emocional más que Christopher, que parecía tan optimista como siempre. Aunque a veces se preguntaba si les daba el apoyo emocional silencioso y efectivo que pretendía, o si se estaba limitando a mirar fijamente a sus amigos de una manera extraña que luego probablemente comentarían cuando él no estuviera delante.

Al final, el factor decisivo fue, como era de esperar, Alastair. Este acudió a Christopher tras la reunión en la Taberna del Diablo.

—Si quieres, te ayudo con la investigación en la biblioteca —le dijo, enarcando las cejas.

—Lees persa, ¿verdad? —fue todo lo que le dijo.

—Y sánscrito —contestó Alastair—. Urdu, algo de malayo, tamil, griego y un poco de copto. Por si nos sirve.

Christopher lo miró como si alguien le hubiera dado una caja de gatitos con un moño.

—Maravilloso —exclamó—, nos vemos mañana por la mañana en la biblioteca. —Su mirada se desvió hacia Thomas, que intentaba mantener una expresión impasible—. Thomas, ¿tú aún te apuntas conmigo?

Y entonces, Thomas no pudo hacer otra cosa que asentir; una cosa era decepcionar a Christopher, y otra diferente que pareciera que cambió de idea sobre ayudarlo en la biblioteca simplemente porque Alastair iba a estar también allí.

Thomas no era el tipo de persona que normalmente prestara mucha atención a su ropa. Con que no fuera rara, ni tuviera agujeros o quemaduras, le servía. Y, sin embargo, aquella mañana se cambió de saco al menos seis veces antes de decidirse por uno verde oliva que le hacía juego con el color de los ojos. Se peinó el cabello castaño de cuatro o cinco formas distintas antes de bajar a la sala de desayuno, donde se encontró con Eugenia, sola, untando un pan tostado con mantequilla.

Ella lo miró.

—¿Vas a salir con eso? —preguntó.

Thomas la miró horrorizado.

—¿Qué?

Ella se rio.

—Nada. Te ves apuesto, Tom. Anda, diviértete con Alastair y Christopher.

—Eres un bicho —le dijo—. Un bicho del abismo.

De camino al Instituto, Thomas se dedicó a pensar las diversas contestaciones que le podría haber dado a Eugenia si se le hubieran ocurrido a tiempo. Cuando llegó, subió los peldaños de dos en dos y se encaminó hacia la biblioteca. Enseguida se dio cuenta de que fue el último en llegar; mientras se dirigía a la parte central de la librería, con sus recias mesas de estudio de roble, vio a Christopher bajo las estanterías, donde colocó una pila de libros de forma que le sirvieran de taburete para poder llegar al estante de arriba. Volteó cuando oyó los pasos de Thomas, y a punto estuvo de caerse de la pila de libros, pero se salvó agitando heroicamente los brazos y saltó al suelo para saludarlo.

Alastair estaba un poco más lejos, sentado en una de las mesas, con la luz de la lámpara verde y un buen montón de volúmenes encuadernados en cuero a su lado. Christopher condujo a Thomas hacia él.

—Lightwood —dijo Alastair, saludando a Christopher, y luego a Thomas —, otro Lightwood.

—Bueno, esto va a ser un poco desastroso —repuso Christopher, mientras Thomas maldecía interiormente por ser denominado «Otro Lightwood»—. Pero da igual. Estamos aquí para investigar sobre los paladines.

—Y más concretamente —añadió Alastair—, para ayudar a mi hermana a dejar de ser uno. —Suspiró—. Ya revisé estos —dijo, señalando la pila de libros sobre la mesa, una mezcla de volúmenes en lenguajes familiares para Thomas: griego, latín, español, inglés antiguo, y otros muchos que desconocía.

—Eres más valiente que yo —lo alabó Christopher. Y al ver la expresión desconcertada de Thomas, añadió—: *Libro de los Hechos*. Los cazadores de sombras solían registrar en sus archivos peleas destacadas contra los demonios. De forma extensiva.

—O, más a menudo —añadió Alastair—, peleas contra demonios muy aburridas y completamente normales en las que participaron personas notables. Directores de Institutos, ese tipo de cosas. Y, hace mucho, paladines.

—¿Qué encontraste? —preguntó Christopher.

—Un montón de cosas que no nos interesan —respondió Alastair, enérgico—. Todos los paladines que encontré siguen siendo paladines hasta que se mueren en sus camas.

—No esperaba que los paladines cazadores de sombras quisieran dejar de ser paladines —comentó Thomas.

Alastair hizo una mueca.

—No es solo eso. ¿Crees que si un cazador de sombras dejara de ser paladín de un ángel, y el ángel no lo fulminara, seguiría siendo cazador de sombras? Seguro que la Clave le quitaba las Marcas y lo exiliaba.

—Porque un paladín cazador de sombras está unido a un ángel —replicó Thomas—, así que esos votos son sagrados. Dejar de estar al servicio de un ángel sería impío. —Alastair asintió—. Pero ¿y si violan sus votos? ¿Y si hacen algo que provoca que sea el ángel el que quiera romper la conexión con ellos?

—¿Adónde quieres llegar? —Alastair lo miró, con los ojos llenos de curiosidad. Eran de un oscuro aterciopelado, un tono más suave que el negro. Por un momento Thomas olvidó lo que iba a decir, hasta que Christopher le dio un ligero codazo en las costillas.

—Quiero decir —siguió Thomas—, que si eres el paladín de un ángel, pero haces algo terrible, o cometes pecados horribles, puede que el ángel te rechace. Por tanto, ¿y si Cordelia hace un montón de buenas obras? Muy buenas, me refiero. Alimentar a los enfermos, vestir a los necesitados... lavar los pies de los mendigos. Veo por sus caras que no les parece muy buena idea, pero creo que deberíamos tenerla en consideración.

—Cordelia ya hace buenas obras y cosas amables —replicó Alastair, a la defensiva—. Bueno —añadió—, excluyendo la última semana, supongo.

Christopher pareció alarmado, una expresión que Thomas sospechó que también reflejaba su propio rostro.

—Vamos, ¿qué pasa? —masculló Alastair—. ¿Vamos a fingir que Cordelia no huyó a París con Matthew porque James la hacía sufrir, persiguiendo siempre a esa vacua Grace Blackthorn? Y ahora que están de regreso, todos parecen destrozados. Qué embrollo tan desastroso.

—No es culpa de James —defendió Thomas con ardor—. Él y Cordelia tenían un acuerdo... Ella sabía...

—No tengo por qué escuchar esto —interrumpió Alastair airado. En secreto, a Thomas siempre le encantó la expresión enfadada de Alastair, con los ojos oscuros furiosos y el gesto duro de su boca suave. Pero en ese momento, quería contestar, defender a James y, a la vez, no dejaba de entender lo que Alastair sentía. Eugenia podía ser un bicho que comía pan tostado, pero Thomas tenía que admitir que no sentiría ninguna simpatía por un hombre que se casara con ella y luego se dedicara a languidecer por otras.

Pero Thomas no tuvo la oportunidad de decir nada de esto, por supuesto, porque Alastair agarró un volumen de la mesa y se dirigía a la privacidad entre las estanterías.

Thomas y Christopher se miraron con expresión sombría.

—Supongo que tiene algo de razón —dijo Christopher—. Es un desastre.

—¿Te enteraste de algo cuando hablaste con James la otra noche? —preguntó Thomas—. Sobre Grace o...

Christopher se sentó en la mesa que Alastair dejó libre.

—Grace —dijo, con una voz extraña—. Si James la amó en algún momento, ya no. Ama a Cordelia, y creo que, para él, no estar con ella sería como para mí tener que renunciar a la ciencia y al estudio. —Miró a Thomas—. ¿Y tú qué averiguaste de Matthew?

—Desgraciadamente, él también ama a Cordelia —informó Thomas—. Y también es desgraciado, igual que James; en parte por el propio James. Lo extraña, y siente que lo engañó, y al mismo tiempo se siente engañado por él, piensa que si James le hubiera contado que quería a Cordelia, él nunca se hubiera permitido enamorarse de ella. Y ahora es demasiado tarde.

—Me pregunto —dijo Christopher— si Matthew ama realmente a Cordelia.

—Yo creo que para él, Cordelia es una especie de absolución —expuso Thomas—, cree que todo se arreglaría en su vida si ella lo amara.

—No considero que el amor funcione así —repuso Christopher con una mueca—, creo que hay gente que hace buena pareja, y gente que no. Grace y James no la hacían. James y Cordelia son mucho mejor pareja. —Alzó un pesado *Libro de los Hechos* y lo sostuvo en alto para examinar el desgastado lomo dorado.

—Supongo que nunca lo pensé —dijo Thomas— si James y Grace hacían buena pareja o no. Apenas la conozco, a decir verdad.

—Bueno, su madre la tuvo silenciada todos estos años como Rapunzel en la torre —explicó Christopher—. Pero a pesar de eso, tiene una mente científica muy buena.

—¿En serio? —preguntó Thomas, enarcando una ceja.

—Pues sí. Hemos tenido conversaciones muy interesantes sobre mi trabajo en los mensajes de fuego. Y comparte mi punto de vista sobre el polvo de polilla activado.

—Christopher —preguntó Thomas—, ¿cómo sabes tantas cosas sobre Grace?

Los ojos del chico se agrandaron.

—Soy observador —contestó—. Soy un científico. Observamos. —Dirigió la mirada hacia el libro que tenía en la mano—. Este no sirve. Tengo que devolverlo a la estantería de donde lo saqué.

Y con este pronunciamiento inusualmente formal, se alejó de la mesa y desapareció entre las sombras del ala oriental de la biblioteca.

Thomas se dirigió hacia el otro extremo de la biblioteca, donde Alastair se perdió entre las sombras que creaban las lámparas de luz blanca colocadas a intervalos sobre las mesas. Las curvas vidrieras de las ventanas proyectaban diamantes de escarlata y oro a los pies de Thomas, cuando torció una esquina y se encontró a Alastair sentado en el suelo, con la cabeza apoyada en la pared y un libro entre las manos.

Se sorprendió al ver a Thomas, pero no hizo ningún movimiento para apartarse cuando Thomas se sentó a su lado. Durante un momento se dedicaron a estar sentados juntos, mirando el ángel pintado en el muro de la biblioteca.

—Lo siento —se disculpó Thomas, finalmente—. Lo que haya entre James y Cordelia... No tenía que decir nada. James es amigo mío desde hace mucho tiempo, pero nunca entendí su interés por Grace. Ninguno de nosotros lo entendió nunca.

Alastair volteó a mirar a Thomas. Le había crecido el cabello desde su llegada a Londres; le caía sobre los ojos, suave y oscuro como una nube de humo. El deseo de tocarle el cabello, de sostener esos mechones entre los dedos, era tan fuerte que Thomas apretó los puños.

—Estoy seguro de que dirían lo mismo de ti y de mí —dijo Alastair—, si lo supieran.

Thomas solo pudo tartamudear.

—¿De ti... y de mí?

—Parece que Grace es un misterio para los Alegres Compañeros —se explicó Alastair—, pero a mí me conocen y me desprecian. Solo digo que, sin duda, encontrarían igual de chocante que tú y yo hubiéramos...

Thomas no pudo más. Agarró a Alastair por el cuello de la camisa y lo atrajo hacia sí para besarlo. Quedó claro que Alastair no se lo esperaba; se le cayó el libro que sujetaba, y puso una mano insegura en el brazo de Thomas para no perder el equilibrio.

Pero no se apartó. Se inclinó más hacia ese beso, y Thomas aflojó los puños y dejó que sus manos se perdieran en el cabello de Alastair, que parecía seda áspera entre sus dedos. Sintió un alivio exquisito; había deseado eso durante mucho tiempo y lo que pasó entre ellos en el Santuario solo incrementó ese deseo; y luego el alivio se fundió en calor, atravesándole las venas como fuego líquido. Alastair lo besaba con fuerza, cada beso le abría un poco más la boca, sus lenguas se entrelazaban en una danza oscilante. Entre beso y beso, Alastair murmuraba suaves palabras en persa.

—*Ey pesar* —murmuró—, *nik ze hadd mibebari kar-e jamal.* —Pasó la lengua por el labio inferior de Thomas; este tembló, pegado a él, quedándose sin aliento con cada beso, con cada movimiento del cuerpo de Alastair—. *Ba conin hosn ze tos abr konam?*

Y entonces, igual de repentino que comenzó, se detuvo. Alastair se apartó, con la mano aún en el brazo de Thomas, y el rostro enrojecido.

—Thomas —dijo con un suspiró—. No puedo hacer esto.

Thomas cerró los ojos.

—¿Por qué no?

—La situación no ha cambiado —contestó Alastair, con una voz más parecida a su tono habitual, y Thomas sintió que el hechizo se había roto, disipado como si nunca hubiera existido—. Tus amigos me odian. Y es lógico que lo hagan...

—Se lo conté a Matthew —dijo Thomas.

Alastair abrió los ojos de par en par.

—¿Que hiciste qué?

—Se lo conté a Matthew —repitió Thomas—. Lo mío. Y que yo... que nosotros... que me gustabas. —Se aclaró la garganta—. Él ya sabía lo tuyo con Charles.

—Bueno, Charles es su hermano —repuso Alastair con una voz extrañamente mecánica—. Y el propio Matthew es... diferente. Pero tus otros amigos...

—A Christopher no le importará. Y en cuanto a James, está casado con tu hermana. Alastair, ya eres parte de nosotros, parte de nuestro grupo, te guste o no. No puedes usar a mis amigos como excusa.

—No es una excusa. —Alastair seguía sujetado al saco de Thomas, inclinado hacia él. Thomas percibía su olor a humo, especias y cuero. El deseo ardía en su interior como si se hubiera tragado un carbón, pero sabía que daba igual. Alastair negaba con la cabeza—. Aprendí, con Charles, que las cosas no se pueden basar en momentos robados. Pero tampoco podemos herir a los demás persiguiendo ciegamente lo que deseamos...

—Entonces me deseas —estableció Thomas, y sintió una especie de alegría amarga.

Los ojos de Alastair se oscurecieron.

—No sé ni cómo lo preguntas...

Se escuchó un golpe; ambos alzaron la mirada y vieron a Christopher, cargado con un gran montón de libros, uno de los cuales se acababa de caer al suelo. Parecía encantado de verlos, como si fuera muy normal que estuvieran sentados en el suelo, con Alastair agarrando de la manga a Thomas.

—Ya basta de hablar —exclamó Christopher—. Tengo una idea. Tenemos que ir ya a Limehouse.

15

VOCES ANTIGUAS

Todo el día en la casa de ensueño,
las puertas crujían en sus goznes;
la mosca azul zumbaba en el cristal;
el ratón chillaba tras el friso desgastado,
o desde la hendidura entrevista.
Rostros antiguos brillaban a través de las puertas;
antiguos pasos sonaban en el piso de arriba;
voces del pasado la llamaban desde fuera.

ALFRED, LORD TENNYSON, *Mariana*

Cordelia salió tarde de casa, y cuando llegó a Chiswick House todos los demás ya estaban allí. Se bajó del carruaje y saludó a Anna y Ariadne, que esperaban en la escalera; luego volteó la vista hacia el carruaje del Instituto, que se alejaba por el paseo circular, y vio algunas figuras en la distancia, pertenecientes a James, Jesse y Lucie, que parecían iniciar la búsqueda por los jardines.

Hacía un día vigorizante, el aire era tan frío que le cortaba la respiración. Miró alrededor mientras se quitaba los guantes. De noche, la casa y el terreno parecían una ruina de la época clásica, como una villa romana echada a perder: mármol y ladrillo roto y sin reparar, pintura descascarada, jardines que ya no eran más que una descuidada guerra de brezos y matorrales ocupándolo todo. Recordó que le pareció bastante gótico, con Grace en el papel de dama pálida que languidecía tras los oscuros muros.

Pero en ese momento, con el sol blanco de invierno, la casa solo parecía descuidada y cochambrosa. «No tenía nada romántico», pensó. Solo el resultado de décadas de horror doméstico, negligencia y crueldad.

Mientras iba a reunirse con Ariadne y Anna, los otros se acercaron: James, pálido y tranquilo; Jesse, aparentemente distraído, y Lucie, muy amistosa al saludar a Ariadne y Anna, pero con cuidado de no mirar a Cordelia.

Cordelia no esperaba otra cosa, probablemente por eso se demoró en salir de casa aquella mañana, pero aun así le dolía que Lucie la ignorara. Por mucho que supiera que se lo merecía.

Al menos, todos llevaban ropa normal, no los trajes de combate, lo cual supuso un alivio para Cordelia, que dudó si debía ponérselo, pero finalmente se decidió por un vestido sencillo y botas resistentes. «Tampoco era que fuera a luchar con nadie —pensó amargamente—, aunque la situación lo requiriera». Tendría que ponerse detrás de alguien que la protegiera, como una de esas heroínas victorianas que tanto le desagradaban.

Anna echó un lánguido vistazo alrededor, con sus ojos azules.

—Creo que estamos todos —dijo. Llevaba una cazadora Norfolk y unos pantalones por dentro de las botas; alrededor del cuello, una bufanda de seda de dibujos llamativos metida por el cuello de la camisa. Bajo ella, se veía el dije de rubí que siempre llevaba, y que detectaba la presencia de demonios. En cualquier otra persona, la combinación de prendas resultaría extraña; en Anna era elegante.

—¿Y Matthew? —preguntó Cordelia sin pensar, y vio que James apartaba la mirada.

—No vino —contestó Ariadne—. Me temo que hoy me está haciendo un favor.

A Cordelia le pareció un poco sorprendente, pero luego recordó que Ariadne estuvo comprometida con el hermano de Matthew. Y Matthew y Anna eran íntimos. Se sentía un poco desplazada, últimamente extrañaba a Anna, y más ahora que Lucie y ella estaban distanciadas.

—Diría que con seis nos bastamos —señaló James—, y sugiero que nos dividamos en dos grupos.

—Perfecto, sí —aceptó Anna—. Cordelia, ¿serías tan amable de venir con Ariadne y conmigo?

Cordelia se sintió agradecida. Anna era muy amable al apartar a Cordelia de una posible interacción incómoda con James.

—Sin duda —contestó.

—Jesse —dijo Ariadne, y este pareció sorprendido. Ella vaciló un instante—. Solo quería asegurarme... Me refiero, todos sabemos que es por una buena causa, pero... ¿te parece bien que nosotros... ya sabes... registremos tu casa?

Jesse miró al cielo.

—¿Te molesta? —preguntó James, algo asombrado.

—No es eso —contestó Jesse—. Solo iba a decir... que pueden revisar en mi casa sin problema, porque yo estuve en las suyas.

—¡Qué escandalo! —exclamó Anna, encantada—. ¿Y por qué?

—Nada indecente —respondió Jesse—. Nunca los espié en el baño ni nada por el estilo. Es solo que los fantasmas solemos vagar por ahí. No respetamos las leyes de la propiedad. Ahora sí lo hago, claro —añadió—, y me parece perfecto que se metan en este montón de ruinas. No me imagino viviendo aquí jamás, incluso aunque la heredara. Y dado que ahora soy Jeremy Blackthorn, ¿quién sabe a quién acabará perteneciendo? Diría que sería para los Lightwood, pero dudo que quieran hacerse cargo de un lugar así.

—¿Crees que puede haber demonios o algo así? —preguntó Lucie con curiosidad.

—No es muy probable —contestó James—, teniendo en cuenta la cantidad de veces que el Enclave estuvo aquí. Aunque supongo que nunca puedes estar seguro del todo.

—Especialmente en lo que respecta a mi madre —añadió Jesse—, se me ocurren algunos sitios donde escondía cosas... Sugiero que Anna, Ariadne y Cordelia busquen dentro, y el resto nos ocupemos de los jardines y la zona del invernadero. Cuando acabemos, podemos encontrarnos aquí.

James asintió. Sus oscuros ojos dorados escanearon el horizonte.

—Es difícil imaginar que a tu madre le gustara vivir aquí, en semejante estado... —dijo.

—Le gustaba así —explicó Jesse—. Fue ella la que rompió los espejos y detuvo los relojes. Era un recordatorio para ella, cada vez que ponía un pie aquí, de que ella era la víctima y sus familias las culpables.

—Hay gente a la que le gusta estar mal —dijo Lucie, mirando por encima de la cabeza de Cordelia—. Hay gente que no hace cosas que les proporcionarían felicidad a ellos y a los demás, solo porque sí.

—Lucie... —replicó Anna, luego se dirigió a Jesse, y añadió—: No tengo ni idea de a qué te refieres. ¿Qué se supone que estamos buscando?

—Cualquier cosa que te llame la atención: marcas en el polvo del suelo, cuadros movidos, cualquier rastro de actividad demoniaca que detecte tu dije —contestó Jesse.

Los que tenían relojes, James y Anna, los miraron para cuadrar la hora, y se pusieron en camino. Lucie volteó sin dedicar ni una mirada a Cordelia, para seguir a su hermano y a Jesse hacia los jardines. Apoyó una mano en el codo de James para mantener el equilibrio mientras pasaban por unos escalones de piedra rotos, un gesto amistoso y afectuoso, y Cordelia sintió un horrible mordisco de celos en el pecho. No sabía por quién eran los celos, si por Lucie o por James, y eso, de alguna manera, lo empeoró.

Incluso en una tarde luminosa, el invernadero de Chiswick House seguía siendo un lugar oscuro y lúgubre. La última vez que James estuvo allí, fue arrastrado al reino de Belial, y regresó, ahogado por las cenizas, en medio de una pelea entre Cordelia y un demonio cerberus. En este momento no había polvo, ni quedaban signos de actividad demoniaca. Fuera lo que fuese lo que plantó en el lugar, fue sepultado por los brezos y los setos de los jardines exteriores, que año tras año extendían sus ramas y viñas hasta hacer del invernadero un lugar salvaje.

James no creía que Tatiana escondiera nada en ese lugar; todo estaba tan húmedo y crecido, que ella no sería capaz de volver a encontrarlo, en caso de que no lo destruyeran ya las plantas, la lluvia o los insectos. Pero aun así siguieron buscando; Jesse, sobre todo, pensaba que los jardines ocultarían algunos secretos.

En el otro extremo del invernadero, James vio el destello de la piedra de luz mágica de Lucie mientras ella y Jesse aparecían tras un muro combado. Jesse apenas abrió la boca y parecía algo nervioso desde que regresó de ver a Grace en la Ciudad Silenciosa, aquella mañana.

Una parte de James estaba desesperada por saber qué había descubierto Jesse. ¿Le contaría Grace la verdad sobre su poder, y lo que hizo? Aunque James pensaba que si fuera así, Jesse lo miraría diferente, y no parecía hacerlo. Más bien parecía ensimismado, a pesar de que intentaba poner buena cara.

Quizá simplemente le afectó ver a su hermana en la prisión de la Ciudad Silenciosa. Para Jesse, Grace representaba la esperanza: la esperanza de la familia, de los huérfanos que dependían el uno del otro cuando sus padres no estaban o habían muerto. Pero para James, pensar en Grace suponía algo oscuro, una caída eterna en las sombras, como Lucifer cayendo del cielo; huyendo de la propia gracia.

No se decidió a preguntarle. Así que relajó su expresión hasta neutralizarla cuando Jesse y Lucie se acercaron. Jesse tenía manchas de polvo en la cara; parecía desanimado.

—Aquí no hay nada —dijo.

—Más bien, había un demonio cerberus —dijo Lucie—, hasta hace unos meses, cuando James lo mató.

—¿Mataste a Balthazar? —preguntó Jesse, horrorizado.

—Era un demonio —empezó James, pero se detuvo cuando Jesse sonrió. James tuvo que admitir que al chico no se le daba mal fingir que todo iba bien.

—Lo siento —dijo Jesse—, era una broma. Nunca fui amigo de ningún demonio. No conocía al... antiguo habitante.

Lucie miró a Jesse.

—¿Probamos en la otra estructura? —preguntó Lucie, cautelosa.

La sonrisa de Jesse se desvaneció inmediatamente. Miró hacia la construcción cuadrada de ladrillo que estaba un poco más allá, difícil de ver detrás de la maleza del jardín. Parecía un cobertizo, y quizá lo fuera, pero ya no tenía tejado. Una puerta de madera destartalada colgaba abierta a un lado.

—Sí —contestó Jesse—, supongo que debemos ir, ¿no?

Lucie le tomó la mano. James vio el gesto, pero no dijo nada. No había que avergonzarse de necesitar apoyo, pero no todos los cazadores de sombras, especialmente los varones, fueron educados así. A James lo educó Will, cuyo dogma vital era que habría muerto en una zanja de no ser por Jem. Siempre animó a James a confiar en sus amigos, a depender de su *parabatai*. Era algo que a James le encantaba de su padre, pero también significaba que no hablaría con él de Matthew y Cordelia. No admitiría ante su padre que estaba enojado con Matthew. James estaba seguro de que Will no se había enfadado con Jem en su vida.

James siguió a Jesse y Lucie por entre la maleza hasta el cobertizo de ladrillo. Jesse entró primero, los otros lo siguieron; en cuanto estuvo dentro, James se quedó helado. La habitación solo tenía una mesa en el centro, sobre la cual había un ataúd de madera tallada. De repente, James supo qué era aquel lugar, y por qué Lucie se refirió a él como «la otra estructura».

El ataúd, abierto como una boca, era el de Jesse. Era su tumba.

James vio las partes de la madera que la lluvia y la humedad desgastaron a lo largo de los años, como consecuencia de la falta de tejado. En una pared había ganchos, como si algo, quizá una espada, hubiera colgado de ellos alguna vez. Otra de las paredes estaba ennegrecida por el humo, y había cenizas esparcidas sobre el suelo helado.

—Deprimente, ¿eh? —dijo Jesse, con una sonrisa forzada—. A mi madre debía de parecerle el lugar más seguro para dejarme; siempre tenía miedo de que el Enclave pudiera registrar la casa.

—¿Y los terrenos no? —preguntó James, en voz baja. No podía describir la expresión de Jesse: mitad dolor, mitad horror; ese lugar debía de recordarle todo lo que perdió. Todos los años y el tiempo.

—Aunque decía que no, supongo que me quería lejos de ella —explicó Jesse—. Imagino que la presencia de mi... cadáver... la hacía sentir culpable. O quizá solo horrorizada.

—Se sentiría culpable —replicó Lucie, con dureza—. No tendría ni un momento de paz, después de lo que te hizo.

—No creo que tuviera mucha paz —aventuró James, pensando en la mirada enloquecida de Tatiana, en el odio que despedía—. ¿No crees?

Jesse iba a responder, pero antes de que pudiera hacerlo, James ahogó un grito. Algo atravesó su visión: un jirón de oscuridad, como si viera el reino de sombras de Belial a través de la grieta de una ventana. Había algo muy malo; algo que se acercaba.

«Cordelia», pensó, y salió disparado hacia la casa sin decir palabra.

Los pisos superiores de Chiswick House estaban más vacíos de lo que Cordelia esperaba. La mayoría de las habitaciones no tenían cuadros, ni alfombras ni muebles. Cordelia sabía que Tatiana rompió todos los espejos de la casa cuando murió Rupert Blackthorn; no se percató de que aún seguían colgando de las paredes, marcos estropeados con trozos de cristal.

Había una sala de entrenamiento que no guardaba armas, solo telarañas y ratones. Y una sencilla recámara, aún amueblada, contenía un pequeño tocador sobre el que se encontraba un juego de cepillos bañados en plata. También había una silla en mal estado y una cama de hierro casi desnuda, con sábanas rasgadas sobre ella. En la mesa de noche reposaba una taza, con restos de algo, ¿chocolate?, ¿té con leche?, que formó una costra verde y mohosa.

Con un sobresalto, Cordelia se dio cuenta de que ese lugar tan triste fue la habitación de Grace. ¿Qué tipo de sueños tendría, en aquel tablón de cama, rodeada por la oscuridad de esa casa triste y llena de moho?

«No es posible que me esté compadeciendo de Grace», pensó Cordelia, y se sobresaltó cuando oyó a alguien gritar. Estiró la mano para agarrar a *Cortana*, pero solo encontró el tejido de su ropa. No llevaba la espada.

Se sobrepuso al dolor, mientras salía corriendo al pasillo y subía a toda prisa la escalera, siguiendo el sonido del grito. Entró en un gran salón de baile, donde los restos de una enorme lámpara, de unos dos metros y medio de anchura, reposaban en el suelo, donde desplomarían en algún momento. Parecía una araña enorme y enjoyada que perdiera una batalla contra otra araña mucho mayor.

Ariadne, en el centro de la estancia, miró a Cordelia con expresión culpable.

—Ay, lo siento —dijo—, no quería asustarte.

—Creo que Ariadne pensó que era una araña de verdad —explicó Anna—. Una araña real y gigante.

Cordelia sabía que Anna estaba burlándose, pero aun así su tono era... afectuoso. Más afectuoso de lo que Anna y Ariadne se daban cuenta, sospechó Cordelia. Ambas sonreían mientras Ariadne bromeaba con Anna diciéndole que la lámpara araña quedaría muy bien en su departamento y hasta quizá ser una amiga para *Percival*, la serpiente disecada.

Cordelia fue a examinar el resto de la sala. Había un montón de tablones rotos, y los comprobó todos para ver si había alguno suelto que escondiera algo debajo. Tras estornudar varias veces al remover el polvo, se asomó a una ventana a respirar aire limpio.

Un momento después, Anna se le unió. Ariadne estaba en el otro extremo de la estancia, examinando el montaplatos, cuya puerta consiguió abrir en medio de una nube de polvo y pintura descascarada. Durante un largo momento, Anna y Cordelia permanecieron juntas, mirando por la ventana rota los terrenos, que una vez fueron verdes extensiones de césped que descendían hacia el Támesis.

—Anna —dijo Cordelia, en voz baja—, ¿es cierto que Matthew le está haciendo un favor a Ariadne?

—Sí —contestó Anna. Movió uno de sus largos dedos hacia el cristal de la ventana, e hizo un punto en el polvo—. ¿Por qué lo preguntas?

Cordelia notó que se sonrojaba.

—Supongo que estaba preocupada. Y no puedo preguntarle a nadie más. ¿Está bien?

Anna, que estaba corriendo una cortina, se detuvo.

—¿Hay algún motivo para que no lo esté?

—Solo pensé —respondió Cordelia—, que puesto que están muy unidos, quizá supieras cómo se encontraba.

—Querida —dijo Anna, amable—, se encuentra amándote. Te ama y sufre porque considera que es un amor imposible. Teme que lo desprecies, que todo el mundo lo desprecie. Así es como se encuentra, y no le resulta nada agradable.

Cordelia echó una rápida mirada a Ariadne que, por suerte, tenía la cabeza medio metida en el montaplatos y no podía oírlas. Luego se sintió una estúpida por preocuparse.

«Mi fallida vida amorosa es, evidentemente, el secreto peor guardado de todo el Enclave, así que quizá dejaré de intentar mantener mi dignidad».

—No odio a Matthew —susurró Cordelia—. Lamento haber ido a París, aunque no lo lamento del todo. Él me tendió una mano cuando yo estaba desesperada. Me sacó de esa desesperación. Nunca lo odiaría.

—Ahora es él el que necesita ayuda —dijo Anna, casi para sí—. Un tipo de ayuda que me temo que yo no puedo darle, porque la rechazaría. Me preocupa que... —Se interrumpió, moviendo la cabeza—. Cordelia, ¿qué pasó en París?

—Al principio fue maravilloso. Fuimos a museos, a modistas, al teatro. Era como jugar a fingir, como un juego de niños. Fingíamos ser otra gente, sin problemas, personas que hacían todo lo que querían.

—Ah —dijo Anna, con delicadeza—. Tú... Supongo que no existe la posibilidad de que estés embarazada, ¿verdad, Cordelia?

Cordelia casi se cayó por la ventana.

—No —respondió—. Ninguna... Nos besamos, eso es todo. Y entonces James apareció de repente y lo vio todo.

—Un gesto muy romántico, que fuera corriendo a París —señaló Anna—, aunque los tiempos no los manejara muy bien...

—Excepto que James lleva años enamorado de Grace —repuso Cordelia—, antes incluso de que yo llegara a Londres. Estuvo enamorado de ella durante todo nuestro matrimonio. Fue muy claro al respecto.

—Los sentimientos cambian.

—¿Tú crees? —preguntó Cordelia—. Yo no hui a París porque sí, sabes. Dejé nuestra casa porque Grace apareció en la puerta. Y aunque James no lo sabía, lo vi en el vestíbulo, abrazándola. Tan enamorado como siempre, por lo que parecía.

—Oh, pobrecita —se compadeció Anna—. No sé qué decir. Debió de ser horrible. Pero... las cosas no son siempre lo que parecen.

—Sé lo que vi.

—Quizá —concedió Anna—. Y quizá deberías preguntarle a James lo que pasó de verdad aquella noche. Puede que tengas razón. Pero soy muy buena leyendo expresiones, Daisy. Y cuando veo a James mirar a Grace, no veo nada en absoluto. Pero cuando lo veo mirarte a ti, se transforma. Todos llevamos una luz dentro. Arde con la llama de nuestras almas. Pero hay gente en nuestras vidas que suma su llama a la nuestra, creando una llamarada aún más brillante. —Echó una rápida mirada a Ariadne, y luego volteó hacia Cordelia—. James es especial. Siempre tuvo un brillo. Pero cuando te mira, su luz resplandece como una hoguera.

—¿En serio? —murmuró Cordelia—. Anna, no sé...

Anna dio un salto, llevándose la mano al pecho, donde su dije de rubí parpadeaba como un ojo parpadeante. En ese momento, Ariadne chilló y se apartó del montaplatos, que empezó a temblar y traquetear dentro de la pared.

—¡Demonio! —gritó—. ¡Cuidado!

El cobertizo parecía igual que el día que Lucie y Grace encontraron el ataúd abierto y sin Jesse, sin saber que la noche acabaría con la resurrección del joven, Grace entregándose y todo lo demás. Era raro, pues Lucie esperaría que la Clave registrara el lugar, o al menos Tatiana, pero si alguien lo hizo, no dejó ninguna huella; ni siquiera cerraron la tapa del ataúd. A Lucie le pareció angustioso estar allí de nuevo; ¿de verdad pasó tanto tiempo en ese lugar horrible y mórbido?

A pesar del sol y la falta de techo, los altos muros de ladrillo proyectaban sombras por la estancia, que parecía oscura y pequeña con Jesse en ella, su cara levantada hacia el cielo. Cuando Lucie y Grace estuvieron intentando traerlo de regreso, le pareció un lugar de cuento: la cripta secreta de una novela gótica, la mazmorra de un castillo. Pero en ese momento veía que no era más que el lugar donde Jesse estuvo prisionero, controlado de la manera más horrible. Se sentía agradecida de que James saliera, previendo que estar de nuevo en ese lugar sería difícil para Jesse, e incluso para ella.

—¿Se te hace duro estar aquí? —le preguntó ella.

Jesse miró alrededor: el pequeño espacio, las paredes húmedas, las cenizas donde ella y Grace quemaron tantos ingredientes inefectivos para hechizos inútiles. Con un claro esfuerzo, Jesse volteó hacia Lucie.

—En realidad, nunca fui consciente de estar aquí. Así que lo único que me recuerda es todo lo que te esforzaste para traerme de regreso.

—Grace me ayudó —puntualizó Lucie, pero la expresión de Jesse solo se endureció. Giró y se encaminó hacia el ataúd. Se quitó un guante y se inclinó dentro. Lucie se le acercó. En el interior no había nada; Jesse pasó la mano desnuda por el recubrimiento de terciopelo negro, que empezaba a mostrar manchas de moho por la exposición a los elementos—. Jesse —dijo Lucie—, pasó algo cuando fuiste a ver a Grace a la Ciudad Silenciosa, ¿verdad?

Él vaciló.

—Sí. Me contó algo que... que hubiera preferido no escuchar, o no saber.

Lucie sintió un pequeño escalofrío recorrerle la espalda.

—¿El qué?

—Yo... —Jesse levantó la vista del ataúd, con los verdes ojos oscurecidos—. No voy a mentirte, Lucie. Pero lo único que puedo decirte es que se trata de un secreto que no me corresponde a mí contar.

—Pero si supone un peligro... para el Enclave, o para alguien...

—No, no es nada de eso. Y los Hermanos Silenciosos están al corriente; si fuera peligroso, lo contarían.

—Ah —repuso Lucie. Su parte curiosa quería insistir en que se lo contara. Pero la parte de ella que cambió con todo lo sucedido en el último año, esa parte que empezaba a entender lo que era la paciencia, ganó—. Sé que me lo contarás cuando puedas.

Jesse no contestó; estaba inclinado sobre el ataúd, rasgando el revestimiento de terciopelo.

—¡Ajá! —Volteó hacia ella, sosteniendo una pequeña caja de madera—. Lo sabía —dijo, casi con violencia—. Hay un falso fondo en el ataúd, bajo el forro. ¿Dónde iba a esconder algo mi madre si no junto con su propiedad más preciada?

—Tú no eras su propiedad —dijo Lucie—, nunca le perteneciste.

—Eso no era lo que ella pensaba. —Jesse frunció el ceño mientras abría la caja y sacaba un objeto. Lo sostuvo en alto para que ella lo viera: un espejo de mano. El mango era de cristal tallado, pero negro; a Lucie no le parecía *adamas* negro, aunque era difícil saberlo con certeza; alrededor de la superficie octogonal del espejo había grabados diminutos que parecían cambiar y retorcerse con la luz.

—¿Qué es? —preguntó Lucie—. ¿Lo reconoces?

—Sí —Jesse asintió—. Es el único espejo que quedaba en Chiswick. —Había una expresión extraña en su rostro—. Y... creo que ya sé dónde más debemos buscar...

Cordelia se giró rápidamente y vio algo del tamaño de un perro pequeño salir como una explosión del montaplatos, destrozándolo y arrancando también una buena parte de la pared. El demonio tenía cara de rata y largos dientes amarillos. Estaba cubierto de escamas y contaba con muchas extremidades delgadas y rematadas con una pezuña en forma de gancho, que sacudía con furia. «Un demonio gamigin», pensó Cordelia, aunque no había visto ninguno directamente hasta ese momento.

Ariadne sacó un cuchillo del cinturón, pero el demonio fue más rápido. Una de sus finas extremidades salió disparada y el gancho de la pezuña se clavó en la espalda de el saco de Ariadne. La lanzó hacia un lado; ella resbaló por el polvoriento suelo mientras Anna gritaba.

—¡Ari!

Y Anna se puso en movimiento, cruzó corriendo la estancia, con el látigo en la mano. El demonio estaba encorvado sobre Ariadne, con la boca llena de dientes amarillos completamente abierta. Ella gritaba mientras la saliva del demonio negro le salpicaba la cara y el cuello. De pronto, apareció Anna ondeando su látigo en el aire, como una llama dorada.

El demonio se apartó, chillando. Anna se puso de rodillas; Ariadne estaba convulsionando en el suelo, y el demonio, siseando, corrió por el suelo en dirección a Cordelia.

El tiempo pareció ralentizarse. Cordelia oyó a Anna, suplicándole a Ariadne que se quedara quieta, que aguantara, mientras el demonio cruzaba la estancia y se abalanzaba hacia ella, dejando un rastro de icor negro. Cordelia sabía que solo con agarrar un tablón roto del suelo para defenderse, estaría invocando a Lilith, pero no tenía elección...

El demonio saltó sobre Cordelia, que le dio una patada con todas sus fuerzas, y su bota colisionó con su armazón denso y elástico. El demonio chilló como un gato, mientras caía de espaldas, pero sus aullidos no eran solo ruidos. Cordelia se dio cuenta de que eran palabras.

—Se alzan —siseó—. Pronto serán invencibles. No habrá cuchillo serafín que pueda con ellos.

—¿Qué? —Abandonando cualquier cordura, Cordelia corrió hacia el demonio que yacía agachado en el suelo—. ¿Quiénes se alzan? ¡Dímelo!

El demonio la miró... y se quedó sin fuerzas. Su terrible boca temblaba mientras se apartaba de Cordelia, cubriéndose con algunas de sus extremidades.

—Paladín —dijo con voz rota—. Oh, perdóname. El poder es tuyo, tuyo y de tu señora. Perdóname. No sabía...

Sonó un crujido agudo. Algo perforó el cuerpo del demonio. A Cordelia le pareció ver que se le abría un agujero entre los ojos, un agujero negro bordeado de fuego. El demonio tuvo un espasmo que le enroscó las patas. Luego se desvaneció convirtiéndose en humo.

La peste a icor en el aire se mezcló con el fuerte olor de la cordita. Cordelia supo lo que vería incluso antes de mirar: James, pálido, con la pistola en la mano. Seguía apuntando, infalible, al lugar donde el demonio acababa de estar.

—Daisy. —Bajó el arma y fue rápidamente hacia ella. Su mirada la recorrió buscando heridas o moretones—. ¿Estás herida? ¿Te...?

—No tenías que disparar —masculló Cordelia—. Lo estaba interrogando. Dijo: «Se alzan», y yo le...

James tenía las manos en los hombros de Cordelia y su expresión se volvió incrédula.

—No puedes interrogar a un demonio, Daisy. Solo mienten.

—Lo estaba consiguiendo —replicó. La conmoción dio paso a una furia ardiente en el interior de Cordelia, una furia que la dominaba, aunque una pequeña parte de su mente seguía asombrada—. No necesitaba tu ayuda...

Los dorados ojos de él se entrecerraron.

—¿En serio? Porque te recuerdo que no puedes tomar un arma, Cordelia, por si se te olvidó...

—Basta. Los dos. —Era Anna, hablando con más severidad de la que Cordelia le había visto nunca. Ella y Ariadne cruzaron la sala hasta ellos; Cordelia, centrada en James, no se dio cuenta. Se preguntó cuánto escucharía. Anna tenía su estela en la mano; Ariadne, a su lado, mostraba unas ronchas rojas en la parte izquierda de la cara, donde le cayó la saliva ácida del demonio. En la garganta llevaba una runa curativa recién dibujada—. Puede que lo que haya entre ustedes no sea cosa mía, pero no pienso permitir que discutan en medio de una misión. Nos pone a todos en peligro.

Cordelia se sintió horriblemente culpable. Anna tenía razón.

—James —dijo, mirándolo a los ojos. Dolía hacerlo, era como clavarse un alfiler en la mano. Era hermoso, tal y como estaba: la respiración acelerada, el cabello oscuro delante de los ojos, el brillo del sudor entre las clavículas. Deseó ser inmune a esa belleza, pero parecía imposible—. Lo siento, yo...

—No te disculpes. —La Máscara apareció; estaba impasible—. De hecho, preferiría que no lo hicieras.

Se oyó un fuerte golpe desde el piso de abajo, y luego un grito. «Lucie», pensó Cordelia, y un segundo después todos corrían en dirección a la planta baja de la casa.

Cordelia, James, Anna y Ariadne corrieron escalera abajo y se encontraron a Jesse y Lucie en el recibidor. Más bien, Lucie estaba en el recibidor; Jesse estaba medio metido en la chimenea, manchado de hollín.

—¿Qué pasó? —preguntó James—. ¿Qué fue ese ruido?

Lucie, también manchada de hollín, respondió.

—Se cayó algo de la chimenea y golpeó la parrilla. ¿Jesse? —llamó—. Jesse, ¿los tienes?

Un momento después, Jesse salió, con la mitad superior de su cuerpo prácticamente cubierta de hollín. Parecía como si le hubiera llovido pintura negra encima. En una mano tenía un espejo sucio; en la otra, lo que parecía un libro con una cuerda de cuero atada alrededor, que contenía bastantes papeles sueltos.

—Notas —dijo, entre toses—. Las notas de mi madre y partes de antiguos diarios. Recuerdo haberla visto mirar dentro de la chimenea con esto. —Alzó el espejo, que, como James observó, no era que estuviera sucio, sino hecho de un material negro brillante y reflectante—. Y caí en la cuenta de que tenía un escondite ahí arriba que solo se puede ver haciendo brillar este espejo dentro de la chimenea. Una especie de faro mágico. Por eso el Enclave no lo encontró.

—¿Hace algo más? —preguntó Anna, mirando el espejo con curiosidad—. Además de revelar el escondite de la chimenea.

—¿Puedo verlo? —preguntó James, y encogiéndose de hombros, Jesse se lo pasó. James oía a los otros hablar del demonio que encontraron: Jesse se preguntaba cuánto tiempo llevaría viviendo en el montaplatos, pero la atención de James estaba puesta por completo en el espejo.

Antes incluso de tocar el mango del espejo, sintió como si lo tuviera en la mano: suave y frío al tacto, vibrando de poder. Parecía hecho de *adamas* negro, o algo muy parecido, rodeando un círculo de cristal oscuro. Y alrededor del borde del espejo había runas, obviamente demoniacas, pero en un lenguaje que James no reconocía.

Tocó el cristal. Y cuando lo hizo, hubo un repentino destello, como un ascua que saltara inesperadamente de una hoguera. Contuvo el aliento.

—Belial —dijo, y todo el mundo se sobresaltó. Fue consciente de que Cordelia lo miraba con los ojos muy abiertos, más oscuros aún que el cristal del espejo. Se obligó a sí mismo a no mirarla—. No... puedo decir qué hace el espejo; no tengo ni idea. Pero juraría que Belial se lo dio a Tatiana. Puedo sentir su presencia en él.

—Es igual que la *pithos* —observó Lucie—. La especie de estela que usaba Belial para robar las runas del cuerpo de sus víctimas. Quizá Belial le diera a Tatiana todo un juego de tocador.

—Prueba a tocarlo tú, Luce, a ver qué pasa —sugirió Anna, y tras un momento, Lucie extendió la mano y la pasó por la superficie del espejo.

Esta vez, hubo un destello dentro del espejo, como una llama en movimiento. Se veía poco, pero siguió brillando mientras Lucie lo estuvo tocando.

Apartó la mano, mordiéndose el labio.

—Pues sí —dijo, con voz tenue—. Tiene el aura de Belial.

—Dudo que fuera solo un regalo —dijo Cordelia—. No creo que Belial se lo diera a Tatiana si no tuviera algún uso más oscuro.

—Más que mirar por dentro de las chimeneas —coincidió Ariadne.

—Deberíamos llevar el libro y el espejo al Instituto —dijo Jesse—. Y examinarlos bien. Yo empezaré por tratar de descifrar las notas de mi madre; están escritas en algún tipo de código, pero no es complicado.

James asintió.

—Estoy de acuerdo en lo de regresar al Instituto. Por una parte, está protegido, y además no me gustaría quedarme en Chiswick después de que anocheciera, tal como están las cosas. Quién sabe qué más puede estar rondando por aquí.

16

CAMPANADAS A MEDIANOCHE

Oímos las campanadas a medianoche, señor Shallow.

SHAKESPEARE, *Enrique IV. Segunda parte*

Cordelia estuvo nerviosa ante la idea de acercarse al Ruelle Infierno, dado lo que pasó en el cabaré de París, pero el portero, un tipo rechoncho, de hombros anchos, mandíbula cuadrada y ojos de sapo, solo la miró superficial antes de dejarla pasar. Parecía que era una visitante conocida, algo que Cordelia no estaba segura de encontrar complaciente. «No estuvo en el Ruelle tantas veces —pensó—, pero causó impresión».

Era la primera vez que asistía sola al salón de subterráneos. No le contó a nadie lo que planeaba. Eso la hacía sentirse un poco culpable, pues Anna fue muy amable con ella, y Alastair se pasó el día en la biblioteca del Instituto, con Christopher y Thomas, buscando formas de ayudarla. Cuando regresó al Instituto con los demás desde la casa de Chiswick, encontraron a los chicos esperándolos en la capilla. Por lo visto, Christopher acaba de regresar de Limehouse, donde consiguieron un amuleto en la tienda mágica de Hypatia Vex.

—Parece que hay muchos de este tipo —dijo, mostrándoselo. Era de plata, redondo como una moneda, con un alfiler en la parte de atrás que permitía llevarlo como un broche—. Amuletos protectores contra Lilith. Hasta los mundanos solían usarlos, y también los cazadores de sombras antes de que se inventaran los rituales de protección. Tiene grabados los nombres de los tres ángeles que se enfrentaron a Lilith, los que bendijeron la pistola de James: Sanvi, Sansanvi y Semangelaf. —Trazó las letras hebreas con el dedo antes de darle el amuleto a Cordelia—. No impedirá que sigas siendo su paladina, pero quizá disuada a Lilith de acercarse a ti.

Esa noche, después de la cena, se lo prendió a la manga del vestido azul antes de salir por la ventana (con una disculpa mental hacia Alastair, pues no tenía sentido decirle a dónde iba, solo conseguiría preocuparlo), y apresurarse a parar un carruaje de alquiler en la calle.

Estuvo demasiado preocupada por Matthew para poder dormir. Las palabras de Anna no se le iban de la cabeza: «Ahora es él el que necesita ayuda. Un tipo de ayuda que me temo que yo no puedo darle porque la rechazaría». ¿Sabía Anna el problema que Matthew tenía con la bebida? Y lo supiera o no, ella, Cordelia, sí lo sabía, y no había hablado con él sobre el tema desde que regresaron a Londres. Estaba demasiado molesta, demasiado preocupada por protegerse del tipo de dolor que su padre le causó.

Pero Matthew se merecía, y necesitaba, tener a sus amigos. Y el instinto le decía que si lo encontraba en algún sitio, sería en el Ruelle.

El lugar estaba atestado, como siempre. Esa noche, el salón principal estaba decorado con un tema invernal: las paredes de un azul profundo y esculturas de papel maché representando árboles cargados de nieve colgados en el aire. El suelo estaba cubierto con nieve artificial, hecha de algo parecido a pequeñas perlas. Las puntas de las botas negras de terciopelo de Cordelia las desperdigaban al andar; se ponían de colores al levantarse en el aire, reflejando arcoíris en miniatura. Había imágenes de la luna, en sus diferentes fases, llena, media y creciente, estampadas por todas partes en pintura dorada.

Cordelia estaba sorprendida; no hacía tanto que estuvo allí, y el tema fue la celebración de Lilith, así que se preparó para encontrarse lo mismo. Fue un alivio ver el cambio, e intentó mirar alrededor de forma discreta, buscando una cabeza de rizos rubios conocida.

Como siempre, había sofás y divanes bajos repartidos por todo el salón, y los subterráneos se amontonaban en ellos, la mayoría platicando animados. Había vampiros con caras empolvadas de blanco, y licántropos ataviados con traje; hadas vestidas de meseras, con rizos como caracolillos asomándose por debajo de las cofias, se movían entre los invitados, llevando charolas con bebidas. Un brujo desconocido con orejas de gato estaba sentado frente a un gnomo vestido con un traje de raya diplomática, y ambos discutían sobre las Guerras Boer.

Pero no vio a Matthew. Cordelia suspiró frustrada, justo cuando la misma Hypatia Vex le dirigía una mirada. Esta llevaba un vestido plateado que se extendía alrededor de sus pies como un estanque, pero de alguna manera conseguía no tropezar con nada al andar (magia, seguramente), y sobre la cabeza, un enorme tocado azul marino en cuyo centro había una perla blanca, del tamaño de un plato, con grabados que la semejaban a una luna.

—Cazadora de sombras —dijo Hypatia, agradable—, ya que insistes en acudir a mi salón, te agradecería que te sentaras. No sabes lo nerviosos que se ponen mis invitados cuando hay nefilim rondando cerca.

Cuando Cordelia conoció a Hypatia, le aterró. Esa noche, se limitó a sonreírle educadamente.

—Buenas tardes, Hypatia. El sombrero te hace juego con los ojos.

Los ojos de Hypatia, cuyas pupilas tenían forma de estrella, brillaron ligeramente. Cordelia conocía lo suficiente a Hypatia para saber que un poco de adulación era muy útil a la hora de hablar con ella.

—Gracias. Fue un regalo de un sultán. No recuerdo cuál.

—No tengo ninguna intención de quedarme y molestar a tus invitados —aclaró Cordelia—. Solo vine a ver si Matthew estaba por aquí.

Las cejas perfectamente depiladas de Hypatia se alzaron.

—Me inquieta que los cazadores de sombras decidieran que el lugar más probable para encontrar a los miembros díscolos del Enclave sea mi salón.

—No es un miembro díscolo del Enclave cualquiera —puntualizó Cordelia—, es Matthew.

—Umm —repuso Hypatia, pero a Cordelia le pareció ver un destello de compasión en sus brillantes ojos—. Bueno, en cualquier caso, es probable que hicieras bien en venir. Deseaba hablar contigo.

—¿Conmigo? —Cordelia estaba asombrada—. ¿De qué?

—Es un asunto privado. Ven conmigo —contestó Hypatia, en un tono que no admitía protesta—. Tom *el Redondo* puede encargarse del salón mientras no estamos.

Sin tener ni idea de quién sería Tom *el Redondo*, Cordelia siguió a Hypatia por la estancia, intentando no pisarle la cola plateada, que se deslizaba y resbalaba sobre la nieve artificial.

Hypatia llevó a Cordelia a través de una puerta en arco hasta una pequeña habitación circular, en la cual dos elegantes sillas flanqueaban una mesa en la que estaba incrustado un tablero de ajedrez. Al lado, una caja de palisandro contenía las piezas, y una alta estantería, que sorprendentemente no contenía ningún libro, descansaba contra la pared más lejana.

Hypatia se sentó y le hizo un gesto a Cordelia para que hiciera lo mismo al otro lado de la mesa. Cordelia confiaba en que Hypatia no quisiera jugar una partida. El ajedrez era algo que Cordelia asociaba con James; con entrañables tardes hogareñas en Curzon Street, donde se sentaban juntos en el sofá, a la luz del fuego...

—Deja de soñar despierta, niña —dijo Hypatia—. ¡Hay que ver! Pensarías que me escuchaste. Dije: «¿Así que te convertiste en una paladina?».

Cordelia se sentó con tal ímpetu en la silla que la espalda le rebotó en el respaldo. ¡Oh, Raziel! Fue una estúpida, ¿o no?

—El Cabaret de l'Enfer —dijo—. Te lo dijeron ellos, ¿no?

Hypatia asintió, mientras la perla de su tocado brillaba.

—Pues sí. Hay una extensa red de chismes entre los subterráneos, como bien deberías saber —contestó, mientras medía a Cordelia con la mirada—. ¿Magnus sabe lo del asunto este del paladín?

—No. Y te pediría que no se lo contaras, aunque sé que, de todas formas, puede que lo hagas. Aun así. Te lo pido.

Hypatia no respondió a la petición de Cordelia.

—Ha habido paladines cazadores de sombras, claro, pero... —dijo.

Cordelia alzó la cabeza. También podría ser Hypatia quien lo dijera.

—Pero ¿yo soy diferente?

—No hay ninguna luz santa en ti —respondió Hypatia. Miró a Cordelia con sus insondables ojos de estrella—. He visto los vacíos entre mundos y lo que habita en ellos —dijo—. He conocido a los ángeles caídos de la guerra celestial y los he admirado por su acerado orgullo. No soy de los que huyen de las sombras. Se encuentra belleza en los lugares más oscuros, y Lucifer fue una vez el más bello de todos los ángeles del cielo. —Se inclinó hacia delante—. Entiendo el deseo de acercarse a semejante belleza oscura y semejante poder. No te traje aquí para juzgarte.

Cordelia no dijo nada. A lo lejos, oía las risas atenuadas que provenían del salón, pero las sentía como si fueran parte de otro planeta. Se dio cuenta de que la situación era una especie de ajedrez, un ajedrez sin piezas que se jugaba con palabras e insinuaciones. Hypatia no mencionó el nombre de Lilith, a pesar de que Cordelia sabía que estaba muy interesada en ella.

—Estás en lo cierto. No estoy ligada a un ángel —afirmó Cordelia—. Pero no sabes a quién juré lealtad, y yo prefiero no decirlo.

Hypatia se encogió de hombros, aunque Cordelia supuso que estaba, cuando menos, decepcionada.

—Así que no deseas dar nombres. Al final acabaré averiguándolo, sospecho. Porque cuando los cazadores de sombras descubran lo que hiciste, será un escándalo que sacudirá los cimientos de su mundo. —Sonrió—. Claro que imagino que tú lo sabes, y no te importa. Como paladín, ahora eres más poderosa que cualquiera de ellos.

—No fue un poder que yo quisiera —explicó Cordelia—. Me engañaron para hacer el juramento. Me embaucaron.

—¿Un paladín a la fuerza? —preguntó Hypatia—. Eso es bastante excepcional.

—No me crees —señaló Cordelia—. Y, sin embargo, estoy desesperada por romper este vínculo. Haría lo que fuera porque alguien me dijera cómo dejar de ser un paladín.

Hypatia se recostó en la silla, con mirada pensativa.

—Bueno —comenzó—, dejar de ser un paladín es bastante fácil. La cosa es hacerlo y sobrevivir. Por supuesto, el paladín puede ser rechazado por aquel a quien sirve. Pero que después de ese rechazo sigas viva... bueno, no apostaría mi dinero a ello.

Cordelia dejó escapar un largo suspiro.

—No creo que el ser al que estoy ligada quiera rechazarme —explicó—. Sabe que yo no busqué esto. Que mi servicio es contra mi voluntad. Que voy desarmada, que no levantaría un arma, ni por error, al servicio del demonio que me engañó.

—Vaya —repuso Hypatia. Parecía, a su pesar, interesada en el drama de la situación—. Eso sí que es comprometerse. Un cazador de sombras que no piensa luchar. —Movió la cabeza—. La mayoría de los paladines sirven con entusiasmo a sus respectivos demonios. Y los que se negaron a hacerlo, fueron destruidos por sus maestros a modo de advertencia. De momento, tienes suerte.

Cordelia tembló.

—¿Lo que me estás diciendo es que no se puede deshacer?

—Estoy diciendo que intentarlo es una pérdida de tiempo. Céntrate más bien en la idea de reconducir ese poder hacia algo bueno.

—No puede salir nada bueno del poder del mal.

—No estoy de acuerdo —replicó Hypatia—. Te cargaste..., ¿qué? ¿Una docena de demonios naga en París? Y varios más aquí en Londres. Podrías llegar a ser la cazadora de sombras más grande y efectiva del mundo.

—Aunque estuviera dispuesta a alzar mi espada en nombre de un demonio —explicó Cordelia—, los otros demonios me reconocen como un paladín. Huyen de mí. Me acaba de pasar hoy.

—Pues invócalos. Entonces no podrán huir. —Hypatia sonó aburrida—. Eres un paladín. Simplemente busca un lugar, y mejor si tiene una historia oscura, un lugar de muerte y horror, marcado por la tragedia, y pronuncia las palabras *cacodaemon invocat*, y...

—¡Para! —Cordelia levantó las manos—. No voy a hacer eso. No voy a hacer nada que invoque demonios...

—Bueno, muy bien —replicó Hypatia, claramente ofendida—. Solo era una idea. —Miró a Cordelia fijamente, pero antes de que dijera nada, la estantería se deslizó hacia un lado como una puerta corrediza, y apareció Magnus, muy elegante de azul real.

—Hypatia, cariño —dijo—. Tenemos que irnos ya si queremos llegar a París a tiempo para la actuación de la tarde. —Le guiñó un ojo a Cordelia—. Un placer verte, como siempre, querida.

—¿A París? —repitió Cordelia—. No sabía que iban a... Quiero decir, seguro que lo pasaran muy bien.

—Pensé que podría platicar con Madame Dorothea en el Cabaret de l'Enfer —explicó Magnus—. Una bruja que dice que puede comunicarse con los muertos... en fin. Muchos de ellos son charlatanes o farsantes.

—No me verás cerca de un sitio tan sucio —declaró Hypatia, y se levantó de la silla—. Pero hay otras muchas cosas en la Ciudad de la Luz que me gustaría hacer. —Inclinó la cabeza en dirección a Cordelia—. Cuídate, pequeña guerrera. —Señaló en dirección a la sala principal—. Tu chico está aquí. Llegó hace poco, pero estaba disfrutando demasiado con nuestra conversación para decírtelo. Discúlpame.

Sin más, Hypatia giró y siguió a Magnus por el hueco de la estantería, que se cerró tras ellos. Cordelia se apresuró a ir a la sala principal, donde divisó a Matthew solo en una mesa, vestido de terciopelo verde oscuro y bebiendo algo burbujeante de un vaso alto.

Miraba la bebida, y le daba vueltas y más vueltas al vaso, como si fuera una bola de cristal y pudiera ver en ella su futuro. Solo alzó la cabeza cuando Cordelia se acercó.

La joven vio enseguida por qué Anna estaba preocupada. Matthew tenía las ojeras de un color amarillo verdoso y moretones en las comisuras de la boca. Le temblaron las manos al agarrar el vaso, y tenía las uñas mordidas, algo que Cordelia nunca había visto en él, pues normalmente Matthew se cuidaba mucho las manos.

—¿Cordelia? —exclamó sorprendido—. ¿Qué estás haciendo aquí, en el Ruelle?

Cordelia se sentó frente a él. Vio que se manchó las manos de pintura dorada, del vaso que sujetaba, y también se le manchó un poco en una mejilla. Parecía extrañamente festivo, algo que no casaba con su mal aspecto.

—Vine porque pensé que estarías aquí.

—Creía que no querías verme.

Tenía razón, claro. Ella le dijo eso, porque era lo sensato, porque no verlo a él ni a James era la forma más razonable de hacer las cosas. Pero en esos momentos no había nada sensato en su vida.

—Estaba preocupada por ti —admitió—. Me extrañó que no vinieras a Chiswick House. Ariadne dijo que le hacías un favor, pero me pregunté si...

—Efectivamente, le hacía un favor —afirmó Matthew—. Una pequeña labor de investigación. No soy completamente inútil, ¿sabes?

—Supongo que estaba preocupada... no solo por ti, también por si no querías verme. Que fuera por eso por lo que no fuiste.

—Estoy seguro —dijo— de que no vamos a discutir sobre cuál de los dos no quiere ver al otro. No parece muy productivo.

—No quiero discutir de nada —aclaró Cordelia—. Quiero... —Suspiró—. Quiero que dejes de beber —dijo—. Quiero que le digas a tu familia la verdad sobre lo que pasó hace dos años. Quiero que te reconcilies con tus padres, y con James. Y quiero que seas brillante y maravilloso, ya lo eres, y feliz, que no lo eres.

—Una cosa más en la que te he fallado —repuso en voz baja.

—Tienes que dejar de tomártelo así —replicó Cordelia—. No me estás fallando a mí, ni le estás fallando a tu familia. Te estás fallando a ti mismo.

Le tendió la mano, impetuosa. Él la tomó y cerró los ojos mientras entrelazaba sus dedos con los de ella. Matthew se mordió el labio y Cordelia recordó cómo era besarlo, el sabor a cerezas y la suavidad de su boca. Cómo le hizo olvidar todo lo demás; cómo sintió que era la bella Cordelia, una princesa de cuento.

Él le apretó el centro de la palma con el pulgar y dibujó un círculo, y el roce de su piel hizo que un escalofrío le recorriera todo el brazo. Cordelia tembló.

—Matthew...

Él abrió los ojos. El saco de terciopelo los hacía parecer de un verde más oscuro, del color de las hojas del helecho o del musgo. «Mi hermoso Matthew», pensó, más bello aún por estar tan deshecho.

—Raziel —dijo él, con voz rasgada—. Esto es una tortura.

—Entonces, paremos —repuso Cordelia en voz baja, pero no retiró la mano.

—Es una tortura que me gusta —añadió él—. El mejor dolor. Durante tanto tiempo no sentí nada, mantuve cualquier experiencia o pasión a una distancia de seguridad. Pero entonces tú...

—No —lo detuvo Cordelia con suavidad.

Pero él siguió, y no la miraba a ella, sino más allá, como si contemplara una escena imaginaria.

—Solían ser una especie de daga plana, un objeto estrecho que pasaba por las rendijas de la armadura.

—Una *misericorde* —apuntó Cordelia—. Hecha para rematar a un caballero herido. —Lo miró alarmada—. ¿Quieres decir que...?

Matthew dejó escapar algo parecido a una risa.

—Quiero decir que, contigo, no tengo armadura. Lo siento todo. Para bien y para mal.

—No deberíamos estar hablando así —dijo Cordelia. Le apretó la mano, con fuerza, y luego se la soltó y enlazó sus propias manos para evitar la tentación de volver a tomársela—. Matthew, tienes que decirle a James...

—¿Decirle qué? —lo cortó Matthew. Estaba pálido y tenía una ligera capa de sudor en la frente y las mejillas—. ¿Que te amo? Ya lo sabe. Se lo dije. No cambia nada.

—Me refiero a decirle lo que pasó —explicó Cordelia—. En el Mercado de las Sombras. El hada, la poción... Será más fácil contárselo a él que a tus padres, y luego él puede ayudarte a contárselo a ellos. Matthew, este secreto te está envenenando la sangre. Tienes que deshacerte de él. A mí me lo contaste; tienes que ser capaz de...

—Te lo conté porque tú eras ajena a la situación —indicó Matthew—. James conoce a mi madre de toda la vida. Es su madrina. —Su voz era neutra—. La verdad es que no sé si él llegaría a perdonarme realmente por herirla.

—Creo que te lo perdonaría todo.

Matthew se puso de pie y casi hizo caer su vaso. Permaneció así durante un momento, agarrado al respaldo de su silla; tenía el cabello pegado a la frente por el sudor y los ojos vidriosos.

—Matthew —dijo Cordelia, alarmada—. Matthew, qué...

Él salió disparado de la sala. Recogiéndose las faldas del vestido de lana, Cordelia corrió tras él, sin molestarse en recuperar su abrigo.

Alcanzó a Matthew fuera del Ruelle, en Berwick Street. La luz brillante de las antorchas de nafta se le clavaba en los ojos, haciendo que Matthew no fuera más que una sombra en contraste con los carruajes cubiertos de nieve que pasaban. Estaba de rodillas, vomitando en la acera, con los hombros temblando.

—¡Matthew! —Cordelia quiso ir hacia él, horrorizada, pero él extendió una mano para apartarla.

—Aléjate —ordenó él, brusco. Temblaba y se abrazaba a sí mismo, intentando controlar los espasmos—. Por favor...

Cordelia se apartó mientras los transeúntes seguían pasando sin pararse a mirar a Matthew. No iba cubierto por ningún *glamour*, pero un caballero vomitando en las calles del Soho tampoco era algo tan raro.

Finalmente se puso de pie y se acercó a un farol; apoyó la espalda en él, y con manos temblorosas, sacó una licorera del interior del saco.

—No... —Cordelia fue hacia él.

—Es agua —dijo él, casi sin voz. Sacó un pañuelo de lino del bolsillo del pecho y se limpió las manos y la cara. El cabello mojado de sudor le cubría los ojos. «Mirarlo resultaba, de algún modo, intensamente doloroso», pensó Cordelia. Igual que el contraste entre la ropa cara y el pañuelo de marca, y los ojos rojos y las manos temblorosas.

Matthew guardó la licorera, hizo una bola con el pañuelo y lo tiró a la alcantarilla. Alzó los ojos inyectados en sangre para mirarla.

—Sé lo que me dijiste dentro. Que quieres que deje de beber. Bueno, lo intenté. No probé el alcohol desde... desde ayer.

—Ay, Matthew —exclamó Cordelia, deseando acercarse a él, y ponerle la mano en el brazo. Pero algo en la postura de él, tieso, a la

313

defensiva, la retuvo—. Sé que no es tan simple. No se puede parar sin más.

—Siempre pensé que yo sí podría —repuso él—. Creía que podría dejarlo cuando quisiera. En París lo intenté, el primer día. Y casi me muero.

—Lo disimulaste muy bien —respondió ella.

—No pude aguantar ni doce horas —confesó él—. Sabía que en ese estado no te serviría de nada. No es una excusa, pero es el motivo por el que te mentí. No te llevé a París para que estuvieras aguantándome mientras tenía convulsiones tirado en el suelo.

Cordelia sabía que podía decirle que eso era una estupidez, que ella preferiría cuidarlo mientras pasaba la abstinencia a que le mintiera. Pero no parecía el momento, sería como darle una patada a *Oscar*.

—Déjame que te lleve a casa —pidió Cordelia—. Puedo ayudarte...recuerdo que cuando mi padre intentaba dejarlo...

—Pero nunca lo consiguió, ¿verdad? —preguntó Matthew, con amargura. El aire frío le revolvió el cabello cuando apoyó la cabeza contra el farol—. Sí, me voy a casa —dijo, cansado—, pero me voy solo.

—Matthew...

—No quiero que me veas así —replicó—. Lo odio. —Sacudió la cabeza, con los ojos cerrados—. No puedo soportarlo. Cordelia. Por favor.

Al final, todo lo que le dejó hacer fue pararle un carruaje y ver cómo se subía a él. Mientras el vehículo se alejaba, a la luz de los faroles, ella lo vio echarse hacia delante y apoyar la cabeza en las manos.

Cordelia regresó hacia el Ruelle Infierno. Necesitaba un mensajero para enviar un mensaje, varios mensajes, lo antes posible.

Esa noche, Jesse no cenaba con ellos. Lo cual, según dijeron Will y Tessa, era completamente normal: tuvieron ese día su ceremonia de protección, en la Ciudad Silenciosa, y aunque Jem dijo que todo estuvo bien, era natural que estuviera cansado.

Pero Lucie seguía preocupada, aunque intentaba disimularlo, y James estaba convencido de que el estado de ánimo de Jesse tenía que ver con Grace. Picoteaba desganado su comida, mientras las voces de su familia lo envolvían: Bridget no sabía dónde puso el árbol de Navidad, y ella y Tessa lo buscaron en todos y cada uno de los roperos del Instituto; además, Tessa y Will estaban de acuerdo en que Alastair Carstairs era un joven muy bien educado; y recordaban cuando él y James tuvieron que encargarse, el día de la boda de James y Cordelia, de llevarse de la recepción a un Elias borracho antes de que montara una escena. Algo que solo hizo que James pensara en Cordelia, lo que le pasaba constantemente esos últimos días.

Después de la cena, James se retiró a su habitación. Se quitó el saco y estaba desatándose las botas cuando vio un trozo de papel metido en la esquina del espejo.

Lo sacó, mientras fruncía el ceño. Alguien había garabateado la palabra TEJADO en mayúsculas, y tenía una ligera idea de quién podía ser. James agarró un abrigo de lana y se dirigió a la escalera.

Para llegar al tejado del Instituto había que subir al ático y abrir una trampilla. El tejado estaba muy inclinado en casi toda su extensión, pero justo en lo alto de la escalera, donde James estaba, había una superficie rectangular, plana, rodeada de un barandal de metal, rematado con puntiagudas flores de lis. Apoyado en el oscuro barandal estaba Jesse.

Era una noche clara, las estrellas brillaban como diamantes hechos de escarcha. Londres se extendía bajo la luna plateada, y el humo de sus chimeneas se alzaba en columnas negras que manchaban el cielo. Los tejados parecían tener una corteza de azúcar blanco.

Jesse llevaba el saco de vestir, uno viejo de James que le quedaba demasiado corto y cuyas mangas solo le llegaban a medio antebrazo, e iba sin abrigo ni bufanda. Donde estaban, el viento del Támesis traía un frío helado, pero si Jesse lo notaba, no daba señales de ello.

—Debes de estar helándote —dijo James—. ¿Quieres mi abrigo? Jesse negó con la cabeza.

—Creo que sí me estoy helando. Aún me resulta difícil, a veces, saber exactamente lo que siente mi cuerpo.

—¿Cómo sabías lo del tejado? —preguntó James, mientras se acercaba a Jesse, en el barandal.

—Lucie me lo enseñó —contestó Jesse—. Me gusta venir aquí arriba. Me hace sentir como si aún fuera el de antes, cuando viajaba por el aire sobre Londres. —Miró a James—. No me malinterpretes. No extraño ser un fantasma. Es lo más solitario que te puedas imaginar. Tienes toda la ciudad a tus pies, a tu alrededor y no puedes tocarla, ser parte de ella. No puedes hablarle a la gente que ves. Solo te contestan los muertos, y los pocos como tu hermana que pueden ver a los muertos. Pero la mayoría no son como Lucie. La mayoría nos temen y nos evitan. Vernos, para ellos, es una maldición.

—Y, sin embargo, extrañas esa pequeña parte —observó James—. Es entendible. Antes, en sueños, sentía a Belial. Veía los reinos sombríos que él habita. Ahora, cuando duermo, no veo nada. Y me asusta esa nada. Uno debería soñar.

Jesse miró hacia el río. «Había algo contenido en él —pensó James—, como si hubiera pasado por tanto que ya casi nada le sorprendiera o molestara».

—Vi a Grace esta mañana —dijo Jesse—. Me lo contó todo.

James se agarró con fuerza a la valla. Lo supuso y aun así...

—¿Todo? —preguntó en voz baja.

—Lo del brazalete —contestó Jesse—. Su poder. Lo que te hizo.

El metal del barandal estaba helado, pero James no podía soltarlo. Se esforzó mucho para que nadie supiera lo que le pasó. Sabía que algún día tendría que contarlo, sabía que cualquier relación que pudiera tener con Cordelia dependería de ello, pero cuando pensaba en decir las palabras «Grace me controlaba, me hacía sentir cosas, hacer cosas», sentía náuseas. Jesse pensaría que él era digno de compasión, débil.

Oyó su propia voz como desde la distancia.

—¿Se lo contaste a alguien?

—Claro que no —contestó Jesse—. Es tu secreto, tú decides con quién lo compartes. —Volvió a mirar a la ciudad—. Pensé en no decírtelo —añadió—. En no decirte que Grace me lo contó. Pero me parecía otra traición, aunque fuera pequeña, y te mereces la verdad. Eres tú quien debe decidir cómo contárselo a tus amigos, a tu familia, y cuándo.

James hizo un gran esfuerzo para aflojar las manos del barandal de hierro. Las sacudió, intentando recuperar la circulación en los dedos.

—No se lo conté a nadie —dijo—. Supongo que Grace te contó que los Hermanos Silenciosos quieren mantener esa información en secreto...

Jesse asintió.

—... pero eso solo me supone un alivio temporal.

—¿Un alivio? —Jesse pareció sorprendido—. ¿No deseas contárselo a tus amigos, a tu familia?

—No —contestó James, calmado—. Me parece que decírselo sería como revivirlo. Tendrán preguntas, me compadecerán, y no estoy preparado para eso.

Hubo un largo silencio. Jesse miró la luna, visible entre las nubes.

—Belial usó mis manos para matar gente. Para matar a cazadores de sombras. No dejo de decirme que no había nada que yo pudiera hacer, pero de alguna manera aún siento, en mi interior, que pude impedirlo.

—Pero no es verdad, no podías —dijo James—. Te tenía controlado.

—Sí —repuso Jesse, y James oyó de nuevo sus propias palabras: «Te tenía controlado»—. ¿Me compadeces?

317

—No —contestó James—. Al menos... no es compasión. Me molesta que te hicieran eso. Lamento el daño que te causó. Siento admiración por la forma en que te has enfrentado a ello.

—No infravalores a tus amigos —recomendó Jesse— y a Cordelia, pensando que no sentirán eso mismo por ti. —Se miró las manos—. Sé que se enojarán con Grace —añadió—. Yo estoy furioso con ella. Me enferma pensar en lo que hizo. Y, sin embargo...

—Es tu hermana. Nadie te culparía por... por perdonarla.

—No lo sé —repuso Jesse—. Durante muchos años fue la única persona que me amaba. Era mi hermana pequeña. Me sentía como si mi misión fuera protegerla. —Esbozó una leve sonrisa—. Supongo que sabes a qué me refiero.

James pensó en todos los rasguños que Lucie se había hecho en su vida, todas las veces que él había tenido que rescatarla de escaladas a los árboles que habían ido demasiado lejos, de barcas volcadas y de patos feroces, y asintió.

—Pero ¿cómo voy a perdonar a Grace por hacerte lo que Belial me hizo a mí? —preguntó Jesse, tristemente—. Y cuando Lucie se entere... Te adora, ya lo sabes. Siempre dice que no podría tener un hermano mejor. Querrá matar a Grace, y no agradecerá que yo se lo impida.

—Las leyes de la Clave contra el asesinato serán lo que se lo impida —dijo James, y se dio cuenta de que, a pesar de todo, era capaz de sonreír—. Lucie es muy impetuosa, pero también sensata. Sabrá que tú nunca habrías aprobado lo que hizo Grace.

Jesse apartó la vista hacia la cinta plateada que formaba el Támesis.

—Esperaba que tú y yo fuéramos amigos —comentó—. Nos imagino entrenando juntos. No me imaginé esto. Y, sin embargo...

James sabía lo que quería decir. Esa conexión peculiar era como un lazo entre ellos: ambos vivieron unas vidas maleadas por Belial y Tatiana. Ambos tenían las cicatrices. Sentía que debía estrecharle la mano a Jesse; parecía lo más caballeroso, sellar el acuerdo con un apretón de manos tras prometerse que, desde ese momento en adelante, serían amigos. Por supuesto, si fuera Matthew, no se preocuparía en absoluto por hacerlo de forma caballerosa; Matthew se limitaría a abrazar a James o a tirarlo al suelo peleando o hacerle cosquillas hasta dejarlo sin aliento.

Pero Jesse no era Matthew. Nadie lo era. Matthew trajo una alegría anárquica a la vida de James, como quien ilumina un lugar oscuro. Con Matthew, James sentía la indecible alegría de estar con su *parabatai*, una alegría que trascendía todo lo demás. Sin Matthew... la imagen de Chiswick House se le aparecía en la mente, con sus espejos rotos y relojes detenidos. El símbolo de la tristeza congelada en el tiempo, interminable.

«Basta —se dijo James—. Céntrate en el presente. En lo que puedes hacer por Jesse».

—Ven conmigo, mañana —dijo, de repente, y vio que Jesse alzaba una ceja—. No te digo a dónde, tendrás que confiar en mí, pero creo que te gustará...

Jesse rio.

—De acuerdo —contestó—, confío en ti. —Frunció el ceño mientras se miraba las manos—. Y creo que tienes razón. Me estoy congelando. Se me están poniendo los dedos azules.

Bajaron por la trampilla hasta el ático, que James pensó que seguramente no habría cambiado mucho desde que sus padres eran jóvenes. Jesse regresó a su habitación, y James a la suya, donde vio que Bridget metió bajo la puerta un sobre ligeramente arrugado. Por lo visto, mientras él estaba en el tejado, Neddy le llevó un mensaje.

Un mensaje de Cordelia.

Resultó que el plan de Anna, que Ariadne pensó que incluiría una compleja serie de maniobras que de alguna manera darían como resultado recuperar a *Winston*, el loro, consistía simplemente en el uso de una runa de apertura para entrar en la mansión Bridgestock por la puerta de atrás y la realización de un fulminante saqueo en el hogar en el que Ariadne vivió desde su llegada a Londres.

Le pareció bastante divertido. Guio a Anna hasta el invernadero, donde la jaula dorada de *Winston* solía tener su lugar privilegiado. Pero el estómago le dio un vuelco al ver que no estaba allí. ¿Y si sus padres, con el enojo, vendieron a *Winston* o lo regalaron?

—Seguro que está en otra habitación —susurró Anna. No habían dejado de susurrar desde su entrada en la casa, aunque Ariadne sabía que no había nadie, y los sirvientes, desde sus habitaciones del sótano, no podían oírlas. Y además ambas llevaban runas de silencio. Aun así, había algo en la casa oscura que invitaba a susurrar.

Buscaron en la planta baja, con Anna apuntando a cada esquina con su piedra de luz mágica. Como no encontraron nada, fueron al piso de arriba, moviéndose silenciosas por los suelos alfombrados hasta la recámara de Ariadne.

En cuanto entró en su antigua habitación, Ariadne notó varias cosas. La primera, que allí estaba *Winston*, en su jaula, sobre el escritorio. Un platito de nueces y semillas se encontraba a su lado. El pájaro agitó las alas, feliz, al verla.

—Aquí estabas —exclamó Anna, y volteó a mirar a Ariadne, que parecía aliviada, pero... Lo segundo que vio fue el estado de su habitación. Esperaba que estuviera desmantelada, que sus padres hubieran sacado todo lo que les recordaba a ella. Pero todo estaba en su sitio, tal como lo dejó. Las joyas que no se llevó se encontraban en una cajita de terciopelo, abierta sobre la cómoda, junto con su maquillaje y su peine. La ropa que dejó seguía colgada en el ropero. Su cama estaba perfectamente hecha.

«Están guardando las apariencias —dedujo—. Por ellos, no por nadie más. Quieren creer que voy a regresar en algún momento».

Imaginaba la escena que ellos esperaban: Ariadne regresando a Cavendish Square, bañada en lágrimas, y su madre revoloteando alrededor mientras ella hablaba del mundo exterior y sus crueldades, de las cosas que creyó y resultaron ser falsas. Que no entendía cómo llegó a pensar que amaba a...

—Pajarito bonito —dijo *Winston*, esperanzado.

—Oh, *Winston* —murmuró Ariadne, y le pasó un cacahuete a través de las rendijas de la jaula—. No tengas miedo, no me olvidé de ti. Te vienes con nosotras. —Miró alrededor, sí, allí estaba su manta púrpura de ganchillo, doblada a los pies de la cama. La tomó y la desdobló.

Winston miró a Anna, acostada en la cama de Ariadne observaba el encuentro divertida.

—Anna —pio el pájaro.

—Esa soy yo —contestó ella, encantada. Normalmente lo que *Winston* le decía a la gente era: «¿Una nuez del Brasil?».

—Problemas —añadió *Winston*, mirando a Anna receloso—. Anna. Problemas.

—*Winston* —lo reprendió Ariadne, y vio cómo Anna hacía esfuerzos por no reírse—, decir eso es de muy mala educación. Anna está ayudándome con tu rescate para que estemos juntos otra vez. Nos vamos a quedar en su departamento, así que más vale que te comportes.

—Ariaaaaadne —dijo *Winston,* en una imitación de su madre llamándola, tan buena que casi asustaba—. ¿Pajarito bonito? ¿Una nuez del Brasil?

Ariadne puso los ojos en blanco y tapó la jaula con la manta.

—Pajarito —dijo *Winston*, en tono pensativo, y luego se quedó en silencio.

Ariadne movió la cabeza con tristeza mientras volteaba hacia Anna, pero se detuvo cuando se dio cuenta de que la expresión de Anna había cambiado. Parecía muy seria, perdida en sus pensamientos.

—¿Qué pasa? —preguntó Ariadne.

Anna se quedó callada un momento antes de hablar.

—Es solo que me estaba preguntando... ¿Sigues queriendo que te llamen Ariadne? Es el nombre que tus... bueno, ya sabes, que Maurice y Flora te pusieron. Y también eras Kamala. Que es un nombre precioso. No es que Ariadne no lo sea. —Hizo una mueca—. Supongo que la decisión es tuya. De cómo quieres que te llamen.

Ariadne se quedó sorprendida y emocionada. Era algo que ella sí pensó, pero no esperaba que Anna lo hiciera también.

—Es una buena pregunta —contestó, mientras se apoyaba en la cómoda—. Los dos son mis nombres. Y como nombres, claro, representan una especie de regalo, pero también suponen, creo, un conjunto de expectativas. Mi primera familia pensó que sería un cierto tipo de chica, y no lo soy. La segunda también tenía unas expectativas de quién sería, y tampoco soy esa persona. Aun así, ambos nombres forman parte de mí. Creo que me gustaría tener un nombre nuevo, algo que una los dos. Pensé en Arati —dijo, tímida—. Era el nombre de mi primera abuela. Siempre explicaba que hacía referencia al fuego sagrado, o a rezarle al Ángel con una luz en la mano. Me hacía pensar en ser una luz en medio de la oscuridad. Y eso es algo que me gustaría ser. Me gustaría que me llamaran Ari —añadió—, lo que haría honor al nombre que he llevado en los últimos doce años.

—Ari —repitió Anna. Estaba medio tumbada, apoyada sobre las manos y miraba a Ariadne, con una mirada intensa en los azules ojos. Llevaba el cuello de la camisa abierto y los rizos oscuros le llegaban hasta la nuca. Tenía un cuerpo estilizado, con la espalda ligeramente arqueada y la curva de los pequeños y erguidos pechos visible bajo la camisa—. Bueno. No me será un nombre difícil de recordar, pues llevo ya un tiempo llamándote así. Ari —repitió, y el sonido fue diferente, como una caricia.

Un futuro pareció abrirse ante Ari en ese momento. Un futuro más honesto, uno en el cual ella sería quien deseaba ser. Estaba cruzando una especie de puente, desde su antigua vida hacia una nueva, y Anna estaba con ella en ese lugar intermedio. Un lugar de transformación, donde no había compromiso, ni votos, ni promesas, solo la comprensión de que todo estaba cambiando.

Se dejó caer en la cama al lado de Anna, que volteó hacia ella con una pregunta en la mirada. Ari extendió la mano y le acarició la mejilla. Siempre le encantaron los contrastes de su cara: los rasgos afilados y agudos, y la boca roja y exuberante.

El azul de los ojos de Anna se oscureció mientras Anna le trazaba la línea del mentón, luego la garganta y se detenía en el botón superior de la camisa. Ari se inclinó y la besó en cuello, en el punto donde le latía el pulso y se atrevió a lamerle suavemente el hueco en la base del cuello. Pensó que Anna sabía a té, oscuro y amargo y dulce a la vez.

Anna tomó a Ari por la cintura, por la cadera y la acercó hacia sí. Le habló con el aliento entrecortado.

—Ari, ¿deberíamos...?

—No tiene por qué significar nada —susurró Ari—. Solo tiene que ser porque lo deseemos. Nada más.

Anna pareció dar un brinquito, pero luego le hundió las manos en el cabello, y le buscó la boca con la suya; le mordisqueó el labio inferior y luego sus lenguas se entrelazaron. Ari siempre dejó que Anna tomara la iniciativa, pero en ese momento las dos se hundieron juntas en la cama, y Ari le fue desabrochando la camisa a Anna, acariciándole la piel blanca y suave, las subidas y bajadas de sus ligeras curvas, mientras Anna jadeaba contra su boca.

Anna alzó los brazos para abrazarla, y todo lo demás desapareció: los padres de Ari, su futuro en el Enclave, su departamento imaginario; todo olvidado en la marea de fuego que le barrió la piel mientras disfrutaba de las caricias y la sensación de Anna, de sus sabias manos, del placer que daba y recibía, tan intenso, brillante y delicado como una llama.

17

FARO DE LA NOCHE

En lo profundo de sus ojos, el faro de la noche
arde con una llama secreta,
ante la que pasan las sombras que no tienen vista
y los fantasmas que no tienen nombre.

JAMES ELROY FLECKER,
Destructora de barcos, hombres y ciudades

En el exterior de los Whitby Mansions, ese edificio comparable con un gran pastel de bodas rosa que albergaba el departamento de Matthew, James contempló sus torretas y florituras, y fueron un doloroso recordatorio de la última vez que estuvo allí. Llegó a toda prisa, convencido de que Cordelia aún estaba allí, pero el portero le dijo que Matthew y Cordelia acababan de salir hacia la estación de tren. Para irse a París.

Y el mundo entero le cayó encima, roto como el brazalete maldito. Aunque no se partió en dos mitades perfectas, sino más bien en un montón de trozos desiguales que llevaba desde entonces intentando recomponer.

Esta vez, el portero apenas reparó en él, y simplemente le indicó el camino con la mano cuando James le dijo que iba a visitar al señor Fairchild. James tomó el ascensor y, por una corazonada, agarró la manija de la puerta antes de llamar. Estaba abierta, así que entró.

Para su sorpresa, lo primero que vio fue a Thomas, arrodillado ante la chimenea. El fuego ardía fuerte y hacía demasiado calor, pero Thomas se limitó a echar más leña y a encogerse de hombros mirando a James.

Ante la chimenea había una pila de gruesos edredones. Acurrucado sobre ellos, estaba Matthew, en camisa y pantalón, y con los pies descalzos. Tenía los ojos cerrados. James sintió que se le encogía el corazón: Matthew parecía un niño pequeño. Tenía la barbilla en el puño, y las largas pestañas le acariciaban las mejillas. Parecía dormido.

—Veo que Cordelia te avisó a ti también —le dijo James a Thomas en voz baja.

Thomas asintió.

—A todos, creo. ¿A tus padres les pareció bien que salieras?

—Entendieron que era importante —contestó James, como ausente. Fue a sentarse en el sofá. Matthew comenzó a temblar, hundiéndose más en los edredones al hacerlo—. Es imposible que tenga frío.

Thomas miró a Matthew.

—No se trata de la temperatura. Está... no está bien. No come nada, intenté darle un consomé, pero no hubo forma. Al menos ha bebido un poco de agua.

Se oyó un ruido como de pelea y, tras un momento, James supo que era *Oscar*, al que habían encerrado en la recámara de Matthew. Como si supiera que James estaba mirando en su dirección, el perro emitió un triste llanto tras la puerta cerrada.

—¿Por qué tienen a *Oscar* ahí encerrado? —preguntó James.

Thomas suspiró y se pasó la mano por la frente.

—Matthew me pidió que lo encerrara. No sé por qué. Tal vez tema que haga ruido y moleste a los otros inquilinos.

James dudó que a Matthew le preocuparan los otros inquilinos, pero no dijo nada. Se levantó, se quitó los zapatos y se acurrucó sobre el edredón con Matthew.

—No lo despiertes —le advirtió Thomas, pero James vio un trocito de verde tras las pestañas de Matthew.

—Creo que está despierto —dijo James, sabiendo que Matthew estaba efectivamente despierto, pero dejando que siguiera fingiendo lo contrario si quería—, y estaba pensando que, a veces, un *iratze* sienta bien para la resaca. Podíamos intentarlo. Como soy su *parabatai*...

Matthew sacó el brazo fuera. Tenía los puños de la camisa desabrochados y la ligera tela le ondeaba tristemente alrededor de las muñecas.

—Ahí lo tienes —dijo. Tenía la voz ronca, aunque teniendo en cuenta lo caliente y seco que estaba el departamento, no era sorprendente.

James asintió. Thomas avivó el fuego, mirando con curiosidad cómo James extendía el brazo de Matthew en su regazo. Sacó la estela del saco, y aplicó cuidadoso la runa de curación sobre el antebrazo de Matthew, lleno de venas azules.

Cuando acabó, Matthew soltó el aire y movió los dedos.

—¿Mejor? —preguntó James.

—La cabeza me palpita con un poco menos de intensidad —contestó Matthew. Se apoyó en los codos—. Oye, yo no le pedí a Cordelia que te avisara. No quiero ser una carga.

—No eres una carga —repuso James—. Puede que seas un idiota, pero no una carga.

Se oyó ruido en la puerta. Christopher llegó con un maletín negro de médico y expresión decidida.

—Ah, bien —dijo sin más preámbulos—. Están todos aquí.

—¿Dónde iba a estar yo? —replicó Matthew. Tenía el cabello pegado a la frente y a las mejillas por el sudor. Seguía apoyado en los codos cuando Christopher entró y se arrodilló sobre el edredón cerca de James. Puso el bolso negro en el suelo y empezó a rebuscar dentro.

—¿Por qué tienen el fuego tan fuerte? —preguntó.

—Tenía frío —contestó Matthew. Parecía a punto de hacer pucheritos, como un niño pequeño desafiante.

Christopher se enderezó los lentes torcidos.

—Es posible —empezó— que los Hermanos Silenciosos nos puedan ayudar con esto...

—No —cortó Matthew, tajante.

—Yo mismo lo llevaría a rastras hasta la Ciudad Silenciosa, si creyera que serviría de algo —dijo James—. Pero allí no fueron capaces de hacer nada por el padre de Cordelia.

—Yo no soy... —Matthew se interrumpió, apretando el edredón. James sabía lo que iba a decir: «Yo no soy como el padre de Cordelia». Quizá era algo bueno que no acabara la frase; quizá empezaba a entender que Elias Carstairs no era su presente, pero sería su futuro si las cosas no cambiaban.

—Soy un científico, no un médico —dijo Christopher—. Pero he leído algo sobre... adicciones.

Miró a Thomas, y James no pudo evitar preguntarse cuánto discutieron el tema Thomas y Christopher cuando Matthew y James no estaban con ellos. Quizá también pensaron que James necesitaba que lo protegieran de la verdad.

—Uno no puede dejar de beber de repente, así sin más. Es un noble esfuerzo, pero es peligroso —explicó Christopher—. Tu cuerpo cree que necesita alcohol para sobrevivir. Por eso te sientes tan mal. Con calor y frío, y náuseas.

Matthew se mordió los labios. Tenía las ojeras amoratadas.

—¿Qué puedo hacer?

—Esto no se limita a la incomodidad y el dolor —avisó Christopher—. El alcohol se volvió necesario para tu organismo. Tu cuerpo luchará por él, y quizá te mate en el proceso. Temblarás, vomitarás, el corazón te latirá demasiado deprisa. Tendrás fiebre, por eso sientes frío. Puedes sufrir convulsiones...

—¿Convulsiones? —repitió James, alarmado.

—Sí, e incluso un fallo cardiaco, y por eso no debe estar solo. —Christopher parpadeó como un búho—. No me cansaré de decirlo, Matthew. No puedes hacer esto solo. Déjanos ayudarte.

A la oscilante luz del fuego, el rostro de Matthew se veía cavernoso.

—No los necesito —dijo—. Me metí en esto yo solo. Tengo que poder salir solo.

James se puso de pie. Quería gritarle, quería sacudir a Matthew y decirle que no estaba haciéndose daño solo a sí mismo, sino a todos ellos; que poniéndose en peligro, también lo ponía en peligro a él.

—Voy a dejar salir a *Oscar* —dijo.

—No —respondió Matthew, frotándose los ojos—. Estaba lloriqueando, no entiende qué pasa.

—Quiere ayudarte —replicó James, dirigiéndose a la puerta de la recámara. En cuanto la abrió, *Oscar* cruzó la habitación, disparado en dirección a Matthew; durante un momento, James se temió que intentara saltar sobre su dueño y lamerle la cara, pero el animal se limitó a sentarse al lado de Matthew y a resollar en bajo.

—¿Ves? —señaló James—. Ya se siente mejor.

—Me va a quitar todas las mantas —se quejó Matthew, pero extendió la mano para rascar a *Oscar* detrás de las orejas.

—Te quiere —dijo James, y Matthew lo miró, la oscuridad de sus ojos resaltaba en la cetrina palidez de su cara—. Los animales son inocentes. Que confíen en ti es un honor. Será desdichado si no le dejas estar junto a ti y ayudarte. No le estás ahorrando una carga al mantenerlo apartado. Solo le estás rompiendo el corazón.

Matthew contempló a James durante largo rato antes de voltear hacia Christopher.

—De acuerdo, Kit —dijo en tono vencido—. Dime qué tengo que hacer.

Kit abrió su maletín.

—¿Cuándo fue la última vez que bebiste, Matthew?

—Esta mañana —contestó—. Solo un poco de *brandy*.

—¿Dónde está tu licorera?

—Perdí la de plata —respondió Matthew—. Puede que la dejara en París. En esta tengo agua.

Sacó del bolsillo una sencilla licorera de hojalata con un corcho. Se la entregó a Christopher, que la abrió, rebuscó en su maletín de médico y sacó una botella. Empezó a echar el contenido de la botella en la licorera de Matthew, frunciendo el ceño mientras lo hacía, como si midiera las cantidades de cabeza.

—¿Qué es eso? —preguntó Thomas, observando; era un líquido de color té pálido.

—Agua y alcohol, mezclado con hierbas sedantes. Las hierbas probablemente eviten las convulsiones.

—¿Probablemente? —repitió Matthew—. Esa es la razón por la que los científicos no le caen bien a nadie, Christopher. Demasiada precisión, poco optimismo.

—A todo el mundo le caen bien los científicos —corrigió Christopher con total seguridad, y le pasó a Matthew la licorera de hojalata, ya llena—. Bebe.

Precavido, Matthew agarró la licorera y se la llevó a los labios. Tragó, tosió e hizo una mueca.

—Asqueroso —proclamó—, como una mezcla de licor y sopa.

—Así está bien —replicó Christopher—. No tiene que ser agradable. Considéralo una medicina.

—¿Y cómo funciona? —preguntó James—. ¿Bebe esta porquería siempre que quiera?

—No es una porquería, y no —contestó Christopher. Giró hacia Matthew—. Te traeré una licorera nueva cada mañana, con menos cantidad cada vez. Beberás un poco por la mañana, y un poco por la tarde, y cada día menos, y finalmente te sentirás mejor y ya no desearás beber de ella.

—¿Y eso cuánto llevará? —quiso saber Thomas.

—Unos quince días

—¿Y ya? —preguntó Matthew. «Ya tenía mejor aspecto», pensó James. Le regresó algo de color a la cara, y las manos no le temblaban—. ¿Se me pasará?

Hubo un corto silencio. Christopher parecía inseguro; ese terreno, donde lo que contaba no eran las dosis y los tiempos, no era el suyo. James solo pensaba en Elias, y lo que Cordelia dijo sobre él: la cantidad de veces que intentó dejarlo, y la manera en la que recaía tras meses sin haber probado ni gota.

Fue Thomas quien rompió el silencio.

—Lo que fuera que te hizo empezar a beber —dijo—, seguirá ahí.

—O sea, estás diciendo que seguiré deseando beber —asumió Matthew, despacio—, pero no tendré la necesidad.

James se inclinó y le revolvió el cabello sudado.

—Deberías descansar —le dijo.

Matthew se inclinó hacia James.

—Sí. Pero es que no quiero que se vayan. Es egoísta, pero...

—Yo me quedo —anunció James.

—Y yo —secundó Thomas.

Christopher cerró su maletín de médico con un chasquido.

—Nos quedamos todos —añadió.

Y así fue como acabaron durmiendo acurrucados en el edredón delante del fuego, como una camada de cachorros. Matthew se quedó dormido casi inmediatamente, y los demás poco después; James, con la espalda contra la de Matthew, no creyó que pudiera quedarse dormido, pero el crepitar del fuego y la suave respiración de los otros Alegres Compañeros lo llevó tranquilamente a un sueño exhausto. El único que no durmió fue *Oscar*: se quedó a poca distancia y se sentó a vigilarlos toda la noche.

Cordelia no conseguía dormir y no dejaba de dar vueltas en la cama. Extrañaba Curzon Street; extrañaba su cama y saber que James estaba en la otra habitación. En esta casa, tenía a Alastair y a su madre, pero no era lo mismo. Regresar a Cornwall Gardens era como intentar meter una llave en una cerradura cambiada.

No dejaba de oír las palabras de Hypatia: «Podrías llegar a ser la cazadora de sombras más grande y efectiva del mundo». Pero ¡a qué precio! Tendría que abrazar la oscuridad y aceptar a Lilith como maestra. ¿Y acaso no fue un deseo de grandeza lo que la hizo seguir ese camino? Pero entonces, ¿cómo iba a estar mal querer ser una cazadora de sombras excelente? ¿Cómo iba a ser incorrecto querer proteger al mundo de Belial?

Y sabía que no se trataba solo del mundo, sino de Lucie y James. Eran dos objetivos; su vulnerabilidad le rompía el corazón. Quizá Lucie la odiaría en ese momento, y quizá perdería a James, pero quería protegerlos con cada fibra de su ser.

Se preguntó que pensaría James al recibir su mensaje pidiéndole que fuera a casa de Matthew. Esperaba que lo hubiera hecho. Él y Matthew se necesitaban con urgencia, a pesar de lo testarudos que pudieran ser ambos.

Dio otra vuelta, desesperada y se le cayó la almohada al suelo. Tenía el cabello enredado y le dolían los ojos de cansancio. Hypatia le recomendó que luchara al servicio de Lilith. Pero no pensaba hacerlo. Aun así, regresó el recuerdo del demonio gamigin en Chiswick. Estaba segura de que si lo hubiera podido interrogar, conseguiría saber algo más de los planes de Belial.

Se incorporó hasta quedarse sentada, intentando ver en la oscuridad. Seguramente interrogar a un demonio era algo que podía hacer sin armas. Y mientras fuera la paladina de Lilith podía aprovecharse del miedo que inspiraba a los demonios. Sería una forma de sacar algo bueno de su horrible alianza con Lilith. Una manera de ayudar a Lucie, James, y los demás.

«Buscas un lugar, y mejor si tiene una historia oscura, un lugar de muerte y horror, marcado por la tragedia», le había dicho Hypatia. Y Cordelia conocía un lugar así.

Thomas se despertó de madrugada, por culpa de *Oscar*.

Los otros seguían dormidos, desperdigados sobre la alfombra ante la chimenea, que se había apagado. A través de la ventana entraban tenues rayos de luz del amanecer, e iluminaban la curva del hombro de James, el reflejo de los lentes de Christopher y el brillante cabello de Matthew.

Oscar no dejaba de hacer ruido yendo y viniendo entre la puerta y Matthew, con las uñas sonando sobre el suelo de madera. Thomas se inclinó sobre Matthew; estaba profundamente dormido, pero respiraba con regularidad y tenía la mano en la cintura de James. Si no estuviera tan exhausto, seguro que *Oscar* lo despertaría, algo que no parecía buena idea.

Dejando a Matthew descansar, Thomas se puso de pie. Miró a *Oscar*, que le devolvió la mirada con sus grandes ojos castaños, y musitó un «¿Por qué yo?», antes de ir por su abrigo.

Oscar se dejó poner la correa encantado, y se dirigieron a la calle, pasando por delante del puesto vacío del portero. Fuera, Thomas se afanó en mirar a lo lejos mientras *Oscar* hacía sus necesidades bajo un platanero.

El amanecer empezaba a iluminar el cielo. Era de un rosa polvoriento, con franjas de un rojo más oscuro que atravesaban longitudinalmente las nubes más bajas. Marylebone no había empezado a despertarse; ni siquiera se oía el sonido lejano de la traqueteante carreta del lechero por las calles, rompiendo el silencio.

En ese rojizo amanecer, el edificio de los Whitby Mansions parecía aún más rosa. Por una de sus esquinas, Thomas vio una sombra oscura acechando.

—¿Alastair? —llamó Thomas, y la sombra oscura se sobresaltó y volteó hacia él. Alastair estaba apoyado contra el edificio como si se hubiera quedado dormido; se frotó los ojos, miró a Thomas y a *Oscar*, y farfulló algo—. Alastair —insistió Thomas acercándose a él, con *Oscar* trotando alegremente a su lado—. ¿Qué diantres estás haciendo?

—Creo que no le gusto a ese perro —dijo Alastair, mirando a *Oscar* con desconfianza.

—Eso realmente no responde a mi pregunta, ¿no?

Alastair dejó escapar un suspiro. Llevaba su abrigo azul marino y una bufanda gris. El denso cabello negro le llegaba hasta el cuello, y sus ojos oscuros se veían cansados, con los párpados algo caídos, lo cual le daba un aspecto bastante seductor, aunque Thomas sabía perfectamente que era solo cansancio.

—Está bien —contestó—. Cordelia me dijo lo que pasó. Y lo creas o no, estaba preocupado.

—¿Por Matthew? —*Oscar* aulló al oír el nombre de su amo—. No sé si creérmelo.

—Thomas —dijo Alastair, con exagerada paciencia—. Tengo bastante experiencia con alcohólicos. Sé lo que pasa cuando dejan de beber de repente. Lo enfermos que se ponen. Mi padre estuvo a punto de matarse un par de veces.

—Oh —exclamó Thomas—. Bueno, ¿pues por qué no tocaste el timbre?

—Vine —contestó Alastair —, y me di cuenta de que quizá no fuera bienvenido. Fui bastante impulsivo. —Miró sorprendido a *Oscar*, que se sentó a sus pies—. ¿Por qué hace eso?

—Porque sí que le gustas. Le gusta todo el mundo. Es un perro. ¿Así que decidiste que no querías subir, y te quedaste aquí toda la noche?

—Decidí quedarme aquí hasta que uno de ustedes saliera para preguntar por el estado de Matthew. Así al menos le llevaría información a Cordelia. Está muerta de preocupación. —Le dio un par de palmaditas inseguras a *Oscar* en la cabeza—. Admito que esperaba que fueras tú. Hay algo que quería... necesitaba... decirte.

El estómago de Thomas dio un vuelco traicionero. Miró alrededor y luego se recordó a sí mismo que ambos llevaban sus *glamoures*. Ningún mundano podía verlos, y las patrullas de cazadores de sombras acababan con la salida del sol. Dio un paso en dirección a Alastair, y luego otro, hasta que él, *Oscar*, y Alastair se quedaron pegados bajo el arco de un falso portalón.

—Bueno —dijo Thomas—. ¿Qué es?

Alastair lo miró, con sus ojos adormilados, sensuales. Se pasó la lengua por los labios, y Thomas pensó en su beso en la biblioteca, la deliciosa fricción de sus bocas.

—Me voy de Londres dentro de poco —informó Alastair—. Me mudo a Teherán.

Thomas dio un paso atrás, y sin querer le pisó la pezuña a *Oscar*. El animal aulló resentido, y Thomas se inclinó para ponerle una mano en la cabeza. Lo que le dio una oportunidad maravillosa para esconder su expresión.

—Mi madre regresa a Teherán con el bebé —explicó Alastair— y no puedo dejarla ir sola. Si no lo hago yo, Cordelia se ofrecerá, pero ella tiene que quedarse aquí. Ella es la que tiene aquí a sus amigos, una futura *parabatai*, y un marido. Yo solo te tengo a ti.

Thomas se enderezó. Sentía como si el corazón se le helaba en medio del pecho.

—¿Y no soy suficiente?

—No puedes ser mi única razón para quedarme —susurró Alastair—. No puedo esperar que cargues con ese peso. No es justo para ti.

—Me gustaría —replicó Thomas, sorprendido por la frialdad de su propia voz— que dejaras de decirme qué es lo mejor para mí. No dejas de decirme todas las razones por las que amarte no es bueno para mí.

El pecho de Alastair se movía deprisa.

—Yo no hablo de amor.

—Bueno, pues yo sí —dijo Thomas—. Tú viniste aquí y hasta dijiste que era porque esperabas poder hablar conmigo. Eres tú el que anda persiguiéndome y luego me dices que te deje en paz.

—¿No lo ves? Es porque soy un miserable y un egoísta, Thomas. No es bueno que me veas, que quedemos, pero quiero verte. Quiero verte a todas horas, maldita sea, y por eso me paso la noche aquí, delante de este horrible edificio rosa, esperando verte, y ahora que te veo, me vienen a la cabeza todas las razones por las que es una mala idea. Créeme —dijo, con una risa amarga—, si fuera una buena persona, te habría mandado una nota.

—El único motivo por el que sigues empeñado en que esto es una mala idea —insistió Thomas, testarudo—, es porque crees que eres una persona mala y egoísta.

—¿Y no es suficiente? —preguntó Alastair, con voz ahogada—. Eres el único que piensa que no lo soy, y si tuviéramos una relación, te decepcionaría, y entonces dejarías de ser la única persona que piensa bien de mí.

—No te vayas a Teherán —pidió Thomas—. No quiero que te vayas.

Se miraron, y por un momento Thomas creyó ver algo que le parecía imposible: el reflejo brillante de las lágrimas en los ojos de Alastair.

«No puedo retenerlo —pensó, desolado—. Si tuviera el encanto de Matthew o la facilidad de palabra de James, haría que me entendiera».

—Alastair —dijo con suavidad, y en ese momento *Oscar* lanzó un gemido y empezó a frotarse contra la pierna de Thomas, algo que este sabía que suponía el preámbulo de un aullido lastimero.

—Quiere ver a Matthew —explicó Thomas—, será mejor que regrese. Le diré a Matthew que pasaste a ver qué tal estaba —añadió, pero Alastair, retorciendo la bufanda con una mano, se limitó a mover la cabeza.

—No —dijo, tras un momento; Thomas se encogió de hombros y se dirigió de regreso a la casa.

Cordelia hizo suficientes planes; estaba lista para pasar a la acción. Aunque aún tenía que esperar a la puesta de sol. Sabía que debería estar leyendo los libros sobre paladines y magia vinculante que Christopher le dio, pero no se concentraba.

Siempre pasaba lo mismo cuando se le ocurría un plan; a medida que se acercaba el momento de entrar en acción, los pensamientos se le arremolinaban y se detenían intermitentemente para concentrarse en una u otra parte del planteamiento. «Primero voy aquí, luego allí; esto es lo que le digo a Alastair; aquí es donde regreso sin que nadie me vea».

Suficiente. Visitó a su madre, hasta que esta se quedó dormida; estuvo molestando a Risa en la cocina mientras la mujer preparaba *khoresh-e fesen-joon*, y hasta fue a ver qué estaba haciendo Alastair, que resultó leía en el sillón de su recámara. Levantó la mirada cuando Cordelia entró.

—Ay, no —exclamó—. Por favor, dime que no vienes a pedirme que participe en algún plan descabellado que se les ocurrió a tus amigos. *Kachalam kardan.* —«Me vuelven loco».

—En absoluto —contestó Cordelia, y le pareció ver una sombra de decepción en el rostro de su hermano. Hubo un tiempo, no hacía tanto, en que Alastair no le permitía entrar en su habitación, y ella nunca acudiría a él en busca de consejo. Eran muy celosos de su privacidad; a ella le alegraba que las cosas ya no fueran así—. Solo quería verte.

Alastair cerró el libro, y dejó un dedo como marcapáginas.

—Cuéntame, *moosh*. —Que significaba «ratón»; no había llamado así desde que era muy pequeña. Parecía cansado; tenía ojeras y la espalda encorvada de una forma que le partió el corazón a Cordelia—. Si estás preocupada por Matthew, te informo que todos sus amigos fueron a su departamento ayer. De hecho, se quedaron a dormir.

Cordelia emitió un suspiro aliviado.

—¿De verdad? ¿James también? ¡Qué alegría!

—Sí. —La miró serio—. ¿Crees que Matthew estará enojado contigo? ¿Por habérselo dicho a los otros?

—No lo sé —admitió Cordelia—. Pero lo volvería a hacer. Los necesitaba. No estaba dispuesto a mostrarse desesperado o enfermo delante de mí. Pero con ellos, creo que sabe que no es debilidad, ni nada vergonzoso. Eso espero.

—Yo también lo espero. —Alastair dirigió la mirada hacia sus dagas, exhibidas en la pared; faltaba una, lo cual era raro. Alastair era muy particular con sus cosas—. La enfermedad que tiene, que tenía nuestro padre, es una enfermedad de culpa, y también de adicción y necesidad. La culpa te envenena. Te hace incapaz de aceptar ayuda, pues no crees que la merezcas.

—Creo que eso funciona así con más cosas —reflexionó Cordelia, con voz suave—. Rechazar el amor porque uno cree que no lo merece, por ejemplo.

Alastair la miró entrecerrando los ojos.

—No vas a dejar de importunarme con lo de Thomas, ¿verdad?

—Es que no lo entiendo —repuso Cordelia—. Ariadne está viviendo con Anna, seguro que no se acaba el mundo porque Thomas y tú se quieran.

—Eso díselo a *maman* —contestó Alastair, sombrío.

Cordelia tuvo que admitir que no tenía ni idea de cómo reaccionaría su madre si supiera que a Alastair le gustaban los hombres.

—Nuestras ilusiones más profundas, y las más frágiles, son las que tienen que ver con nuestros amigos y familiares. Thomas cree que nuestras familias serían felices si nosotros lo fuéramos; pero yo miro a los Bridgestock y sé que no siempre es así. Thomas cree que sus amigos me aceptarían de buen grado; yo creo que antes lo dejarían a él de lado. Y eso sería algo terrible para él. No puedo permitirlo.

—Eso —remarcó Cordelia— es tremendamente noble. Y también muy estúpido. Y tú no eres quién para permitir o no a Thomas hacer algo; tiene los sentimientos que tiene y son cosa suya.

—Thomas podría tener a cualquiera —opinó Alastair, con aire virtuosamente abatido—. Podría elegir a alguien mejor que yo.

—No estoy segura de que elijamos de quién nos enamoramos —repuso Cordelia, dirigiéndose hacia la puerta—. Más bien creo que el amor es como un libro que escribieron para nosotros, una especie de texto sagrado que debemos interpretar. —Se detuvo en la entrada y lo miró sin voltear—. Y tú te niegas a leer el tuyo.

—¿Ah, sí? —replicó Alastair—. ¿Y qué dice el tuyo? —Cordelia lo miró, y él cedió, levantando las manos a modo de disculpa—. ¿Vas a salir, Layla?

—Voy a Curzon Street —contestó ella—. Aún tengo allí la mayor parte de mi ropa... Tengo que encontrar algo que me pueda poner en la fiesta de Navidad de mañana.

—No puedo creer que sigan adelante con la fiesta —comentó Alastair, abriendo su libro—. Oye, regresa antes de que anochezca, ¿de acuerdo?

Cordelia se limitó a asentir antes de irse. Por supuesto, no tenía ninguna intención deregresar antes de que anocheciera, su plan requería estar fuera después de la puesta de sol. Pero asentir no era como mentir, ¿no?

Letty Nance llevaba trabajando en el Instituto de Cornualles desde que tenía doce años. Su familia poseía la Visión, algo que para sus padres, que trabajaban en el Instituto de Cornualles antes que ella, siempre fue un honor. A Letty le parecía una broma cruel que el Señor le permitiera ver que el mundo contenía magia, pero no formar parte de ella.

Pensó que el Instituto sería un lugar de trabajo emocionante y maravilloso. Desgraciadamente, no era así. Con el paso de los años, entendió que no todos los nefilim eran como el anciano Albert Pangborn, tan gruñón que era desagradable ayudarle, y tan tacaño que ni mantenía las protecciones del Instituto en condiciones. Los piskies del lugar siempre deambulaban por la propiedad, y el único contacto con magia real que ella tenía la mayoría de las semanas era perseguirlos para echarlos del jardín mientras estos le gritaban groserías.

Pero por fin tuvo algo de emoción con lo ocurrido hacía dos noches. Pangborn solía patrullar el área con un grupo de cazadores de sombras más jóvenes: por lo que Letty veía, patrullar significaba darse un paseo a caballo buscando subterráneos, comprobar que no estuvieran haciendo nada malo, y volver al Instituto a beber cuando resultaba que no. Algunos de los cazadores de sombras, como Emmett Kelynack y Luther Redbridge, no eran tan malencarados, pero ninguno de ellos miraría dos veces a una chica mundana, ni aunque esta tuviera la Visión.

Pero hacía dos noches trajeron a una mujer vieja. Al menos a Letty le parecía vieja, aunque no tanto como Pangborn, porque nadie era tan viejo como Pangborn; pero estaba muy delgada, tenía el cabello castaño entreverado de canas y la piel de una palidez enfermiza.

Lo raro era que la mujer era una cazadora de sombras. Tenía las Marcas, como los demás, los dibujos negros de escritura angélica. Y aun así la llevaron directa al Santuario y la encerraron allí.

El Santuario era una gran cripta de piedra, a donde, a veces, iban los subterráneos cuando querían hablar con Pangborn. Funcionaba, también, como cárcel improvisada. Tras encerrar a la mujer, Pangborn se llevaría a Letty aparte para hablarle.

—Ven a verla dos veces al día, señorita Nance, y asegúrate de que tenga comida. No le hables, incluso aunque ella te hable a ti. Con suerte, en uno o dos días, ya no la tendremos aquí.

Letty pensó que eso sí era algo emocionante. Una nefilim que hizo algo tan malo como para que la encerraran, y ella, Letty, era la encargada de vigilarla.

Intentó llevarle la cena al Santuario, y al día siguiente, el desayuno, pero la mujer, tirada en la cama, seguía sin reaccionar a las palabras de Letty, que a veces llegaba a darle con el dedo para reclamar su atención. Le dejó la comida en la mesa y luego regresó varias horas después y se la llevó; la mujer seguía durmiendo. Letty esperaba que esa mañana fuera mejor, pues seguro que no era bueno dormir una noche y un día seguidos, así que confiaba en que la mujer se despertara y comiera. Tenía que reponer fuerzas, a juzgar por sus heridas.

Letty usó la llave más larga del llavero que llevaba a la cintura para abrir el Santuario. Dentro, cuatro escalones conducían al suelo de piedra, y mientras descendía, vio que la mujer, Tatiana Blackthorn se llamaba, estaba despierta, en la cama, con las piernas extendidas de una forma muy indecorosa. Murmuraba para sí en una voz tan baja que Letty no la entendía. La cena de la noche anterior seguía intacta en la mesa.

—Señora, le traje cereal de avena —dijo Letty, esforzándose por hablar despacio y claro. Los ojos de Tatiana la siguieron mientras Letty se dirigía hacia la mesa—. Es cereal con leche y un poco de azúcar.

Letty casi tiró la charola del susto al oír hablar a Tatiana. Tenía una voz ronca, pero clara.

—Me... traicionaron. Mi maestro me abandonó.

Letty se quedó parada.

—Me prometió todo. —La voz ronca se convirtió en un llanto bajo—. Poder y venganza. Ahora no tengo nada. Ahora debo temerle. ¿Y si viene a por mí?

—No sabría qué decirle —contestó Letty, amable, mientras dejaba la charola del desayuno—, pero por lo que sé, el Santuario es el lugar más seguro de por aquí. Por eso lo llaman así.

Cuando la mujer volvió a hablar había una especie de astucia en su tono.

—Deseo ver a mis hijos. ¿Por qué no puedo ver a mis hijos?

Letty parpadeó. La mujer no parecía alguien con hijos. No era cómo Letty imaginaba a una madre. Pero sin duda, estaba un poco mal de la cabeza. Quizá, en algún momento, fue una mujer distinta.

340

—Eso tiene que preguntárselo al señor Pangborn —dijo—. O...
sé que va a venir pronto un Hermano Silencioso. Quizá uno de ellos
pueda ayudarla a ver a sus hijos. —«A través de los barrotes», pensó, pero no tenía sentido decirlo.

—Sí. —La mujer le sonrió y fue una sonrisa peculiar e inquietante que parecía estirarle la mitad de la cara—. Un Hermano Silencioso. Me encantará verlo cuando llegue.

Cordelia no estaba precisamente deseando ir a Curzon Street. Se
imaginó algo sombrío y fantasmal, una sombra del lugar que fue,
con sábanas cubriendo los muebles.

Pero se equivocaba. Se sintió como si entrara en la misma casa
que dejó. Las luces estaban encendidas, seguramente Effie se encar-
gó de ello, y estaba todo impecable. Mientras iba de una habitación
a otra, vio que había flores frescas puestas en jarrones de cristal. El
tablero de ajedrez seguía sobre la mesa del estudio, como esperando a que alguien jugara, aunque Cordelia no fue capaz de mirar la
habitación durante mucho tiempo. En la chimenea, ardía un fuego
débil.

«Quizá aquello fuera peor que los muebles cubiertos con sábanas», pensó mientras pasaba al comedor. Las miniaturas persas
colgaban de las paredes: una mostraba una escena de *Layla y Majnun*, con Layla en la entrada de una tienda de campaña, mirando
hacia fuera. A Cordelia siempre le gustó su expresión, nostálgica, de
búsqueda. Quizá buscara a Majnun, o quizá la sabiduría, o la respuesta a sus problemas.

Sintió la nostalgia de Layla en su propia nostalgia por aquella
casa. Estaba allí, en su interior, pero aun así la sentía como un lugar
perdido. Todo en ella clamaba su nombre; James seleccionó todo con
cuidado, atención y determinación para que fuera del gusto de ella.

«¿Qué pensaba?», se preguntó Cordelia mientras subía hacia lo
que fue su recámara. ¿Planeaba deshacerse de todo aquello cuando

Grace se convirtiera en la señora de la casa? ¿Las miniaturas, el tablero de ajedrez, el escudo Carstairs que estaba sobre la chimenea? ¿O sería verdad lo que dijo: que realmente nunca planeo una vida con Grace?

Pero era peligroso seguir pensando en ello. Cordelia encontró la habitación, igual que el resto, prácticamente como la dejó; agarró un vestido de seda de color champán del ropero: tenía que regresar con algo para apoyar la historia que le contó a Alastair. Se dirigía al piso de abajo cuando se dio cuenta de que transportar un pesado y aparatoso vestido no iba a ayudarle en su siguiente cometido. Tendría que dejarlo allí, en la mesa cercana a la puerta, y regresar por él cuando terminara.

El frío del exterior parecía peor comparado con la calidez del interior de la casa. Se preguntó distraídamente dónde estaría Effie, quizá dormida abajo, o haciendo algún recado; o quizá fuera su día libre.

Se llevó la mano al amuleto de protección contra Lilith que llevaba en el cuello para tranquilizarse mientras llegaba al final de la calle y se metía en un callejón, que la llevó hasta las estrechas calles de ladrillo de Shepherd Market. Aunque no era lo habitual, todo estaba silencioso: era demasiado tarde para las compras y demasiado pronto para los mundanos que merodeaban por esa zona de noche. Ante ella se alzaba Ye Grapes, con la luz saliendo por las ventanas. Dentro del *pub*, unos cuantos habituales bebían sentados, ajenos al hecho de que justo fuera estaba el lugar donde asesinaron a su padre.

«Un lugar de muerte y horror, marcado por la tragedia».

Sabía dónde ocurrió. James se lo dijo; lo vio todo. Se metió por una calle estrecha al lado del *pub*. Estaba oscuro, no había faroles que atravesaran la noche. Solo una luna de color lechoso, amoratada por nubes deshilachadas, que empezaba a alzarse sobre los edificios.

Casi había esperado ver el fantasma de su padre, pero eso no era raro. De vez en cuando se imaginaba a sí misma encontrándose con él, sonriéndole, diciéndole «*Baba joon*», como hacía cuando era pequeña. Y pensar que murió allí, en aquel lugar oscuro que apestaba a miseria humana.

Se enderezó. Entrecerró los ojos. Pensó en Rostam, que acabó con Div-e Sepid, el Demonio Blanco.

Tras tomar aire, habló alto, su voz resonó en las paredes de piedra.

—*Te invoco a profundus inferni... Daemon, esto subjecto voluntati meae!*

Lo dijo otra vez, y luego otra, invocando al Infierno más profundo, hasta que las palabras empezaron a enredarse unas con otras y perder su significado. Se dio cuenta del extraño silencio que parecía amortiguarlo todo, como si la metieran en una campana de cristal y no escuchara los sonidos habituales de la ciudad: el traqueteo de las ruedas de los carruajes, las pisadas en la nieve, las campanillas de las riendas de los caballos.

Y entonces, rompiendo el silencio, llegó el siseo.

Cordelia volteó al instante. Estaba ante ella, sonriente. El demonio era humanoide, pero más alto y delgado que cualquier humano. Llevaba una larga capa andrajosa del color del hollín. Su cabeza tenía forma de huevo, y la recubría una piel quemada y arrugada; las cuencas de los ojos eran huecos cubiertos de piel, y la boca era como una cuchillada, una herida en la cara, llena de dientes escarlatas afilados.

—Vaya, vaya —dijo el demonio con una voz que era como rascar metal contra piedra—. Ni siquiera dibujaste un pentagrama, ni llevas un cuchillo serafín. —Mientras hablaba, un líquido gris le caía de la boca—. Qué error tan estúpido, pequeña cazadora de sombras.

—No es ningún error. —Cordelia habló en un tono altivo—. No soy una cazadora de sombras cualquiera. Soy la paladina de Lilith, madre de los demonios, esposa de Sammael. Si me pones una mano encima, ella hará que lo lamentes.

El demonio escupió, un esputo de algo gris. La peste en el callejón era nauseabunda.

—Mientes.

—Sabes que no —dijo Cordelia—. Seguro que puedes sentirla a mi alrededor.

La boca del demonio se abrió, y una lengua de un gris púrpura como el hígado de un becerro salió entre los rojos dientes. La lengua lamió el aire, como probándolo. Cordelia permaneció quieta; no pensó en lo asqueroso que sería. Su urgencia por poner las manos en una espada, por matar a la cosa que tenía ante sí, era primigenia, la llevaba inscrita en la sangre. Sintió que las manos se le crispaban en puños.

—Eres un paladín —admitió el demonio—. De acuerdo, paladín, ¿para qué me trajiste desde el infierno? ¿Qué desea la madre de los demonios?

—Busca información sobre las andanzas del Príncipe del Infierno Belial —respondió Cordelia, lo cual no dejaba de ser cierto.

—Sería un estúpido si traicionase a Belial —contestó el demonio. Cordelia no estaba segura de haber oído nunca a un demonio sonar dubitativo.

—Serías un estúpido si molestaras a Lilith —replicó. Se cruzó de brazos y miró altiva al demonio. Eso era todo lo que podía hacer, claro; no tenía ni una aguja de calceta con la que pudiera enfrentar a la criatura, si las cosas se ponían feas. Pero el demonio no lo sabía—. Y Belial no sabe que te estoy preguntando esto. Lilith, sí.

Tras un momento, el demonio habló.

—Tu señora está furiosa con Belial porque él ocupa el reino de Edom. Allí es donde Lilith debe reposar, y encontrar un lugar de descanso —dijo con voz ampulosa; era irritante oír a un demonio citar un texto sagrado—. Pero Edom no es la meta de Belial. Sigue moviéndose, siempre está en movimiento. Está reuniendo un ejército.

—Se despiertan —dijo Cordelia, y el demonio siseó a través de los dientes escarlatas.

—Así que lo sabes —contestó el demonio—. Belial los encontró. Recipientes vacíos. Los rellenó con su poder. Se despiertan, se levantan y cumplirán su cometido. Y será el fin de los nefilim.

Cordelia sintió un escalofrío en la espalda.

—¿Recipientes vacíos? ¿A qué te refieres?

—Los muertos —respondió el demonio, en un tono divertido— que no están muertos. No diré nada más.

—Vas a responder a... —Cordelia se interrumpió. Sacó la piedra de luz mágica del bolsillo y la alzó; la luz se derramó a través de sus dedos. Con su brillo, iluminó unas sombras que se escabullían. Pequeños demonios, unos doce, del tamaño de un gato. Tenían cuerpos recubiertos de materia dura, con salientes mandíbulas angulosas. Se sostenían sobre pezuñas afiladas. Uno era solo un incordio, pero un grupo podía descarnar a un humano en menos de un minuto.

Demonios paimonites.

Bloqueaban la entrada de la calle. Cordelia empezó a lamentar no llevar armas. Desde luego, no quería que Lilith se apareciera, pero probablemente era mejor eso que ser desmembrada por los paimonites.

El demonio mayor rio.

—¿De verdad creíste que solo me convocaste a mí? —ronroneó—. Llamaste al infierno, y el infierno respondió.

Cordelia alzó una mano como para alejar a los paimonites.

—Alto —ordenó—. Soy la paladina de Lilith, madre de los demonios...

El demonio mayor habló.

—Estos son demasiado estúpidos para entenderte —dijo—. No cualquier demonio juega el Gran Juego, ya sabes. Muchos son solo peones. Disfruta tu batalla.

La boca del demonio se ensanchó hasta lo imposible, sin dejar de sonreír, mientras los paimonites avanzaban. Cada vez había más, trepaban por el muro vecino y empezaban a llenar el callejón como escarabajos negros que salieran de un asqueroso agujero del suelo.

Cordelia se tensó. Tendría que correr. No tenía elección. O era más rápida que los demonios paimonites, o moriría; había demasiados para poder luchar.

Un paimonite se salió del grupo y se abalanzó sobre ella. Lo esquivó y lo aventó con una fuerte patada. El demonio salió volando contra el muro mientras el demonio mayor reía, y Cordelia empezó a correr, a pesar de que los otros paimonites avanzaban hacia ella como un río en movimiento...

Sonó un disparo, tremendamente fuerte. Un paimonite explotó, esparciendo icor negro y verde. Un segundo disparo, y entonces Cordelia vio cómo su impacto arrojaba hacia atrás a uno de los demonios más pequeños, que se estrelló contra la ventana del Ye Grapes y se desintegró.

Los otros empezaron a entrar en pánico. Otro tiro, y otro, aplastando a los paimonites como bichos pisoteados. Comenzaron a desperdigarse, gorjeando de terror, y Cordelia alzó su piedra de luz mágica.

De las sombras surgió James, un ángel vengador pistola en mano. Iba sin abrigo, y la pistola casi parecía brillar en el frío; la inscripción del lateral destellaba: LUCAS 12:49. Se sabía el versículo de memoria. «He venido a traer fuego a la tierra, ¡y cómo desearía que ya estuviera ardiendo!»

James apuntaba con la pistola al demonio mayor, que se movió rápidamente para poner a Cordelia entre él y James. Este miró a Cordelia, comunicándole un silencioso mensaje con los ojos.

Cordelia se tiró al suelo. Cayó como fue entrenada para hacerlo, dejando las piernas sin fuerza y quedándose en plancha sobre pies y manos, preparada para saltar. Vio que el demonio, sorprendido, abría la boca llena de dientes rojos, justo cuando James apretaba el gatillo. La expresión de asombro permaneció mientras una bala le entraba directa a la boca; el demonio estalló y se desvaneció entre cenizas.

Silencio. No el silencio que se produjo después de que Cordelia pronunciara el hechizo; otra vez oía los sonidos de la ciudad. En algún sitio a lo lejos había tres mundanos, ya bastante borrachos, gritando, pendencieros, su intención de «agarrar una tremenda borrachera» en el Ye Grapes.

Pero James estaba completamente callado. Cuando Cordelia se puso de pie, no se acercó a ayudarla, solo la miraba con ojos ardientes. Tenía la cara blanca y la mandíbula fija en una expresión que Cordelia reconoció como algo muy raro en James: una rabia absoluta e incandescente.

18

UN FALSO CRISTAL

Pero ahora la muerte cruel rompió en pedazos los dos espejos que reflejaban su augusto semblante, y no me queda para consuelo más que un falso cristal que me aflige cuando veo en él mi oprobio.

WILLIAM SHAKESPEARE, *Ricardo III*

James caminó delante de Cordelia en su camino de regreso por Shepherd Market, luego por el callejón y bajando Curzon Street hasta su casa, o la casa de no sabía quién. Cordelia se apresuró a seguirlo, molesta por tener que correr tras él, aunque era una molestia que se mezclaba con la culpa. Él le salvó la vida, hizo algo increíblemente arriesgado. Si ella pudiera explicarle...

James subió a toda prisa los escalones y le indicó que pasara al vestíbulo. Una vez dentro, cerró de un portazo, y se metió la pistola en una cartuchera que llevaba en el cinturón.

—¿Hola? —La voz de Effie, gruñona, llegó desde abajo. Bueno, eso respondía a esa pregunta.

—¡Nada, Effie! —gritó James. Tomó a Cordelia por el brazo, fuerte pero sin dañarla, y la llevó desde el vestíbulo al estudio.

Allí, cerró la puerta. No había más luz en la estancia que el fuego que Cordelia había visto antes, y las sombras en los rincones eran profundas y negras. James se puso ante Cordelia, con la cara blanca de furia.

—¿Qué diablos —dijo, apretando los dientes— creías que estabas haciendo?

Cordelia estaba atónita. Nunca había visto a James así. Parecía como si quisiera destrozar algo con las manos; la vena que le latía en la garganta mostraba la velocidad de su latido.

—Yo...

—Te escuché —la interrumpió, contenido—. No es que anduvieras por ahí sola de noche, que ya era bastante estúpido, y te encontraras por casualidad a un grupo de demonios. Es que los invocaste.

—Tuve que hacerlo —respondió Cordelia, con la voz ahogada. Dio un paso atrás y casi chocó con el tablero de ajedrez—. Tenía que interrogarlos... sobre Belial.

—¿Estás loca? ¿Crees que eres la primera cazadora de sombras a la que se le ocurrió capturar demonios para interrogarlos? Mienten. Y te atacarán a la mínima oportunidad.

—Pero soy un paladín —exclamó Cordelia—. Es horrible, me da asco... No creas que siento algo más que odio hacia esto que me une a Lilith. Pero ellos me temen precisamente por ese vínculo. No se atreven a tocarme...

—¿Ah, no? —se burló James—. ¿No se atreven a tocarte? Pues eso no es en absoluto lo que parecía.

—El demonio de Chiswick House... estaba a punto decirme algo sobre Belial antes de que le dispararas.

—¡Escúchate a ti misma, Cordelia! —gritó James—. ¡Vas sin *Cortana*! ¡No puedes ni llevar un arma! ¿Sabes lo que significa para mí que tú no te puedes proteger? ¿Entiendes que estoy aterrado, cada momento de cada día y cada noche, por tu seguridad?

Cordelia se quedó sin habla. No tenía ni idea de qué decir. Parpadeó y sintió algo caliente en la mejilla. Levantó rápidamente una mano, ¿no estaría llorando?, pero lo que vio era rojo.

—Estás sangrando —dijo James. Se acercó a ella en dos zancadas. Le tomó la barbilla, se la alzó y con el pulgar le recorrió la mejilla—. Es solo un arañazo —suspiró—. ¿Tienes más heridas? Daisy, dime...

—No, estoy bien. Te lo prometo —respondió ella, con voz vacilante mientras sentía la intensa mirada dorada de él recorrerla, buscando señales de heridas—. No es nada.

—Es lo opuesto a nada —masculló James—. Por el Ángel, cuando me di cuenta de que saliste, de noche, desarmada...

—¿Y tú qué hacías en casa? Pensé que estabas quedándote en el Instituto.

—Vine a buscar una cosa para Jesse —contestó James—. Lo llevé de compras, con Anna; necesitaba ropa, pero olvidamos las mancuernillas.

—Sí necesitaba ropa —asintió Cordelia—. No tenía nada que le sirviera.

—Ah, no —la cortó James—. Tú y yo no estamos platicando. Cuando vine, vi tu vestido en la entrada, y Effie me dijo que te vio salir. Pero no te subiste a un carruaje, sino que caminaste hacia Shepherd Market...

—¿Me rastreaste?

—No tuve más opción. Y luego vi... que fuiste a donde tu padre murió —dijo, tras un momento—. Pensé... Me temí...

—¿Que yo también quisiera morir? —susurró Cordelia. No se le había ocurrido que él pudiera pensar eso—. James, puedo ser imprudente, pero no soy autodestructiva.

—Y me pregunté si te había hecho tan desgraciada como para llegar a eso. Cometí muchos errores, pero en ningún momento quise herirte. Y luego vi lo que hacías, y pensé, sí, está claro que quiere morir. Quiere morir y así es como eligió hacerlo. —Respiraba con dificultad, casi jadeando, y Cordelia se dio cuenta de que su furia era, principalmente, desesperación.

—James —dijo—, fue una estupidez hacer eso, pero en ningún momento quería morir...

La agarró por los hombros.

—No puedes hacerte daño a ti misma, Daisy. No debes. Ódiame a mí, golpéame, hazme lo que quieras. Destroza mis trajes y quema mis libros. Rómpeme el corazón en pedazos y espárcelos por toda Inglaterra. Pero no te hagas daño a ti misma... —La atrajo hacia sí, de repente, y la besó en el cabello y la mejilla. Ella lo tomó de los brazos, metiendo los dedos en sus mangas, sujetándolo contra sí—. Juro por el Ángel —continuó él, a media voz—, que si te mueres, me moriré y te perseguiré. No te daré paz...

La besó en la boca. Quizá no iba a ser más que un beso rápido, pero ella no pudo evitarlo: le devolvió el beso. Y fue como respirar aire fresco tras estar atrapada en el subsuelo durante semanas, como salir a la luz del sol desde la oscuridad.

James la agarró por la cintura, y la apretó contra sí, sin dejar de besarla. Ella lo besó antes, y siempre fue sobrecogedor, una experiencia que le desbordaba los sentidos. Pero había algo diferente en ese beso: nunca había sentido una desesperación tan desenfrenada en él, una mezcla tan ardiente de necesidad, furia y amor, un remolino que parecía levantarla por encima de la atmósfera, donde apenas podía respirar.

Se apoyaron contra la pared. Ella le hundió las manos en el oscuro cabello, suave y conocido. Él le mordió el labio inferior, haciendo que un temblor de exquisita agudeza la recorriera entera antes de suavizar el mordisco con la lengua. Ella profundizó el beso; el dulce calor de él era como miel caliente, y el gemido que consiguió despertar en él fue pura gratificación. Besarlo era como viajar, algo emocionante y desconocido, y al mismo tiempo, era como regresar a casa. Lo era todo.

—Daisy —susurró él contra su boca, haciendo que unos temblores deliciosos le recorrieran todo el cuerpo, un coro de chispas en cascada—. ¿Tienes idea de cómo me sentiría si te pasara algo? ¿La tienes?

—¡Oh, cielos! —Era Effie, con su elevado *pompadour* gris temblando por la sorpresa. Cordelia y James se separaron; la expresión de James era serena, pero Cordelia estaba segura de que ella estaba roja escarlata.

—Effie —exclamó James—, la puerta estaba cerrada.

—Pues claro que sí —masculló Effie—. Pensé que era por las corrientes de aire. Además llegó alguien. —Bufó—. Gente casada comportándose así. Vaya, nunca, en toda mi vida, he visto... ¡Vaya!

Salió corriendo. James giró hacia Cordelia: estaba hecho un desastre, sonrojado y desarreglado, con la boca roja de besarse.

—Daisy... No te vayas, me desharé de quienquiera que sea, puedes esperarme arriba...

Pero ella ya estaba apartándose, mientras negaba con la cabeza. Había mantenido mucho tiempo encerrado lo que sentía por James, y solo con haber abierto una rendija de esa puerta, las olas de emoción la golpeaban.

—Tengo que decirte algo —dijo él, con la voz temblando—. Mostrarte algo.

—Es demasiado —susurró ella—. Ahora mismo es demasiado... No puedo. —Su expresión se entristeció y respiró con fuerza; deseaba desesperadamente decirle que lo esperaría arriba, lo deseaba desesperadamente a él, era como una especie de locura. Todo el cuerpo le gritaba: «Quédate con él, tócalo, déjalo amarte».

Pero esperarlo arriba era lo que estaba haciendo cuando lo vio con Grace. No podía revivir esa experiencia. Y no podía confiar en su propio cuerpo. Sabía bien eso.

—Mañana —dijo—. Hablamos en la fiesta.

Él se limitó a asentir; Cordelia se recogió las faldas y salió corriendo de la habitación, y casi chocó en la entrada con un sorprendido Jesse Blackthorn en su precipitada huida.

—Jesse —dijo James—, yo, eh... bueno. Hola. No te esperaba.

Jesse arqueó las cejas. James esperó un poco antes de dejar el estudio, para tener tiempo a recomponerse. Aún sentía a Cordelia en los brazos, aún podía oler su perfume de especias y jazmín. Se sentía exhausto, exprimido entre capas de emoción: miedo, luego enojo, luego desesperación, luego deseo. Y esperanza, que se esfumó rápido. La esperanza desgastaba el alma más que cualquier otra emoción.

Dejó que el control que Jem le enseñó tomara las riendas antes de salir del estudio y recorrer le pasillo para encontrarse a un perplejo Jesse en el recibidor. Effie se fue con su histeria a otra parte, lo cual era una buena señal. Jesse iba envuelto en el abrigo nuevo verde oliva que Anna le ayudó a elegir, y sujetaba un fajo de hojas de pergamino amarillentas unidas por una fina tira de cuero. James las reconoció inmediatamente: las notas de Tatiana de Chiswick House.

—¿Es un mal momento? —preguntó Jesse.

«Sí», pensó James, pero ya no podía hacer regresar a Cordelia. Y Jesse parecía muy preocupado. De pronto, James sintió frío, y no solo por el aire nocturno.

—¿Lucie está bien?

—Sí —contestó Jesse—. No vengo a hablarte de ella.

James sonrió.

—¿No se supone que por la noche no puedes salir del Instituto?

—¿Y tú? —dijo Jesse.

—Solo vine a buscar unas mancuernillas —contestó James.

—Bueno, y yo vine a hablar contigo —dijo Jesse—, en un lugar donde nadie nos oiga. Sobre los papeles de mi madre.

—¡Uy! —dijo Effie, que, por lo visto, no se fue con su histeria a otra parte, sino que apareció tras James sin previo aviso. Y miraba a Jesse—. Buenas tardes, señor.

¿Effie estaba... sonrojada? Desde luego James nunca la había visto así. Estaba a punto de ponerse a parlotear.

—Lo siento mucho, señor, solo fui a buscar una toalla para la nieve del cabello. Debí de agarrarle el abrigo y la bufanda, primero, claro, no sé dónde tengo la cabeza. Y qué precioso abrigo, por cierto, muy apropiado para un joven y atractivo caballero.

Cuando Jesse le tendió el abrigo y la bufanda, Effie los apretó contra sí como sus más preciados tesoros. Miró a Jesse, que no salía de su asombro.

—Effie —dijo James—, ¿qué tal un poco de té?

—¡Ah! Sí, por supuesto. Lo dejaré en el estudio, y encenderé el fuego de allí también. —Salió a toda prisa, aún sujetando con fuerza el abrigo de Jesse.

—Parece agradable —dijo Jesse mientras James lo conducía desde el vestíbulo al estudio. James pensó que Effie nunca había demostrado interés por ninguno de sus visitantes. Parecía que le gustaba el aspecto de Jesse. Después de todo, a Effie debía de gustarle el aspecto de alguien. Como a todo el mundo, ¿no?

En el estudio, se acomodaron en los sofás, mientras Jesse seguía sujetando el fajo de papeles viejos; despedían un olor ácido y a carbón, como a brasas y podredumbre.

—Los revisé —empezó, sin más preámbulos. Su expresión era sombría—. Todos. Tuve que descifrarlos, pero no era un código complicado. La clave era el nombre de mi padre: Rupert.

—Deduzco por tu expresión que no te gustó mucho lo que encontraste —dijo James.

—Siempre supe que mi madre estaba amargada —reconoció Jesse—. Supuse que la agarró contigo movida simplemente por el odio que sentía hacia tus padres. Pero parece que fuiste una pieza fundamental en los planes de Belial... de Belial y de mi madre.

—Lo sé —contestó James. No estaba muy seguro de cuánto sabía Jesse, pero las notas parecían haberle proporcionado una formación rápida y brusca—. El objetivo de Belial siempre fue poseerme, vivir en mi cuerpo, puesto que puede sostenerlo en la tierra sin que se consuma entre llamas.

—Casi lo consigue con el mío, pero tenía que resignarse a perder medio día —asintió Jesse—. No sé si fue mi madre la que acudió a Belial, o él a ella, pero en cualquier caso, sus intereses son más parejos de lo que pensaba. Sin embargo, es más que eso. Poseerte no era el final de su plan. Era solo un trampolín para conseguir una destrucción mucho mayor. Lo que no sé decir es qué tipo de destrucción, ni qué forma tomará.

James emitió un sonido gutural de frustración.

—En el pasado, yo tenía un vínculo con Belial. Desde la primera vez que caí en las sombras. Era horrible, pero al menos podía ver a través de sus ojos, ver destellos de su reino, sus acciones. Ahora me siento como si me vendaran los ojos. Me siento rodeado de oscuridad, buscando cualquier señal del siguiente paso de su plan.

—Lo sé —dijo Jesse, reticente—. Por eso quería mostrarte esto. Leyéndolo, descubrí cómo se comunicaba mi madre con Belial durante todos esos años. Usaba el espejo que encontramos.

—¿Usaba el espejo? ¿insinúas que podríamos usarlo de la misma forma? —preguntó James, echándose hacia delante, y luego movió la cabeza antes de que Jesse pudiera responder—. No creo que comunicarse con Belial sea una buena idea. En el pasado, él no se daba cuenta de mi presencia. —Sonrió irónico—. Y prefiero que siga siendo así.

—Creo que tienes razón. Pero hay más. En algún momento, Belial le dijo a mi madre que destruyera el espejo. No quería que hubiera ninguna prueba que los relacionara a ambos y que la Clave pudiera encontrar.

—Pero ella no lo destruyó.

—No. —El rostro de Jesse se arrugó con un intenso disgusto—. No lo hizo... Porque podía mirar a través de él, y ver a Belial sin que este lo supiera. Le proporcionaba cierta... diversión. Yo... no soy capaz de pensar demasiado en ello.

—Como la bruja malvada de Blancanieves —repuso James. Apoyó los codos en las rodillas; sentía todo el cuerpo tenso—. ¿Explica ahí cómo lo hacía? ¿Cómo era capaz de espiar a Belial sin que él lo supiera?

Jesse asintió.

—Sí, sí lo cuenta.

—¿Y es algo que nosotros podemos hacer?

—Quizá. Es algo que no debemos hacer...

Pero James se levantó y acercado al escritorio más cercano. Necesitaba papel y pluma, necesitaba unos cuantos pesos para Neddy, necesitaba pensar qué decir. Jesse lo observaba en silencio, con el aspecto de alguien que acaba de dar una noticia que deseara no saber.

Tras haber localizado una pluma, James empezó a escribir tres notas.

—Jesse, ¿vendrás mañana a la Taberna del Diablo? ¿Para hablar de todo esto con los Alegres Compañeros?

—¿De verdad vamos a hablarlo? —preguntó Jesse—. ¿O simplemente vas a seguir adelante y usar el espejo?

James volteó la cabeza para mirar a Jesse.

—Y tú preocupándote por si encajarías en el Enclave de Londres. —A pesar de sí mismo, a pesar de todo, se dio cuenta de que estaba sonriendo—. Es como si nos conocieras desde siempre.

El día amaneció soleado y muy frío. El fuego en la habitación de Letty se apagó en algún momento de la noche, y se despertó hecha un ovillo bajo la fina manta de lana. Tembló, y no solo por los escalofríos. La tarde anterior, llegó un Hermano Silencioso y su presencia la inquietó mucho más de lo que se imaginó. Los cazadores de sombras ya le habían avisado, pero ni siquiera fueron la boca y los ojos cosidos lo que más la angustió; sino la sensación extraña y terrible que desprendía.

El Hermano llegó en medio de un golpe de aire frío, y se quedó quieto en el recibidor helado mientras Pangborn le explicaba lo que pasó, y le comunicaba que Tatiana Blackthorn estaba encerrada en el Santuario.

Letty sabía que los cazadores de sombras podían oír a los Hermanos Silenciosos en sus mentes, pero que los mundanos, no. Supuso que Pangborn podía oír al hermano Lebahim en esa forma extraña y silenciosa; Pangborn se encogió de hombros y señaló el camino hacia el Santuario, y el Hermano Silencioso se perdió por el pasillo sin emitir sonido alguno.

Letty miró tímida al señor Pangborn.

—¿Qué dijo? En tu cabeza, me refiero.

—Nada —respondió el anciano—. Nada en absoluto. —Miró severo a Letty—. Mantente al margen de esto —añadió—, son cosas de cazadores de sombras.

«Qué raro», pensó Letty. Tan raro que una hora después, se deslizó hasta el Santuario y pegó la oreja a la gruesa puerta de roble. A través de ella, oyó ruidos amortiguados: «debía de ser la anciana señora hablando», pensó, murmurando para sí, igual que el día anterior.

Pero cuanto más escuchaba, más raros eran los ruidos. No parecía el sonido de una voz humana. Eran ruidos ásperos, guturales, y parecían pulsaciones, como si cada palabra fuera el latido de un corazón expuesto.

Temblando y con náuseas, Letty se retiró lo más rápido que pudo a la seguridad de su habitación . El señor Pangborn tenía razón. Era mejor mantenerse al margen de todo el asunto y dejar que los cazadores de sombras hicieran lo que consideraran mejor. Sí. Mejor mantenerse al margen.

Esa mañana, James y Jesse caminaron juntos desde el Instituto hasta la Taberna del Diablo, bajo un cielo cargado y prometiendo truenos. Los mundanos se apresuraban de un lado para otro, con los sombreros bien calados sobre los ojos y los hombros encogidos para resguardarse de la tormenta que se avecinaba. Había algunas porciones de cielo azul visibles entre las montañas cubiertas de nubarrones negros, y el aire olía ligeramente a ozono y hollín.

357

—¿Cómo está Matthew? —preguntó Jesse, con delicadeza, mientras entraban en la taberna. Un licántropo de aspecto sombrío estaba sentado a la barra, con todo el pelo de punta debido a la electricidad estática del aire. Pickles flotaba a la deriva, medio dormido, en su barril de ginebra.

—No lo he visto desde hace dos noches; nos turnamos para cuidarlo —contestó James. Anna, Ariadne y Lucie también hicieron turnos en los Whitby Mansions, razón por la cual, sin duda, Jesse sabía lo de Matthew. Cordelia era la única que no había estado; Matthew pidió, categóricamente, que ella no lo viera en ese estado.

—Es valiente por su parte enfrentarse a la enfermedad. Muchos no lo hacen —dijo Jesse, mientras se acercaban a la vieja puerta llena de rasguños que custodiaba el Santuario de los Alegres Compañeros.

James no tuvo oportunidad de replicar o asentir, pues la puerta ya estaba medio abierta; la empujó para abrirla, y allí se encontró con Christopher y Thomas sentados en un desvencijado sofá junto al fuego. Matthew descansaba en uno de los raídos sillones, que en un pasado había lucido un caro brocado.

Este alzó la vista y se encontró con la mirada de James. «Agotado», pensó James, Matthew parecía agotado, más allá del cansancio. Vestía con ropa limpia y sin arrugas, pero sencilla: gris y negra; la deslustrada licorera de bronce que le sobresalía del bolsillo del pecho era el único color de su atuendo.

James recordó, de pronto, una noche de verano, con las ventanas de su habitación abiertas, el aire suave como las patas de un gatito, y Matthew riéndose, colorido, y yendo a agarrar el vino: «¿Es una botella de licor barato lo que veo ante mí?».

Parecía como si se abriera un abismo entre aquel Matthew y el del presente. James no soportaba pensarlo, pero enseguida Jesse sacó el fajo de papeles de su madre y los puso sobre la mesa redonda del centro de la habitación. Christopher se levantó inmediatamente para examinarlos, y Thomas lo siguió un momento después, arrastrando una silla para sentarse. James los observó, pero desde la distancia, apoyado en el asiento de Matthew. Jesse, por su parte, fue hasta la ventana y miró hacia fuera, como si quisiera poner distancia física entre su persona y la prueba física de las acciones de su madre.

—Es hora de vencer al mal, por lo que veo —dijo Matthew—. Pongámonos a ello.

—Matthew, ¿cómo te sientes? —le preguntó Thomas.

—Bien —contestó Matthew—, cada mañana me siento como si me metiera en esta licorera y me agitaran vigorosamente. Y luego, cada tarde, lo mismo. Así que, en general, diría que las cosas van más o menos.

—Está mejor —afirmó Christopher, sin levantar la vista de los papeles—. Puede que no quiera admitirlo, pero está mejor.

Matthew le dedicó una sonrisa a James, que reprimió sus ganas de revolverle el cabello. Fue un lejano reflejo de la sonrisa por la cual era famoso, pero ahí estaba.

—¿Oyes eso? —preguntó Matthew, dándole un ligero codazo a James—. Un científico dice que estoy mejor.

—Y lo estás —dijo James, tranquilo—. ¿Vienes esta noche a la fiesta de Navidad?

Quería saber lo que iba a hacer, pero no quería preguntarle, pero a la vez sí quería. Una fiesta de Navidad significaba vino especiado y ponche; significaba gente brindando. Significaba beber. Significaba tentación.

La expresión de Matthew cambió. Si los ojos era las ventanas del alma, él cerró las cortinas en los suyos.

—Estaré bien —dijo con ligereza, mientras se apartaba de James—. No estoy tan controlado por la maldita botella como para no poder ver un bol de ponche sin tirarme dentro.

—Jesse, espero que me perdones por decir esto —Christopher se sentó junto a Thomas ante la mesa, y miraba los papeles de Tatiana a través de los lentes—, pero me temo que tu madre no es muy buena persona.

—Eso —dijo Jesse— lo sé muy bien. —Miró a James—. ¿Los trajiste?

James llevaba su abrigo más voluminoso; de cachorro, *Oscar* solía esconderse en los bolsillos. Sacó el espejo de mano que encontraron en Chiswick, y luego un par de esposas que localizó esa mañana en el Santuario.

—Esposas —observó Matthew, mientras Thomas y Christopher intercambiaban una mirada de alarma—. Esto parece presagiar algo muy peligroso, o muy escandaloso. ¿Ambos quizá?

—Las esposas son para protegerme —explicó James— de...

Christopher frunció el ceño.

—Aquí dice que Tatiana usaba el espejo para contactar con Belial. No vas a...

—Me temo que sí. —Matthew se irguió y los verdes ojos le brillaban—. James, ¿vas a intentar contactar con Belial?

James negó con la cabeza, y se deshizo del abrigo, dejándolo en el sofá.

—No. Voy a intentar espiar a Belial.

—¿Y qué diantres te hace pensar que eso va a funcionar? —preguntó Thomas.

Jesse suspiró y cruzó la estancia para apoyarse en la repisa de la chimenea. James lo convenció la noche anterior, aunque Jesse se quejó de tener ya suficiente gente relacionada con Belial a lo largo de su vida.

—Mi madre usaba este espejo para hablar con Belial —explicó Jesse, y siguió explicando que después de que Belial le dijera que lo destruyera, ella lo guardó, y lo usaba como una especie de bola de cristal para espiar al Príncipe del Infierno.

Thomas parecía desconcertado.

—¿Le gustaba mirarlo? Solo... ¿mirarlo?

—Mi madre es una mujer muy extraña —afirmó Jesse.

—Catoptromancia —dijo Christopher, animado—. El uso de espejos en la magia. Se remonta a los antiguos griegos. —Asintió pensativo—. Los espejos eran la forma en la que Tatiana solía contactar con Grace.

—Es raro que tú sepas eso —apuntó Matthew.

Christopher se afanó con los papeles. «Matthew tenía razón», pensó James, pero no parecía el tipo de interrogatorio que deberían estar haciendo en ese momento.

Thomas frunció el ceño.

—Me sigue pareciendo peligroso. Quizá Tatiana creyera que Belial no sabía que lo espiaba, pero solo tenemos su palabra. Y no es una persona de fiar.

—Tienes razón, Tom —concedió James—. Esto es una medida desesperada. Pero estamos en un momento desesperado. —Miró alrededor, a todos los Alegres Compañeros. A Jesse, que le dio esa información a pesar de que no pensaba que fuera una buena idea, a pesar, incluso, de no querer recordar las acciones de su madre—. No me di cuenta antes del significado de mi conexión con Belial. Estaba muy centrado en controlarla, en mantenerla alejada. Solo cuando desapareció, me di cuenta: si no fuera por el conocimiento que obtuve en esa conexión, cada uno de nuestros enfrentamientos previos con él habría acabado en desastre. Si Belial rompió este lazo que teníamos, debe de ser porque es mejor para él cortarlo. Lo que significa que sería mejor para nosotros ver, al menos, lo que está haciendo.

Thomas se rascó la cabeza.

—¿Has probado últimamente convertirte en una sombra?

—Sí —contestó James—, pero no funciona. Creo que lo que hizo Belial para desconectarse de mí también me impide entrar en las sombras. Debe de haber algo que él no quiera que vea... Si consigo verlo a través del espejo, valdrá la pena el esfuerzo.

—¿Es siempre así de temerario? —preguntó Jesse a Thomas.

—Te acabas acostumbrando —contestó Thomas.

—Siempre me ha parecido —dijo Christopher, leal— algo admirablemente heroico.

James asintió. Si solo iba a conseguir el apoyo de alguien que normalmente acababa quemándose a sí mismo que así fuera.

—Gracias, Christopher.

Thomas puso sus grandes manos sobre la mesa.

—Entonces —preguntó—, ¿puedo suponer que saben cómo funciona el espejo?

—Sí —contestó James—, en las notas de Tatiana están las instrucciones.

—Supongo... que sí vale la pena intentarlo —opinó Thomas.

—¡No! —exclamó Matthew. James volteó, sorprendido. Matthew estaba levantado, con los brazos cruzados y unas manchas rojas de enojo le teñían las pálidas mejillas—. ¿Por qué estamos hablando de esta idea descabellada? James, no puedes arriesgarte así. Si Belial te dejó en paz, ¡deja que sea así!

Hubo un silencio sorprendido. De todos ellos, James era probablemente el más asombrado. Esperaría que Matthew protestara hacía unos meses, incluso unas semanas, pero la furia y la negación que mostraba la voz de Matthew en ese momento lo agarró desprevenido.

—Math —dijo James—, Belial vendrá por mí... quizá hoy no, pero pronto. ¿No sería mejor verlo venir, y tener alguna pista de sus planes?

—Cuando venga por ti, te protegeremos —respondió Matthew—. No permitiremos que te haga daño.

—No se trata solo de mí. Un montón de gente sufrirá si él tiene éxito.

—Un montón de gente sufre a todas horas —replicó Matthew—, pero no son tú.

—Lo sé —repuso James—. Pero soy el único que puede hacer esto. El único que tiene una oportunidad de que funcione. No me gusta que sea así, Math. Pero lo es.

Matthew respiró profundamente.

—Pues explícalo. Cómo usas el espejo.

—Pongo la espalda en la pared —explicó James con tranquilidad—. Me esposan a algo bastante firme, quizá la rejilla de la chimenea; seguro que no se ha movido en siglos. Miro en el espejo y visualizo el sello de Belial en mi cabeza. No sé si las esposas serán necesarias, pero no quiero verme arrastrado al reino de las sombras. Son una precaución.

—Bien —asintió Matthew—. Bien, con una condición.

—De acuerdo: ¿el qué?

—Yo te estaré sujetando —dijo Matthew—, todo el rato.

Se mantuvo erguido, sin apoyarse en la silla, con el color iluminándole la cara. Le recordó a James al Matthew al que se unió en la ceremonia de *parabatai* hacía tanto tiempo: un Matthew que no le temía a nada, ni a las sombras, ni al fuego.

—Sí —dijo James—. Eso podemos hacerlo.

Al final, James acabó sentado en el suelo al lado de la chimenea, con las piernas cruzadas de forma rara. Matthew se sentó junto a él, agarrándolo con fuerza por el cinturón. Jesse sostenía el espejo mientras Thomas fijaba las esposas de modo que una estuviera en la muñeca de James, y la otra enganchada a la rejilla de la chimenea.

Jesse echó un último vistazo al espejo antes de inclinarse para pasárselo a James. Sus manos se tocaron; Jesse miró a James a los ojos, con los suyos muy oscuros. «Mostraba una fortaleza inmensa —pensó James— all estar dispuesto a participar en un ritual que involucraba al demonio que una vez lo poseyó».

Jesse se sentó de nuevo con Thomas y Christopher, que estaban en el suelo enfrente de James y Matthew. Christopher asintió, como diciendo «Empiecen».

James bajó la vista hacia el espejo. Era pesado, más de lo que deberían serlo el metal y el cristal. Le pesaba en la mano como si le estuvieran empujando el brazo hacia abajo con una pesa de acero.

Y, sin embargo, no carecía de belleza. El metal oscuro que rodeaba el cristal tenía su propio brillo sombrío; atraía la luz y la retenía, y las inscripciones grabadas brillaban como el cristal.

El espejo reflejaba su cara, de un modo oscuro, una versión sombría de sí con una mueca dura en la boca. Mientras miraba su reflejo, pensó en Jem, en lo que le enseñó sobre controlar sus pensamientos. Imaginó el sello de Belial, el signo de su poder; se concentró en él, puso toda su atención, dejando que la imagen llenara el cristal.

El espejo empezó a vibrar y zumbar. El cristal se convirtió en mercurio, una sustancia líquida y plateada. Una sombra salió de él, expandiéndose y elevándose, hasta que James dejó de ver a Matthew, a pesar de notar que su mano le agarraba el cinturón. Solo veía sombras, que seguían creciendo, hasta que contempló un mundo de sombras, iluminado por la luz de estrellas desconocidas.

Y en esas sombras estaba Belial, sentado sobre un trono que James ya había visto; un trono de marfil y oro, enorme, tanto que hasta Belial parecía pequeño en él. Aunque era evidente que se creó para un ángel, Belial lo marcó con su sigilo: el símbolo, puntiagudo y de aspecto cruel, estaba grabado por todo el marfil y el mármol, y sobre los escalones dorados que conducían hasta el asiento.

James respiró hondo y notó que la mano de Matthew lo agarraba con más fuerza. «¿Qué veía su amigo? —se preguntó—. ¿Cómo veían todo esto los demás?» James seguía en la Taberna del Diablo, encadenado, pero a la vez estaba en el reino de Belial.

Belial no era el único demonio en las sombras. Rodeándolo, arrastrándose a sus pies, gateando al pie del trono, había un remolino de demonios del tamaño de lechones: con aspecto de gusano, encorvados, reptantes y de piel gris, apenas tenían rasgos, salvo un par de ojos verdes brillantes.

Demonios quimera.

Belial se alzó y bajó los escalones del trono. No parecía ser consciente de que James lo observaba... Gimió mientras caminaba, llevándose las manos a la parte izquierda del cuerpo, donde las heridas que *Cortana* le ocasionó seguían sangrando. Levantó una mano manchada con su propia sangre negruzca y trazó un arco en el aire.

Fue como si le recortara un trozo a la noche. Una luz tenue brilló a través del arco, y los demonios quimera saltaron y corretearon nerviosos. James no oía ningún sonido, solo una especie de rugido como el romper de las olas del mar, pero vio que Belial movía los labios, ordenándoles a los demonios que cruzaran el arco, y luego se volteó con una mueca burlona en la cara, y miró hacia James...

La oscuridad se lo tragó. Caía, aunque seguía notando a Matthew agarrándolo. Lo atrapó un remolino de estrellas desconocidas, se quedó sin aire y sin voz. Ya no estaba en medio del silencio. Oía un chillido, el terrible grito de alguien, de algo, invadido, arrancado...

James intentó tragar aire. Sabía que no tardaría en volverse loco si no conseguía salir de las sombras: se obligó a concentrarse, pensar en las lecciones de Jem, en su voz calmada y firme, entrenándolo para recuperar el control de sí mismo.

«Encontrarás un lugar en tu interior al que no pueda llegar nada del exterior. Un lugar más allá de los sentidos, más allá incluso del pensamiento. No necesitas aprender cómo llegar allí; ya estás allí, siempre. Solo tienes que aprender a recordar que ya estás allí. Estás dentro de ti. Eres James Herondale, todo tú, solo tú».

Y con un violento tirón que le rompería cada músculo del cuerpo, James golpeó el suelo. El suelo de la Taberna del Diablo, de hecho. Jadeó, respirando bocanadas del aire familiar y polvoriento como si acabaran de salvarlo de ahogarse. Intentó moverse, sentarse, pero estaba agotado: tenía la camisa pegada al cuerpo empapada en sudor, y las manos...

—¿Estás sangrando? —preguntó Christopher. James se dio cuenta de que estaban todos a su alrededor: Thomas y Jesse, Christopher y Matthew lo rodeaban con expresiones de asombro e incredulidad.

—El espejo —indicó Jesse. James bajó la vista y vio que el cristal se había roto en mil pedazos; tenía las manos llenas de pequeños cortes punzantes.

—Solo son arañazos —repuso James, jadeante. A pesar de estar exhausto, era consciente de que Matthew estaba a su lado, le tomaba el brazo y le pasaba la estela—. Vi...

—Está bien, James —lo cortó Jesse, mientras le quitaba la esposa de la muñeca izquierda—. No es necesario que hables. Respira.

Pero el dolor empezaba a desvanecerse, y la energía volvía al cuerpo de James a medida que Matthew le dibujaba runa tras runa en la piel. Apoyó la cabeza en la pared y habló.

—Vi a Belial. Estaba... rodeado de demonios. Demonios quimera. Les daba órdenes para enviarlos a través de algún tipo de portal. No sabría decir dónde.

Cerró los ojos.

—Pero los demonios quimera son simbióticos —dijo Christopher, desconcertado—. Tienen que poseer a alguien para desarrollar todo su poder.

—Si no lo hacen, son fáciles de vencer —añadió Thomas—. ¿Qué sentido tiene crear un ejército con ellos?

James pensó en los gritos que oyó en el vacío: la agonía, y la terrible sensación de invasión.

—Creo que precisamente los envía para poseer a alguien —dijo—. Y parecía que eran muchos... —Levantó la vista hacia sus amigos—. Pero ¿quiénes podrían ser?

Pasó un día entero desde que el Hermano Silencioso llegó, y Letty Nance no podía dormir.

Su habitación era pequeña y estaba bajo los aleros del Instituto, así que cuando el viento soplaba, oía el silbido a través de las tejas rotas. Su diminuta chimenea a menudo se atascaba con el hollín, y el humo llenaba el dormitorio como el aliento de un dragón.

Pero nada de esto era lo que la mantenía despierta. Cada vez que cerraba los ojos, oía las voces que captó a través de las puertas del Santuario. Las palabras suaves, sibilantes que parecían pulsaciones y que no entendía. «*Ssha ngil ahrzat. Bhemot abliq ahlel. Belial niquaram*».

Se dio la vuelta, y se presionó los ojos con las manos. Le latían las sienes.

«*Belial niquaram*».

Sintió el suelo frío bajo los pies. Caminó hacia la puerta y agarró la manija. La puerta crujió al abrirse y el aire frío del corredor la golpeó.

No lo notó. Bajó la escalera de caracol. Bajaba y bajaba hacia la oscura nave de la vieja iglesia. Hasta la cripta.

«*Belial niquaram. Letty niquaram. Kaal ssha ktar*».

«Ven, Letty. Te estoy llamando, Letty. La puerta está abierta».

Y ciertamente, la puerta del Santuario no estaba cerrada con llave. Letty la abrió y entró.

Se encontró con un extraño retablo. El Hermano Silencioso estaba de pie bajo la luz de una lámpara de aceite, con la cabeza inclinada hacia atrás en un ángulo antinatural. Tenía la boca abierta hasta el máximo que le permitían los hilos que la cosían, y de ella salían más de esas palabras, esas chirriantes y terribles palabras que la paralizaban y tiraban de ella, como si estuviera atrapada en alquitrán.

«*Ssha ngil ahrzat. Bhemot abliq ahlel. Belial niquaram. Eidolon*».

A sus pies, yacía el cuerpo de Albert Pangborn. Murió con pijama, con el frente de la camisa rasgado, mostrando la carne roja y el hueso blanco, como una boca abierta. Bajo él, la sangre empezaba a formar un charco.

Y aun así, Letty no pudo huir.

En la cama de metal, estaba sentada la mujer vieja, Tatiana Blackthorn. Los ojos, que se le pusieron negros como la tinta, se fijaron en Letty, y empezó a sonreír. Letty no dejaba de mirar mientras la boca de Tatiana se abría y se abría más allá de las posibilidades de una mandíbula humana.

Del interior de la mujer salió un sonido chirriante y sordo. Sonaba como una risa, que vibraba desde lo más profundo de su pecho.

«Tengo que huir —dijo una parte pequeña y enterrada de Letty—. Tengo que salir de aquí».

Pero no pudo moverse. Ni siquiera cuando la piel de la mujer se partió y su cuerpo empezó a cambiar tan rápido como si estuviera derritiéndose y convirtiéndose en otra cosa. Algo pálido y alto, de miembros delgados, calvo y sin pelo, con la piel como picoteada por quemaduras. Algo con la espalda encorvada que brincaba y reptaba. Algo viscoso y pálido que se abalanzó sobre Letty con tal rapidez que la chica no tuvo tiempo ni de gritar.

SEÑALES DE INFORTUNIO

Vago sin fin por las censadas calles,
junto a la orilla del censado Támesis,
y en cada rostro que me mira advierto
señales de impotencia, de infortunio.

WILLIAM BLAKE, *Londres*

Grace suponía que era por la tarde. No tenía forma de saberlo con certeza, salvo por el tipo de comidas que le traían: avena en el desayuno, y sándwiches para comer y cenar, que esa noche habían sido de cordero con mermelada de grosella. Todo era bastante mejor que la comida que le solía dar su madre.

También le proporcionaron dos sencillos vestidos de lino, en color hueso, no muy distintos de las túnicas que llevaban los Hermanos. Suponía que podía sentarse en medio de la celda completamente desnuda y les daría igual, pero cada día se vestía con esmero y se trenzaba el cabello. Le parecía que no hacerlo era como renunciar a algo, y esa tarde se alegraba de haberlo hecho, porque las suaves pisadas anunciaban a un visitante.

Se sentó erguida en la cama, con el corazón latiendo de impaciencia. ¿Jesse? ¿La había perdonado? ¿Regresaba? Tenía tantas cosas que decirle, tanto que explicarle...

—Grace. —Era Christopher. El amable Christopher. Las antorchas que ardían en el corredor y que el hermano Zachariah puso para ella, pues los Hermanos no necesitaban luz, le mostraron que iba solo, sin abrigo y llevaba un morral de piel colgado al hombro.

—¡Christopher! —susurró—. ¿Entraste a escondidas?

El chico se quedó perplejo.

—No, claro que no. El hermano Zachariah me preguntó si conocía el camino y le dije que sí, así que se fue a hacer otra cosa. —Sostenía algo que brillaba. Una llave—. Dijo que podía entrar en la celda para visitarte. Dice que confía en que no intentarás escaparte, lo cual es muy amable de su parte.

¿Entrar en la celda? Grace no había estado cerca de otro ser humano sin barrotes de por medio desde hacía una eternidad. «Era amable por parte de Zachariah dejar que un amigo entrara en la celda», pensó mientras Christopher metía la llave y abría la reja, con sus bisagras rechinantes. La amabilidad seguía sorprendiéndola, produciéndole entre confusión e incomodidad.

—Me temo que solo hay una silla —dijo Grace—, así que voy a quedarme sentada en la cama, si te parece bien. Sé que no es muy correcto.

—No creo que las reglas de etiqueta de la ciudad tengan mucha importancia aquí —contestó Christopher, mientras se sentaba con el morral en el regazo—. La Ciudad Silenciosa no está en Londres, ¿verdad?, está en todas partes. Podríamos cruzar las puertas y estar en Texas o en Malasia. Así que podemos dictar nuestras propias normas de educación.

Grace no pudo evitar sonreír.

—Eso tiene una sorprendente cantidad de sentido. Pero es lo normal en ti. ¿Veniste a hablar de las notas que me dejaste? Pensé algunas cosas: formas en las que se puede refinar el proceso, o experimentos que podrían llevarse a cabo...

—No hace falta que hablemos de las notas —la interrumpió Christopher—. Esta noche es la fiesta de Navidad del Instituto, ¿sabes? —Empezó a buscar algo en el morral—. Y pensé que, ya que no puedes ir, podría traerte parte de la fiesta aquí. Para recordarte que aunque estés aquí, no será para siempre, y pronto volverás a ser alguien que va a fiestas. —Como si fuera un truco de magia, sacó una botella de cristal verde—. Champán —dijo—. Y copas de champán. —Las sacó también del morral y las puso en la pequeña mesa de madera que había al lado de la cama de Grace.

Grace sintió algo en el estómago que no reconoció, una especie de burbujeo, como el del champán.

—Eres un chico muy extraño.

—¿Lo soy? —preguntó él, sonando legítimamente sorprendido.

—Sí, lo eres —contestó Grace—. Para ser un científico, eres muy sensible.

—Se puede ser ambas cosas —opinó él, con suavidad. Su amabilidad, como la de Zachariah, la inquietaba. No se esperaba tal simpatía, y menos aún de un amigo de James, que tenía todos los motivos para despreciarla, pero él parecía firme en su propósito de no dejar que ella se sintiera abandonada u olvidada.

Sin embargo, todo estaba construido sobre una mentira. Lo supo cuando vio la reacción de Jesse a lo que ella le contó. Él lo habría averiguado por sí solo, estaba segura; pero si no se lo hubiera contado toda su relación sería una mentira. Así, al menos, si él la perdonaba...

Con un ¡pop!, Christopher descorchó de la botella. Sirvió dos copas, dejó la botella en un estante, y le ofreció una copa a ella: el brillo del líquido dorado era algo extrañamente bonito en esa celda lúgubre.

—Christopher —dijo, mientras agarraba el vaso—. Tengo que decirte una cosa.

Sus ojos, de aquel inusual y bonito color lavanda, pusieron atención.

—¿Qué pasó?

—No es algo que haya pasado —contestó ella. Christopher chocó, solemne, su copa contra la de ella. Grace bebió un largo trago, que le hizo cosquillas en la nariz; tuvo que reprimir un estornudo—. Es algo que hice... a alguien. Algo terrible, en secreto.

Él frunció el ceño.

—¿Es algo que me hiciste a mí?

—No —dijo ella apresuradamente—. En absoluto. No tiene nada que ver contigo.

—Entonces, probablemente —replicó— no sea a mí a quien tienes que confesárselo, sino a la persona que se lo hiciste.

Su voz era solemne. Grace levantó la vista, miró su cara amable aunque seria, y pensó: «Lo sospecha. No sé cómo, y quizá solo especula, pero... adivinó algo cercano a la verdad».

—Grace —dijo él—, estoy seguro de que la persona a la que le hiciste ese algo, te perdonará. Si le explicas cómo pasó y por qué.

—Ya confesé —le explicó, despacio—. A la persona a la que le hice eso. No puedo decir que me perdonó, ni que merezca su perdón. —Se mordió los labios—. No tengo derecho a pedírtelo —añadió, cauta—, pero si me ayudaras...

Christopher la miró, con esa mirada firme de científico.

—¿Ayudarte con qué?

—Hay otra persona —contestó—, a la que le hice mucho daño con mis acciones, sin que ella tuviera culpa de nada. Alguien que merece saber la verdad. —Respiró profundamente—. Cordelia. Cordelia Carstairs.

Lucie nunca lo diría en voz alta, pero le encantaba de que la fiesta de Navidad se celebrara. Se reencontró con Jesse en el baile del Instituto, pero entonces él era una fantasma y ella, la única que podía verlo: fue emocionante, pero quizá no muy romántico. Iba a ser su primera oportunidad de bailar con él siendo un hombre vivo, que respiraba, y ella estaba nerviosa y emocionada.

El día estuvo cargado de electricidad, pesado con la promesa de una tormenta que aún no estallaba. Lucie estaba sentada en su tocador y el sol se iba poniendo fuera de su ventana, haciendo arder el horizonte en tonos escarlatas, mientras su madre le daba los últimos toques a su peinado. (Tessa creció sin sirvienta y aprendió pronto a peinarse sola; era muy buena ayudando a Lucie con sus peinados, y algunos de los mejores recuerdos de esta eran de su madre trenzándole el cabello mientras le contaba el argumento de alguna novela mala que acababa de leer.)

—¿Puedes sujetarme el cabello con esto, mamá? —pidió Lucie, entregándole la peineta dorada. Jesse se la dio ese mismo día, diciéndole que le encantaría vérsela puesta otra vez.

—Pues claro. —Tessa recolocó hábilmente un chino que se salió del peinado *pompadour* de Lucie—. ¿Estás nerviosa, gatita?

Lucie intentó dar una respuesta negativa sin mover la cabeza.

—¿Por Jesse? Creo que llevará bien lo de ser Jeremy. Tuvo que fingir mucho a lo largo de su vida. Y sigue siendo un Blackthorn.

—Por suerte —dijo Tessa—, los Blackthorn son conocidos por parecerse mucho entre ellos. Cabello negro, ojos verdes o azules. La verdad es que creo que todo el mundo estará encantado de tener alguien nuevo por quien preocuparse y de quien hablar. —Puso unas cuantas pinzas de marfil dorado en el cabello de su hija—. Es un chico encantador, Lucie. Siempre preguntando si puede ayudar en algo. Creo que no está acostumbrado a que sean amables con él. Ahora está en el piso de abajo con tu padre, ayudándole con el árbol. —Guiñó un ojo—. Está muy guapo.

Lucie soltó una risita.

—Espero que te refieras a Jesse y no a papá.

—Tu padre también está muy guapo.

—Se te permite pensar eso —bromeó Lucie—, y a mí se me permite encontrar terrible esa idea.

—¿Por qué no nos hablaste de Jesse? Antes, me refiero. —Tessa agarró un par de aretes de Lucie color gris hielo cubiertos en oro, y se los pasó. La otra única joya que llevaba era el medallón Blackthorn de oro, en el cuello.

—¿Cuando era un fantasma, dices? Porque era un fantasma —respondió Lucie con una sonrisa—. Pensé que no lo aprobarías.

Tessa soltó una leve risita.

—Lucie, amor mío, sé que para ti soy una madre vieja y aburrida, pero tuve aventuras cuando era más joven. Y —añadió, más seria— sé que no hay forma de envolverte entre algodones y mantenerte a salvo del peligro, que es lo que me gustaría. Eres una cazadora de sombras. Y eso me enorgullece. —Atrapó el último de los brillantes rizos de Lucie con el broche dorado y se echó atrás para admirar su obra—. Listo. Ya está.

Lucie se miró en el espejo. Su madre le dejó un *pompadour* suelto, con rizos cayendo a ambos lados de la cara. Pasadores de marfil casi invisibles mantenían la estructura en su sitio y hacían juego con el ribete del encaje marfil de su vestido de seda color lavanda. Las Marcas negras contrastaban con su tono de piel: Agilidad en la clavícula y Visión en la mano.

Lucie se puso de pie.

—Es una de mis partes favoritas de la fiesta de Navidad, ¿sabes? —dijo

—¿Cuál? —preguntó Tessa.

—La parte en la que me peinas —contestó Lucie, y besó a su madre en la mejilla.

Thomas miró la cesta de fruta y esta le devolvió la mirada.

Llevaba casi diez minutos en la banqueta frente a Cornwall Gardens y hacía rato que se había quedado sin excusas para no llamar a la puerta. Además, pisó un charco al bajar del carruaje y tenía los calcetines mojados.

La cesta de fruta era para la madre de Alastair, Sona. Eugenia hubiera querido ella misma a entregársela, pero ocurrió una emergencia en la que le quemaron el cabello al intentar rizárselo, y el caos se extendió por toda la casa. De alguna manera, Thomas, que no había acabado de vestirse para la fiesta, se encontró metido a la fuerza en el carruaje por su padre, con la cesta encima. Gideon Lightwood se inclinó hacia el carruaje para hablarle solemne.

—Esto es mucho mejor que cualquier cosa que hicieras antes —le dijo. Lo cual a Thomas le pareció muy poco divertido. Después de eso, su padre cerró la puerta del carruaje.

Thomas volvió a mirar a la cesta, pero esta insistía en no darle ningún consejo. Contenía naranjas, una caja de galletas y algunos regalos navideños cuidadosamente envueltos. Realmente era un gesto muy bonito por parte de su familia, se recordó a sí mismo, y nada por lo que tuviera que preocuparse. Se aseguró de que el carruaje Carstairs no estaba, lo que significaba que Alastair y Cordelia habían salido hacia la fiesta. Se dijo que estaba siendo ridículo, mientras levantaba una mano y llamaba con firmeza a la puerta.

Que inmediatamente abrió Alastair.

—¿Qué haces tú aquí? —preguntó Thomas, indignado.

Alastair lo miró con las oscuras cejas alzadas.

—Vivo aquí —señaló—. Thomas, ¿me trajiste una cesta de fruta?

—No —respondió este, malhumorado. Sabía que era injusto, pero no dejaba de sentir que Alastair le hizo una especie de jugarreta estando en casa cuando Thomas no se lo esperaba—. Es para tu madre.

—Ah. Bueno, entra, entonces —invitó Alastair, y abrió la puerta del todo. Thomas entró y dejó la cesta en la mesa del recibidor. Volteó hacia Alastair y se lanzó de inmediato a soltar el discurso que preparó de camino.

—La cesta es de parte de mi madre y mi tía Cecily. Les preocupaba que tu madre se sintiera olvidada, puesto que todo el mundo estará en la fiesta esta noche. Querían que supiera que pensaban en ella. Hablando de eso —añadió antes de poder detenerse—, ¿por qué no estás en el Instituto?

Miró a Alastair de arriba abajo: desde luego no iba vestido como alguien que planea acudir a una fiesta. Iba en mangas de camisa, con los tirantes bajados, y zapatillas de casa. Tenía los labios como mordidos, y parecía malhumorado y feroz, como un príncipe persa de cuento.

«¿Un príncipe persa de cuento? CÁLLATE, THOMAS».

Alastair se encogió de hombros.

—En breve me iré a Teherán, no vale la pena socializar con el Enclave. Decidí pasar una tarde productiva en casa. Echar un ojo a alguno de los libros sobre paladines de Cordelia. Ver si puedo encontrar algo que sea de ayuda.

—¿Y Cordelia fue sola a la fiesta?

—Con Anna y Ari. Salió un poco antes para recogerlas.

Una pausa incómoda se hizo en el recibidor. Thomas sabía que lo correcto sería decir algo así como: «Bueno, debería irme», pero no fue eso lo que hizo.

—¿Así que tu plan es quedarte en casa solo toda la noche? ¿En vez de ir a una fiesta con tus amigos?

Alastair le echó una mirada amarga.

—No son mis amigos.

—Siempre estás con lo mismo... —señaló Thomas—. Como si pensaras que repetirlo una y otra vez, hará que sea verdad. —Cruzó los brazos sobre el amplio pecho. Llevaba su mejor abrigo negro, que le tiraba de las costuras en los hombros—. Si tú no vas, yo tampoco iré. Me quedaré en casa, y dejaré que los ratones me mordisqueen para alimentarse de mi desesperación.

Alastair parpadeó.

—No hay motivo para eso —dijo—, tú sí que tienes razones para ir...

—Pues no lo haré —insistió Thomas—. Me quedaré en casa, desesperado, y mordisqueado por los ratones. Tú eliges.

Alastair levantó un dedo, como si fuera a decir algo, y luego lo dejó caer.

—Bueno. Maldita sea, Lightwood.

—¿Alastair? —sonó una voz suave desde dentro. Sona; evidentemente la trasladaron al piso de abajo para que no tuviera que subir y bajar la escalera todo el día. *Che khabare? Che kesi dame dar ast?*—. ¿Qué pasa? ¿Quién vino?

Alastair miró molesto a Thomas.

—Muy bien —dijo—. Iré a tu estúpida fiesta. Pero tienes que entretener a mi madre mientras me visto.

Y sin más, se volteó y se encaminó escalera arriba.

Thomas nunca había estado a solas con la madre de Alastair. Antes de perder todo su coraje, agarró la cesta de fruta y la metió en la salita.

Sona estaba sentada en un diván, apoyada en un montón de almohadas de vívidos colores. Llevaba una bata de brocado y estaba envuelta con una gruesa manta, que se alzaba como una montaña sobre la colina de su barriga. Sin saber a dónde mirar, Thomas puso con cuidado la cesta en una mesa cercana a ella. Le explicó la naturaleza del regalo mientras Sona sonreía encantada.

—Vaya —dijo—. Es muy considerado por su parte. Me siento considerada, y el regalo en sí es precioso.

—*Ghâbel nadâre* —dijo Thomas. «No es nada». Era un riesgo: él estudió persa por su cuenta, y también ayudado a James con el idioma. Sabía que la frase significaba: «No es digno de ti» y era algo que se decía cuando se entregaba un regalo. Tampoco estaba seguro de

377

pronunciarlo bien, pero sí bastante seguro de que las orejas se le pusieron rojas.

Los ojos de Sona brillaron.

—Cuánta gente joven que aprende persa estos días —dijo, muy entretenida. Se inclinó hacia delante—. Dime, ¿dónde está mi hijo? Espero que no te dejara solo en la entrada.

—No, en absoluto —contestó Thomas—. Conseguí convencerlo de que venga a la fiesta de Navidad. Fue a cambiarse de ropa.

—Conseguiste convencerlo —repitió Sona, como si Thomas hubiera dicho que había dado la vuelta al mundo en una canoa—. Vaya, yo... —Miró al joven fijamente—. Estoy encantada de que Alastair tenga un amigo que se preocupe por él, ya que él mismo no lo hace. No como ese *ahmag* Charles —añadió Sona, como para sí. Pero miraba a Thomas incluso más fijamente que antes.

—¿Charles? —repitió Thomas. Seguro que Sona no tenía ni idea de que...

—Charles no se preocupaba por Alastair —afirmó Sona—. No como él se merece. Alastair merece tener a alguien en su vida que entienda la maravilloso que es realmente. Que sufra cuando él sufra, y sea feliz con su felicidad.

—Sí —asintió Thomas—, se lo merece. —Y la cabeza se le aceleró. ¿Sabía Sona que él quería ser esa persona para Alastair? ¿Sabía que Alastair y Charles tenían una relación romántica? ¿Les estaba dando su bendición a Alastair y a Thomas? ¿Estaba él inventándose cosas con su febril imaginación?—. Creo —dijo, al fin, casi sin darse cuenta de que estaba diciéndolo— que la persona que más se interpone entre Alastair y su felicidad es el propio Alastair. Es valiente, y leal, y su corazón... —Se dio cuenta de que estaba poniéndose rojo—. Supongo que me gustaría que Alastair se tratara a sí mismo como merece que lo traten.

Sona miraba hacia la cesta de fruta y sonreía.

—Estoy de acuerdo. De niño, Alastair era siempre amable. Fue solo cuando se marchó a la escuela...

378

Se interrumpió al entrar Alastair. Nadie diría que se vistió a toda prisa: estaba austeramente elegante, en blanco y negro, con los ojos luminosos y profundos. La curva de la garganta era tan exquisita como el ala de un pájaro.

—Bueno, Thomas —dijo—, si ya has acabado de acosar a mi madre con fruta, podemos irnos.

Thomas se mantuvo en silencio mientras Alastair cruzaba la habitación para besar a su madre en la mejilla; hablaron en persa demasiado rápido para que Thomas los entendiera. Él solo tenía ojos para Alastair: Alastair siendo amable, siendo cariñoso, el Alastair que Sona conocía, pero Thomas rara vez lo veía. Mientras el chico se despedía de su madre, Thomas no pudo evitar preguntarse: si Alastair estaba tan decidido a ocultarle esa parte de sí mismo, ¿importaba que él supiera que existía?

El salón de baile se convirtió en un bosque de cuento de hadas invernal, con guirnaldas de acebo y yedra, frutos rojos sobre el verde oscuro, y muérdago blanco colgando de todas las puertas.

A Lucie esto le parecía lo más adecuado. Después de todo, ella y Jesse se conocieron en un bosque, el bosque de Brocelind, en Idris, donde las hadas colocaban sus ingeniosas trampas, y las flores blancas que brillaban por la noche crecían entre el musgo y la corteza de los árboles.

La fiesta aún no comenzaba oficialmente; la agitación por tener todo listo antes de que llegaran los huéspedes aún se palpaba. Tessa resolvió el problema de haber perdido el árbol de Navidad: convenció a Magnus para crear, antes de irse a París, una escultura con forma de árbol a partir de una variedad de armas. El tronco del árbol estaba hecho de espadas: espadas de gancho y bracamartes, espadas largas y katanas, todas unidas por alambre demoniaco. Sobre el árbol había una estrella dorada, de la que colgaban espadas más pequeñas: dagas y *zafas takieh, bajg nakh* y *cinqueadas, jambiyas* y *belawas* y estiletes con joyas engarzadas.

Bridget y un pequeño grupo de sirvientas y sirvientes se apresuraban de un lado a otro, poniendo las mesas del refrigerio con sus tazones plateados de ponche y vino especiado, platos de grosellas y panes junto a budín de ciruelas, y pato relleno de manzanas y nueces. Las velas brillaban en todos los rincones e iluminaban la estancia con una suave luz; cintas doradas y cadenas de papel colgaban de ganchos en las paredes. Al lado de las puertas del salón, Lucie vio a sus padres enfrascados en una conversación: el cabello de Will estaba lleno de agujas de pino, y mientras Lucie los miraba, su madre se inclinó para sacarle una con una sonrisa traviesa. Will se lo agradeció con tal mirada de adoración que Lucie apartó la vista rápidamente.

Al lado del árbol de armas, había una escalera alta a la cual estaba encaramado Jesse, intentando poner una figurita de Raziel sobre la estrella. Cuando la vio, le sonrió, con esa sonrisa profunda y lenta que la hacía pensar en chocolate negro, rico y dulce.

—Espera —le dijo—, ahora bajo, pero me va a llevar un momento, la escalera está asegurada con runas viejas y espíritu de optimismo.

Bajó y se volvió hacia Lucie. Ya no sonreía, aunque su madre no se equivocaba. Estaba guapo con la ropa que le consiguieron Anna y James. Le sentaba como un guante, seguía las líneas de su cuerpo delgado, el cuello de terciopelo esmeralda de su levita hacía que el verde de sus ojos pareciera más oscuro y enmarcaba su elegante rostro.

—Lucie —dijo, mientras se la llevaba detrás del árbol de armas. La miraba de una forma que le hacía sentir un intenso calor por todas partes, como si todo su cuerpo se sonrojara. Una forma que dejaba claro que él sabía que no debía mirarla así, pero que no podía evitarlo—. Estás... —Levantó una mano como para tocarle la cara, pero la dejó caer rápidamente, con los dedos apretados por la frustración—. Quiero decirte cosas románticas...

—Bueno, deberías —dijo Lucie—, te animo firmemente a ello.

—No puedo. —Se acercó más; ella olió la Navidad en él, la esencia de pino y nieve—. Hay algo que tengo que contarte —dijo él—. Contactaste con Malcolm, ¿verdad? Para contarle lo que pasó cuando... con nosotros.

Ella asintió, perpleja.

—¿Cómo lo sabes?

—Porque me mandó un mensaje —explicó Jesse, mirando a Will y a Tessa, como si, a pesar de estar a bastante distancia, pudieran oírlo—. Está en el Santuario, y quiere verte.

Ir al Santuario no era lo que Lucie planeó para esa tarde, y aún le gustó menos estar allí cuando se dio cuenta de que seguía arreglado para los ritos funerarios de Jesse. Estaba el féretro en el que pusieron su cuerpo, con el sudario de muselina y el círculo de velas. También estaba la venda de seda blanca que le habían atado alrededor de los ojos, tirada en el suelo cerca del féretro. Estaba segura de que nadie en el Instituto, ni residentes ni personal, sabía qué hacer con la venda. Nunca oyó de ninguna que hubieran usado en un cuerpo, pero que luego no incineraran con dicho cuerpo.

Malcolm, vestido todo de blanco, estaba en una silla cerca de un candelabro apagado. Su traje brillaba bajo la escasa luz que entraba por los altos ventanales.

—Los nefilim siempre lo dejan todo sucio, por lo que parece —dijo—. Muy apropiado, creo.

—Entiendo que recibiste mi mensaje. —Lucie inclinó la cabeza a un lado—. Aunque no hay necesidad de este tipo de subterfugios. Hubieras venido a la fiesta, sin más. Eres el Gran Brujo de Londres.

—Pero entonces habría tenido que presentar mis respetos, charlar con tus padres. Fingí que tenía otros asuntos de los que ocuparme. Pero quería hablar contigo. —Malcolm se puso de pie y se acercó al féretro. Puso una larga mano sobre el sudario de muselina arruga-do—. Lo que hiciste aquí —dijo en voz baja—. Una verdadera mara-villa. Un milagro.

Y de pronto, Lucie lo vio como si sucediera otra vez: Jesse in-corporándose hasta quedarse sentado, el pecho hinchándosele con la primera bocanada de aire que tomaba en siete años, los ojos mirándola en medio de la sorpresa y la confusión. Ella sintió de nuevo el jadeo de sus respiraciones desesperadas y hambrientas; oler la piedra fría y las llamas de las velas; oír el golpe contra el suelo de...

—Hay algo que está mal —dijo ella—. Cuando estoy cerca de Jesse, cuando nos besamos o nos tocamos...

Malcolm se alarmó.

—Quizá esta conversación deberías tenerla con tu madre —dijo—. Seguro que ya te contó cómo funcionan estas cosas...

—Sé cómo es besar —replicó Lucie, ofendida—. Y lo que nos pasa no es normal en absoluto. A no ser que lo normal sea tocar con tus labios los de otra persona y sentir que caes, más y más rápido, hacia una oscuridad inmensa e interminable. Una oscuri-dad que está llena de siluetas brillantes como constelaciones de otro lugar, siluetas que parecen conocidas, pero que cambian de forma extraña. Y voces gritando... —Respiró con fuerza—. Solo dura hasta que el contacto con Jesse cesa. Luego pongo los pies en la tierra.

Malcolm recogió la venda de seda. La acarició con los dedos sin decir nada. «Seguro le pareció que ella era ridícula —pensó Lu-cie—, una niña tonta que se pone nerviosa cuando se le acerca un chico».

—No me gusta como suena —dijo él en voz baja.

Lucie sintió un vuelco en el estómago. Quizá esperaba que Mal-colm no le diera importancia a lo sucedido.

—Sospecho —siguió Malcolm—, que al resucitar a Jesse, usas-te tu poder de una forma que nunca habías hecho. Y ese poder tiene su origen en las sombras, lo sabes tan bien como yo. Es posible que al forzar sus límites, crearas un canal entre tu abuelo demonio y tú.

Lucie se quedó sin aire.

—¿Sabría eso mi... sabría eso Belial?

Malcolm seguía observando la venda que sostenía en las manos.

—No lo sé. ¿Está intentando comunicarse de alguna manera?

—No —contestó Lucie, negando con la cabeza.

—Entonces podemos asumir que aún no lo sabe. Pero evita atraer su atención. Puede que haya una forma de cortar esta conexión. Lo averiguaré. Mientras, no solo evita besar a Jesse, sino que deja incluso de tocarlo. Y evita invocar a fantasmas o darles órdenes. —Miró hacia arriba, y sus ojos de color púrpura oscuro casi parecían negros en la penumbra—. Al menos no tienes que preocuparte de que yo no tenga interés en ayudarte. Solo cuando sea seguro para ti volver a practicar la magia de la vida y la muerte, podrás traer de regreso a Annabel del mundo de las sombras.

—Sí —dijo Lucie lentamente. Era mejor para él estar involucrado personalmente, claro. Pero no le gustaba la expresión que tenían sus ojos—. Te ayudaré a despedirte de Annabel, Malcolm. Te lo prometí, y pienso mantener esa promesa.

—Despedirme —repitió Malcolm en voz baja. Su cara tenía una expresión que Lucie nunca le había visto; pero se desvaneció rápido y habló con calma—. Consultaré mis fuentes y volveré cuando tenga respuestas. Mientras tanto...

Lucie suspiró.

—Tengo que evitar tocar a Jesse. Lo sé. Debo regresar —añadió—. Si quieres venir a la fiesta, eres bienvenido.

Malcolm inclinó la cabeza, como si escuchara la música a través de las paredes; y quizá pudiera.

—Cuando era pequeño, los Blackthorn daban una fiesta de Navidad anualmente —dijo—. Nunca me invitaban. Annabel se escapaba durante las vacaciones y nos sentábamos juntos a contemplar el océano y a comer pasteles que robaba y se traía en los bolsillos del abrigo. —Cerró los ojos—. Intenta no conservar recuerdos dolorosos, Lucie —dijo—. No te apegues demasiado a nada o a nadie. Porque si los pierdes, los recuerdos te arderán en el cerebro como un veneno para el cual no hay antídoto.

No habíar nada que decir a aquello. Lucie observó a Malcolm salir del sombrío Santuario, y ella se arregló para volver arriba. Estaba helada. Ya era suficientemente duro saber que tocar al chico que amaba podía conectarla con más fuerza a Belial, el demonio que lo torturó, pero ¿cómo diablos iba a explicárselo a Jesse?

Para cuando James entró en el salón de baile, ya eran bastantes invitados. Había familiares: sus tías y tíos, aunque aún no veía a sus primos, ni a Matthew. Estaba Eugenia, con aspecto furioso y un sombrero de terciopelo amarillo sobre lo que parecía cabello ligeramente quemado. Esme Hardcastle tenía a los Townsend escuchando su plática sobre las diferencias entre las navidades mundanas y las de los cazadores de sombras, y los Pounceby estaban admirando el árbol de armas, junto con Charlotte, Henry y Charles. Thoby Baybrook y Rosamund Wentworth llegaron juntos, con atuendos a juego en terciopelo color rosa, que, curiosamente, le quedaba mejor a Thoby que a Rosamund.

Los que aún no llegaban, Cordelia, Anna, Ari, Matthew, superaban en número a los que sí; pero lo que resultaba raro era la ausencia de Lucie. Jesse estaba en la entrada con Will y Tessa, probablemente siendo presentado a los recién llegados como «Jeremy Blackthorn», pero Lucie no se veía por ninguna parte, y no era propio de ella dejar a Jesse enfrentarse solo a la fiesta.

James se preguntó si debería ir por un vaso de champán. En circunstancias normales, lo haría, pero con todo lo que pasó con Matthew últimamente, la idea de calmar los nervios con alcohol perdió atractivo. Y estaba nervioso: cada vez que las puertas del salón se abrían, volteaba la cabeza, esperando ver un destello de cabello rojo, el brillo de unos ojos oscuros. Cordelia. Había algo que necesitaba decirle desesperadamente, y aunque no era el meollo de su secreto, se acercaba bastante.

Sabía muy bien que pensaría en lo que pasó aquella tarde. El espejo, la visión de Belial, los demonios quimera. ¿A quién poseía Belial? ¿A mundanos? Aunque sería la obra de un necio mandar a mundanos poseídos a luchar contra cazadores de sombras. Pero la última vez que vio a Cordelia, ella le dijo: «Mañana, hablamos en la fiesta», y a pesar de todos los Príncipes del Infierno posibles, él no era capaz de pensar en otra cosa.

Casi. Las puertas del salón de baile se abrieron; esta vez era Matthew, que llevaba una levita que haría sombra al manto del mismísimo José de la Biblia. Llevaba brocados violetas, verdes y plateados, y una franja de borlas doradas. En cualquier otro hubiera parecido un disfraz, en Matthew parecía vanguardista. Llevaba hojas brillantes en el cabello; era como si fuera a interpretar a Puck en *El sueño de una noche de verano*.

James empezaba a sonreír justo cuando su tía Cecily lo abordó. Llevaba al pequeño Alex agarrado de su mano regordeta, y vestido con un traje de marinero de terciopelo azul, con un sombrero a juego coronado por un lazo blanco.

—Veo que es su presentación en sociedad —dijo James, mirando a Alexander, que fruncía el ceño. No parecía gustarle su traje de marinero, y James no lo culpaba.

Cecily agarró en brazos a Alex con una sonrisa.

—Hablando de presentaciones, creo que el chico Blackthorn al que adoptaron quizá necesita que lo salven.

Lo cual resultó ser cierto. Los músicos llegaron, así que Will y Tessa tuvieron que mostrarles dónde ubicar sus instrumentos. En la confusión resultante, Jesse fue acorralado en un rincón por Rosamund Wentworth. Obviamente ya le habían presentado a Jesse, o al menos eso esperaba James, dado el interés con el que le hablaba.

Mientras James se aproximaba a ellos, Jesse le echó una mirada suplicante.

—Jeremy, Rosamund —saludó James—, qué alegría verlos. Jeremy, me preguntaba si te interesaría una partida de cartas en la sala de juegos.

—Oh, no seas pesado, James —pidió Rosamund—. Es demasiado temprano para que los caballeros se retiren a la sala de juegos. Y acabo de conocer a Jeremy.

—Rosamund, ahora él forma parte del Enclave de Londres. Volverás a verlo —replicó James, mientras Jesse hacía el gesto de alguien a quien acaban de salvar de un naufragio.

—Pero mira qué ojos. —Suspiró como si Jesse no estuviera delante—. ¿No son para morirse? ¿No es divino?

—Increíblemente divino —contestó James—. A veces me duele solo mirarlo.

Jesse lo miró mal. Rosamund tiró de la manga a Jesse.

—Pensé que solo iban a estar los vejestorios de siempre, ¡así que eres una sorpresa encantadora! —dijo Rosamund—. ¿Dónde me dijiste que creciste?

—Cuando mis padres volvieron a Inglaterra, se establecieron en Basingstoke —contó Jesse—. Viví allí hasta que averigüé que era cazador de sombras, y decidí unirme a sus filas.

—Una historia realmente trágica —añadió Matthew, que acababa de aparecer al lado de James.

—No es trágica en absoluto —opinó Rosamund.

—Ser de Basingstoke es una tragedia en sí misma —replicó Matthew.

James sonrió. Precisamente eligieron Basingstoke por ser un lugar lo suficientemente aburrido para no inspirar muchas preguntas.

—Rosamund —dijo Matthew—. Thoby te está buscando por todas partes.

Eso era una mentira descarada; Thoby estaba junto al árbol de armas, con un vaso de sidra en la mano, y platicaba con Esme y

Eugenia. Rosamund frunció el ceño y miró desconfiada a Matthew, pero se reunió con su prometido.

—¿La gente siempre es así en las fiestas? —preguntó Jesse, en cuanto se quedaron los tres solos.

—¿Maleducada y rara? —repuso James—. En mi experiencia, más o menos la mitad de las veces.

—Luego también están los que son encantadores y espectaculares —añadió Matthew—, aunque admito que somos menos que los otros. —En ese momento, hizo una mueca, y se llevó la mano a la cabeza, como si le doliera; James y Jesse intercambiaron una mirada preocupada.

—Así que —continuó James, intentando mantener un tono ligero—, supongo que la cuestión es: ¿a quién deseas conocer primero? ¿A la gente más agradable, a la más desagradable, o ir mezclando?

—¿Tengo que conocer a la gente desagradable? —preguntó Jesse.

—Desgraciadamente, sí —contestó Matthew. Ya no se tocaba la cabeza, pero estaba pálido—. Así que ve preparándote para estar en guardia ante sus artimañas.

Jesse no contestó; miraba a la gente. No, se dio cuenta James, miraba a alguien que avanzaba entre la gente: Lucie, que parecía un hada con su vestido color lavanda pálido. El medallón dorado de su cuello brillaba como un faro. La chica sonrió a Jesse, y Matthew y James intercambiaron una mirada.

Un momento después, estos los dejaron solos, y Lucie y Jesse susurraban en un rincón. James estaba seguro de que Lucie se encargaría de las presentaciones y quitarse de encima a todas las Rosamund Wentworth del mundo.

Menos seguro estaba de que Matthew se encontrara bien. James lo llevó hacia una de las columnas rodeadas de guirnaldas del extremo de la sala, observándolo. Estaba demacrado, con un tono de piel casi verduzco y los ojos inyectados en sangre.

—Doy por sentado que no me estás mirando porque estás embelesado por mi belleza o mi atuendo *haute couture* —bromeó Matthew, mientras se apoyaba contra la columna.

James se acercó y le tomó una de las hojas del cabello. Era verde pálido, ribeteada en dorado: no era una hoja auténtica, sino de ornamento. Bellamente pintada para sustituir a algo vivo.

—Math, ¿estás bien? ¿Tienes lo que te dio Christopher?

Matthew se tocó el bolsillo del pecho.

—Sí, y lo he tomado como debía. —Echó un vistazo por la sala—. Sé lo que haría en una fiesta normal —dijo—. Iría de aquí para allá, siendo el alma de la fiesta. Escandalizando a Rosamund y a Catherine. Bromeando con Anna. Siendo ingenioso y encantador. O, al menos, pensaba que era ingenioso y encantador. Sin alcohol, yo... —La voz se le oscureció—. Es como si viera muñecos mecánicos en una casa de muñecas, diciendo sus frases. Nada me parece real. O quizá soy yo el que no es real.

James vio que Thomas y Alastair llegaron, y juntos, curiosamente, y que Alastair los estaba mirando con los ojos entrecerrados.

—Te conozco desde hace mucho, Matthew —dijo James—. Eras ingenioso y divertido mucho antes de empezar a beber. Y volverás a serlo. Es demasiado esperar que lo seas en este momento.

Matthew lo miró.

—James —dijo—, ¿sabes cuándo empecé a beber?

Y James se dio cuenta de que no. No lo vio por culpa del brazalete; no notó los cambios en Matthew, y luego ya fue demasiado tarde para preguntar.

—Da igual —repuso Matthew—. Fue un proceso gradual; es injusto preguntarlo. —Hizo un gesto de dolor—. Me siento como si tuviera un gnomo en la cabeza golpeándome el cráneo con un hacha. Tengo que ponerle un nombre. Algo bonito y que le pegue. Snorgoth *el Revientacráneos.*

—¿Ves? —dijo James—. Eso fue ingenioso y encantador. Piensa en Snorgoth. Piensa en él levantándole el hacha a la gente que no te gusta. El Inquisidor, por ejemplo. Quizá eso te ayude a soportar la fiesta. O...

—¿Quién es Snorgoth? —Era Eugenia, que se acercó, con su sombrero amarillo ladeado sobre el cabello oscuro—. Da igual. No me interesan tus aburridos amigos. Matthew, ¿bailas conmigo?

—Eugenia —Matthew la miró con afecto—, no estoy de humor para bailar.

—Matthew —insistió Eugenia, parecía angustiada—, Piers no deja de pisarme, y Augustus no deja de perseguirme para bailar un vals, cosa que no sé hacer. Un baile —insistió—. Eres un bailarín excelente, y me gustaría divertirme un poco.

Matthew puso cara de doliente resignación, pero dejó que Eugenia lo llevara a la pista. Mientras se preparaban para el siguiente baile, una danza de dos pasos, Eugenia miró a James. Dirigió los ojos hacia las puertas del salón de baile, como diciéndole «mira», antes de empezar a bailar con Matthew.

James siguió la mirada de Eugenia y vio que sus padres estaban saludando a Anna y a Ari, que acababan de llegar, Anna con una bonita levita azul con hebillas doradas. Con ellas estaba Cordelia.

Tenía el fiero cabello peinado en tirabuzones alrededor de la cabeza, como si fuera una diosa romana. Llevaba un vestido de un austero negro satinado, con las mangas a la altura de los codos, dejando al descubierto sus morenos brazos, y el escote era tan pronunciado que se veía claramente que no llevaba corsé. Ningún vestido pálido de los que llevaban las demás, cubiertos de encajes o tules blancos, le hacía sombra. A James le vino a la cabeza de repente un verso de un poema que leyó una vez: «Observando la forma de la oscuridad y el placer».

Cordelia miró a James. El vestido destacaba la profundidad de sus ojos. Alrededor del cuello, brillaba una única joya: el dije de globo que él le regaló.

Ella se dio cuenta de que estaba solo y alzó la mano para invitarlo a unirse a ella y a sus padres. James cruzó la estancia en un par de zancadas, pensando a toda velocidad: tenía todo el sentido que se uniera a su mujer a su llegada. Quizá Cordelia estuviera simplemente pensando en las apariencias.

«Pero —habló la pequeña voz esperanzada que seguía viviendo en su corazón, la voz del niño que se enamoró de Cordelia durante un brote de fiebre— dijo que hablaríamos. En la fiesta».

—James —dijo Will, animado—. Me alegra que estés aquí. Necesito tu ayuda.

—¿En serio? —James miró alrededor—. Parece que todo va bien.

—Will —lo riñó Tessa—. ¡No lo dejaste ni saludar a Cordelia!

—Bueno, pueden ayudarme los dos —repuso Will—. La trompeta de plata, James, la que el Instituto de Helsinki le regaló a tu madre. La que siempre usamos como centro de mesa en Navidad. No la encuentro.

James intercambió una resignada mirada con Tessa. Estaba a punto de preguntarle a su padre de qué diablos estaba hablando cuando Will lo interrumpió.

—Creo que la dejamos en la salita. ¿Pueden Cordelia y tú ir a buscarla?

Cordelia sonrió. Era una sonrisa experta, del tipo que no dejaba traslucir lo que pensaba.

—Pues claro —respondió la chica.

«Bueno —pensó James, mientras Cordelia y él cruzaban la sala de baile— o bien se creyó la historia de la trompeta o aceptó que mi padre está loco y hay que complacerlo. Lo más probable —pensó—, era lo último».

Siguió a Cordelia hasta la salita y cerró las puertas corredizas tras ellos. Tenía que admitir que normalmente no se acordaba mucho de la salita; solían usarla al final de las fiestas, cuando las damas que estaban demasiado cansadas para bailar pero no lo suficiente para irse a casa, buscaban un lugar para hablar, murmurar y jugar a las cartas, mientras los hombres se retiraban a la sala de juegos. Era anticuada, con pesadas cortinas de color crema, y delicadas sillas alrededor de mesas dispuestas para el *whist* y el *bridge*. Jarrones de cristal tallado brillaban sobre la repisa de la chimenea.

Cordelia volteó a mirar a James.

—No hay ninguna trompeta de plata —dijo—, ¿verdad?

James sonrió, sarcástico.

—Conoces bien a mi familia.

Cordelia se colocó un mechón de cabello tras la oreja. El gesto hizo que James sintiera una oleada de calor. Un gesto tan simple y que él mismo deseaba hacer; deseaba sentir la suavidad de aquel cabello y aquella piel.

—Es muy amable tu padre al querer que estemos solos —dijo—. Pero también es cierto que debemos hablar. —Alzó la vista hacia él—. En casa dijiste que tenías algo que enseñarme.

Y se sonrojó. Solo un poco, pero aun así fue alentador. Parecía tan calmada, protegida por su elegancia, casi intocable. Era un alivio saber que también ella estaba intranquila.

—Sí —dijo él—, pero para que te lo enseñe, tendrás que acercarte.

Ella dudó por un momento, luego dio un paso hacia él, y otro, hasta que él pudo oler su perfume. Cordelia tenía la respiración agitada, el racimo de cuentas que bordeaba el cuello del vestido brillaba a medida que su pecho subía y bajaba. James notó la boca seca.

James se acercó y tomó el dije dorado que le colgaba del cuello, el pequeño globo que él le regaló. El que aún llevaba, a pesar de todo.

—Sé que crees que solo te quiero porque ahora no puedo tenerte —dijo—. Pero no es verdad.

Acarició el dije con el pulgar. Sonó un ligero clic y el globo se abrió; los ojos de Cordelia se agrandaron. De su interior sacó un pequeño trozo de papel, cuidadosamente doblado.

—¿Te acuerdas de cuando te lo regalé?

Ella asintió.

—En nuestro aniversario de dos semanas, creo.

—No te dije lo que había dentro —explicó—, no porque no quisiera que lo supieras, sino porque yo no podía enfrentarme a esa verdad. Escribí estas palabras, las guardé y las puse cerca de ti. Fue egoísta. Quería decírtelas, pero no tener que enfrentarme a las consecuencias. Pero aquí están. —Le entregó el trozo de papel—. Léelas.

A medida que Cordelia leía, su expresión cambiaba. Conocía esas palabras, eran versos de Lord Byron.

> *Aún hay dos cosas en mi destino:*
> *un mundo que conocer, y un hogar contigo.*
> *La primera nada fuera; si conservase aún la última,*
> *sería el refugio de mi felicidad.*

—«Un mundo que conocer» —susurró Cordelia—. Por eso elegiste este dije. Con forma de mundo. —Fijó la mirada en él—. Quiere decir que...

Los ojos de ella eran grandes y profundos, y él por fin se permitió tocarle la mejilla, la palma en la piel suave, con todo el cuerpo ardiéndole solo por ese ligero contacto.

—Significa que prefiero tener un hogar contigo que un mundo entero —dijo él con fiereza—. Si no eres capaz de creerme ahora, cree a ese James que te dio este dije, mucho antes de que te fueras a París. Dios mío, ¿qué otra razón tendría para poner ahí esos versos que no fuera amarte, pero ser demasiado cobarde para decirlo?

Cordelia apoyó la mejilla contra la mano de él y lo miró a través de las largas pestañas.

—Entonces me amabas, pero también amabas a Grace. ¿Es eso lo que me estás diciendo?

James sintió que el corazón se le tensaba dentro del pecho. Ella le estaba ofreciendo una salida, una forma de explicar su comportamiento pasado. Una forma de decir: «Sí, las amaba a las dos, pero luego me di cuenta de que a ti te amaba más».

La historia tenía sentido, más que la que le ofrecía hasta ahora. Y quizá ella hasta la aceptara y lo perdonara. Pero él no la aceptaría para sí mismo. Retiró la mano de su cara y se lo dijo.

—No, nunca amé a Grace. Nunca.

La expresión de ella cambió. Fue interrogante, curiosa; pero en ese momento se cerraba como un abanico. Asintió.

—De acuerdo. Si me disculpas, James, hay algo que debo hacer.

Y salió de la habitación, cerrando las puertas correderas tras ella. James la siguió pero vaciló en la entrada. Veía a Cordelia, que se paró a hablar con su hermano y con Thomas; no podía dejar de mirarla, la elegante línea de su espalda, la corona de cabello rojo como una llama.

«¿Por qué no le mentiste sin más? —se preguntó salvajemente—. Si no eres capaz de decirle la verdad..».

Pero ya eran suficientes mentiras entre ellos. Él le dio una pieza más de la verdad, una pieza que era capaz de dar. Lo que Cordelia hiciera con ella ya era cosa suya.

—¿James? —El joven casi dio un brinco; acercándose a la sala estaba Esme Hardcastle, pluma y cuaderno en mano. Le dedicó una mirada de búho—. Disculpa que te moleste, James —añadió, mientras se daba golpecitos con la pluma en un diente—, pero, como sabes, estoy trabajando en un árbol familiar y me sería de gran ayuda saber si Cordelia y tú planean tener niños. Y si es así: ¿cuántos? ¿Dos? —Ladeó la cabeza—. ¿Seis o siete?

—Esme —contestó James—, ese árbol familiar va a ser muy inexacto si haces las cosas así.

Esme bufó, con aspecto muy ofendido.

—En absoluto —dijo—, ya verás.

Eventos como la fiesta de Navidad eran el entorno ideal de Anna. Nada le gustaba más que observar las peculiaridades del comportamiento de la gente: las cosas de las que hablaban, los gestos, la manera de estar, reír y sonreír. Empezó a hacerlo cuando era pequeña, para saber qué sentían los adultos cuando los veía hablar en fiestas. Rápidamente descubrió que se le daba muy bien, y a menudo hacía reír a Christopher contándole lo que los demás pensaban.

A veces, claro, el sujeto de experimentación se la ponía fácil, como en ese momento, que observaba a James mirar a Cordelia como quien desea la luna. Lo cierto era que Cordelia estaba deslumbrante; debió comprar ese vestido en su polémico viaje a París; su diseño era mucho más atrevido que lo que normalmente se veía en Londres. En vez de lazos ampulosos, se curvaba en remolinos alrededor de las caderas de Cordelia; en vez de encaje, la profunda línea del cuello iba adornada con racimos de cuentas que resplandecían sobre su piel morena. Estaba hablando con Alastair y Thomas, mientras este último lanzaba por el aire a un encantado Alex; aunque Anna sabía bien todo lo que Cordelia pasaba, nadie lo adivinaría al verla desde fuera.

Al lado de Anna, Ari se rio por lo bajo. Estaban las dos en la mesa de aperitivos, comiendo pastelillos glaseados, con expresión culpable. Cada uno estaba decorado con el escudo de una familia diferente de cazadores de sombras.

—Sí te gusta observar a la gente, ¿eh?

—Mm —musitó Anna—, es siempre tan deliciosamente revelador.

Ari escrutó la sala.

—Dime un secreto de alguien —pidió—. Cuéntame lo que dedujiste.

—Rosamund Wentworth está pensando en dejar a Thoby —dijo Anna—. Sabe que será un escándalo, pero no puede aguantar más que él esté enamorado de Catherine Townsend.

A Ari se le pusieron los ojos como platos.

—¿En serio?

—Espera y verás... —empezó Anna, pero se detuvo al ver la expresión de Ari. Se quedó muy quieta y miraba más allá de Anna, con expresión neutra pero tensa. Anna volteó hacia la puerta y vio quién acababa de llegar, aunque ya lo suponía. Por supuesto. Maurice y Flora Bridgestock.

Anna rodeó con la mano el codo de Ari; fue un gesto automático, para calmarla.

—Recuerda —le dijo, apartándola amablemente de la mesa de aperitivos—. Si quieren montar una escena, es cosa suya. No te afecta.

Ari asintió, pero siguió mirando a sus padres, y Anna vio que temblaba ligeramente. Fue Flora la primera que vio a su hija. Comenzó a avanzar en su dirección, con aire esperanzado. Pero antes de que Flora recorriera apenas cinco metros, Maurice fue hacia ella, le puso la mano en la cadera, y la recondujo de vuelta con firmeza. Flora le dijo algo a su marido, él pareció tenso al contestarle; Anna dedujo que discutían.

Ari los miraba con una expresión que a Anna le partía el alma.

—No creo que me monten una escena —dijo con suavidad—. No creo que les importe lo suficiente para eso.

Anna volteó a mirar a Ari. Ari, que fue su primer amor, que le abrió el corazón y luego se lo rompió. Pero también Ari, la que dormía en su cama y le gustaba lavar los platos, pero los guardaba en los sitios equivocados; Ari, que le cantaba a *Percy*, la serpiente disecada, cuando creía que nadie la oía; Ari, que usaba las horquillas del cabello como marcadores de libros y le ponía demasiado azúcar al té, por lo que, cuando Anna la besaba, siempre sabía dulce.

—Baila conmigo —le pidió Anna.

Ari la miró sorprendida.

—Pero... si siempre dices que tú no bailas.

—Me gusta romper las reglas —dijo Anna—. Incluso las que puse yo.

Ari sonrió y le ofreció la mano.

—Pues bailemos.

Anna la condujo hasta la pista de baile, sabiendo bien que los padres de Ari las estaban mirando. Con una mano en el hombro de Ari, y la otra en su cadera, la guio en los pasos del vals. Ari empezó a sonreír mientras giraban por la pista, y los ojos le brillaban y, por un momento, la necesidad de Anna de observar a todo el mundo, de observar sus interacciones, gestos, conversaciones... se desvaneció. El mundo giraba solo en torno a Ari: sus manos, sus ojos, su sonrisa. No importaba nada más.

20

CORAZÓN DE HIERRO

Por tu venia puedo mirar, me alzo de nuevo;
pero nuestro antiguo y sutil enemigo tanto me tienta,
que no puedo ni una hora mantenerme;
tu gracia puede ayudarme a prevenir sus artes,
y tú, como el diamante, me vuelves el corazón de hierro.

JOHN DONNE, *Tú me puse,*
¿y tendrá tu obra que decaer?

Cordelia buscaba a Matthew.

De vez en cuando, alzaba la mano y se tocaba el dije. Al saber su secreto, lo notaba diferente, como si el metal estuviera caliente al contacto con la piel, aunque sabía que eso era ridículo: el dije no cambiaba. Solo su imagen de él.

Seguía viendo a James, ante sí, con los oscuros ojos dorados fijos en los de ella. La sensación cuando abrió el dije, sus dedos acariciándole la garganta. Esa sensación temblorosa, jadeante que le causó escalofríos por todo el cuerpo.

«Entonces me amabas, pero también amabas a Grace», le dijo a James, pensando que lo admitiría, que asentiría agradecido por su comprensión. Pero su expresión fue de una desesperación amarga y culpable.

«Nunca la amé. Nunca».

No tenía sentido, no si se comparaba con su comportamiento, y sin embargo, sentía como si su realidad se inclinara sobre su eje. James la amaba; la amó. No sabía si con eso era suficiente; pero sabía lo profunda que fue su propia reacción al leer las palabras que él escribió. Sintió como si el corazón le bombeara luz en las venas, en vez de sangre.

Ahora tenía el estómago encogido: confusión mezclada con una esperanza que antes no se atrevía a sentir. Si alguien, Lucie por ejemplo, le preguntara en ese momento qué sentía, diría: «No lo sé, no lo sé», pero lo sabía de sobra. Sus sentimientos eran demasiado fuertes para seguir ignorándolos. Había cosas que no podían seguir así o acabarían causando un gran daño.

Encontró a Matthew, al fin, en la pista de baile, llevado enérgicamente por Eugenia. Se metió entre la gente que aguardaba al próximo baile y vio a Eugenia mirarla con una sonrisa triste. Para Cordelia, esa sonrisa quería decir: «Por favor, no le hagas daño», aunque quizá se lo imaginara. O temiera.

Cuando la canción terminó, Eugenia dio un toquecito a Matthew en el hombro y le señaló a Cordelia; la cara de él se iluminó y salió de la pista de baile para ir hacia ella, frotándose el hombro. «Adelgazó», pensó ella con una punzada de dolor, y eso, unido a la brillante levita y las hojas barnizadas del cabello, le daban un aire de príncipe de las hadas.

—¿Me estás rescatando de Eugenia? —preguntó—. Es una buena chica, pero te lleva de un lado a otro como si fueras una muñeca de trapo. Te juro que vi un mundo nuevo y terrible más allá de las protecciones de Londres.

Cordelia sonrió; Matthew parecía sobrio.

—¿Podemos hablar? —preguntó—. ¿Quizá en la sala de juegos?

En los ojos de él algo se iluminó: una cautelosa esperanza.

—Pues claro.

La sala de juegos estaba preparada: era una tradición, cuando una fiesta estaba acabándose, que algunos de los invitados, sobre todo los hombres, se retiraran allí a beber oporto y fumar. La estancia olía a cedro y pino, y las paredes estaban llenas de guirnaldas de muérdago. Sobre el aparador, había botellas de jerez, *brandy* y todo tipo de *whisky*. Las ventanas parecían plateadas por la nieve, y en la chimenea ardía un buen fuego, que iluminaba los retratos enmarcados de las paredes.

Era acogedora, pero aun así Cordelia se estremeció. Quería con todo su ser evitar herirlo esa noche. Pero sabía que no sería, y cuanto más esperara, peor sería.

—Gracias por mandar a los Compañeros a cuidarme la otra noche —dijo Matthew—. Fue un acto verdaderamente generoso. Y... —La miró fijamente—. Estoy mejor, Daisy. Christopher me tiene con este régimen de un poco menos cada día, y dice que en breve mi cuerpo dejará de depender de la sustancia. Seré capaz de parar.

Cordelia tragó saliva. «En todo su discurso —pensó—, no pronunció ni una vez las palabras "alcohol" o "bebida"». Quería decirle: «Está bien que tu cuerpo ya no necesitará la sustancia, pero tú seguirás queriéndola. Cada vez que estés triste, querrás aplacar el dolor con alcohol; cada vez que estés aburrido, o te sientas vacío, querrás llenar ese hueco, y esa será la parte difícil, mucho más difícil de lo que piensas».

—Me acuerdo de ese vestido —dijo Matthew, tocándole la manga ligeramente. La voz le tembló un poco, como si lo inquietara su silencio—. Te preocupaba que fuera tan sencillo que no te quedara bien, pero te queda maravilloso —añadió—. Con tu cabello, pareces una llama oscura, adornada de fuego.

—Tú me convenciste de que me lo quedara —repuso Cordelia. Se permitió recordar la tienda dorada, las calles de París, los elegantes tejados que subían y bajaban como notas musicales—. Y me alegro de que lo hicieras. Tienes la habilidad de Anna: ves el potencial de belleza.

Matthew cerró los ojos. Cuando los abrió, los tenía fijos en ella; Cordelia veía cada detalle de sus iris, las chispas de oro mezcladas con el verde.

—¿Piensas en París, como yo? —Su voz era un poco ronca—. Incluso ahora, cuando abro los ojos por las mañanas, por un momento me imagino que tengo ante mí todo un día de aventuras en París contigo. Hubo tantas cosas que nos quedaron por hacer. Y después de París, pudimos ir a Venecia. Es un palacio de agua y sombras. Hay mascaradas...

Ella le apoyó las manos en el pecho. Sintió cómo tomaba aire. Y, tan cerca, olía su colonia, limpia como agua de océano y, por primera vez, sin estar mezclada con *brandy* o vino.

—No podemos estar siempre viajando, Matthew —dijo—. No podemos estar siempre huyendo.

Como respuesta, la besó. Y por un momento, ella se dejó ir en el beso, en su tierna amabilidad. No había nada del fuego que estuvo presente la primera vez, nacido de la desesperación y una necesidad hambrienta e incoherente. En ese beso estaba el Matthew que ella quería: su brillante mente afilada, su vulnerabilidad, su belleza y fragilidad. Había amor, pero no pasión.

«Raziel, no permitas que le haga daño». No demasiado. Permaneció con las manos sobre su pecho, sintiendo el latido de su corazón, los labios de él rozando los suyos con la mayor suavidad, hasta que él se apartó, mirándola confuso.

O sea que él también lo sintió, sintió la diferencia.

—¿Cordelia? ¿Pasa algo?

—Matthew —dijo—, ay, mi querido Matthew. Tenemos que parar.

Cordelia notó cómo Matthew se quedaba rígido, todo su esbelto cuerpo se quedó tieso como la madera.

—¿Parar de qué? ¿De viajar? Te entiendo —añadió, más calmado—. No me refería a que abandonáramos la lucha aquí en Londres.

Tenemos que quedarnos, defender a nuestros amigos y nuestra ciudad, separarte de Lilith...

—¿Y después qué? ¿Y si lográramos todo eso? ¿Qué pasaría entonces?

—Sé que ahora —dijo con tono vacilante— tengo un aspecto terrible. Pero Christopher dice que en quince días estaré bien. Habré dejado esto atrás, puedo seguir adelante...

—Dejar la adición física no es suficiente —repuso Cordelia—. Aún desearás beber.

Él se estremeció.

—No. Lo odio. Odio lo que me hace. Tú sabes por qué empecé —objetó—. Puedes ayudarme, Daisy. Puedes venir conmigo cuando les cuente a mis padres lo que hice. Sé que no se arreglará todo, pero es la herida de la que nace todo lo que pasó después.

Estaba casi sin aliento y Cordelia le notó el corazón acelerado. Tras un momento, y casi con impaciencia, siguió hablando.

—¿Qué es lo que pasa? Por favor, di algo.

Había una fragilidad en esa pregunta que la aterrorizó. «Tenía que consolarlo», pensó. Tenía que hacerle saber que nunca lo abandonaría.

—Iré contigo a hablar con tus padres, Matthew —dijo—. Pase lo que pase, yo estaré contigo cada vez que te sientas culpable, para recordarte que eres una buena persona que merece perdón y amor.

—Entonces... —Sus ojos escrutaban la cara de ella—. Si siempre vas a estar conmigo...

—Cuando me casé con James, iba a ser solo para un año. Fue todo lo que pensé que tendría —dijo Cordelia—. Todo el mundo pensó que estaba siendo generosa, pero no era verdad. Me dije que si podía pasar un año con James, solo un año, sería algo a lo que agarrarme el resto de mi vida; atesorar ese tiempo que pasé con el chico al que amaba desde que tenía catorce años...

—Daisy. —Ella vio que sus palabras le hicieron daño y deseó no haber tenido que decirlas. Pero él tenía que ver para entender—.

Nunca deberías... Vales mucho más que eso. Te mereces más que eso.

—Y tú también —susurró Cordelia—. Matthew, lo que siento por James no ha cambiado. No tiene nada que ver contigo. A ti te tienen que adorar sobre todas las cosas, porque eres maravilloso. Debes tener todo el corazón de una persona. Pero yo no tengo todo el corazón para darte.

—Porque aún amas a James —concluyó Matthew, con tono neutro.

—Siempre lo he amado —afirmó Cordelia, con una sonrisa triste—. Y siempre lo amaré. No es algo que yo elija; es parte de mí, como el corazón o el alma o... o *Cortana*.

—Puedo esperar a que cambies de idea. —Matthew sonaba como si estuviera ahogándose.

—No —repuso Cordelia, y sintió como si rompiera algo, alguna cosa frágil y delicada hecha de hielo o cristal—. No puedo ni podré nunca amarte como tú deseas que te amen, Math. Como tú te mereces. No sé qué voy a hacer respecto a James. No tengo un plan, ni he tomado ninguna decisión. Pero sé una cosa. Sé que no debo —dijo, con lágrimas en los ojos—, dejar que haya falsas esperanzas entre nosotros.

Matthew alzó la barbilla. Su mirada era desgarradora, el tipo de mirada que tenía su padre cuando perdía mucho dinero en las apuestas.

—¿Es tan difícil amarme?

—No —contestó Cordelia, desesperada—. Es muy fácil amarte. Tan fácil que por eso tenemos todo este problema.

—Pero tú no me amas. —Había una tremenda amargura en su voz—. Lo entiendo, lo dejaste muy claro; soy un borracho y siempre lo seré...

—Eso no es verdad, no se trata de eso —negó Cordelia—. Mi decisión no tiene nada que ver con que bebas, para nada...

Pero él ya se alejaba de ella, sacudiendo su rubia cabeza. Esparciendo hojas verdes y doradas.

—Esto es insoportable —dijo—. No lo resisto más.

Y con un par de zancadas, salió por la puerta y dejó a Cordelia sola, con el corazón latiéndole como si acabara de correr cien kilómetros.

Thomas esperaba que, en cuanto llegaran a la fiesta, Alastair lo abandonara para irse con su grupo habitual: Piers Wentworth, Augustus Pounceby y los demás que se graduaron con él en la Academia de Cazadores de Sombras.

Para su sorpresa, Alastair se quedó con él. No dedicó toda su atención a Thomas: se pararon varias veces para saludar a todo el mundo, desde James a Eugenia, que los miró a ambos y sonrió como una maniaca, o a Esme Hardcastle, que tenía una larga lista de preguntas para Alastair sobre sus parientes persas.

—Mi árbol familiar debe ser exhaustivo —dijo—. Bien, ¿es verdad que tu madre estuvo casada con un cazador de sombras francés?

—No —contestó Alastair—. Mi padre fue su primer y único marido.

—Entonces, ¿ella no envenenó al francés para quedarse con su dinero?

Alastair la miró con ira.

—¿Lo mató por otro motivo? —preguntó Esme, con la pluma en la mano.

—Haces demasiadas preguntas —contestó Alastair, siniestro, tras lo cual Thomas lo sacó de allí y consiguió, sorprendido, convencerlo para que jugaran con su primo Alex. A este siempre le gustó que Thomas lo subiera a hombros y así tener una buena panorámica. Resultó que también le gustaba cuando Alastair y le hacía cosquillas.

—Así practico, ¿no? —dijo Alastair cuando Thomas alzó las cejas—. Pronto tendré un hermanito o una hermanita. —Los oscuros ojos de Alastair brillaban—. Mira eso —exclamó.

403

Thomas volteó y vio que Anna y Ari bailaban el vals en la pista, agarradas, claramente ajenas al resto del mundo. Algunos del Enclave tenían la mirada clavada en ellas: los Baybrook; los Pounceby; Ida Rosewain; el propio Inquisidor, a hurtadillas... pero la mayoría estaban a lo suyo. Hasta la madre de Ari las miraba de lejos, melancólica, sin enojo ni prejuicio en su expresión.

—Fíjate —dijo Thomas, en voz baja—. Y el cielo no se ha caído.

Alastair bajó a Alex, y este corrió con sus piernas regordetas hasta su madre y le tiró de las faldas azules. Alastair le indicó a Thomas que lo acompañara, y este, preguntándose si incomodó a Alastair y si era así, cuánto, lo siguió tras una urna decorativa llena de ramas de tejo cubiertas de frutos rojos. Desde allí, Thomas apenas entreveía el salón de baile.

—Bueno, de acuerdo —dijo Thomas, poniéndose firme—, si estás molesto conmigo, dilo.

Alastair parpadeó.

—¿Por qué estaría molesto contigo?

—Quizá estés enojado porque te hice venir a la fiesta. Quizá preferías estar con Charles...

—¿Charles está aquí? —Alastair pareció sinceramente sorprendido.

—Está ignorándote —apuntó Thomas—. Qué maleducado.

—No me había dado ni cuenta. No me importa Charles —aseguró Alastair, y Thomas se sorprendió de lo aliviado que se sintió—. Y tampoco sé por qué quieres que me hable. Quizá necesites averiguar lo que realmente quieres.

—Alastair, eres la última persona que...

—¿Te das cuenta de que estamos bajo el muérdago? —preguntó Alastair, con los oscuros ojos brillando traviesos. Thomas miró hacia arriba. Era verdad: alguien colgó una rama de las cerosas bayas blancas de un gancho en la pared que quedaba tras ellos.

Thomas dio un paso adelante. Alastair retrocedió un paso instintivamente, y se quedó con la espalda pegada a la pared.

—¿Te gustaría que hiciera algo al respecto? —preguntó Thomas.

De pronto, el aire entre ellos parecía tan pesado como el del exterior, cargado con la promesa de tormenta. Alastair puso una mano en el pecho de Thomas. Sus largas pestañas bajaron para ocultarle los ojos, la expresión, pero su mano se deslizó por el abdomen liso de Thomas, mientras dibujaba pequeños círculos con el pulgar, avivando cada uno de sus nervios.

—¿Aquí mismo? —dijo, metiendo los dedos en la cintura del pantalón de Thomas—. ¿Ahora mismo?

—Te besaría aquí mismo —contestó Thomas, con un susurro ronco—. Te besaría delante del Enclave. No me avergüenzo nada de lo que siento por ti. Creo que eres tú el que no quiere.

Alastair alzó la vista, y Thomas pudo ver lo que las pestañas ocultaban: un deseo en los ojos que hacía que la nieve se derritiera.

—Sí quiero —dijo.

Y Thomas estaba a punto de acercarse, estaba a punto de poner los labios sobre los de Alastair, estaba a punto de sugerir que por mucho que deseara reclamar a Alastair como suyo delante de todo el Enclave, tenían que ir a algún sitio, a cualquier sitio, donde pudieran estar solos, cuando un grito repentino resonó en el aire. El grito de alguien con un dolor angustioso.

Alastair brincó. Thomas se apartó, con el corazón golpeándole el pecho. Conocía ese grito. Era su tía Cecily.

James se paró en medio del pasillo, con el corazón desbocado. No fue su intención seguir a Cordelia y Matthew a la sala de juegos; fue allí por un puro que Anna le pidió amablemente, pero al acercarse a la puerta escuchó sus voces. La de Matthew, baja e intensa; Cordelia, claramente preocupada. El dolor en su voz lo dejó clavado al suelo, aunque sabía que debía irse; comenzó a retroceder, cuando escuchó a Cordelia decir: «No puedo ni podré nunca amarte como tú deseas que te amen, Math. Como tú te mereces. No sé qué voy a hacer respecto a James. No tengo un plan, ni he tomado ninguna decisión. Pero sé una cosa. Sé que no debo dejar que haya falsas esperanzas entre nosotros».

Por un instante pensó que se sentiría aliviado. Sin embargo, sintió como si le clavaran una espina en el corazón: sintió el dolor de Matthew, casi se ahogó en él. Se alejó, no quiso oír la respuesta de Matthew. No lo soportaría.

Se vio a sí mismo caminar mecánicamente de regreso al salón de baile. Apenas percibía a los otros asistentes, y cuando su padre trató de llamar su atención, él fingió no verlo. Fue hasta uno de los rincones y miró hacia el árbol de Navidad. Apenas podía respirar. «No sé qué voy a hacer respecto a James», dijo ella. Quizá ambos la perdieran, Matthew y él. Quizá fuera mejor así; compartirían el dolor, ayudarse mutuamente. Pero un pequeño pulso traidor le latía en el pecho, repitiéndole una y otra vez que ella no dijo que no quisiera nada más con él, solo que no sabía qué haría. Era suficiente para albergar esperanza, una esperanza que luchaba contra la culpa, y un sentimiento más oscuro, que parecía apresarle el pecho y dejarle sin respiración.

La fiesta se desarrollaba ante sus ojos, un torrente de color y sonido, y aun así, veía en su interior una mancha de sombras. Algo oscuro, que se alzaba como el humo: una amenaza que se sentía en el aire.

Se dio cuenta de que no era dolor o preocupación. Era peligro.

Y entonces oyó el grito.

Lucie sabía que debió llevarse a Jesse aparte inmediatamente para contarle lo que Malcolm le dijo, pero no fue capaz.

El joven se divertía de verdad en su primer acto social como adulto vivo. Las miradas de admiración que le lanzaban lo dejaban perplejo, pero Lucie resplandecía de felicidad por él. Estaba orgullosa de la forma en la que Jesse se manejaba, y el interés real que mostraba por la gente, y no soportaba estropearlo.

Una vez leyó en un libro sobre etiqueta que cuando se presentaba una persona a otra, se debía dar algún detalle sobre uno de ellos que daría pie a una conversación. Por eso le dijo a Ida Rosewain: «Este es Jeremy Blackthorn. Colecciona jarritas de leche antiguas con forma de vaca», mientras que a Pier le informó de que Jeremy era aficionado a la astronomía, y contó a los Townsend que pasó catorce días viviendo en un globo. Jesse, con mucha calma, siguió adelante con todas estas historias, e incluso fue más allá: Lucie casi se atragantó al oírlo contar a los Townsend que todas sus comidas en el globo se las proveían gaviotas entrenadas.

Cuando los invitados dejaron de llegar y más gente se unió al baile, Lucie apretó la mano de Jesse (ella llevaba guantes, y él también, así que seguramente aquello no contara como «tocar») para atraer su atención.

—Solo te quedan unas pocas personas por conocer. ¿Quieres enfrentarte al Inquisidor y su mujer? Antes o después, tendrás que conocerlos.

Él la miró.

—Hablando de inquisiciones —dijo, con una ligera mueca burlona en la boca—, noto que evitas contarme lo que Malcolm te dijo en el Santuario.

—Eres demasiado inteligente, no es bueno para ti.

—Si prefieres decírmelo después, podemos bailar...

Ella se mordió el labio.

—No —dijo en voz baja—. Ven conmigo. Hablemos.

Miró alrededor para asegurarse de que nadie los miraba, antes de llevarlo a las puertas de vidrio que daban al gran balcón de piedra del salón de baile. Se deslizó a través de ellas, seguida por Jesse, y fue hasta el barandal.

No limpiaron la nieve, y le helaba los pies a través de los zapatos: no se contaba con que nadie saliera allí fuera en la época más fría del año. Al otro lado del barandal, se extendía un Londres agarrotado por el frío, un Támesis perezoso con agua helada, el olor constante a madera y carbón quemados. Los tejados de las casas distantes parecían colinas alpinas espolvoreadas de nieve.

—¿No podemos limitarnos a pasar una noche encantadora? —dijo Lucie, mirando la ciudad desde la helada balaustrada de piedra—. ¿No puedo simplemente negarme a contarte lo que Malcolm me dijo?

—Lucie —comenzó Jesse. Se acercó a ella en el barandal; el frío le coloreaba las mejillas pálidas. Ella sabía que a él le gustaba la sensación de frío y calor extremo, pero en ese momento, no los disfrutaba—. Sea lo que sea, debes contármelo. No estoy acostumbrado a tener un corazón mortal, uno que late; no tiene práctica. No puede soportar este tipo de pánico.

—No era mi intención causarte pánico —murmuró Lucie—. Es solo que... Jesse... No puedo tocarte. Y tú no puedes tocarme a mí.

Le resumió rápidamente lo que Malcolm le dijo. Cuando acabó, Jesse puso una mano en la fría piedra del barandal.

—Durante mucho tiempo, como fantasma, tú eras la única persona a la que tocaba. Y ahora estoy vivo, y eres la única a la que no puedo tocar. —Miró las estrellas en el cielo claro que los cubría—. Apenas parece que merezca la pena haber regresado.

—No digas eso —suspiró Lucie—. Hay muchas cosas buenas en estar vivo, y a ti se te da de maravilla, y Malcolm encontrará una solución. O la encontraremos nosotros. Hemos encontrado soluciones a problemas peores.

Él esbozó una leve sonrisa.

—¿Se me da de maravilla estar vivo? Eso sí es un cumplido. —Alzó la mano como para tocarle la mejilla, pero luego la apartó mientras los ojos se le oscurecían—. No me gusta pensar que resucitarme te hizo más vulnerable a Belial.

—Te resucité —dijo Lucie—. No te pregunté. Te lo ordené. La responsabilidad es mía.

Pero se dio cuenta de que no lo consoló; su mirada se oscureció y hacia sí mismo. La mirada del chico que se ensimismaba fácilmente, porque durante largo tiempo nadie lo veía, ni lo oía.

—Jesse —dijo ella—. La sombra de Belial siempre se ha cernido sobre mí y sobre mi hermano. No la atrajiste tú. En el último año quedó claro que su plan siempre fue dirigir su atención hacia nosotros; que sea cual sea su objetivo, sus descendientes son parte de él.

—Entonces lo que dices es que lo único que podemos hacer es acabar con Belial. Aunque dicen que es imposible matarlo.

—Pero también dicen que *Cortana* puede matarlo. —Pensó en Cordelia, con una hiriente sensación de soledad—. Tenemos que creer en eso.

Él la miró y ella lo vio como la Navidad y el invierno: ojos color verde oscuro, piel blanca como la nieve, cabello negro como el carbón.

—¿Y qué hacemos?

—Mañana lo pensamos —respondió Lucie, suavemente—, pero esta noche no. Esta noche es la fiesta de Navidad, y tú estás vivo, y yo voy a bailar contigo de la única forma que podemos. —Le extendió las manos—. Ven. Yo te enseño.

Dio un paso para acercarse a él. Lo suficientemente cerca para sentir su calor, aunque no se tocaran; ella alzó la mano y él alzó la suya de modo que ambas palmas quedaran una frente a la otra, separadas por unos centímetros de frío aire invernal. Él pasó el otro brazo alrededor de la cintura de ella, con cuidado de no tocarla, ni siquiera rozarle la piel.

Ella alzó la cara hacia él. Podía ponerse de puntitas y besarle la boca. Pero en vez de eso lo miró fijamente. Se tocaban con los ojos, ya que no podían con el cuerpo, y empezaron a bailar juntos. Allí en el balcón, bajo las estrellas, con los tejados de Londres como único testigo. Y aunque Lucie no podía tocarlo, la presencia de Jesse le daba calor, la rodeaba, la calmaba. Sintió un nudo en la gar-

409

ganta: ¿por qué nadie le dijo nunca lo cerca que estaban la felicidad y las lágrimas?

Y entonces se oyó un golpe, un sonido como de candelabro cayendo y destrozándose contra el suelo. Y desde dentro del salón de baile, un chillido.

Las manos de Cordelia estaban mojadas de lágrimas.

Se quedó en la sala de juegos todo el tiempo que pudo después de que Matthew se fuera. Se dio cuenta de que lloraba, sin hacer apenas ruido, pero las cálidas lágrimas seguían brotando, rodando por las mejillas, goteando en su vestido de seda.

Herir a Matthew fue una de las cosas más duras que hizo en su vida. Ojalá hubiera sido capaz de hacerlo entender que no lamentaba haber ido a París con él, que gran parte de lo que vivieron juntos era bueno, incluso maravilloso. Que Matthew le enseñó que existía una vida para ella, incluso aunque no fuera cazadora de sombras. Que hasta en los peores momentos, podían brillar el humor y la luz.

Una parte de ella quiso salir corriendo tras él y retirar todo lo dicho, pero entonces regresarían al mismo punto de antes. Ella le dijo la verdad. Fue honesta al decirle que no sabía qué haría con James.

Pero el dije. El dije cambió todo. Lo tocó con los dedos húmedos. Se dio cuenta de que ya no había gotas calientes de agua salada salpicándole la clavícula. No podía seguir allí escondida; Anna y Ari vendrían a buscarla, y también Alastair. Con una rápida mirada en el espejo que colgaba sobre la chimenea, se recolocó el cabello y regresó al salón de baile.

Examinó rápidamente la habitación; nadie notó su ausencia; y enseguida se dio cuenta de a quién buscaba. A Lucie. A la que no veía por ningún sitio, ni a Jesse, pero aunque Lucie estuviera allí, Cordelia no acudiría a ella en busca de consuelo. Las cosas eran demasiado complicadas para eso.

La fiesta era un torrente de color, brillo y calidez, y entonces el sonido de un cristal rompiéndose lo atravesó todo.

Recordó el estruendo en su boda, cuando su padre se desplomó borracho en el suelo, tirando los platos y los vasos al caer, y pensó: «Alguien rompió algo».

Y luego vino el chillido. Un chillido horrible y sobrecogedor. Un destello de movimientos. La rotura de los instrumentos mientras los músicos huían del escenario; el ruido de una cuerda de violín al romperse. El revuelo mientras los cazadores de sombras se retiraban de la pista de baile, algunos echando mano a las armas, aunque la mayoría asistieron desarmados.

La hoja afilada de una voz familiar, interrumpiendo la algarabía y el baile.

—PAREN —gritó Tatiana Blackthorn. Estaba encima del escenario, con un vestido desteñido y manchado de sangre, el cabello alborotado y un bulto sujetado contra el pecho. La voz le salía como si estuviera amplificada de forma sobrenatural—. Paren ahora mismo, no se muevan, no hablen y tiren las armas, o el niño morirá.

«Por el Ángel».

El bulto que sostenía era un niño. El grito era de Cecily Lightwood. En los brazos de Tatiana estaba el pequeño Alexander Lightwood, con su traje de terciopelo azul arrugado y un afilado cuchillo de plata en la garganta.

Se hizo un silencio total. Cecily se estremecía silenciosa en los brazos de Gabriel Lightwood, con la mano sobre la boca y el cuerpo temblando por el esfuerzo de no gritar. Anna permanecía pálida en la pista de baile, con la mano de Ari en el brazo, reteniéndola.

James, Thomas, Alastair. Los Lightwood, los Fairchild, los Herondale. El Inquisidor y su mujer. Todos estaban mirando, desesperados, igual que Cordelia. Seguía sin ver a Lucie o a Jesse. «Bien», pensó. Mejor que Tatiana no viera a Jesse.

Todo el mundo estaba en silencio. El único sonido en la sala era el llanto de Alexander hasta que...

411

—¡Tatiana! —gritó Will, con voz sonora—. ¡Por favor! ¡Escucharemos lo que tengas que decirnos, pero suelta al niño!

La mente de Cordelia iba a toda prisa. ¿No habían encontrado a Tatiana, herida y sangrando, en Cornualles hacía solo un par de días? ¿No dijeron los Hermanos Silenciosos que se encontraba demasiado débil para arriesgarse a moverla? Pero allí estaba, no solo curada sino como si nunca la hubieran herido; encontraronuño en la cara. Y el vestido ensangrentado, aunque estaba rasgado, era su ropa de siempre; lo que le gustaba llevar.

—¡Ninguno de ustedes me escuchó nunca! —gritó Tatiana, y Alexander empezó a lloriquear—. ¡Solo agarrando a uno de los suyos atraje su atención!

—Tatiana —dijo Gideon, en alto pero con voz calmada—. Somos tus hermanos. Tus amigos. Te escucharemos. Sea lo que sea lo que necesites, podemos ayudarte a...

—¿Ayudarme? —gritó Tatiana—. Ninguno de ustedes me ayudó nunca. Ninguno de ustedes me ayudaría. Aquí reunidos están los Lightwood, Herondale, Carstairs, ninguno de los cuales movió un dedo para ayudarme en mis peores momentos...

—¡Eso no es cierto! —gritó una voz, y Cordelia volteó sorprendida para ver que era James, con los ojos dorados llameando como fuego—. ¿Crees que no leímos tus notas? ¿Que no sabemos cuántas veces te ofrecieron ayuda? ¿Cuántas veces la despreciaste?

—Siempre era veneno —siseó—. Cuando mi hijo murió, esperé que en reconocimiento de la pérdida que sufrí, la terrible tragedia de su pérdida, mis colegas cazadores de sombras me mostraran su apoyo. Me ayudaran. Pero ¡si fuera por ustedes, se habría quemado su cuerpo a los pocos días! ¡Antes de que se pudiera hacer nada!

La respuesta a esto, que la muerte no devolvía lo que se llevaba, era tan obvia que nadie se molestó en decirlo.

—Busqué ayuda en los lugares que me prohibieron —continuó Tatiana—. Sí. Me condenaron a buscar ayuda entre los demonios.

—Observó al Enclave, reunido ante ella—. Finalmente el Príncipe Belial oyó mis súplicas, y cuando le rogué que me trajera de vuelta a mi hijo, él me prometió que lo haría. Pero aun así a los nefilim les molestaba que yo tuviera algo, algo que no fueran fracasos. Y cuando descubrieron mis pobres intentos de ayudar a mi hijo, me arrojaron a la Ciudadela Irredenta, a hacer las armas con las cuales me mantenían presa.

»¡Y todo este tiempo... —Tatiana extendió un dedo, apuntando directamente a... Tessa. Todos los ojos la miraron; Tessa permaneció inmóvil, aguantando la mirada de Tatiana—. Todo este tiempo, esos Herondale fueron aliados de Belial. Todo el tiempo, desde mucho antes de que yo lo conociera. ¡Tessa Gray es su hija —gritó, con la voz elevándose a un clímax triunfante—, y mientras a mí me castigaron simplemente por hablar con él, los Herondale prosperan!

Hubo un silencio terrible. Hasta Alexander dejó de llorar; solo emitía jadeos ahogados que de alguna manera eran peores que los sollozos.

Al fin, alguien, Tessa creyó que Eunice Pounceby, rompió el silencio.

—Señora Herondale, ¿es cierto eso? —preguntó en voz baja.

Will la miró exasperado.

—¿Lo preguntas en serio? No, por supuesto que los Herondale nunca fueron aliados de ningún demonio, la sola idea es...

—¿Es verdad —interrumpió el Inquisidor, con una voz que recordó a todos los presentes que él era, precisamente, el Inquisidor— que Tessa es la hija del Príncipe del Infierno?

Will y Tessa se miraron; ninguno dijo nada. Cordelia sintió que se mareaba. Su silencio era tan acusador como una confesión, y el Enclave al completo lo estaba presenciando.

Para alivio de Cordelia, Charlotte dio un paso adelante.

—Nunca ha sido un secreto —dijo— que Tessa es una bruja, y para ser bruja hay que tener un padre demonio. Pero tampoco ha sido un secreto, ni una duda, que también es una cazadora de sombras. Esas cuestiones se debatieron y se resolvieron hace años, cuando Tessa llegó. ¡No vamos a reconsiderarlas ahora solo porque una loca lo pida!

—¡La prole de un Príncipe del Infierno —se mofó Tatiana— dirigiendo el Instituto de Londres! ¡El zorro en el hogar de las gallinas! ¡La víbora en el seno de la Clave!

Tessa se volteó, con las manos sobre la cara.

—Esto es ridículo —exclamó Gideon—. Tessa es una bruja. No es más aliada de su padre demonio que cualquier otro brujo. La mayoría de los brujos nunca llegan a saber, ni quieren, qué demonio es responsable de su nacimiento. Los que lo saben desprecian a ese demonio.

Tatiana se rio.

—Necios. El Ángel Raziel se sentiría avergonzado de ustedes.

—Se sentiría avergonzado —soltó James—, si te viera a ti. Mírate. ¿Un cuchillo en el cuello de un niño, y te atreves a lanzar acusaciones contra mi madre, mi madre que siempre ha sido buena y amable con todo el mundo? —Volteó hacia la asamblea de cazadores de sombras—. ¿A cuántos de ustedes ha ayudado? ¿Prestado dinero, proporcionado medicinas cuando estaban enfermos, escuchado sus problemas? ¿Y ahora dudan de ella?

—Pero —dijo Eunice Pounceby, con ojos preocupados—, si ella siempre supo que su padre era un Príncipe del Infierno y no lo dijo... entonces nos mintió.

—¡No lo supo siempre! —Era Lucie. Cordelia sintió una oleada de alivio al verla. Lucie estaba sola, a Jesse no se le veía por ninguna parte—. ¡Se enteró hace poco! No sabía qué decir...

—¡Más mentiras de aquellos que los engañaron! —replicó Tatiana—. ¡Pregúntense esto! Si los Herondale son tan inocentes, ¿por qué iban a mantener en secreto su linaje ante toda la Clave? Si realmente no tenían ninguna relación con Belial, ¿por qué iban a tener miedo de hablar de él? Solo para esconderse detrás de puertas cerradas, reírse con Belial y aceptar sus órdenes. Y los Lightwood y los Fairchild no son mejores —siguió Tatiana, que disfrutaba de su público cautivo—. Por supuesto, ellos siempre han sabido la verdad todo este tiempo. ¿Cómo iba a ser de otra forma? Y escondieron el secreto, protegieron a los Herondale, para no verse salpicados y que sus carreras y su buen nombre no se vieran dañados por el conocimiento de la prole infernal con la que los cargaron a todos. ¡La bruja que cambia de forma y sus niños, que tienen sus propios poderes, ya saben! ¡Oh, sí! Los niños también heredaron poderes oscuros de su abuelo. Y vagan libres, mientras mi propia hija se pudre en la Ciudad Silenciosa, encarcelada a pesar de no haber hecho nada malo.

—¿Nada malo? —Fue James, para sorpresa de Cordelia; tenía las mejillas teñidas de puntos rojos ardientes, y una intensidad mortal en la voz—. ¿Nada malo? Sabes muy bien que sí, monstruo, depravada...

Tatiana gritó. Fue un ruido sin palabras, un aullido largo y terrible, como si, quizá, una parte de ella se diera cuenta de que la persona que le hablaba tenía más razones que ninguna otra para saber lo que verdaderamente era. Gritó...

Y Piers Wentworth corrió hacia Tatiana.

—¡No! —gritó Will, pero era demasiado tarde, Piers se abalanzó sobre Tatiana, que tenía la boca abierta como un terrible agujero negro. Los dedos de Piers estaban a pocos centímetros de Alexander...

Cordelia sintió una oleada de algo frío recorrer el salón. Detrás de Tatiana, las ventanas de la sala de baile se abrieron de par en par, colgando de las bisagras; Piers cayó de rodillas, chillando de rabia, con las manos agarrando el aire vacío.

Tatiana se había esfumado, y con ella, Alexander.

Lucie lo vio como si pasara a cámara lenta: el idiota de Wentworth lanzándose hacia Tatiana. La explosión de cristal, cuando una ventana estalló. El terrible sonido que hizo Cecily cuando Tatiana se

415

esfumó con Alexander. Anna empujando a la multitud para llegar hasta su madre. El inmóvil Enclave poniéndose en movimiento otra vez.

Y Jesse. Jesse regresaba desde el balcón, donde Lucie le rogó, amenazó y exigió que se quedara fuera del salón de baile. Si Tatiana lo veía, dijo Lucie, era capaz de hacer cualquier cosa; dañaría a Alexander. A regañadientes, él aceptó quedarse fuera, pero claramente vio todo lo que sucedió. Estaba pálido como el papel, y tenía las manos heladas cuando rodeó las de Lucie.

—Creía que estaba en Cornualles —dijo—. Se supone que estaba presa. Se supone que la mantenían apartada.

—No era ella —susurró Lucie. No sabía por qué lo sentía con tanta certeza, pero así era—. Nunca fue ella la que estaba en Cornualles. Era una distracción. Sabía de la fiesta. Ella planeó esto. Ella y Belial lo planearon.

—¿Para secuestrar a tu primo? —preguntó Jesse.

—Para decirle a todo el mundo —contestó Lucie. Se sentía aturdida. Finalmente sucedió: todo el mundo en el Enclave sabía la verdad sobre su familia. Sobre Belial—. Lo nuestro.

Pensó que en el momento en que Tatiana se desvaneció, el Enclave se centraría en ella y en su familia. Pero Tatiana cometió un error táctico: al llevarse a Alexander, anuló cualquier interés, incluso el del Inquisidor, en algo que no fuera encontrarla y recuperar al niño. Fue como si todos hubieran pactado un acuerdo silencioso: el asunto de Belial tendría que esperar. Rescatar a Alexander era lo primero.

Los adultos empezaron a moverse en una especie de ola. Fueron hacia el árbol de armas y empezaron a deshacerlo, agarrando todos una espada: Eugenia se armó con una *fuscina* de tres puntas, mientras que Piers tomó una espada larga, Sophie agarró un arco y Charles un martillo de guerra de aspecto brutal. Empezaron a dispersarse por el salón de baile, a través de las puertas, algunos incluso a través de la ventana rota, hacia las calles del exterior, diseminándose para buscar a Tatiana.

Antes de que James y Lucie tuvieran tiempo de llegar hasta el árbol de armas, Will les interceptó el paso. Llevaba una espada curva en una mano.

—Vayan al piso de arriba —dijo. Estaba pálido y tenía la mandíbula tensa—. Los dos. Vayan por sus amigos y suban.

—Pero queremos ayudar —protestó Lucie—. Queremos ir con ustedes... y Anna ya es mayor, y Thomas...

Will negó con la cabeza.

—Puede que sean mayores —dijo—, pero a Cecily acaban de secuestrarle a un hijo. No puede estar preocupándose por su hija. Anna tiene que quedarse con ustedes. Thomas, lo mismo. —Miró alrededor—. ¿Dónde está Christopher?

—No le gustan las fiestas. Le dijo a Anna que no lo esperara porque «tenía ciencia que hacer». Imagino que está en el laboratorio de Henry —contestó Lucie—, pero, papá, por favor...

Estaba claro que ninguna súplica o gesto lo haría cambiar de idea.

—No —dijo—. Ya tengo mucho en qué pensar, Lucie. Tu madre está con Cecily, intentando que se serene. Sé que quieren ayudar. Yo querría hacer lo mismo, en tu lugar. Pero necesito que se queden aquí, a salvo, si no, no haré más que preocuparme por ustedes y por mamá. Y no por Tatiana. O por recuperar a Alexander.

—¿Cómo consiguió llegar aquí? —preguntó James—. Tatiana. Pensé que estaba en el Santuario de Cornualles.

—Ya hablaremos de eso más tarde —contestó Will. Tenía arrugas de preocupación alrededor de la boca—. Vayan arriba. Quédense allí. ¿Está claro?

—Está claro —contestó James, con calma—. Nos ocuparemos de la situación.

Y lo hizo. Lucie entendió por qué los Alegres Compañeros lo consideraban el líder del grupo. Con una calma que no admitía argumentación, los juntó a todos: Alastair y Cordelia, Anna y Ari y Matthew, Thomas y Jesse, y aunque todos protestaron, los sacó a todos de la sala de baile, ahora vacía, y se los llevó arriba. Llegando al segundo piso Anna empezó a protestar.

—James —dijo, con una voz que raspaba—. Tengo que estar con mi madre...

—Te entiendo —dijo James—. Y no seré yo quien te lo impida. Pero pensé que igual preferías la oportunidad de ir en busca de Alexander.

Anna tomó aire sobresaltada.

—¿James? ¿Qué quieres decir?

James giró hacia la izquierda y comenzó a dirigirlos por el pasillo; Lucie oyó que los otros murmuraban desconcertados, pero ella empezaba a tener una idea de a dónde los llevaba su hermano.

—Jesse, cuéntales lo que me contaste a mí —pidió James.

—Creo que sé a dónde llevó mi madre al niño —dijo Jesse.

—Alexander —dijo Anna, hostil—. Su nombre es Alexander.

—Anna —dijo Ari, amable—, Jesse está tratando de ayudar.

—Entonces, ¿por qué no se lo cuentas a todo el mundo? —le preguntó Thomas a Jesse. No sonaba hostil, solo perplejo—. ¿Por qué no contárselo a Will y que él se lo diga a los demás?

—Porque nadie sabe quién es Jesse realmente —contestó Alastair, cuando James se detuvo delante de una gran puerta de hierro—. Piensan que es Jeremy Blackthorn.

—Es cierto —dijo Matthew—. Si Will cuenta que sabe cosas que le dijo el hijo de Tatiana, todo se vendrá abajo.

—Y no solo eso —dijo Jesse, rápidamente—. Yo sacrificaría mi identidad con gusto. Pero podría equivocarme. Es una suposición, una corazonada, no una certeza. No puedo mandar a todo el Enclave tras una suposición, ¿qué pasa si todos van a ese sitio y estoy equivocado? ¿Quién se encargaría de buscar a Alexander en otra parte?

«Tiene razón», quería decir Lucie, pero lo verían como algo muy partidario. Todo el mundo sabía lo que sentía por Jesse.

Fue Cordelia quien habló.

—Jesse tiene razón —dijo—. Pero James... le juraste a tu padre que nos quedaríamos aquí, ¿no?

La cara de James estaba rígida como el acero.

—Tendré que pedirle perdón más tarde —respondió, y abrió las puertas. Al otro lado estaba la sala de armas. Desde que Will se hizo cargo del Instituto, la sala creció y ahora ocupaba dos cámaras de hachas y espadas largas; martillos, aros y *shurikenes*, que brillaban como estrellas; arcos y flechas con runas; látigos, mazos y armas de asta. Había armaduras, trajes de combate, cotas de malla, guanteletes y rodilleras. En la gran mesa del centro de la sala, los cuchillos serafín estaban alineados como filas de témpanos, listos para que los nombraran y usaran.

—Todo el que quiera venir, y no hay nada de malo en quedarse, que agarre un arma —dijo James—. Puede que tu arma preferida no esté disponible —añadió, mirando a Thomas—, pero no tenemos tiempo para conseguir una de esas. Elige algo que creas que puedas usar, y cualquier equipamiento que necesites. Rápido. No hay tiempo que perder.

—¿Así que piensas que fue a Bedford Square? —preguntó Anna, mientras caminaban por las calles oscuras. James los condujo al exterior del Instituto a través de una puerta trasera y avanzaban por calles estrechas para minimizar la posibilidad de encontrarse con una patrulla del Enclave. No podían permitirse que los mandaran de vuelta inmediatamente—. ¿A casa de mis padres?

El tono de miedo en su voz hizo que a Ari le doliera el alma. Aunque Anna no acostumbraba a mostrar su vulnerabilidad. Normalmente caminaba como un gato ronroneando, pero en ese momento avanzaba por las calles como un tigre en los bosques de Odisha, elegante y letal.

—Sí —contestó Jesse. Llevaba la espada Blackthorn. La llevaba a la espalda, en una vaina de cuero parecía un cazador de sombras con

419

experiencia de años, y no de días—. No puedo estar completamente seguro, pero es lo que creo, tras años de conocerla y de oírla.

—¿Cómo puedes no saber...? —empezó Anna, pero Ari le tomó la mano y se la apretó.

—Está siendo sincero, Anna —dijo—. Eso es mejor que dar falsas esperanzas.

Pero Anna no le devolvió el apretón. Ari no podía culparla; apenas podía imaginar el terror que estaría sintiendo Anna, un terror que a duras penas controlaba. Deseó poder cargar un poco de ese terror en su propio corazón, aligerar a Anna de ese miedo, compartirlo con ella para que la carga le resultara menos pesada, aunque solo fuera un poco.

—Pero ¿por qué? —preguntó Thomas. Encogió los hombros; el abrigo de combate que llevaba era demasiado pequeño , pero en la sala de armas no había ninguna de su talla—. ¿Por qué en la casa del tío Gabriel? ¿No se esperaría que la descubrieran ahí?

—No antes de... —Jesse se detuvo, pero Thomas supuso lo que estuvo a punto de decir: «No antes de que mate a Alexander»—. No inmediatamente —se corrigió Jesse—. Dudo que nadie aparte de nosotros vaya a mirar allí como primera opción.

Estaban en High Holborn; era una zona tranquila a esas horas, aunque ninguna calle de Londres estaba nunca completamente desierta, por muy tarde que fuera. Por la noche, la humedad de las banquetas se convertía en una fina capa de hielo, y las botas crujían contra el suelo al caminar. Los carruajes de alquiler pasaban, salpicándolos con aguanieve sucia; intentaban permanecer lejos de los bordes, ya que eran invisibles para los conductores.

—Mi madre querrá hacer el mayor daño posible —dijo Jesse—. Querrá una venganza simbólica y visible.

—¿Y por eso llevarár a Alexander a su propia casa? —preguntó Lucie.

—Todo lo que me pasó a mí de niño —dijo Jesse—, sucedió en mi propia casa. Allí fue donde mi madre me entregó a Belial. Donde la ceremonia de las runas casi me mata. Me hablaba a menudo de que la violaron en su propia casa, de que a mi padre y a mi abuelo los mataron en los terrenos de la casa donde creció. A ella le parecerá que se establece una especie de horrible equilibrio.

Thomas notó que se le humedecieron las manos agarrando el mandoble. Se sentía mareado.

«Lo siento mucho —quería decir—. Siento mucho todo lo que mi familia o cualquier otra familia pueda hacer para causar esto».

Pero no lo dijo; casi todos ellos procedían de familias que Tatiana creía autoras de sus desgracias, y mientras él asumía la culpa que le correspondía, no asumía la de los demás. Sabía, lógicamente, que James, que iba delante de ellos, con la cabeza alta, decidido, no tenía la culpa de esto, ni Anna, ni Matthew, ni Cordelia, ni...

—No es culpa tuya —dijo Alastair. Caminaba junto a Thomas; este se preguntó cuánto rato llevaba a su lado. Alastair no se molestó en ponerse el traje de combate, aunque llevaba los guanteletes puestos, y sus lanzas favoritas aseguradas dentro del abrigo—. Nada de esto es culpa tuya. Benedict Lightwood trajo la vergüenza sobre su propia familia, y Tatiana no pudo aceptar ni la culpa de él, ni la suya.

—Suenas muy sensato —repuso Thomas. Por un momento, fue como si Alastair y él estuvieran solos en la calle, rodeados del brillo helado de Londres en invierno, como si el propio frío fuera una especie de círculo protector alrededor de ellos dos.

—La culpa es uno de los sentimientos más demoledores que existen —continuó Alastair—. La mayoría de la gente haría lo que fuera por evitarla. Sé que yo... —Tomó una profunda bocanada de aire—. Uno puede negarse a aceptarla, alejarla y culpar a otros, o puede asumir su responsabilidad. Se puede cargar con ese peso insoportable.

Sonaba exhausto.

—Siempre he querido ayudarte a cargarla —repuso Thomas, suavemente.

—Sí —admitió Alastair. Le brillaban los ojos del frío—. Raziel sabe, quizá esa sea la razón por la que no me he vuelto como Tatiana. Tú me mantienes humano, Thomas.

—Matthew —llamó James, con suavidad—. Math. Ven aquí.

Se estaban acercando a la casa Lightwood, dejando atrás hogares mundanos oscurecidos cuyas puertas estaban engalanadas con coronas de acebo y tejo. James veía Bedford Square más adelante; la mayoría de las casas tenían las cortinas cerradas, y el pequeño parque central, con su vegetación invernal rodeado por una reja de hierro, estaba oscuro y sin iluminación.

Matthew estuvo caminando solo, en silencio. Se quito su abrigo bordado, y se puso el abrigo de combate y los guantes de cuero. Media docena de *chalikars* iban enrolladas en su antebrazo como brazaletes y brillaban en la gélida luz de la luna.

Sin embargo, mientras se preparaban en la sala de armas, James contempló a su *parabatai*. Lo vio cuando tropezó con la mesa, y se sujetó firmemente al borde, respirando con dificultad como si intentara no vomitar o desmayarse.

Y observó a Matthew cuando salieron del Instituto. Se mantuvo un poco alejado del grupo, incluso de Lucie y de Thomas. James no evitó pensar que lo hacía para que nadie se percatara de que caminaba con demasiado cuidado, dando cada paso de una forma tan deliberada que parecía exagerado.

Matthew se acercó a él. Y James lo supo, lo supo por sus observaciones, pero también porque lo sintió en el pecho. Era como si le hubiesen instalado un pequeño barómetro durante su ceremonia *parabatai*, uno que midiera cómo estaba Matthew.

—James —dijo Matthew, un poco receloso.

—Estás borracho —afirmó James. Lo dijo sin acusarlo ni culparlo; Matthew empezó a protestar, pero James se limitó a negar con la cabeza—. No me voy a enojar, ni a culparte, Matthew.

—Podrías si quisieras —replicó Matthew, con amargura—. Me avisaste de que asistir a la fiesta no era muy buena idea, y yo no lo tuve en cuenta.

James no fue capaz de decir lo que pensaba.

«No sabía lo que pasaría con Cordelia. Sé que estabas sobrio cuando hablaste con ella. Pero si me hubiera dicho a mí lo que te dijo a ti, y después de eso me encontrara en medio de una fiesta rodeado por júbilo alcohólico, dudo que pudiera controlarme».

—Si hubiera sabido que tendríamos que luchar —dijo Matthew—, nunca...

—Lo sé, Math, no se trata de ser perfecto. Lo que estás intentando hacer es increíblemente difícil. Puede que flaquees alguna vez. Pero no creo que un momento de debilidad signifique un fracaso. No si lo sigues intentando. Mientras... déjame ayudarte.

Matthew exhaló una suave nube blanca.

—¿Qué quieres decir?

—Puede que estemos a punto de entrar en batalla juntos —dijo James. Mostró a Matthew su mano derecha, con la que sujetaba la estela—. Soy tu *parabatai*; es mi deber protegerte, y el tuyo protegerme a mí. Ahora dame la mano. Mientras seguimos avanzando... No quiero que nos detengamos y que los otros nos miren.

Matthew hizo un ruido ahogado y se quitó el guante de la mano izquierda. La extendió hacia James, que le trazó un *iratze* en la palma, seguido de dos runas de energía. Normalmente no le daría a Matthew, ni a nadie, más de una, pero funcionarían como cuchillos, atravesando cualquier niebla en el cerebro de su amigo.

Matthew maldijo por lo bajo, pero mantuvo la mano firme. Cuando James acabó, apartó la mano como si le cayera agua hirviendo. Respiraba con dificultad.

—Siento como si fuera a vomitar —avisó.

—Para eso están las banquetas de la ciudad —replicó James, despreocupado, mientras se guardaba la estela en el bolsillo—. Y ya vuelves a estar firme.

—La verdad es que no sé por qué la gente dice que eres el más amable de los dos —dijo Matthew—. Es claramente falso.

En otras circunstancias, James sonreiría. Y casi lo hizo, a pesar de todo.

—Nadie dice eso. Lo que dicen es que soy el más guapo.

—Eso —replicó Matthew—, también es claramente falso.

—Y el que mejor baila.

—James, no conocía esa faceta tuya de mentiroso. Estoy preocupado, muy preocupado...

Tras ellos, Anna dio un grito. James volteó y vio que tenía la mano en el pecho; su dije Lightwood emitía destellos de un rojo brillante, como fuego intermitente.

Solo podía significar una cosa. Demonios.

21

BAJO UNA LUNA DE DRAGÓN

¿Recuerdas cuando fuimos
bajo una luna de dragón,
y a través de los volcánicos tintes de la noche
caminamos donde pelearon la batalla desconocida,
y vimos árboles negros a la altura de la batalla,
negra espina en Ethandune?

G. K. CHESTERTON,
Balada del caballo blanco

Demonios mantid, vio Cordelia, siete u ocho, piando mientras se esparcían sobre la valla de metal que rodeaba el jardín central de la plaza. Mantenían las dentadas patas delanteras plegadas contra el pecho, aunque Cordelia sabía que podían lanzarlas como un látigo con sorprendente rapidez, cortando como navajas cualquier cosa que se interpusiera en su camino. Tenían la cabeza triangular, grandes mandíbulas que chasqueaban a ambos lados, los ojos vacíos, ovoides y blancos.

James sacó la pistola del cinturón. La cargó y apuntó.

—Cordelia, Jesse, Anna —dijo con voz baja y calmada—. Entren a la casa. Nosotros nos encargamos de estos.

425

Cordelia dudó. Una parte de ella sospechaba que James estaba intentando alejarla de la pelea. Fue la única persona en la sala de armas del Instituto que no agarró equipamiento. Sabía que no podía arriesgarse, no podía arriesgarse a convocar a Lilith, por mucho que odiara mantenerse al margen de una pelea.

Y Jesse, por supuesto, a pesar de ir armado, no estaba entrenado. Pero a él no pareció molestarle. El chico miró a Lucie, que ya blandía su hacha, antes de voltear y correr silenciosamente junto con Cordelia y Anna hacia la casa Lightwood.

Al principio parecía que todas las ventanas estaban oscuras, pero en un lateral de la casa se veía un débil brillo, como una chispa de luz de luna reflejada. Anna se tensó, y le hizo un gesto a Jesse y Cordelia para que la siguieran en silencio.

Mientras se deslizaban alrededor de la casa, pegados a la sombra del muro, Cordelia oía los ruidos de la pelea en la plaza. El metal rascando la piedra, quejidos y siseos, el pesado sonido de una espada alcanzando la carne de demonio, todo ello interrumpido cada pocos minutos por el disparo de una pistola.

Doblaron una esquina. Estaban detrás de la casa, junto a la valla que dividía la propiedad de los Lightwood de la vecina. Había una ventana de arco iluminada con un suave resplandor; bajo esa luz, Cordelia vio la furia que cubría la expresión de Anna. Invadieron la casa de sus padres, el lugar donde había crecido.

Los tres cazadores de sombras se acercaron al borde de la ventana para mirar al interior. Era el salón de Gabriel y Cecily, que estaba como siempre, con mantas dobladas en un cesto cerca del cómodo sofá, y una lámpara Tiffany que esparcía un cálido resplandor por la estancia.

Ante la chimenea apagada, sentada en un sillón, estaba Tatiana con Alexander en el regazo. La mujer movía los labios. A Cordelia se le revolvió el estómago. ¿Estaba cantándole al niño?

Alexander se debatía, pero con poca energía; Tatiana lo agarraba con fuerza. Con una mano, le quitó el saco del pequeño traje, y luego la camiseta, y con la otra... con la otra, que sostenía una estela, empezó a dibujarle una runa en el pecho desnudo.

Cordelia reprimió un grito de horror. No se le podían poner runas a un niño de tres años; sería traumático, doloroso, muy probablemente peligroso para su supervivencia. Era un acto de crueldad brutal: infligir dolor por el mero placer de hacerlo.

Alexander chilló. Se retorció, intentando liberarse de Tatiana, pero esta lo sujetó con firmeza, mientras seguía usando la estela sobre su piel como un escalpelo, y Cordelia, sin pensarlo, formó un puño con su mano enguantada y dio un puñetazo a la ventana con toda su fuerza.

La mano impactó en el cristal, que estalló y se llenó de grietas, mientras algunas esquirlas salían despedidas. El dolor le subió por el brazo, y Jesse la sujetó, apartándola, mientras Anna, con expresión pétrea, echaba abajo con el codo el resto de la ventana que, ya agrietada, se cayó en trozos enormes; Anna se subió al alfeizar y se coló por el agujero dentado.

Jesse la siguió, volteando para ayudar a Cordelia a subir tras él. La tomó de las manos, izándola, y ella se mordió los labios para no gritar de dolor. Su guante no estaba diseñado para impactar contra ventanas; se rasgó por completo la zona de los nudillos y la mano herida le sangraba abundantemente.

Aterrizó en una alfombra persa. Delante de ella estaba Anna, que blandía una espada larga. Golpeó a Tatiana en el hombro, y esta gritó, lanzando lejos de sí al lloroso Alexander.

Anna soltó la espada y corrió a cargar a su hermano pequeño. Tatiana mostró los dientes, giró y huyó por la puerta abierta más cercana.

Anna, de rodillas, acunó al aterrorizado Alexander mientras le acariciaba el cabello con frenesí.

—Mi bebé, mi niño —lo arrulló, antes de voltear con una mirada salvaje hacia Jesse y Cordelia—. ¡Vayan tras Tatiana! ¡Deténganla!

Cordelia se lanzó hacia el interior de la casa con Jesse. Estaba tan oscuro que apenas podían ver; sacó una luz mágica del bolsillo del abrigo, dejando que su blanco resplandor iluminara el espacio. Jesse la siguió en una loca carrera por los pasillos, en la que pasaron por una cocina vacía y finalmente entraron en una biblioteca. El joven se paró para intentar vislumbrar en las sombras, mientras Cordelia se apresuraba hacia la siguiente puerta y entraba en una sala de música débilmente iluminada, en la que encontró a Tatiana sentada en el banco frente al piano, con expresión vacía.

La mujer sangraba por la herida que Anna le hizo. Una mancha escarlata le teñía el hombro del vestido ya antes manchado de sangre. No parecía molestarle la herida. Sostenía su afilada daga de plata en la mano mientras tarareaba a media voz una canción suave e inquietante.

Cordelia sintió a Jesse a su lado. Entró en la habitación tras ella, moviéndose silenciosamente, y miraba fijamente a su madre bajo el resplandor de la luz mágica de Cordelia.

Tatiana alzó la cabeza. Miró a Cordelia antes de poner su atención hacia Jesse.

—Así que te resucitó —dijo Tatiana—. Esa zorrita Herondale. Pensé que igual lo intentaba. Nunca pensé que se lo permitirías.

Jesse se quedó rígido. Cordelia se mordió la lengua para no decir: «Lo hizo con ayuda de Grace». Eso no sería bueno para nadie.

—Pensé que era lo que querías, madre —repuso Jesse. Cordelia se dio cuenta de que hacía esfuerzos por controlar su voz. Intentaba ganar tiempo para que los demás llegaran y rodearla—. A mí, vivo de nuevo.

—No si eso significa que estás a merced de estos miserables —gruñó Tatiana—. Los Herondale, los Carstairs... sabes mejor que nadie lo mal que nos han tratado. Cómo me traicionaron. ¿No lo sabes, mi dulce e inteligente hijo?

Su voz se volvió empalagosamente dulce. Jesse parecía mareado mientras Tatiana fijaba su mirada malévola hacia Cordelia.

«Si das un paso hacia mí, bruja, te ataco con una pata que le arranco al piano y ya me las arreglaré con lo que Lilith me haga», pensó Cordelia.

Hubo un suave silbido. Jesse sacó su espada, la espada Blackthorn. Las espinas de la cuz brillaron bajo el resplandor de la luz mágica.

Tatiana sonrió. ¿Le agradaba ver a su hijo sujetando la espada de la familia? ¿Después de todo lo que acababa de decir?

—Estás enferma, madre —dijo Jesse—. Tu mente está enferma. Todas tus ideas de que te persiguen, de que esta gente, estas familias, intentan dañarte, son el refugio que encontraste para enterrar el dolor por la muerte de mi padre. Del tuyo...

—Eso es mentira —siseó Tatiana—. ¡No estoy enferma! ¡Intentaron destruirme!

—No es verdad —replicó Jesse, con calma—. He tenido la oportunidad de conocerlos. Hay una verdad mucho más dura. Una que creo que sabes. No han intentado destruirte durante todos estos años. No han planeado tu caída. Es más, apenas han pensado en ti.

Tatiana se encogió, un movimiento real, instintivo, y en ese momento Cordelia vio algo verdadero en su expresión, algo que no estaba ensuciado por el delirio o la falsedad. Un profundo dolor amargo, casi salvaje en su intensidad.

Se levantó del banco. Jesse apretó la empuñadura de la espada. Luego, se oyeron unos pasos rápidos en el pasillo; la puerta se abrió y James entró, espada en mano.

Estaba herido y sangraba por un corte profundo sobre el ojo izquierdo. Cordelia pensó que la escena que acababa de encontrarse tenía que parecerle de lo más estrambótica: Jesse y ella, inmóviles, frente a Tatiana con su vestido ensangrentado. Pero el chico no dudó. Levantó la espada y apuntó con ella al pecho de Tatiana.

—Ya basta —ordenó—. Se acabó. Mandé a buscar al hermano Zachariah. Llegará enseguida para arrestarte.

Tatiana lo miró con una extraña sonrisita.

—James —dijo—. James Herondale. Igualito que tu padre. Eres justo la persona con la que quería hablar. Todavía estás a tiempo de conseguir el apoyo de tu abuelo, ¿sabes?

—Eso —respondió James— es lo último que quiero.

—Está empeñado en su objetivo —explicó—, y lo conseguirá. Ellos están en camino, ya sabes. Incluso ahora, están en camino. —Su sonrisa se hizo más amplia—. Tu única elección será mostrar tu lealtad, o ser pisoteado a su paso, cuando llegue el momento. —Una desagradable expresión de astucia atravesó su cara—. Creo que serás lo suficientemente listo, cuando te veas forzado a decidir, para mostrar tu lealtad. La lealtad, después de todo, nos ata.

James se estremeció, y Cordelia recordó el grabado del interior del brazalete que Grace le dio. «La lealtad me ata». Si Tatiana esperaba ganarse a James recordándole eso, se había equivocado. Sin respirar, James dio dos pasos hacia ella y le puso la punta de la espada en la base del cuello.

—Tira el arma y pon las manos donde pueda verlas —exigió—, o te cortaré el cuello delante de tu hijo y pagaré alegremente mis pecados en el infierno cuando llegue mi hora.

Tatiana soltó el cuchillo. Sin dejar de sonreír, extendió los brazos hacia James, con las palmas hacia arriba para mostrar que estaba desarmada.

—Llevas la sangre de mi maestro —contestó—. ¿Qué otra opción tengo? Me rendiré, pues, solo ante ti.

Mientras James le ataba las muñecas con alambre demoniaco, Cordelia intercambió una mirada perpleja con Jesse. Parecía que todo había acabado y, sin embargo, no podía quitarse de encima la sensación de que algo iba mal. Después de todo aquello, ¿por qué Tatiana no oponía más resistencia?

A Grace le preocupaba que Christopher se fuera después de decirle que necesitaba confesarle todo a Cordelia. Pero no fue así, Christopher se quedó y parecía complacido cuando le dio las notas que tomó sobre el experimento de mandar mensajes mediante la aplicación de runas y fuego. Ella lo observó mientras las leía, preocupada por que pudiera ofenderse, pues ella no era científica, y como nunca la educaron adecuadamente como cazadora de sombras, solo conocía las runas más básicas, mientras que el conocimiento de Christopher del Libro Gris parecía enciclopédico.

Pero él dijo: «Esto es interesante», señalando una nota de ella sobre la aplicación de un nuevo tipo de metal a las estelas. Resultó que lo que él encontraba útil no era un conocimiento intrincado, sino la disposición de trabajar a fondo una idea, de darle vueltas y examinarla desde todos los ángulos posibles. En un momento dado, ella se dio cuenta de que no eran solo la curiosidad y la imaginación del joven lo que lo convertían en un científico, sino la paciencia. La paciencia de seguir empeñándose en un problema hasta que lo resolvía, en vez de dejarlo por frustración ante los fracasos.

Y entonces, mientras Christopher anotaba una idea que acababa de ocurrírsele, alguien llamó a la puerta de barrotes, y de pronto apareció el hermano Zachariah, con su túnica apergaminada flotando silenciosamente alrededor.

Y habló en las cabezas de ambos, y las palabras fueron un batiburrillo de imágenes de pesadilla. La fiesta de Navidad invadida. La madre de Grace con una afilada daga de plata, la hoja en el cuello de un niño. El niño que resultó ser el hermano de Christopher. Tatiana esfumándose y llevándose a Alexander con ella, todo el Enclave persiguiéndola.

Hubo un ruido cuando Christopher se puso de pie como un rayo y la copa de champán salió despedida. Sin pararse a recoger sus notas o siquiera mirar a Grace, salió disparado de la celda. Zachariah observó a Grace en silencio durante un momento, luego siguió a Christopher, cerrando la puerta tras él.

Grace se sentó en la cama, sintiendo que la sangre se le congelaba. «Madre —pensó—. Hizo un amigo. Había..».

Pero era eso precisamente, ¿no? Su madre nunca permitiría que Grace sintiera nada, pensara nada o tuviera nada que no estuviera relacionado con ella. Grace estaba segura de que Tatiana no tenía ni idea de que ella hablara nunca con Christopher Lightwood... Y aun así, Tatiana consiguió que nunca volviera a hacerlo.

—Fue demasiado fácil —dijo Cordelia en voz baja.

—No estoy seguro de estar de acuerdo —replicó Alastair. Estaban sentados en el estudio del Instituto. Alastair aplicaba laboriosamente un segundo *iratze* en la mano de Cordelia, aunque el primero ya había cerrado los cortes. No parecía importarle que Cordelia le llenara de sangre el abrigo nuevo y le tomaba la mano con amable cuidado—. Un ataque de mantids, que son bastante repugnantes de cerca, y llegar justo a tiempo para evitar que Tatiana le dibujara al niño una runa que lo hubiera matado... —Terminó el *iratze* y tomó la mano de Cordelia para examinar su trabajo—. No fue fácil.

—Lo sé. —Cordelia echó un vistazo a la sala: todo el mundo iba de un lado para otro, hablando en voz baja: Will y Tessa, Lucie y Jesse y Thomas, Matthew y James. Solo Ari estaba sentada sola en un sofá, mirándose las manos. Anna regresó corriendo al Instituto con Alexander, sin esperar a que arrestaran a Tatiana, y se encontraba en la enfermería con él y con sus padres. Lo estaba cuidando el hermano Shadrach, que dijo que aunque la herida podría tardar en sanar, la runa no se completó: no se hizo un daño irreparable.

Cordelia sabía que Will preferiría que fuera Jem quien cuidara a su sobrino, pero James lo convocó para arrestar a Tatiana en la casa de Bedford Square y escoltarla hasta la Ciudad Silenciosa, así que Jem estaba ocupado. Mientras tanto, Bridget sacó unos sándwiches muy raros (pastel de picadillo y pepinillos, glaseado de azúcar y mostaza) y una gran cantidad de té muy caliente y muy dulce, algo que parecería ser bueno para el susto; pero nadie comía o bebía demasiado.

—Pero ¿cómo consiguió escaparse? No entiendo lo que pasó —decía Thomas—. A Tatiana la encontraron medio muerta en Bodmin Moor. Estaba en el Instituto de Cornualles esperando a que se la llevaran. En el Santuario. ¿Cómo llegó tan rápido a Londres y sin ninguna herida?

—No era Tatiana —contestó Tessa—. La de Cornualles, me refiero. Nunca fue ella.

Will asintió cansado.

—Nos lo contaron los Hermanos Silenciosos, demasiado tarde, por desgracia. Todo fue un truco. —Se frotó los ojos—. Lo que Pangborn encontró en los pantanos era un demonio eidolon. Mandaron al hermano Silas a recoger a Tatiana, pero cuando llegó al Instituto de Cornualles, todo lo que encontró fue un baño de sangre. El demonio asesinó a todos los del lugar antes de huir. Una recompensa por su servicio a Belial, sin duda. No dejó ni a los sirvientes mundanos. Encontraron el cuerpo de una niña en la escalera de la entrada, horriblemente mutilada, se arrastró hasta allí, sin duda para intentar conseguir ayuda. —Le tembló la voz—. Algo horrible, y todo para engañarnos y hacernos creer que Tatiana no estaba suelta.

En silencio, Tessa agarró la mano de su marido. «Will Herondale era como su hijo», pensó Cordelia; ambos sentían las cosas con mucha intensidad, aunque trataran de esconderlo. Cuando regresaron todos al Instituto, ensangrentados y heridos, pero con la noticia de que Tatiana se rindió, Will se aseguró a asegurarse de que Lucie y James estaban bien. Luego, miró a James y le habló con una voz plana y seca.

—Hiciste un buen trabajo, James, pero para ello tuviste que romper una promesa. Puede que lo de esta noche saliera bien, pero también pudo salir muy mal. Pudieron herirte, o a tu hermana, o podrías cargar con la responsabilidad de la muerte o daño de otra persona. No vuelvas a hacer algo así.

—Perdóname —dijo James, muy erguido y quieto, y Cordelia lo recordó diciendo: «Tendré que pedirle perdón más tarde». «Podría protestar», pensó ella; podría decirle a Will que, en conciencia, les resultaría imposible, no actuar ante la convicción de Jesse. Pero no dijo nada. Era orgulloso y testarudo, pensó Cordelia, igual que ella. Y pensó en Lucie.

«Eres... eres tan orgullosa, Cordelia».

No fue un cumplido.

Will se limitó a darle unas palmaditas a James en la mejilla, aún con el ceño fruncido, y los mandó a todos al piso de arriba a la salita. Cordelia miró a Lucie, pero estaba en medio de una tranquila conversación con Jesse y Thomas.

—Pero ¿y qué pasa con las protecciones del Instituto de Cornualles? —preguntó Ari—. Entiendo que permitieron al demonio entrar al Santuario, pero ¿no deberían impedirlo o producido algún tipo de advertencia?

—Parece que Pangborn descuidó las protecciones del Instituto —contestó Will, meneando la cabeza—. Todos sabíamos que era viejo, probablemente demasiado viejo para el cargo. Tendríamos que haber hecho algo.

—Fue un engaño inteligente —comentó Matthew, que estaba reclinado en un sofá. Usó todos sus *chalikars* en la batalla con los mantid, y tenía el cuello y las clavículas llenos de moretones—. Pero aunque Pangborn no metiera la pata, Belial encontraría otra forma de hacerlo.

—Eso significa que teníamos la guardia baja —replicó Tessa—. Al menos en lo que se refiere a Tatiana. El Instituto está bien protegido contra los demonios, pero no contra los cazadores de sombras.

—Ni siquiera contra cazadores de sombras realmente malvados —añadió Lucie, con vehemencia—. Debieran quitarle las Marcas en la Ciudadela Irredenta.

—Estoy seguro de que ahora se las quitarán —dijo James—, ya que la Espada Mortal le sacará la verdad y revelará todos sus crímenes anteriores. Además, quizá por fin descubramos algo útil sobre los planes de Belial. Estoy seguro de que no acaban aquí.

—Hablando de Belial —dijo Will con voz potente—, el Inquisidor convocó una reunión para mañana. Para discutir el asunto de nuestra familia.

—No veo por qué nuestra familia es asunto suyo —empezó a decir James, acalorado, pero para sorpresa de Cordelia, Lucie lo interrumpió.

—Lo hará asunto suyo, James —explicó—. Puede que el Instituto sea el único hogar que conocemos, pero no nos pertenece. Pertenece a la Clave. Todo lo que tenemos y lo que somos está sujeto a la aprobación de la Clave. Piensa cuántos miembros del Enclave fueron horribles con mamá solo porque era una bruja, porque tiene un padre demonio. Y eso antes de que se enteraran de que era un Príncipe del Infierno. —Su voz era dura, sin asomo del optimismo habitual de Lucie; dolía oírla—. Debiéramos saber que se volverían contra nosotros en cuanto averiguaran lo de Belial.

—Oh, Lucie, no. —Cordelia se puso de pie sin pensar. Lucie la miró sorprendida. De hecho, Cordelia se dio cuenta de que todos en la sala la miraban—. El Inquisidor puede armar todo el revuelo que quiera —dijo—, pero la verdad está de nuestra parte. La verdad importa. Y el Enclave lo verá.

Lucie miró a Cordelia con calma.

—Gracias —le dijo.

A Cordelia se le encogió el corazón. Era el tipo de «gracias» que le darías a alguien poco conocido que te recogiera un pañuelo caído en una fiesta. Pero antes de poder contestar, o siquiera volver a sentarse avergonzada, pues todos estaban mirándolas, la puerta del estudio se abrió y entró Christopher.

Parecía como si corriera por medio Londres. Iba sin abrigo; las botas y los pantalones salpicados de barro helado; las manos desnudas, rojas del frío. Los ojos, tras los cristales, abiertos de par en par y mostraban sorpresa. A Cordelia le recordó a alguien por un momento... y entonces se dio cuenta de que era a Alexander, mientras Tatiana lo torturaba, aquellos ojos llenos de la terrible confusión de que alguien pudiera desear causarle dolor.

—¿Qué pasó? —preguntó, casi en un susurro, y entonces, Thomas, James y Matthew corrieron hacia él, abrazándolo con fuerza, y con sus voces sobreponiéndose mientras le explicaban que Alexander estaba bien, que atraparon a Tatiana, que su hermano era atendido en la enfermería. Que se iba pondría bien.

—Es que no lo entiendo —dijo Christopher, mientras recuperaba poco a poco el color del rostro. Se agarraba a la manga de Matthew con una mano, y su hombro tocaba el de James—. ¿Por qué Alexander? ¿Quién querría dañar a un niño?

—Tatiana quiere hacernos daño a todos, Kit —contestó Tessa—. Sabe que la mejor forma de hacerlo es a través de nuestras familias. Es el peor dolor que se le ocurre infligir. Cualquiera de nosotros sufriría en lugar de nuestros hijos, pero que sufran ellos en nuestro lugar es... horrible.

—La llevaron a la prisión de la Ciudad de Huesos —indicó Will. Su voz era fría—. Así que tendremos la oportunidad de preguntárselo.

A Christopher se le agrandaron los ojos.

—¿La tienen en la Ciudad Silenciosa? —preguntó, y parecía inexplicablemente infeliz con esa información.

Jesse también parecía perturbado.

—Mantienen a los prisioneros separados unos de otros, ¿verdad? —preguntó, como si acabara de darse cuenta de algo—. Tienen que hacerlo. No debe estar cerca de Grace.

—Nunca dejarían que eso ocurriera —empezó Will, y entonces apareció Cecily en la puerta y corrió a abrazar a Christopher.

—Ven arriba, cariño —dijo—. Alexander está dormido, pero puede despertarse en cualquier momento, y querrá verte. —Se volvió hacia Ari con una sonrisa cálida—. Y Anna pidió que vengas tú también, querida. Nos gustaría tenerte con nosotros.

El rostro de Ari se iluminó. Se levantó y se unió a Christopher y Cecily, que salían ya de la sala. Jesse los vio irse, con una mirada sombría. «¿Estaría pensando en Grace?», se preguntó Cordelia. O, más probablemente, en Tatiana, y en lo que pasaría a continuación.

—Toda mi vida, mi madre me contó cuánto los odia, a todos ustedes —comenzó Jesse. Estaba apoyado contra la pared, como si necesitara que algo lo sujetara—. Ahora que sabe que me uní a ustedes, que lucho a su lado contra ella... lo verá como una traición aún mayor.

—¿Realmente importa? —preguntó Matthew—. Está loca; si no tiene una razón para estar cargada de odio, se la inventará.

—Pero pienso —continuó Jesse— que sabe quién soy, y que estoy con ustedes. Nada le impedirá decírselo a la Clave cuando la interroguen. Quizá pueda ayudarlos, si yo se lo cuento al Enclave antes. Si confesara quién soy realmente, Jesse Blackthorn, podría testificar sobre la locura y las mentiras de mi madre, su odio contra ustedes, su necesidad de venganza.

—No —replicó James, muy amable—. Esa es una oferta generosa, teniendo en cuenta lo que supondría para ti, pero solo haría que la opinión del Enclave sobre nosotros se hiciera más turbia, si creyeran que Lucie estuvo practicando la necromancia. —Levantó una mano cuando Lucie empezó a protestar—. Lo sé. Lo sé. No era necromancia. Pero ellos no lo verán así. Y hay muchas probabilidades de que Tatiana no cuente inmediatamente la verdad sobre ti, Jesse; revelaría muchos hechos inconvenientes sobre sus propios crímenes. Sobre su relación con Belial.

—Hablando de Belial —intervino Will—. Es muy amable de tu parte tratar de ayudarnos, Jesse, pero ya es hora de que nos enfrentemos a todo esto, en vez de dejarlo como una espada pendiendo sobre nuestras cabezas. Guardamos este secreto demasiado tiempo, olvidando, creo yo, que los secretos dan poder a otras personas sobre ti.

Tessa asintió.

—Ojalá se lo hubiéramos contado a todo el mundo en cuanto lo supimos. Ahora tenemos que separar la verdad de la ficción de que estamos aliados con Belial. —Resopló, lo que hizo sonreír a Cordelia; era un gesto muy poco femenino para Tessa—. «Aliados». La noción es absurda. ¿Está Magnus «aliado» con su padre demonio? ¿Lo está Ragnor Fell? ¿O Malcolm Fade? No, no, obviamente no: es un asunto que lleva resuelto cientos de años.

—Al menos se trata de tu palabra contra la de Tatiana —añadió Cordelia—, y creo que la mayoría de la gente sabe que su palabra no tiene mucho valor.

—¿Qué crees que pasará en la reunión de mañana? —preguntó Alastair.

Will extendió las manos.

—Es difícil saberlo. Este es exactamente el tipo de asunto para el que se usa la Espada Mortal y, por supuesto, Tessa y yo nos apresuraríamos a ir a Idris en cualquier momento para testificar la verdad. Pero sería extremo, hasta tratándose de Bridgestock, llevar las cosas tan lejos. Supongo que depende de la cantidad de problemas que Bridgestock quiera causarnos.

Matthew resopló.

—Le encanta crear problemas.

—Cielo santo —exclamó Tessa, mirando el reloj sobre la repisa de la chimenea—. Es la una de la mañana. Tenemos que descansar; mañana promete ser un día bastante desagradable. —Suspiró—. Cordelia, Alastair, los acompañaré abajo a su carruaje.

Alastair y Cordelia intercambiaron una mirada. Era una oferta rara. Se las podían arreglar solos para encontrar el camino hasta la puerta principal, por supuesto; y Will o James eran los que solían hacer esa oferta. Tessa, sin embargo, parecía firme en su resolución.

Antes de irse, Alastair fue a decirle algo rápido y en voz baja a Thomas. Como quería darles un momento, Cordelia se tomó su tiempo quitándose los guantes destrozados y poniéndose la bufanda. Mientras se arreglaba, notó un toque amable en el hombro.

Era James. El corte sobre el ojo casi se le curaba, aunque ella pensó que tendría una cicatriz en la ceja. Le quedaría muy elegante, por supuesto; parecía que las cosas siempre eran así.

—Tienes razón —dijo él en voz baja.

—Probablemente —respondió Cordelia—, pero... ¿en qué, exactamente?

—Fue demasiado fácil —contestó James—. Tatiana quería que la atrapáramos. Se llevó a Alexander, se escapó a una pequeña distancia y esperó a que la arrestaran. Pero que me maten si sé decirte por qué. —Dudó—. Daisy —dijo—, eso que dijiste que tenías que hacer antes..., ¿lo hiciste?

Ella dudó. Tenía la sensación de que pasaron mil años desde que estuvo en la sala de juegos con Matthew, hacía mil vidas que estuvieron todos juntos en la fiesta. Sentía como si ella misma fuera una persona completamente diferente, aunque solo pasaron unas pocas horas.

—Sí —contestó—. Fue horrible.

James deseaba preguntarle algo más. Pero en ese momento, Tessa se les acercó, y con su habitual habilidad, en un momento se llevó a Cordelia y la dirigía, junto con Alastair, escalera abajo.

El aire frío del exterior los golpeó en contraste con el calor de la salita. Trajeron rápidamente el carruaje y Alastair subió. Notó que Tessa quería un momento para hablar a solas con su hermana, y quizá también notó que sería incómodo. Cerró la cortina del carruaje, dándoles a Tessa y Cordelia toda la privacidad que pudo.

—Cordelia —dijo Tessa, con amabilidad—, hay algo que quería decirte.

Cordelia dio una profunda bocanada de aire helado. Sintió una soledad que solo asociaba con Londres: la de ser a la vez millones juntos en la oscuridad de la ciudad, y estar completamente sola en esa misma oscuridad.

—Sé que es razonable que ahora estés con tu madre —comenzó Tessa—. Pero no estoy completamente desinformada. Sé que no es solo eso. Las cosas no están bien entre tú y James. O entre tú y Matthew, ya que lo hablamos.

—O entre James y Matthew —añadió Cordelia—. Lo siento mucho. Tú confiabas en que hiciera feliz a James y estoy haciendo justo lo contrario.

—Sé que la gente se hace daño —repuso Tessa, pasado un instante—. Sé que las relaciones son complicadas. Créeme. Pero mi experiencia es que... bueno, cuando dos personas se aman lo suficiente, siempre hay formas de solucionar las cosas.

—Ese es un pensamiento encantador —dijo Cordelia—. Espero que tengas razón.

Tessa sonrió.

—Hasta ahora la he tenido.

Y sin más, regresó al Instituto. Cordelia se disponía a girar la manija de la puerta del carruaje cuando oyó el sonido de pasos corriendo tras ella. Quizá Tessa se olvidó decirle algo más, o Thomas...

Pero era Lucie. Lucie con su saco de combate y su vestido lavanda, con los volantes de la falda ondeando a su alrededor como espuma del mar. Bajó la escalera y se lanzó en los brazos de Cordelia, y esta sintió que su amiga temblaba como si tuviera un frío terrible.

El corazón de Cordelia se derritió. Apretó los brazos alrededor de Lucie, meciéndola cariñosamente, como si fuera una niña pequeña.

—Gracias —susurró Lucie, con la cara enterrada en el hombro de Cordelia— por lo que dijiste.

—No fue nada —respondió Cordelia—. O sea, era verdad. Era una nada verdadera.

Lucie reprimió un amago de risa.

—Daisy —dijo—. Lo siento tanto. Y estoy tan horriblemente asustada. —La respiración se le entrecortó—. No por mí. Por mi familia. Por Jesse.

Cordelia le besó la frente.

—Nunca te dejaré —le aseguró—. Siempre estaré a tu lado.

—Pero dijiste...

—No importa lo que dije —replicó Cordelia con firmeza—. Siempre estaré ahí.

La puerta del carruaje se abrió, y Alastair miró hacia fuera, displicente.

—En serio —exclamó—. ¿Cuántas reuniones planeas tener en esta escalera, Layla? ¿Debiera prepararme para pasar la noche en este carruaje?

—Creo que eso sería muy amable de tu parte —contestó Cordelia, y aunque no era muy gracioso, Lucie y ella se rieron, y Alastair se quejó, y por un momento, todo parecía ir bien.

22

PROFUNDA MALICIA

Artífice del fraude; y fue el primero
que practicó la falsedad bajo una apariencia santa.
Una profunda malicia que ocultar, encerrada en la venganza.

JOHN MILTON, *El paraíso perdido*

Lo último que deseaba hacer Cordelia a la mañana siguiente era acudir a una reunión del Instituto en la que se lanzarían acusaciones horribles contra los Herondale.

A pesar de su amistosa despedida con Lucie, apenas había dormido durante la noche, pues la despertaban sueños terribles en los que a la gente que quería la amenazaban demonios y ella no era capaz de levantar un espada para ayudarlos. O bien la espada se le caía y ella se quedaba a gatas buscándola, o se le convertía en polvo en la mano.

Y todos los sueños acababan igual: con Lucie, o James, o Matthew, o Alastair, o Sona, ahogándose en su propia sangre, en el suelo, con los ojos fijos en ella, desorbitados y acusadores. Se despertó con las palabras de Filomena di Angelo resonando en sus oídos, cada sílaba una puñalada de dolor en su corazón.

«Eres la portadora de la espada *Cortana*, que puede aniquilar cualquier cosa. Derramaste la sangre de un Príncipe del Infierno. Pudiste salvarme».

—No puedo ir —le dijo a Alastair, cuando este fue a su habitación para ver por qué no bajaba a desayunar. Su madre, al parecer, se les había unido, algo raro esos días, y aunque no iba a asistir a la reunión, estaba ansiosa porque sus hijos fueran: Cordelia a apoyar a su marido, por supuesto, y ambos para devolverles toda la amabilidad que los Herondale mostraron con ellos desde su llegada a Londres—. No puedo soportarlo.

—Layla —comenzó Alastair y se apoyó contra el marco de la puerta—, estoy de acuerdo en que será horrible. Pero no vas por ti; vas por James y Lucie. Ellos lo soportarán mejor si tú estás allí. —Pasó su mirada sobre ella; llevaba una vieja bata que Risa remendó varias veces—. Ponte uno de esos vestidos que compraste en París. Que parezcas magnífica e irrefutable. Mira por encima del hombro a cualquiera que insulte a los Herondale u ofrezca apoyo al Inquisidor. Eres la esposa de James... si no vas, la gente dirá que dudas de él y de su familia.

—¡Qué se atrevan! —musitó Cordelia, furiosa.

Alastair sonrió.

—Eso es. Ahí está la sangre de Rostam en tus venas. —Alastair miró al armario, que estaba abierto—. Ponte el de seda café —dijo y, sin más, se quitó una mota de polvo del puño de su camisa y se fue abajo.

La idea de que su ausencia podría usarse en contra de los Herondale sacó a Cordelia de la cama a toda prisa. Se puso el vestido de seda color café, con sus bordados dorados, y engatusó a Risa para que le peinara con horquillas de topacio. Se aplicó un poco de maquillaje en las mejillas y los labios, se puso los guantes que James le devolvió, y bajó la escalera con la cabeza bien alta. Ya que no podía llevar un arma, esa, al menos, sería su armadura.

Su desesperación estaba empezando a convertirse en una emoción más vigorizante: enojo. En el carruaje, de camino al Instituto, se despachó a gusto (entre mordiscos de un pastel de Eccles que Alastair, amablemente, sustrajo para ella de la mesa del desayuno) diciendo que no creía que nadie pudiera dar crédito a la idea de que los Herondale estaban aliados con un Príncipe del Infierno. Era una acusación vertida por Tatiana Blackthorn, precisamente, y la mayoría del Enclave conocía a Will y Tessa desde hacía décadas.

A Alastair no le impresionó su razonamiento.

—Tu fe en la bondad de la gente es muy admirable. Pero está fuera de lugar. Mucha gente guarda rencor a los Herondale por su posición. Charlotte fue una elección controvertida como Cónsul y hay una creencia extendida, incluso entre aquellos a los que les caen bien, de que los Herondale consiguieron su puesto en el Instituto gracias a ella.

—El único motivo por el que sabes eso, es porque te juntaste con gente baja y resentida como Augustus Pounceby —señaló Cordelia.

—Cierto —admitió Alastair—, pero si no fuera por mis viles amistades del año pasado, no tendría la aguda percepción de sus pensamientos que sin duda tengo. Lo que digo es que nunca infravalores los deseos de la gente de causar problemas si creen que pueden sacar algo de ello.

Cordelia suspiró mientras se sacudía las migas del regazo.

—Bueno, la verdad es que espero que te equivoques.

Alastair no se equivocaba. A los veinte minutos de reunión, con Bridgestock y Charlotte mirándose el uno al otro y todo el Enclave rugiendo, Cordelia admitió que quizá hubiera minimizado el asunto.

La reunión tenía lugar en la capilla, lo cual enturbió desde el primer momento el ánimo de Cordelia. Sobre el altar estaban Bridgestock, Charlotte y Will. El Enclave llenaba los bancos; en cuanto llegaron, Cordelia pasó la mirada por la estancia buscando a sus amigos, y en cuanto pudo, le lanzó una mirada tranquilizadora a Lucie y a James, que estaban sentados en el primer banco con Tessa y Jesse.

Todos los demás estaban allí también, hasta Anna, sentada, con aspecto serio y furioso, entre su padre y Ari (Cecily, suponía, debía de estar en la enfermería con Alexander).

—Como es evidente, lo ocurrido en Cornualles me afectó profundamente —declamó Bridgestock—, y en combinación con las peticiones de Tatiana Blackthorn, debo decir que el fracaso a la hora de protegernos de Belial hizo tambalear mi confianza en el liderazgo de los Herondale. —Lanzó una oscura mirada a Will—. Ahora bien, no estoy necesariamente diciendo que estés aliado con demonios —añadió Bridgestock.

—Qué cumplido —comentó Will, con frialdad.

—Pero —continuó el Inquisidor con suavidad— Tatiana Blackthorn ciertamente dijo una verdad: que Belial es el padre de Tessa. Una verdad que se nos ocultó a todos durante estos años. Bueno —añadió con un sarcástico gesto de cabeza hacia Charlotte—, a casi todos.

—Esto quedó arreglado hace años —repuso Charlotte—. Tessa es una cazadora de sombras de buena reputación, además de ser una bruja. Es una situación exclusiva de ella, causada por una mundana con malas intenciones y no es probable que se pueda repetir. La identidad del demonio padre de Tessa no la conocía nadie, ni siquiera Tessa, hasta hace poco. Y en cualquier caso, no creemos que los brujos estén aliados con sus padres demonios.

—Con el debido respeto —intervino Bridgestock—, la mayoría de los padres demonios de los brujos son anónimos, demonios menores, no uno de los Nueve Príncipes. La mayoría de los cazadores de sombras nunca se enfrentaron a un Príncipe del Infierno. Pero yo sí —tronó, lo que hizo que Cordelia se sintiera molesta. Lo que hizo no fue enfrentarse a Belial, sino desmayarse en su presencia—. No puedo ni contar la profundidad de su maldad. Pensar que es el padre de Tessa Herondale me estremece.

—Recuerdo esta misma discusión —insistió Charlotte—. Hace veinticinco años. Yo estaba allí. Y tú también, Maurice. Los desvaríos

445

de Tatiana Blackthorn, que es, y ella misma lo admitió, aliada de Belial, no deberían desenterrar otra vez este debate.

Tras un momento de silencio, Eunice Pounceby se levantó, con las flores de su sombrero temblando con su agitación.

—Quizá no debieron desenterrarlo, Charlotte. Pero... lo hicieron.

—¿Qué quieres decir, Eunice? —preguntó Tessa. Aunque Cordelia conocía su edad real, Tessa parecía una veinteañera. Vestía con sencillez y tenía las manos sobre su regazo. Cordelia sintió una especie de pena desesperada por ella, como la que sentiría por una chica de su propia edad, allí en el punto de mira del Enclave.

—Lo que Eunice quiere decir —opinó Martin Wentworth— es que aunque es cierto que todos sabíamos que la señora Herondale era una bruja, el hecho de que su padre demonio sea un Príncipe del Infierno, y que lo supieran y lo ocultaran, bueno, puede que esté dentro de la Ley, pero no inspira confianza.

Un murmullo recorrió la sala.

—Parece que el Enclave de Londres perdió la fe en los Herondale para dirigir nuestro Instituto —dijo Bridgestock—. De hecho, si hubieran hablado antes, puede que yo no tuviera que llevar el terrible sello marcado en mi brazo. —Frunció el ceño.

—No hables por el Enclave —dijo Esme Hardcastle, inesperadamente—. Quizá Tessa sí supiera que su padre era Belial. ¿Por qué lo contaría a alguien, sabiendo que el resultado sería este... este tribunal?

Para sorpresa de Cordelia, Charles se puso de pie.

—Esto no es un tribunal —dijo. Su cara estaba tensa, como si una fuerza invisible le estirara la piel—. Es una reunión que celebramos para decidir cuáles serán nuestros siguientes pasos.

—¿Nuestros pasos? —preguntó Will. Miraba a Charles con una especie de desconcierto herido. «¿Charles intentaba ayudar?», se preguntó Cordelia... Pero la expresión de Charles era horrible.

446

Y no había acabado de hablar. Se volteó para mirar a toda la sala, con la mandíbula apretada.

—Soy el único de mi familia que tiene el coraje de decirlo —añadió—, pero el Inquisidor tiene razón.

La mirada de Cordelia se clavó en Matthew. Tenía los ojos apretados con fuerza, como si intentara acallar todo lo que había alrededor. Henry, a su lado, parecía a punto de vomitar. Charlotte se quedó inmóvil, pero el esfuerzo que le costaba era notorio.

—Conozco a los Herondale desde siempre —continuó Charles—, pero la revelación de este terrible secreto nos conmocionó a todos. Desearía aseguraros a todos que a mí no me fue comunicado, a pesar de que mi madre sí lo sabía. Creo que los Herondale tenían el deber de contarlo, y que mi madre tenía ese mismo deber. Mi lealtad hacia la familia no puede justificar esta inadmisible omisión.

Hubo un silencio terrible. Cordelia miró a Charles. ¿Qué estaba haciendo? ¿Era de verdad tan despreciable que traicionaría a su propia familia? Echó una mirada a Alastair, que esperaba que estuviera temblando de rabia, pero ni siquiera miraba a Charles. Miraba al otro lado de la sala, a Thomas, que estaba sentado con los puños apretados, como si apenas pudiera contenerse para no lanzarse contra Charles.

—Charles —dijo Gideon, cansado—. Hablas para proteger tu propia ambición, aunque el Ángel sabe lo que corrompió tanto tu corazón. No hay ninguna prueba que indique una alianza entre los Herondale y Belial, aunque intentes implicar lo contrario...

—No estoy diciendo eso —masculló Charles.

—Pero lo estás insinuando —replicó Gideon—. Es una táctica cínica. En un momento en el que el Enclave debería permanecer unido, para vencer la amenaza que Belial aún supone, tú intentas dividirnos.

—¡Está hablando por aquellos que no supimos hasta ayer que el Instituto estaba habitado por la descendencia de un Príncipe del Infierno! —gritó Bridgestock—. ¿De verdad que nunca hizo un intento, nunca contactó con su sangre...?

James se puso de pie. Tenía el mismo aspecto que cuando sostenía la pistola entre las manos, un ángel vengador, con ojos como esquirlas de oro.

—Si él intentara contactarnos —gruñó—, nosotros lo rechazaríamos.

Cordelia se puso de pie también. «Los defendería», pensó. Juraría por activa y por pasiva que nadie tenía más razones para rehusar a Belial que los Herondale... Hablaría a favor de James y Lucie...

Una mano le toco el brazo. Por un segundo, pensó que era Alastair, apremiándola a sentarse de nuevo. Pero para su sorpresa, era Christopher, al que creía en la enfermería. La miraba con una seriedad extraña en él, en los ojos púrpura oscuro tras los lentes que le daban aspecto de búho.

—Ven conmigo —dijo en voz baja—. Rápido. Nadie se dará cuenta con este barullo.

Alastair los miró a ambos y se encogió de hombros como indicando que no tenía más idea que ella de las intenciones de Christopher.

—Christopher —susurró Cordelia—. Tengo que hablar a su favor...

—Si realmente deseas ayudar a James —replicó Christopher, con una intensidad que Cordelia le oyó pocas veces—, ven conmigo. Hay algo que debes saber.

Ari pasó la reunión en un estado de desconcierto mudo. Ya sabía que a su padre no le gustaban los Herondale; sus extrañas notas lo dejaron claro. Sí, salvaron Londres, y quizá todo el mundo de las sombras, pero para Maurice Bridgestock esto solo los convertían en famosos a los que se les recompensó con una posición acomodada.

A diferencia de él, un devoto servidor público dedicado a las necesidades de la Clave.

Consideraba que Will y Tessa tuvieron veinte años para demostrar que eran buenos administradores del Instituto de Londres, y el resentimiento de su padre le parecía pequeño y mezquino, indigno de él. Pero resultó no ser pequeño en absoluto: al contrario, se volvió tan grande que en cuanto el hombre detectó una debilidad en su posición, se lanzó contra ellos.

Se sentó con los Lightwood, por supuesto, mezclada con ellos, con Gabriel a la izquierda y Anna a la derecha. Cuando su padre señaló con el dedo a aquellos que acusaba, apuntaba a Ari. (Su madre, curiosamente, no estaba allí; Ari se preguntó por qué).

Ari hubiera tomado la mano de Anna, pero esta se sentaba tensa, con los brazos cruzados. Como siempre, en presencia de una amenaza, su rostro se tornaba pétreo.

Finalmente, cuando el griterío llegó a un punto álgido, se propuso un descanso para que todo el mundo se calmara. Mientras la gente se dispersaba en pequeños grupos, con los Herondale y los Lightwood juntos, y Matthew con sus padres, Ari vio a Alastair (aunque, ¿dónde estaba Cordelia?), cruzar la sala en dirección a Charles, que estaba obstinadamente solo, e iniciar una conversación con él. Bueno, no era exactamente una conversación: fuera lo que fuese lo que Alastair le decía, lo hacía en voz baja y furioso, acompañándolo por gestos urgentes. Charles seguía mirando al frente, como si Alastair no estuviera allí.

«Por el Ángel —pensó Ari—. ¿Cómo pude siquiera fingir estar comprometida con este hombre?»

Y entonces vio a su padre. Mientras él bajaba del altar y se dirigía a una puerta lateral, ella se puso de pie. Con un ligero toque en el hombro a Anna, se dirigió al pasillo entre los bancos y se apresuró a salir por la misma puerta lateral.

Al otro lado había un pasillo de piedra, en el cual su padre paseaba de arriba abajo. Parecía más pequeño que en el altar, donde era centro de todas las miradas. Murmuraba para sí, aunque ella solo pudo distinguir algunas palabras: «Belial» y «tienen que ver la verdad» y, una de sus palabras favoritas, «injusto».

—Padre —dijo—, ¿qué hiciste?

Él levantó la vista para mirarla.

—Esto no es asunto tuyo, Ariadne.

—Tienes que saber que nada de lo que dijiste es cierto.

—Eso no es lo que yo sé —masculló.

—Si hay falta de confianza en los Herondale, es porque tú la creaste.

Él sacudió la cabeza.

—Pensaría que confiarías más en mí —repuso—. No soy el villano de una obra de teatro donde los Herondale son los héroes. Tessa Herondale es hija de un Demonio Mayor. Y mintieron sobre ello.

—Ante los prejuicios, uno se protege —contestó Ari, con suavidad—. No es algo que tú puedas entender. Will actuó para proteger a su mujer, James y Lucie para proteger a su madre. Contra el odio que tú estás esgrimiendo ahora mismo. Un odio que nace del miedo, de la creencia ciega de que la sangre que corre por las venas de Tessa y por las de sus hijos, importa más que cada acto de heroísmo o amabilidad que tuvo.

La cara del hombre se cerró en una expresión que mezclaba la furia con una especie de pena terrible.

—Te subyugaron —dijo con voz ronca—. Los Herondale, que vinieron de la nada a mandar sobre nosotros, todos ellos practicantes de magia. Y los Lightwood, hijos de Benedict, que era famoso por mantener relaciones con los demonios, hasta el punto de que eso acabó matándolo. Lo que quiera que estuviera torcido en su corazón sigue ahí, lo sabes, en la sangre de sus hijos y sus nietos. Incluyendo a esa medio mujer que te acogió bajo su ala...

—No hables así de Anna —replicó Ari con voz firme y calmada—. Últimamente, me dio más muestras de amabilidad que cualquiera de mi familia.

—Te fuiste —dijo—. Agarraste tus cosas, las cosas que te dimos nosotros, y te fuiste a vivir con esa criatura Lightwood. Aún puedes volver, lo sabes. —Su voz se volvió engatusadora—. Si juras que no verás a esa gente. Los Herondale, los Lightwood... Son un barco que se hunde. Sería inteligente por tu parte desembarcar mientras estás a tiempo.

Ari negó con la cabeza.

—Nunca.

—Vas por un camino peligroso —le advirtió su padre—, uno que acaba en desgracia. Si deseo salvarte es por amabilidad...

—¿Amabilidad? —repitió Ari—. ¿No amor? ¿El amor que le debes a una hija?

—Una hija no es insolente. Una hija es obediente. Una hija se preocupa por sus padres, los protege...

—¿Como James y Lucie están protegiendo a Tessa? —Ari movió la cabeza—. No eres capaz de verlo, padre. El odio te ciega. Los Herondale no son criminales. No son, por ejemplo, chantajistas.

Fue una flecha lanzada a ciegas, pero Ari vio que hacía diana. Su padre se estremeció y la miró horrorizado.

—La carta —musitó—. La chimenea...

—No sé de qué me hablas —repuso Ari con suavidad—. Solo sé una cosa. Cuanto más lejos lleves este asunto, padre, más estarás, tú también, bajo escrutinio. Asegúrate de sobrellevar ese escrutinio. La mayoría de los hombres no podrían.

Grace temblaba sentada contra la pared de su celda. Se envolvió en la cobija de su cama, pero los temblores no paraban.

Empezaron aquella mañana, cuando el hermano Zachariah entró en su celda, tras el desayuno de cereal y pan tostado. Ella notó su preocupación, y una pena que la aterraba. En su experiencia, la pena significaba desprecio, y el desprecio quería decir que la otra persona se daba cuenta de lo horrible que una era.

—El niño —murmuró—, el hermano de Christopher. ¿Está...?

—«Está vivo y curado. Encontraron a tu madre. Ahora está custodiada. Te lo habría dicho ayer por la noche, pero no quería despertarte».

«Como si durmiera», pensó Grace. Se alegraba de que encontraran a Alexander, pero dudaba de que eso cambiara las cosas con Christopher. Ya lo perdí, para siempre.

—¿No le... hizo daño?

—«La runa que le puso le provocó graves quemaduras. Por suerte, estaba incompleta, y conseguimos rescatarlo a tiempo. Le quedará una cicatriz».

—Es porque así murió Jesse —explicó Grace, como insensible—. Cuando le ponían las runas. Es su idea de justicia poética.

Zachariah no dijo nada, y Grace se dio cuenta con un estremecimiento de que él fue a decirle algo más. Y entonces, con un horror enfermizo, se dio cuenta de qué era ese algo más.

—Dijiste que mi madre estaba custodiada —dijo—. ¿Quieres decir... que está aquí? ¿En la Ciudad Silenciosa?

Él asintió con la cabeza.

—«Dado su historial, parecía crucial tenerla en un lugar donde se conozcan todas las salidas y estén vigiladas, y donde no puedan abrirse portales».

Grace sintió como si fuera a vomitar.

—No —jadeó—. No. No la quiero cerca de mí. Me iré a cualquier otro sitio. Pueden encerrarme en cualquier otro sitio. Me portaré bien. No intentaré escaparme. Lo juro.

—«Grace. Solo estará aquí una noche. Después, la trasladarán a las prisiones de El Gard, en Idris».

—¿Sabe... sabe que estoy aquí?

—«No lo sabe. No dijo nada —contestó Zachariah—. Y no podemos acceder a su mente. Obra de Belial, supongo».

—Encontrará la manera de llegar hasta mí —aseguró Grace, con voz apagada—. Siempre lo hace. —Alzó la cabeza—. Tienen que matarla —dijo—, y quemar el cuerpo. O nunca se detendrá.

—«No podemos ejecutarla. Debemos averiguar lo que sabe».

Grace cerró los ojos.

—«Grace, te protegeremos. Yo te protegeré. Estás más segura aquí, protegida por nuestras protecciones, encerrada tras estas puertas. Y tu madre tampoco puede escapar de su celda. Ni siquiera un Príncipe del Infierno entraría en esa jaula».

Grace volteó la cara hacia la pared. Él no lo entendía. No podía. Ella aún poseía su poder, así que aún era valiosa para su madre. De alguna forma, su madre la recuperaría. La Ciudadela Irredenta no pudo retenerla. Era una gran plaga oscura en la vida de Grace, y no podía separarse de ella, igual que un veneno no puede estar separado del cuerpo al que envenenó.

Al cabo de un rato, el hermano Zachariah se fue y Grace tuvo unas arcadas secas sobre su taza vacía de desayuno. Luego cerró los ojos, lo cual solo le trajo visiones de su madre, del bosque de Brocelind, la voz oscura resonando en sus oídos. «Pequeña. Vine a darte un gran regalo. El regalo que tu madre pidió para ti. Poder sobre las mentes de los hombres».

—¿Grace? —La voz vacilante era tan familiar como imposible. Grace, acurrucada en un rincón, alzó la mirada, e incrédula, vio a Christopher ante la puerta de barrotes de su celda—. El tío Jem dijo que podía venir a verte. Dijo que no te encontrabas bien.

—Christopher —musitó ella.

Él la miró, con la preocupación pintada en la cara.

—¿Estás bien?

«No es nada», quiso decir ella. Quería forzar una sonrisa, no preocuparlo, porque sabía que a los hombres no les gustaba tener que preocuparse por las mujeres. Su madre se lo dijo.

Pero no pudo hacer que esa sonrisa apareciera. Se trataba de Christopher, con su honestidad contundente y su amable sonrisa. Christopher sabría que ella estaba mintiendo.

—Pensé que me odiabas —susurró—. Pensé que no soportarías verme de nuevo, a causa de mi madre. Por lo que le hizo a tu familia.

Él no se rio de ella, ni retrocedió, solo la miró directamente.

—Sospeché que pensarías algo así —dijo—, pero Grace, yo nunca te culpé antes por lo que tu madre hizo. No voy a empezar ahora. Lo que hizo es vil. Pero tú no eres vil. Tú hiciste las cosas mal, pero estás tratando de hacerlas bien. Y eso no es fácil.

Grace sintió las lágrimas arderle dentro de los ojos.

—¿Cómo eres tan sabio? No respecto a la ciencia, o a la magia. Respecto a la gente.

Al oír eso, él sonrió.

—Soy un Lightwood. Somos una familia complicada. Ya te contaré algún día. —Extendió una mano entre los barrotes, y Grace, inconmensurablemente aliviada de que hubiera un «algún día», tomó su mano. Era amable y cálida al contacto, con cicatrices de ácido e icor, pero perfecta—. Ahora quiero ayudarte en tu intento. —Miró al fondo del pasillo—. ¿Cordelia? —llamó—. Es hora.

Thomas sentía cómo el corazón se le hundía a cada minuto que pasaba de la reunión del Enclave. No esperaba que estuviera bien, pero tampoco que estuviera así de mal. En cuanto Charles se posicionó en contra de su propia familia, el debate rápidamente se convirtió en un griterío.

Thomas deseaba ponerse de pie para gritar algo hiriente, algo que hiciera a Charles avergonzarse, que condenara su traición, algo que hiciera ver al Enclave lo ridículo y atroz que era todo aquello. Pero las palabras nunca fueron su fuerte; estaba allí sentado, con Eugenia a su lado, pálida e incrédula, y le empezaba a doler la cabeza por la tensión. Se sentía torpe, demasiado grande y completamente inútil.

Mientras los adultos alrededor murmuraban entre sí, Thomas intentó captar la atención de Matthew. Este, imaginaba Thomas, debía de estar sorprendido hasta la náusea por las palabras de Charles, pero estaba decidido a no mostrarlo. Al contrario que James, o Anna, que permanecían sentados con expresión pétrea e inmóviles, Matthew se echó hacia atrás en la silla como si posara para un dudoso artista parisino. Tenía los pies sobre el respaldo de la silla delantera y se examinaba los puños de la camisa como si contuvieran los secretos del universo.

«Matthew, date la vuelta», pensó Thomas con urgencia, pero su intento de comunicación a lo Hermano Silencioso falló. Fue Alastair quien volteó la cabeza, pero Thomas no le veía la cara porque Walter Rosewain se puso de pie (casi tirando, al hacerlo, el sombrero de su mujer, Ida) y empezó a gritar, y para cuando se sentó de nuevo, Matthew se levantó y se iba.

Rápidamente, Thomas llamó la atención de James. A pesar de lo tenso de la situación, James asintió, como queriendo decir: «Ve tras él, Tom».

No tuvo que indicárselo dos veces. Para Thomas, cualquier cosa era mejor que estar allí sentado, incapaz de cambiar el curso de los acontecimientos. Siempre prefería tener algo que hacer, una herramienta en la mano, un camino que seguir, daba igual lo estrecho o peligroso que fuera. Se levantó y se apresuró a salir de la fila de bancos, tropezando con varios pies al hacerlo.

Se lanzó a la carrera por el Instituto hasta el recibidor, sin molestarse en parar a recoger el abrigo. Salió al frío justo cuando el carruaje que Matthew tomó prestado salía por las puertas del Instituto.

«Maldita sea».

Thomas se preguntó si a sus padres les importaría que agarrara el carruaje para la persecución. Probablemente sí, a decir verdad, pero...

—Podemos usar mi carruaje —dijo una voz. Thomas volteó sorprendido y vio a Alastair tras él, sosteniendo tranquilamente el abrigo de Thomas—. No me mires así. Estaba claro que seguiría. Allí no puedo hacer nada, y Cordelia ya se fue.

«¿Ido a dónde?», se preguntó Thomas pero no había tiempo para preguntas; tomó su abrigo de manos de Alastair y se cubrió con él, agradecido por el calor.

—Voy a buscar Matthew —explicó, y Alastair le echó una mirada torva que claramente decía: «Sí, ya lo sabía»—. Y a ti no te cae bien Matthew.

—Después de lo que acaba de hacer Charles, tu amigo Matthew estará desesperado por beber —dijo Alastair. No había nada acusador o despectivo en su tono; era solo información—. Y tengo mucha más experiencia que tú cuidando de borrachos. Alguna vez, hasta impedí que llegaran a beber. ¿Vamos?

Thomas empezó a poner objeciones, aunque no estaba muy seguro de a qué, pero el carruaje Carstairs ya entraba al patio, con su conductor resguardado del frío con una gruesa cobija. Alastair sujetó a Thomas por la manga y bajaron los escalones; un momento después, estaban en el carruaje y este ya avanzaba por el resbaladizo patio helado.

De camino a la terrible fiesta de Navidad, Thomas se dijo a sí mismo que debería aprovechar el tiempo que pasara en el carruaje con Alastair. Aunque Alastair había estado raro toda la noche, con una especie de emoción reprimida hacia él, como si se planteara el contarle un secreto o no.

Por supuesto, no le contó nada; aun así, Thomas disfrutó de estar a solas con él. Y se dijo a sí mismo que estaba bien disfrutar de eso, siempre y cuando recordara que Alastair no sería una presencia constante en su vida. Que Alastair probablemente se fuera en cuanto naciera el bebé.

Intentó disfrutarlo en ese momento, pero tenía un nudo en el estómago por James y su familia, por Matthew, por todo lo que había pasado. El carruaje botó sobre un bache de la carretera, Thomas se reacomodó.

—Dejó de beber, sabes —informó

Alastair miró hacia la ventanilla. Pestañeó contra la luz invernal.

—Es un alcohólico —contestó—. Siempre lo será, incluso aunque no vuelva a beber nunca.

Thomas soltó un ligero resoplido nasal.

—Si vas a decirle ese tipo de cosas a él...

—Mi padre dejó de beber una docena de veces —explicó Alastair—. Paraba semanas, meses, sin beber. Pero entonces pasaba algo, una decepción, un contratiempo menor, y empezaba otra vez. ¿Alguna vez deseaste algo que sabes que no puedes tener, pero de lo que no consigues apartarte? —preguntó, mirando a Thomas con una repentina franqueza—. ¿Algo que ocupa todos tus pensamientos, despierto y dormido, con recordatorios de lo mucho que lo deseas?

Thomas fue de nuevo consciente de estar a solas en el carruaje con Alastair. Recordó a Barbara riendo nerviosa porque besó a Oliver Hayward en su carruaje: el espacio tan pequeño compartido, el placer de portarse mal. Y se dio cuenta de que, muy probablemente, estaba rojo como un tomate.

—Matthew necesita que le digan que hay esperanza.

—Yo no dije que no la hubiera —replicó Alastair, tranquilo—. Solo que es un viaje difícil. Es mejor que lo sepa, para estar preparado. —Se frotó los ojos con un gesto que lo hizo parecer más joven—. Necesita un plan.

—Lo tiene —indicó Thomas y se lanzó a explicarle el plan de tratamiento de Christopher, sacando a Matthew del alcohol poco a poco, de forma medida y voluntaria. Alastair lo escuchó con expresión pensativa.

—Podría funcionar —admitió—, si Matthew sigue el plan. Aunque supongo que temes que no lo hará, dado que estamos persiguiéndolo con tal urgencia.

Poco diría Thomas ante eso, y además ya llegaban a casa de Matthew. Dejaron el carruaje, se dirigieron escalera arriba y allí Thomas usó su llave para entrar al departamento de Matthew, rogando al Ángel que Matthew aún no hiciera nada peligroso, autodestructivo o vergonzoso.

Le sorprendió encontrar a Matthew sentado en un sofá ante el fuego, con una mano en la cabeza de *Oscar*, las piernas cruzadas y leyendo una carta. Miró calmado a Thomas y Alastair irrumpiendo en su departamento.

—Thomas —dijo Matthew—. Veo que viniste a averiguar si me tiré o no directo por la botella de *brandy*. Y que trajiste a Alastair, notable en el manejo de borrachos.

—¿Y bien? —preguntó Thomas, sin molestarse en disimular—. ¿Bebiste?

Matthew miró a Alastair. Thomas intuía que Matthew vería la presencia de Alastair como una traición, y se preocupó por ello. Pero Matthew más bien parecía un general que por fin encontraba a su enemigo en el campo de batalla y descubre que ambos están de acuerdo en que todos esos años de derramamiento de sangre no merecían la pena.

—Solo lo que Christopher me asignó —respondió Matthew—. Supongo que tienes que creerme. O decidir si te parece que estoy borracho.

—Pero en realidad no se trata de parecer borracho, ¿no? —intervino Alastair, desabotonándose el abrigo—. Mi padre, al final, tenía que beber para parecer normal.

—Yo no soy tu padre —replicó Matthew, gélido.

—Eres mucho más joven. Llevas bebiendo mucho menos tiempo. Tus probabilidades son mucho mejores —afirmó Alastair, remangándose. Thomas no tuvo tiempo de considerar lo mucho que los antebrazos de Alastair parecían pertenecer a una estatua de Donatello, porque Alastair ya estaba cruzando la estancia hacia las estanterías donde Matthew guardaba las bebidas.

—Thomas dice que dejaste de beber —continuó Alastair—. Pero veo que aún tienes todo esto aquí. —Seleccionó una botella de *whisky* y la destapó pensativo.

—No lo he tocado desde que regresé de París —aseguró Matthew—, pero sigo teniendo visitas. Ustedes dos, por ejemplo, aunque no estoy seguro de que esto sea una visita y no una misión de rescate.

—Las visitas dan igual —replicó Alastair sin rodeos—. Tienes que deshacerte de esto. De todo. —Y sin previo aviso, se dirigió a la ventana y empezó a vaciar la botella hacia la calle—. Bebida gratis para los mundanos —añadió—. Te van a adorar.

Matthew puso los ojos en blanco.

—Sí, oí que los mundanos prefieren que les sirvan la bebida por encima de la cabeza desde un cuarto piso. ¿Qué crees que estás haciendo exactamente? Thomas, haz que pare.

Pero Alastair movía la cabeza.

—No puedes tener esto cerca todo el rato. Hará que cada momento sea una lucha, en la que podrías tomar un trago y tendrías que estar una y otra vez decidiendo que no.

—¿Crees que no tengo ningún tipo de autocontrol? —preguntó Matthew—. ¿Que no puedo aguantar una pequeña tentación?

—La aguantarás —respondió Alastair, sombrío—, hasta que llegue un día que caigas en ella. —Regresó a la estantería a agarrar otra botella. De vuelta en la ventana, volteó a mirar a Matthew—. Tener todo esto aquí es como pedirle a un adicto que viva en un fumadero de opio —dijo—. Nunca volverás a beber de vez en cuando. El alcohol siempre tendrá un significado para ti que no tiene para otra gente. Deshacerte de esto te lo hará más fácil. ¿Por qué no dejar que sea fácil?

Matthew dudó un momento, y Thomas, que lo conocía bien, supo leer la respuesta en su mirada: «Porque no merezco que las cosas sean fáciles, porque el sufrimiento es parte del castigo». Pero Matthew no diría eso delante de Alastair, y quizá fuera mejor así.

—Math. —Thomas se sentó en la silla que estaba frente a Matthew. *Oscar* golpeó el suelo con la cola—. Oye, entiendo que quisieras largarte de esa reunión de locos... con Charles diciendo esas cosas, yo...

—Creo que el Inquisidor está chantajeando a Charles —dijo Matthew.

Alastair, que tiró el *whisky* y comenzaba a tirar la ginebra, intercambió una mirada sorprendida con Thomas.

—A mí me pareció que Charles simplemente lo favorecía, como siempre —repuso Alastair—. No necesita motivos. Todos sabemos cómo es.

Matthew agitó el papel que leía.

—El Inquisidor está chantajeando a alguien. Ari encontró esto en la chimenea. Léela, Tom.

Thomas agarró la carta. Levantó la vista tras una rápida lectura y se encontró con la atenta mirada de Alastair.

—Bueno, sí —dijo Thomas—, el Inquisidor está chantajeando a alguien. Pero no pone que sea a Charles.

—Pensaba para quién estaría dirigida la carta —explicó Matthew—. Bueno, Anna, Ari y yo. La redacción nos deja pocas posibilidades: Augustus, Thoby... —Suspiró—. No quise pensar en Charles. Pero ahora estoy seguro. —Miró a Alastair—. Tendría que levantarme a la mitad de la reunión. Denunciarlo. Pero... es mi hermano.

—Está bien —dijo Thomas—. Si Bridgestock lo está chantajeando para que lo defienda, eso quiere decir que Charles no cree realmente lo que dice. Son Bridgestock y unos pocos camaradas los que intentan culpar a tío Will y tía Tessa. Denunciar a Charles no resolvería la raíz del problema.

Alastair, que permanecía en la ventana, titubeó.

—Pero...

Thomas lo miró.

—¿Qué?

—¿Debiera suponer —preguntó Alastair— que a Charles lo están chantajeando por... mí?

—No por ti específicamente —contestó Matthew, y Thomas vio que Alastair se relajaba ligeramente—. Pero sería, en general, porque le gustan los hombres y no las mujeres.

—Bridgestock es un idiota —afirmó Thomas, furioso—. Y Charles... ¿es que tanto se avergüenza? No puede creer de verdad que a tus padres les importe, o que el Enclave que lo conoce desde siempre, lo rechace.

—Piensa que arruinaría su carrera política —explicó Alastair—. Se supone que será el próximo Cónsul. No sé si lo sabían.

—Yo, personalmente, no —respondió Matthew, seco.

—Era su sueño —contó Alastair—, y supongo que es difícil renunciar al sueño de uno. —Thomas vio que Alastair hacía un esfuerzo por ser justo—. Piensa que sin su carrera, no tendría un objetivo. Cree que no puede ser un hombre de familia, ni tener hijos, que su único legado será como Cónsul. Teme perder eso. Creo que lo guía una mezcla de vergüenza y miedo. —Suspiró—. La verdad es que me gustaría creer que a Charles lo están chantajeando. Y no que se puso contra su propia familia para tener la aprobación de Bridgestock. Puede ser una rata insufrible, pero nunca lo he creído un monstruo.

—Yo creo que se puede razonar con él —dijo Matthew—. Por eso vine aquí. Para volver a leer la carta. Para estar seguro. —Suspiró—. Hablaré con él en cuanto pueda.

Alastair se cruzó de brazos.

—Si quieres, cuando lo hagas, vamos contigo.

Matthew miró a Thomas, sorprendido. Thomas asintió dando su aprobación: pues claro que irían con Matthew.

—Eso sería mejor —aceptó Matthew, haciendo frente a una clara reticencia—. No es probable que Charles me escuche a mí. Pero a ti, Alastair... Tú lo conoces de una forma que nosotros no.

—Fíjate —dijo Thomas, sintiéndose audaz—, ustedes dos pensando que no tienen nada en común, y aquí están: ambos son expertos en el mismo cretino pomposo.

Matthew rio en silencio. Alastair echó a Thomas una mirada irónica, pero a Thomas le hizo un poco de gracia.

461

Era una situación complicada, era evidente, y no creía que Charles reaccionara bien al enfrentarse a los tres. Pero si unía a Matthew y a Alastair, quizá otro milagro fuera posible.

James estaba solo en su habitación, y empezaba a anochecer. Las horas después de la reunión eran horribles. Will, Lucie, Tessa y él, todos reunidos en la salita delantera (Jesse se fue a su cuarto para darles privacidad), donde pasaron tantas tardes felices leyendo y charlando, o simplemente disfrutando en silencio de la mutua compañía. En ese momento estaban en silencio, también, con Lucie acurrucada al lado de Will, como cuando era pequeña, y Tessa mirando absorta al fuego. Will hizo lo posible por tranquilizarlos, pero apenas escondía la molestia y la incertidumbre. Y James... James estaba sentado, abriendo y cerrando las manos, deseando hacer algo por su familia, pero sin la más mínima idea de qué podría ser.

Finalmente, se disculpó y se fue a su habitación. Ansiaba desesperadamente estar solo. En realidad, quería desesperadamente estar con Cordelia. Ella tenía la sorprendente capacidad de aportar lógica e incluso humor a las situaciones más oscuras. Pero, sin duda, Cordelia regresaría a Cornwall Gardens. James no creía que se quedara hasta el final de la reunión. Suponía que no podía culparla, pero aun así...

«No sé qué voy a hacer respecto a James».

Sintió una brizna de esperanza tras oír la conversación con Matthew, pues al menos «no sé qué voy a hacer» no era «no lo amo en absoluto». Y, sin embargo..., Cordelia era una amiga leal. James realmente esperaba, tras el final de la horrible reunión, verla entre la gente; seguro que estaría allí como amiga, como colega, aunque no fuera como esposa.

Su ausencia fue como un impacto. Se preguntaba si sería el golpe de darse cuenta o el de aceptarlo. Aceptar que la perdió. Que se acabó.

462

Llamaron a la puerta. James iba de arriba a abajo; volteó y abrió. Para su sorpresa, Jesse estaba en la entrada.

—Vino un mensajero a dejar esto —dijo, tendiéndole un papel doblado—. Pensé que sería buena idea traértelo. Dios sabe que me gustaría ser un poco útil en esta pesadilla.

—Gracias —respondió James con voz ronca. Agarró el papel y lo desdobló, consciente de que Jesse lo miraba.

> James, tengo que verte inmediatamente en Curzon Street para algo muy urgente. Te espero allí. Cordelia.

Se quedó inmóvil. Las palabras parecían bailar por la página ante sus ojos. Leyó la nota otra vez; no podía ser verdad que dijera lo que decía.

—¿Es de Cordelia? —preguntó Jesse, alertado, sin duda, por la expresión de James.

James cerró la mano sobre la nota, haciendo una bola de papel.

—Sí —contestó—. Quiere verme en Curzon Street. Inmediatamente.

Esperaba que Jesse le dijera algo del toque de queda, o de que permaneciera en el Instituto con su hermana y sus padres, o sobre el peligro que acechaba en las oscuras calles de Londres.

Pero Jesse no dijo nada de esto.

—Bueno —asintió, y se hizo a un lado—, pues mejor vete, ¿no?

Lucie llamó varias veces a la puerta de Jesse, antes de que este le abriera. Cuando lo hizo, quedó claro que se quedó dormido vestido: estaba descalzo, con la camisa arrugada y el cabello hecho un desastre.

—Lucie. —Se apoyó cansado contra el marco de la puerta—. No es que no me alegre de verte. Pero supuse que tus padres te necesitarían esta tarde.

—Lo sé —repuso ella—. Y ya estuve un poco con ellos, pero...
—Se encogió de hombros—. Se fueron a la cama. Creo que tenían ganas de estar solos. No es que quisieran deshacerse de mí, pero tienen su pequeño mundo privado, y de vez en cuando se retiran a él. Supongo que es así con todas las parejas —añadió, encontrando este pensamiento bastante sorprendente—, incluso aunque sean muy mayores y tus propios padres.

Jesse rio con suavidad y movió la cabeza.

—No creí que nada me hicierae reír esta noche, pero tú tienes ese don.

Lucie cerró la puerta tras ella. La habitación estaba fría; una de las ventanas no estaba cerrada del todo. La cama de Jesse estaba cubierta de papeles, los papeles de Chiswick de su madre, y sus propias notas garabateadas sobre cómo descifrarlos.

—No puedo evitar sentir que esto es un poco culpa mía —dijo Jesse—. Como si les trajera mala suerte. Esta información sobre Belial fue desconocida para el Enclave durante mucho tiempo, y entonces, justo llego yo...

—Esos acontecimientos no están conectados —afirmó Lucie—. Tu madre no le contó a todo el mundo lo de mi abuelo demonio por culpa tuya, sino porque nos odia. Siempre nos odió. Y porque Belial decidió que era el momento de que se supiera —añadió—. Siempre dices que sigue las órdenes de Belial. No al revés.

—Lo que me pregunto —dijo Jesse— es: ¿qué saca él de que todo el mundo conozca el parentesco con tu madre? ¿Por qué ahora?

Lucie juntó las manos para calentárselas. Llevaba un sencillo vestido de té, y el frío que entraba por la ventana abierta la hacía temblar.

—Jesse —pidió—, quiero... me gustaría que me rodearas con los brazos.

Una luz brilló en los ojos verde oscuro del chico. Apartó la vista con rapidez.

—Sabes que no podemos —le recordó él—. Supongo... que si me pongo los guantes...

—No quiero que te pongas los guantes —replicó Lucie—. No quiero luchar contra lo que sucede cuando nos besamos. Esta vez no. Quiero seguir hasta donde me lleve.

Jesse parecía asombrado.

—Por supuesto que no. Lucie, podría ser peligroso...

—Me di cuenta de algo —explicó ella—. Belial siempre puso su atención en James. Lo empujó para que cayera en las sombras, lo obligó a ver cosas que él no quería ver y a sentir lo que no quería sentir. Durante todos estos años, yo estuve protegida contra Belial, porque mi hermano estaba en medio. —Dio un paso hacia él. Jesse no se apartó, aunque permaneció rígido, con las manos a ambos lados del cuerpo—. Ahora James no puede ver a Belial. Todo el esfuerzo con el espejo, el peligro que corrió... fue para ver un atisbo de las obras de mi abuelo. Si hay una posibilidad de que yo pueda ver ese atisbo, debo intentarlo. No puedo dejar que mi hermano cargue con todo el peso.

—Quiero decir que no —repuso Jesse, con voz ronca—, pero si lo hago... lo intentarás de otra forma, ¿no? Y ni siquiera estaré para protegerte.

—Deja que ambos nos protejamos el uno al otro —sugirió ella, y lo rodeó con los brazos. Él se tensó pero no la apartó. Ella le echó los brazos al cuello y lo miró. Miró el nuevo moretón de la mejilla, el cabello despeinado. Nunca lo tenía así cuando era un fantasma... Siempre iba perfectamente arreglado, ni un cabello fuera de lugar. Ni un rasguño en su piel pálida como el papel. Ella no se imaginó que sería mucho más atractivo estando vivo, como la diferencia entre una rosa viva y una hecha de porcelana o cristal.

El cuerpo de él era cálido al contacto. Lucie se puso de puntitas y le besó el moretón de la mejilla. Con suavidad, para que no le doliera, pero él emitió un sonido bajo y alzó los brazos para rodearla con ellos.

Y fue celestial. Él era cálido y olía a jabón y a Jesse. Lana, tinta, aire de invierno. Ella se acurrucó contra él, y le besó la mandíbula. Como experimento era delicioso, pero...

—No ha pasado nada —dijo ella, pasado un momento.

—Habla por ti —murmuró Jesse.

—En serio. No me siento como si me fuera a desmayar —explicó ella, y alzó la barbilla—. Quizá necesitemos tocarnos con más intensidad. Podría ser más que el simple contacto. Podría ser... el deseo. —Le puso la mano en la mejilla; los ojos de él se oscurecieron—. Bésame.

Pensó que él protestaría. No lo hizo. Cerró los ojos antes de besarla, y ella sintió cómo tomaba aire. Temió que pareciera algo distinto a un beso real, como un experimento o un examen. Pero los labios de él en los suyos borraron cualquier autoconciencia o pensamiento. Empezaba a tener práctica en besarla: sabía qué le gustaba, dónde era más sensible, dónde quedarse y dónde presionar. Ella separó los labios, acariciándole el cuello mientras la lengua de él se adentraba en la suya. No era solo su cuerpo, sino su mente y su alma, las que estaban perdidas en el beso, perdidas en Jesse.

Y entonces empezó a caer.

Se agarró a la sensación del cuerpo de Jesse contra el suyo como a un faro en una tormenta, algo que la anclara. La visión se le oscureció. Le pareció estar en dos partes a la vez: en el Instituto, besando a Jesse, y en algún lugar entre dos mundos, un lugar donde los puntos de luz daban vueltas a su alrededor, mezclándose como el color en una paleta.

Los puntos de luz se hicieron más nítidos. No eran estrellas, como pensó, sino granos de oscura arena dorada. Giraban, movidos por un viento invisible que casi escondía lo que había frente ella.

Muros altos. Torres que llegaban hasta el cielo, brillantes como el cristal. «¿Las torres de los demonios de Alacante?». ¿Veía Idris? Se alzaban grandes puertas forjadas de plata y hierro; estaban cubiertas con unas extrañas inscripciones, como Marcas hechas en una caligrafía desconocida.

Vio una mano, grande y blanca. No era la suya... era enorme, inhumana, como la mano de una estatua de mármol. Se posó contra las puertas y en la mente de Lucie aparecieron unas rudas palabras.

Kaal ssha ktar.

Un sonido afilado y desgarrador. Le pasaban imágenes por la cabeza: un búho con brillantes ojos naranjas; un sello, como el de Belial, pero con algo extrañamente diferente; la estatua de un ángel que sostenía una espada, de pie ante una serpiente moribunda.

El rostro de Belial, mirándola, la boca extendida en una sonrisa, los ojos del color de la sangre.

Con un jadeo, Lucie apartó la vista. La luz parpadeó y se apagó; estaba de vuelta en la habitación de Jesse; él la sujetaba, con una mirada de pánico.

—¡Lucie! —gritó él. Y Lucie notó los dedos de él tensos sobre sus brazos—. ¿Estás bien? ¿Pudiste ver...?

—¿Ver algo? —susurró ella—. Sí... sí pude... pero no sé, Jesse. No sé lo que significa.

23

UN SOLO CANTO

Así se pasaban sus muchas melodías los dos ruiseño-
res, borrachos de pasión. Aquellos que los oían, escuchaban con deleite, y tan similares ambas voces eran
que sonaban como un solo canto. Nacida del dolor y
del anhelo, su canción tenía el poder de romper la infelicidad del mundo.

NIZAMI GANJAVI, *Layla y Majnun*

Cordelia corría.

Nevaba, y el viento le lanzaba diminutos cristales de hielo contra
la piel. El carruaje de alquiler solo pudo llevarla hasta Picadilly porque la carretera estaba en obras, así que corría por Half Moon Street,
casi tropezándose con las faldas, pesadas a causa de la nieve húmeda
en la crinolina. Pero no importaba.

Corría y oía las palabras de Grace, fragmentos explosivos que
hicieron saltar su mundo por los aires como uno de los experimentos
de Christopher.

«Nunca me amó. No realmente. Era un hechizo, conjurado por el
brazalete. Siempre te amó a ti».

Cordelia iba sin sombrero, y de vez en cuando un pasador de topacio se le soltaba del cabello y caía a la banqueta, pero ella no se detenía a recogerlos. Esperaba que alguien las encontrara, las vendiera y se comprara un ganso para Navidad. Ella no se detendría.

«Belial me dio este don, su poder. Puedo convencer a cualquier hombre de hacer cualquier cosa que yo quiera. Pero con James no funcionó. Hubo que inventar el brazalete para mantenerlo controlado. Él y yo aún éramos amigos cuando se lo regalé. Recuerdo ponérselo en la muñeca y ver cómo la luz de los ojos se le apagaba. Nunca volvió a ser el mismo».

Cordelia se alegró de que Christopher se hallara allí también; de lo contrario, parecería como un sueño demasiado extraño para ser real.

Grace estuvo fríamente tranquila mientras relataba lo ocurrido, aunque miraba al suelo, sin querer enfrentarse a la mirada de Cordelia. En otras circunstancias, Cordelia se sentiría furiosa. Lo que Grace contaba era una terrible historia de crueldad y violación, pero Cordelia percibió que si Grace se permitiera mostrar lo que sentía, se vendría abajo, y Cordelia no podía arriesgarse a eso. Necesitaba saber lo que pasó.

Llegó a Curzon Street. Corrió sobre la banqueta helada hasta la esquina de la calle, hacia su casa. Christopher le dijo que James estaría allí. Tenía que creer que así sería.

—Él te amaba —le dijo Grace—. Ni el brazalete contuvo ese sentimiento. Mi madre hizo que nos mudáramos a Londres para estar más cerca de él y ejercer más poder sobre él, pero finalmente dejó de funcionar. Ni todo el poder del infierno extinguía ese amor.

—Pero ¿por qué no me lo contó? —susurró Cordelia.

Por primera vez, Grace la miró.

—Porque él no quiere tu compasión —contestó—. Créeme, lo entiendo. Entiendo todos los pensamientos desesperados, de fracaso. Son mi especialidad.

Y entonces Grace se esfumó. El olor de la Ciudad Silenciosa, el sentimiento de sorpresa casi mareante, todo eso desapareció, porque Cordelia llegó a casa, y en el interior, las luces estaban encendidas. Subió veloz los peldaños de la entrada, agradeciendo a Raziel sus runas de equilibrio, pues sus botas de tacón no le ayudaban en la carrera, llegó a la puerta y la encontró sin cerrar con llave.

Abrió. Entró, tiró el abrigo mojado al suelo y corrió hacia el interior de la casa, el comedor, el estudio, llamando a James. «¿Y si no estaba allí?», pensó Cordelia deteniéndose frente a la escalera. ¿Y si Christopher se equivocó?

—¿Daisy?

Miró hacia arriba. Y allí estaba James, bajando la escalera, con una expresión de sorpresa. Cordelia no dudó. Subió los escalones de dos en dos.

James también corrió.

Chocaron. Trastabillaron y cayeron rodando varios escalones hasta que James detuvo la caída. Y de alguna manera Cordelia estaba debajo de él, y sintió el corazón de James acelerarse, vio su expresión: desconcierto, esperanza y dolor. Él se levantó y le preguntó si estaba bien.

Ella lo agarró de las solapas del saco.

—James —dijo—. Quédate.

Él se quedó paralizado, mirándola con sus oscuros ojos dorados. Él se sostenía apoyado sobre los codos, pero seguía sintiendo el peso de su cuerpo contra el de ella.

—Te amo —dijo Cordelia. Nunca se lo había dicho y le pareció que, de alguna manera, ese no era momento de frases con florituras y fingimientos tímidos—. *Asheghetam*. Te amo. Te amo. Sin ti, no puedo respirar.

Una esperanza salvaje cruzó el rostro de él, seguida de una incredulidad precavida.

—Daisy, ¿qué...?

—Grace —contestó; lo sintió estremecerse y se agarró a él con fuerza. Tenía que mantenerlo cerca, hacer que no pudiera evadir la verdad—. Ella me lo confesó todo. El hechizo, el brazalete. James, ¿por qué no me lo contaste?

Tal y como ella temió, la Máscara le cubrió rápidamente la expresión. Aún la tenía sujeta, con los brazos bajo ella, acunándola, suavizando la dureza de los escalones. Pero estaba inmóvil.

—No soportaría tu compasión. Si hubieras sabido lo ocurrido, te hubieras sentido obligada a estar conmigo. Eres bondadosa, Cordelia. Pero no quería tu generosidad, no teniendo que sacrificar tus verdaderos sentimientos.

—¿Mis verdaderos sentimientos? —repitió ella—. ¿Cómo sabes cuáles son? Todo este tiempo, los escondí. —Fuera estaba oscuro, y las lámparas de la entrada estaban bajas; en la penumbra, los ángulos del rostro de James parecían más marcados. Por primera vez desde que regresó de la Ciudad Silenciosa, Cordelia temía que no fuera suficiente con decirle que lo amaba. Que aun así podría alejarse. Podría perderlo, a pesar de lo rápido que había corrido—. Llevo años escondiéndolos. Todos los años que te he amado. Me enamoré de ti cuando tuviste aquella fiebre, cuando ambos éramos niños, y nunca he dejado de amarte.

—Pero nunca me dijiste...

—Creía que estabas enamorado de Grace —repuso ella—. Era demasiado orgullosa para decirte que te amaba, porque creía que le habías entregado tu corazón a otra persona. Ambos fuimos demasiado orgullosos, James. ¿Temías que te compadeciera? —Su voz se alzó, incrédula—. Belial usó un encantamiento, una banda de plata y la magia más oscura, para atarte. La mayoría sucumbiría. Tú luchaste contra ello. Llevas todo este tiempo luchando una batalla silenciosa, completamente solo, sin que nadie lo supiera. Luchaste contra el brazalete y ganaste, lo partiste en dos, algo increíble. ¿Cómo podría compadecerme de eso?

Notaba el pecho de él subir y bajar, respirando acelerado.

—No rompí el encantamiento a sabiendas —explicó él—. Sí, luché contra él, sin saber que luchaba. Pero lo que partió el brazalete fue la fuerza de lo que sentía por ti. —James le agarró un mechón de cabello, y jugueteó con él entre los dedos, mientras la miraba maravillado—. De no ser por ti, mi Daisy, hace tiempo ya que pertenecería a Belial. Porque no hay en el mundo nadie, mi preciosa, enloquecedora y adorable esposa, a quien pudiera amar ni la mitad de lo que te amo a ti. Mi corazón late por ti —añadió—. Siempre y solo por ti.

Cordelia estalló en lágrimas. Era lágrimas de alivio, felicidad, alegría, incluso deseo. No haría nada mejor para convencerlo de la autenticidad de sus sentimientos.

—Daisy... Daisy —susurró él. Empezó a besarla, salvaje: la garganta desnuda, las lágrimas de las mejillas, la clavícula, y una y otra vez volvía a su boca. Ella se arqueó contra él, devolviéndole los besos con toda la intensidad que podía, como si el movimiento de sus labios contra los de él fueran palabras, como si le hablara con los besos.

Ella le quitó el saco: él llevaba la pistola en una funda en el costado, y se enganchó con ella, pero no le importó. Tiró de los botones de la camisa, rompiéndola, besándole la piel desnuda del cuello, saboreando la sal en su piel.

Cuando ella le lamió el cuello, el emitió un gemido.

—No tienes ni idea de cuánto te deseo —dijo—. Cada momento de nuestro matrimonio ha sido una bendición y una tortura. —Él le subió las faldas y le pasó las manos por las piernas, rozando con la punta de los dedos la seda de sus medias—. Lo que me hiciste... cuando viniste a pedirme ayuda para que te desabrochara el corsé, en nuestra noche de bodas...

—Pensé que te sentías incómodo —comentó, mientras le mordisqueaba la mandíbula—. Pensé que querías que me fuera.

—Y quería que te fueras —murmuró él contra su cuello, mientras le desabrochaba hábilmente los broches del vestido—. Pero solo porque mi autocontrol pendía de un hilo muy fino. Me imaginaba a mí mismo lanzándome sobre ti y que tú te horrorizabas de lo que quería hacerte...

—No me horrorizaría —le aseguró Cordelia, mirándolo con firmeza—. Quiero que me hagas cosas. Quiero hacerte cosas yo a ti.

Él emitió un ruido inarticulado, como si ella le disparara.

—Cordelia —gimió con voz ronca. Le agarró las caderas; se balanceó con ella y un momento después se puso de pie cargándola en brazos—. No te desposaré en la escalera —dijo—, y eso que Effie tiene la noche libre, y créeme, quiero hacerlo.

—¿Por qué no? —rio ella. No se imaginó que se podía sentirse tan feliz, tan ligera. Él la llevó escalera arriba. Cuando llegó a la puerta de su habitación, ella le echó los brazos al cuello; él forcejó un momento con la perilla, o estaba atascada o cerrada con llave, antes de murmurar algo que sonó como «que lo zurzan», sacar la pistola y dispararle a la cerradura.

La puerta se abrió. Cordelia gimió asombrada y entre risas mientras James cruzaba el umbral de su recámara, el de ambos, con ella en brazos, la dejaba en la cama y tiraba la pistola a un rincón de la habitación.

Él se tumbó en la cama también y se arrancó la ropa. Ella miraba fascinada como se desprendía de las botas, y luego de la camisa, recostándose sobre ella y besándola hambriento, lo que le permitió a ella acariciarle todo el cuerpo con las manos. Toda la piel desnuda, que era cálida y suave; recorrerle de arriba abajo la espalda y el pecho, lo que lo hacía rugir contra su boca y a ella le provocaba un sentimiento oscuro y cálido en la barriga.

—Por favor —dijo ella, sin saber realmente lo que pedía, pero James se incorporó hasta quedarse sentado, de forma que sus rodillas la apresaban, y la miró con unos ojos que parecían salvajemente dorados, como los de un tigre.

—¿Cuánto te gusta este vestido? —preguntó—. Porque puedo quitártelo despacio, o rápido...

—Rápido —dijo ella, y contuvo el aliento mientras él sujetaba el tejido del cuello del vestido y, con un rápido movimiento, lo rompía.

No se trataba de romper algo frágil, como un lazo: el vestido tenía una hechura recia, con el corsé, los botones y ganchos, pero James lo rasgó, abriéndolo como si la liberara de una crisálida. Cordelia jadeaba y se reía mientras él rompía la falda en dos mitades y tiraba todo el vestido a un lado, y luego la risa se desvaneció cuando él la miró y su expresión cambió por completo.

Ella sabía que estaba casi desnuda: llevaba una ligera camisola interior, que apenas le rozaba la parte de arriba de las piernas, y él veía a través de la fina tela. Ver la forma exacta de sus pechos, la curva precisa de sus caderas y muslos. Ella reprimió la urgencia de poner las manos para cubrirse de esa mirada. Porque él la miraba. Y parecía hambriento. Era la única expresión que a ella se le ocurría: parecía como si quisiera tomarla y devorarla.

Él se apoyaba sobre los brazos por encima de ella. Ella se acercó para rodearle los brazos, tanto como pudo, con los dedos. Sentía la tensión de los músculos, duros como una piedra. Él estaba refrenándose, Cordelia lo sabía. Esa era su noche de bodas, terriblemente retrasada y él quería lo que pasaba en los libros. Quería que ella se entregara a él, quería tomarla, y aunque ella no sabía exactamente qué quería decir aquello, también quería lo mismo. Le dolía todo el cuerpo de deseo por él, pero él se contenía.

—James. ¿Alguna vez has... con Grace? —preguntó ella, armándose de valor.

Por un momento él se quedó sorprendido; su rostro se ensombreció.

—No. Nos besamos. Nunca deseé ir más allá. Supongo que el brazalete me impedía pensar lo raro que era eso. Pensé que quizá el deseo no estaba en mi naturaleza. —Él le recorrió el cuerpo con la mirada, lo que hizo que a ella le cosquilleara la piel—. Qué equivocado estaba.

—Entonces, ¿esta es tu primera...?

—Nunca tuve nada con Grace —respondió, amable—. Nada fue real. Tú eres mi primera, Cordelia. Mi primera todo. —Cerró los ojos—. Podemos seguir hablando, si lo deseas, pero dímelo ya porque necesitaré ir a la otra habitación y echarme agua fría para al menos...

—Nada de hablar —contestó, y le echó los brazos al cuello. Tiró de él hacia sí, y sus cuerpos se tocaron, lo que la hizo temblar y retorcerse contra él. Él masculló una maldición y le agarró las caderas, deteniéndola mientras inclinaba la cabeza para explorarle el cuello con los labios y la lengua. De alguna forma, consiguió quitarse los pantalones sin usar las manos, y ella se dio cuenta de que lo tenía desnudo entre los brazos y que él le deslizaba los tirantes de la camisola por los hombros sin dejar de besarla, dejando sus pechos al descubierto. Y cuando también se los besó, ella ya no pudo controlarse. Emitió un sollozo y le rogó más, y él le dio más: besos más fuertes, sus manos por todo el cuerpo, tocándole donde ella esperaba que la tocara, y en algunos sitios que ni se imaginaba.

Y durante todo el rato él la miraba a la cara, como si se alimentara de su incrédulo disfrute, de su placer. Él se movía con urgencia, pero también con cuidado y amabilidad, como si le aterrorizara dañarla. Al final, fue ella la que le urgió a él, a que la besara con más fuerza, a que dejara de controlarse, hasta que...

—¿Estás lista? —le susurró él. Tenía la voz seca y ronca, como si se ahogara en su necesidad de ella, y ella se arqueó hacia él y le dijo que sí, que estaba lista, «sí, por favor».

Le dijeron, de forma difusa, que «algo» podía lastimarla, y que al principio habría un momento de dolor pasajero. Ella vio el miedo en el rostro de él y le rodeó el cuerpo con las piernas, rogándole que no parara. Le dijo cosas que más tarde la harían enrojecer, y él la acunó en los brazos y la besó mientras se movían juntos, y el breve dolor se volvía un placer que la hería más y más por dentro hasta que se vio agarrándose a los hombros de James, con manos

475

que buscaban desesperadas. Su voz empezó a alzarse más y más, mientras le suplicaba incoherentemente que se quedara con ella, hasta que todo desapareció de su cabeza en un caleidoscopio de fragmentos brillantes más perfectos que cualquier otra cosa que conociera.

—Pásame el jabón —pidió James, despreocupado, besando el hombro desnudo de Cordelia.

—No —respondió ella—. Estoy demasiado cómoda para moverme.

James rio, y Cordelia lo sintió por todo el cuerpo. Estaban juntos en la bañera: a pesar de lo inseguro que James estuvo sobre sus sentimientos, tuvo la precaución de instalar una bañera suficientemente grande para dos personas, bendito él. James se reclinó contra la pared de la bañera, con Cordelia recostada sobre su pecho. Él echó algo en el agua que olía a lavanda y hacía espuma, con la que ella se cubría feliz.

Él le pasó las manos, perezosamente, por el cabello mojado. Fuera, la nieve caía: copos blancos deliciosamente somnolientos golpeaban la ventana.

Cordelia pensó que nunca estuvo completamente desnuda con otra persona que no fuera su madre, y eso cuando era pequeña. Al principio, en la recámara, sintió un ligero rubor cuando se quedó sin la camisola, completamente desnuda frente a James. Pero la forma en la que él la miró, disipó toda vergüenza: la miraba como si nunca hubiera visto nada tan milagroso.

Y en este momento, ahí estaban, esposa y esposo al desnudo. Marido y mujer en la bañera, cubiertos de burbujas resbalosas. Cordelia recostó la cabeza en el hombro de James y se arqueó para besarle la barbilla.

—Todavía tenemos que hablar algunas cosas, ya sabes —dijo ella.

James se tensó por un momento, antes de tomar un puñado de espuma, que puso cuidadosamente sobre la cabeza de ella.

—¿Cómo qué?

—¿Qué pasó —preguntó ella— en la reunión, después de que yo me fuera con Christopher?

James suspiró y acercó a Cordelia hacia sí.

—Mis padres irán a Idris. Charlotte y Henry también, y mis tíos y tías. Y el tío Jem. Habrá un juicio con la Espada Mortal. Será triste, pero los absolverá.

—¿Se van todos? —Cordelia estaba asombrada—. ¿Y qué pasa con Thomas, Matthew y Christopher?

—Todos se reunirán mañana en el Instituto —contestó James—. Thomas y Anna ya son lo suficientemente mayores para quedarse solos, pero probablemente también vengan, ya que será más agradable si estamos todos juntos. Dejarán a alguien a cargo del Instituto durante los días que no estén... Me gustaría que fuera Thomas, pero probablemente sea alguien aburrido como Martin Wentworth.

—Bueno —repuso Cordelia—, si todo el mundo está bajo el mismo techo, te será más fácil contarles lo del brazalete. Estuvieron muy preocupados por ti, James. Será un alivio para ellos saber lo que pasó y que eres libre.

James se inclinó para abrir la llave y echar más agua caliente.

—Sé que debo contárselo —admitió—. Las mentiras que viví solo me causaron sufrimiento. Pero ¿qué pensarán?

—Les molestará que te hayan hecho eso —contestó Cordelia, estirándose para acariciarle la mejilla—. Y estarán orgullosos de tu fuerza.

Él movió la cabeza. Su cabello mojado era un remolino de elegantes ondas, las puntas, que empezaban a secarse, se le rizaban a la altura de las mejillas y de las sienes.

—Pero el hecho de contarlo, aunque sé que me aliviará cuando lo haga, contarlo... cuando hablo de lo que pasó, lo revivo. Toda esa violación.

—Esa es la parte más terrible —concordó Cordelia—. Puedo entenderlo un poco, pues lo sentí cuando Lilith me controló. El envenenamiento de la propia voluntad. La intrusión. Lo siento mucho, James. Estaba tan dispuesta a creer que amabas a otra persona, tan dispuesta a creer que nunca me amarías, que no vi ningún indicio de lo que pasaba.

Ella volteó a mirarlo. Fue algo raro hasta que encontró la posición adecuada, casi en su regazo, con las rodillas una a cada lado de él. Su cabello era como una capa mojada extendida por la espada, y no pudo evitar preguntarse si tenía espuma regada en la cara.

Si era así, James no se dio cuenta. Le acarició la línea del hombro desnudo con un dedo mojado, como si fuera lo más fascinante que jamás vio.

—No lo sabías, Daisy. El brazalete tenía sus propios poderes extraños; impedía ver sus consecuencias, no solo a mí, sino a los que me rodeaban. —El agua se agitó en la bañera cuando él se movió para agarrarle las caderas sumergidas. Ella se inclinó hacia él. Vio el deseo alzarse en sus ojos, como el primer destello de una hoguera, las ascuas empezando a prender. Ver que tenía ese efecto en él, la dejaba sin respiración.

—Pareces una diosa de las aguas, ¿sabes? —dijo, mientras dejaba que su mirada vagara por ella, perezosa y sensual como una caricia. Era sobrecogedor cómo admiraba, hasta adorar, su cuerpo. Ella admitió ante sí misma que sentía lo mismo al mirarlo a él. Nunca había visto a un hombre desnudo, solo estatuas griegas, y cuando miraba a James, comprendía la razón de ser de las estatuas. Era delgado, duro y con músculo, pero la piel cuando ella la tocaba era de una textura fina y suave como el mármol—. Quiero ser el único que te vea así.

—Bueno, no imagino que me vea alguien más —repuso Cordelia, pragmática—. No es que vaya a tomar baños en el Támesis.

James rio.

—Llevaba años amándote sin tener la capacidad de decirlo —le explicó—, así que tendrás que aguantarme diciendo en alto, por fin, cada pensamiento ridículo, posesivo, celoso o apasionado que tuve y me vi obligado a esconder, incluso de mí mismo. Va a llevarme un tiempo sacarlos todos.

—¿Una declaración de amor constante? ¡Qué espanto! —exclamó Cordelia, pasándole la punta de los dedos por el pecho—. Espero que haya alguna otra recompensa para mí, para que lo aguante. —Sonrió ante la mirada que le lanzó él—. ¿Vamos a la recámara?

—Demasiado lejos —contestó él, atrayéndola hacia sí, a su regazo—. Mira.

—Oh —exclamó Cordelia. No se dio cuenta de lo transportable que era el acto del amor, o lo fácil que les resultaba a los cuerpos mojados deslizarse el uno contra el otro. Esa noche se cayó un montón de agua al suelo, y una buena cantidad de jabón y burbujas. Cordelia pensó que Effie se quedaría horrorizada, y se dio cuenta de que no le importaba lo más mínimo.

Fue un placer para Cordelia levantarse a la mañana siguiente y descubrir el brazo de James apretándola fuerte contra él mientras dormían, algo que llevaba tanto tiempo deseando que le resultaba difícil creer que era real.

Se metió bajo el abrazo de James, para quedarse frente a él. El fuego de la chimenea se apagó hacía ya rato, y la habitación estaba helada, pero ellos construyeron juntos un espacio de calor, debajo de las cobijas.

James le acarició el cabello perezosamente, siguiendo los mechones por los hombros hasta la espalda desnuda.

—¿Cuánto tiempo podemos quedarnos así? —preguntó él—. Acabaríamos muriendo de hambre, supongo, y Effie encontraría nuestros cuerpos.

—Será un impacto para ella —dijo Cordelia, con solemnidad—. Ay, no podemos quedarnos aquí para siempre, y no por Effie. ¿No se supone que hoy nos reunimos todos en el Instituto?

—Cierto —dijo James, besándole el cuello—. Eso es.

—Y —añadió Cordelia— dijiste que estaría allí todo el mundo. Incluido Matthew.

—Sí —afirmó James, cauto. Le había tomado una mano entre las suyas y parecía inspeccionarla, trazando las líneas de su palma. Cordelia pensó en Matthew en el Ruelle Infierno y una ola de tristeza cayó sobre ella, una ola gris.

—Supongo que no vamos a ocultarle que... que...

—Bueno —repuso James—. Creo que podemos ahorrarle los detalles de la noche de ayer. Lo que me recuerda, ¿dónde tiré mi pistola?

—En ese rincón. —Cordelia sonrió—. Y habrá que llamar a un cerrajero para arreglar la puerta.

—Me encanta hablar de detalles domésticos contigo —repuso James, y le besó el interior de la muñeca, donde le latía el pulso—. Háblame de cerrajeros y repartidores a domicilio y cuéntame lo que le pasa al horno.

—Nada, que yo sepa. Pero sí que tenemos que hablar de Matthew.

—De acuerdo. —James suspiró y giró sobre sí hasta quedar boca arriba. Se puso un brazo detrás de la cabeza, lo que hizo que Cordelia deseara pasarle las manos por los músculos de los hombros y el pecho. Sospechó, sin embargo, que no les ayudaría a seguir hablando—. Estamos en una extraña posición, Daisy. No —añadió cuando vio la sonrisa de ella—, no me refiero a esta extraña posición. A menos que...

—No —dijo Cordelia con fingida severidad—. Dime qué es lo que te resulta raro.

—Que todo cambió entre nosotros ayer por la noche —explicó James—, creo que estamos de acuerdo en eso. Quizá solo se convirtió en lo que siempre debió ser, lo que en cierta manera siempre estuvo bajo la superficie. Pero cambió y, sin embargo, desde fuera puede parecer que no hay nada diferente. Ya estábamos casados, ya nos habíamos declarado el uno al otro ante el Enclave al completo. Pero ahora sabemos que lo que nos dijimos era cierto, y siempre lo será. Es algo raro de contar.

—Ah —Cordelia se apretó un almohadón contra el pecho—. Te entiendo, pero no es necesario que hagamos un gran anuncio con nuestros amigos, James. La historia de ese brazalete maldito es nuestra historia, y la verdad se desprende de ella. Es solo que la mayoría de nuestros amigos se alegrarán de conocer la verdad. Pero Matthew... no queremos herirlo.

—Daisy, cariño —dijo James. Volteó la cabeza para mirarla, con los ojos ámbar graves—, puede que no sea posible ahorrarle todo el dolor, aunque desde luego lo intentaremos. Tengo que decirte —añadió, incorporándose sobre un codo— que te oí. En la fiesta de Navidad. Cuando hablabas con Matthew en la sala de juegos.

Cordelia abrió los ojos de par en par.

—¿En serio?

—Iba a buscar una cosa para Anna cuando reconocí tu voz a través de la puerta. Todo lo que oí fue que no amabas a Matthew, y que no sabías qué hacer respecto a mí. Lo cual no me animó mucho, pero no era mi intención espiarlos, así que me fui rápidamente, sin escuchar nada más. Te lo juro —añadió, y Cordelia asintió. Ella misma escuchó algunas conversaciones sin querer: no podía erigirse en juez—. Me gustaría pensar que no dejaría que las cosas llegaran tan lejos, si no estuviera seguro de que Matthew sabía cuáles eran tus sentimientos. Que no albergaría ninguna esperanza.

—Tenía que decírselo —susurró Cordelia—, pero fue horrible. Herirlo así. Matthew no deja acercarse a mucha gente, pero cuando lo hace, es muy vulnerable. Tenemos que hacer que entienda que ninguno de nosotros va a abandonarlo, y que siempre lo querremos y estaremos ahí para él.

James dudó por un momento.

—En la escalera, me hablaste del orgullo. Tiene sus peligros, como ambos sabemos. Pero Matthew no querrá que lo compadezcan. Querrá que seamos directos y honestos, que no le tratemos como a un enfermo. Ya tuvo suficiente de eso. Haría cualquier cosa para ahorrarle a Matthew el dolor. Me cortaría las manos si sirviera de algo.

—Sería muy dramático, pero no serviría de nada —afirmó Cordelia.

—Ya me entiendes. —Se estiró para tocarle el cabello—. Le haremos ver lo importante que es para nosotros. Pero no debemos fingir ni mentir. Estamos casados, y así seguiremos, y enamorados, hasta que las estrellas caigan ardiendo del cielo.

—Eso es muy poético —comentó Cordelia—. El tipo de cosa que le diría Lord Byron Mandrake a la bella Cordelia.

—Creo que a ella le prometió una manada de sementales —dijo James—, algo que no está a mi alcance.

—Bueno, entonces, ¿de qué me sirves? —preguntó Cordelia en alto.

—¿Me estás retando, mi bella orgullosa? —preguntó y la arrastró debajo de él hasta que las risitas se convirtieron en besos y luego en jadeos, y ella se enroscó en él en las profundidades de esa cama que ya era de ambos. Que siempre sería de ambos.

Mientras se aproximaban al Instituto, Cordelia se preguntó: ¿alguien se daría cuenta de que las cosas cambiaron entre ella y James? ¿Había algo diferente en su apariencia? ¿O en la de James? ¿En la forma en que se miraban el uno al otro? Se tocó el dije del globo del cuello; no se lo quitaría nunca. Aparte de eso y su anillo familiar, su única joya era el amuleto que Christopher le dio, que ella se puso en el puño de la camisa, casi como una ocurrencia tardía.

Encontraron el Instituto en estado de caos. Los Lightwood: Gabriel, Cecily, Alexander, Sophie y Gideon, ya habían salido hacia

Idris. Thomas, Christopher, Ari y Anna andaban de un lado a otro, eligiendo habitación; a Cordelia le parecía que todas las habitaciones eran iguales, pero aun así la gente tenía preferencias. Bridget y los demás sirvientes estaban ocupados aprovisionando la despensa con comida extra y apresurándose a dejar listas las recámaras. Bridget cantaba una canción llamada, ominosamente, «La tumba ruidosa», por lo que Cordelia pensó que parecía de buen humor.

Encontraron a Will y a Tessa en la sala con Jesse y Lucie, que estaban ayudándolos a elegir y empaquetar las valiosas notas que Will escribió durante años sobre la administración del Instituto. Cordelia sintió una profunda tristeza porque Will y Tessa tuvieran que presentar pruebas de todo el bien que hicieron a lo largo de los años, todos los cazadores de sombras y los subterráneos a los que ayudaron, como si la verdad de los hechos no contara. Solo las acusaciones, el miedo y las mentiras.

—No es solo la Espada Mortal —decía Jesse con seriedad, mientras Will ojeaba un libro encuadernado en piel de actas de reuniones—. Si necesitas decir la verdad sobre mí, o sobre mi relación con mi madre, lo que sea de quién soy realmente... quiero que sepas que no pasa nada. Haz lo que debas hacer.

—Aunque —añadió Lucie—, sería mejor si no lo hicieras.

—Esperemos no tener que llegar a eso —contestó Will, amable—. Lo que me importa es que permanezcan a salvo en el Instituto mientras estamos fuera...

—Bueno, estaríamos mucho más seguros si él no estuviera a cargo —gruñó Lucie; levantó la vista cuando James y Cordelia entraron, los miró a ambos, y alzó las cejas—. James, ayúdame a que entren en razón.

—¿Sobre qué? —preguntó James.

Tessa suspiró.

—Sobre quién se quedará a cargo del Instituto mientras estemos fuera.

Fue el turno de James de alzar las cejas.

—¿Quién?

—Tienes que prometer —dijo Will— no ponerte a gritar cuando te lo diga.

—Ah —exclamó James—, casi lo mismo que me dijiste cuando el cachorro que me compraste a los nueve años resultó ser un licántropo, y hubo que devolverlo a su familia y pedir disculpas.

—Un error que tendría cualquiera —minimizó Jesse.

—Gracias, Jesse —dijo Will—. La cosa es... que va a ser Charles. Mantente fuerte, James.

—Pero está del lado de Bridgestock —protestó Cordelia—. Dijo cosas horribles en la reunión.

—Esto no pudo ser idea de Charlotte —dijo James.

—No. Necesitábamos poner a cargo a alguien que el Inquisidor aprobara —explicó Will, con un tinte inusual de amargura en la voz—. Alguien que él creyera que no iba a destruir las pruebas de las muchas veces que estuvimos con Belial tomando té y jugando al croquet.

—No me gusta la idea de que Charles tenga acceso a todo lo que hay aquí —protestó James—. Todos nuestros registros... No podemos considerarlo un aliado...

—Tampoco podemos considerarlo un enemigo —replicó Tessa—, solo alguien equivocado y necio.

—En cuanto a los registros —dijo Will—, los más importantes se vienen con nosotros a Idris.

—Aun así no me gusta —repuso James.

—No tienes obligación de que te guste —replicó Will—, solo de soportarlo. Si todo va bien, solo estaremos fuera un día o dos. Hablando de lo cual, Cordelia, si vas a tener que estar yendo y viniendo de Cornwall Gardens al Instituto, puedes usar nuestro carruaje...

—No —contestó Cordelia—, me quedo aquí con James.

Los ojos de Lucie se agrandaron. Claramente intentaba reprimir una expresión de alegría, pero se le notaba demasiado.

—¿En serio?

—Todos ustedes son también mi familia —explicó Cordelia, y sonrió a Lucie; esperaba que esta pudiera leer en su sonrisa las mil cosas que quería decirle—. No voy a dejarlos en un momento como este. Alastair está con mi madre, y si me necesitan allí, él me lo comunicará enseguida.

Cordelia estaba segura de que pronto tendría noticias de Alastair; después de todo, no fue a casa la noche anterior. Mandó un mensaje esa mañana diciendo que todo iba bien, pero aun así… Pasó una noche fuera sin avisar. Sospechaba que Alastair tendría algo que decir al respecto, y que no sería algo breve.

Tessa sonrió con recato. Will no no notó nada raro.

—Todo saldrá bien —dijo, con su habitual tono animado—. Ya verán.

James asintió, pero cuando miró a Cordelia, vio en su rostro la preocupación, y ella supo que él se sentía igual.

El hermano Zachariah no fue a ver a Grace en todo el día, y ella no pudo evitar preguntarse por qué hasta que el hermano Enoch se acercó a su celda con el cereal de avena. El hermano Zachariah estaba en Idris, le informó él, y no se sabía cuándo regresaría.

Grace se dio cuenta sorprendida de que sintió una punzada en el corazón al oír eso. El hermano Zachariah era, de lejos, el más amable de los Hermanos, y el único que intentó platicar con ella.

Aun así, esa no era la mayor sorpresa que le reservaba el día. Estaba sentada en el borde de su cama de hierro, con las notas de Christopher en la mano. Pero no fue capaz de concentrarse en ellas. Seguía viendo a Cordelia, la expresión de su rostro mientras ella se lo contaba todo. No supo cuál sería la reacción de Cordelia ante esa verdad. ¿Enojo, como James? ¿Desesperación fría, como Jesse? Quizá Cordelia se abalanzara furiosa sobre ella. Grace estaba preparada para aceptarlo.

Sabía que Cordelia se mostró incrédula y horrorizada. Que los ojos se le llenaron de lágrimas al oír ciertas cosas. «James nunca me amó. Mi madre lo usó. Él nunca lo supo».

Y, sin embargo, al final de todo, mientras Cordelia se ponía de pie y se apresuraba hacia la puerta de la celda, desesperada por ver a James, hizo el esfuerzo de detenerse, de parar por un momento. Para mirar a Grace.

—No puedo perdonar lo que hiciste —dijo—, pero no fue fácil decírmelo. Me alegra que lo hicieras.

«Hirió a James con la verdad», pensó Grace, y a Jesse quizá más. Pero Cordelia... se agarró al pensamiento de que al decirle la verdad a Cordelia, la ayudaba. Que quizá, después de aquello, Cordelia sería más feliz.

«James te ama —le dijo a Cordelia—. Te ama con una fuerza que no puede desdeñarse, ni romperse, ni despreciarse o considerar insignificante. Durante estos años, Belial luchó contra esa fuerza, y al final perdió. Y Belial es un poder que puede mover las estrellas».

«Darle buenas noticias a la gente era muy agradable», pensó Grace. Le gustaría mucho volver a experimentar esa sensación. En especial, le gustaría darle a Christopher buenas noticias sobre sus experimentos con los mensajes. Podía imaginarse su rostro iluminándose, los ojos chispeando detrás de los lentes...

—Gracie. —Una risita. Tan familiar que atravesó a Grace como una flecha de terror. Se le cayeron las notas de Christopher de las manos; volaron hasta el suelo—. Oh, mi querida Grace.

Grace volteó, despacio. La sangre del cuerpo parecía volvérsele sólida en las venas, apenas podía respirar. Allí, en la puerta de barrotes de su celda, se encontraba su madre.

Su cabellera perdió todo el color. Era blanca como un hueso y le colgaba sobre la cara a mechones como el cabello de un cadáver. El vestido estaba asqueroso, manchado de sangre en el hombro. Tenía sonrisa de tiburón, la boca como un tajo sangriento.

—Mi pequeña hija —dijo—. ¿Qué tal si entro?

Puso una mano en la puerta de la celda y esta se abrió; Grace retrocedió, encogiéndose contra la cabecera de la cama mientras Tatiana entraba en el pequeño espacio donde ella estuvo segura. Pero no había espacio seguro contra su madre, pensó Grace. Se lo había dicho a Zachariah. Él no le creyó.

Tatiana la miró.

—Es sorprendente —dijo— lo profundamente que me fallaste.

Grace sintió que los labios se le despegaban de los dientes.

—Bien —espetó, sorprendiéndose a sí misma; la palabra le salió de una forma salvaje—. Déjame en paz. Ya no te soy útil. Conocen mi poder. Ya no puedo ser tu herramienta.

—Oh, cállate —repuso Tatiana con calma, y se volteó para tronar los dedos—. Vamos, acércate —le dijo a alguien en el pasillo—. Más vale que nos demos prisa.

Para sorpresa de Grace, un Hermano Silencioso entró en la celda. No lo reconoció como a ninguno de los que había visto antes, ni siquiera entre el grupo que se reunía en la cámara de las Estrellas Parlantes. Era alto y huesudo, con runas como cicatrices, y la cara parecía tensársele contra los hilos que le cerraban la boca y los ojos. El fondo de su túnica blanca estaba manchado con lo que parecía hollín o ceniza.

«Ayúdame —pensó Grace—. Esta mujer es tu prisionera. Apártala de mí».

Pero si el Hermano Silencioso la oyó, no dio ninguna muestra de ello. Permaneció impasible mientras Tatiana daba un paso hacia su hija, y luego otro.

—Te di un gran regalo, Grace —dijo—. Te acogí cuando nadie más te quería. Y te di poder, un poder con el cual conseguirías cualquier cosa que quisieras. Fue uno de mis errores más lamentables, uno que pretendo rectificar.

Grace dio un paso atrás.

—Soy tu hija —dijo con la voz que pudo reunir—. Soy más que solo tu instrumento. Tengo mis propios sentimientos y pensamientos. Cosas que deseo hacer, que deseo ser.

Tatiana rio por lo bajo.

—Ay, la inocencia de la juventud. Sí, todos tenemos esos sentimientos en algún momento, querida. Y luego las verdades de la vida llegan y los aplastan bajo sus ruedas.

—¿Y por eso te aliaste con un Príncipe del Infierno? —preguntó Grace.

—Le debes a ese príncipe todo lo que tienes —masculló su madre—, el poder que desaprovechaste. Tu lugar en la sociedad londinense, que también desperdiciaste. Nunca mereciste los regalos que recibías —siguió Tatiana—. Nunca debí invertir tanto esfuerzo en ti.

—Ojalá no lo hubieras hecho —replicó Grace—. Ojalá me hubiera quedado sola. Habría crecido en un Instituto, y puede que mis guardianes no me hubieran querido, pero no me habrían hecho lo que tú me hiciste.

—¿Lo que yo te hice? —repitió Tatiana, asombrada—. ¿Darte oportunidades que nunca tendrías de otra manera? ¿La capacidad de tener lo que quisieras o a quien quisieras, con una simple orden? ¿Por qué no puedes ser más parecida a Jesse? Él es leal en su corazón. Reconociendo la conexión de esa bruja Herondale con nuestro benefactor, convirtiéndose en su confidente, guiándola para conseguir que lo resucitara...

—¿Eso es lo que crees? —Al parecer, después de tanto tiempo, su madre aún podía sorprenderla—. Dios mío. No entiendes a Jesse en absoluto.

—Escúchate. Nombrando a Dios —se burló Tatiana—. Dios no te sirve de nada, niña. El cielo no te va a ayudar. Y aprenderás el precio de rechazar el infierno.

Grace volteó a mirar al inmóvil Hermano Silencioso, que permanecía tras Tatiana. Su poder seguía allí, aunque parecía como si fueran años que no lo usaba. No quería usarlo en ese momento, pero ¿qué otra opción tenía?

—Te ordeno que sujetes a mi madre —dijo, y su voz resonó en los muros de la celda—. Te ordeno que la saques de aquí. Que la lleves de vuelta a su celda...

El Hermano Silencioso no se movió, y Tatiana rio a carcajadas.

—Grace, tonta. Tu poder solo tiene efecto en las mentes de los hombres, y este de aquí no es un hombre. Ni siquiera es un Hermano Silencioso.

«¿Ni siquiera un Hermano Silencioso? ¿Qué significa eso?»

—Y ahora desearías poder usarlo, ¿no? El don que rechazaste —siseó Tatiana—. Pero es demasiado tarde. Te mostraste indigna de él una y otra vez. —Volteó hacia el Hermano Silencioso que no era un Hermano Silencioso—. Quítaselo. Ahora.

Los ojos del Hermano Silencioso se abrieron. No como los ojos humanos: se rompieron para abrirse, dejando hilos colgando donde habían estado cosidos. De entre los párpados salía una luz terrible, una luz que ardía de un verde pálido como el ácido.

Fue hacia Grace. En silencio, rápido, casi en cuclillas, y un ruido estalló dentro de la cabeza de Grace. Era como la comunicación sin palabras de los Hermanos Silenciosos, pero apenas sonaba como un discurso humano; era un rugido afilado y escarpado, como si alguien estuviera rascándole el interior del cráneo con un tenedor.

Grace gritaba, una y otra vez. Se dio cuenta de que no podía dejar de gritar. Pero no acudió nadie.

24

EL FUEGO SE DESPEDAZA

El fuego se despedaza, todo cambió.
Ya no soy una niña, y lo que veo
no es un cuento de hadas, sino la vida, mi vida.

AMY LOWELL, *Un cuento de hadas*

Alastair se puso en contacto con Cordelia, y antes de lo que esta esperaba, a través del directo mecanismo de aparecer en el Instituto.

Will y Tessa se fueron a través del portal de la cripta, y el ánimo general estaba algo decaído cuando sonó el timbre de abajo. Lucie fue la que abrió la puerta; inmediatamente fue a buscar a Cordelia, que encontró a su hermano en la entrada, sacudiéndose la nieve de las botas. Llevaba un pequeño baúl de viaje y una expresión de fastidio.

—Se avecina una tormenta —dijo y, de hecho, Cordelia vio a través de la puerta abierta que el cielo se oscureció y que unas nubes de tormenta con aspecto de grandes bloques a punto de chocar rodaban por él—. Esta situación —añadió— es ridícula.

—No te diré que no —admitió Cordelia, mientras cerraba la puerta y miraba el baúl de Alastair—, pero ¿vienes a quedarte?

Él se detuvo mientras se quitaba el abrigo.

—*Maman* me dijo que dejara de rondar por la casa y me viniera aquí contigo. ¿Crees... que no me dejarán? —preguntó con una súbita duda—. Supongo que tendría que haber preguntado...

—Alastair, *joon* —dijo Cordelia—, si te quieres quedar, te quedas. Esto es el Instituto; no pueden correrte, y yo no se lo permitiría. Es solo que...

—¿Que nombraron a Charles director temporal del Instituto? —completó Alastair—. Lo sé. —Echó un vistazo alrededor, como para comprobar que nadie escuchara—. Por eso vine. No puedo dejar a Thomas solo cerca de Charles. No hay forma de saber lo desagradable que será Charles con él, y Thomas es demasiado bueno para... —Se detuvo e hizo una mueca—. No me mires así.

—Deberías hablar con Thomas...

—*Mikoshamet* —exclamó Alastair, poniendo una cara temible que aterrorizaría a Cordelia si aún tuviera siete años—. ¿Dónde está todo el mundo?

—Reuniéndose en la biblioteca —informó Cordelia—. James tiene algo que contarles. Ven... Te mostraré dónde están las habitaciones, y puedes unirte a nosotros cuando estés instalado.

—No te importa, ¿verdad? —preguntó Cordelia, con una mano en el hombro de James—, que Alastair esté aquí.

James estaba sentado en una silla presidiendo una de las largas mesas de la biblioteca. De momento se encontraban solos, los demás estaban de camino. Todos salvo Charles, por supuesto. Charles llegó justo después de la partida de Will y Tessa, no saludó a nadie, se dirigió directamente a la oficina de Will, y se encerró allí. En algún momento, Cordelia vio a Bridget llevarle un poco de té; hasta ella tenía una expresión molesta, como si no gustara esa tarea.

James puso la mano sobre la de ella.

—Es tu hermano. Tu familia. No puedo ni imaginar cómo debe de pensar que te trataba. Tiene que saberlo.

Matthew llegó el primero. Y si Cordelia se preguntó si los demás se darían cuenta de que algo cambió entre James y ella, supo inmediatamente que Matthew sí lo hizo. Dudaba que supiera exactamente el qué, claro, pero se sentó con una mirada cautelosa, y los hombros ligeramente encorvados, como esperando malas noticias.

«Tenemos que encontrar un momento para hablar con él a solas —pensó—. Tenemos que hacerlo».

Pero no sería antes de que James contara su historia; ya era demasiado tarde para que fuera de otra manera. Todos habían llegado: Anna y Ari, Jesse y Lucie (que miró a James muy preocupada, antes de sentarse a su derecha), Thomas y Christopher, y finalmente, Alastair, al que, claramente, Thomas no esperaba. Thomas se sentó con ruidoso apresuramiento, era demasiado grande para las sillas de la biblioteca y sus largas piernas sobresalían por todas partes, pero por lo demás se portó con normalidad. Alastair se sentó a su lado con estudiada indiferencia.

Cordelia intentó llamar la atención de Christopher al otro lado de la mesa. No estaba completamente segura de por qué convenció a Grace de que lo confesara todo, pero se sentía infinitamente agradecida por ello. Él le sonrió amablemente, como de costumbre, no de ninguna manera que indicara que sabía algo especial. Ella pensó que le daría las gracias en cuanto pudiera.

—Bueno, cuéntanos ya de qué va todo esto, James —dijo Matthew en cuanto todos estuvieron sentados—. Esto parece una de esas escenas de una novela de Wilkie Collins donde se lee el testamento y, de repente, las luces se apagan y alguien aparece muerto.

—Ay, me encantan esas novelas —exclamó Lucie—. No porque quiera que alguien aparezca muerto —añadió rápidamente—. James, ¿qué pasa? ¿Ocurrió algo?

James estaba muy pálido. Juntó las manos y entrelazó los dedos con fuerza.

—Sí, pasó algo —respondió—, aunque no fue hoy. Es algo que pasó hace mucho tiempo. Algo de lo que solo me di cuenta hace poco.

Y lo contó. Con un tono de voz monótono, lo contó todo: desde su primer encuentro con Grace en la mansión Blackthorn en Idris, hasta su llegada a Londres, la rotura del brazalete, el descubrimiento de que le alteraron la mente en contra de su voluntad. Su voz era calmada y tranquila, pero Cordelia percibía la rabia que subyacía, como un río subterráneo.

Los que ya conocían la historia, Cordelia, Christopher y Jesse, permanecieron impasibles, observando la reacción de los demás. Cordelia, en particular, miraba a Matthew. Pensó que esto cambiaría mucho las cosas para él. Quizá lo ayudara. Raziel sabía que ella esperaba que sí.

A medida que la historia avanzaba, James estaba más y más impasible, y más pálido. Lucie parecía mareada. Thomas empezó a balancearse en la silla violentamente hasta que Alastair puso una mano sobre la de él. Los ojos de Anna refulgían como fuego azul.

Cuando James acabó, hubo un largo silencio. Cordelia deseaba decir algo, romper ese silencio, pero sabía que no debía. James temió la respuesta de sus amigos, de su familia. Tenía que ser uno de ellos quien hablara primero.

Fue Lucie. Temblaba mientras James hablaba y estalló.

—Oh... Jamie... Siento tanto haber trabajado con ella, haber sido amable con ella...

—No pasa nada, Luce —repuso James, con amabilidad—. No lo sabías. Nadie lo sabía, ni siquiera Jesse.

Lucie parecía impresionada, como si la posibilidad de que Jesse lo supiera no le pasara por la cabeza. Volteó hacia él.

—La última vez que fuiste a la Ciudad Silenciosa —dijo—, regresaste molesto. ¿Te lo contó entonces?

Jesse asintió.

—Fue la primera vez que lo oí. —«Parecía tan pálido como cuando Belial lo poseía», pensó Cordelia. La luz calmada que solían despedir sus ojos desapareció—. Siempre he querido a Grace. Siempre la he cuidado. Es mi hermana pequeña. Pero cuando me lo contó... Me fui de la celda. No volví a hablar con ella desde entonces.

Christopher se aclaró la garganta.

—Lo que hizo Grace fue imperdonable. Pero debemos recordar que era una niña cuando se le encomendó esta tarea. Y le aterrorizaba lo que su madre le haría si no colaboraba.

—Eso no importa —replicó Thomas. Sus ojos avellana resplandecían con una furia inusual—. Si yo matara a alguien, y luego tratara de disculparme diciendo que tenía miedo, ¿no seguiría siendo igualmente un asesino?

—No se trata de un asesinato, Thomas...

—Es igual de malo —afirmó Matthew. Sostenía una de las licoreras que le dio Christopher, pero no estaba bebiendo. Pasaba los dedos por los grabados una y otra vez—. Tomó las partes de James que todos conocemos tan bien, su encantadora amabilidad, su confianza y su idealismo, y los volvió contra él como cuchillos. Como una maldición de las hadas.

James intentó atraer la mirada de Matthew, Cordelia lo vio, pero a pesar de lo horrorizado que Matthew parecía por lo narrado, no podía mirar a su *parabatai* a los ojos. Envolvía la modesta licorera con las manos como si se tratara de un talismán.

—Lo dejó sin opciones —dijo Ari. Ella también parecía asqueada—. Viví con ella en mi casa y nunca imaginé que tuviera algo así sobre su conciencia.

—Pero James tiene razón —repuso Christopher con amabilidad—. Al final todo salió bien. Como suele pasar.

—Porque él se resistió —masculló Matthew—. Porque amaba a Cordelia lo suficiente como para romper ese estúpido brazalete por la mitad. —Aparentemente sorprendido de su propio estallido, volteó hacia James—. Realmente la amas —añadió—, como dijiste.

—Matthew —exclamó Lucie, escandalizada.

Pero James se limitó a mirar a Matthew con una mirada tranquila.

—Sí —respondió—. Siempre la he amado.

—¿Y Grace? —preguntó Thomas con suavidad.

—La odio —contestó James. Christopher se estremeció; Jesse miró a otro lado—. Al menos... Al final ella vino a buscarme, cuando huía de su madre. Intentó seducirme una última vez. No sabía que el brazalete estaba roto. Fue extraña verla intentar ese juego, que debió de funcionarle tantas veces en el pasado. Fue como estar viéndome desde fuera, dándome cuenta de que, cada vez que había coincidido con ella en el pasado, yo no era dueño de mí. Que toda mi vida era una mentira, y ella era la culpable. Le dije que la despreciaba, que nunca la perdonaría, que no había nada que ella pudiera hacer para compensar esos crímenes. Ahora está en la Ciudad Silenciosa porque yo le pedí que se entregara. —Sonaba algo perplejo, como si le sorprendiera su propia capacidad para la rabia y la venganza—. Yo la mandé allí. —Miró a Jesse—. Tú ya lo sabías.

—Sí. —Jesse sonaba desesperado y cansado—. Me lo dijo. No te culpo en absoluto.

—Causó mucho daño —dijo Christopher— y era consciente. Se odia por ello. Creo que lo único que quiere es vivir en algún lugar lejano y no volver a molestar a nadie nunca más.

—El poder que tiene es demasiado peligroso para eso —remarcó Alastair—. Es como si poseyera una serpiente venenosa o un tigre salvaje.

—¿Y si los Hermanos Silenciosos le quitan ese poder? —preguntó Christopher—. Entonces no podría hacer daño.

—¿Por qué la defiendes, Kit? —preguntó Anna. No sonaba enojada, solo curiosa—. ¿Es porque, antes o después, regresará al Enclave y tendremos que aprender a convivir con ella? ¿O solo porque le gusta la ciencia?

—Supongo —contestó Christopher— que siempre he pensado que todo el mundo merece una segunda oportunidad. Solo tenemos una vida. No podemos conseguir otra. Debemos vivir con los errores que cometemos.

—Cierto —murmuró Alastair.

—Aun así —intervino Thomas— no podemos perdonarla. —Alastair se estremeció y Thomas añadió—: Lo que quiero decir es que no somos nosotros quienes podemos perdonarla. Solo James puede hacerlo.

—Yo sigo enojado... Muy enojado —explicó James—, pero me doy cuenta de que no quiero estarlo. Quiero mirar hacia delante, pero mi rabia me hace retroceder. Y —tomó aire— sé que en algún momento volveré al Enclave. No sé cómo voy a hacer para tratar con ella, cuando eso pase. Cómo voy a hacer para soportarla.

—No tendrás que hacerlo —dijo Jesse, brusco—. Hay dinero Blackthorn. Será para ella, ahora que mi madre está presa. Conseguiremos una casa para Grace, en algún lugar en el campo. Solo le pediré que no vuelva a acercarse ni a ti ni a los tuyos, nunca más.

—Pero no podemos abandonarla por completo —pidió Christopher—. Jesse... tú eres lo único por lo que vive. El único que fue amable con ella. No la dejes sola en la oscuridad.

—Kit —dijo Anna, con una especie de amor pesaroso—, tienes el corazón demasiado blando.

—No digo esto porque sea un inocente o un tonto —replicó Christopher—, sino porque veo más allá de tubos de ensayo o vasos de precipitación. Veo cómo el odio envenena a la persona que odia, no a la que es odiada. Si tratamos a Grace con la misericordia que ella no tuvo con James, y que nadie tuvo con ella, lo que hizo no tendrá poder sobre nosotros. —Miró a James—. Fuiste increíblemente fuerte —continuó— al soportar esto, completamente solo, durante tanto tiempo. Déjanos ayudarte a abandonar

496

la ira y la amargura. Porque si no lo hacemos, si nos consume la necesidad de devolverle a Grace lo que hizo, ¿qué nos diferencia de Tatiana?

—Maldito Kit —dijo Matthew—. ¿Cuándo te volviste tan perspicaz? Se suponía que solo eras bueno vertiendo los contenidos de un tubo de ensayo en otro y decir: «¡Eureka!»

—Normalmente, sí —reconoció Christopher. Estaban en la sala, pues Matthew tuvo una inexplicable aversión a la idea de retirarse a la sala de juegos después de la larga sesión en la biblioteca. Al final, no decidieron nada concreto, pero Thomas vio que James estaba mucho mejor que antes. Era capaz de sonreír con una ligereza que Thomas no le había visto desde su primer año de Academia. Todo el mundo le ofreció un apoyo inamovible para cualquiera que fuera su decisión y, por supuesto, mantener el secreto. James dijo que se lo contaría a su familia cuando volvieran de Idris; no tomó ninguna otra decisión, pero tampoco era necesario de momento. Ya habría tiempo.

—Y déjame decirte, James, que es adorable —dijo Ari, mientras todos se ponían de pie— verte así de feliz con Cordelia. Un verdadero caso del poder del amor verdadero.

James y Cordelia se sintieron levemente avergonzados, y complacidos, pero Matthew bajó la mirada hacia sus manos en la mesa, y Thomas intercambió una rápida mirada con Christopher. Mientras los demás en la biblioteca discutían qué se podía hacer para limpiar el nombre de los Herondale, y también cómo deshacerse la conexión de paladín de Cordelia, Matthew se escabulló de la sala, y Thomas y Christopher lo siguieron. Christopher sugirió jugar al *whist*, a lo que Matthew accedió, y Thomas propuso la sala de juegos, a lo que Matthew se negó.

Y para sorpresa mayúscula de Thomas, una vez se acomodaron en el salón y Matthew sacó una baraja de cartas, entró Alastair.

Llevaba un grueso volumen encuadernado en piel y, en vez de intentar unirse al juego, se sentó en un sofá y se sumergió en el libro. Thomas esperaba que Matthew pusiera mala cara o dijera algo hiriente, pero no hizo nada de eso.

De vez en cuando, mientras jugaban, Matthew sacaba la licorera que Christopher le dio y pasaba los dedos por los grabados; parecía una manía adquirida. Aun así, no bebía de ella.

Cuando Thomas y Matthew perdieron la mayor parte de su dinero con Christopher, como solía pasar, llamaron a la puerta y James asomó la cabeza.

—Matthew —dijo—, ¿puedo hablar contigo un momento?

Matthew dudó.

—Mala idea —murmuró Alastair para sí, sin quitar la mirada del libro.

Matthew echó una mirada a Alastair, y luego dejó sus cartas.

—Bueno, aquí ya perdí todo lo que podía perder —dijo—, supongo que es mejor ver qué más me queda por perder.

—Eso es un poco dramático —dijo Thomas, pero Matthew ya estaba de pie y seguía a James al pasillo.

Cordelia sabía que James se quedó exhausto tras explicar la historia del brazalete. Aun así, tuvo que aguantar las preguntas bien intencionadas pero difíciles que todos le hicieron a continuación: sobre sus propios sentimientos, en aquel momento y en ese; sobre lo que pasaría con Grace y Tatiana; si recordaba cosas que antes olvidó, pequeños detalles o incidentes. Y también las disculpas de todos, por supuesto, por no darse cuenta, aunque James explicó una y otra vez, con paciencia, que era parte de la magia del brazalete que la gente no sospechara nada. Como una especie de *glamour*, que hacía invisibles a los subterráneos o a los cazadores de sombras a ojos de los mundanos. Todos fueron hechizados, al menos un poco, dijo. Los afectó a todos.

Durante todo este proceso, Cordelia intentó vigilar a Matthew, pero este no tardó en irse de la biblioteca, seguido por Thomas y Christopher, y por Alastair, tras agarrar un libro de una estantería.

Cuando ya todos se dispersaron por el Instituto, aunque algunos de ellos, Lucie incluida, se quedaron junto a los ventanales de la librería para contemplar la tormenta, James se acercó a Cordelia y le sostuvo la mano.

—¿Dónde crees que está? —le preguntó, y no tuvo que explicar a quién se refería. Ella enroscó los dedos alrededor de los suyos, sintiéndose muy protectora, tanto de Matthew como de James. Si Matthew se enojaba, si se ponía en contra de James después de que este abriera su corazón y contado sus secretos, lo dañaría mucho. Pero Matthew, sabiendo que lo que creyó respecto a James, cuando estuvo en París con Cordelia, era mentira, sufriría igualmente.

—Christopher y Thomas querrán distraer a Matthew —dijo—, Matthew no querrá ir a la sala de juegos... Tengo una idea de dónde pudieron ir.

Resultó que estaba en lo cierto. Los cuatro chicos se reunieron en el salón; Cordelia esperó nerviosa en el pasillo con James hasta que Matthew salió a reunirse con ellos.

Apareció despeinado, cansado y dolorosamente sobrio. Como si el no beber lo dejara sin una armadura protectora. En ese momento, solo el orgullo podía protegerlo, el orgullo que lo mantuvo de pie fuera del Ruelle Infierno, limpiándose cuidadoso las manos con un pañuelo con iniciales bordadas como si no acabara de vomitar en una alcantarilla. El orgullo le mantenía la cabeza alta, la mirada firme, una mirada que paseó entre James y Cordelia antes de hablar.

—Está bien. Ya sé lo que van a decirme y no hace falta.

El dolor pasó como un rayo por la cara de James, una herida afilada y profunda.

—No, no está bien, Matthew —replicó Cordelia—. Nada de esto es como quisiéramos que fuera. Lo que hizo Tatiana... Los efectos del brazalete no solo cambiaron la vida de James. Cambiaron la mía. Cambiaron la tuya. Todos tomamos decisiones que no hubiéramos tomado de saber la verdad.

—Puede que eso sea cierto —repuso Matthew—, pero no cambia cómo estamos ahora.

—Sí lo cambia —replicó James—. Tú tenías todos los motivos para creer que yo no amaba a Cordelia. Era imposible que supieras lo que yo mismo no sabía.

—No importa —insistió Matthew, y su voz sonaba cortante como un cuchillo. Cordelia sintió frío en el pecho. Los estados de ánimo de Matthew eran volubles. Podía sentirse de una manera en un momento, y cambiar al siguiente; aun así, nunca se imaginó a un Matthew que pensara que nada importaba.

—Sí importa —lo contradijo ella, apasionada—. Te queremos. Sabemos que es un momento terrible para revelar estas cosas, para cualquiera de estas...

—Para. —Matthew alzó la mano. Temblaba ligeramente bajo la débil luz del pasillo—. James, mientras te escuchaba en la biblioteca, no pude evitar pensar que viví todo eso a tu lado. Sin sospechar nada y sin ser conciente de nada.

—Ya lo expliqué —insistió James—, el brazalete...

—Pero yo soy tu *parabatai* —exclamó Matthew, y Cordelia se dio cuenta de que la ira de su voz iba dirigida contra sí mismo—. Estaba tan metido en mi propia desgracia que nunca vi la verdad. Sabía que no tenía mucho sentido que tú amaras a Grace. Conozco tu corazón, tu sensibilidad. Ella no tenía nada que despertara tu afecto en un mundo sensato, y aun así lo dejé pasar, como si fuera un misterio del comportamiento humano. Los errores que cometí, los indicios que no supe ver...

—Math —exclamó James, desesperado—. Nada de esto es culpa tuya...

Pero Matthew sacudía la cabeza.

—¿No lo ves? —insistió—. Cordelia me dijo en la fiesta que te amaba. Y pensé, bueno, puedo estar decepcionado, puedo estar enojado, pero por poco tiempo. Me está permitido. Pero ahora... ¿cómo voy a estar de ninguna de esas maneras? No puedo sentirme decepcionado porque tú recuperaste tu vida y tu amor inquebrantable. No puedo estar enojado cuando no hiciste nada para merecerlo, no puedo estar enojado con nadie excepto conmigo.

Y con eso, regresó y entró de nuevo en el salón.

Christopher y Thomas fingieron jugar a las cartas hasta que Matthew regresó. Al menos Thomas lo fingía. No estaba muy seguro de lo que hacía Christopher; puede que inventara su propio juego sin decírselo a Thomas, y jugara tan contento con esas normas nuevas.

Alastair continuó, imperturbable, con la lectura de su libro, al menos hasta que Matthew regresó al salón. A Thomas le dio un vuelco el corazón: supuso que la conversación con James no iba muy bien. Matthew parecía febril: tenía las mejillas encendidas y los ojos brillantes.

—No quiero seguir jugando a las cartas —anunció—, voy a decirle a Charles que sé que lo están chantajeando.

Alastair dejó caer el libro con un golpe.

—Tenía la sensación de que harías algo así.

—Así que no viniste aquí a leer un libro sobre —Matthew miró la portada— la quema de brujos en el siglo XVI, ¿eh?

—No —contestó Alastair—. Lo elegí al azar. Una pena que haya tantos libros sobre cosas terribles.

—¿Por qué pensaste que intentaría hablar con mi hermano?

Alastair empezó a contar las razones con los dedos.

—Porque Charles está aquí, porque se encerró en el despacho principal, porque los demás adultos se fueron, y porque no puede huir ya que se supone que tiene que cuidar del Instituto.

—Bueno, pues estás completamente... en lo cierto —admitió Matthew, bastante resentido—. Dejaste claro por qué es un plan excelente.

—Math —intervino Thomas—. No estoy tan seguro de que sea...

—Mencioné solo los aspectos positivos —interrumpió Alastair—. También hay algunos negativos. Estamos todos atrapados en este edificio con Charles, y nos puede hacer la vida muy desagradable si tú lo molestas, cosa que harás.

Matthew miró a cada uno de los tres. Una mirada directa, y también muy sobria, en ambos sentidos de la palabra. No solo seria, Thomas y Christopher vieron serio a Matthew muchas veces, pero en esta ocasión había algo diferente en él. Como si supiera el riesgo que asumía; como si ya no creyera que las consecuencias eran algo que tenía que asumir otra gente: no él o sus amigos.

A Thomas le llevó unos instantes darse cuenta de que este Matthew, esta persona más reflexiva, era un Matthew diferente del que conoció en los últimos tres años. «¿Quién eras —pensó—, y en quién te convertiste ahora?»

—Mi hermano está sufriendo —dijo Matthew—, y cuando sufre, hace que los demás sufran también. Quiero decirle que lo sé, no solo para que deje de hacerlo, también para librarlo de parte del peso. En beneficio de todos.

Tras un momento, Alastair asintió.

—De acuerdo. No te lo impediré.

—Bueno, gracias a Dios, porque esperaba desesperadamente tu aprobación —replicó Matthew, pero no había una malicia real en sus palabras.

Al final, se decidió que Matthew iría, y Thomas lo acompañaría para evitar que la cosa acabara en una disputa familiar. Charles tenía que entender que era un asunto serio, que no era Matthew el único que lo sabía, y que no harían como que no pasaba nada.

Thomas siguió a Matthew escalera arriba, temiéndose la escena que estaba por venir. Sin llamar, Matthew abrió las puertas del despacho de Will, donde Charles estaba sumergido en una pila de libros de contabilidad, que estaban esparcidos sobre el escritorio.

Los miró de forma insulsa cuando entraron.

—Thomas —saludó Charles—, Matthew, ¿sucede algo?

—Charles —dijo Matthew, sin más preámbulos—, te están chantajeando para que apoyes a Bridgestock, y eso tiene que acabarse. No puedes temer tanto a Bridgestock como para estar dispuesto a vender a los que siempre se preocupan por ti. Ni tú puedes llegar a caer tan bajo.

Charles se reclinó despacio en la silla.

—Supongo que debo esperar este tipo de acusación absurda de ti, Matthew —dijo—, pero me sorprende que te convenciera a ti para apoyarlo, Thomas.

De pronto Thomas se sintió cansado. Harto de toda esa historia.

—Tiene pruebas, Charles —dijo.

Algo tembló en los ojos de Charles.

—¿Qué tipo de pruebas?

—Una carta que escribió Bridgestock —contestó Matthew.

—Como de costumbre —suspiró Charles—, te basas nada más que en conjeturas. ¿Puedo preguntar cómo encontraste tú semejante nota? Suponiendo que la tengas, y que sea del Inquisidor... lo cual es una acusación bastante grave, por cierto.

—Aquí la tengo —replicó Matthew, sacando la nota del bolsillo del saco y sosteniéndola en alto—. Respecto a cómo la conseguí, Ari la encontró. Por eso se fue de casa. La carta está claramente dirigida a ti. No hay absolutamente ninguna duda sobre qué trata.

Charles perdió el color del rostro.

—Entonces, ¿por qué no hablaste conmigo de esto antes?

—La carta no dejaba claro lo que él quería que hicieras —explicó Thomas—. Tras tu actuación de ayer en la reunión, lo supimos. Hablaste en contra de Will y Tessa, de tu propia familia, porque él te amenazó y tú tuviste demasiado miedo para negarte a hacerlo.

—¿Y qué creen que pueden hacer para arreglar eso? —preguntó, esbozando una desagradable sonrisa.

—Darte valor —respondió Matthew—. Así que Bridgestock planea decirle a todo el mundo que te gustan los hombres. ¿Y qué? Algunos lo entenderán; los que no, no merecen mucho la pena.

—No lo entiendes. —Charles apoyó la cabeza sobre las manos—. Si quiero prosperar en este mundo, si quiero alcanzar una posición de autoridad en la Clave... no puedo... —Dudó—. No puedo ser como tú, Matthew. Tú no tienes ambición, así que puedes ser quien quieras. Puedes bailar con quien desees, hombres, mujeres o lo que sea, en tus salones y tus clubes y tus orgías.

—¿Participas en orgías? —le preguntó Thomas a Matthew.

—Ya me gustaría —murmuró Matthew—. Charles, eres un estúpido, pero siempre fuiste un estúpido decente. No dejes esa decencia de lado por un maldito Maurice Bridgestock.

—¿Y cómo propones ayudarme exactamente? —preguntó Charles—. Si cambio mi opinión sobre los Herondale, lo único que haré será condenarme con ellos.

—Te avalaremos —propuso Thomas—. Testificaremos que te están chantajeando y que te coaccionaron para apoyar a Bridgestock.

—No hay forma de hacer eso —dijo Charles— sin revelar la carta de chantaje y su contenido. No entienden que no está amenazándome solo con decirle a la gente que me gustan los hombres, sino que amo... que amé a Alastair. También estoy protegiéndolo a él.

La puerta se abrió de golpe. Alastair entró, con los negros ojos relampagueando. Parecía furioso, y, en opinión de Thomas, también un poco glorioso. Orgulloso y fuerte como los reyes persas de antaño.

—Pues deja de hacerlo —dijo—, no necesito tu protección, no respecto a esto. Preferiría que todos supieran que dejaste que una docena de personas se vieran arrastradas por mentiras, solo porque temes a Bridgestock.

El rostro de Charles se descompuso.

—Ninguno de ustedes es capaz de entender lo que significa cargar con un secreto como este...

—Todos lo entendemos —repuso Thomas, enérgico—. Yo también. Soy como tú, idiota. Siempre lo he sido. Y Charles, tienes razón, no es tan fácil como lo es para Matthew, a quien nunca le preocupó lo que piensen los demás. A la mayoría sí nos preocupa. Y el secreto es cosa tuya, y es repugnante que Bridgestock lo haya usado así en tu contra. Pero ni Will, ni Tessa, ni nuestros padres, tienen que pagar ese precio por el crimen de Bridgestock.

—La Espada Mortal mostrará que dicen la verdad —dijo Charles, con la voz quebrada—. Entonces, todo esto habrá acabado.

—Charles —dijo Alastair—, ¿es que no sabes cómo funciona el chantaje? Nunca se acaba. Para Bridgestock nunca será suficiente. Usará tu secreto contra ti todo lo que pueda. ¿Crees que no va a querer otras cosas en el futuro? ¿Que no usará más su influencia? Te sangrará hasta dejarte seco.

Charles no dejaba de mirar a Alastair y a Matthew, con expresión angustiada. Thomas se ponía en su lugar: Charles era un cobarde, pero él sabía bien lo difícil que era ser valiente en una situación semejante.

—Si intentamos desenmascarar a Bridgestock —dijo Thomas—, ¿nos ayudarás? ¿Aunque no puedas revelar el... el contenido del chantaje?

Charles los miró desesperado.

—Depende de lo que hagan, y las consecuencias que tenga... —empezó.

Matthew sacudió la cabeza, agitando su cabellera.

—Charles eres un flojo y un alcornoque. Que quede claro que lo intenté. Lo intenté a pesar de lo poco que te lo mereces.

Con eso, salió de la habitación.

Charles miró a Alastair, como si no hubiera nadie más en la habitación. Nadie más en el mundo.

—Alastair, yo... Sabes que no puedo.

—Sí puedes, Charles —contestó Alastair, con voz cansada—. Y en el mundo hay gente como nosotros que no tienen lo que tienes tú. Una familia que no te abandonará nunca. Dinero. Seguridad. Hay gente que perdería la vida por confesar algo así. Todo lo que tú perderás es prestigio. Y sigues sin querer hacer lo correcto.

No parecía que quedara nada por decir. A Charles se le veía claramente abatido, pero seguía negando con la cabeza, como si esa negativa alejara la verdad. Alastair giró y salió. Tras un momento, Thomas lo siguió.

Se encontró solo en el pasillo con Alastair. Matthew ya se había ido. Alastair estaba apoyado contra la pared, respirando con dificultad.

—*Ahmag* —masculló, y Thomas estuvo bastante seguro de que significaba «idiota»; también estaba bastante seguro de que Alastair no se refería a él.

—Alastair —llamó, y quiso añadir algo vago y amable, algo como que todo aquello no era culpa de él, pero este agarró a Thomas y lo atrajo hacia sí, abrazándose a su cuello. Tenía los ojos muy abiertos, negros, febriles.

—Necesito salir de aquí —dijo—. Ven conmigo a dar un paseo en el carruaje. Tengo que tomar el aire. —Apoyó su frente sobre la de Thomas—. Ven conmigo, por favor. Te necesito.

—Daisy, ¿invocaste un demonio? ¿Tú sola? —exclamó Lucie—. Qué idea tan emprendedora y valiente y... también malísima —añadió rápidamente, al ver la expresión de James—. Muy mala idea. Pero también emprendedora.

—Bueno, fue bastante interesante —repuso Cordelia. Estaba sentada en una mesa, mordisqueando la esquina de una galleta escocesa—. Pero no volvería a hacerlo. A menos que fuera necesario.

—No lo será —dijo James. Le echó a Cordelia una mirada de fingida severidad, pero ella le sonrió, y la parte severa de la mirada se derritió. Empezaron a lanzarse miraditas de reojo.

Lucie no podía evitar estar encantada. Era como si James siempre hubiera ido por la vida sin algo, como si le faltara una pequeña parte de su alma, y ahora la recuperara. No era totalmente feliz, claro; estar enamorado no significaba que uno no se diera cuenta del resto de las cosas que pasaban en el mundo. Lucie sabía que estaba preocupado por Matthew, que en ese momento estaba tumbado en uno de los asientos del ventanal, leyendo un libro y sin comer; también por sus padres; por Tatiana y Belial, y por lo que sucedía en Idris. «Pero en ese momento, al menos, —pensó ella— se enfrentaría a todo eso con su ser intacto».

Estaban todos reunidos en la biblioteca, donde Bridget les sirvió sándwiches, pasteles de caza, té y pastas, puesto que, como se quejó a voces, no tuvo tiempo para preparar una cena decente para tanta gente con tan poca antelación. (Además, agregó, la tormenta que se avecinaba la ponía nerviosa, y no se concentraba para cocinar).

Todo el mundo salvo Thomas y Alastair, que, según Matthew, se fueron inexplicablemente a hacer algún tipo de recado en un carruaje del Instituto, estaba reunido alrededor de la comida. Hasta Charles hizo una breve aparición, agarró un pastel de caza y salió a toda prisa, dejándolos en medio de una inevitable discusión sobre los planes de Belial.

—Ahora que sabemos toda la horrible historia del brazalete —dijo Anna, sentada con las piernas cruzadas sobre una mesa cercana a una estantería que contenía libros sobre demonios acuáticos—, seguro que esta apunta a los objetivos de Belial. Desde luego romperle el corazón a James y atormentarlo era parte del plan —añadió—. Sin embargo, no creo que fuera un objetivo en sí mismo. Más bien algo para entretenerse por el camino.

—Uff. —Cordelia se estremeció—. Bueno, claramente buscaba controlar a James. Siempre lo hacía... Deseaba que James se aliara con él. Que le ofreciera su cuerpo para poseerlo. Sin duda esperaba convencerlo por medio de Grace.

—Es una historia terrible —dijo Christopher, mientras tomaba un sándwich de pollo con la misma delicadeza con la que agarraría un recipiente de ácido—, pero también alentadora, en cierta forma. El brazalete era la voluntad de Belial puesta de manifiesto. Pero James superó la voluntad de Belial con la suya propia.

James frunció el ceño.

—No me siento preparado para una batalla de voluntades con Belial —afirmó—. Aunque me pregunto si mi entrenamiento con Jem es lo que me ayuda a resistirme a él.

Abajo, el patio destellaba en colores azul y escarlata mientras los rayos atravesaban las nubes. Y las propias nubes... Lucie nunca vio nada igual. Espesas pero de bordes dentados, como si las dibujaran en el cielo, cada vez más oscuro, con una navaja bañada en bronce de cañón fundido. A medida que se extendían y chocaban unas contra otras, Lucie sintió un escozor en la piel, como si la golpearan con docenas de ligas.

—¿Estás bien? —Era Jesse, con mirada interrogante. Estuvo en silencio desde la confesión de James. Lucie entendía por qué; aunque le dijo una y otra vez que nadie lo culparía, sabía que él no le creía del todo, no podía hacerlo.

—Me siento fatal —contestó Lucie—. James es mi hermano y, sin embargo, me alié con Grace, hasta tuve reuniones secretas con ella. No sabía lo que hizo, pero sí sabía que lo dañó. Sabía que le rompió el corazón. Pero pensaba que...

Jesse no dijo nada, solo se apoyó en la ventana, dejando que ella hablara.

—Supongo que pensaba que no era una pena real —prosiguió—. Que no la amaba de verdad. Siempre pensé que entraría en razón y se daría cuenta de que amaba a Daisy.

—Bueno, en cierta manera, así fue.

—No importa —dijo Lucie—. Puede que Grace no le haya roto el corazón en el sentido clásico, pero lo que hizo fue mucho peor. Y aun así... —Miró a Jesse—. Si no lo hubiera hecho, no sé si te habría recuperado.

—Créeme —repuso Jesse a media voz—. En lo que se refiere a mi hermana, yo también me siento dividido.

Otro trueno resonó, con tanta intensidad que hizo temblar todos los vidrios de las ventanas en sus marcos. El viento soplaba con fuerza alrededor del Instituto, aullando por la chimenea. Era de esas tardes en las que Lucie solía acurrucarse en la cama con un libro mientras la tormenta rugía fuera. Sin embargo, esta la hacía sentirse intranquila. Quizá era la naturaleza extemporánea de la tormenta, ¿desde cuándo la nieve iba acompañada de rayos y truenos?

La puerta de la biblioteca se abrió de repente. Era Charles, con el cabello rojo cayéndole alborotado de su habitual peinado con cera. Empujaba a alguien delante de sí, alguien que llevaba un vestido roto y mojado, y con el cabello del color de la leche.

Lucie vio que James se tensaba.

—Grace —dijo.

Todo el mundo se quedó inmóvil, salvo Christopher, que se puso de pie, con expresión dura.

—Charles, ¿qué demonios...?

La cara de Charles estaba contraída de furia.

—La encontré merodeando por la entrada del Santuario —informó—. Está claro que se escapó de la Ciudad Silenciosa.

«¿Lo sabía? —se preguntó Lucie.— ¿Sabía lo que Grace le hizo, que lo hechizó para que le propusiera matrimonio?». James dijo que estaba recuperando recuerdos de cosas que hizo Grace en el pasado; quizá a Charles le sucediera lo mismo. Parecía lo suficientemente molesto para que fuera posible.

Lucie siempre consideró a Grace una persona fría y serena, dura y brillante como un témpano. Pero en ese momento estaba encogida... tenía un aspecto horrible; el cabello le colgaba en mechones mojados, tenía arañazos en los brazos desnudos y temblaba violentamente.

—Suéltame, Charles... por favor, suéltame...

—¿Soltarte? —repitió Charles, incrédulo—. Eres una prisionera. Una criminal.

—Odio decir esto, pero Charles tiene razón —dijo Matthew, que dejó el libro. Él, también estaba de pie—. Debemos contactar con la Ciudad Silenciosa...

—Ya no existe —susurró Grace—. Ya nada existe.

Lucie no pudo evitar mirar a James. Cuando les contó la historia, resultó evidente que no esperaba encontrarse pronto a Grace, si es que alguna vez volvía a encontrársela; en ese momento, se quedó inmóvil en el sitio, mirándola como si fuera un sueño que se acabara de hacer real, y no un sueño agradable.

Fue Cordelia quien habló, tras poner una mano en el brazo de James.

—Grace, ¿qué quieres decir? ¿Qué es lo que no existe?

Grace temblaba tanto que los dientes le castañeteaban.

—La Ciudad Silenciosa. La tomaron...

—Deja de mentir —interrumpió Charles—. Mira...

—Charles, para —dijo Jesse, tajante, cruzando la habitación—. Suéltala —añadió, y Charles, para sorpresa de todos, obedeció, aunque con expresión reticente—. Gracie —dijo Jesse, cuidadoso, mientras se quitaba el saco. Se lo puso a Grace sobre los delgados hombros; Jesse no era corpulento, pero su saco parecía tragarse a su hermana—. ¿Cómo conseguiste salir de la Ciudad Silenciosa?

Grace no dijo nada, solo se arropó con el saco de Jesse y siguió temblando. Había una crudeza en sus ojos que asustó a Lucie. Había visto esa mirada antes, en los ojos de los fantasmas cuyos últimos recuerdos eran de algo espantoso, aterrador...

—Necesita runas —dijo Jesse—. Runas curativas, runas de calor. No sé cómo...

—Yo lo haré —se ofreció Christopher. Ari y Anna se levantaron para ayudarlo, y al cabo de un momento, Grace estaba sentada en una silla mientras Christopher le dibujaba las runas en el brazo izquierdo con la estela. No soltó el saco de Jesse, pero se lo sujetaba alrededor del cuerpo con una mano.

—Grace —dijo James. Le volvió un poco de color al rostro. Su voz era calmada—. Tienes que decirnos qué pasó. Por qué estás aquí.

—No me gusta decir esto —intervino Anna—, pero ¿no deberíamos atarla mientras la interrogamos? Tiene un poder muy peligroso.

Grace se apartó un mechón de cabello mojado de la cara.

—Ya no tengo poder —informó, con voz apagada—, me lo arrebataron.

—¿Y por qué deberíamos creerte? —preguntó Charles, frunciendo el ceño.

—Porque es verdad —respondió Christopher—. Te dijo que la soltaras, Charles. Y no lo hiciste.

—Tiene razón —intervino Matthew—. La vi usarlo antes. Charles se veía obligado a hacer cualquier cosa que ella le pidiera.

Charles se sorprendió. Lucie también lo estaba: ¿cuándo vio Matthew usar su poder a Grace? Pero no hubo tiempo para preguntar.

—Bueno, eso está bien, ¿no? —dijo Cordelia—. Ya se sabía que los Hermanos Silenciosos te lo quitarían.

—No fueron ellos —explicó Grace. Empezó a temblar violentamente—. Fue mi madre. La llevaron a la Ciudad Silenciosa. Les dije que me encontraría, y lo hizo...

Alzó las manos, como si se protegiera de algo, de algo terrible e invisible. Christopher la sujetó de las muñecas mientras el saco de

511

Jesse se caía al suelo. Para sorpresa de Lucie, el tacto del chico pareció calmar a Grace. Se inclinó hacia él, de una forma que pareció instintiva, inconsciente.

—Me arrancó el poder —dijo—. No con sus propias manos. La acompañaba una criatura, un tipo de demonio.

—Tonterías —exclamó Charles—. Tatiana está a buen recaudo en la Ciudad Silenciosa, y esto es un cuento que Grace se inventó para explicar por qué se escapó de la prisión.

—No me parecen tonterías —replicó Cordelia, brusca—. Si se hubiera escapado de la Ciudad Silenciosa, este sería el último sitio al que vendría.

—Solo hay una forma de estar seguros —dijo James—. Charles, tenemos que llegar a la Ciudad Silenciosa.

Hubo un largo silencio.

—De acuerdo —dijo Charles, finalmente—. Convocaré a la Primera Patrulla. Iremos a Highgate; veremos qué pasa. Si es que pasa algo —añadió con tono malicioso.

Salió, dando un portazo tras él. Jesse se acercó a Grace por el otro lado, opuesto a Christopher. Le puso la mano en el hombro a su hermana. Lucie vio que le costaba hacerlo, que le costaba tratarla como siempre. Pero Grace se relajó con el contacto; se frotó rápidamente la cara, y Lucie se dio cuenta de que lloraba.

—Grace —dijo Christopher—, no pasa nada. Aquí estás a salvo. Solo cuéntanos, despacio, lo que pasó.

—Se lo dije —comenzó con tono de sonsonete—, que mi madre me encontraría. Vino a mi celda. La acompañaba uno de ellos. Parecen Hermanos Silenciosos, pero no lo son. Tenía los ojos... abiertos. Le brillaban con una especie de luz horrible.

James se enderezó.

—¿Tenían los ojos iluminados? ¿Brillaban con un color?

—Verde —contestó Grace—. Un verde horrible. El Hermano Silencioso, él me puso las manos sobre la cara, y mi madre le dijo que me quitara mi poder, que me lo arrancara.

—¿Te dolió? —preguntó Jesse con amabilidad. Lucie notó el dolor en la voz del chico. Y el miedo. Una sensación de terror crecía en él, igual que en ella, sospechó Lucie. Igual que en todos.

Grace asintió.

—Ella se reía. Dijo que yo ya no importaba. Que yo ya no era nada. Un cascarón vacío. Me dio la espalda, así que... me eché a correr. Corrí por toda la Ciudad Silenciosa. Estaba llena de esas criaturas. —Fue alzando la voz y las palabras le salieron atropelladas—. Parecían Hermanos Silenciosos y Hermanas de Hierro, pero no lo eran. Tenían armas, y esos ojos horribles. Atacaban a los Hermanos verdaderos. Vi al hermano Enoch apuñalar a uno de ellos con una espada larga, pero la criatura no cayó al suelo. No murió. Tenía que morir. Hasta un Hermano Silencioso moriría por esa herida. No son inmortales. —Se apretó las manos, rojas por el frío, y Lucie no recordó lo glamurosa y elegante que le pareció Grace. El cabello opaco le caía en rizos mojados, y los pies... Lucie se dio cuenta de repente de que iba descalza, tenía los pies descalzos y sucios y llenos de sangre seca.

—Los Hermanos Silenciosos reales subían la escalera. El hermano Enoch me vio, y me llevó con ellos. Era como ser llevada por la marea. Me arrastraba con ella. Enoch intentaba protegerme. No hacía más que decir que tenía que decirle una cosa al Instituto...

—¿El qué? —preguntó James—. ¿Qué tenemos que saber?

Grace se encogió. Lucie se dio cuenta, de repente, de que Grace tenía miedo de James. ¿Porque se enojó con ella, porque la mandó a la prisión de la Ciudad de Hueso? Lucie sabía que él no le puso una mano encima. Recordó que una vez su padre le dijo: «Siempre querremos huir de aquellos a los que agraviamos». Quizá fuera eso. Quizá Grace llevara la culpa dentro de sí.

—Grace —dijo Ari. Habló amable pero con firmeza, como una aya a un niño pequeño—. ¿Qué te dijo el hermano Enoch?

—Dijo que mi madre debía encontrar la llave —susurró Grace—, y se la llevaría de la Ciudadela. —Tragó saliva—. Dijo que ellos vinieron del Camino de los Muertos. Luego me empujó por una puerta, y caí en la noche. Estaba sola. Estaba en Londres, y estaba sola en el cementerio.

—¿Y qué hay de los otros Hermanos Silenciosos? —preguntó Matthew—. Jem está en Idris, pero Enoch, Shadrach...

Grace negó con la cabeza.

—No lo sé. No pude regresar a la Ciudad, ni siquiera podía ver la puerta. Corrí hasta que encontré la carretera. Un carruaje paró y me preguntó si estaba bien. El cochero se apiadó de mí. Me trajo hasta aquí...

La interrumpió el sonido de la reja del Instituto abriéndose, un ruido seco y metálico. Lucie volteó hacia la ventana, mirando hacia fuera a través del panel medio helado.

—Es Charles —informó, aliviada, al ver a la figura de cabello rojizo cruzar a galope el portón—. Va con *Balios* hacia Highgate.

La reja se cerró tras él. El aire estaba lleno de pedazos volantes de pequeños escombros, arrastrados por el viento: ramas y hojas muertas, y trozos de viejos nidos de pájaros. Encima, las nubes se alzaban y rompían como las olas del mar.

—La llave —dijo Anna, con el ceño fruncido—. ¿Qué significa que Tatiana agarró la llave de la Ciudadela Irredenta?

—Mi madre buscaba una llave —explicó Jesse, sombrío—. Ella y Belial. Estaba en sus notas.

—¿Quizá una llave de las prisiones de la Ciudad Silenciosa? —sugirió Matthew—. Tatiana tuvo que liberarse de su propia celda. Y dejar entrar a estas... a estas cosas. Estos falsos Hermanos Silenciosos y Hermanas de Hierro.

—Sabemos, por lo que James vio en el espejo, que Belial intentaba poseer a alguien —les recordó Jesse—. Que estaba usando demonios quimera. Deben de haber poseído a los Hermanos Silenciosos, y estarán actuando bajo las órdenes de Belial...

514

—No se puede poseer a los Hermanos Silenciosos —dijo Cordelia—. Tienen las mismas protecciones que nosotros. Es más, las suyas son más fuertes.

Christopher habló sin soltar la muñeca de Grace.

—Parece como si lucharan entre ellos, ¿no, Grace? Como si algunos de ellos defendieran a la Ciudad y a ti.

Grace asintió.

—Enoch seguía siendo él mismo. Y los otros a los que reconocí. Los oscuros, los que brillaban... eran desconocidos. Nunca los había visto.

—¿De verdad? —preguntó James—. ¿También iban vestidos diferente? Intenta recordar, Grace. Es importante.

Lucie le echó una mirada seria: claramente James dio con algo, pero estaba ensimismado. Estaba en la red de sus propios pensamientos, resolviendo el problema que tenía ante él como si desenredara un ovillo.

Grace se miró los pies.

—Sí. Sus túnicas eran blancas, y no de color pergamino, y tenían runas diferentes.

—Túnicas blancas. —Lucie intercambió una mirada con James; sintió que se le calentaba la cara de la ansiedad—. Sudarios de enterramiento.

—Las Tumbas de Hierro —exclamó James—. Así es como Belial lo hizo. La mayoría de los Hermanos Silenciosos están protegidos de la posesión, pero los de las tumbas, no. Sus almas abandonaron sus cuerpos, y esos cuerpos descansan bajo las llanuras volcánicas, cerca de la Ciudadela Irredenta. Son recipientes vacíos.

Anna maldijo notoriamente.

—Hay una llave para las tumbas —indicó Ari—. Vi dibujos de ella. Se guarda... oh, se guarda en la Ciudadela Irredenta... —Se cubrió la boca con la mano.

—Supongo que mi madre la robó —dijo Jesse, sin emoción—. Abriría las tumbas para Belial, para dejarlo entrar. Él llevaría allí a los demonios quimera. Y así poseería los cuerpos de las Hermanas de Hierro y los Hermanos Silenciosos que yacían allí, indefensos. Y una vez hecho eso, ya podían ir a la Ciudad Silenciosa y atacar.

—«Se despiertan» —susurró Cordelia—. «Se alzan», «están en camino». Todos esos mensajes, todos nos decían en qué paso de su plan estaba Belial. Pero no nos dimos cuenta.

—Nos timaron —dijo James, en voz baja—. Todo el asunto de Tatiana, su aparición en la fiesta de Navidad, lanzando esas acusaciones, incluso el secuestro de Alexander...

—Fue demasiado fácil atraparla —apuntó Cordelia—. Porque eso era precisamente lo que querían. Querían que la mandaran a la Ciudad Silenciosa para hacer... lo que quiera que sea esto.

—No sé si esto es lo que quiere, precisamente —dijo Jesse—. Todo esto es lo que Belial quiere. Él la utilizó, como un peón en una partida de ajedrez. Una pieza que movería dentro de la Ciudad Silenciosa, como un caballo de Troya, cargado con su maldad, su voluntad...

Sonó un trueno enorme. Sacudió el Instituto: cayeron varias lámparas, y la leña ardiendo tembló en la chimenea. Lucie se agarró al alfeizar mientras los otros sofocaban pequeños gritos... y vio, a través del cristal, que la valla del Instituto se abría.

Pero era demasiado pronto para que Charles regresara de Highgate. Se puso de puntitas para mirar hacia abajo.

Y se quedó helada.

Abajo en el patio se encontraba Tatiana Blackthorn, un espantapájaros mortal enfundado en un vestido manchado de sangre. El viento le agitaba la cabellera blanca alrededor de la cara. Tenía los brazos alzados, como si quisiera invocar los rayos.

Y no estaba sola. Rodeándola en semicírculo había justo lo que Grace describió: Hermanos Silenciosos con túnicas de un blanco helado, las capuchas hacia atrás, mostrando unos ojos que brillaban con un fuego verde ácido.

Tatiana echó la cabeza hacia atrás, y unos rayos negros crepitaron entre las nubes.

—¡Salgan! —gritó, con una voz que resonó como una enorme campana tañendo a través del Instituto, e hizo temblar las piedras de sus cimientos—. ¡Salgan, Lightwood! ¡Salgan, Carstairs! ¡Salgan, Fairchild! ¡Salgan, Herondale! ¡Salgan y enfréntense a su destino!

25

VEJADO DE TEMPESTAD

Oscuro, baldío y salvaje, expuesto a las severidades
de la Noche sin Estrellas, y las siempre amenazadoras tormentas
del rugiente Caos, en el firmamento inclemente;
salvo por el lado que, desde las murallas del Cielo,
aunque lejanas, se vislumbra algún pequeño reflejo
de un aire brillante menos vejado de la estruendosa tempestad.

JOHN MILTON, *El Paraíso Perdido*

—*Laanati* —musitó Alastair. «Maldición». Miraba por la ventanilla del carruaje, que era lo que hacía desde que salieron del patio. Thomas escuchó cómo él le decía a Davies, el cochero: «Sigue dando vueltas por las calles, no me importa mucho por dónde», y Davies lo tomó al pie de la letra. Thomas, que vivió en Londres toda la vida, no tenía ni idea de dónde estaban.

Al principio, hacía frío en el carruaje y ambos se cubrieron con unas cobijas que estaban dobladas en una pila. Luego, Thomas esperó expectante que Alastair iniciara una conversación, después de todo, ¿para qué querría su compañía si no tenía nada que decir?;

pero Alastair se limitó a recostarse en el asiento y maldecir de vez en cuando en persa.

—Mira —dijo Thomas finalmente, intentando que no se le notara mucho la decepción—, tenemos que regresar al Instituto. Los otros se preocuparán...

—Imagino que se preocuparán por si te secuestré —replicó Alastair.

Los truenos resonaban sobre ellos como látigos. El viento soplaba con tanta fuerza que se bamboleaba el carruaje. Hojas secas cafés y copos de nieve helada formaban pequeños tornados que arañaban el cristal de las ventanillas y se arrastraban por las calles desiertas. Incluso dentro del carruaje, el aire estaba cargado.

—¿Estas molesto por lo de Charles? —preguntó Thomas. Le preocupaba que la pregunta fuera demasiado directa, pero Alastair parecía más bien taciturno. No había nada que perder.

—En parte, sí —contestó Alastair. La luz que entraba por la ventanilla estaba teñida de rojo, como si ardiera fuego sobre ellos en las nubes tormentosas—. Cuando conocí a Charles, lo miraba y veía en él lo que deseaba ver. Alguien seguro de sí mismo, que tenía claro su camino, su futuro. Ahora me doy cuenta de que era una farsa. De que él se siente completamente impotente. Está tan abrumado por el miedo y la culpa que cree que no tiene opciones. —Apretó una mano en el regazo—. Y me temo que yo estoy haciendo lo mismo.

Thomas veía las hileras de casas al otro lado de la ventanilla, y los árboles sin hojas de Londres cargados de nieve. El viento era un débil aullido y los faroles flanqueaban las calles con un suave brillo ahumado.

—¿Estás diciendo que tienes miedo de lo que piense la gente si conocieran tus sentimientos por...?

—¿Por ti? —completó Alastair. Tenía la mirada ensombrecida—. No.

«Pues claro que no. Claro que no se refiere a ti».

519

—No —siguió Alastair—. Planteé mi mudanza a Teherán, a mí, a ti, a mi hermana, como la oportunidad de un nuevo comienzo. Eso decía mi padre cada vez que dejábamos un lugar en el que formábamos un hogar para irnos a otro sitio: «Un nuevo comienzo». —Su voz era amarga—. Nunca era verdad. Nos mudábamos para huir de los problemas que ocasionaba mi padre, sus deudas, su alcoholismo. Como si pudiéramos dejar todo eso atrás. Y yo... —Sus ojos estaba cargados de inquietud—. Nunca quise ser como él, me esforcé mucho por no ser como él. Y, sin embargo, aquí estoy, planeando huir. Hacer lo que hizo él. Porque tengo miedo.

Thomas se quitó la cobija del regazo. El carruaje se bamboleó bajo sus pies mientras se movía para sentarse en el banco de enfrente, junto a Alastair. Quiso poner su mano sobre la de Alastair, pero se contuvo.

—Nunca te he visto como alguien con miedo —dijo—, pero no hay por qué avergonzarse. ¿De qué tienes miedo?

—Del cambio, supongo —contestó Alastair, un poco desesperado. Fuera, las ramas de los árboles se movían cómo látigos movidas por el viento. Thomas oía como un rugido apagado, y supuso que serían truenos, aunque sonaban extrañamente amortiguados—. Sé que tengo que cambiar. Pero no sé cómo hacerlo. No hay un manual de instrucciones para ser mejor persona. Me da miedo quedarme en Londres y seguir dañando a la gente que ya herí...

—Pero cambiaste —repuso Thomas—, sin que nadie te enseñara cómo hacerlo. La persona que eras cuando estábamos en la escuela no vendría a toda prisa a ayudarme cuando me arrestaron. Para empezar, no me seguiría para asegurarse de que estuviera a salvo. La persona que solías ser no se preocuparía por Matthew. No leería libro tras libro de paladines para intentar ayudar a su hermana. —A Thomas le temblaban las manos. Sentía que era un riesgo terrible decirle todo eso a Alastair. Como si se estuviera quitando el traje de combate y quedándose desprotegido y vulnerable. Tragó saliva y dijo—: No sentiría lo que siento por ti si fueras la misma persona que el año pasado.

Alastair lo miró.

—Pensé que el año pasado te gustaba —dijo con voz ronca.

Thomas lo miró desconcertado. E, inesperadamente, Alastair sonrió.

—Te tomaba el pelo —dijo—. Thomas, tú...

Thomas lo besó. Agarró a Alastair por la solapa del abrigo y de pronto lo besaba, y sus bocas estaban frías y de repente ya no. Alastair se arqueó contra él, mientras el carruaje daba bandazos, y hundió los dedos en el cabello de Thomas. Lo atrajo hacia sí, con fuerza, y después con más fuerza.

Thomas sentía el pulso arderle en cada parte del cuerpo. Alastair presionaba la boca contra la suya y sus labios encontraban maneras de jugar y explorar, y tenían las bocas abiertas, con las lenguas deslizándose una contra otra, y el carruaje se sacudió con fuerza, tirándolos al suelo.

A ninguno le importó. Aterrizaron en la cobija que Thomas arrojó. Thomas tiró del abrigo de Alastair arrancándole los botones. Quería sentirlo, sentir su cuerpo, en vez de la lana que agarraba con las manos. Alastair estaba sobre él, y a su espalda, Thomas veía el cielo a través de las ventanillas. Dividido por la tormenta, las nubes lo dividían con un sangriento canal de fuego.

Thomas se deshizo de su abrigo. Alastair estaba inclinado sobre él, con los ojos negros como una noche sin estrellas. Abrió el cuello de la camisa de Thomas y le besó la piel desnuda. Encontró la hendidura de la clavícula y la lamió, haciendo que Thomas viera estrellas estallar bajo sus ojos cerrados.

Alastair le rasgó la camisa. Los botones saltaron, y luego le subió la camiseta, dejándole el pecho al descubierto.

—Mírate —exclamó Alastair, en voz baja—. Bello. Eres muy bello, Tom.

Thomas sintió que las lágrimas le ardían tras los ojos. Intentó decirse a sí mismo que no fuera ridículo, pero esa pequeña voz en el interior de su cabeza, la que se reía de él cuando divagaba, permanecía callada. Solo estaba Alastair, que le mordía, besaba y lamía hasta retorcerse y gritar de placer, hasta que le quitó la camisa a Alastair, y le pasó las manos por la piel desnuda, como seda tensada sobre músculo duro.

Rodó y se colocó sobre Alastair. Su piel desnuda en contacto con la de Alastair lo estaba volviendo loco. Quería más. Más Alastair. Su pecho desnudo era precioso, con antiguas cicatrices, los pezones erizados por el aire frío. Thomas inclinó la cabeza y le rodeó uno con la lengua.

Todo el cuerpo de Alastair se arqueó. Gimió, arañando la espalda de Thomas.

—Tom. Tom...

Con un fuerte bandazo, el carruaje chocó contra algo. Thomas oyó las ruedas chirriar y los caballos relinchar mientras la estructura entera se inclinaba hacia un lado. El ruido de un trueno, como el restallido de un látigo, sonó sobre sus cabezas al mismo tiempo que el carruaje se detenía.

Alastair se enderezó apresuradamente, abotonándose la camisa con rapidez.

—Maldita sea —exclamó—. ¿Qué fue eso?

—Debimos chocar con algo. —Thomas hizo lo que pudo para recomponerse la ropa, aunque la mitad de los botones estaban arrancados—. ¿Estás bien?

—Sí. —Alastair miró a Thomas, luego se inclinó sobre él y lo besó, con fuerza, en la boca. Un segundo después abrió la puerta del carruaje y bajó de un salto.

Thomas lo oyó pisar el suelo y ahogar un grito. «Había un olor amargo en el aire —pensó mientras seguía a Alastair—, como de carbón».

—Maldita sea —exclamó Alastair—, ¿qué es todo esto?

Un momento después, Thomas saltaba del carruaje tras él.

—Bueno —dijo Matthew mientras el aullido de Tatiana se desvanecía en el aire—. Creo que todos coincidiremos en que esa es una invitación que debemos rechazar. —Miró a los demás, que parecían todos asombrados, incluso Anna—. Al menos deberíamos esperar a que Charles regrese con la Primera Patrulla.

—Nunca pensé que te oiría decir que deberíamos esperar a Charles —dijo Anna, que sacaba un cuchillo serafín del cinturón.

—Tatiana está loca —repuso Matthew—. No hay forma de saber qué hará.

—Tirará las puertas abajo —respondió Jesse—. Esas cosas que la acompañan... son cazadores de sombras. Demonios en la piel de cazadores de sombras. Pueden entrar en el Instituto.

—Jesse tiene razón —apoyó Grace, que empezó a temblar de nuevo—. Mamá solo lo hace porque le divierte obligarlos a hacer lo que ella desea.

—Así que si no bajamos —repuso Cordelia—, ella y sus compañeros demonios entrarán por la fuerza.

—Entonces iremos todos —decidió James— y la mantendremos en la entrada. El Santuario está cerrado; no hay otra forma de entrar. —Volteó hacia los demás, que agarraban sus armas. La mayoría tenían un cuchillo serafín o dos; Ari tenía su *khanda*, Jesse la espada Blackthorn—. Creo que Jesse y yo deberíamos salir y enfrentarnos a ella en el patio. El resto permanezcan en la entrada, como defensa. Eviten que los falsos Hermanos Silenciosos intenten ir por detrás y consigan colarse dentro. Intentaré hacerla hablar, al menos mientras Charles y la Primera Patrulla regresan...

—Pero Jesse no está entrenado —dijo Matthew, abrochándose el cinturón de armas—. Déjame ir contigo. Llamó a un Fairchild, ¿no es así?

—A Jesse es menos probable que lo dañe —repuso James—. Es el único que la puede calmar.

—Yo debería enfrentarme a Tatiana —dijo Cordelia.

James volteó hacia ella. Tenía la cabeza alzada y lo miraba sin vacilar.

—Soy una paladina. Debería temerme. Debería temer a Lilith.

—Pero no lo sabrá a menos que empieces a luchar —protestó Lucie—. A menos que invoques a Lilith. Y dudo que invocarla vaya a mejorar la situación.

—Puede que haya un punto en el que no la pueda empeorar —replicó Cordelia, tranquila—. Prometo que... no levantaré un arma a menos que no haya otra opción. Pero quiero ir con ustedes.

James quería negarse, quería decir que Cordelia debía quedarse dentro, a salvo. Pero sabía que era el tipo de protección que Cordelia nunca aceptaría. Podía pedirle que se quedara dentro, y quizá ella aceptara para contentarlo, pero sería pedirle que fuera alguien que no era.

—¡Salgan! —gritó Tatiana, y Lucie sintió el chillido en los huesos—. ¡Salgan, Herondale! ¡Salgan, Carstairs! ¡Salgan, Lightwood! ¡No lo voy a repetir!

—Voy a salir —dijo Cordelia con firmeza, y ya no hubo forma de que James protestara; se dirigían todos a la planta baja, todos salvo Grace, que los vio irse, con el rostro vacío y triste, como si se agotara hasta su capacidad de sentir miedo.

Tatiana no se había movido de su sitio en el centro del patio. Mientras James salía por la puerta del Instituto, seguido de Cordelia y Jesse, la vio allí ante ellos, al pie de la escalera. Se enfrentaba al Instituto, sonriendo, rodeada de demonios y sombras.

En lo alto, el cielo era una masa hirviente de oscuras nubes grises, entreveradas de negro y escarlata. La luna solo era visible como una tenue lámpara parpadeante tras una escarcha de un blanco rojizo, que arrojaba una luz sanguinolenta sobre el patio del Instituto.

El cabello blanco de Tatiana se agitaba a su alrededor como humo. Era como si trajera la tormenta y la oscuridad con ella, como si cabalgara los rayos bifurcados que restallaban entre las nubes. A cada lado tenía tres Hermanos Silenciosos, con las túnicas blancas que Grace describió. Las runas que bordeaban los puños y solapas eran las de Quietud y Muerte; Grace no las reconoció, pero James sí. Cada uno portaba un báculo, como solían hacer los Hermanos Silenciosos, pero estos crepitaban con una energía oscura, y cada extremo de la madera formaba una punta afilada y peligrosa. Flanqueaban a Tatiana como soldados flanqueando a su general.

James sostenía la pistola con firmeza en la mano derecha. Cordelia estaba a su izquierda; Jesse a la derecha. Los otros estaban en la entrada, esperando con las armas en la mano.

—Tatiana Blackthorn —dijo James—, ¿qué quieres?

Sentía una calma extraña. Se enfrentó a Tatiana con anterioridad, cuando se rindió en casa de los Lightwood, pero allí mintió y fingió. Quizá pretendiera hacer lo mismo, pero en esta ocasión, James ya se lo esperaba. Tenía un sabor metálico en la boca, y una ira ardiente le recorría las venas. Llevaba tiempo furioso con Grace, y aún lo estaba, pero en realidad, era Tatiana la artífice de su desgracia. Grace solo fue la espada en su mano.

Tatiana lo miró con los ojos entrecerrados. Resultaba evidente que pensó que su aparición lo impresionaría, y la calma de James la sorprendía.

—Grace —siseó—. Mi hija traidora llegó aquí antes que yo, ¿no? Te contó que asalté la Ciudad Silenciosa, ¿verdad? Esa niña estúpida. Debí ordenar a mis Vigilantes que la mataran cuando tuvieron la oportunidad, pero... tengo el corazón demasiado blando.

Jesse emitió un sonido ronco. «Tatiana estaba completamente desquiciada», pensó. Estuvo amargada y en declive desde que la conocía, y entonces apareció Belial, como la araña de la canción infantil, y le ofreció poder. El poder de llevar a cabo la venganza con la que siempre soñó. Ya no era más que un caparazón hueco, sin ninguna humanidad, vaciado por el odio y la venganza.

—Quiero una cosa de cada uno de ustedes —dijo, alternando sin descanso la mirada entre los tres cazadores de sombras en la escalera—. Una cosa, o mis Vigilantes —Señaló a las figuras vestidas de blanco a ambos lados de ella— irán a por ustedes. —Volteó hacia Cordelia, con expresión desdeñosa—. De ti, quiero a *Cortana*. La espada de Wayland *el Herrero*.

—Por supuesto que no —repuso Cordelia. Mantenía la cabeza alta; miraba a Tatiana como si esta fuera un bicho clavado en un alfiler—. Soy la legítima portadora de *Cortana*. La espada me eligió a mí; no tienes derecho a ella.

Tatiana sonrió como si esperara, y hasta deseado, semejante respuesta. Volteó hacia Jesse.

—De ti, hijo mío —continuó—, deseo que dejes tu estratagema. Ya no necesitas fingir que eres un nefilim. Abandona a estos traidores. Únete a mí. Pronto habrá un Nuevo Londres, y nosotros lo gobernaremos. Resucitaremos a tu padre, y volveremos a ser una familia.

«¿Un nuevo Londres?» James volteó hacia Jesse, preocupado... pero este tenía una expresión pétrea. La espada Blackthorn brillaba en su mano alzada, sosteniéndola ante sí.

—Preferiría estar muerto que unirme a ti, madre —afirmó—, y puesto que ya estuve muerto, puedo decirlo con seguridad.

—Belial puede darte algo mucho peor que la muerte —murmuró Tatiana. Había una luz extraña en sus ojos, como si estuviera contemplando las delicias del infierno—. Lo reconsiderarás, niño.

Volteó hacia James.

—Y tú, James Herondale —dijo—, tú que te consideras un líder. Entrégate voluntariamente a Belial. Me dio su palabra, y yo te la doy a ti, de que perdonará a aquellos a los que amas, y los dejará vivir, si te rindes ante él por voluntad propia. Hasta dejará vivir a la chica

Carstairs; te la dará como regalo. Una vez te abandonó, pero no volverá a hacerlo. No tendrá más opción que seguir a tu lado.

James sintió que se le curvaban los labios.

—Dice mucho de ti que creas que eso puede tentarme —dijo, con dureza—. Que pienses que el amor es la capacidad de poseer a otra persona, de forzarla a estar contigo, incluso aunque te odie, aunque no pueda ni soportarte. Me ofreces lo que Grace tuvo de mí, no un alma gemela, sino un prisionero. —Negó con la cabeza, notando que Tatiana estaba enfurecida, lo que era bueno; después de todo, solo ganaban tiempo—. Belial no lo puede entender, y tú tampoco, Tatiana. Quiero a una Cordelia que pueda dejarme, porque así sé que si está conmigo, es porque quiere.

—Una distinción sin importancia —replicó Tatiana—. Hablas de una moralidad perteneciente a un mundo que se pierde en el pasado. Belial está por llegar; habrá un Nuevo Londres, y sus habitantes servirán a Belial o morirán.

—Belial te abandonará cuando dejes de serle útil —dijo James.

—No —exclamó Tatiana, con ojos resplandecientes—, porque yo le entregué a Belial un ejército, uno que no tendría sin mí. —Señaló a los Hermanos Silenciosos de ambos lados, y James vio, sorprendido, que su número aumentó: había, al menos, cinco más a cada lado de Tatiana. De alguna forma, las criaturas que Tatiana llamaba Vigilantes se colocaban en el patio sin que nadie lo notara. Tenían los ojos cosidos, pero en la oscuridad, James veía el brillo de una fea luz verde entre los párpados—. Tus propios Hermanos Silenciosos te abandonaron y se unieron a Belial.

—Eso es mentira —exclamó James, e intentó no mirar hacia el portón; Charles y la Primera Patrulla tenían que estar a punto de regresar—. ¿Deseas que te cuente lo que sabemos? Tú tramaste un plan para que te condenaran a prisión en la Ciudadela Irredenta y así robar la llave de las Tumbas de Hierro. Escapaste y se la diste a Belial. Abriste las tumbas para él. Él convocó un ejército de demonios quimera y ahora ellos poseen estos cuerpos, que una vez fueron

527

Hermanos Silenciosos y Hermanas de Hierro. Una vez en la Ciudad Silenciosa, los dejaste entrar, dejaste que la tomaran. Sabemos que los nuestros no actúan contra nosotros de forma voluntaria. Como siempre, tú y tu amo tienen que obligar a los demás a actuar para ustedes. Nadie les es leal, Tatiana. Solo conocen la coerción y la posesión, las amenazas y el control.

Por un instante, algo cambió en su expresión; ¿estaba enojada? ¿Sorprendida? James no lo descifraba. Pero el instante pasó y Tatiana forzó una sonrisa desagradable.

—Chico listo —dijo—. Averiguaste nuestro plan. Pero, vaya, no lo suficientemente pronto para pararlo. —Miró a la torre del Instituto, recortada sobre el cielo rojo sangre, que rugía y temblaba con tal fuerza que James casi esperaba que el suelo se abriera a sus pies—. Pronto caerá todo Londres. Yo ya dejé claro las tres cosas que quiero. ¿Siguen negándose a dármelas?

James, Cordelia y Jesse intercambiaron una mirada.

—Sí —respondió Cordelia—, seguimos negándonos.

Tatiana estaba encantada.

—Maravilloso —dijo—. Ahora tendrán la oportunidad de ver lo que son capaces de hacer los demonios en los cuerpos de los nefilim. —Volteó hacia los Vigilantes—. ¡Muéstrenles!

Los Vigilantes se movieron como un solo ser. Con sus báculos luminosos en la mano, empezaron a avanzar hacia la escalera del Instituto. James alzó la pistola y disparó a uno de ellos; este cayó, pero los otros siguieron su avance, mientras Jesse alzaba la espada y Cordelia corría para abrir la puerta de la entrada. Los cazadores de sombras del Instituto salieron, con los cuchillos serafín brillando en las manos.

La batalla había empezado.

El carruaje del Instituto se detuvo en el borde, con una rueda en la banqueta, y las otras tres aún en la carretera. Probablemente fue gracias a los caballos, aún en sus arneses, por lo que no llegó a estrellarse contra los árboles que flanqueaban la calle: desde luego no era gracias al cochero, que se bajó de su sitio y vagaba por la carretera ante ellos, como aturdido.

Alastair usó las manos como altavoz.

—¡Davies! —gritó en medio del aullante viento—. Davies, ¿qué sucede?

Davies no lo oyó. Siguió caminando, no en línea recta, sino en un zigzag mareante, yendo de un lado a otro de la calle. Thomas fue hacia él, preocupado de que lo arrollaran en el tráfico que circulaba en sentido contrario... y se dio cuenta al hacerlo de que no había tráfico en sentido contrario. Mientras Alastair y él se apresuraban calle abajo, Thomas vio otros carruajes abandonados: también había un autobús parado, y a través de las ventanillas podía ver a los mundanos yendo de un lado a otro, confusos.

Estaban en Gray's Inn Road, normalmente una vía concurrida. En ese momento había unos pocos peatones, y hasta los *pubs*, que debían estar abiertos, se veían oscuros y sin luz. El viento aullaba en la calle como en un túnel, y las nubes se agitaban y hervían como el caos en la base de una cascada.

Al llegar a la intersección con High Holborn, alcanzaron a Davies, que se dejó caer de rodillas en el suelo helado. Encontró un aro que algún niño perdió, y lo hacía girar adelante y atrás con expresión vacía y perpleja.

—¡Davies! —Thomas sacudió al cochero por el hombro—. Davies, por amor del Ángel...

—Algo pasa —dijo Alastair—. No solo con el pobre Davies. Mira...

Thomas miró. Había más mundanos saliendo a las calles, pero vagaban sin rumbo, sin objetivo. Todos tenían la misma expresión vacía. Un vendedor ambulante miraba vacuamente en la distancia mientras un caballo sin jinete y con las riendas caídas se comía la fruta de su carretilla. Un hombre enfundado en un abrigo se balanceaba en la banqueta como si intentara mantener el equilibrio en la cubierta de un barco. Una anciana envuelta tan solo por un fino vestido miraba el cielo de color rojo sangre. Lloraba a gritos e inconsolable, aunque ninguno de los paseantes parecía darse cuenta de su presencia. En la esquina de la calle, un joven golpeaba un farol, una y otra vez, mientras los guantes se le manchaban de sangre.

Thomas avanzó, sin estar seguro de qué hacer y al mismo tiempo sintiendo que debía hacer algo, pero la mano de Alastair en su hombro lo detuvo.

—Thomas —dijo Alastair. Tenía la cara gris, y la boca que Thomas besó hacía solo unos minutos, tensa de miedo—. Esto es cosa de Belial. Estoy seguro. Tenemos que regresar al Instituto ya.

«La batalla no iba bien», pensó Lucie sombría.

Al principio parecía que sí. Ella y los demás se agruparon en la entrada, tratando de escuchar a Tatiana mientras esta discutía con James; escuchándola y enfureciéndose cada vez más. Cuando Cordelia abrió la puerta, ellos salieron con un furioso deseo de luchar.

Lo primero que los golpeó fue el viento, que los empujaba con fuerza, y los rugidos distantes de los truenos como golpes de un enorme tambor. Lucie descendía la escalera cuando oyó el disparo de la pistola de James, el ruido casi perdido en el rugir del viento que sonaba como un tren sobre sus cabezas, aullando sobre el cielo de Londres.

Ante ella apareció algo blanco: un Vigilante, con el báculo crepitando de fuego. Con un grito, ella blandió el hacha para enterrarla en el abdomen de la criatura. Esta se desplomó, silenciosamente, sin siquiera una mirada de sorpresa.

La sangre que teñía su hacha cuando tiró de ella para soltarla era de un rojo tan oscuro que casi parecía negro.

Algo le silbó al lado de la cabeza: un *chalikar*. Matthew estaba lanzándolos veloz, y los afilados discos golpearon a dos Vigilantes seguidos, tirando al segundo escalones abajo. Jesse manejaba su espada con una habilidad admirable, y estuvo a punto de cortarle el brazo al Vigilante más alto. Anna clavó su cuchillo serafín en otro, dejándole una herida en el pecho cuyos bordes se cubrieron de fuego. El monstruo cayó de rodillas, con el pecho ardiendo y la cara sin expresión.

Fue Ari, que blandía su arma ensangrentada con expresión de horror, la que dio el grito de alarma.

—¡Se están poniendo de pie!

Y era verdad. El Vigilante al que James disparó estaba otra vez de pie y se dirigía de nuevo hacia el Instituto. Luego el siguiente Hermano Silencioso falso se levantó, quitándose los *chalikars* de Matthew del cuerpo como si se sacudiera las pulgas. Aunque tenían las túnicas blancas rotas y manchadas, las heridas dejaron de sangrar.

Tatiana reía. Lucie pudo oír el sonido de su risa aguda cuando se giró para buscar al Vigilante al que hirió. Estaba otra vez subiendo los escalones, y blandía su báculo hacia Christopher, que se agachó para evitarlo.

Cordelia, detrás de él, sujetó el báculo con las manos. Si quemaba, ella no lo notó, simplemente lo agarró y empujó, usando su propia fuerza para hacer retroceder a la criatura por los escalones.

Pero los otros Vigilantes heridos comenzaron a alzarse como una ola. Uno tras otro se ponía de nuevo de pie; uno tras otro volvía a atacar el Instituto y al pequeño grupo de cazadores de sombras que defendían su entrada.

Tras eso, la batalla se convirtió en una pesadilla. Tatiana bailaba una danza de júbilo extraña y convulsa, mientras, uno tras otro, hacían caer a los Vigilantes, y uno tras otro, los demonios se alzaban de nuevo. Las armas arrojadizas se abandonaron. No matarían a los Vigilantes y convertirían en armas que ellos usaran. Matthew y Christopher usaban cuchillos serafín, cuyo brillo ayudaba a iluminar el patio en medio de la densa niebla. James seguía sosteniendo la pistola, que dejaba a los Vigilantes fuera de juego durante más tiempo que una hoja, aunque tampoco los mataba. Nada parecía hacerlo. Y aún peor, se curaban: Jesse casi le cortó el brazo a uno, pero Lucie vio que el brazo se le recuperó y el Vigilante parecía ileso mientras luchaba con Matthew, con el báculo resplandeciendo cada vez que golpeaba el cuchillo serafín del chico.

Matthew resbaló una vez en los escalones helados. Recuperó el equilibrio y rodó para alejarse del golpe del báculo del Vigilante, pero Lucie sabía que su tiempo era limitado. Eran nefilim, pero eran humanos; acabarían cansándose. Hasta la sangre del Ángel tenía un determinado aguante ante enemigos imparables.

Estaban todos heridos. James tenía un desgarrón y una manga ensangrentada en el brazo que le hicieron; Ari un feo arañazo de un báculo que le golpeó el torso. Y Cordelia... Lucie estaba desesperadamente preocupada por Cordelia. La chica hacía lo que podía, usando los propios báculos de los Vigilantes para hacerlos retroceder. Por lo visto, eso no contaba como alzar un arma, ya que Lilith no había aparecido, pero tenía una quemadura importante en la mejilla, y solo sería cuestión de tiempo que...

—¡Cordelia Carstairs! —Tatiana dejó de bailar; tenía las manos bajo la barbilla, emocionada, como una niña pequeña en la mañana de Navidad—. ¿De verdad que esta es la gran portadora de *Cortana*? Mírate. Demasiado asustada incluso para usarla en una batalla, no sea que mi maestro te encuentre y se la lleve. —Volteó hacia los Vigilantes que tenía al lado—. Agárrenla. Conseguiremos esa espada.

Cordelia se quedó helada. Dos Vigilantes empezaron a subir los escalones, avanzando rápidamente hacia ella. Los momentos siguientes fueron un borrón. Lucie empezó a correr hacia Daisy y vio que James hacía lo mismo, alzando la pistola mientras se apresuraba escalones arriba, tratando de hacer blanco en los Vigilantes...

Pero Christopher llegó primero. Se puso entre Cordelia y los Vigilantes, con el cuchillo serafín brillando en la mano. Por un momento, el resplandor los iluminó a ambos como fuegos artificiales en una noche oscura: él y Cordelia rodeados por un halo de luz angelical. Christopher nunca tuvo más aspecto de guerrero...

Algo metálico relampagueó al abandonar la mano de Tatiana y voló por el aire. Christopher dio una sacudida, gritó y se cayó hacia atrás, aterrizando torpemente en los escalones.

—¡Christopher! —gritó Cordelia, y corrió hacia él, justo cuando James llegó a su altura, pistola en mano. Sonaron dos disparos, y luego otros dos; los Vigilantes que la atacaban salieron despedidos como muñecos de trapo, cabeza abajo por la escalera.

Anna avanzó a toda prisa entre la niebla, subiendo los escalones en zigzag hasta llegar al lado de Christopher.

—Estoy bien —lo oyó decirle Lucie, mientras Anna se inclinaba sobre él—. Solo es el hombro.

Y efectivamente, algo brillante y plateado se le clavó en la clavícula. Un cuchillo arrojadizo. Pero la batalla no se detuvo porque un guerrero estuviera herido; algo blanco se movió en el campo de visión de Lucie; esta se giró para evitar al Vigilante que se acercaba y lo atacó, haciendo que su sangre negra rojiza la salpicara. Mientras la criatura caía, Lucie vio, a través de la niebla y el humo del revólver, la espada de Jesse, que el joven clavaba en el hombro de un demonio. Ari, Matthew, James, Cordelia, todos seguían luchando, ya no solo para proteger el Instituto sino para apartar a los Vigilantes de Anna que seguía encogida sobre su hermano; le sacó la daga del hombro y aplicaba runas curativas en su brazo mientras él protestaba; Lucie no podía oírlo, pero sabía lo que estaba diciendo: que estaba bien, listo para seguir luchando. Que no había tiempo para estar herido.

El Vigilante que estaba a los pies de Lucie empezaba a revivir. Le clavó el hacha en la espalda, la sacó y corrió un par de metros; al menos no estaría cerca cuando se levantara de nuevo. Exhausta, bajó la vista. Se sentía como si se tragara un trozo de hielo. Estuvo antes en batallas, todos estuvieron, pero nunca en una en la que no vieran la forma de ganar, o de escapar al menos. Si Charles no regresaba pronto con la Primera Patrulla, y quizá aunque lo hiciera, no tendrían nada que hacer; no era capaz de vislumbrar una manera en la que pudieran sobrevivir. Quizá si huían hacia el Santuario y se encerraban allí... Pero una de aquellas criaturas consiguió entrar en el Santuario de Cornualles. Quizá no consiguieran más que quedarse atrapados en un rincón...

Algo frío tocó el brazo de Lucie. Se giró alzando el hacha... y la bajó sorprendida. Grace estaba frente a ella. Aún descalza y de nuevo envuelta en el saco de Jesse. Tenía la cara más delgada de lo que Lucie recordaba, y sus grandes ojos grises resplandecían.

—Lucie, quiero...

Lucie estaba demasiado exhausta para ser amable.

—Vuelve dentro, Grace. Aquí estás estorbando.

—Tienes que escucharme —dijo Grace, con una sombra de lo que fue su contundencia—. Tú puedes detener esto.

Lucie miró alrededor y se dio cuenta de que, de momento, estaban solas, o al menos suficientemente lejos para que los otros las oyeran. La pelea se concentraba al pie de la escalera, donde una especie de semicírculo de cazadores de sombras rodeaba a Christopher y a Anna.

—¿Qué? —preguntó—. Grace, si esto es una treta...

Grace negó con la cabeza violentamente.

—Los van a matar —dijo—. Lo vi desde la ventana. Mi madre no se detendrá hasta que estén todos muertos. Quizá salve a Jesse, pero... —Se mordió los labios con fuerza—. Quizá no. Y solo hay una persona a la que escuchará...

—¿Belial?

—No. Alguien a quien tú puedes llegar. Alguien a quien solo tú puedes llegar. —Grace se inclinó y le susurró algo al oído a Lucie, como si le contara un secreto. Y mientras la escuchaba, con el cuerpo helándosele, Lucie se dio cuenta, con una terrible sensación de desmayo, de que Grace tenía razón.

534

Sin decir una palabra, se apartó de esta y empezó a bajar la escalera. Era consciente de que Grace estaba a su espalda observándola; era consciente de la luz parpadeante de los cuchillos serafín danzando entre la niebla; era consciente de Anna ayudando a Christopher a ponerse de pie; era consciente del cabello llameante de Cordelia mientras esta derribaba a un Vigilante de una violenta patada en las piernas; era consciente de James y Matthew, luchando hombro con hombro.

Y aun así, a pesar de ser consciente de todo, empezó a buscar en su interior. Dentro del silencio y la oscuridad, a través del fino velo que era todo lo que la separaba del sombrío lugar entre la vida y la muerte.

En un mundo, estaba rodeada por la batalla, por la risa de Tatiana, por el brillo del fuego demoniaco que desprendían los báculos que blandían los Vigilantes. En el otro, la oscuridad se elevaba a su alrededor como si mirarse hacia arriba desde el fondo de un pozo. Cuando esta oscuridad se cerró sobre ella, empezó a flotar, rodeada de sombras por todas partes, una oscuridad iluminada por puntos intermitentes de luz.

Lucie no creía que la muerte tuviera ese aspecto para los muertos. Era un mundo traducido, interpretado por su mente de la única manera que podía darle sentido. Igualmente podría haber visualizado un gran océano, un recoveco escondido en un bosque verde, una amplia llanura sin rasgos destacables. Por la razón que fuera, eso era lo que veía Lucie. Un campo de estrellas infinito.

Llegó a ese campo, calmando su respiración y llamando en el silencio.

«¿Rupert Blackthorn?»

Sintió algo moverse, como un pez tirando del anzuelo.

«Rupert Blackthorn. Padre de Jesse. Esposo de Tatiana. —Se agarró con fuerza a la tenue conexión que sentía. La atrajo hacia sí—. Ven. Tu familia te necesita».

Nada. Y entonces, de pronto, la conexión estalló en movimiento, como una cuerda deslizándosele por las manos, tan rápido como para quemarle las manos. La sujetó con fuerza, a pesar del dolor ardiente. La sujetó mientras abría los ojos, obligándose a regresar al mundo del invernal Londres, el mundo de la batalla que rugía a su alrededor. Un mundo del que solo se fue unos segundos, y solo con la mente, no con el cuerpo; un mundo donde olía la sangre y la cordita en el aire, donde veía la sombra blanca de un Vigilante dirigiéndose hacia ella por la escalera.

Un mundo donde, justo delante de ella, en los escalones del Instituto, el fantasma de Rupert Blackthorn empezaba a tomar forma.

Ahí no había una sombra escondida, de las que pasaban sin verse. Eso era el espíritu de Rupert Blackthorn, medio translúcido, pero completamente reconocible. Mientras Lucie lo miraba, empezó a solidificarse: veía su rostro, muy parecido al de Jesse, su ropa anticuada y sus manos pálidas, a medio cerrar. Hasta pequeños detalles, como el par de botas desatadas, se volvieron tan claros como si los dibujaran en el aire con tinta reluciente.

El Vigilante que estaba acercándosele se detuvo en lo que parecía una confusión real, con la cabeza inclinada, como diciendo: «¿Qué es esto?». Los otros Vigilantes seguían luchando; Lucie podía oír los golpes de las armas, el sonido de las botas en el hielo, aunque no se atrevía a apartar la vista del fantasma de Rupert.

Este levantó la cabeza. Abrió la boca y habló, con la voz resonando por encima de la tormenta.

—¿Tatiana?

Tatiana volteó, alzó la mirada... y gritó. Estuvo observando sorprendida al Vigilante detenido, sin duda preguntándose el porqué de su pausa. Pero en ese momento, abrió desmesuradamente los ojos y la boca.

—¡Rupert! —soltó en un grito ahogado. Dio un paso hacia delante, como si quisiera apresurarse hacia el fantasma, pero las piernas le fallaron. Cayó de rodillas, con las manos entrelazadas; parecía una versión deformada de alguien rezando—. ¡Oh, Rupert! ¡Estás aquí! ¡Belial cumplió lo prometido! —Hizo un gesto alrededor, como señalándole los Vigilantes, la lucha, los cazadores de sombras armados—. Oh, contempla esto, amor mío —dijo—, pues es nuestra venganza.

—¿Venganza? —Rupert miraba a su esposa con un claro horror. «¿Porque estaba mucho más vieja —se preguntó Lucie—, o por las líneas de amargura, rabia y odio que le deformaban el rostro?»

Lucie no pudo más que mirar hacia Jesse, que estaba completamente quieto, con la espada Blackthorn bajada. Su expresión mientras miraba al fantasma de su padre... Lucie no pudo soportarla. Apartó la mirada. No podía ver a Grace, pero los otros seguían luchando, todos salvo Anna y Christopher, que se retiraron a un rincón más oscuro de la escalera. Mientras miraba, un Vigilante se acercó a Jesse, sin duda percibiendo su quietud; levantó su báculo llameante y lo blandió contra él. Jesse apenas consiguió bloquearlo, y el corazón de Lucie saltó de terror.

Quería ir hacia Jesse, quería correr hacía él, luchar a su lado. Era culpa suya que su tiempo de reacción fuera lento; probablemente estaba paralizado. Pero Lucie no podía moverse. Era todo lo que retenía a Rupert Blackthorn en este mundo. Sentía el vacío estrellado intentando llevárselo de regreso, intentando sacarlo de este mundo. Le costaba toda su voluntad retenerlo.

—¿Rupert? —La voz de Tatiana se alzó hasta ser un quejido—. ¿No te complace? ¿Belial no te contó nuestra gran victoria? Destruiremos a los nefilim; reinaremos sobre Londres, juntos...

—¿Belial? —preguntó Rupert. Se volvió menos translúcido; seguía sin tener color, una extraña figura monocroma, pero Lucie ya no veía a través de él, y la expresión de su rostro era fácilmente descifrable. Enojo mezclado con disgusto—. No volví a petición del Príncipe del Infierno. Lo que me sacó de mi lugar de descanso fue el llanto de un cazador de sombras en la batalla. Uno que necesitaba mi ayuda.

Los ojos de Tatiana se clavaron en Lucie. Estaban llenos de rabia y de un odio tan intenso que era casi imposible de comprender.

—Es imposible —dijo despectiva—. No puede ser que te trajera de vuelta una estúpida mocosa...

—Acaba con esto, Tati —masculló Rupert—. Corre a estas criaturas.

—Pero luchan para nosotros. —Tatiana se tambaleaba—. Están de nuestro lado. Belial nos prometió un gran futuro. Juró que te traerá de vuelta, Rupert, que volverás a estar a mi lado...

—¡Diles que paren antes de que maten a nuestro hijo! —rugió Rupert.

Tatiana dudó... y entonces alzó una mano.

—Alto —gritó, como si le arrancaran la palabra—. Sirvientes de Belial. Paren. Basta.

Todos juntos, igual que lucharon, los Vigilantes se detuvieron. Se quedaron como soldados congelados; parecían de hojalata, pero Lucie aún veía la espeluznante luz verde moverse tras los párpados.

Los nefilim, aún con las armas en la mano, paseaban su mirada de Lucie a Rupert, completamente asombrados. Anna tenía la espalda contra el barandal de la escalera, y a Christopher apoyado sobre el hombro. Los dos estaban pálidos. Grace estaba arrodillada en lo alto de los escalones, temblando, abrazándose a sí misma. A Lucie le parecía que miraba a Christopher, pero no estaba segura. Y Jesse... Jesse miraba a su padre y tenía los nudillos blancos por la fuerza con la que asía la empuñadura de la espada. Lucie no podía leer su expresión; tenía demasiada atención aún puesta en Rupert. Había algún tipo extraño de magia que tiraba de él, intentaba apartarlo de este mundo, apartarlo de ella.

—Querido —canturreó Tatiana y su voz resonó en la repentina quietud que siguió a la detención de la batalla—, ¿cómo es posible? Estuviste atado, atado mucho tiempo, atado a las sombras donde ni siquiera los otros muertos te veían. Belial prometió que siempre que te mantuviera allí, te traería de vuelta.

Jesse sacudía la cabeza con horror incrédulo.

—No —murmuró—, no, no puede ser.

«Atado a las sombras», pensó Lucie. ¿Qué le pasó a Rupert? ¿Qué tipo de atadura tenía, que no era la de los otros muertos? ¿Era esa atadura la que intentaba llevárselo de vuelta?

Pero Rupert no se preguntaba por aquellas palabras. Sacudía lentamente la cabeza. Tenía el cabello negro sobre los ojos, era el tipo de cabello fuerte y liso que parecía tener vida propia, igual que el de Jesse. A Lucie le dolió el alma. Rupert tenía casi la misma edad que Jesse cuando murió.

—¿Recuerdas cuando nos conocimos? —dijo Rupert, con la mirada fija en su mujer—. ¿En el baile de Navidad? Estabas encantada de que solo quisiera bailar contigo. De que desdeñara a todas las demás.

—Sí —susurró Tatiana. Tenía una expresión que Lucie no le vio nunca. Sincera, amorosa. Vulnerable.

—Pensé que tu entusiasmo se debía a que estabas sola y herida —siguió Rupert—, pero estaba equivocado. No entendí que en tu interior eras amarga y vengativa. Lo suficiente para enviar a un puñado de monstruos contra unos niños cazadores de sombras...

—Pero estos son los hijos de los que te dejaron morir, Rupert...

—¡Tu padre me asesinó! —gritó el fantasma, y Lucie tuvo la sensación de que el suelo temblaba con la fuerza de ese grito—. Los Herondale, los Lightwood, ellos no causaron mi muerte. Ellos la vengaron. Llegaron demasiado tarde para salvarme. ¡No pudieron hacer nada!

—No puedes creer eso —gimió Tatiana—. Llevo todos estos años trabajando para vengarte, para vengarnos... —Subió los escalones con los brazos extendidos, como si quisiera abrazar a Rupert. Dio solo un par de pasos cuando retrocedió, como si chocara con una pared invisible. Alzó las manos, arañando una barrera que Lucie no veía.

—Oh, déjame pasar —lloriqueó Tatiana—. Rupert, déjame tocarte. Déjame abrazarte...

La cara de Rupert se contrajo de disgusto.

—No.

—Pero tú me amas —insistió ella, alzando la voz—. Siempre me has amado. Estás unido a mí para siempre. Cuando me vaya, estaremos juntos para siempre. Debes entender...

—Quienquiera que fuera la mujer que amaba —replicó Rupert—, ya no existe. Parece que lleva años sin existir. Tatiana Blackthorn, renuncio a ti. Renuncio a cualquier sentimiento que tuviera por quien llevaba tu nombre. —La miró impasible—. No eres nada para mí.

Ante eso, Tatiana empezó a gritar. Fue un sonido sobrenatural, como un alarido del viento. Lucie oyó ruidos así antes: era el sonido de un fantasma que acababa de darse cuenta de que estaba muerto. Un grito de pérdida, de desesperación. De derrota.

Mientras gritaba y gritaba, los Vigilantes, uno por uno, bajaron sus báculos. Descendieron de la escalera, pasando junto a Tatiana como si esta fuera una estatua de sal sin vida. Con las túnicas blancas brillando, enfilaron por el patio, pasando bajo el portón del Instituto, uno tras otro, hasta que él último de ellos salió.

«Funcionó —pensó Lucie asombrada—, funcionó de verdad».

Y entonces se dio cuenta de que las piernas se le doblaron y estaba sentada en la escalera. El corazón le latía fuerte en los oídos, y rápido, demasiado rápido. Sabía que tenía que dejar ir a Rupert. El esfuerzo de mantenerlo en este mundo la destrozaba.

Y, sin embargo, si había una oportunidad de que Jesse hablara con su padre, aunque solo fuera una vez...

Los rayos cruzaban el cielo. Rupert volteó hacia Jesse, mirándolo. Empezó a extender la mano, como para llamarlo, urgirlo a acercarse.

Tatiana, viendo esto, dio otro terrible chillido y salió a toda velocidad del patio, desapareciendo por las puertas de hierro.

Para completo asombro de Lucie, una figura bajó disparada la escalera, cruzó el patio y salió como un rayo por la puerta tras Tatiana. Una figura con un vestido destrozado y con el cabello largo y blanco.

«Oh, no —pensó Lucie, tratando por ponerse de pie—. Grace, no... No puedes esperar luchar con ella».

Pero, al parecer, Cordelia tuvo el mismo pensamiento. Sin decir palabra, giró y se lanzó tras Grace y Tatiana, cruzando a toda prisa la puerta en su persecución.

26

EL DÍA DE LA CONTRICIÓN

Cuán desesperadamente bajo tierra
queda el día de la contrición.

A. E. HOUSEMAN, *Qué claro,*
qué encantadoramente brillante

Cordelia corría.

Corría por las calles llenas de hielo, bajo un cielo rojo manchado de negro y gris. El aire frío helaba sus pulmones, y oía el silbido de su propia respiración, el único sonido en el mudo laberinto de calles que rodeaba el Instituto.

Aunque sabía que no deberían estar mudas. En realidad Londres nunca dormía; siempre había paseantes de última hora y carretilleros, policías y serenos. Pero las calles estaban completamente vacías, como si hubieran limpiado Londres de su gente.

Cordelia corría, adentrándose en el entramado de calles laterales entre el Instituto y el río. Corría sin un plan claro, solo con el conocimiento de que Grace no podía de ninguna manera enfrentarse sola a su madre. De que esta la mataría. De que quizá a Cordelia no debería importarle, pero le importaba. Las palabras de Christopher le resonaban en la cabeza: «Si no hacemos eso, si nos consume la necesidad de devolverle a Grace lo que hizo, ¿qué nos diferencia de Tatiana?».

Y entonces allí estaba Tatiana. No se escaparía. Otra vez no.

Cordelia corría, y el cabello se le soltaba de los broches y ondeaba tras de sí como una bandera. Torció una esquina, casi patinando en la helada banqueta, y se encontró en un pequeño callejón sin salida donde el asfaltado terminaba abruptamente en un muro. Grace y Tatiana estaban allí: Grace, con un cuchillo en la mano temblorosa, acorraló a su madre, como un perro atrapando a un zorro. Y como el zorro, Tatiana mostraba los dientes, con la espalda pegada a la pared. Su cabello blanco ofrecía un llamativo contraste con el ladrillo rojo que estaba tras ella.

—¿Vas a atacarme, niña? —le dijo a Grace; si reparó en Cordelia, no dio muestras de ello—. ¿Te crees que no sé lo de tus sesiones de entrenamiento con Jesse? —Rio—. Aunque fueras la mejor de todos los nefilim, no podrías tocarme. Belial te fulminaría.

Grace temblaba, aún descalza y con un fino vestido, pero no bajaba el cuchillo.

—Te engañas, madre —replicó—. A Belial no le importas nada.

—Es a ti a quien no le importo nada —masculló Tatiana—, después de todo lo que hice por ti, de todas las ventajas que te di: la ropa, las joyas, la educación en buenas maneras, el poder de someter a cualquier hombre...

—Me hiciste fría y dura —contestó Grace—, me enseñaste que no había amor en este mundo, solo poder y egoísmo. Me cerraste el corazón. Me hiciste lo que soy, madre, tu cuchillo. No te quejes si ese cuchillo se vuelve contra ti.

—Débil —le espetó Tatiana, con los ojos brillándole luminosos bajo la desagradable luz—, siempre fuiste débil. Ni siquiera apartaste a James Herondale de ella.

Grace se sorprendió y volteó; estaba claro que no se había dado cuenta hasta ese momento de que Cordelia estaba allí. Cordelia mostró las manos.

—Mantén el cuchillo hacia ella, Grace —dijo—. Tenemos que maniatarla, llevarla de regreso al Instituto...

Grace asintió con determinación. Mantuvo el cuchillo en alto, mientras Cordelia avanzaba, pensando en cómo inmovilizar a Tatiana: si le ataba las manos tras la espalda, la haría avanzar...

Pero mientras se aproximaba, Tatiana, con la rapidez de una serpiente en ataque, le lanzó un cuchillo de mango de perla, el gemelo del que le lanzó a Christopher. Cordelia lo esquivó, chocando con Grace, a la que se le cayó el cuchillo, que rodó hasta el medio de la calle, con la hoja de metal reluciendo sobre los adoquines.

Cordelia lo miró, con el corazón desbocado. No había más remedio. Y quizá, en algún oscuro rincón de su corazón, deseaba lo que sabía que pasaría si tocaba el arma que estaba a sus pies.

—Corre, Grace —dijo en voz baja, y sujetó el cuchillo.

Grace dudó un momento. Entonces el edificio de ladrillo que se alzaba ante ellas empezó a abrirse, de alguna forma imposible, los ladrillos moliéndose entre sí y volviéndose humo, y Lilith apareció desde la oscura entrada, con un vestido de escamas verdes superpuestas, y serpientes negras retorcidas que salían de las órbitas de los ojos.

Lilith sonrió. Y Grace, sabiamente, salió corriendo. Cordelia no se movió, pero oyó los rápidos pasos de los pies desnudos de Grace sobre la piedra mezclados con la acelerada respiración de Tatiana.

—Mi paladina —dijo Lilith, sonriendo como una calavera—. Por fin recobraste el sentido, por lo que veo, y empuñado las armas en mi nombre. —Sus ojos de serpiente se movían veloces mirando a Tatiana de arriba abajo. Una de las serpientes sacó su lengua de plata. Tatiana no se movió, congelada de terror y asco—. Y qué lista, Cordelia —dijo Lilith—, tienes a la pequeña esbirra de Belial cercada con tu cuchillo. Adelante, córtale la garganta.

Una parte de Lucie quiso ponerse de pie y salir corriendo tras Cordelia, pero sabía que no tenía fuerzas para ello: se desmayaría a medio camino.

La energía que tenía la concentraba en Rupert. Si dejaba de agarrar a ese espíritu, volvería a la oscuridad de la que lo sacó. Y Jesse... Jesse estaba acercándose al fantasma de Rupert, atraído por la mano de su padre.

Apenas era consciente de James y los otros correteando de un lado a otro al pie de la escalera. Le pareció oír la voz de Anna, gritando algo, pero todo lo que estaba fuera del pequeño círculo que componían ella, Jesse y el padre de Jesse ocurría en un escenario en sombras. Se agarró con fuerza al borde del frío escalón mientras Jesse se detenía a poca distancia de Rupert.

El fantasma de su padre lo miró con una tranquila tristeza.

—Jesse —dijo.

—Pero ¿cómo? —susurró Jesse. Tenía un corte en la mejilla que aún sangraba; estaba temblando de frío, aunque Lucie dudaba de que él lo notara. Nunca pareció más humano y más vivo que en ese momento, frente a un fantasma, un fantasma que era casi igual que Jesse, como este solía ser—. Si eres un espíritu... ¿cómo es que nunca te vi, si yo también fui un fantasma tantos años?

Rupert alzó una mano como si tocara la cara de su hijo.

—Tu madre se aseguró de eso —contestó—. Pero Jesse... tenemos poco tiempo.

Tenía razón, Lucie lo sabía. Se escapaba, el contorno de su figura se volvía cada vez más trasparente. Los dedos comenzaban a palidecer, translúcidos, su silueta como humo.

—Estaba dormido —explicó Rupert—, y me despertaron, pero solo durante un momento. Morí antes de que nacieras, mi niño. Pero incluso después de la muerte, te he visto.

—Mi madre dijo... que estabas atado a las sombras —dijo Jesse, con dificultad.

—Como fantasma, no veía a esta tierra —indicó Rupert, amable. Se desvanecía cada vez más rápido. Lucie ya veía a través de él, las piedras del Instituto, la expresión abatida de Jesse—, pero soñaba contigo, incluso en mi sueño infinito. Y tenía miedo por ti. Sin embargo, demostraste ser fuerte. Devolviste el honor al nombre de la familia Blackthorn. —A Lucie le pareció que sonreía, pero era difícil saberlo. Ya no era más que volutas de humo, solo la forma de un muchacho, como una figura vista en una nube—. Estoy orgulloso de ti.

—Padre... —Jesse dio un paso hacia delante, justo cuando Lucie gritó: sintió que le arrancaban a Rupert, que ya no podía agarrarlo. Intentó sujetarlo, pero era como agarrar agua. Mientras él se esfumaba por completo, Lucie vio otra vez la oscuridad tachonada de estrellas, el mundo que no era este, el lugar en el medio.

Y él ya no estaba.

Jesse se quedó temblando, con la espada en la mano, y en su cara la viva imagen de la tristeza. Sin el esfuerzo de mantener a Rupert, Lucie pudo recuperar el aliento; despacio, se puso de pie. «¿Jesse estaría furioso? —se preguntó, triste—. ¿La odiaría por no ser capaz de retener el espíritu de su padre... o aún peor, por haberlo traído a este mundo?»

—Lucie —dijo Jesse, con voz ronca, y la chica vio que los ojos le brillaban llenos de lágrimas. Olvidando su miedo, corrió hacia él, resbalando en las piedras heladas, y lo rodeó con los brazos.

Él apoyó la cabeza en su hombro. Ella lo sujetaba con cuidado, asegurándose de que sus pieles no se tocaran. A pesar de lo dolorosamente que deseaba besarlo y decirle con sus caricias que su padre no era el único que estaba orgulloso de él, era demasiado peligroso. De nuevo veía el mundo con claridad y recuperaba las fuerzas. Sobre la cabeza inclinada de Jesse, veía el patio, el cielo rojo sobrenatural iluminando las gotas de sangre en el barrizal de nieve que cubría el suelo. Los truenos cesaron; el viento estaba amainando. Había silencio.

De hecho, se dio cuenta Lucie, era un silencio inquietante. Sus amigos estaban al pie de la escalera, pero no hablaban. Nadie comentaba lo que acababa de pasar o lo que pasaría luego.

De pronto sintió mucho frío. Algo iba muy mal. Lo sabía; lo sabría antes de no estar centrada en Rupert. Se apartó de Jesse, tocándole ligeramente un brazo.

—Ven conmigo —dijo, y bajaron juntos los escalones, apresurándose cuando llegaron al patio.

Mientras se acercaban al pequeño grupo reunido al borde de la escalera, vio a James, Matthew y Ari. Estaban inmóviles. Con el corazón en un puño, Lucie se acercó más, hasta que vio a Anna, sentada en el suelo con la cabeza de Christopher en el regazo.

Su cuerpo yacía desmadejado sobre las losas, y Lucie pensó que era imposible que estuviera cómodo. Estaba torcido en un ángulo extraño, con el hombro hinchado. Los lentes estaban a su lado en el suelo, con los cristales rotos. La hombrera del abrigo estaba un poco manchada de sangre, pero no mucho; tenía los ojos cerrados. Anna le acariciaba el cabello, una y otra vez, como si hiciera el gesto sin darse cuenta.

—Kit —dijo Lucie, y todos la miraron, con un semblante extrañamente inexpresivo, como máscaras—. ¿Está bien? —preguntó con una voz que sonó demasiado alta en el horrible silencio—. Estaba bien, ¿no? Solo era una herida pequeña...

—Lucie —dijo Anna, con voz fría y definitiva—, está muerto.

—Lilith —siseó Tatiana—. La perra de Edom.

Las serpientes de los ojos de Lilith sisearon y saltaron.

—Paladina —dijo Lilith—, mátala.

—Espera —jadeó Cordelia, sintiendo la presión de la voluntad de Lilith ceñirla con fuerza. Se retiró unos pasos, apenas consciente de la chispa de dolor ardiente que le saltó en la muñeca al hacerlo. Le tembló la voz al hablar—. Tatiana es la mano derecha de Belial. Nadie está más cerca de él o conoce mejor sus planes. Déjame interrogarla, al menos.

Lilith sonrió. Las escamas verdes de su vestido brillaban bajo la luz roja del cielo, una extraña mezcla cromática de veneno y sangre.

—Puedes intentarlo.

Cordelia volteó hacia Tatiana. Los mechones blanco hueso de su cabello se agitaban al viento. «Parecía una anciana —pensó Cordelia—, una especie de arpía estropeada por el tiempo, como las brujas de *Macbeth*».

—Ante ti se encuentra la madre de los demonios —dijo Cordelia—, y yo soy su paladina. Dime cómo puedo encontrar a Belial. Dímelo o Lilith te destruirá. No quedará nada de ti para gobernar tu Nuevo Londres.

Tatiana emitió una risa burlona.

—Así que después de todo, no eres tan perfecta, Cordelia Carstairs —se burló—. Parece que las dos tenemos amos demonios. —Echó la cabeza hacia atrás—. No voy a decirte nada. Nunca traicionaría a mi señor Belial.

—La mujer Blackthorn es una esclava —dijo Lilith, despectivamente—. No tiene una voluntad separada de la de Belial. Hará lo que él le diga y morirá por él. No te será de utilidad... y a mí tampoco. Mátala.

Fue como si un brazo de hierro agarrara la muñeca de Cordelia, obligando a su mano, que sujetaba el cuchillo, a levantarse y extenderse, apretando la empuñadura del cuchillo. Cordelia dio un paso hacia la encogida Tatiana...

El calor le hizo arder la muñeca. El amuleto que Christopher le dio, claro, el que se suponía que la protegería de Lilith. Se detuvo mientras su voluntad se liberaba de la de Lilith, evadiéndola; volteó y tiró el cuchillo lo más lejos que pudo, hacia la entrada del callejón. El arma se perdió en la oscuridad.

Cordelia sintió que el dolor la atravesaba. Jadeó, casi doblándose sobre sí. El enojo de Lilith la estaba retorciendo y aplastando. Hubo un crujido en su muñeca que al principio tomó por un hueso roto, pero no: era el amuleto destrozado, que resonó al caer al suelo.

Lilith emitió un bufido despectivo.

—¿En serio pensaste que podías apartarme con baratijas? Eres una niña estúpida y testaruda.

Tatiana se rio de forma salvaje.

—El paladín reticente —exclamó—. Vaya elección que hiciste, madre de los demonios. El avatar de tu voluntad en la tierra es demasiado débil para seguir tus instrucciones. —Tatiana volteó hacia Cordelia con una risita despectiva—. Débil, como tu padre —dijo.

—No es debilidad —susurró Cordelia, irguiéndose—, es compasión.

—Pero la compasión debe ir acompañada de la justicia —replicó Lilith—. No puedo entenderte, Cordelia. Incluso ahora que estás en una ciudad que depende de Belial, ¿te me resistes... a mí, la única que puede ayudarte a luchar contra él?

—No me convertiré en una asesina —jadeó Cordelia—. No lo haré...

—Por favor. Sabes mejor que nadie cuánto dolor causó Tatiana Blackthorn, cuántas vidas arruinó. —Las manos de Lilith se unieron en una extraña danza, como si dieran forma a algo. Tenía los dedos largos y blancos como témpanos—. Se pasó años atormentando al chico Herondale, al que tú amas. —El aire entre sus manos comenzó a brillar y solidificarse—. ¿No es tu deber vengarlo?

Cordelia pensó en James. En su mirada firme, siempre apoyándola, siempre pensando lo mejor de ella, siempre creyendo en ella. Y pensar en él la hizo erguir la espalda, y la voluntad. Alzó la barbilla, desafiante.

—Piensas que James es como Belial, porque es su nieto —dijo—, pero no se parece en nada. Quiere la paz, no la venganza. —Volteó hacia Lilith—. No pienso matar a Tatiana, no cuando está indefensa... tiré mi arma.

El brillo entre las manos de Lilith se solidificó. Era una espada, hecha enteramente de hielo. La luz roja del cielo brillaba en ella, y Cordelia no pudo evitar asombrarse ante su belleza. La cuchilla era como el cuarzo, como la luz de la luna hecha piedra. La hoja parecía cristal de roca. Era algo nacido del frío de las estrellas de invierno, bello y helado.

—Tómala —ordenó Lilith, y Cordelia no lo pudo evitar ; su mano se extendió y tomó la espada de hielo, blandiéndola ante sí. Ardía helada en su mano, un témpano brillante y mortal—, y mata a la esclava. Ella asesinó a tu padre.

—No fui yo, pero me alegré de verlo morir —siseó Tatiana—. Cómo gritó Elias... cómo suplicó piedad...

—¡Para! —gritó Cordelia; no estaba segura de a cuál de ellas le gritaba. Solo sabía que los temblores se le extendían por el cuerpo mientras ella se mantenía erguida; dolía, y sabía que el dolor se detendría cuando se sometiera a la voluntad de Lilith.

—Uf —se quejó Lilith—. No quería hacer esto, pero mira... observa lo que esta criatura, esta esclava, acaba de hacer...

Y Cordelia tuvo una visión del patio del Instituto. Vio a Anna, luchando por sostener a Christopher. Christopher, que se retorcía y convulsionaba en sus brazos, como si tratara de soltarse de algo que le clavaba los dientes. Anna tenía su estela en la mano; intentaba desesperadamente hacer *iratzes* en la piel de su hermano, pero todos se desvanecían, como un chorro de tinta en un océano de agua.

Junto a Anna yacía el cuchillo de empuñadura de perla que Tatiana lanzó. Su hoja espumeaba sangre que se volvía negra mientras Cordelia la contemplaba. Sintió un grito silencioso formársele en la garganta, una necesidad desesperada de llamar a Anna, aunque sabía que esta no la oiría. Sabía, incluso cuando los espasmos de Christopher cesaron, cuando exhaló y se quedó inmóvil, con los ojos clavados en el cielo que lo cubría, que no había nada que hiciera para salvarlo. Sabía, mientras Anna se inclinaba sobre su cuerpo, con los hombros temblando, que se fue.

Cordelia se quedó sin aire de golpe, como si la apuñalaran en el estómago. Y con el aire, se fue también su voluntad de resistir. Pensó en Christopher, su amabilidad, su compasión, la manera en la que le sonrió cuando la llevaba a través de la Ciudad Silenciosa a ver a Grace, y volteó hacia Tatiana, con la espada de hielo brillando en la mano. En ese momento, no importaba que no fuera *Cortana*. Era una espada en su mano, y con un movimiento seguro le cortó el cuello a Tatiana de oreja a oreja.

Hubo un rugido en la mente de Cordelia. No podía pensar, no podía hablar, solo podía mirar cómo la sangre de Tatiana le manaba de la garganta. Esta hizo un ruido, una especie de borboteo, mientras caía de rodillas, sujetándose el cuello.

Lilith reía.

—Qué pena para ella que te negaras a usar a *Cortana* —dijo, apartando el cuerpo espasmódico de Tatiana con un pie—. Podrías haberle salvado la vida. El arma ungida de un paladín tiene el poder de curar lo que hirió.

—¿Qué? —susurró Cordelia.

—Ya me escuchaste —repuso Lilith—. Y sin duda lo leíste en las leyendas. La espada de un paladín tiene el poder de la salvación así como el de la destrucción. Pero aun así no la curarías, ¿verdad? Tu corazón no alberga tanta compasión.

Cordelia intentó imaginarse a sí misma avanzando y curando de algún modo a Tatiana, que causó tanta ruina, tanto dolor. Incluso en ese momento, aunque ya no era capaz de salvarle la vida, sí podía arrodillarse a su lado y decirle una palabra de consuelo. Dio un paso adelante, justo cuando Tatiana se desplomó, cayendo boca abajo en la nieve. Su cuerpo estalló en llamas. Cordelia se quedó inmóvil mientras observaba cómo el fuego la consumía rápidamente: la ropa, la piel, el cuerpo. Un humo acre se alzó de la combustión, ácido por la peste a hueso quemado.

—Vaya, vaya —se regocijó Lilith—. La acción veloz es la mejor amiga de un paladín —rio—. Deberías mostrar más valor, querida.

Sin *Cortana*, solo eres la mitad de la guerrera que podrías ser. No temas tu propio destino. Abrázalo.

Y con eso, desapareció en un relámpago de alas extendidas, un búho lanzándose hacia el cielo que dejó a Cordelia contemplando horrorizada lo que hizo. Las cenizas que eran Tatiana se alzaron con el viento y volaron en remolinos alrededor del callejón, elevándose hacia el cielo hasta que desaparecieron. La espada que Cordelia sujetaba cayó de su mano y se derritió entre el hielo de la calle. Su corazón era una campana que tañía muerte.

Cordelia corrió. Pero esta vez, mientras lo hacía, el viento le barría las lágrimas del rostro. Lágrimas por Christopher, por Londres. Por Tatiana. Por ella misma.

La niebla que envolvía la ciudad se volvía más densa. Los faroles y los carruajes detenidos aparecían de repente, como si huyeran a través de una tormenta de nieve. También había otras sombras que se movían; aparecían y desaparecían en la niebla: ¿mundanos vagando? ¿Algo más siniestro? Vio el destello de una túnica blanca, pero cuando se lanzó hacia ella, se esfumó en la niebla.

Todo lo que Cordelia sabía era que tenía que regresar al Instituto. Una y otra vez veía la escena de Christopher muerto, tan vívida en su mente que cuando finalmente llegó a la puerta del Instituto y vio el patio, le sorprendió encontrarlo desierto.

Resultaba evidente que hubo una batalla: el suelo nevado estaba revuelto, lleno de sangre y armas tiradas; incluso trozos rotos de los báculos de los Vigilantes. Pero el silencio que se extendía sobre el lugar era espeluznante, y cuando Cordelia entró en la catedral, le recibió el mismo silencio de sepulcro.

No se dio cuenta del frío que tenía. A medida que la envolvía el calor del Instituto, empezó a temblar incontrolablemente, como si su cuerpo por fin se diera permiso para sentir el frío. Se dirigió directamente al Santuario, donde las puertas estaban abiertas. La gran sala de techos altos se abría ante ella.

Y dentro, el silencio. Un silencio y un duelo tan palpables que eran como fuerzas vivas.

Cordelia recordó la horrible sala de la Ciudad Silenciosa donde dejaron el cuerpo de su padre. Recordó a Lucie diciendo que nadie quitó el féretro de Jesse, y de hecho, allí estaba, con Christopher en él. Estaba boca arriba, con las manos cruzadas sobre el pecho. Le cerraron los ojos y puesto los lentes a un lado, por si en cualquier momento se despertara y los buscara, preguntándose dónde estaban.

Alrededor del cuerpo de Christopher, sus amigos estaban arrodillados. James, Lucie, Matthew, Anna, Ari y Jesse. Anna estaba en la cabecera del féretro, con la mano ligeramente apoyada en la mejilla de Christopher. Cordelia no vio a Alastair ni a Thomas, y sintió un pequeño alivio: se alegró egoístamente, de que Alastair no estuviera en la batalla, de que saliera bien librado. Pero después de estar en la ciudad, se preocupó. ¿Se perderían en la horrible niebla? O aun peor, ¿se enfrentarían a quién sabe qué criaturas que se escondieran en la niebla?

Cuando Cordelia se aproximó, vio a Grace, acurrucada sola en una esquina. Tenía los pies descalzos y llenos de sangre; estaba encogida sobre sí misma, con la cara entre las manos.

James levantó la vista. Vio a Cordelia y se puso de pie, con la mano en el hombro de Matthew. «Algo cambió en su mirada», pensó Cordelia con un estremecimiento desagradable. Cambiado para siempre. Se perdió algo, pues él parecía perdido, como un niño pequeño.

Sin importarle si alguien los miraba, ella extendió los brazos. James cruzó la habitación y la abrazó con fuerza. Durante un largo rato, él la estrechó con la cara hundida en su cabello suelto, aunque estaba mojado de nieve derretida.

—Daisy —susurró—, estás bien. Estaba tan preocupado... cuando te fuiste... —Tomó aire—. Tatiana. ¿Escapó?

—No —contestó Cordelia—. La maté. Ya no está.

—Bien —exclamó Anna, con furia, su mano aún en la mejilla de Christopher—. Espero que le doliera. Espero que fuera una agonía...

—Anna —dijo Lucie, amable. Miraba a Jesse, que estaba impasible, y a Grace, aún acurrucada contra la pared—. Deberíamos...

Pero Grace levantó la cabeza de entre los brazos. Tenía el cabello pegado a las mejillas con lágrimas secas.

—¿Me lo prometes? —preguntó, con la voz temblando—. ¿Me prometes que está muerta? ¿Belial no puede resucitarla?

—No hay nada que resucitar —contestó Cordelia—. Es polvo y cenizas. Te lo prometo, Grace.

—Oh, gracias a Dios —susurró Grace—, gracias a Dios. —Y empezó a temblar violentamente, sintiendo escalofríos por todo el cuerpo. Jesse se puso de pie y cruzó la habitación hacia su hermana. Se arrodilló a su lado y le tomó una mano entre las suyas, murmurándole palabras que Cordelia no escuchó.

Los labios de James rozaron la mejilla de Cordelia.

—Mi amor —dijo—, sé que no es fácil llevarse una vida, incluso una como esa.

—Eso no importa ahora —repuso Cordelia—. Lo que importa es Christopher. Lo siento tanto, James...

El rostro del joven se endureció.

—No puedo arreglarlo —susurró él—. Eso es lo que no soporto. No hay nada que pueda hacer.

Cordelia se limitó a murmurar y acariciarle la espalda. No era el momento de hablar de que nadie podía arreglarlo, porque la muerte no era un problema que resolver, sino una herida que tardaba tiempo en sanar. Las palabras serían inútiles frente al abismo que suponía la pérdida de Christopher.

Cordelia miró por encima del féretro y se encontró con la mirada de Lucie. Sola entre todos ellos, Lucie lloraba, silenciosamente y sin movimiento, con las lágrimas cayéndole por las mejillas una a una.

«Oh, mi Luce», pensó Cordelia, y quiso ir hacia ella, pero se oyó un ruido en la puerta del Santuario, y un momento después, Thomas y Alastair entraron.

—Oh, gracias al Ángel —exclamó James, ronco—. No teníamos ni idea de qué les pasó...

Pero Thomas miraba más allá de él. A Christopher y a los demás. Al féretro, las velas encendidas. El ruido de la seda blanca en las manos de Matthew.

—¿Qué...? —Miró a James, con ojos desconcertados, como si James tuviera una respuesta, una solución—. Jamie. ¿Qué pasó?

James apretó la mano de Cordelia y fue hacia Thomas. Cordelia lo oyó hablar, bajo y deprisa, mientras Thomas movía la cabeza, primero despacio y luego más deprisa.

«No. No».

Cuando James terminó la historia, Alastair se apartó, como para dar privacidad a James y Thomas. Se acercó a Cordelia, y le tomó las manos. Se las giró en silencio, observando las marcas rojas de la quemadura helada que le causó la espada de hielo.

—¿Estás bien? —le preguntó en persa—. Layla, siento tanto no haber estado aquí.

—Me alegra que no estuvieras —respondió ella, con fiereza—. Me alegra que estuvieras a salvo.

Él negó con la cabeza.

—No hay nada a salvo ahora mismo en Londres —repuso—. Lo que está pasando ahí fuera... es cosa de Belial, Cordelia. Convirtió a los mundanos de la ciudad en marionetas irracionales...

Se interrumpió cuando Thomas se aproximó al féretro donde estaba Christopher. Con todo lo grande y ancho que era Thomas, de alguna manera se encorvó mientras miraba el cuerpo de Kit, como si intentara desaparecer dentro de sí mismo.

—No es posible —susurró—, ni siquiera parece herido. ¿Probaron con los *iratzes*?

Nadie dijo nada. Cordelia recordó la visión de Anna dibujándole a Christopher runas curativas una y otra vez, poniéndose más y más histérica a medida que se le desvanecían en la piel. En ese momento no estaba histérica, permanecía como un ángel de piedra en la cabeza del féretro y ni siquiera miraba a Thomas.

—El arma tenía veneno, Thomas —dijo Ari, amablemente—. Las runas curativas no lo salvaron.

—Lucie —dijo Thomas, ronco, y Lucie levantó la mirada sorprendida—. ¿No hay nada que puedas hacer? Tú resucitaste a Jesse... lo trajiste de vuelta.

Lucie palideció.

—Oh, Thomas —respondió ella—. No funciona así. Yo... yo sí que fui por Christopher, justo cuando pasó. Pero allí no había nada. Está muerto. No como Jesse. Muerto de verdad.

Thomas se sentó. De repente, en el suelo, como si las piernas le hubieran cedido. Y Cordelia pensó en todas las veces que vio a Christopher y a Thomas juntos, hablando o riéndose o simplemente leyendo en silenciosa compañía. En James y Matthew era la consecuencia natural, eran *parabatai*, estaban siempre juntos, pero en su caso era más que eso: no se juntaron por casualidad, sino porque tenían temperamentos parecidos.

Y porque se conocían desde siempre. Thomas perdió una hermana y un amigo que era como un hermano, todo en un año.

Matthew se puso de pie. Fue hacia Thomas y se arrodilló a su lado. Le tomó la mano, y Thomas, que era mucho más alto y grande que Matthew, se agarró a él como si lo anclara a la tierra.

—No debí irme —dijo Thomas, hablando con dificultad—. Tenía que quedarme... podría protegerlo.

Alastair se afligió. Cordelia sabía que si Thomas se culpaba de la muerte de Kit por estar con Alastair, esto mortificaría a su hermano. Ya se culpaba a sí mismo por demasiadas cosas.

—No —dijo Matthew, con firmeza—. No digas eso. Fue solo mala suerte que fuera Kit. Pudo ser cualquiera de nosotros. Estábamos en clara desventaja. No había nada que pudieras hacer.

—Pero —insistió Thomas, aturdido—, si hubiera estado aquí...

—Pudiste morir también —Matthew se puso de pie—, y entonces tendría que vivir, no solo sin un cuarto de corazón, sino sin la mitad. Nos alegramos de que no estuvieras, Thomas. Estabas fuera de peligro. —Volteó hacia Alastair, con los verdes ojos brillando llenos lágrimas—. No te quedes ahí, Carstairs —dijo—, no es a mí a quien Thomas necesita ahora. Es a ti.

Alastair se sorprendió, y Cordelia supo inmediatamente lo que pensaba: «No puede ser verdad, no puedo ser yo a quien Thomas necesita o quiere a su lado».

—Ve —le dijo ella, dándole un pequeño empujón, y Alastair se enderezó, como preparándose para una batalla. Cruzó la habitación, pasó al lado de Matthew, y se puso de rodillas junto a Thomas.

Thomas alzó la cabeza.

—Alastair —susurró, como si su nombre fuera un talismán contra el dolor, y Alastair abrazó a Thomas con una sensibilidad que Cordelia no creyó ver nunca en su hermano. Acercó a Thomas hacia sí y le besó los ojos, y luego la frente, «y si alguien, en el pasado, se preguntó cuál era su relación —pensó Cordelia—, ya no se lo preguntarían más». Y le alegraba. Ya era hora de dejarse de secretos.

Vio a Matthew mirando e intentó sonreírle. No pensaba que fuera capaz de sonreír exactamente, pero esperaba que leyera el mensaje de sus ojos: «Buen trabajo, Matthew».

Luego volteó hacia James. Tenía el ceño fruncido, pero no hacia Thomas y Alastair. Era como si oyera algo... y un momento después, Cordelia lo oyó también. El sonido de cascos contra el suelo del patio.

—Ese es *Balios* —dijo James—. Y los otros. Charles debió regresar con la patrulla.

Matthew asintió.

—Será mejor que vayamos a ver qué encontraron —dijo, sonando mortalmente cansado—. Por el Ángel, ¿cómo es que esta noche aún no se acaba?

Salieron todos del Santuario, menos Anna, que se limitó a negar con la cabeza cuando James le preguntó si deseaba salir, y Ari, que no se movería del lado de Anna, y Grace, que no estaba en condiciones de ir a ningún sitio.

Charles se fue solo, pero regresó con unos diez miembros de la Primera Patrulla, todos en traje de combate, todos a caballo. Llenaban el patio, con el vapor saliendo de los flancos de los caballos, y mientras desmontaban uno a uno, Cordelia no pudo evitar observarlos.

Parecía como si también hubieran estado en una batalla. Llevaban la ropa hecha pedazos y cubierta de sangre. Una venda blanca, empapada de sangre por un lado, rodeaba la cabeza de Rosamund. Un gran trozo del lateral del saco de Charles estaba negro con marcas de quemaduras. Varios llevaban runas curativas; Augustus, con uno de los ojos hinchado y amoratado, tenía una expresión aturdida, nada que ver con su habitual fanfarronería.

Charles tiró las riendas sobre el cuello del caballo y fue hacia James, Cordelia y los otros. Tenía una expresión sombría en la cara arañada; por una vez, parecía un cazador de sombras y no un hombre de negocios mundano.

—Grace decía la verdad —dijo sin preámbulos—. Fuimos directos a Highgate, pero la entrada a la Ciudad Silenciosa estaba rodeada de demonios. Un enjambre de ellos. Apenas pudimos entrar... Al final Piers consiguió romper la línea defensiva, pero... —Sacudió la cabeza—. Dio igual. Las puertas a la Ciudad estaban selladas. No encontramos ninguna forma de entrar, y los demonios seguían viniendo...

Piers Wentworth se les unió. Llevaba la estela en la mano e iba sin guantes. Se dibujaba una runa curativa en el dorso de la mano izquierda. Cordelia no podía culparlo: tenía un desagradable corte en un lado del cuello, y un dedo con aspecto de estar roto.

—Pero eso no fue lo peor —dijo, mirando a James—. ¿Alguno de ustedes estuvo en la ciudad?

—Solo un poco —dijo Cordelia—. Es difícil ver nada con la niebla.

Piers sofocó una risa hueca.

—Es mucho más que la niebla. Pasa algo terrible en Londres.

James miró a los otros. Matthew, Thomas, Lucie. Alastair. Jesse. Todos estaban pálidos y asombrados; Cordelia vio a James preocupado de que no aguantaran mucho más.

Tampoco mencionó a Christopher, aún no. Ni el ataque de los Vigilantes. Estaba claro que quería que Charles y la patrulla hablaran primero.

—¿A qué te refieres, Piers? —preguntó.

Pero fue Rosamund quien contestó.

—En cuanto salimos de Highgate, fue como si cabalgáramos por el infierno —dijo, y se estremeció. Se puso una mano en la cabeza, y Piers se acercó con la estela para marcarla con un *iratze*—. No pudimos acabar con los demonios del cementerio... En cualquier caso, algunos pensaron que eran demasiados. —Miró fríamente a Augustus—. En cuanto salimos de allí, cayó una niebla espesa. Apenas se veía a través de ella. Había rayos por todas partes... tuvimos que esquivarlos, golpeaban el suelo a nuestro alrededor...

—Partieron un farol por la mitad, en Bloomsbury —añadió Esme Hardcastle—, como el árbol hendido de *Jane Eyre*.

—No es momento de referencias literarias, Esme —masculló Rosamund—. Casi prende fuego a Charles. Fuera lo que fuese, no eran rayos normales. Y la tormenta... apestaba a magia de demonios.

—Ninguno de los mundanos que vimos, reaccionaba a nada —explicó Charles—. Ni a la tormenta, ni a los incendios. Iban de un lado a otro, aturdidos.

—Vimos a una mujer atropellada por el carro de un lechero que se dio a la fuga, y nadie se detuvo a ayudarla —contó Esme, con voz temblorosa—. Yo corrí hacia ella pero... ya era demasiado tarde.

—Alastair y yo vimos lo mismo —informó Thomas— cuando bajamos del carruaje. Davies de repente... dejó de conducir. No respondió cuando lo llamamos. También vimos a otros mundanos, niños, ancianos, que se quedaban mirando al cielo. Era como si sus cuerpos estuvieran allí, pero sus mentes no.

Charles frunció el ceño

—¿Qué diablos hacían, dando un paseo en carruaje?

Alastair se cruzó de brazos.

—Fue justo después de hablar contigo en el despacho —dijo, con una nota tensa en la voz—. No éramos conscientes de lo que ocurría.

—O sea, antes de que Grace llegara —calculó Charles—. Pensamos que Tatiana... —Miró alrededor, como viendo realmente el patio por primera vez: las manchas de sangre, las armas tiradas. Y como si los viera a ellos, Cordelia, James y los demás, también por primera vez. «Qué afligidos estaban», pensó Cordelia; afligidos y ensangrentados y aturdidos—. ¿Qué pasó aquí?

Rosamund parecía intranquila.

—Quizá deberíamos entrar en el Instituto —propuso—. Podemos mandar a alguien a avisar al resto del Enclave. Es evidente que aquí fuera no estamos seguros.

—Dentro tampoco —repuso James—. Tatiana Blackthorn escapó de la Ciudad Silenciosa. Intentó tomar el Instituto. Mató a Christopher. Iba acompañada de guerreros, guerreros de Belial. Hermanos Silenciosos poseídos...

Charles estaba asombrado.

—¿Christopher está muerto? ¿El pequeño Kit? —Y por un momento no parecía el jefe provisional del Instituto, o el títere de Bridgestock. Sonó un poco como Alastair a veces, cuando pensaba que su hermana pequeña era aún una niña. Como si los amigos de Matthew también fueran niños pequeños para él, Christopher solo un niño que lo miraba con ojos brillantes y confiados.

—Sí —afirmó Matthew, no sin amabilidad—. Está muerto, Charles. Y Tatiana también. Pero todo esto está lejos de acabarse. —Miró a Rosamund—. Podemos convocar al Enclave —dijo—, pero estas criaturas de Belial... Son casi imposibles de derrotar.

—Tonterías —replicó Augustus—. Se puede vencer a cualquier demonio...

—Calla, Augustus. —James se puso rígido; miraba a las puertas del Instituto. Puso una mano en la pistola del cinturón—. Están aquí. Mira.

Y de hecho, entrando por las puertas, había más Vigilantes en forma de Hermanos Silenciosos, y esta vez iban acompañados de Hermanas de Hierro, con runas de muerte del color de las llamas bordeando las túnicas blancas. Iban en dos filas, caminando a paso firme.

—No están solos —dijo Jesse. Sacó la espada y miraba con ojos entrecerrados—. ¿Están con ellos esos mundanos?

Caminaban entre las dos filas de Vigilantes, azuzados por las puntas de los afilados báculos, sin parecer notarlo. Un grupo heterogéneo de cinco mundanos, que parecían elegidos al azar, desde un hombre con el traje a rayas de un ejecutivo hasta una niña pequeña con lazos brillantes en las trenzas. Podían haberlos sacado de cualquier calle londinense.

Cordelia sintió una fría sacudida de horror en el pecho. Los mundanos caminaban dando traspiés, con los ojos vacíos e indefensos como ganado camino al matadero.

—James... —susurró.

—Lo sé —repuso él. Cordelia lo sentía a su lado, su presencia sólida, apoyándola—. Tendremos que averiguar qué quieren.

El extraño desfile atravesó el patio y se detuvo delante del grupo de cazadores de sombras. Los Vigilantes estaban impasibles, con los báculos apuntando a los mundanos. Con la mirada embotada y sin palabras, los mundanos permanecían en el sitio, con la vista apuntando a diferentes direcciones.

Charles se aclaró la garganta.

—¿Qué es esto? —preguntó—. ¿Qué está pasando?

Los Vigilantes no se movieron, pero uno de los mundanos dio un paso adelante. Era una mujer joven, con la cara pecosa, que llevaba un vestido negro de sirvienta con un mandil blanco encima. Tenía el cabello recogido en una cofia. Podría ser una asistenta de cualquier casa fina de Londres.

Al igual que el resto de los mundanos, no llevaba abrigo, pero no parecía tener frío. Los ojos miraban al vacío, desenfocados, incluso cuando empezó a hablar.

—Saludos, nefilim —dijo, y la voz que le salía del pecho era profunda, fiera y conocida. La de Belial—. Hablo desde el vacío entre ambos mundos, desde los feroces pozos de Edom. Me conocen como el devorador de almas, el mayor de los nueve Príncipes del Infierno, el comandante de incontables ejércitos. Soy Belial, y Londres está ahora bajo mi control.

—Pero Belial no puede poseer humanos —susurró Cordelia—. Sus cuerpos no pueden soportarlo.

—Por eso reuní a varios —dijo Belial, y mientras hablaba, unos puntos negros, como marcas de corcho ribeteadas en llamas, empezaron a extenderse por la piel de la mujer. Una grieta le recorrió la mandíbula, otra la mejilla. Era como ver ácido comiéndose una fotografía. Mientras las marcas de la piel se agrandaban, el hueso de la mandíbula, expuesto, brillaba con su color blanco—. Hará falta más de un mundano para...

Su voz, la voz de Belial, se ahogó en un remolino de sangre y lodo negro como alquitrán. La mujer se derritió como una vela, su cuerpo se disolvió, hasta que todo lo que quedó fue un trozo mojado y ennegrecido de tejido, y el borde chamuscado de lo que una vez fue un mandil blanco.

El segundo mundano dio un paso adelante. Este era el hombre con traje de ejecutivo, cabello negro peinado con cera y los pálidos ojos muy abiertos y muertos como canicas.

—... entregar mi mensaje —finalizó suavemente, con la voz de Belial.

—Esto es horrible —susurró Lucie, entrechocando los dientes—. Haz que pare.

—Pararé cuando me den lo que quiero, niña —repuso Belial. «Seguro que el cabello del hombre era negro hacía solo un momento», pensó Cordelia. Se volvía blanco a medida que Belial hablaba, del color de la ceniza muerta—. La forma en la que estoy ahora no durará mucho. El fuego de un Príncipe del Infierno quema este tipo de arcilla. —Levantó una de las manos del mundano. Las puntas de los dedos del hombre se ponían negras y se carbonizaban.

—Ya basta —masculló James—. Belial. ¿Qué quieres?

La cara del mundano se torció en una sonrisa burlona. La sonrisa burlona de Belial.

—James, nieto mío —dijo—, llegamos al final de nuestro largo baile. —La zona carbonizada de la mano del hombre se agrandó hasta llegarle a la muñeca y se veían más zonas negras en el cuello que se le extendían hacia la barbilla—. Tatiana Blackthorn está muerta —siguió Belial—. Llegó al final de su utilidad, y ahora ya no está. —El mundano dio un respingo, y un flujo negro y verde le salió de las comisuras de la boca. Goteó hasta los adoquines, donde chisporroteó sobre la nieve. Cuando Belial volvió a hablar, su voz era densa y húmeda, casi demasiado distorsionada para entenderse—. Así que vine a decirte tan directamente como es posible que se... acabó.

El hombre dio un último gruñido y su cuerpo se desplomó, ennegreciéndose y curvándose de una forma repugnante. La ropa del hombre se quedó vacía en el suelo, seguida de un hilito de ceniza negra.

Cordelia vio el cuerpo de Tatiana ardiendo hasta quedar reducido a cenizas mientras Lilith reía. Parecía que habían pasado mil años, pero seguía horriblemente claro en su memoria, como si pasara en ese mismo momento.

—¡Detente! —Era Thomas, con la cara blanca por la tensión—. Tiene que haber algún otro modo de comunicarte con nosotros. Deja que los mundanos se vayan. Deja que nos hable uno de los Hermanos Silenciosos.

James, que conocía a Belial mejor que los otros, cerró los ojos con dolor.

—Pero sería mucho menos divertido —rio Belial. Un tercer mundano dio un paso adelante, con el mismo paso rígido y convulso que los demás. Esta era una anciana, «la abuela de alguien», pensó Cordelia, una mujer de cabello gris con un vestido de flores pálido y muy lavado. Pudo imaginarla leyendo en alto junto al fuego, con un nieto en el regazo.

—Tomé la Ciudad Silenciosa —dijo Belial, y fue extraño oír su voz de labios de la anciana—. Tomé los cuerpos de sus Hermanos Silenciosos y Hermanas de Hierro y formé con ellos un ejército, con el que he marchado por el Camino de la Muerte hasta su Ciudad de Huesos. Fue bastante considerado de su parte dejar por allí una horda de cazadores de sombras cuyos cuerpos no se degradan, pero que ya no están protegidos por sus hechizos nefilim.

—Enhorabuena —dijo James, con aspecto mareado—. Eres muy listo. Pero sabemos todo esto y sé lo que quieres.

—No puedes detener esto —siseó Belial—. Ríndete ante mí...

—No. Si me posees, solo traerás más destrucción y ruina.

Augustus, Rosamund, Piers y los demás miraban asombrados. «Al menos ahora lo veían», pensó Cordelia. Todos verían que James no estaba aliado con Belial; nada más lejos. Que él odiaba a Belial, y Belial solo deseaba poseer y destruir a James.

—No —rugió Belial. Mientras Cordelia miraba, la piel de la mujer empezó a deshacerse como harina, revelando los huesos blancos de su calavera—. Puede haber... negociación. Yo...

Pero la anciana no tuvo más posibilidad de hablar. La piel se le desprendió del cuello, revelando la columna y la tráquea. No había sangre, solo ceniza, como si su cuerpo se hubiera quemado de dentro afuera. Su vestido vacío cayó al suelo, cubierto de un polvo gris blanquecino de lo que una vez fueron sus huesos.

—Tenemos que parar esto —susurró Lucie—. Tiene que haber algo que podamos hacer. —Pero Jesse le sujetaba el brazo con firmeza; Cordelia no podía culparlo.

Un cuarto mundano dio un paso adelante, un joven delgado que llevaba lentes y un chaleco. Un estudiante del King's College, quizá; parecía como si fuera estudioso, reflexivo.

—¿Negociación? —repitió James—. Sabes que no negociaré contigo.

—Pero quizá —reflexionó— aún no entiendas tu situación. Londres está aislado del resto del mundo. Un sello de fuego bloquea las fronteras de la ciudad, y nadie puede entrar ni salir, ni por medios mágicos ni mundanos, a no ser que yo se lo conceda. Sellé cada entrada, cada salida, desde el portal en su cripta hasta las carreteras que salen de Londres. Tampoco funciona ningún teléfono, telégrafo o cualquier tontería de esas. Controlo las mentes de todos los que están dentro de estos límites, desde el mundano más insignificante hasta el subterráneo más poderoso. Londres está aislado del resto del mundo. No llegará ninguna ayuda.

Rosamund dio un pequeño respingo y se cubrió la boca con las manos. Los otros miraban. «Belial se divertía de lo lindo», pensó Cordelia; era repugnante, así decidió no mostrar ninguna emoción. Ni siquiera cuando empezaron a aparecer líneas negras en la piel del estudiante, cortes como puntadas irregulares; como si fuera una muñeca de trapo que se deshiciera por las costuras.

—Si vienes a mí, James —dijo Belial— y escuchas mi propuesta, les daré a los cazadores de sombras de Londres la oportunidad de escapar.

—¿Escapar? —masculló Charles—. ¿Qué quieres decir con escapar?

Una costura se abrió en la mejilla del estudiante. Se hizo más ancha, y unas moscas negras salieron de la herida.

—Hay un portal llamado York —siseó Belial—, bajando por el río Támesis, una puerta que viene de ninguna parte y va a ninguna parte. Les daré a los cazadores de sombras de Londres treinta y seis horas para dejar la ciudad a través de esa salida. Sin trampas —dijo, levantando las manos cuando James protestó. Las manos del estudiante se llenaron de costuras negras y varios de sus dedos colgaban como sostenidos por hilos—. El portal llevará a cualquiera que pase por él a un lugar a las afueras de Idris. Solo quiero Londres, y solo tomaré Londres; no tengo interés en los nefilim. Pero las vidas de aquellos que se queden se perderán.

—¿Dejarás que los demás habitantes de Londres vivan? —preguntó Jesse—. Los mundanos, los subterráneos.

—Así lo haré. —Belial sonrió, y la cara del estudiante se rompió y se deshizo en tiras de piel. Sus manos se pelaron desde las muñecas como guantes de sangre—. Quiero reinar una ciudad habitada. Me divierte dejarlos seguir con sus vidas normales, ajenos a todo...

Hubo un ruido húmedo como un chapoteo. Cordelia se obligó a no apartar la vista mientras el estudiante se desmoronaba. Lo que quedó de él parecía un trozo crudo de ternera metido en un conjunto de ropas. Le entraron unas ganas incontenibles de vomitar.

Y entonces el último de los mundanos dio un paso adelante. Cordelia oyó a Matthew maldecir suavemente. Era la niña pequeña, con su cara vacía inocente y clara, los ojos de un tono azulado que a Cordelia le recordó a Lucie.

—James —dijo Belial, y la fuerza de su voz sacudió el cuerpo de la pequeña.

—Basta —pidió James. Cordelia lo sintió temblar a su lado. Sintió un terror frío. Estaban contemplando asesinatos, uno tras otro, ocurriendo ante sus ojos, y James se culparía a sí mismo—. Deja en paz a la niña.

La sangre brotó de los labios de la niña mientras hablaba con la voz de un Príncipe del Infierno.

—No, a menos que vengas conmigo a Edom.

James dudó.

—Dejarás a Cordelia al margen —dijo—. A pesar de *Cortana*. No la dañarás.

—No —gritó Cordelia, pero Belial sonreía, la cara de la niña pequeña se torcía horriblemente en una mirada de soslayo.

—De acuerdo —accedió—, siempre que no me ataque. La dejaré tranquila si tú accedes a escucharme. Te contaré cómo será tu futuro...

—De acuerdo —dijo James, desesperado—. Deja a la niña. Déjala irse. Iré contigo a Edom.

En un instante, los ojos de la niña giraron hacia el cielo. Cayó al suelo, con el pequeño cuerpo inmóvil y apenas respirando. Mientras exhalaba, una columna de humo negro salió de ella y se elevó hacia el cielo, perdiéndose en el aire. Rosamund se arrodilló al lado de la niña y le puso la mano en el hombro. Sobre todos ellos, la sombra de humo empezó a confluir, girando como un pequeño tornado.

—James, no —Matthew se lanzó hacia él, con el viento revolviéndole el cabello rubio—. No puedes acceder a semejante...

—Tiene razón. —Cordelia sujetó por el brazo a James—. James, por favor...

James volteó hacia ella.

—Esto tenía que pasar, Daisy —le dijo, agarrándole las manos urgentemente—. Tienes que creerme, creer en mí, puedo...

Cordelia gritó mientras sus manos eran separadas de las de él. Se levantó en el aire, como si una mano la agarrara, apretara. Se vio zarandeada de un lado a otro como una muñeca; golpeó los escalones de piedra con una fuerza que la dejó sin respiración.

La sombra giraba a su alrededor. Mientras luchaba por sentarse, intentando respirar con las costillas rotas, vio a James, medio oculto por la oscuridad. Era como si lo mirara a través de un cristal tintado. Lo vio voltearse hacia ella, mirarla directamente mientras ella intentaba ponerse de pie con el amargo sabor de la sangre en la boca.

«Te quiero», leyó ella en sus ojos.

—¡James! —gritó, mientras las sombras entre ellos se hacían más densas. Oyó a Lucie gritar, y los gritos de los demás, oyó el terrible latido de su propio corazón aterrorizado. Sujetándose el costado, se dirigió hacia James, consciente de que los Vigilantes se movían hacia la escalera, hacia ella. Si pudiera alcanzarlo antes...

Pero la sombra ya estaba por todas partes y le impedía la visión, llenaba el mundo. Apenas veía a James, el borrón de su cara pálida, el brillo de la pistola en la cadera. Y entonces vio algo más: a Matthew moverse más rápido de lo que parecía posible, lanzarse a través de un hueco en la oscuridad y agarrarse a James, sujetándose a su manga justo cuando la oscuridad se cerraba sobre ambos.

La imagen hervía y se agitaba; hubo un destello de sangrienta luz dorada, como si Cordelia mirara a través de un portal, y luego desapareció. Desapareció por completo, no quedó ni un atisbo de sombra, solo la escalera vacía, y unos restos de algo que parecía arena.

Belial se fue. Y se llevó con él a James y a Matthew.

ENTREACTO: PENA

La pena, como Cordelia se daría cuenta durante esa noche y al día siguiente, era como ahogarse. En ocasiones sacaba la cabeza sobre la superficie del agua oscura: un período de breve lucidez y calma, durante el que se realizaban tareas ordinarias. En el cual el comportamiento era, seguramente, normal, y era posible mantener una conversación.

El resto del tiempo estaba bajo el agua profunda. No había lucidez, solo pánico y terror, solo su mente gritando incoherentemente, solo la sensación de morir. De no poder respirar.

Después recordaría esos tiempos como destellos de luz en la oscuridad, momentos en los que sacaba la cabeza, cuando era posible crear recuerdos, aunque incompletos.

No recordaba cómo llegó desde el patio a su habitación, y la de James, en el Instituto. Ese era un momento de ahogamiento. Solo recordaba de repente estar en la cama, una cama que era demasiado grande para ella sola. Alastair estaba inclinado sobre ella, con los ojos rojos, dibujándole runas curativas en el brazo izquierdo con la estela.

«*Teka nakhor* —le decía—, *dandehaat shekastan*». «No te muevas; tienes las costillas rotas».

—¿Por qué estamos aquí? —susurró ella.

—El Enclave cree que más nos vale confiar en el acuerdo con Belial —contestó Alastair, malentendiéndola—. ¿Qué otra opción tenemos? Tenemos que suponer que estaremos a salvo de los Vigilantes durante mañana y medio día más. Tengo que ir a casa —añadió—. Sabes que sí, Layla. Tengo que traer a madre aquí, para que esté con nosotros. Necesitará ayuda para salir de Londres.

«Haz que vaya otro —quiso decir Cordelia—. No me dejes, Alastair».

Pero la oscuridad caía, y se la tragaba. Notó el sabor de agua amarga, de sal en los labios.

—Ten cuidado —susurró—. Ten cuidado.

Estaba en el pasillo, incapaz de recordar cómo llegó allí. El Instituto estaba lleno de gente. Todo el Enclave fue notificado de lo que pasaba, y convocaron una asamblea de emergencia. Muchos nefilim avanzaban hacia el Instituto, porque no querían quedarse solos en sus casas. Las patrullas buscaron en casas y edificios de oficinas un teléfono o telégrafo que funcionara, sin ningún éxito: estaban, como Belial aseguró, totalmente aislados del mundo exterior.

Martin Wentworth se acercó a Cordelia, avergonzado, igual que hizo Ida Rosewain.

—Siento lo que escuché —decían—. Sobre James. Sobre Matthew. Sobre Christopher.

Cordelia asintió, aceptando las disculpas. Deseaba que la dejaran en paz. Buscó a Anna con la mirada. Tampoco encontraba a Lucie. Se fue a su habitación a sentarse junto a la ventana, esperando el regreso de Alastair.

La niña que fue la última mundana poseída por Belial, murió. Jesse la llevó a la enfermería, y la asistió con cuidado, pero su cuerpo estaba demasiado dañado para sobrevivir. Lucie dijo que Grace lloró por ella; Cordelia no encontró en su interior ni la capacidad de sorprenderse.

La noche era día, el día era noche. No parecían diferentes ahí, en el Londres de Belial: las pesadas nubes eran constantes, y aunque a veces brillaba una luz extraña, llegaba de forma irregular, sin prestar atención al tiempo. Los relojes de pulsera y pared estaban parados, o las manecillas giraban innecesariamente; los ocupantes del Instituto marcaban el tiempo lo mejor que podían con un reloj de arena que sacaron del despacho de Will.

Al comprender que quizá nunca regresaría a la casa de Cornwall Gardens, Sona no fue capaz de decidir qué llevarse y qué dejar atrás. Cordelia se encontró apilando una dispar selección de ornamentos, libros, ropa y recuerdos, en una cómoda de una de las habitaciones de invitados del Instituto. Cuando acabó, su madre le tendió los brazos desde la cama.

—Ven aquí —le dijo—. Mi pobrecita niña. Ven aquí.

Cordelia lloró en brazos de su madre, aferrándose a ella hasta que las olas la volvieron a hundir.

Al pasar por el salón, Cordelia vio a Thomas. Estaba con Eugenia, ambos hablando enfrascados y, sin embargo, él parecía solo. Cordelia se dio cuenta, con un apagado horror, de que era el único de los Alegres Compañeros que quedaba en este mundo. El último de cuatro. Si, de algún modo, no conseguían que James y Matthew regresaran, él siempre estaría solo.

Charles dirigía la reunión. Tenía el rostro tranquilo, pero Cordelia veía que carecía totalmente de preparación para esa situación. Le temblaba la mano como un papel al viento, y enseguida, su voz quedó tapada por un coro de voces de los miembros del Enclave que tenían más edad y más determinación que él.

—No vamos a quedarnos en Londres y poner en peligro a nuestras familias —rugió Martin Wentworth—. Se nos dio la oportunidad de escapar. Deberíamos aceptarla.

Cordelia se quedó parada al verse objetando a gritos durante la reunión. Oía su propia voz como en la distancia, afirmando que debían quedarse en Londres. Eran cazadores de sombras. No podían abandonar la ciudad para Belial. Pero no sirvió de nada; por muy vociferante que fueran ella y sus amigos, la decisión estaba tomada. «No se podía confiar en Belial», arguyó Cordelia. Y ¿qué si James y Matthew escapaban y regresaban a Londres? ¿Cómo podían permitir que fueran a encontrarla desierta, bajo el control demoniaco?

—No regresarán —afirmó Martin Wentworth, sombrío—. Lo que un Príncipe del Infierno se lleva, no lo devuelve nunca.

Cordelia no podía respirar. Miró al otro lado de la sala, encontró los ojos de Lucie. La mirada de Lucie sostuvo la suya, y la mantuvo a ella sobre las olas.

Era pasada la medianoche. Estaban todos en la biblioteca, con las lámparas encendidas, pero al mínimo. Mapas y libros se hallaban esparcidos ante ellos. Anna leía ferozmente, como si quemara las páginas con la mirada.

Cordelia yacía de nuevo en la cama demasiado grandes. La rodeaban objetos que le recordaban a James. Su ropa, viejos libros, incluso los grabados que hizo en la madera de su mesa de noche. *LAC en la TD*, talló en la pintura. Los Alegres Compañeros en la Taberna del Diablo. ¿Un recordatorio? ¿El título de una obra, de un poema, de un pensamiento?

Cuando la puerta se abrió, estaba demasiado exhausta incluso para sorprenderse de que Lucie entrara con Jesse a su lado. Mientras Jesse observaba desde la puerta, Lucie cruzó la habitación y se tumbó en la cama junto a Cordelia.

—Sé que los extrañas tanto como yo —dijo.

Cordelia apoyó la cabeza en el hombro de Lucie. Jesse las miró, luego salió de la habitación en silencio y cerró la puerta tras él.

—¿Crees que podemos hacerlo? —susurró Cordelia, en la sombría oscuridad.

—Tengo que creer que sí —respondió Lucie—. Tengo que hacerlo.

La mañana era tan oscura como la noche. Sona le tomó la mano a Cordelia.

—Estas sufriendo —dijo—, pero eres una guerrera. Siempre fuiste una guerrera. —Miró a Alastair, que estaba junto a la ventana, contemplando el cielo ennegrecido—. La ayudarás a hacer lo que es necesario.

—Sí —respondió Alastair—. Lo haré.

27

NUBES DE OSCURIDAD

El horror cubre todo el cielo;
nubes de oscuridad borran la luna.
¡Prepárate! Por mortal morirás.
Prepárate para entregar pronto tu alma.

PERCY BYSSHE SHELLEY,
¡Ghasta, o el Demonio Vengador!

Belial les dio treinta y seis horas; eso fue hace treinta y cuatro horas. Y Cordelia caminaba en la fría y oscura mañana, parte de una sombría procesión de cazadores de sombras que marchaban hacia la puerta que los llevaría lejos de Londres, quizá para siempre.

Lucie estaba cerca, con Jesse, y Alastair acompañaba a Sona, que descansaba en una silla de ruedas empujada por Risa. Entre el gentío, Cordelia pudo ver a otros que conocía: Anna, con la espalda recta como una flecha; Ari, llevando a *Winston* en una jaula. Eugenia. Grace, sola y en silencio, cojeando ligeramente, porque se negó a aceptar runas curativas para sus pies heridos. Thomas, que llevaba a *Oscar* de la correa. Estaban todos juntos, sin embargo, Cordelia notaba como si cada uno de ellos hiciera este camino solo, aislado de los demás por su pena y su preocupación.

A medida que se acercaban a su destino, más cazadores de sombras se unieron a la procesión. La mayoría eran familias, que permanecían juntas. Cordelia sentía un horror sordo en el estómago. Esos eran los guerreros elegidos por el Ángel, los que se alzaban contra la oscuridad. Nunca se imaginó que serían expulsados de su propia ciudad con solo aquellas pertenencias que pudieran cargar.

La procesión avanzaba en silencio, y Cordelia sabía que, parte de ese silencio, era vergüenza. Una vez se confirmó que Belial decía la verdad: que un muro de magia rodeaba los límites de la ciudad y no se podía cruzar, y que Londres estaba bajo su control; el Enclave se desmoronó como un castillo de naipes. Londres solo era una ciudad, decían los cazadores de sombras más viejos. Quedarse y luchar sin la esperanza de que llegaran refuerzos, contra un enemigo cuyos poderes eran desconocidos, era una locura: mejor huir a Idris, para reunir a la Clave y hallar una solución.

Pero Cordelia estaba segura de que ninguna solución sería exactamente lo que un Príncipe del Infierno pedía que hicieran.

Y justo eso era lo que ella y sus amigos hicieron. Todo ellos protestaron, y no se les hizo caso. Era demasiado jóvenes, tenían esos sueños románticos de gloria, no comprendían el peligro, se les dijo. Incluso Charles protestó abiertamente, pero lo superaban en número. «Todos los adultos que estarían de su lado: los Herondale, los Lightwood, la Cónsul; se hallaban en Idris en esos momentos», pensó Cordelia con amargura. Belial lo planeó bien.

—No puedo creer que no se queden —murmuró Lucie, como si le leyera el pensamiento.

—Ni siquiera lo consideraron como una posibilidad. —Cordelia sintió la mordedura de la rabia en su interior—. Pero —añadió—, al menos, nosotros tenemos un plan.

Estaban pasando ante la iglesia de St. Clement, luego torcieron en masa por la Arundel Street hacia el Támesis. Después de solo un día y medio, Cordelia aún estaba anonadada por la trasformación que sufrió Londres. Era de mañana y, sin embargo, el cielo era de color negro con nubes gruesas, como siempre lo era últimamente. La única iluminación real llegaba desde el horizonte, donde (como informaron unos cuantos que cabalgaron hasta los alrededores de la ciudad) la muralla de salvaguardias demoniacas que rodeaban la ciudad emitía un brillo blanco apagado.

Alrededor de ellos, estaban los mundanos de la ciudad, como siempre, pero estos también fueron transformados. Los mundanos de Londres siempre se movían con urgencia cuando estaban en la calle, como si todos tuvieran importantes reuniones a las que asistir; en ese momento había algo inquietante y maníaco en su prisa. Realizaban las acciones usuales pero sin pensar, sin cambiar. En la Estación Temple había un quiosco de periódicos, con pilas de papel que ya comenzaba a amarillear por las puntas. Los titulares tenían noticias de hacía dos días. Mientras Cordelia miraba, un hombre con un sombrero hongo tomó uno y tendía una mano vacía al vendedor, que fingió contar el cambio. Al otro lado de la entrada de la estación, una mujer se hallaba frente al escaparate oscuro y vacío de una tienda cerrada. Mientras Cordelia pasaba, oyó a la mujer repitiendo una y otra vez: «¡Oh, mira! ¡Qué encanto! ¡Qué encanto! ¡Oh, vaya, vaya!».

Un poco más atrás de la mujer, la silueta enfundada en un hábito blanco de un Hermano Silencioso poseído por un demonio quimera se deslizó entre las sombras. Cordelia apartó rápidamente la mirada. Qué extraño resultaba sentir terror al ver a un Hermano Silencioso, que eran lo que se suponían que la debían proteger y curar.

Oscar tiró de la correa, gruñendo por lo bajo.

Cordelia se alegró cuando llegaron al Embankment, donde la niebla y la oscuridad borraban todo más allá de la pared del río, de modo que solo el roce del agua indicaba que el Támesis estaba allí. El puente de Waterloo se alzaba sobre ellos, casi sin verse, y luego ya estaban pasando por la entrada de los Jardines del Embankment y a lo largo de un sendero bordeado por árboles desnudos e invernales, que daba a un área abierta de césped cuidado, donde la mayoría del Enclave ya se reunió.

En el centro del césped, total y grotescamente fuera de lugar, se hallaba una estructura peculiar: un portal con arcos y columnas renacentistas. Alastair lo consultó: fue la entrada por el río a una señorial mansión antes de que Londres construyera el Embankment, lo que dejó la puerta a unos ciento cincuenta metros del río en sí, en medio del parque. No había ninguna relación entre la Puerta York y Belial, o nada demoniaco; Cordelia pensó que era justo el sentido del humor de Belial, enviarlos a través de una puerta que llevaba de ninguna parte a ninguna parte.

Cordelia no veía nada a través de la arcada, solo sombras. Una multitud rodeaba la puerta que antes daba al río: estaban Rosamund, con un tremendo baúl de ropa colocado sobre una base con ruedas con la que lo arrastraba. Detrás de ella estaba Thoby, que de algún modo tiraba de un baúl aún mayor. Martin Wentworth, con el rostro pétreo, sujetaba, con una sorprendente suavidad, una pecera que contenía su tortuga, y Esme Hardcastle, hacía malabarismos con media docena de carpetas llenas de papeles. Mientras Cordelia los observaba, una ráfaga de viento hizo volar algunos papeles, y Esme bailoteó alrededor de ellos presa del pánico, recogiéndolos. Augustus Pounceby la observaba en silencio; por su parte, decidió llevar brazadas de armas, aunque Cordelia no imaginaba por qué. Iba a Idris, donde ya tenían más que suficientes armas.

Luego Cordelia avistó a Piers Wentworth y Catherine Townsend. Alguna otra persona les llevaba las pertenencias; ellos acompañaban un féretro con ruedas donde yacía el cuerpo de Christopher, con su sudario cosido alrededor. Solo era visible la cabeza, con los ojos cubiertos con seda blanca.

Si alguien del Enclave encontraba raro que Thomas, Anna y sus amigos declinaran ser los portadores del féretro, no lo dijo. Si llegaban a fijarse, seguramente pensarían que era una silenciosa protesta contra el abandono de Londres.

Y en cierto modo, lo era.

Oscar ladró. Thomas se agachó para callarlo, pero volvió a ladrar, con el cuerpo rígido y los ojos clavados en la puerta. La sombra bajo la arcada comenzó a moverse; envió reflejos ondulados, la oscuridad marcada por líneas de color. Se levantaron murmullos por todas partes mientras, lentamente, una vista tomó forma a través del arco: un prado invernal, con montañas alzándose en la distancia.

Cualquier cazador de sombras reconocería esas montañas. Contemplaban la frontera de Idris.

Esa era su salida, su escape de Belial. Sin embargo, nadie se movía. Era como si acabaran de darse cuenta de en quien estaban confiando para llevarlos a salvo a través de este portal hacia el otro lado. Incluso Martin Wentworth, el mayor defensor de dejar Londres, vacilaba.

—Yo iré —dijo Charles, hacia el silencio—. Y haré una señal desde el otro lado si... si todo va bien.

—Charles —protestó Grace, pero sin poner todo el corazón; al fin y al cabo, ¿no estaban ahí para cruzar esa puerta? Y Charles ya avanzaba a grandes pasos, muy erguido. Cordelia se dio cuenta de que Charles no llevaba nada; no cargaba con ninguna pertenencia de Londres, como si no hubiera nada que le importara tanto para lamentar su pérdida. Se acercó a la Puerta de York y atravesó el portal.

Por un instante desapareció, antes de reaparecer al otro lado, en medio del paisaje helado. Volteó y miró hacia donde cruzó. Aunque era evidente que ya no vería el portal, o a los cazadores de sombras esperando al otro lado, alzó una mano con solemnidad, como para decir: «Es seguro. Pasen».

Los que esperaban en Londres se miraron los unos a los otros de reojo. Después de un largo momento, Martin Wentworth siguió a

Charles, y él también volteó para agitar la mano. Dijo «Idris» con los labios antes de avanzar y desaparecer de la vista.

El gentío por fin se movía. Comenzaron a organizarse en una especie de cola que iba hacia la puerta, por donde pasaban uno a uno. Cordelia miró a Anna cuando Piers y Catherine cruzaron, acompañando al cuerpo de Christopher en su féretro con ruedas; Anna estaba absolutamente inmóvil, una estatua de piedra.

Eugenia cruzó, con *Winston* en su jaula, que le agarró a Ari.

—¡Adiós! ¡Adiós! —gritaba *Winston*, hasta que el trino de su voz se lo tragó el portal. Flora Bridgestock fue a hablar con Ari, que negaba firmemente con la cabeza; Flora pasó sola por el portal, lanzando una melancólica mirada a su hija antes de cruzar el umbral.

—Layla —dijo Risa, mientras le ponía una mano en el brazo a Cordelia—. Es hora de irnos.

Cordelia oyó a Alastair tragar aire. Miró a su madre en la silla de ruedas. Sona tenía las manos sobre el regazo; miraba a sus hijos con ojos oscuros e inquisitivos.

«Lo sospecha», pensó Cordelia, aunque no podía probarlo, no podía estar segura. Solo esperaba que su madre lo entendiera.

Risa empujó la silla de Sona, esperando que Cordelia y Alastair la siguieran.

—¡*Oscar*! —gritó Thomas. Cordelia volteó y vio que *Oscar* se soltó de la correa y galopaba en círculos, encantado.

—Maldito perro —soltó Alastair, y corrió para ayudar a Thomas a atrapar al travieso retriever.

Cuando Thomas iba a atraparlo, *Oscar* se fue hacia la izquierda y corrió alejándose, ladrando alegremente.

—¡Perro malo! —gritó Thomas, mientras Lucie corría hacia el perro, intentado agarrarlo por el collar—. ¡Ahora no es momento!

—Risa... voy a ayudarlo. Atraviesa con *maman*; te veo al otro lado en un momento —dijo Cordelia. Echó una última mirada a su madre, y corrió a unirse a los otros.

Anna, Jesse, Ari y Thomas se abrieron en un círculo, tratando de atrapar a *Oscar* en medio. Lucie le llamaba: «Aquí, *Oscar*, aquí», dando palmadas para llamar su atención. Los miembros del Enclave seguían pasando, dando espacio a Cordelia y sus amigos mientras *Oscar* correteaba; acercándose primero a Ari, luego corriendo rápidamente fuera de su alcance, para hacer lo mismo con Grace y Jesse.

—¡Dejen el perro, idiotas! —gritó Augustus Pounceby, que en ese momento atravesaría el portal. Era casi el último; quizá quedaban unos cinco nefilim tras él.

Ya no faltaba mucho.

Oscar se tiró al suelo y rodó, agitando las patas. Fue a Anna la que se puso de rodillas mientras el último del Enclave, Ida Rosewain, entraba en el Portal. Anna le puso la mano a *Oscar* en el lomo.

—Buen perro —dijo—. Qué perro tan bueno eres, *Oscar*.

Oscar se puso de pie y le metió la cara contra el hombro. El Embankment ya estaba casi desierto. Cordelia miró alrededor al grupo que quedaba: Alastair, Anna y Ari, Thomas, Lucie, Jesse, Grace y ella.

El portal aún los llamaba; Cordelia y los otros aún captaban vistazos de las frías llanuras de Idris, y de la multitud de nefilim que se reagrupaba al otro lado. Aún podía cruzar. Pero hacerlo sería abandonar no solo Londres, sino también a Matthew y James. Y ninguno de ellos lo haría.

Thomas se avanzó para ponerle la correa a *Oscar* de nuevo.

—Buen chico —dijo, mientras le rascaba a *Oscar* detrás de las orejas—. Hiciste exactamente lo que tenías que hacer.

—¿Quién imaginaría que el perro de Matthew Fairchild estaría tan bien entrenado? —comentó Alastair—. Supuso que *Oscar* viviría una vida de disipación y desenfreno en el Ruelle Infierno.

—Matthew y James solían entrenar juntos a *Oscar* —explicó Lucie—. Le enseñaron todo tipo de juegos y trucos, y... —Los ojos le brillaron—. Bueno. Funcionó. No creía que lo hiciera.

Cordelia sospechaba que, en el fondo, ninguno confió en que funcionara, sobre todo porque la idea se les ocurrió en la desesperación de la noche, cuando solo quedaban unas horas para la mañana y la marcha. Sin embargo, todos la aceptaron con esperanza; en momentos como ese, al parecer, la esperanza era lo único que quedaba.

—Me siento muy culpable —murmuró Ari—. Mi madre, ¿qué pensará cuando no me reúna con ella?

—Eugenia les explicará nuestro plan a todos —repuso Thomas—. Prometió hacerlo. —Se irguió y miró hacia la puerta—. El portal se está cerrando.

Todos miraron, inmóviles, mientras la vista a través del arco desaparecía. Las sombras lo ocuparon, como pintura negra cubriendo una lona, borrando primero las montañas, luego las llanuras bajo estas, con las distantes imágenes de los cazadores de sombras que esperaban al otro lado.

Con un destello, el portal dejó de existir. El arco volvía a ser lo que era: «Una puerta que llevaba de ninguna parte a ninguna parte». Su salida de Londres desapareció.

—Y ahora, ¿qué? —susurró Grace, mirando hacia la oscuridad bajo el arco.

Cordelia respiró hondo.

—Ahora regresamos al Instituto.

Desde la Puerta de York solo había un corto paseo, pero la sensación era diferente y de mucho más peligro que a su ida allí. Antes obedecieron las órdenes de Belial; en ese momento, las desafiaban, y confiaban en pasar desapercibidos.

Lucie se sentía como si fueran ratones atrapados en una palangana, y sobre ellos rondara un gato por alguna parte. Observaba a los mundanos moverse por las calles en su atontamiento. No era la piedad, y lo sabía, lo que evitó que Belial matara a todos los habitantes de la ciudad, o que los expulsara, como hizo con los cazadores de sombras. Era porque quería gobernar sobre Londres, no sobre una cáscara vacía de lo que fue Londres, no sobre un Londres en ruinas, sino sobre la ciudad como la conocía, completa con banqueros yendo al trabajo con el periódico bajo el brazo, mujeres vendiendo flores a las puertas de las iglesias, y trabajadores llevando sus carros a su siguiente tarea.

Cuando los ocho hicieron planes, después de la terrible reunión del día anterior, acordó que se quedarían en el Instituto. Estaban bastante seguros de que los Vigilantes, y cualquier otro de los demonios de Belial que rondara por las calles, los atacarían en cuanto los vieran, y era más fácil asegurar una casa que muchas. «Además —pensó Lucie—, era demasiado deprimente dormir en sus casas vacías, y Grace no tenía ningún otro lugar al que ir».

Incluso la expresión de *Oscar* era seria mientras trotaba junto a Thomas. El silencio pesaba sobre Lucie. Pasó casi todo el tiempo, desde que James y Matthew fueron atrapados, encerrada en su habitación, a menudo en compañía de Jesse. Este era, y Lucie supuso que no le sorprendería, excelente para apoyarla de un modo silencioso y casi invisible. Se quedaba con ella en silencio mientras ella leía sus viejas historias y se preguntaba en qué pensaría, cómo podía ser tan despreocupada y relajada. A veces, Jesse la abrazaba sobre la cama, pasándole los dedos suavemente por el cabello; tenían cuidado de no hacer mucho más que eso. Cuando estaba sola, miraba las hojas en blanco durante horas, escribiendo una línea de tanto en tanto, y luego tachándola con violentas rayas de tinta.

Christopher estaba muerto. Lucie intentó encontrarlo y no sintió nada. No quería forzar la búsqueda; sabía por experiencia que llamar a los espíritus que no estaban ya rondando por el mundo de los humanos era un acto violento, que, como mucho, acudían con reticencia. Estuvieran donde estuviesen, era mejor que ser un fantasma.

James se fue, y Matthew con él. ¿Seguirían vivos? Belial solo poseería a James si estaba vivo y, seguramente, si lo hubiera conseguido, habría vuelto para burlarse de ellos. Era muy raro ver que los Alegres Compañeros, que fueron la savia de todos sus amigos, el grupo central, fuertes como el acero, al que cualquier otro podía juntarse con seguridad, se marchitó hasta quedar solo Thomas.

Y ya estaban de vuelta en el patio del Instituto, que estaba vacío y silencioso, como siempre. Ahí no había cicatrices, ninguna señal de las horribles cosas que sucedieron en hacía muy poco tiempo. Lucie se imaginó una placa: AQUÍ ES DONDE TODO SE HIZO PEDAZOS. La desaparición de Matthew y James, la muerte de Christopher; todo eso parecía muy cercano, un trauma sin resolver, y al mismo tiempo lejano.

«Por el otro lado —pensó—, ese patio fue destrozado por Leviathan hacía solo un par de semanas, y tampoco había ninguna señal de eso». Quizá ser cazadores de sombras significaba simplemente dibujar runas sobe las propias cicatrices, una y otra vez.

En el interior, todo estaba igual de vacío y silencioso, un inquietante cambio después del ajetreo de los últimos días. Sus botas resonaban muy fuerte sobre el suelo de piedra y producían ecos contra las paredes. Mientras subían por la escalera central, Jesse unió su mano enguantada a la de ella.

—¿Te fijaste si Bridget se fue? —preguntó en voz baja—. Juraría que no la vi entre la gente.

Lucie se sorprendió.

—No, no la vi, pero debe de haberlo hecho, ¿no crees? Seguramente estábamos todos demasiado ocupados con *Oscar* para fijarnos.

—Supongo —repuso Jesse, aunque había duda en su voz.

Llegaron a la biblioteca. Lucie miró alrededor, contemplando los resultados de los planes que trazó en secreto durante el último día y medio, trabajando en breves e intensos momentos cada vez que podían. La mesa estaba llena de mapas de Londres, la Ciudad Silenciosa, los alrededores de la Ciudadela Irredenta. También había una pizarra con ruedas en un lado; Thomas la sacó de algún armario de material.

—Al menos ahora podremos escribir nuestros planes —dijo Jesse; hasta el momento lo evitaron para que nadie encontrara nada—. Suponiendo que todos recordemos cuáles son.

—Ari, ¿lo escribes tú? —pidió Anna—. Tienes la mejor caligrafía de todos los que estamos aquí, estoy segura.

—No con tiza —protestó Ari, pero de todas formas parecía complacida. Agarró la tiza e hizo un gesto hacia ellos, expectante.

Thomas miró alrededor y, al no ver a nadie que quisiera comenzar, carraspeó para aclararse la garganta.

—La máxima prioridad —comenzó— es asegurar el Instituto. Tapar las ventanas de todas las habitaciones que vayamos a usar, y nada de luces en las habitaciones que no usemos. Ponemos cadenas en la puerta principal. De ahora en adelante entramos y salimos solo por el Santuario. Con suerte, evitaremos que Belial se entere de que hay cazadores de sombras que se quedaron.

—Acabará enterándose —dijo Alastair—. Suponiendo que no nos viera ningún Vigilante mientras regresábamos de la puerta.

Ari le señaló con la tiza.

—Eso es una idea muy sombría, Alastair, y no vamos a permitirlo. Cuando más tiempo podamos ocultar nuestra presencia, mejor.

—Acordado —dijo Anna—. Siguiente. Ari y yo vamos a intentar encontrar una manera de entrar y salir de Londres. Tiene que haber alguna puerta mágica que a Belial se le pasara. Un portal desechado de algún brujo, un camino a Feéra. Algo.

—¿Y tratar de ir por el camino que Tatiana y los Vigilantes utilizaron para llegar aquí? —sugirió Thomas—. El Camino de los Muertos.

En los frenéticos últimos días en la biblioteca, descubrieron que el Camino de los Muertos era un pasaje que llevaba de la Ciudad Silenciosa a las Tumbas de Hierro. Al parecer, después de que encerraran a Tatiana, esta abrió la puerta en la Ciudad de Huesos para permitir que el ejército de Belial entrara desde la Tumbas de Hierro, a lo largo del Camino, y hasta el corazón de la ciudad de los Hermanos Silenciosos. Era una idea dolorosa.

—Ojalá hiciéramos eso, Tom —repuso Anna—, pero recuerda lo que Charles dijo: no solo está sellada la entrada a la Ciudad Silenciosa, sino que no podríamos luchar contra los demonios que nos atacarían si intentáramos abrirla. Sobre todo ahora, cuando ya no hay auténtica luz de día, no hay ningún momento en que probemos de un modo seguro.

—Si contáramos con la ayuda de algún brujo, quizá lo intentaríamos —indicó Lucie—. Magnus y Hypatia están en París, pero Malcolm es el Brujo Supremo de Londres; al menos tiene que saber lo que ocurrió. Y no solo los brujos —añadió—. Debemos intentar ponernos en contacto con cualquier subterráneo que siga en Londres. Belial dijo que los tenía a todos bajo su control, pero miente en todo.

—Mensajes de fuego —dijo Grace con una vocecita, desde la otra punta de la mesa, sorprendiendo a Lucie—. La invención en la que Christopher trabajaba. Creía estar muy cerca. Si conseguimos hacer que funcionen, quizá enviemos mensajes a Idris. Ya que Belial no sabe que existen.

Todos asintieron. Cordelia se cruzó de brazos.

—Los Vigilantes. Es peligroso, pero debemos averiguar más sobre ellos. Lo que pueden hacer; si tienen alguna debilidad que podamos explotar. —Volteó hacia Lucie—. Luce, ¿te encontraste con algún fantasma de un Hermano Silencioso o una Hermana de Hierro? Es cierto que sus cuerpos no se pudren, pero ¿qué hay de sus almas?

Lucie negó con la cabeza.

—Nunca vi esos fantasmas. Siempre que las almas de las Hermanas de Hierro o los Hermanos Silenciosos viajan, es hacia algún lugar más lejos de lo que nunca estuve.

—Averiguar algo sobre los Vigilante va a ser difícil —comentó Alastair—, dado que también estamos tratando de pasar desapercibidos. Si luchamos contra un Vigilante y sale corriendo, informará sobre nosotros a Belial. Si luchamos contra el Vigilante y lo matamos, lo notarán. No digo que no debamos intentarlo —añadió, alzando las manos antes de que Cordelia pudiera rebatirle—. Quizá podamos tirarles cosas pesadas encima desde arriba.

—Tú te dedicas a tirar cosas a los Vigilante desde arriba —aceptó Anna—. Mientras tanto, queda el peor de nuestros problemas.

—Salvar a James y Matthew —dijo Lucie.

—Primero tendremos que encontrar a James y Matthew —señaló Jesse.

—James aguantará todo lo que pueda —aseguró Cordelia con firmeza—. Pero no sabemos cuánto será eso, o si Belial encontrará algún medio de poseerlo incluso sin su consentimiento.

—Y Belial no se esperaba llevarse también a Matthew —indicó Thomas—. No tiene ninguna razón para mantenerlo vivo. Así que aún tenemos menos tiempo que ese.

—Tiene una razón para mantenerlo vivo —apuntó Lucie—. James jamás cooperará si Belial hace daño a Matthew.

Thomas suspiró.

—Por ahora, tendremos que aferrarnos a eso. Porque no sabemos ni por dónde comenzar el rescate. Edom es otro mundo. No tenemos forma de llegar a él. Quizá con la ayuda de un brujo... Depende de si Belial mentía cuando dijo que los tenía a todos bajo su control.

—Pues bien —comenzó Anna. Lucie se sintió agradecida; incluso con el profundo dolor que sentía Anna, no iba a permitir que cayeran en la desesperación—, Ari y yo trataremos de averiguar caminos mágicos para entrar y salir de Londres. Grace, tú ocúpate de los mensajes de fuego; tú eres, con mucho, la que más sabe sobre el trabajo de Christopher.

—Yo ayudaré a Grace —dijo Jesse.

Anna asintió.

—Alastair, Thomas y tú se ocupan de los Vigilantes y de cómo luchar contra ellos. Cordelia...

—Luci y yo nos ocuparemos de buscar entre los subterráneos —dijo Cordelia. Captó la mirada de Lucie y la mantuvo con intención—. Y averiguaremos cómo rescatar a James y Matthew.

—Estas son todas las tareas y todos nosotros —indicó Ari—. Es curioso lo rápido que se pueden hacer las cosas cuando el resto del Enclave no está aquí para entretenernos.

—Cuando todo se fue al infierno —soltó Alastair—, la mente se centra de un modo muy efectivo.

Comenzaron a hablar todos. Lucie miró a Cordelia, que permanecía en silencio, también observando al resto. Por primera vez en mucho tiempo, Lucie sintió un rayo de esperanza.

«Cordelia y yo vamos a trabajar juntas —pensó—. Y vamos a ser *parabatai*».

Incluso en medio de frío de la ciudad vacía y las abrumadoras tareas que les esperaban, esa idea encendió algo cálido en su interior, el primer calor que sentía desde que comenzara todo ese asunto.

Cordelia y Lucie se mantenían juntas mientras recorrían Berwick Street. Cordelia no dejaba de recordar la primera vez que estuvo allí, en el Soho, con Matthew y Anna. El modo en que miró todo con ganas, absorbiéndolo: el barrio estallando de vida, faroles de nafta iluminando los rostros de los clientes que regateaban en los puestos sobre cualquier cosa, desde platos de porcelana a rollos de tela brillante. La risa que salía de las ventanas iluminadas del *Pub* Blue Post. Matthew sonriéndole bajo la luna, recitando poesía.

Qué animado y encantador era. En ese momento resultaba espeluznante. Aunque era mediodía, estaba oscuro, pero los faroles de gas se quedaban sin encender: la noche anterior vio a los faroleros vagando por las calles, haciendo los gestos de su trabajo, pero no había llamas encendidas al final de sus pértigas. Gente tirada en los portales, muchos vestidos solo con harapos: en los tiempos ordinarios se los llamaba Jemmys temblones, pero ahora no temblaban. No parecían notar el frío, aunque tenía los dedos y los pies descalzos de color azul. Cordelia quería ponerles una cobija encima, pero sabía que no podía: interferir con los mundanos llamaría la atención de los Vigilantes, y como Anna les recordó muy severamente a Lucie y a ella, la mejor manera de ayudarlos era acabar con el control de Belial sobre Londres lo antes posible.

Aun así. El corazón le dolía.

Al acercarse a Tyler's Court, se encontraron con un artista con el caballete colocado sobre la banqueta. Llevaba un gastado abrigo, pero las pinturas y la paleta eran frescas. Lucie se paró para mirar hacia su cuadro e hizo una mueca: la imagen era infernal. Pintó Londres en ruinas, la ciudad ardiendo, y en lo alto del cielo, demonios batiendo sus alas coriáceas, algunos con humanos sangrando entre las garras.

Cordelia se alegró de salir de esa calle. Se metieron en el estrecho pasadizo de Tyler's Court, y el corazón se les cayó a los pies al ver que la puerta del Ruelle Infierno colgaba abierta, como la boca de un cadáver.

—Mejor saca un arma —susurró Cordelia, y Lucie sacó un cuchillo serafín de su cinturón de armas, asintiendo. Cordelia estaba armada, sabía que era simplemente demasiado peligroso no estarlo, pero no alzó un arma desde que mató a Tatiana. Esperaba no tener que hacerlo; lo último que necesitaba era invocar a Lilith y que apareciera.

Esperó, al ver la puerta abierta, encontrarse el Ruelle desierto. Pero se sorprendió, una vez dentro, al oír voces que llegaban desde la parte interior del salón. Lucie y ella avanzaron lentamente por el pasillo hacia la sala principal del Ruelle, y se quedaron paradas al entrar.

La sala estaba llena de subterráneos, y a primera vista, el Ruelle Infierno parecía funcionar como de costumbre. Cordelia miró alrededor, atónita; había una actuación en el escenario, y el público, sentado en mesas, parecía observar ávidamente a los actores. Las hadas pasaban entre ellos, llevando charolas con vasos de vino tinto colocadas como flautas de rubíes.

Y, sin embargo, donde las paredes estarían cubiertas de piezas de arte y adornos, no había nada. Cordelia no creyó ver nunca el Ruelle tan desprovisto de color y decoración.

Lucie y ella comenzaron a caminar lentamente hacia el escenario, lo que las llevó entre las mesas llenas de gente. Cordelia pensó en Alicia desapareciendo por el agujero del conejo. «Curioso y más curioso». Los subterráneos no estaban mirando la actuación: estaban mirando fijamente al frente, cada uno perdido en una visión diferente. Había un olor acre de vino rancio en el aire. Nadie se fijó en Cordelia y Lucie. Igual podrían ser invisibles.

En el escenario había una especie de actuación. Una *troupe* de actores se reunió allí, en disfraces disparejos y apolillados. Colocaron una silla en el centro, sobre la que se sentaba un vampiro. Iba vestido con la idea mundana del diablo: todo de rojo, con cuernos, una cola bifurcada envolviéndole los pies. Ante él estaba un hada macho, alto con una mitra de obispo y sujetando un círculo de cuerda, dura de suciedad, que fue atada para parecer una corona. El hada no miraba al vampiro, solo tenía los ojos perdidos en el espacio, pero mientras ellas los observaban, bajó la corona sobre la cabeza del vampiro. Paró un momento, se la quitó, y luego coronó al vampiro por segunda vez. Había una sonrisa fija en su rostro, y murmuraba algo, demasiado bajo para oírse; al acercarse más, Cordelia pudo distinguir las palabras: «Señores, aquí les presento a su indudable rey. Por tanto, todos ustedes vinieron este día a rendir homenaje y servicio, ¿están dispuestos a hacer lo mismo?».

El vampiro soltó una risita.

—Qué honor —dijo—. Qué honor. Qué honor.

Los otros actores en el escenario estaban al lado y aplaudían cortésmente sin parar. Desde ahí, Cordelia pudo verles las manos, que tenían rojas y descarnadas: ¿cuánto tiempo llevarían aplaudiendo a esa extraña coronación? ¿Y qué se suponía que quería significar?

Por las mesas, unos cuantos subterráneos estaban de pie, pero la mayoría estaban tirados en sus sillas. Lucie pisó un charco de líquido oscuro y rápidamente pegó un brinco apartándose, pero era demasiado líquido para ser sangre; Cordelia se dio cuenta de que era vino, cuando un hada camarera pasó con una botella, se detuvo allí y vertió más vino en vasos ya llenos. El alcohol chapoteó y se derramó sobre los manteles y el suelo.

—Mira —murmuró Lucie—. Kellington.

Cordelia esperaba encontrar a Malcolm o incluso a alguno de los subterráneos amigos de Anna, como la hada Hyacinth. Pero supuso que Kellington serviría. El músico estaba sentado solo en una mesa cerca del escenario, descalzo, con la camisa salpicada de manchas de vino. No alzó la mirada cuando se acercaron. Tenía el cabello enganchado por un lado; Cordelia no supo decir si era por sangre o por vino.

—¿Kellington? —le llamó Cordelia alegremente.

El licántropo la fue mirando lentamente, con sus ojos de color dorado apagados.

—Estamos buscando a Malcolm —dijo Lucie—. ¿Está Malcolm Fade aquí?

—Malcolm está en prisión —contestó Kellington en una voz sin inflexión.

Cordelia y Lucie intercambiaron una mirada de alarma.

—¿En prisión? —preguntó Cordelia.

—Fue atrapado por los nefilim cuando era solo un niño. Nunca escapará de ellos.

—Kellington... —comenzó Lucie, pero él siguió hablando, sin hacerle caso.

—Cuando yo era niño, antes de que me mordieran, mi padre me llevaba al parque —fue contando—. Más tarde murieron de la fiebre escarlata. Yo viví porque era un lobo. Los enterré en un sitio verde. Era como un parque, pero no había río. Solía hacer barcos de papel y flotarlos en el río. Te podría enseñar cómo.

—No —tartamudeó Lucie—, ya está bien así. —Apartó a Cordelia, con el rostro preocupado—. Esto va mal —dijo en voz baja—. No están mejor que los mundanos.

—Peor, quizá —asintió Cordelia, mirando alrededor nerviosa. Kellington agarró un cuchillito de su mesa. Lentamente, se cortó en el dorso de la mano, observando con fascinación mientras la herida se le cerraba rápidamente—. Quizá deberíamos irnos.

Lucie se mordió el labio.

—Existe la posibilidad, tal vez, de que Malcolm esté en su despacho.

Incluso si lo estuviera, Cordelia dudaba de que Malcolm estuviera en condiciones de poder ayudarlos. Pero no pudo decir que no ante la expresión de esperanza en el rostro de Lucie. Al dejar la sala principal, pasaron junto a una mesa de vampiros; ahí el líquido derramado era sangre, seca hasta ser de color café, y Cordelia tuvo que contenerse para no vomitar. Los vampiros levantaban copas de sangre seca hacía tiempo y se las llevaban a los labios, una y otra vez, tragando aire.

El despacho de Malcolm parecía intacto, aunque tenía el mismo ambiente que el resto de la Ruelle Infierno: oscuro, sin luz y húmedo. Cordelia encendió su luz mágica y la alzó, para iluminar la sala; le pareció que era seguro encenderla ahí dentro. Dudaba que los Vigilante tuvieran mucho interés en el Ruelle.

—Malcolm no está —dijo Cordelia—. ¿Nos vamos?

Pero Lucie estaba en el escritorio de Malcolm, sujetando su propia luz mágica por encima, pasando rápidamente los papeles apilados allí. Mientras los iba leyendo, su expresión fue cambiando, de curiosidad a preocupación, y luego a enojo.

—¿Qué pasa? —preguntó Cordelia.

—Nigromancia —contestó Lucie, mientras dejaba caer la pila de papeles que sujetaba ruidosamente sobre la mesa—. Necromancia pura. Malcolm prometió que no intentaría resucitar a Annabel de entre los muertos. ¡Me lo juró! —Giró para mirar a Cordelia, con la espalda contra el escritorio—. Lo siento —dijo—. Ya sé que ahora mismo no importa...

—Creo que ambas sabemos que cuando pierdes a la persona que amas —dijo Cordelia con tacto—, la tentación de hacer lo que sea para recuperarla es avasalladora.

—Lo sé —susurró Lucie—. Eso es lo que me asusta. Malcolm sabe que no debe hacerlo, pero no importa lo que sabe. Es lo que siente. —Respiró hondo—. Daisy, necesito decirte algo...

«Oh, no», pensó Cordelia, alarmada. ¿Iba Lucie a confesarle algo terrible? ¿Estaría Malcolm enseñándole magia negra?

—Tengo un problema —comenzó Lucie.

—¿Un problema... nigromántico? —preguntó Cordelia, con mucho cuidado.

—¡No! La verdad. No hice ninguna nigromancia. Es más un... bueno... un problema de besos.

—¿Y quieres hablar de eso ahora? —inquirió Cordelia.

—Sí, porque... bueno, supongo que es una especie de problema nigromántico de besos.

—Besar a Jesse no es nigromancia —dijo Cordelia, frunciendo el cejo—. Ahora está vivo. A no ser que estés besando a otras personas.

—No —exclamó Lucie—, pero siempre que beso a Jesse y lo toco durante más de un momento... —Se sonrojó tanto que hasta se pudo ver bajo la luz mágica—. Siempre que mi piel toca la suya, de verdad, me siento como si cayera entre sombras. Y... veo cosas.

—¿Qué clase de cosas?

—El sigilo de Belial. Pero cambiado; no es el mismo que está en los libros. Y veo torres, rejas, como en Alacante, pero como si Idris fuera poseído por los demonios. —Le tembló la voz—. Oigo un encantamiento, en algún tipo de lenguaje demoniaco, diciendo...

—No lo digas en alto —la interrumpió Cordelia rápidamente—. Belial puede que te esté engañando para que hagas justamente eso. Oh, Lucie. ¿Hablaste con Malcolm, le dijiste lo que pasaba?

Lucie asintió.

—Dice que al emplear mi poder para resucitar a Jesse, pudo forjar un canal entre Belial y yo. —Juntó las cejas—. Imagino que estoy viendo las cosas que él está pensando, o haciendo. Me gustaría que se quedara fuera de mi mente. Ahora, hasta tengo miedo de tocarle la mano a Jesse.

«Al menos tú puedes verlo. Al menos está en el mismo mundo, contigo».

Pero eso era injusto, y Cordelia lo sabía; durante mucho tiempo no fue así.

—No puedo decir que conozca mucho a Jesse, pero es evidente que te ama de verdad. Y que es paciente. Tuvo que serlo, considerando la vida que ha tenido. Estoy seguro de que te esperará; no hay nada que le importe más que tú.

—Eso espero —contestó Lucie—. Pronto se acabará todo esto, de un modo u otro, ¿no? —Se estremeció—. ¿Nos vamos? Es terrible estar en las calles ahora, pero es mejor que la sensación espeluznante que me da este sitio.

Salieron del despacho de Malcolm y regresaron a la sala principal del Ruelle. Mientras iban hacia la entrada, algo llamó la atención de Cordelia: pintaron un trozo de pared con la imagen de un bosque, con pequeños búhos saliendo entre los árboles. Lo reconoció como un trozo del mural de Lilith que cubrió la pared duranta la celebración de Hypatia del Festival de Lamia. Era solo un trozo, porque pintaron encima.

La imagen del mural permaneció con ella, y para cuando llegaron de nuevo a Tyler's Court, ya tenía una idea. Una idea muy muy mala. Era exactamente el tipo de idea que se agarraba a la imaginación, y contra la voluntad de uno, se afianzaba, y se hacía más fuerte a cada momento. Era una idea peligrosa, quizá una locura. Y no estaba James para decirle que no lo hiciera.

Hubo un tiempo muy muy largo de oscuridad antes de que James se despertara. No podía decir cuánto duró. Estuvo en Londres, en el patio del Instituto, mirando a Cordelia a través de una neblina. Luego vio a Matthew corriendo hacia él y el rugido de Belial le resonó en los oídos, y luego era el rugido del viento, una tempestad que lo envió dando vueltas de cabeza, y la oscuridad se apoderó de él, envolviéndolo como la capucha del verdugo.

Lo primero que notó al despertarse fue que estaba tumbado sobre la espalda, mirando a un cielo que era de un feo color amarillo naranja, cargado de nubes gris negro. Se puso de pie, con la cabeza y el corazón latiéndole con fuerza. Estaba en un patio con un suelo de losas de piedra, rodeado por todas partes por altos muros sin ventanas. Por encima de él, a un lado, se alzaba una fortaleza de piedra gris que se parecía mucho al Grad de Alacante, aunque esta versión tenía unas altas torres negras que se perdían en las nubes bajas.

El patio parecía ser algún tipo de jardín, un lugar exterior agradable y cerrado para el disfrute de los ocupantes de la fortaleza. Había caminitos de piedra, que seguramente en el pasado bordeaban un cúmulo de flores y árboles; lo único que quedaba entre ellos era tierra, gris y pedregosa; ni una sola brizna de mala hierba surgía de ese suelo tan adverso.

James giró en redondo. Antiguos bancos de piedra cuarteados, restos de árboles muertos, un cuenco de piedra subido precariamente al resto de una estatua rota, y ahí, un destello de verde y oro. Matthew.

Salió corriendo por el patio. Matthew estaba sentado, apoyado contra una de las paredes de piedra, bajo la sombra del Grad oscuro. Tenía los ojos cerrados. Cuando James se puso de rodillas junto a él, los abrió lentamente y le ofreció una sonrisa exhausta.

—Bien —dijo—. Esto es Edom. No estoy seguro si veo a qué vine... —Tosió y escupió polvo negro al suelo— ... tanto alboroto.

—Math —exclamó James—. Aguanta. Déjame que te mire.

Le apartó el cabello de la cara, y Matthew hizo una mueca de dolor. Tenía un corte irregular en la frente; aunque la sangre se había secado, parecía doloroso.

James buscó su estela, le tomó el brazo a Matthew y lo arremangó. Matthew lo observaba con una especie de interés distante, mientras James dibujaba un cuidadoso *iratze* en el antebrazo de su amigo. Ambos se le quedaron mirando cuando el *iratze* tembló, y luego se borró, como si la piel de Matthew lo hubiera absorbido.

—Déjame que adivine —dijo Matthew—. Las runas no funcionan aquí.

James lanzó un juramento y lo intentó de nuevo, con fiera concentración: el *iratze* vaciló durante un momento, antes de desvanecerse abruptamente como el otro.

—Me siento un poco mejor —ofreció Matthew.

—No hace falta que me sigas la corriente —replicó James serio. Estuvo arrodillado; ahora se dejó caer junto a Matthew, sintiéndose como si le absorbieran la energía. En lo alto, un sol rojo oscuro entraba y salía de las masas nubosas negras sobre la fortaleza—. No debiste venir, Matthew.

Matthew tosió de nuevo.

—«Allí donde tú vayas» —citó.

James agarró un guijarro negro y quebrado, y lo tiró contra una pared, donde hizo un ruidito insatisfactorio.

—No si me estás siguiendo a la muerte.

—Creo que encontrarás que es especialmente cuando te estoy siguiendo a la muerte. «Y nada excepto la muerte te apartará de mí». Sin excepciones en las dimensiones demoniacas.

«Pero no hay nada que puedas hacer para ayudarme —pensó James—. Y Belial te matará si le divierte, y yo tendré que verlo».

No dijo nada de eso. Sería cruel decirlo. Y parte de él, aunque le avergonzara, se alegraba de que Matthew estuviera allí.

—Necesitas agua —fue lo que dijo James—. Ambos la necesitamos. Esto es seco como un hueso.

—Y no tardaremos en necesitar comida —añadió Matthew—. Supongo que Belial lo sabe y tratará de hacernos pasar hambre. Bueno, de hacerte pasar hambre. Tú eres al que quiere. Yo solo soy una molestia. —Pasó la mano por encima de una pila de guijarros negros—. ¿Dónde crees que estará?

—¿Belial? ¿Quién va a saberlo? —contestó James—. Quizá en la fortaleza. Cabalgando sobre alguna bestia del infierno por Edom, riéndose satisfecho. Admirando la desolación. Aparecerá cuando así lo desee.

—¿Crees que hay alguna dimensión demoniaca bonita? Ya sabes, pastos verdes, colinas de frutales, playas y cosas así.

—Creo —respondió James— que los demonios tienen la misma idea de los panoramas infernales baldíos que nosotros tenemos de los agradables retiros en el campo. —Exhaló un suspiro de frustración—. Sé que no sirve de nada. Pero me siento ridículo ni siquiera intento buscar una manera de salir de aquí.

—No te juzgaré —declaró Matthew—. Admiro las búsquedas heroicas sin sentido.

James le puso la mano a Matthew en el hombro antes de ponerse de pie. Recorrió el perímetro del patio, y no encontró nada que no esperara. Los muros eran lisos y no se podían escalar. No había puerta hacia la fortaleza, ningún agujero en la pared que sugiriera la presencia de un panel secreto, ni pieza extrañamente plana sobre el suelo que pudiera indicar una puerta.

Trató de no perder la esperanza. Había migajas reconfortantes.

Belial juró no hacer daño a los otros, a los que dejaron en Londres. Incluso aceptó no ir por Cordelia. James no dejaba de recordar lo feliz que se sintió, hacía solo bien poco, al despertarse en su recámara de Curzon Street y darse cuente de que Cordelia estaba junto con él. Era cruel; tuvieron tan poco tiempo antes de que a él se lo llevaran.

—No creo que tengas ningún control sobre este reino, como lo tenías en el otro —dijo Matthew cuando James regresaba hacia él.

—No —contestó James—. Lo noto. En el reino de Belphegor, siempre había algo que me llamaba, como un ruido apagado que oía si me paraba a escuchar. Pero este lugar está muerto. —Se detuvo. Llegó a la estatua rota que vieron antes, y se dio cuenta de que el cuenco que se balaceaba en lo alto no estaba vacío. Contenía un líquido claro.

Agua. De hecho, junto al cuenco había una copa de metal, que dejó allí alguna mano auxiliadora invisible.

James entrecerró los ojos. Claro que el agua podría estar envenenada. Pero ¿era probable? Belial no tendría ningún problema en envenenar a Matthew, pero ¿envenenar a James? Bueno, Belial lo quería vivo.

Y todas las células de su cuerpo pedían agua. Si Belial decidió envenenarlo, que así fuera; lo mataría de cualquier otra manera, si eso no lo lograba. James sostuvo la copa de metal y la hundió en el cuenco. Notó el agradable frescor del agua en los dedos.

—James... —Matthew le advirtió, pero James ya bebía. El agua sabía fresca y limpia, sorprendentemente deliciosa.

James bajó la copa.

—¿Cuánto crees que tendremos que esperar para ver si me deshago o me convierto en un montón de cenizas?

—Belial no te envenenaría —afirmó Matthew, igual que pensó James—. No te quiere muerto, y si lo quisiera, estoy seguro de que hubiera aprovechado la oportunidad para matarte de un modo más espectacular.

—Muchas gracias. Muy tranquilizador. —James volvió a llenar la copa y se la llevó a Matthew—. Bebe.

Matthew lo hizo, obediente, aunque sin el entusiasmo que James esperaba. Bebió solo la mitad de la copa cuando la apartó con manos temblorosas.

No miró a James. Pero no tenía que hacerlo; James se dio cuenta al momento de que Matthew temblaba, tiritando mucho, a pesar del calor en el aire y el largo abrigo que llevaba. Sus rubios rizos estaban húmedos de sudor.

—Math —dijo James a media voz—. ¿No llevas la licorera? La que te dio Kit. Con el sedante.

Matthew se encogió; James no podía culparlo. Dolía decir el nombre de Christopher.

—La tengo —respondió Matthew—. Solo queda un poco.

—Déjamela ver —pidió James, y Matthew se la pasó sin protestar. James desenroscó el tapón de la licorera y miró el interior. Se le hizo un nudo en el estómago: ahí quedaban solo un par de tragos de líquido.

Intentado mantener firmes las manos, James vertió un dedal de líquido en el tapón de la licorera y se lo pasó a Matthew. Este se lo tragó, antes de dejarse caer contra la pared.

Cuando le devolvió el tapón a James, su mano era más firme. Eso le pareció a James, o quizá solo quería que fuera cierto. Cerró la licorera y se le metió a Matthew en el bolsillo. Dejó la mano allí un instante, sintiendo el calor de la piel de Matthew a través de la camisa, el firme latido de su corazón.

—Vendrán a buscarnos, sabes —dijo, y notó el corazón de Matthew dar un brinco bajo su mano—. Nuestros amigos. Saben dónde estamos. Cordelia, Lucie, Thomas, Anna...

—No salimos a la tienda de la esquina —replicó Matthew, cansado, aunque sin rencor—. Estamos en otro mundo, James.

—Yo tengo fe en ellos —afirmó James.

Matthew lo miró, con sus ojos verdes firmes.

—Bien —repuso, y puso la mano sobre la de James, en su corazón—. Es bueno tener fe.

28

MAREAS DE LONDRES

Y solo las mareas de Londres fluyen,
incansables, sin parar, de aquí allí;
solo del tráfico, su rugido y ajetreo,
parece una ola rompiendo en una costa lejana.

CICELY FOX, *Anclas*

Thomas guio a Jesse y Grace por las calles de Mayfair, con la sensación de llevar a cazadores inexpertos a través de una selva acechada por tigres.

Encontraron trajes de combate en los almacenes del Instituto, y Jesse tuvo que ayudar a Grace a ponerse el suyo, porque ella nunca lo había llevado. Los tres iban armados; Jesse tenía la espada Blackthorn, y Grace una larga daga de plata; pero Thomas era consciente de lo mucho que distaban del entrenamiento normal de un cazador de sombras. Sabía que Jesse aprendió por sí solo hacía años, y estuvo practicando para mejorar, pero eso quedaba muy lejos de los años de entrenamiento intensivo habituales que un cazador de sombras tendría ya a su espalda a la edad de Jesse. Grace, claro, no entrenó nunca, excepto por un par de cosas que le enseñó Jesse, y mientras ella sujetaba la daga de plata con cuidado, Thomas deseó que Grace tuviera un mejor entrenamiento con armas de largo alcance. Si se acercaba lo suficiente a un Vigilante para poder usar la daga, seguramente sería lo mismo que estar muerta.

Era mediodía, aunque resultaba difícil decirlo con el movimiento constante de las nubes negras en el cielo. Los Vigilantes estaban por ahí, pero no en grupo. Deambulaban por las calles como una especie de patrullas desorganizadas, observando de un modo engañoso. Por suerte, se les distinguía muy bien por su túnica blanca, y Thomas tenía tiempo de meterlos a todos en portales cada vez que aparecía uno de ellos.

Todo ese asunto le hacía rechinar los dientes. No le gustaba esconderse de una pelea, y tendrían que aprender cómo derrotar a los Vigilantes si quería tener alguna esperanza de sobrevivir a largo plazo. Quizá si estuvieran solo Jesse y él... pero no era así. Y necesitaban a Grace. Era la única que entendía el trabajo de Kit sobre los mensajes de fuego; su única esperanza de conectar con el mundo exterior.

A pesar de su reticencia, tenía que admitir que Grace no parecía asustada. Ni de los Vigilantes, ni del grotesco comportamiento de los humanos, por inquietante que resultaba a veces. Los tres pasaron una tienda con el escaparate destrozado, y mundanos, algunos con sangre en los pies, que caminaban sobre los afilados añicos caídos al pavimento sin notarlo. En el interior de la tienda, un mundano se hizo un ovillo sobre un exhibidor de latas de café y dormía, como un gato. En otro escaparate roto, una dama se retocaba como si aun viera su reflejo en el cristal destrozado. Un niño le tiraba de la falda, una y otra vez, con una regularidad casi mecánica, como si no esperara ninguna respuesta.

—Odio esto —dijo Grace; era la primera vez que hablaba desde que salieron del Instituto. Thomas miró a Jesse, cuya expresión era torva. Thomas imaginó qué pensaría si estuviera en el lugar de

Jesse: «¿Para qué regresar de entre los muertos a un mundo que parece sin vida?».

Por suerte, llegaron a Grosvenor Square y la casa de los Fairchild. Estaba a oscuras y cuidadosamente cerrada. Tenía el aire de llevar abandonada mucho tiempo, aunque solo pasaron unos pocos días desde que Charlotte y Henry se fueron hacia Idris, y Charles al Instituto.

Thomas abrió con su llave, y Grace y Jesse lo siguieron. Cada palmo de la piel se le erizó cuando entraron. Cada habitación le recordaba los cientos de veces que estuvo allí, las horas que pasó con Matthew, con Charlotte y Henry, con Christopher en el laboratorio, riendo y platicando. Esos momentos eran como fantasmas, como si el pasado se extendiera para dejar una triste huella en el presente.

«Quizá sería más fácil en el laboratorio», pensó Thomas, y los condujo al sótano. Jesse miró alrededor asombrado, mientras Thomas activaba las grandes piedras mágicas que Henry instaló para iluminar su área de trabajo.

—No tenía ni idea de que Henry Fairchild se dedicara a este tipo de cosas —comentó Jesse, mirando el equipo del laboratorio, las botellas de cristal y las sujeciones de metal, los embudos y matraces, y las pilas de notas en la apretada escritura de Christopher—. Pensaba que ningún cazador de sombras se dedicaba a este tipo de cosas.

—Hacer este tipo de cosas fue lo que inventó el portal, tonto —explicó Grace, y por primera vez, Thomas la vio no como la víctima huérfana del pacto de una loca con un Príncipe de Infierno, sino como una hermana normal, disfrutando al corregir a su hermano—. Si los nefilim desean sobrevivir en el futuro, deben estar en línea con el resto del mundo. Este irá avanzando con o sin nosotros.

—Hablas como Christopher —murmuró Thomas, pero claro, ¿por qué sorprenderse?; Christopher y ella, de algún modo extraño, fueron amigos.

Era duro, mucho más duro de lo que supuso, hallarse en el laboratorio. Claro que, oficialmente, era el laboratorio de Henry, pero para Thomas estaba tan estrechamente asociado a Christopher que era como verlo una y otra vez. Sintió una extraña palpitación en el estómago cuando se sentó en uno de los taburetes junto a la mesa de trabajo, que cubría casi toda la longitud de la sala. Era inimaginable estar ahí y pensar que Christopher ya no estaba allí, que no bajaría la escalera y pedir a Thomas que le ayudara con algo que, sin duda, les estallaría en la cara.

Pensó que Grace también se desanimara. En vez de eso, se puso a trabajar. Respiró hondo una vez y se fue directa a los estantes para reunir el equipo, murmurando casi en silencio mientras elegía instrumentos de aquí e ingredientes de allí.

Thomas siempre pensó en Grace como una chica frívola, con nada serio en la cabeza. Así era como se comportaba en las fiestas y las reuniones. Pero era evidente que eso siempre fue una tapadera: Grace se movía con decisión y eficiencia por el laboratorio, mirando etiquetas en botellas con líquidos, rebuscando en la caja de instrumentos de Henry por unas cucharas de medir. Estaba igual de centrada que Christopher, en silencio porque pensaba, planeaba, calculaba en la cabeza. Lo veía en sus ojos; se maravilló por lo bien que ocultó eso a todo el mundo.

—¿Puedo ayudarte? —preguntó Jesse finalmente.

Grace asintió y comenzó a dirigir a Jesse: mide esto, corta aquello, empapa este papel en ese líquido. Thomas se sentía culpable por estar únicamente sentado allí, así que se aventuró a decir que él también estaba dispuesto a ayudar. Sin alzar la mirada de la llama de gas que estaba encendiendo, Grace negó con la cabeza.

—Deberías de regresar al Instituto; allí te necesitan más. Estarán esperando para que les ayudes a protegerlo contra los Vigilantes. —Entonces alzó la cabeza, con el ceño fruncido como si acabara de ocurrírsele algo. Vacilante, añadió—: Aunque me iría bien una runa ignífuga, antes de que te vayas.

—Oh —exclamó Thomas—. No sabes cómo hacerla.

Grace se puso el cabello detrás de las orejas, ceñuda.

—Solo conozco las runas que aprendí antes de que mis padres, mis auténticos padres, me refiero, murieran. Nadie me enseñó más.

—Madre nunca pensó en tu educación —dio Jesse, en un tono calmado que, Thomas pensó, ocultaba mucha rabia justificada—. Pero yo puedo hacerlo, Grace. Estudié el libro Gris a menudo durante... bueno, cuando era un fantasma.

A Grace le salieron lágrimas de alivio.

—Gracias, Jesse.

Su hermano simplemente asintió y tomó la estela que le colgaba del cinturón.

Thomas se quedó mirando mientras Grace tendía la muñeca, esperando a que Jesse le pusiera la Marca. El modo en lo miraba, con una especie de desesperada ansia, lo decía todo: en verdad no esperaba que la perdonaran alguna vez, o que su hermano volviera a quererla.

Thomas no se lo reprochaba. Incluso en ese momento, aún le inspiraba cierto desagrado, por lo que le hizo a James. ¿Sería capaz de perdonarla del todo alguna vez? Intentó imaginarse cómo reaccionaría si se enterara que Eugenia cometió algún acto terrible.

Y, sin embargo, sabía la verdad: que perdonaría a Eugenia. Era su hermana.

—Entonces me voy —dijo Thomas, cuando Grace, con su nueva runa acabada de dibujar, regresó a la mesa de trabajo—. No salgan de la casa. Volveré en unas horas y los llevaré de regreso al Instituto —añadió—. ¿De acuerdo?

Jesse asintió. Grace parecía demasiado inmersa en su trabajo para responder; mientras Thomas se dirigía a la escalera, vio que le pasaba a Jesse un matraz con pólvora. Al menos, parecían trabajar juntos a gusto; quizá, finalmente, ese sería el camino del perdón.

De salida, Thomas se detuvo en la cocina para agarrar una jarra de agua y fue a regar las macetas de la entrada. «Una muestra de fe en que los Fairchild regresarían pronto a casa», pensó. De que a pesar del poder de Belial, finalmente todo se arreglaría. Tenía que creer en eso.

«Quizá Anna, Ari, Alastair y Thomas hicieron su trabajo incluso demasiado bien», pensó Cordelia; cuando Lucie y ella regresaron al Instituto, lo encontraron como si llevara décadas abandonado. Amplias maderas estaban clavadas en las ventanas inferiores, y las superiores fueron pintadas de negro o colgaron telas oscuras. Ni un rayo de luz se escapaba hacia el resplandor tiznado de Londres.

El Santuario estaba iluminado con unas cuantas velas suaves, que daban justo la luz suficiente para evitar que Cordelia y Lucie chocaran con las paredes. Aunque Cordelia sabía perfectamente que era el mismo Instituto que era unas cuantas horas antes, el tenue resplandor ámbar le daba un aspecto sombrío, que les hizo subir la escalera en silencio.

Aunque era posible que el silencio de Lucie fuera simplemente una señal de su excitación contenida. Cuando Cordelia volteó hacia ella en Tyler's Court, y le dijo: «Tengo una idea, y necesito tu ayuda», pensó que Lucie rechazara todo su plan. En vez de eso, Lucie se puso del color de una fresa, aplaudió y contestó: «Que maravillosa idea terrible. Estoy totalmente dispuesta a ayudarte. Y a guardar el secreto. Es un secreto, ¿verdad?».

Cordelia aseguró que lo era, pero que no seguiría siéndolo mucho tiempo. Así que esperaba que sus observadores amigos no se fijaran en los ojos de Lucie, sospechosamente brillantes, y le hicieran preguntas. Al menos, la oscuridad la ayudaría con eso.

Una vez arriba, oyeron un murmullo de voces proveniente de la biblioteca y fueron para allá. Dentro encontraron a Alastair, Thomas, Ari y Anna, manchados de pintura, cubiertos de serrín, haciendo un

605

pícnic en el suelo en medio de la biblioteca. Una colcha de una de las habitaciones de invitados estaba extendida en el espacio entre dos pesadas mesas; en las mesas había un surtido de latas de comida de la despensa: de salmón y alubias, de cerezas y peras, incluso budín de Navidad.

Anna alzó la mirada cuando ellas entraron y les indicó que se unieran.

—Todo es frío, me temo —dijo—. No evitaríamos humo si encendíamos el fuego.

Cordelia se colocó sobre la colcha, y Alastair le pasó una lata abierta de albaricoques. El sabor dulce la alivió del aire amargo del exterior; mientras comía, recordaba otro pícnic, el que hicieron en el Regent's Park cuando acababa de llegar a Londres. Pensó en el sol, en la abundante comida: sándwiches y cerveza de jengibre, y pays de limón; pero los pays de limón le hicieron pensar en Christopher, y recordar el pícnic le hizo pensar en los que ya no estaban. Barbara estuvo allí, con Oliver Hayward. Y Matthew, James y Christopher, claro, y todos desaparecieron junto con el verano y la luz del sol. Miró a Thomas. ¿Quién era él, sin la compañía de los Alegres Compañeros? No lo sabía exactamente, y se preguntó si lo sabría él.

Dejó la lata vacía con un golpe. James y Matthew, al menos, no se fueron a un lugar inalcanzable. Seguían vivos. Y no permitiría que se perdieran.

Lucie atacaba al budín enlatado con un tenedor.

—Aparte de clavar tablas en las ventanas, ¿qué más hicieron mientras no estábamos?

—Buscando salidas mágicas de Londres —contestó Ari—. Alguna que Belial pasara por alto.

—Hay varios túmulos antiguos, uno sobre Parliament Hill, que solían ser puertas de hadas —añadió Anna—. Y algunos pozos muy antiguos que se mencionan en textos históricos, que solían estar habitados por las hadas del agua. Bagnigge Wells, Clerks'

Well; parece que mañana pasaremos el día con la cabeza metida en pozos.

—Mientras Thomas y yo trataremos de matar a un Vigilante —dijo Alastair.

—Trataremos de determinar cómo matar a un Vigilante —corrigió Thomas—. Sin que lo noten los otros.

—O sin que los mate uno —añadió Anna—. ¿Cómo estaba el Ruelle Infierno?

—Horrible —contestó Cordelia—. Los subterráneos son un poco más activos que los mundanos, pero no están menos perdidos en una ensoñación. Si les hablas, te miran, pero no te conocen y realmente no te oyen. Es todo muy inquietante.

—Así que no serán de ayuda —concluyó Tomas, desanimado.

—Belial dijo que no lo serían —aportó Lucie—. Supongo que ahora la cuestión es qué hacemos ahora Cordelia y yo. Anna, ¿qué sería lo más efectivo?

—Bueno, no nos iría mal una ayuda para buscar salidas de Londres —respondió Anna, mientras se apoyaba con las manos hacia atrás. El hilo dorado de su chaleco relució, e incluso la mancha de suciedad en el pómulo resultaba elegante.

—Alastair —llamó Cordelia en voz baja—. ¿Podría hablar contigo en privado?

Alastair alzó las cejas, pero se puso de pie, se sacudió las migas de los pantalones y permitió que lo llevara fuera de la biblioteca. Parecía absurdo buscar un lugar privado en el gran vacío del Instituto, pero, de todas formas, Cordelia lo llevó hasta el salón. Cerró la puerta tras ellos y volteó hacia él; Alastair la observaba, con los brazos cruzados sobre el pecho, y un ceño oscureciéndole la expresión.

—Quieres que te devuelva a *Cortana* —dijo él sin preámbulos.

«El Alastair de hacía un año no la conocía lo suficiente para suponer eso», pensó Cordelia. Era uno de los contras de su relación mejorada que ahora lo pudiera suponer.

—¿Cómo lo sabes?

—Por tu mirada —contestó Alastair—. Conozco esa mirada. Tienes un plan, y si no me equivoco, es un gran plan, pero también un plan muy malo. Así que supongo que tiene algo que ver con Belial. Y con matarlo. Lo que solo se puede lograr con *Cortana*.

—No sabes si es un mal plan —protestó Cordelia.

—Sé que estamos desesperados —replicó Alastair, en una voz más baja—. Nos asignamos varias tareas, y quizá puedan ayudar, pero sé que pueden no servir para nada. Puede que nos quedáramos en Londres solo para morir aquí.

—Alastair...

—Y sé que a fin de cuentas, *Cortana* y tú son nuestra mejor esperanza. Es solo...

—¿Qué? —preguntó Cordelia.

—Si planeas enfrentarte a Belial de algún modo, déjame ir contigo —le pidió, para sorpresa de Cordelia—. Sé que seguramente Belial me pisará como si fuera una hormiga. Pero permaneceré a tu lado todo el tiempo que pueda.

—Oh, Alastair —exclamó Cordelia a media voz—. Ojalá pudiera tenerte conmigo. Pero a donde voy, no puedes seguirme. Además —añadió, al ver que él comenzaba a marcar un ceño rebelde—. No tengo más remedio que enfrentarme a esta lucha, a esta batalla contra Belial. Tú no. Piensa en *maman*. Piensa en el hermanito o hermanita que aún no conocemos. Uno de nosotros debe quedarse a salvo, por su bien.

—Ninguno de nosotros está a salvo, Cordelia. Ya no hay seguridad en Londres.

—Lo sé. Pero hablamos de un Príncipe del Infierno; lo único que me protege de él es *Cortana*. Sería una tontería, e incluso puro egoísmo, que los dos nos enfrentáramos a él al mismo tiempo.

Alastair la miró durante un buen rato. Finalmente, asintió.

—Ven conmigo.

La llevó de vuelta al vestíbulo; no paso mucho rato antes de que Cordelia se diera cuenta de dónde iban.

—¿La sala de armas? —preguntó, mientras se acercaban a su puerta de metal—. ¿Escondiste una espada en una sala llena de armas?

Alastair sonrió de medio lado.

—¿Nunca leíste «La carta robada», de Poe? —Empujó las jambas de la puerta para abrirla y ambos entraron—. A veces «a plena vista» es el mejor sitio donde esconder algo.

Al fondo de la sala había una pequeña puerta de madera, medio oculta detrás de un expositor de hachas de mano. Alastair lo empujó hacia un lado y abrió la puerta, indicando a Cordelia que lo siguiera a una sala que resultó ser del tamaño de un armario grande. Estantes abombados sujetaban armas estropeadas: una espada con la hoja doblada, una maza de hierro oxidado, una pila de sencillos arcos largos sin cuerdas. Frente a la puerta había una especie de banco de trabajo. Sobre él había varios rodillos cortos de madera, y Cordelia se dio cuenta, al cabo de un momento, de que se trataba de mangos de hacha a las que se le quitó la cabeza.

—La sala de reparaciones —dijo él—. Aquí es donde vienen las armas rotas: arcos que necesitan una cuerda nueva, espadas y cuchillos que necesitan ser afilados. Fue idea de Thomas —añadió, con un leve rubor, y se agachó para mirar bajo el banco de trabajo—. Me indicó que esta era el área con las más fuertes protecciones del Instituto, y que casi nadie entra aquí. No se darían cuenta de... —Gruñó—. Ayúdame con esto, ¿quieres?

Intentaba alcanzar una lona impermeable de buen tamaño que envolvía un bulto metido bajo el banco de trabajo. Ella agarró una punta de la tela, y él la otra, y con alguna dificultad arrastraron el paquete. Alastair abrió la lona impermeable y dejó al descubierto una pila de espadas en sus vainas, la mayoría envueltas en bolsas de piel protectoras y baratas. Las empuñaduras repicaron cuando

Alastair las abrió en abanico, y un oscuro destello dorado brilló desde la lona.

Cortana.

Ahí estaba, tan hermosa y dorada como siempre, metida en la exquisita vaina que fue el regalo de bodas de su padre. El intrincado dibujo de hojas y runas de su empuñadura pareció brillar. Cordelia ansiaba extender la mano y agarrarla, pero volteó hacia Alastair.

—Gracias —dijo, con un nudo en la garganta—. Cuando te pedí que la cuidaras por mí, sabía lo mucho que te pedía. Pero no había nadie más en quien confiara. En quien *Cortana* confiara. Sabía que la mantendrías segura.

Alastair, aún arrodillado, la miró con oscuros ojos pensativos.

—Ya sabes —indicó—, cuando *Cortana* te eligió su portadora en vez de a mí, todo el mundo pensó que estaba enojado porque yo quería ser el elegido. El portador. Pero... no era así. Nunca fue así. —Se levantó, y colocó a *Cortana* sobre el banco de trabajo—. La primera vez que sujetaste la espada... me di cuenta, en ese mismo instante, de que ser su portadora significaría que siempre serías tú quien estaría en peligro. Serías quien tendría que correr los mayores riesgos, luchar en las peleas más duras. Y yo sería el que te vería, una y otra vez, caminar hacia el peligro. Y no soportaba esa idea.

—Alastair...

Él alzó la mano.

—Te lo debí decir. Hace mucho tiempo. —Su voz cargaba con el peso de mil emociones: resignación, pérdida, rabia... y esperanza—. Sé que no puedo luchar a tu lado, Layla. Solo te pido una cosa. Ten cuidado con tu vida. No solo por ti, sino también por mí.

James no sabía cuánto tiempo pasó desde que llegaron a Edom. Matthew se durmió después de la pequeña dosis de sedante; James se acostó junto a él y trató de descansar, pero el resplandor rojo naranja del cielo diurno, y sus propios pensamientos desbocados, lo mantuvieron despierto.

Finalmente se rindió y dio varias vueltas más al patio, buscando algo que pudiera ser un medio de atacar o de escapar. No encontró nada.

Lo que sí descubrió, para su sorpresa, era que, mientras que les quitaron los cuchillos serafines y las otras armas antes de que se despertaran en Edom, aún tenía con él la pistola, metida en el cinturón. Por desgracia, no parecía disparar en esa dimensión, que sin duda, era la razón por la que Belial se la dejó.

Finalmente, usó el cañón de la pistola para intentar excavar en el suelo bajo las murallas, pero la tierra se deshacía en polvo y llenaba todos los agujeros que empezaba.

Al volver al cuenco de piedra para beber más agua, descubrió que, en algún momento, apareció un segundo cuenco, lleno de manzanas verdes y duras, y panecillos rancios. James se preguntó si las manzanas pretendían ser una referencia irónica a Lilith, o si Belial estaba simplemente pensando en cómo alimentar a James y Matthew sin darles algo que pudieran disfrutar comiendo.

Le llevó una manzana a Matthew, que estaba sentado, después de desabrocharse el abrigo y abrirlo. Estaba enrojecido; el cabello y el cuello de la camisa húmedos de sudor. Cuando James le pasó la manzana, la tomó con una mano que temblaba violentamente.

—Quizá deberías beber un poco más —sugirió James—. Al menos, lo que queda en la licorera.

—No —contestó Matthew, secamente. Alzó la mirada al ardiente cielo naranja—. Sé lo que estás pensado.

—Lo dudo —replicó James amablemente.

—Que no tenía demasiado sentido que te siguiera aquí cuando casi ni me detengo de pie —dijo Matthew—. No es que pueda luchar para defenderte.

James se sentó junto a él.

—Es Belial contra quien luchamos, Math. No hay ninguno de nosotros que pueda oponérsele, sin importar lo enfermos o sanos que estemos.

—Ninguno —puntualizó Matthew—, menos Cordelia.

James se miró las manos. Las tenía sucias de escarbar en la tierra, con dos uñas ensangrentadas.

—¿Crees que siguen allí? ¿En Londres? ¿O se fueron a Idris?

Matthew miraba el cielo.

—¿Nuestros amigos? Nunca aceptarían la oferta de Belial. Encontrarán alguna manera de quedarse en Londres, pase lo que pase.

—Eso pienso yo también —dijo James—. Aunque desearía...

Matthew alzó una mano, interrumpiendo a James. Entrecerró los ojos.

—James. Mira arriba.

James miró. Unas cuantas cosas voladoras pasaron por encima mientras buscaba una salida, demasiado grandes y deformes para ser pájaros. Pasaba otra, mucho mayor y más cerca que las que vio antes. Al mirar, se dio cuenta, sorprendido, de que se acercaba. Y luego, sin duda, descendía hacia ellos.

Era una criatura enorme, con alas de plumas negras, un largo cuerpo insectil y una cara triangular como la cabeza de un hacha, con ojos ovalados, blancos como el mármol y un agujero lleno de dientes.

En el lomo del pájaro demonio, sobre una silla de oro labrada, estaba Belial.

Abandonó sus acostumbrados pantalones y saco: en vez de eso vestía con un jubón de seda y una larga capa de brocado blanco, como el ángel que antes fue. Esta se agitó bajo el viento cálido cuando el pájaro demonio se posó sobre el suelo pedregoso del patio, alzando un pequeño tornado de polvo.

James notó que Matthew se removía a su lado, y vio que sacó la licorera del bolsillo. La inclinó y bebió un buen trago, mientras miraba a Belial saltar desde su extravagante montura.

Cuando Matthew metió la licorera en el bolsillo, la mano ya no le temblaba. Respiró hondo y se puso de pie; James se levantó rápidamente con él, al darse cuenta de que era para eso que Matthew reservó el último trago del preparado de Christopher: para que, cuando llegara Belial, le hicieran frente juntos, de pie.

Belial caminó hacia ellos, con una fusta de montar de oro en la mano, y una expresión de diversión en el rostro.

—¿No son adorables? —exclamó—. Tu *parabatai* no te dejaría solo. Un vínculo tan santo, ¿no es así?, ese amor que va más allá de toda comprensión. La auténtica expresión del amor de Dios. —Sonrió sarcástico—. Solo que Dios no toca nada aquí. Ese lugar está más allá de su vista, su alcance. Las runas no funcionan aquí; el *adamas* es romo en este mundo. ¿Puede su vínculo sobrevivir en este lugar? —Se dio en la palma con la fusta—. Es una pena que nunca lo vayamos a saber. No estarán aquí suficiente tiempo.

—Qué pena —repuso James—. Me encontraba tan a gusto aquí. Comida, agua, sol...

Belial sonrió.

—Bueno, quería que estuvieras cómodo. Me resultaría muy inconveniente que te murieras de inanición o sed mientras yo me ocupaba de Londres. Esos cuerpos suyos son muy frágiles.

—Y, sin embargo, quieres uno —replicó Matthew—. ¿No resulta raro?

Belial lo miró pensativo.

—Nunca lo entenderías —contestó—. Tu mundo y todas sus bendiciones me están prohibidos, a no ser que habite un cuerpo humano.

—Ya vi lo que tu presencia hace a los cuerpos humanos —señaló Matthew.

—Oh, cierto —admitió Belial—. Y es por eso por lo que mi nieto me resulta necesario. —Volteó hacia James—. James, te voy a proponer un trato. Deberías aceptarlo, porque las ofertas empeorarán después de esta, y tú no tienes nada con que negociar. —James no respondió, se limitó a cruzarse de brazos. Luego, Belial continuó—: Es lo más sencillo del mundo. A tu lado está tu *parabatai*. La otra mitad de tu alma, que te siguió aquí por lealtad, confiando en que tú te encargues de su seguridad.

«Te está manipulando», se dijo James, pero aun así... Quería apretar los dientes.

—No está bien —prosiguió Belial, despiadado—. Míralo; apenas puede mantenerse de pie. Está enfermo de cuerpo y alma.

Inesperadamente, el pájaro demonio de Belial, que estuvo picoteando el suelo con su cabeza angulosa, habló con una voz como de grava rodando por un tubo de hierro forjado.

—Es cierto —dijo—. Ese tipo de allí parece como si se acabara de caer de una gran altura.

Belial puso los ojos en blanco.

—Cállate, *Stymphalia*. Yo soy quien habla. No estás aquí porque seas el cerebro de la operación.

—Claro que no —replicó *Stymphalia*—. Es por la magnificencia de mis grandes alas, ¿o no? —Y las batió orgulloso.

—El pájaro demonio suena como un londinense —observó Matthew.

—Pasé un tiempo en Londres —reconoció el pájaro demonio—. En otros tiempos. Me comí a unos cuantos romanos. Deliciosos, así eran.

—Sí, sí —replicó Belial, como si se aburriera—. A todo el mundo le gusta Londres. Té, bollos, el Palacio de Buckingham. Si podemos seguir con lo que hablábamos, James... Acepta que te posea, y lo enviaré de regreso con tu gente, indemne. —Señaló a Matthew.

—No —respondió Matthew—. No vine aquí para abandonar a James a su suerte. Vine a salvarlo de ti.

—Bien hecho —alabó Belial, con su tono de aburrimiento—. James, sin duda tú sabes que eso es lo mejor para todos. No quiero tener que recurrir a la violencia.

—Claro que quieres —replicó James—. Te encanta recurrir a la violencia.

—Yo solo acepté venir —intervino *Stymphalia*— porque creí que habría violencia.

—El pajarillo y el borracho tienen razón —admitió Belial—. Pero déjame decirte una cosa: si te niegas, yo solo pierdo un poco de tiempo. Si aceptas, todo esto se acaba y ambos sobreviven y regresan a su mundo.

—Yo no «sobrevivo» —indicó James—. Te permito tomar mi cuerpo, mi consciencia. En un sentido muy significativo, estaré muerto. Y aunque no me importa mi vida, me importa mucho lo que harás si puedes pasearte libremente por la Tierra en mi cuerpo.

—Entonces, supongo que tendrás que elegir —repuso Belial—. Tu vida, la vida de tu *parabatai*... o el mundo.

—El mundo —dijo Matthew, y James asintió su acuerdo.

—Somos nefilim —dijo este—. Algo que tú no entenderías. Todos los días nos arriesgamos para servir a la vida de los otros; es nuestro deber escoger el mundo.

—Deber —soltó Belial con desprecio—. Creo que encontrarás poca satisfacción en el deber cuando los gritos de tu *parabatai* te resuenen en los oídos. —Se encogió de hombros—. Tengo mucho que hacer en Londres para prepararlo, así que te daré un día más. Imagino que, para entonces, habrás entrado en razón. Si ese —miró a Matthew— llega a sobrevivir a esta noche, lo que dudo. —Giró, dando por terminada la visita—. Muy bien, pájaro inútil, nos vamos.

—No únicamente un pájaro. También tengo una vida de la mente, sabes —gruñó *Stymphalia* mientras Belial se subía a la silla. La arena se alzó formando una nube negra cuando *Stymphalia* batió el aire con las alas. Un momento después Belial y su demonio se alzaron en el cielo rojo naranja. Matthew y James los observaron en silencio mientras volaban más allá de las torres del Gard oscuro, y de desvanecían rápidamente en la distancia.

—Si llega a ocurrir —comenzó James—. Si Belial me posee...

—No lo hará —le interrumpió Matthew. Sus ojos eran enormes en su delgado rostro—. Jamie, no puede...

—Escúchame —susurró James—. Si pasa, si me posee y me deja sin voluntad, o sin capacidad de pensar o hablar, entonces, Matthew, tú deberás ser mi voz.

—¿Adónde vas a estas horas de la noche? —preguntó Jessamine.

Lucie, a medio abotonarse el traje de combate, alzó la mirada y vio a Jessamine sentada en lo alto del armario, medio transparente, como de costumbre. También parecía inquieta, sin su habitual despreocupación. No parecía preguntarle a Lucie adónde iba por molestarla. Había una preocupación real en su voz.

—Solo un corto paseo —contestó Lucie—. No tardaré.

Miro la pequeña mochila en su cama, donde había metido solo aquello que creía necesario. Una cálida colcha compacta, su estela, vendas, unas cuantas botellas de agua, y un paquete de galletas de barco. (Will Herondale estaba convencido de que las galletas de barco eran la mayor contribución que los mundanos hicieron al arte de la supervivencia, y siempre tenía muchas en los almacenes del Instituto; por una vez parecía que iban a usarlas.)

—Debería detenerte, lo sabes —dijo Jessamine—. Se supone que debo proteger el Instituto. Es mi trabajo. —Había temor en sus ojos—. Pero ahora está todo tan oscuro, y sé que es igual fuera. Hay cosas caminando por las calles de Londres que espantan incluso a los muertos.

—Lo sé —respondió Lucie. Jessamine tenía la misma edad que sus padres, pero la muerte la atrapó en una especie de juventud permanente; por primera vez, Lucie se sintió mayor que el primer fantasma que vio en su vida. Incluso protectora—. Voy a hacer todo lo que pueda para ayudar. Para ayudar a Londres.

La pálida cabellera de Jessamine se movió airosa cuando esta inclinó la cabeza.

—Si debes mandar a los muertos, te doy mi permiso.

Lucie parpadeó sorprendida, pero Jessamine desapareció. «Aun así —pensó Lucie—, era una buena señal, teniendo en cuenta sus planes para esa noche».

Se colgó la mochila al hombro, comprobó su equipo: guantes, botas, cinturón de armas; y se dirigió a la entrada. Todo estaba sumido en una inquietante oscuridad, y la única luz procedía de las débiles velas que colocaron a intervalos por el pasillo.

Pensó en pasarle una nota a Jesse bajo su puerta e irse, y en su cabeza, la puerta estaba cerrada. Pero estaba ligeramente abierta. «¿Y si Jesse estaba despierto? —pensó—. ¿Podría justificar el irse sin decirle nada?»

Empujó la puerta; la habitación estaba incluso más oscura que el pasillo, con una única vela. Él dormía en su estrecha cama, la misma en la que se besaron lo que parecía décadas atrás.

Incluso en ese momento, dormía sin moverse en absoluto, ligeramente volteado hacia un lado, con el oscuro cabello rodeándole el rostro como un halo. En el pasado, ella lo vio yacer en el ataúd y pensó que parecía dormir. Se preguntó, mientras se acercaba a la cama, cómo pudo equivocarse tanto: su cuerpo estaba allí; su alma, no. Ahora sí estaba, e incluso dormido parecía tan terriblemente vivo como terriblemente frágil, del modo en que todas las criaturas son frágiles.

Sintió que la invadía una sensación de protección.

«No hago esto solo por James, o Matthew —pensó—, por mucho que los quiera. Lo hago también por ti».

Le puso la nota bajo la almohada y luego se inclinó para besarlo en la frente suavemente. Él se removió, pero no despertó, incluso cuando ella salió de la habitación.

Ari daba vueltas inquieta en la cama. No podía dormir bien desde la noche que Belial tomó Londres. «Quizá resultaba ridículo incluso pensarlo, como si fuera algo raro», pensó, mientras le daba la vuelta a la almohada, que se calentó demasiado. Dudaba que ninguno de ellos durmiera bien desde entonces. ¿Cómo podrían? A cada momento algo les recordaba la terrible situación en la que se encontraban: el cielo ennegrecido, los carruajes y coches abandonados en medio de las calles vacías, los mundanos vagando con rostros vacíos.

Normalmente, quizá abriría una ventana, a pesar del frío, para sentir un poco de aire fresco, pero el aire del exterior no tenía nada de fresco. Era pesado y opresivo, y sabía tan amargo como el hollín.

Al llegar al Instituto, se sintió perdida. Seguramente fue presuntuoso suponer que Anna y ella dormirían en la misma habitación; sin embargo, al mismo tiempo, le resultaba extraño imaginar dormir tan lejos de Anna. Estaba acostumbrada a despertarse por la mañana con los ruidos de Anna preparando el té o enseñándole palabrotas a *Winston*. Acostumbrada a encontrar chalecos bordados, chaqués y pantalones de terciopelo tirados sobre cualquier mueble. Acostumbrada a la tenue fragancia perfumada de los puros. Un lugar sin esas cosas no sería su hogar.

Acabaron, por casualidad o por decisión, en habitaciones conectadas por una puerta intermedia. Ari se preguntó en esos últimos días oscuros si Anna usaría esa puerta para ir a su lado en busca de consuelo por la muerte de Christopher, pero la puerta se mantuvo firmemente cerrada, y Ari carecía del valor para entrometerse en el dolor de Anna.

Ari no conoció bien a Christopher, pero también sentía su muerte, claro, y no solo por él, sino también por Anna. En sus peores momentos, le preocupaba que, incluso si conseguían superar su situación actual, Anna nunca sería la misma. ¿Recuperaría su risa, sus travesuras, su alegría rebelde, después de que su hermano muriera en sus brazos?

Ari nunca conoció a nadie que sufriera tan en silencio. No vio a Anna derramar ni una lágrima. Siempre pensó que Anna parecía una hermosa estatua, con sus elegantes rasgos y su equilibrada gracia, pero en esos momentos parecía que era de piedra. No estaba completamente inmovilizada; se lanzó al plan de permanecer en Londres y derrotar a Belial tanto como los demás. Ari y ella pasaron largas horas juntas, no solo sellando el Instituto, también mirando viejos libros en la biblioteca, en busca de caminos para salir de Londres que Belial pasara por alto. Pero cualquier intento que Ari hizo de entrar en una conversación más profunda, o de mencionar a Christopher, o incluso a su familia, fue rechazados amablemente pero con firmeza.

Ari cerró los ojos e intentó contar. Llegó casi a cuarenta antes de oír un crujido extraño y desconocido. La puerta entre su habitación y la de Anna se estaba abriendo lentamente.

La habitación estaba oscura. Un poco de luz se colaba desde el lado de Anna de la puerta, donde había una vela encendida; aun así, Ari veía solo la silueta de Anna, pero poco importaba. La reconocería en cualquier parte, bajo cualquier luz.

—Anna —susurró, sentándose, pero Anna le puso un dedo en los labios y se subió a la cama. Llevaba un camisón de seda, demasiado grande para ella, que se le caía de los hombros. De rodillas, buscó a Ari, le rodeó el rostro con sus largos dedos, y agachó la cabeza para juntar sus labios a los de Ari.

Ari no se había dado ni cuenta de lo hambrienta que estaba del tacto de Anna. Agarró puñados de camisón de seda en las manos, acercando a Anna, y se dio cuenta de que esta no llevaba nada más debajo. Sus manos buscaron la dura seda de la piel de Anna, y le acarició la espalda mientras la besaba con más intensidad.

Ari extendió el brazo hacia la lámpara de la mesa, pero Anna le agarró la muñeca.

—No —susurró—. Nada de luz.

Sorprendida, Ari retiró la mano. Le acarició los cortos rizos mientas Anna la besaba en el cuello, pero una sensación de inquietud se apoderaba de ella, enzarzándose con la neblina del deseo. Había algo áspero en el modo en que Anna la besaba, algo desesperado.

—Cariño —murmuró, mientras acariciaba a Anna en la mejilla. La tenía húmeda. Anna lloraba.

Ari se incorporó de golpe. Buscó su luz mágica bajo la almohada y la encendió, bañándolas a ambas con un resplandor blanquecino; Anna, apretándose el camisón con una mano, estaba sentada sobre los talones. Miró a Ari desafiante, con ojos enrojecidos.

—Anna —susurró Ari—. O, mi pobre querida...

Los ojos de Anna se oscurecieron.

—Supongo que me consideras débil.

—No —exclamó Ari, con vehemencia—. Anna, eres la persona más fuerte que conozco.

—Me dije que no debía venir a tu lado —dijo Anna, con amargura—. Tú no tendrías que compartir el peso de mi dolor. Es mío y yo debo cargar con él.

—Es nuestro —replicó Ari—. Nadie es fuerte y firme todo el rato, y ninguno de nosotros tendría que serlo. Todos debemos bajar la guardia alguna vez. Estamos hechos de partes diferentes, tristes y alegres, fuertes y débiles, solitarias y con necesidad de otros. Y no hay nada vergonzoso en ello.

Anna le tomó la mano a Ari y se la miró, como si se maravillara de su construcción.

—Si todos estamos hechos de partes diferentes, entonces, yo soy como un tablero de ajedrez.

Ari dio la vuelta a la mano de Anna, y se la llevó al corazón.

—Nunca un tablero de ajedrez —dijo—. Nada tan sencillo. Eres un tablero de parchís con colores brillantes. Eres un *backgammon* con triángulos de nácar y piezas de oro y plata. Eres la reina de corazones.

—Y tú —contestó Anna suavemente—, eres la lámpara que da luz, sin la que el juego no puede jugarse.

Ari notó lágrimas ardiéndole tras los ojos, pero por primera vez en días, no eran lágrimas de tristeza. Abrazó a Anna, y esta se acostó a su lado, acercándose a ella, con la cabeza sobre su hombro y el aliento, suave como el terciopelo, contra su cabello.

29

EXILIADO DE LA LUZ

Ante su llegada, los fantasmas, que vagan aquí y allí,
desfilan a su hogar en los cementerios: todos espíritus condenados,
enterrados en cruces de caminos y crecidas,
ya en sus lechos de gusanos se encuentran;
por miedo a que el día alumbre su vergüenza,
se exilian gustosos de la luz
y deben por siempre tratar con la negra oscuridad de la noche.

WILLIAM SHAKESPEARE, *Sueño de una noche de verano*

Una lluvia fina y punzante comenzó a caer mientras Cordelia esperaba en el exterior de la reja del cementerio. La notaba como frías agujas contra la piel.

Oyó hablar del cementerio de Cross Bones, pero nunca estuvo ahí de noche. Fue Lucie la que decidió que ahí pondrían en práctica su plan. Cordelia no vio ninguna razón para negarse; Lucie conocía Londres mucho mejor que ella.

Según Lucie, Will Herondale frecuentó ese lugar cuando era joven. Era un cementerio donde se enterraba a los que morían sin culto, sin familia y sin extremaunción; los muertos de ahí era inquietos, ansiosos por relacionarse. Will tenía el don de los Herondale de ver fantasmas, y los de Cross Bones solían compartir información con él: sobre demonios, sobre lugares secretos en Londres, sobre la historia que solo ellos recordaban.

En el tiempo pasado desde que Will era un muchacho, la civilización se fue acercando a Cross Bones. La ciudad crecía a su alrededor. Dos escuelas de caridad, de feo ladrillo rojo, fueron construidas y se alzaban en el cuadrado de tierra detrás de la reja del cementerio. Cordelia no estaba segura de qué hora era, pero no había nadie en las calles. Los mundanos parecían menos activos por la noche, y no dejaba de preguntarse si también serían más sensibles a lugares como Cross Bones en su estado encantado.

Los Vigilantes, claro, serían otra historia, y se mantenía alerta para detectarlos, con las manos sobre la empuñadura de *Cortana*. Esperaba no tener que desenvainarla antes de que fuera el momento, aunque sentía la alegría de volver a tenerla, la sensación de pertinencia que le producía su presencia.

Miró hacia atrás a Cross Bones. Veía a Lucie solo como una sombra, moviéndose por el cementerio. Estaba sacudiéndose las manos; un momento después se acercó a la oxidada reja; su rostro solo era una mancha pálida contra la oscuridad. Llevaba puesto el traje de combate; el cabello recogido en una trenza, y una pequeña mochila al hombro.

—Daisy. —Lucie encendió una luz mágica, manteniendo un resplandor suave, y comenzó a toquetear el mecanismo por su lado de la puerta—. ¿Algún Vigilante? ¿Nos siguieron?

Cordelia negó con la cabeza mientras Lucie abría la reja con un chirrido de bisagras.

—¿Está todo listo? —preguntó Cordelia en un susurro, mientras Lucie cerraba la reja con cuidado tras ella.

—Tan listo como puede estar —contestó Lucie en un tono normal, que sonó inquietantemente alto en el silencio—. Sígueme.

Así lo hizo Cordelia, con la luz mágica de Lucie danzando ante ella como un fuego fatuo guiando hacia un oscuro destino a un incauto viajero. Aun así, Cordelia agradecía la luz. Veía dónde ponía los pies en el terreno rocoso e irregular, con malas hierbas surgiendo entre la grava del suelo. Esperaba que, al menos, hubiera algo que marcara las tumbas, pero ni eso. El tiempo y el progreso borraron cualquier señal de los muertos sin consagrar que yacían bajo sus pies. En realidad parecía un solar abandonado, con pilas de leña podrida olvidada por los rincones, junto con viejos lápices, libretas y otras basuras de las escuelas de caridad.

—Siniestro, ¿verdad? —comentó Lucie, mientras guiaba a Cordelia entre dos pilas de roca de forma cónica. Tal vez fueran pequeños túmulos—. Aquí enterraban a las mujeres descarriadas, y a los pobres cuyos parientes no podían pagar un funeral. Gente que Londres pensaba que debían ser olvidados. —Suspiró—. Por lo general, en un cementerio hay algunas almas que no descansan. Pero aquí, no hay ninguna alma que descanse. Todos carecían de cuidados y de cariño. Sé que mi padre solía venir aquí, incluso tenía como amiga a una fantasma llamada Old Mol, pero no sé cómo lo aguantaba. Es tan insoportablemente triste...

—¿Tuviste que... ya sabes... que dominarlos? —preguntó Cordelia.

—No. —Lucie sonó como si eso la sorprendiera un poco—. Querían ayudar. Muy bien... aquí estamos. —Se detuvo en un punto cercano a la pared trasera del cementerio. Para Cordelia, ese punto no tenía nada de especial. Pero Lucie parecía muy segura de sí misma—. Supongo que no hay ninguna razón para esperar —dijo mientras alzaba la luz mágica—. Adelante, Daisy.

—¿Aquí? —preguntó Cordelia—. ¿Ahora?

—Sí. Estás exactamente en el punto adecuado.

Cordelia respiró hondo y desenvainó a *Cortana*. Una onda de poder le subió por el brazo, seguida de una intensa alegría: era evidente que *Cortana* aún la quería a ella, aún la elegía a ella. Cuánto extrañó esa sensación: la unión de la espada y su portador. Despedía un leve resplandor dorado; un faro en la oscuridad demoniaca. Alzó la otra mano y se pasó la hoja por la palma. Estaba tan afilada que apenas notó que se le cortaba la piel. Grandes gotas de sangre salpicaron la tierra.

El suelo tembló. Lucie abrió los ojos, sorprendida, cuando apareció un resplandor ennegrecido, como un agujero en la propia noche, y la madre de los demonios surgió de él.

Llevaba un vestido de seda plateada, e iba calzada con unos finos zapatos del mismo material. Se recogió el cabello alrededor de la cabeza en trenzas del color de los hematíes. Las escamas negras y relucientes de las serpientes en sus ojos destellaban cuando estas salían de aquí para allá, visualizando la situación ante ella.

—De verdad... —dijo, y parecía molesta—. Tenía la esperanza de que después de que mataras a esa mujer Blackthorn, adquirieras el gusto por la sangre. No espera que fuera tu propia sangre. —Miró alrededor, al cementerio, al cielo cargado de gruesas nubes gris y negras—. Belial se superó a sí mismo, ¿no es cierto? —continuó, con una cierta admiración reticente—. Supongo que quieres que yo haga algo al respecto, y es por eso por lo que me molestas, ¿no?

—No del todo —respondió Cordelia. Notaba que el corazón le latía con fuerza. Se mordisqueo el interior de la mejilla. No mostraría su miedo a Lilith—. Creo que te resultará interesante lo que tengo que decir.

En ese momento, Lilith miraba a Lucie, con las serpientes de sus ojos lamiendo el aire con perezosas lenguas.

—Y veo que trajiste a una amiga. ¿Fue acertado?

Lucie la miró directamente.

—No te tengo miedo.

—Pues deberías —respondió Lilith. Volvió a mirar a Cordelia—. Y tú. Esperaste demasiado tiempo, paladina. Belial está muy cerca de completar su plan. Entonces, ya no me servirás para nada, y no me gustará. Además, ahora no te voy a enviar fuera de Londres. Aquí es donde va a venir Belial, cuando esté listo.

—No te llamé porque quiera dejar Londres —comenzó Cordelia—. Yo...

—Me llamaste porque Belial te quitó a tus amantes —soltó Lilith, despectiva.

—James es mi esposo, y Matthew es mi amigo. Quiero que sean rescatados. Y estoy dispuesta a ser tu paladina; estoy dispuesta a luchar en tu nombre, si los traes de vuelta desde Edom.

La sonrisa de Lilith parpadeó.

—No puedo ir a Edom aunque quisiera. Están más allá de mi alcance. Como dije, esperaste demasiado...

—Quizá no puedas poner pie en Edom —repuso Cordelia—. Pero podrías enviarme allí.

—¿Estás tratando de negociar? —Lilith parecía divertida—. Oh, paladina. El caballero no «negocia» con su señor. El caballero es la encarnación de la voluntad del señor. Nada más ni nada menos.

—Falso. —Cordelia alzó a *Cortana*. Parecía arder, una antorcha contra la noche—. Yo soy más. Y tú no eres tan poderosa como crees. Estás atada, madre de los demonios, atada y atrapada.

Lilith rio con fuerza.

—¿De verdad crees que soy tan estúpida como para dejar que me aten? Mira a nuestro alrededor, niña. No hay ningún pentagrama. No veo ningún círculo de sal. Solo un suelo desnudo de tierra y roca. ¿Qué poder podría atarme?

Cordelia miró a Lucie, quien respiró hondo.

—Levántense —llamó Lucie—. No se los ordeno, solo se los pido. Levántense.

Se levantaron rápidamente desde el suelo, rayos de luz plateada que se transformaron en figuras humanas translúcidas. Docenas y docenas, hasta que Cordelia sintió como si estuvieran en medio de un bosque de árboles iluminados.

Eran los fantasmas de mujeres jóvenes; jóvenes y mal vestidas, con ojos tristes y vacíos, aunque si eso era debido a su vida o a su muerte, era algo que Cordelia no podía decir. Había unos pocos hombres transparentes repartidos entre el montón, la mayoría también jóvenes. Se quedaron quietos con las manos espectrales unidas, formando largas líneas que se intersecaban y se bisecaban para crear la forma de un pentagrama. En el centro del pentagrama estaban Cordelia, y Lilith.

—Esos fantasmas me son leales —dijo Lucie. Se colocó a unos pasos fuera del pentagrama. Cordelia veía las figuras iluminadas de los fantasmas de Cross Bones, que se reflejaban en los ojos de Lucie—. Permanecerán formando este pentagrama mientras yo se lo pida. Incluso si me voy, estarás atrapada aquí.

Con un siseo, Lilith saltó y golpeó al fantasma más cercano, pero la mano le pasó a través del espíritu con solo un crujido de energía. El rostro se le contorsionó y la boca se le convirtió en unas fauces, y el cabello le pasó a ser una recta caída de escamas. Perdió los zapatos de plata, y por debajo del borde de la falda salía un grueso bucle, una cola de serpiente.

—Si no me sueltas —siseó Lilith—. Le arrancaré los miembros a Cordelia Carstairs uno a uno y le aplastaré los huesos mientras grita. No creas que no puedo hacerlo.

Lucie palideció, pero mantuvo el tipo. Cordelia le advirtió que eso era lo que Lilith diría; lo que no le dijo era que había muchas posibilidades de que Lilith cumpliera su amenaza. Lucie estaba segura fuera del pentagrama, y eso era todo lo que a Cordelia le importaba. El plan tenía que funcionar. Por James. Por Matthew. Tenía que hacerlo.

—No creo que vayas a matarme —repuso Cordelia, con calma—. Creo que eres más lista que todo eso. Soy tu paladina y la portadora de la espada *Cortana*. Soy la única que le puede producir a Belial su tercera herida y acabar con él. Soy la única que puede devolverte tu reino.

—Sigues negociando. —Los dientes de Lilith se hundieron en su propio labio inferior; la sangre le goteó por la barbilla—. Dices que quieres matar a Belial...

—Lo que quiero es salvar a James y a Matthew —repuso Cordelia—. Estoy preparada para matar a Belial. Tengo el deseo y el arma. Envíanos a Edom. A Lucie y a mí. Antes de que él se haga con Londres. Antes que posea a James. Antes de que sea imparable.

—¿Eso es todo lo que quieres? ¿Una oportunidad de salvar a tus amigos? —preguntó Lilith, con una voz cargada de desprecio.

—No. Quiero un acuerdo de que cuando Belial muera gracias a mi espada, me liberaras de tu servicio. Dejaré de ser tu paladina. Y quiero tu palabra de que no me dañarás ni a mí ni a mis seres queridos.

Las serpientes desaparecieron; y los ojos de Lilith eran planos y negros, como fue en el mural.

—Pides mucho —dijo.

—Y tú recibirás mucho a cambio —repuso Cordelia—. Recibirás todo un mundo.

Lilith dudó.

—Tus amigos siguen vivos en Edom —informó—. Los retienen en Idumea. La gran capital de Edom, donde está mi palacio.

Idumea. La ciudad que en un tiempo fue Alacante, en otro mundo, donde los cazadores de sombras perdieron la batalla contra los demonios mil años atrás. Donde Lilith gobernaba, hasta que llegó Belial.

—No te puedo llevar hasta allí —continuó Lilith—. Belial reforzó muchas partes de Edom en mi contra. Pero te puedo llevar cerca. Después de eso... —Desnudó sus fauces—. Una vez en Edom no podrás tener ni mi protección ni la de tu Ángel. No puedo hacer nada allí mientras Belial gobierne. Y tus Marcas de nefilim se borrarán tan rápido como las dibujes. Podrás tener a *Cortana*, pero Edom no es un lugar agradable para los humanos. Ninguna planta crece, y cualquier agua que puedas encontrar será venenosa para ti. No puedes moverte de noche; tendrás que buscar refugio cuando se alcen las lunas, o morir en la oscuridad.

—Parece encantador —murmuró Lucie—. Ya veo por qué estás tan ansiosa de volver ahí.

—Una vez estemos en Edom, una vez tengamos a James y Matthew, ¿cómo regresamos a Londres? —preguntó Cordelia.

—Hay una Gard en Idumea, el reflejo oscuro de su Gard de aquí. Era mío, pero Belial lo convirtió en su fortaleza durante su usurpación de mi reino. Dentro del Gard hay un Portal, un Portal que creé yo misma. Por él pueden pasar a este mundo.

Era una locura confiar en Lilith y Cordelia lo sabía. Y, sin embargo, Lilith querría que tuvieran éxito y regresaran, porque Lilith deseaba la muerte de Belial más que nada en cualquier mundo.

—Entonces, tenemos un acuerdo —dijo Cordelia—. Pero primero debes jurarlo. Jura que nos enviarás a Edom a salvo. Jura que si Belial muere por mi espada, me liberarás de mi juramento de paladín. Júralo por el nombre de Lucifer.

Lilith hizo una mueca y se encogió. Hizo una mueca, pero juró, por el nombre de Lucifer, y Cordelia escuchó atentamente cada palabra que decía para asegurarse de que Lilith estaba jurando exactamente lo que le exigió que jurara. Nadie cuidaba más la exactitud de las palabras que los demonios; Cordelia lo aprendió con su juramento de paladín, y no volverían a engañarla.

Cuando acabó, Lilith sonrió, la espantosa sonrisa de una serpiente.

—Está hecho —dijo—. Quita el pentagrama.

—No —repuso Lucie con firmeza. Volteó hacia los fantasmas—. Cuando pase por el portal, pueden dispersarse y dejar libre al demonio. Pero no antes de que yo me vaya.

Lilith gruñó al oír eso, pero alzó las manos, extendiéndolas, con los dedos que parecía querer tocar a Lucie y a Cordelia.

La oscuridad surgió de sus manos. Cordelia pensó en las sombras que se tragaron a James y a Matthew, mientras la oscuridad se enroscaba alrededor de Lucie y de ella, dejándola sin visión y sin aliento. Metió a *Cortana* en su vaina mientras se sentía atrapada, y tenía la sensación de estar girando, con la risa de Lilith resonándole en los oídos. Vio el resplandor de las tres extrañas lunas en el cielo mientras un viento seco y cortante la elevaba, retorciéndole el cuerpo hasta que pensó que se le partiría la columna.

Gritó llamando a Lucie, y entonces comenzó a caer y caer, a través de una oscuridad caliente y asfixiante, con el sabor salado de la sangre en la boca.

Jesse abrió la puerta de su recámara. Dejó las velas encendidas; de hecho, dejó toda la habitación hecha un asco. Es más, él mismo estaba hecho un asco: con la camisa mal abotonada y los zapatos desparejados.

Salió corriendo de la habitación en cuanto leyó la nota de Lucie. No tenía ni idea de cuánto hacía que la dejó, aunque él sentía como si apenas hubiera dormido; convencido de que no pasó más de media hora antes de darse la vuelta y ser despertado por el crujido de la nota de Lucie.

Apenas recordaba ponerse la ropa y salir corriendo a la calle. Estaba a medio camino del patio nevado cuando lo recordó: era un cazador de sombras. Podría hacer algo mejor que correr hacia la noche sin mapa ni plan. Con el peine de oro de Lucie en la mano, se dibujó una runa de rastreo en el dorso de la mano y esperó.

No sintió nada.

El frío se le fue metiendo en los huesos. Quizá dibujó mal la runa, aunque sabía en el corazón que no era así. La dibujó de nuevo. Esperó de nuevo.

Nada. Solo el viento arrastrando partículas de hielo y hollín, y el terrible silencio de un Londres sin el canto de los pájaros, el tráfico o los gritos de los vendedores callejeros.

Lucie se fue.

Volvió receloso a su habitación y la cruzó casi hasta la cama antes de darse cuenta de que esta estaba ocupada. Había una especie de nido de colchas en el centro, mezclado con papeles revueltos, y en el medio del nido estaba Grace. Estaba hecha un ovillo, con los pies vendados, vestida con un camisón de lino limpio. Llevaba el pálido cabello trenzado. Parecía años más joven de lo que era; menos como joven mujer en que se convirtió y más como la niña que él entrenó y protegió como mejor pudo hacía muchos años.

—Se fue —dijo ella—. ¿No?

Jesse se sentó al pie de la cama.

—¿Cómo lo supiste?

Se tiró de una trenza.

—No podía dormir. Estaba mirando por la ventana y las vi salir juntas. Y luego saliste tú corriendo, y parecía como si estuvieras tratando de rastrearlas. —Frunció el ceño—. ¿Adónde habrán ido?

Jesse sacó la nota de Lucie del bolsillo del pantalón y se la pasó a Grace, que la desdobló con curiosidad. Cuando acabó de leerla, miró a Jesse con ojos preocupados.

—Sabía que estaban planeando algo —afirmó—. No sabía que fuera esto. Edom, y Lilith... no sé...

—¿Cómo supiste que estaban planeando algo? —preguntó Jesse, frunciendo el ceño.

—Por el modo en que se miraban la una a la otra —contestó Grace—. Como si... tuvieran un secreto.

—Me siento como un tonto —exclamó Jesse—. No me di cuenta.

—Yo solía tener un secreto con Lucie. Sé que cara pone cuando está planeando algo. Cordelia es más difícil de leer, pero... —Grace bajó la mirada—. Lamento no haber supuesto de qué se trataba. Hubiera dicho algo. Incluso cuando las vi irse supuse que solo estaban cazando Vigilantes, o buscando a más subterráneos...

631

—Es raro —repuso él—. Cuando era un fantasma, notaba a Lucie, ya sabes... Podía simplemente... buscar entre las sombras y encontrarla. Aparecer donde ella estuviera. Pero ya no.

—Ahora estás vivo —repuso Grace a media voz—. Debes vivir con las limitaciones humanas. Y dentro de esas, no hay nada que pudieras hacer.

—Ojalá Lucie me lo hubiera dicho —replicó Jesse, mirándose las manos—. Hubiera intentado convencerla de que no lo hiciera...

—Conozco a Lucie bastante bien, ya sabes, estos últimos meses —explicó Grace, no sin amabilidad—. Probablemente es lo más parecido a una amiga que nunca he tenido. Y sé, y tú sin duda también lo sabes, que es muy decidida. Esto es lo que quería, y no permitirá que nada se interponga en su camino. Ni siquiera tú.

—Incluso si no la detuviera —insistió Jesse—, podría ir con ella.

—No —dijo Grace, rotunda—. Quiero decir... Jesse, si fueron a Edom, es solo porque Cordelia está protegida por su lazo con Lilith, y Lucie por sus lazos con Belial. Es un reino de demonios, y tú correrías un terrible peligro. Es por eso por lo que Lucie no te lo contó, ni a nadie. No sé si Cordelia se lo dijo a Alastair. Sabían que nadie más podía ir.

—No me hubiera importado —insistió Jesse, apretando y aflojando los puños—. Me refiero al riesgo.

—Bueno, a mí sí me hubiera importado. Me importa que te arriesgues. Sé que estas enojado conmigo, Jesse. Sé que quizá nunca sientas lo mismo que sentías antes por mí. Pero eres mi hermano. Eres parte de mi carácter, y si hay algo de bondad en mí, junto con la maldad, entonces está ahí gracias a ti.

Jesse se suavizó. Tendió la mano y tomó la de Grace en la suya, y por un momento, permanecieron sentados en silencio.

—Si te sirve de consuelo —dijo Grace, al cabo de un rato—, creo que Lucie también se fue sin ti porque sabía que nosotros te necesitamos. Ahora solo quedamos seis aquí. Seis cazadores de sombras para plantarnos entre Londres y la oscuridad eterna.

—Es una pequeña consolación —repuso Jesse—. Y... hay bondad en ti, Grace —añadió, al cabo de un momento—. Lo primero que hiciste cuando escapaste de la Ciudad Silenciosa, fue correr hasta aquí para prevenirnos contra Tatiana. Pudiste huir simplemente. Sería más fácil, y quizá hasta más seguro. Sin embargo, te arriesgaste.

—No quería que ella ganara —explicó Grace—. Mamá. Ya tenía demasiado de mí. Quería verla derrotada. Espero que fuera bondad; me preocupa que solo fuera obstinación. Ambos somos obstinados, tú y yo.

—¿Y es algo bueno? —preguntó Jesse—. Quizá ser obstinados hará que nos maten a todos.

—O quizá marque la diferencia entre ganar y perder —replicó Grace—. Quizá sea exactamente lo que necesitamos ahora. No rendirnos. No rendirnos nunca. Luchar hasta el final.

Para cuando el sol se puso, Matthew temblaba incontroladamente. No importaba que estuviera envuelto en su abrigo y en el de James; los dientes le castañeaban con tanta fuerza que se abrió el labio inferior. Entre jadeos, dijo que el sabor de la sangre le provocaba nauseas, y se arrastró a cierta distancia y vomitó, devolviendo manzanas y agua. James temió que también fuera con ello lo último del sedante de Christopher.

«Cuánto peor llegaría a ser eso —se preguntó tristemente—, si Matthew no comenzara a rebajar su consumo de alcohol». Comenzó a sufrir ya antes de estar en Edom. A James solo le cabía esperar que lo que pagó en dolor redujera el coste ahora.

La luna se alzó en el cielo, de un blanco grisáceo inquietante, y luego una segunda luna, y una tercera. El patio estaba tan iluminado como si fuera de día, aunque las sombra entre los árboles muertos eran más intensas. James fue a tomar agua, y observó el reflejo de las tres lunas tremolar sobre la superficie del cuenco de piedra.

Pensó en sus padres, muy lejos en Alacante, bajo la sombra del auténtico Gard. Ya se habrían enterado de lo que le sucedió a Londres. A él. Alguien les llevaría la noticia. No Lucie, Lucie nunca aceptaría dejar Londres a su suerte.

Cuando regresó a la pared, Matthew estaba apoyando la espalda contra ella, temblando. James intentó pasarle una copa de agua, pero Matthew temblaba demasiado para agarrarla, James le llevó la copa a los labios y lo animó a beber hasta acabarla.

—No quiero vomitar otra vez —dijo Matthew ronco, pero James solo movió la cabeza.

—Mejor que morir de sed —replicó, mientras dejaba la copa en el suelo—. Ven aquí.

Tiró de Matthew bruscamente hacia él, la espalda de Matthew contra su pecho, y rodeó con los brazos a su *parabatai*. Pensó que quizá Matthew protestaría, pero parecía estar más allá de eso: solo se dejó caer, un peso alarmantemente ligero.

—Esto está bien —dijo cansado—. Eres mejor que un abrigo.

James apoyó la barbilla en el hombro de Matthew.

—Perdona —le dijo.

Notó que Matthew se tensaba.

—¿Perdona por qué?

—Por todo —contestó James—. París. La pelea que tuvimos en el Mercado de Sombras. Cuando me dijiste que si yo no amaba a Cordelia, dejaría que otro la amara. Estaba demasiado ciego para ver qué querías decir.

—Estabas —dijo Matthew, con cierta dificultad— bajo los efectos de un hechizo. Tú lo dijiste, te cegó...

—No —dijo James—. No trates de disculparme. Lo que dijiste en el Instituto, sobre lo de no ser capaz de enojarte conmigo..., preferiría que lo fueras. Incluso si no me culpas de nada de lo que hice bajo el control del brazalete, ¿qué de lo que pasó cuando ya estuvo roto? Debí pensar más en tus sentimientos...

—Y no debí escapar a París con Cordelia —repuso Matthew.

—Sé lo que parecía —siguió James, en voz baja—. Una crueldad inútil, voluble y sin sentido hacia Cordelia, y sin darme cuenta de nada de eso. En el nombre de un enamoramiento al que nadie, excepto yo, le veía ningún sentido.

—Aun así era egoísmo. Pensé... me dije que no la amabas. Y que yo sí la amaba, amaba estar con ella, porque...

—Porque es quien es —concluyó James.

—Pero también poque ella no me conocía, como tú, de antes de que comenzara a beber. No realmente. Hubo un tiempo en que sentía cosas por Lucie, sabes, pero veía en sus ojos cuando me miraba que esperaba a que volviera a ser el de antes. El Matthew que yo era antes de agarrar una botella. Cordelia solo me conoció después de que yo cambiara. —Matthew se rodeó las rodillas con los brazos—. La verdad es que no conozco a la persona que seré cuando esté totalmente sobrio. No sé siquiera si me gustará esa persona, suponiendo que sobreviva para conocerla.

James quería ver la expresión en el rosto de Matthew.

—Math. La bebida no te hizo más agudo, más encantador, más merecedor de ser amado. Lo que hizo fue hacerte olvidar. Eso es todo.

Matthew sonó como si se olvidara de respirar.

—¿Olvidar, qué?

—Lo que sea que te hace estar tan furioso contigo mismo —contestó James—. Y no, antes de que lo preguntes; Cordelia no me dijo nada. Creo que compartiste tu secreto con ella; creo que es parte de lo que hizo que te enamoraras de ella. Deseamos tan desesperadamente estar con los que conocen nuestra verdad. Nuestros secretos.

—¿Adivinaste todo esto?

—Cuando no estoy bajo los efectos de un hechizo, soy sorprendentemente agudo —contestó James, seco—. Y tú eres la otra mitad de mi alma, mi *parabatai*. ¿Cómo no adivinarlo? —Respiró hondo—. No puedo exigirte que me cuentes nada; yo te escondí suficientes cosas. Solo que, si quieres contármelo, te juro que te escucharé.

Hubo un largo silencio. Luego Matthew se sentó un poco más recto.

—Los Herondale, siempre tan convincentes. —Inclinó la cabeza hacia atrás, mirando a las extrañas tres lunas—. Muy bien. Te contaré lo que pasó.

—Nunca fue mi ciudad favorita —dijo Alastair—, pero tengo que reconocer que prefería con mucho a Londres en su previo estado.

Era mediodía, aunque casi no se distinguía, y Alastair y Thomas cazaban Vigilantes en Bayswater.

Comenzó más como una misión de reconocimiento. Seguir a los Vigilantes sin ser vistos, dijo Anna; descubrir dónde se reunían, y de ser posible, cómo se les hería o mataba.

Ya llevaban horas. Vio a varios Vigilantes y trataron de seguirlos, avanzando sigilosamente por las calles tras ellos mientras iban de un lado a otro, pero eso no los llevó más cerca de saber cómo derrotarlos, ya que todo el mundo en la ciudad, mundanos, subterráneos, e incluso los animales, les dejaban amplio espacio. Mirándolos a distancia, no había manera de descubrir qué podían hacer en una pelea, o cómo sería posible detenerlos.

Lo decidieron: el siguiente Vigilante que vieran, se enfrentarían a él. Ambos iban muy armados; Thomas llevaba una alabarda y Alastair un largo *shamshir*, una espada curvada persa, además de los cuchillos serafines y las múltiples dagas del cinturón. En condiciones normales, Thomas se sentiría bastante seguro, pero era imposible sentirse protegido en ese Londres.

Caminaban por Wesbourne Grove, más allá de las ventanas apagadas y sucias de Wheteleys, unos grandes almacenes que ocupaban la mitad de la calle. Normalmente estaba abarrotado de elegantes carruajes, furgonetas de reparto y compradores impacientes. En ese

momento no había ningún carruaje. Un único anciano estaba sentado de cualquier manera sobre el pavimento, como un mendigo, en el
exterior del escaparate de la Calcetería de Caballeros, con la levita
arrugaba y el sombrero de medio lado, mascullando para sí sobre
calcetines. Junto a él un destello de movimiento sobresaltó a Thomas
durante un momento, pero solo era un paraguas de señora, abandonado y muy sucio, que antes era rosa; se sacudía como un pájaro
agonizante junto a un caro escaparate de sombreros, apenas visibles
a través del cristal manchado de lodo. Los sombreros también se
veían sucios. No era un panorama especialmente alegre, y Thomas
tuvo que darle la razón a Alastair.

—¿Te refieres a que preferías Londres cuando no estaba aislado
del resto del mundo, o que preferías Londres cuando los mundanos
era autónomos en vez de dirigidos como marionetas por un demonio? —preguntó Thomas, educadamente.

—Quiero decir —repuso Alastair, seco— que lo prefería cuando las
tiendas estaban abiertas. Extraño comprarme sombreros. ¡Salgan, Vigilantes! —llamó en voz alta—. ¡Déjennos verlos bien!

—Me parece que en este barrio no hay ninguno —dijo Thomas—.
Miramos por todas partes. Pero intentemos en Hyde Park. Cuando
acompañé a Jesse y Grace a Grosvenor Square, vi a un montón de
ellos allí.

Siguieron por Queensway, que también estaba desierta y resultaba igualmente deprimente. Remolinos de basura de casi medio me-
tro de alto volaron contra el barandal del lado este de la calle.
Ambos se tensaron cuando vieron una figura con una túnica blanca
y ondeante... y se relajaron; no era un Vigilante, sino una joven niñe-
ra mundana con un delantal blanco, que empujaba un cochecito de
niño, grande y elegante.

—Érase una vez. Érase una vez —decía alegremente—. Érase
una vez. Érase una vez...

Cuando pasaron junto a ella, Thomás lanzó una mirada por debajo de la capota del cochecito y vio, aliviado, que no había ningún

bebé, solo una colección de basura que la mujer debió recoger de la calle: trapos sucios y viejos, periódicos arrugados, latas vacías, hojas muertas. Le pareció ver los brillantes ojos de una rata mirándolo desde ese nido de basura.

«¿Durante cuánto tiempo seguirían así?», se preguntó Thomas. ¿Se estaban alimentando?, ¿y a sus hijos? ¿Se morirían de hambre o comenzarían a no tener cuerda algún día, como un reloj moribundo? Belial afirmó que gobernaría el Nuevo Londres, ¿mandaría en un Londres de cadáveres? ¿Llevaría demonios para poblar las casas, las calles?

Llegaron a Bayswater Road y la entrada al parque. Unas altas rejas de hierro forjado estaban abiertas a cada lado de un amplio sendero flanqueado de hayas sin hojas, que se extendía hacia una penumbra neblinosa. No había ninguno de los habituales grupos de turistas, ni gente paseando perros, ni niños volando cometas, o nada que estuviera vivo, excepto por un grupo de caballos paciendo la hierba tranquilamente; una escena que resultaba agradablemente bucólica, si no fuera porque todos llevaba riendas, tapaojos y colleras, y uno arrastraba el eje roto de una calesa. De repente, Thomas captó a alguien pelirrojo metiéndose detrás de un roble; parpadeó y volvió a desaparecer.

—Thomas —dijo Alastair—. No le des más vueltas.

—No lo hago —mintió Thomas—. Entonces, ¿qué pasó con Cordelia y Lucie? ¿Sabías que iban a ir a Edom?

Esa mañana, Jesse les enseñó a todos la nota de Lucie, en la que explicaba que Cordelia y ella encontraron una manera de llegar a Edom, el reino de Belial, y fueron allí para rescatar a James y Matthew.

Todos reaccionaron como Thomas se esperaba que lo hicieran. Anna estaba furiosa, pero resignada; Ari y Thomas intentaron ser optimistas; Jesse guardaba silencio y se mantenía firme, y Grace guardaba silencio. Solo la respuesta de Alastair lo confundió: parecía que nada de eso fuera una sorpresa para él.

—No sabía qué planeó exactamente —contestó Alastair—. Pero Cordelia me pidió a *Cortana* ayer, y se la di. Era evidente que se preparaba para algún tipo de plan.

—¿No pensaste en intentar detenerla? —preguntó Thomas.

—Aprendí —respondió Alastair— que cuando a mi hermana se le mete algo en la cabeza, no sirve de mucho tratar de detenerla. Y además, ¿para qué la detendría? ¿Para que experimentara más de esto? —Hizo un gesto abarcando alrededor—. Si quiere morir como cazadora de sombras, en la batalla, defendiendo a su familia, no se lo puedo negar.

Las palabras eran desafiantes, pero bajo ellas, Thomas pudo notar la profunda preocupación y el dolor de Alastair. Quería acercarse más a Alastair, aunque casi ni se tocaron desde la noche de la muerte de Christopher. Thomas se sintió demasiado descarnado, como si todo su cuerpo fuera una herida abierta. Pero ese sonido perdido en la voz de Alastair...

—¿Qué es eso? —preguntó Alastair, guiñando los ojos. Señaló en la dirección de la puerta Lancaster, que permitía salir del parque de nuevo a la ciudad.

Thomas miró. Él también lo vio, pasado un momento... El destello de un hábito blanco a través de las barras de hierro.

Se apresuraron a atravesar la reja, manteniéndose fuera de la línea de visión. Y ahí lo vieron, una única persona de túnica y capucha blancas estaba dirigiéndose rápidamente hacia el norte, de espaldas a ellos. Thomas y Alastair se miraron antes de salir corriendo detrás del Vigilante, tan silenciosamente como pudieron,

Thomas no prestaba mucha atención a dónde iban hasta que Alastair le tocó en el hombro.

—¿Eso no es la estación de Paddington? —susurró.

Lo era. La estación no tenía un cartel o una entrada elegante: era un edificio victoriano bastante soso, largo y sucio, al que se accedía por una rampa que bajaba a unos arcos cubiertos con un cartel que decía GRAN FERROCARRIL DEL OESTE.

Normalmente, habría vendedores de periódicos y multitud de pasajeros inundando las puertas. En ese momento, el lugar estaba desierto, excepto por el Vigilante, que bajaba la rampa a zancadas.

Thomas y Alastair se apresuraron a seguirlo a los arcos. Fue rápido por delante de ellos, al parecer sin notar su presencia, y se coló por una puerta que llevaba a la venta de boletos de Segunda Clase. Estaba oscura y desierta; las ventanillas a lo largo de un mostrador caoba estaban cerradas y el suelo de mármol estaba lleno de equipaje abandonado; algunas maletas se reventaron. La serie de arcos que llevaba a la estación estaba bloqueada por una gran maleta de cuero café, de la que salían un pijama a rayas rojas y blancas, y un osito de peluche. Thomas y Alastair saltaron sobre el caos y salieron a la cavernosa cúpula de la estación.

Estaban en el andén número 1, que, al igual que la oficina de boletos, estaba sembrado de equipaje abandonado y una selección aleatoria de artículos personales de los pasajeros, todo extendido como en el tendedero de un bazar gigante. El gran reloj de la estación, detenido permanentemente a las cuatro menos cuarto, lucía una bufanda de lana roja; una enorme pamela con plumas colgaba en un extraño ángulo de lo alto de una máquina expendedora de chocolate; cinco novelas baratas, caídas de una bolsa de terciopelo, yacían en el suelo como dominós derribados.

Sobre todo ello se alzaba el tripe arco del gran techo de hierro y cristal: una catedral gigantesca, apoyada en filas de delicadas columnas de hierro forjado, grabadas como las costillas de algún gigante de metal. En circunstancias normales, estaría llena de trenes y nubes de vapor, de humo y multitudes de gente y ruidos: el rumor de las voces de los anuncios de los trenes; los revisores pitando silbatos y dando portazos; los ensordecedores chirridos, silbidos y golpeteos de los trenes.

En ese momento estaba vacía. El ocaso demoniaco de Belial se colaba por el cristal sucio de hollín del techo a través de una neblina húmeda, rota esporádicamente por alguna lámpara parpadeante; había un extraño zumbido eléctrico procedente de ellas, que resultaba inquietante en el resonante silencio. La tenue iluminación del extremo abierto de la estación, por donde entraban los trenes, proyectaba un extraño resplandor sobre el final de los andenes y cubría a todo lo demás en unas tinieblas que hacían las profundas sombras aún más profundas. A veces, parecían moverse, y pequeños ruiditos de correteos llegaban desde allí: ratas, seguramente. Ojalá.

Thomas y Alastair se dirigieron al andén número 2, con las manos sobre las armas, sus pasos apagados por runas de Silencio. Los andenes estaban vacíos excepto por un tren solitario a medio camino en el andén tres, con las puertas abiertas, esperando a pasajeros que nunca llegarían. Y... ahí estaba el Vigilante, caminando junto a él. Cuando Thomas lo localizó, él volteó y parecía mirarlos directamente. Luego se metió entre dos vagones del tren y desapareció.

Alastair soltó una palabrota y comenzó a correr. Thomas lo siguió, saltando del andén cuando acabó, sobre el peligroso suelo entre andenes: traviesas irregulares de madera sobre cúmulos de grava áspera, entrecruzadas con vías de hierro.

Alastair aminoró el paso hasta detenerse justo donde el Vigilante desapareció, y dejó que Thomas lo alcanzara. Miraron alrededor y no vieron nada. La zona parecía desierta; el silencio casi opresivo.

—Lo perdimos —dijo Alastair, disgustado—. Por el Ángel...

—No estoy seguro —repuso Thomas, sin alzar la voz. El silencio no resultaba reconfortante, sino que, de algún modo, estaba mal, igual que las sombras estaban mal—. Saca tu arma —susurró, mientras preparaba su alabarda.

Alastair lo miró un momento, con ojos entrecerrados. Luego, decidió confiar en Thomas. Y comenzó a sacar su *shamshir*... justo cuando una figura vestida de blanco saltó desde el techo del vagón y tiró a Alastair al suelo.

El *shamshir* saltó volando de la mano de Alastair, y Vigilante y él rodaron por el suelo irregular. El Vigilante inmovilizó a Alastair en el suelo; no había forma de que alcanzara su cinturón de armas. En vez de eso, se arqueó hacia atrás y golpeó al Vigilante en la cara.

—¡Alastair! —gritó Thomas. Corrió hacia el lugar donde Alastair forcejeaba con el Vigilante; lo golpeaba una y otra vez, y el Vigilante sangraba, salpicando gotitas rojo oscuro sobre la grava del entre raíles. Pero parecía impasible: si los golpes le hacían daño, no mostraba ninguna señal. Tenía una larga mano blanca alrededor del cuello de Alastair, y mientras Thomas lo miraba, comenzó a apretar.

Algo estalló tras los ojos de Thomas. No recordaba haber cubierto la distancia entre su posición y la del Vigilante, solo que se encontró sobre él, blandiendo la alabarda. El arma de asta golpeó al Vigilante, el hacha de la cabeza se estrelló contra el hombro de la cosa, que gruñó pero siguió estrangulando a Alastair, que ya tenía los labios azules. Presa del pánico, Thomas tiró de la alabarda, y se llevó la mitad de la capa del Vigilante con ella. Captó de un vistazo su cráneo sin cabello y de la nuca, donde tenía impresa una runa escarlata demoniaca.

Actuando por instinto, Thomas volvió a blandir la alabarda, y esa vez llevó la hoja directa a la runa, cortándola por la mitad, destrozando el dibujo.

El Vigilante saltó poniéndose de pie y soltando a Alastair. Los restos rotos de su hábito blanco estaban empapados en una sangre roja casi negra. Fue tambaleándose hacia Thomas y lo agarró con las manos como garras de hierro. Lo lanzó con fuerza; Thomas voló por los aires y se estrelló contra el costado de un vagón. Resbaló hasta el suelo, atontado; perdió su alabarda por alguna parte, pero la cabeza le pitaba tanto que no podía buscarla.

Notaba el sabor de metal en la boca. Se forzó a levantarse, a moverse, pero su cuerpo no respondía. Solo pudo observar con la vista nublada cómo el Vigilante se retorcía y sufría extraños espasmos.

Cayó de rodillas, y algo peculiar surgió de la herida sangrante de la nuca. Largas patas finas, antenas rascando el aire. Empujando para liberar al demonio quimera. Reptó saliendo del cuerpo inmóvil del Hermano Silencioso, con el abdomen palpitando, y los verdes ojos reluciendo mientras se fijaban en Thomas. Saltó hacia él, mientras una piadosa oscuridad cubría a este como una cortina.

30

TIERRA ANTIGUA

Conocí a un viajero de una tierra antigua
que dijo: «Dos grandes piernas pétreas sin tronco
se yerguen en el desierto... Cerca, en la arena,
semihundido, un rostro roto, cuyo ceño,
y arrugado labio, y rictus de frío dominio,
cuentan que su escultor bien leyó esas pasiones,
que todavía sobreviven, grabadas en esas cosas sin vida,
a la mano que las imitó, y al corazón que las alimentó».

PERCY BYSSHE SHELLEY, *Ozymandias*

Cordelia cruzó muchos portales en su vida, pero ninguno como el de Edom. Era un torbellino acre cargado de humo; dio vueltas jadeante en la oscuridad, con los pulmones ardiéndole, aterrorizada pensando que Lilith la engañó, y que morirían en el vacío entre mundos.

Finalmente, la oscuridad se fundió en una luz de un fuerte color rojo anaranjado. Antes de que los ojos de Cordelia pudieran acostumbrarse, se golpeó con una superficie dura. Tierra irregular; el suelo del desierto. Rodó sobre dunas granulosas y de un color azul

644

oscuro, con arena en los ojos, las orejas y los pulmones, agarrándose al suelo con los dedos hasta que finalmente se detuvo.

Tosió violentamente mientras se ponía de rodillas y miraba alrededor. Por todas partes se extendía un desierto sombrío y hostil, que reverberaba de calor bajo un sol rojo oscuro. Dunas de arena seca subían y bajaban como olas, y entre ellas serpenteaban líneas ardientes: estrechos ríos de fuego derretido. Formaciones de roca negra surgían del suelo a intervalos, escarpadas y feas.

No había ninguna señal de nada vivo cerca. Y ni rastro de Lucie.

Cordelia se puso de pie trabajosamente.

—¡Lucie! —gritó, con la garganta ardiéndole. Su voz resonaba en el vacío, y sintió las primeras garras del pánico.

«Tranquila», se dijo. No veía ninguna huella en la arena, solo las marcas que ella misma dejó al rebotar y rodar por el suelo, y que el viento caliente ya estaba comenzando a cubrir con arena nueva. Entrecerró los ojos para protegerse del resplandor del sol, y vio un hueco entre dos rocas en lo alto de una colina de esquisto y grava. El suelo arenoso cerca del hueco parecía removido, y... ¿era eso una huella de bota?

Cordelia subió la colina, con la mano en la empuñadura de *Cortana*. De cerca, vio una especie de camino, quizá un lugar donde tiempo atrás fluyó agua, que pasaba entre los dos peñascos. Con cierta dificultad, fue capaz de pasar entremedias. Al otro lado de las rocas, la colina descendía hacia más desierto arenoso, pero no lejos de allí había otra formación rocosa de gran tamaño. Apoyándose contra ella, con los ojos cerrados y el rostro pálido, estaba Lucie.

—¡Lucie! —Cordelia bajó patinando la colina sobre una ola de arena suelta y grava, antes de correr hacia su amiga. De cerca, Lucie tenía aún peor aspecto: su rostro estaba tenso, y se apretaba el pecho con las manos como si le costara respirar.

Cordelia sacó su estela. Lucie le tendió la muñeca, obediente, y Cordelia le trazó un *iratze* sobre la piel, pero vio con horror como se desvanecía rápidamente, como si lo dibujara sobre el agua.

—Lilith dijo —jadeó Lucie— que las runas no funcionan aquí.

—Lo sé —masculló Cordelia—. Esperaba que mintiera. —Bajó la estela y abrió su cantimplora, que le puso a Lucie entre las manos. Pasado un momento, vio aliviada que Lucie bebía un trago, y luego otro; recuperando poco a poco el color en su rostro—. ¿Qué pasó? —preguntó Cordelia—. ¿Estás herida? ¿Fue el portal?

Lucie respiró hondo y tosió de nuevo.

—No. —Contempló el paisaje que se extendía más allá de Cordelia: polvoriento de ceniza, y salpicado de docenas de ennegrecidas formaciones rocosas. Una tierra quemada. Una tierra envenenada—. Es este lugar.

—Es horrible —concordó Cordelia—. No imagino por qué Lilith está tan enamorada de él. Seguramente hay mundos más bonitos que conquistar y poseer.

—Creo que le gusta... que esté muerto —aventuró Lucie—. Estoy acostumbrada a los muertos, a sentir su presencia y verlos por todas partes. Pero esto... Esto es todo un mundo muerto. Huesos y rocas, y los esqueletos de cosas antiguas. —Sacudió la cabeza—. La muerte se cierne por todas partes. La noto como un peso tirando de mí.

—Podemos descansar aquí hasta que recuperes las fuerzas —dijo Cordelia, incapaz de ocultar la inquietud de su voz.

—No. —Lucie frunció el ceño—. Cada segundo que esperamos es un segundo que James y Matthew puede que no tengan. Necesitamos llegar a Idumea. —Exhaló con fuerza, como si el nombre la hiciera encogerse—. Puedo sentirla, Idumea. Está tirando de mí. Una... una ciudad muerta. Tantas vidas perdidas allí...

—¿Estás segura de que eso que puedes sentir es Idumea? —preguntó Cordelia.

—Sé que lo es —afirmó Lucie—. No puedo decir cómo, pero lo sé. Es como si la escuchara llamándome. Lo que es buena señal, porque es ahí a donde iremos.

—Luce, si tiene tal efecto en ti, cuando ni siquiera podemos ver la ciudad en la distancia, ¿qué pasará cuando estemos cerca?

Lucie miró a Cordelia. Sus ojos eran la única cosa azul en el paisaje; el cielo oscilaba entre naranja y gris.

—Me siento mejor —dijo ella—. Creo que es porque estás conmigo. De verdad —añadió—, no hace falta que estés tan preocupada. Ayúdame, ¿está bien?

Cordelia ayudó a Lucie a ponerse de pie. Mientras guardaba su cantimplora, entrecerró los ojos, mirando la piedra en la que Lucie estuvo apoyada.

—Mira eso —dijo—. Es una estatua.

Lucie volteó para mirar.

—Al menos, parte de una.

Aunque estaba erosionada por los años de viento y aire ácido, se veía claramente que era la cabeza de una mujer. Una mujer con una larga cabellera y serpientes enroscadas en los ojos. Cordelia se dio cuenta de que eran los restos de una estatua decapitada de Lilith. No se imaginaba dónde estaría todo lo demás; seguramente enterrado en la arena.

Lucie miró la cabeza.

—Cuando Belial ganó esta tierra para sí, supongo que destruyó todos los monumentos a Lilith.

—Claro que sí —repuso Cordelia, sorprendiéndose a sí misma con la amargura que había en su voz—. Como un niño pateando el juguete de otro niño. Para ellos, esto es solo un juego. ¿A quién le importa quién controle esta tierra baldía, excepto al orgullo de Belial y de Lilith? Edom es solo un tablero de ajedrez, y nosotras dos somos sus peones.

—Pero tú eres muy buena al ajedrez —dijo Lucie—. James me lo dijo. —Miró hacia el paisaje tintado de sangre de Edom, y con fuerza y determinación, añadió—: E incluso un peón puede hacer caer al rey.

«Cierto —pensó Cordelia—. Pero a menudo debe sacrificarse a sí mismo para obtener la victoria».

Pero no dijo eso en voz alta, solo sonrió a Lucie.

—Entonces, bien —le dijo—. El trabajo de un peón es moverse hacia delante, sin parar nunca y sin volver atrás.

—Pues comencemos —repuso Lucie. Agarró su mochila por el asa, se la colgó y comenzó a caminar por la tierra seca. Pasado un instante, Cordelia la siguió.

Para cuando Ari y Anna regresaron al Instituto, estaban exhaustas. Caminaron hasta Primrose Hill para investigar un túmulo que unos cuantos mapas manchados de la biblioteca del Instituto tenían marcado de un modo que quizá sugería una entrada a Feéra. Fue una suposición arriesgada: si alguna vez hubo allí una entrada a Feéra, hacía mucho que desapareció, o fue sellada por Belial sin dejar ni rastro.

—¿De regreso a la biblioteca, supongo? —dijo Ari mientras Anna cerraba la puerta del Instituto firmemente a su espalda—. ¿A buscar el siguiente candidato?

—No podemos seguir haciendo esto —repuso Anna, cansada—. Si tuviéramos todo el tiempo del mundo, podríamos probar con cualquier colina y valle probable de todo Londres. Pero apenas tenemos tiempo para nada.

—Quizá debemos centrarnos en hacer una lista más larga antes —propuso Ari—. Entonces, al menos comprobaremos varios lugares en la misma parte de la ciudad.

—Creo que debemos buscar los cinco más probables —repuso Anna mientras comenzaba a subir la escalera central—, y visitarlos, estén donde estén.

—¿Solo cinco?

—Puede que no tengamos tiempo ni para cinco —contestó Anna—. Nuestra situación aquí es insostenible durante mucho más tiempo. —Suspiró—. Quizá Grace encuentre un modo de enviar una señal pidiendo ayuda. O quizá Cordelia y Lucie tengan éxito en Edom. O... —No acabó la frase, pero Ari sabía lo que pensaba—. O al menos —concluyó Anna en una voz más baja—, libraremos una última batalla.

—Anna —dijo Ari, sujetándola por el hombro. Anna se detuvo y volteó para mirarla—. Antes de que pensemos en últimas batallas, ¿puedo sugerir que comamos algo? Y quizá beber un poco de té antes de salir de nuevo.

Anna sonrió levemente.

—¿Té?

—No serviremos de nada a nadie —repuso Ari con firmeza—, si nos desmayamos de hambre o sed.

Iba a continuar, pero la detuvo una voz apagada que provenía de la otra punta del pasillo.

—¿Qué fue eso?

—Viene de la enfermería —contestó Anna, encaminándose hacia el ruido—. Parece Alastair.

Ari se apresuró a seguir a Anna. La puerta de la enfermería estaba cerrada. Anna la abrió con cautela. Dentro encontró a Thomas, que estaba sentado a los pies de una de las camas, y Alastair, que estaba de pie entre él y la puerta. Thomas estaba furioso.

—No puedes obligarme a quedarme aquí.

—Sí puedo —replicó Alastair con sentimiento—. Y lo haré. Si hace falta, me sentaré sobre ti.

Thomas cruzó los brazos, y Ari notó sobresaltada que perdió una pelea. Tenía sangre en el cabello, y moretones alrededor de un ojo, a pesar de los dos *iratzes* nuevos en el brazo. Él, y también Alastair, se fijó, estaban llenos de polvo y arañazos.

—¡Por el Ángel! —exclamó Anna—. ¿Qué les pasó? Parecen sacados de una pelea de bar. Aunque estoy segura de que todos los bares están cerrados.

—Descubrimos cómo matar a los Vigilantes —dijo Thomas con entusiasmo—. ¿Te cuento la historia?

—Ahora mismo —contestó Anna, y Thomas le informó de su viaje a la estación de Paddington y la lucha que ahí tuvo lugar.

—Tienen runas en la nuca —explicó—. Un poco como el sigilo de Belial, pero modificado de varias formas.

—Quizá para significar posesión —intervino Alastair—, aunque ninguno de nosotros somos expertos en runas demoniacas.

—Si la runa se corta o se destruye —continuó Thomas—, obliga al demonio a salir del cuerpo. Y entonces se puede matar al propio demonio sin demasiado problema.

Anna alzó las cejas.

—Bueno, no quisiera exagerar nuestra posición, pero eso parecen... ¿buenas noticias? ¿Bastante inesperadas?

—Resulta difícil pensar en el lado malo —dijo Alastair, reticente—. Y lo intenté.

—El lado malo —repuso Ari, ceñuda—, es que, incluso sabiendo eso, un Vigilante es un rival duro. Se debe encontrar una abertura para golpear la nuca sin que te derribe por la fuerza o recurra a la magia.

Thomas asintió.

—Y hay muchos —añadió—. Y solo unos pocos de nosotros.

—Lo que necesitamos es que Jesse y Grace consigan hacer funcionar los mensajes de fuego —afirmó Ari—. Necesitamos un ejército.

—Aun así, estamos un paso más cerca de salvar Londres —repuso Thomas.

Alastair le lanzó una mirada fulminante.

—Ya veo que el golpe que te diste en la cabeza es peor de lo que creía. No estamos para nada más cerca de salvar Londres.

—Además, no es exactamente Londres lo que estamos salvando, ¿no es cierto? —repuso Anna, pensativa—. Londres seguirá. Solo su gente se irá. Es la vida.

Alastair agitó la mano.

—Sí, sí. Era romana y sajona, y ahora será demoniaca. Sobrevivió a las plagas, la pestilencia y el fuego...

—¡Claro! —gritó Anna, haciendo que todos brincaran—. ¡El Gran Incendio! —Con una mirada enloquecida, salió corriendo de la enfermería.

Los otros miraron la puerta abierta por la que ella desapareció.

—No creo que ninguno de nosotros esperáramos esto —dijo Thomas.

—Iré a ver qué pasó —indicó Ari, vacilante.

—Bien —repuso Thomas—. Nosotros iremos a buscar a Grace y Jesse donde sea que se metieran. Debemos decirles que se puede vencer a los Vigilantes.

Comenzó a levantarse de la cama; Alastair lo empujó suavemente de vuelta.

—Yo iré a buscar a Grace y Jesse —dijo—. Tú descansa.

Thomas lanzó a Ari una mirada lastimera.

—Los siento, Thomas, pero tiene razón —intervino Ari—. Debes permitirte un tiempo para recuperarte, o no mantendrás tu fuerza.

—Pero estoy bien...

Ari dejó a Thomas y Alastair discutiendo, y fue a buscar a Anna, a quien encontró en la biblioteca, examinando algo en una de las mesas de trabajo. Al acercarse, Ari vio que Anna tenía un mapa muy usado, amarillento por el tiempo, extendido ante ella. Cuando alzó la mirada hacia Ari, había, por primera vez desde la muerte de Christopher, una autentica excitación en sus ojos.

—¿Te fijaste alguna vez —dijo— que la entrada a la Ciudad Silenciosa está bastante lejos del centro de Londres, al final de Highgate?

—Me fijé —contestó Ari, lentamente—. Nunca le di importancia. Supongo que está un poco lejos del Instituto.

—Bueno, pues no siempre fue así —explicó Anna, y clavó un dedo sobre el pergamino—. La trasladaron después del Gran Incendio de Londres. Este mapa es de 1654, y esta es la antigua entrada a la Ciudad Silenciosa.

Ari miró.

—Eso está mucho más cerca —dijo—. Está justo al otro lado de Saint Paul desde aquí.

—En la iglesia de Sant Peter Westcheap —indicó Anna—. Que ardió en el incendio de 1666. —Dio unos golpecitos al mapa con el dedo—. ¿No lo ves? Si accedemos a la Ciudad Silenciosa por una entrada que no esté vigilada, encontraríamos el Camino de los Muertos. Rehacer la ruta que tomaron los Vigilantes desde las Tumbas de Hierro.

—Eso significa que si llegamos a las Tumbas de Hierro, entonces escaparemos de la esfera de influencia de Belial. Podremos contactar con Alacante. —Ari se agarró las manos—. O si, por algún milagro, los Blackthorn consiguen que los mensajes de fuego funcionen, haremos que los refuerzos se reúnan con nosotros en las Tumbas...

—Y entonces guiaríamos a esos refuerzos a la Ciudad Silenciosa, y de allí, de regreso a Londres.

Encendida por una repentina inyección de esperanza, Ari se inclinó sobre la mesa y besó a Anna en toda la boca. Se apartó un poco, disfrutando de la expresión de sorpresa en el rostro de Anna.

—Eres la maquinadora más endiabladamente lista.

Anna sonrió.

—Solo porque tú sacas lo mejor de mí, querida.

Más tarde, James supondría que explicarle la historia era lo más duro que Matthew había hecho nunca, su mayor acto de determinación y resistencia.

En aquel momento, solo escuchó. Matthew contó la historia de un modo sencillo y directo: las burlas de Alastair sobre su madre, su propia visita al Mercado de Sombras, su compra de una poción de hadas para dársela a Charlotte sin su conocimiento. La violenta enfermedad de su madre, su aborto espontáneo.

—Lo recuerdo —susurró James. Se levantó viento; lo oía aullando sobre las llanuras más allá de los muros del patio—. Cuando tu madre perdió al bebé. Jem la trató...

—Jem lo supo —explicó Matthew—. Me lo vio en la mente, creo, aunque yo me negué a hablar de ello con él. Aun así, recuerdo que él me dijo: «No se lo diré a nadie. Pero tú deberías hacerlo. Un secreto que se guarda durante demasiado tiempo puede matar el alma palmo a palmo». Consejo —añadió Matthew—, que yo, siendo un estúpido, no seguí.

—Lo entiendo —repuso James—. Temías decirlo. Explicar lo que pasó era revivirlo de nuevo.

—Eso es cierto en tu caso —observó Matthew—. Vi tu rostro cuando hablabas del brazalete, de Grace. Era como si se te reabriera una herida. Pero para mí; yo no soy quien sufrió, James. Mi madre sufrió. Mi familia sufrió. Yo lo causé. No soy la víctima. —Tragó aire de nuevo—. Creo que voy a vomitar otra vez.

James le alborotó el cabello suavemente.

—Intenta mantener el agua dentro —le dijo—. Math... Lo que oigo es la historia de alguien que cometió un terrible error. Eras joven, y te equivocaste. No había malicia en ello, no una intención expresa de hacer daño a tu madre o a nadie. Eras impulsivo y confiaste mal. No hubo malicia.

—Tomé muchas malas decisiones. Ninguna de ellas tuvo nunca consecuencias similares a esta.

—Porque —repuso James— te aseguras de que los peores resultados de tus decisiones caigan siempre sobre ti.

Matthew guardó silencio durante un momento.

—Supongo que eso es cierto —admitió.

—Tu mala decisión tuvo consecuencias imprevisibles y terribles —continuó James—. Pero no eres el demonio encarnado, o Caín condenado a vagar. —Su voz se suavizó—. Imagíname a mí hace unos años. Imagínate que fuera y te contara esta historia, que yo fuera el que cometió el error. ¿Qué me dirías?

—Te diría que te perdonaras a ti mismo —contestó Matthew—. Y que le contaras la verdad a tu familia.

—Durante años te castigaste por esto —dijo James—. Intenta ahora ser tan bueno contigo mismo como lo eres conmigo. Recuerda que tu pecado es tu silencio, no lo que hiciste. Todo este tiempo estuviste apartando de ti a Charlotte y a Henry, y sé lo que te costó. Lo que les costó a ellos. Matthew, tú también eres su hijo. Déjales que te perdonen.

—Aquella primera noche —explicó Matthew—, después de que pasara, tomé una botella de *whisky* del armario de mis padres y me la bebí. Después vomité y me puse fatal, pero durante los primeros momentos, cuando el *whisky* nubló mis pensamientos y sentidos, el dolor desapareció. Se fue. Sentí el corazón ligero, y eso es lo que busco una y otra vez. Ese cese del dolor.

—Tu corazón siempre querrá ese olvido —dijo James—. Siempre tendrás que luchar contra ello. —Enlazó los dedos con los de Matthew—. Y yo siempre te ayudaré.

Varias sombras oscuras volaron por encima, gritando. Matthew las observó irse, con el ceño fruncido.

—Belial regresará mañana —dijo—. No creo que te deje en paz durante mucho tiempo.

—No —coincidió James—. Y es por eso por lo que he estado pensando. Tengo un plan.

—¿De verdad? —preguntó Matthew—. Bien. Demos gracias al Ángel.

—No te gustará —avisó James—. Pero, de todas formas, tengo que explicártelo. Necesitaré tu ayuda.

El tiempo en Edom era algo extraño. Se extendía eternamente, como un caramelo pegajoso; sin embargo, al mismo tiempo, Lucie temía que fuera demasiado rápido: que la noche cayera en cualquier momento, obligándolas a Cordelia y a ella a buscar refugio y esperar. No quería estar ahí ni un momento más de lo imprescindible, y más que eso, temía lo que les podía ocurrir a Matthew y a James.

Sentía una opresión angustiosa en el pecho mientras subía otra duna, con Cordelia a su lado. La arena, el polvo y las partículas de hollín que flotaban en el aire hacían que respirar fuera difícil, pero era más que eso: era el peso de la muerte a su alrededor. A medida que se acercaban a Idumea, ese peso se hacía cada vez más insoportable. Le dolían las articulaciones, y sentía un dolor sordo tras los ojos. Era como si algo instintivo en su interior gritara contra Edom; era una cazadora de sombras, y en sus venas fluía la sangre de los ángeles. Nunca pensó en lo que representaba estar en un lugar donde hacía mucho tiempo mataron a todos los ángeles.

El sol abrasador brillaba en el horizonte. En lo alto de la duna, se detuvieron para orientarse y beber un poco de agua. Las dos llevaban cantimploras, pero Lucie dudaba de que les fueran a durar más de un día o dos.

Miró a lo lejos con los ojos entrecerrados. Extendiéndose ante ellas, en la base de la duna, había una llanura de arena negra y brillante, como gotitas de espray. En el punto donde se fundía con el horizonte, algo sólido se alzaba sobre el cielo, quebrado como los picos de las colinas, pero demasiado regular para ser natural.

Cordelia se ató un pañuelo a la cabeza; tenía las cejas blancas de ceniza.

—¿Eso es Idumea?

—Creo que son torres —aventuró Lucie, deseando que su runa de visión lejana funcionara. Creía ver torres y murallas, pero era imposible estar totalmente segura. Se sacudió las manos, y añadió—: Está en la dirección de Idumea, al menos. De todas formas, tenemos que ir hacia allí.

—Umm. —Cordelia parecía pensativa, pero no se opuso. Bajaron por el otro lado de la duna y cruzaron el mar negro; rápidamente descubrieron que era una mezcla de arena y brea: lodo negruzco con olor a azufre que se les pegaba a las botas a cada paso.

—No me sentí tan atrapada desde que Esme Hardcastle trató de averiguar cuántos hijos tenía yo la intención de tener con Jesse —dijo Lucie, tirando del pie para soltarlo.

Cordelia sonrió.

—¿También a ti te hizo esa pregunta?

—Esme cree que sabe exactamente quién se va a casar con quién, y quién va a morir y cuándo. Algunas personas que ella cree que están vivas, están muertas, y hay otras que están muertas y que ella está totalmente convencida de que están vivas. Ese va a ser todo un árbol de familia. Confundirá a los estudiosos durante décadas.

—Algo que esperar con ganas —aceptó Cordelia. Vaciló un momento antes de hablar de nuevo—. Luce, tú que puedes sentir cosas de este mundo, ¿notas... algo de James y Matthew?

—No —contestó Lucie—. Pero creo que eso es buena señal. Puedo notar a los muertos. Si no los noto, entonces...

—Siguen vivos. —Cordelia se aferraba a esa idea; Lucie no quiso decir que ella no estaba tan segura.

Llegaron al final de la arena negra. Cordelia fruncía el ceño.

—No creo que esto sea Idumea. Es solo...

—Un muro —concluyó Lucie, refugiada bajo su sombra, mirando hacia arriba. Se alzaba como unos diez metros en el aire, una construcción de piedra gris y lisa que se extendía en ambos sentidos hasta perderse de vista. No había otros edificios o ruinas a la vista: lo que Lucie pensó que eran torres resultaron ser las almenas de la muralla en lo alto. La pared era completamente lisa, por lo resultaba impensable escalarla. Tendrían que encontrar otro modo de traspasarla.

Caminaron a lo largo del muro, en la dirección contraria al sol, que ya colgaba a medio camino del horizonte, abrasando la arena plana. No tardaron en encontrar una entrada: un elaborado arco tallado que se abría hacia el oscuro interior de la muralla.

Había algo de esa oscuridad que a Lucie no le daba buena espina. Tenía la sensación de estar entrando en una cueva, y se dio cuenta de que no tenían ni idea del grosor de la muralla. Podían estar metiéndose en un túnel, o tratarse de alguna especie de trampa. El viento soplaba removiendo la arena de la entrada, lo que hacía aún más difícil la visibilidad del interior.

Sin embargo, aún sentía Idumea, tirando de ella incluso con más fuerza, diciéndole que tenía que atravesar ese muro y seguir caminando. Agarró un hacha de mano de su cinturón de armas y miró a Cordelia, que desenvainó a *Cortana*. La espada dorada relucía bajo el áspero sol.

—Muy bien —dijo Lucie—. Veamos si podemos pasar.

Se agacharon para cruzar la entrada y se encontraron en un corredor de piedra con el techo de arco. A medida que avanzaban, el suelo de arena pasó a ser también de piedra. Estaban en un túnel que atravesaba la muralla, iluminado por un musgo esponjoso y fosforescente que se pegaba a las paredes. Lucie se acercó a Cordelia; el aire era frío y el olor a humedad amarga. A Lucie le pareció oír agua goteando por alguna parte, y recordó que Lilith les advirtió que el agua de Edom era venenosa.

Cordelia le tocó ligeramente el hombro.

—Hay algo brillando —dijo—. Más adelante.

Por un momento, Lucie esperaba que fuera el final del túnel, el otro lado de la muralla. Incluso el desierto azotado por la arena de Edom parecía preferible a ese túnel. Pero mientras se acercaban y el resplandor se intensificaba, el túnel se fue ensanchando, abriéndose en una cámara de piedra cubierta de velas de sebo: estaban encajadas en todas las grietas y hendiduras, llenando el espacio con una luz trémula.

Dentro de un pentagrama formado por oscuras gemas rojas estaba un enorme trono de obsidiana, sobre el que reposaba una criatura de escamas azules; cola de lagarto; una boca como de rana, torcida hacia abajo, y ojos amarillo anaranjado. Flotando sobre el trono, a media altura, había un enorme cráneo, ni humano ni animal, sino de demonio, con agujeros para muchos ojos, y con una docena de tentáculos negros y oleosos enroscados en esos agujeros. Cada tentáculo agarraba una larga pluma plateada, con las que el cráneo abanicaba al demonio azul que estaba sentado en el trono.

—¡Oh, vaya! —exclamó el demonio con una voz sorprendentemente aguda—. Nefilim. ¡Qué inesperado! —Se removió, y Lucie vio que en una garra sujetaba un racimo de uvas—. Bienvenidas a mi corte. Estoy aquí para cobrar el peaje de todos los que deseen atravesar la Muralla de Kadesh.

«¿Qué "corte"?», se preguntó Lucie. A parte del cráneo, no había nada especialmente vivo; no había cortesanos o un lugar auténtico para que una corte, si la había, se reuniera. Todo lo que veía era una peculiar variedad de huesos blanqueados por el sol, largos y claros, clavados en el suelo a intervalos raros.

—¿Qué tipo de peaje? —preguntó Cordelia. No alzó a *Cortana*, pero la sujetaba con el puño apretado.

—El tipo que me complazca —contestó el demonio, mientras arrancaba una uva del racimo y se la metía en su enorme boca. Lucie estaba bastante segura de que oyó a la uva gritar de terror mientras se la comía—. Soy Carbas, Dux Operti. Soy un coleccionista de secretos. Hace mucho tiempo, Lilith me dio permiso para establecer mi corte aquí, y así recogerlos de los viajeros que pasaban.

Cordelia y Lucie intercambiaron una mirada: ¿sabía el duque Carbas que Lilith ya no estaba, y que Belial usurpó la posición de gobernante de Edom? Si nunca salía de ahí, quizá no lo supiera; de un modo u otro, Lucie no estaba inclinada a contárselo.

—¿Coleccionas recuerdos de los demonios que pasan por aquí? —preguntó Cordelia.

—No creía que los demonios tuvieran secretos —comentó Lucie—. Pensaba que se sentían orgullosos de todo el mal que causaban.

—Oh, y lo están —repuso Carbas—. Lo que hace que esto sea un trabajo bastante aburrido. «Oh, salvé un gatito de un demonio ravener, Carbas, y me siento muy avergonzado», «Oh, la semana pasada no conseguí llevar a nadie hacia el lado oscuro, Carbas». Lloriqueos,

lloriqueos y quejas. Pero ustedes, nefilim, con toda su moral, ustedes sí tienen secretos jugosos.

Se metió otra uva en la boca. Esta seguro que gritó.

—¿Y qué ocurre —preguntó Lucie— si intentamos pasar sin contarte un secreto?

Carbas le lanzó una mirada fría y malvada.

—Entonces, se quedarán atrapadas en este túnel, y pronto se convertirán en un miembro de mi corte. —Hizo un gesto indicando los huesos clavados en el suelo, que comenzaron a vibrar—. Ya nos gustaría, ¿verdad? —Soltó una risita—. Sangre nueva, por así decirlo.

«Atrapadas en el túnel». Lucie trató de no parecer preocupada. Morir luchando era una cosa, pero estar atrapada en ese túnel rancio y endemoniado hasta morir era algo totalmente diferente.

—Así que, por favor —continuó Carbas, con una sonrisa húmeda—, cuando estén listas, un secreto de cada una. Debe ser algo que no le hayan contado a nadie más, algo que deseen que nadie sepa. De otro modo, no me sirve. Y sabré si lo están inventando. Deben contarme un secreto que guarden en el corazón —añadió, haciendo que «en el corazón» parecía algo realmente malo—. Uno que signifique algo que contar.

—Esas reglas son muy vagas —replicó Cordelia—. Y subjetivas.

—Así es la magia —repuso Carbas, encogiéndose de hombros.

Lucie y Cordelia intercambiaron una mirada. Podían intentar atacar a Carbas, claro, pero eso significaba entrar en el pentagrama con él, una elección muy arriesgada. Sin embargo, la idea de ofrecer sus pensamientos más ocultos a Carbas, para que picoteara con ellos, como hacía con las uvas, era un atentado contra la intimidad.

Cordelia avanzó primero.

—Tengo un secreto —dijo—. No es algo que nadie sepa, pero es algo que Lucie no sabe. —Miró a Lucie, rogándole con la mirada. Lucie se mordió el labio—. Y eso es lo que importa, ¿no?

—Umm. Me interesa —contestó Carbas—. Soy todo oídos.

—Estoy enamorada de James Herondale —dijo Cordelia—. El hermano de Lucie.

—Bueno, claro que lo estás —soltó Lucie, antes de cerrar la boca. Carbas puso los ojos en blanco.

—No empezamos muy bien...

—No —continuó Cordelia, un poco desesperada—, no lo entiendes. No me enamoré de él cuando llegué a Londres, o cuando nos casamos. Llevo enamorada de él desde... desde hace años —continuó—. Desde que tuvo la fiebre abrasadora.

¿Desde hacía tanto? La idea sobresaltó a Lucie. Pero...

—Nunca te lo dije, Lucie. Siempre que lo mencionabas, te mentía sobre lo que sentía, o bromeaba. Cuando sugerías que tenía pensamientos románticos hacia James, yo hacía como si fuera la idea más ridícula del mundo. Cuando nos prometimos, actué como si no esperara a que acabara la farsa. No quería que me tuvieran lástima, y no quería ser otra de las niñas tontas enamoradas de tu hermano mientras que él solo pensaba en Grace. Así que te mentí. —Respiró hondo—. Es como dijiste aquella noche en mi casa, Lucie. Era demasiado orgullosa.

«Pero me lo podías decir. Yo nunca te hubiera mirado con lástima», pensó Lucie, anonadada. No le importaba que Cordelia estuviera enamorada de James, pero la mentira, la ocultación... deseaba que no le importara, pero no era así. Apartó los ojos de Cordelia, y vio a Carbas en su trono, chasqueando los labios.

—No está mal —murmuró—. No es terrible. —Sus ojos amarillentos se posaron en Lucie—. Y ¿tú qué?

Lucie avanzó, tomando el lugar de Cordelia ante el trono. No miró a Daisy al hacerlo; si nunca supo eso tan importante sobre su mejor amiga, ¿alguna vez la conoció de verdad? ¿Había Cordelia confiado en ella realmente?

Se dijo que parara, que eso era lo que Carbas quería. Su dolor. Sus ojos ámbar de demonio estaban fijos en ella, disfrutando por adelantado.

—Tengo un secreto —dijo ella—. Y nadie lo sabe.

—Oooh —siseó Carbas.

—Cuando Cordelia y yo intentamos practicar para nuestra ceremonia de *parabatai* —explicó—, no pude hacerlo. No le dije el porqué. Fingí que no pasaba nada, pero eso... eso no era cierto del todo. —Volteó para mirar Cordelia, que estaba apretando tanto la empuñadura de *Cortana* que tenía los nudillos blancos—. Cuando comenzamos a pronunciar las palabras —continuó Lucie—, la habitación se llenó de fantasmas. Fantasmas de cazadores de sombras, aunque ninguno que yo conociera. Los veía por todas partes, y nos miraban fijamente. Normalmente, puedo entender a los muertos, pero... no sabía qué querían. ¿No estaban de acuerdo con que formara un vínculo con alguien vivo? ¿O querían que lo hiciera? Pensé... ¿y si seguir con la ceremonia te vinculaba también a ti con los muertos?

Cordelia adquirió un color enfermizo.

—¿Cómo pudiste ocultarme eso? —susurró—. ¿Ibas a seguir con la ceremonia, sin avisarme? ¿Y si te hubiera pasado algo durante la ceremonia? ¿Y si los fantasmas pretendían dañarte?

—Iba a decírtelo —se defendió Lucie—. Pero entonces pasó lo de Lilith, y tú me dijiste que no podíamos ser *parabatai*...

—Sí, porque pensaba que debía decirte la verdad antes de unirnos.

Carbas gimió de placer.

—No paren —gruñó—. ¡Esto es maravilloso! Es muy raro tener a dos personas contándome secretos la una de la otra. No disfruté tanto de una revelación desde que descubrí que Napoleón siempre se metía la mano en el saco porque se guardaba un bocadillo de sobras ahí.

Las miró voluptuoso de nuevo.

—Oh, aaag —exclamó Lucie, totalmente asqueada—. Ya es suficiente. Dijimos lo que nos pediste; siguiendo tus propias reglas, ahora tienes que dejarnos pasar.

Carbas suspiró y miró tristemente al cráneo volador, como buscando su comprensión.

—Bueno, si regresan por aquí, pasen a ver al viejo Carbas. —Mientras hablaba, una puerta secreta en la pared del fondo se abrió. A través de ella, Lucie vio la conocida luz naranja sangrienta de Edom—. Pero claro —añadió Carbas, mientras Lucie y Cordelia se encaminaban hacia la puerta—, esto es Edom. ¿A quién estamos tratando de engañar? Tendrán suerte si duran hasta la noche, nefilim. Y seguro que no regresarán por aquí.

31

BRILLANTES VOLÚMENES

En la esquina de Wood-Street, cuando aparece la luz del día,
hay un zorzal que canta fuerte, ha cantado durante tres años.
La pobre Susan pasó por el lugar y oyó,
en el silencio de la mañana, el canto del pájaro.
Es una nota de encanto; ¿qué la aflige? Ve
una montaña que asciende, una visión de árboles;
brillantes volúmenes de vapor se deslizan a través de Lothbury,
y un río fluye a través del valle de Cheapside.

WILLIAM WORDSWORTH, *Pobre Susan*

—¿Están seguras? —preguntó Alastair, incapaz de ocultar la duda en su voz.

—Estamos seguras —contestó Anna. Ari, Alastair y ella estaban en la entrada del Instituto. Todos iban con el traje de combate. Se tomaron solo el tiempo justo para que Anna preparara una pequeña mochila donde metió mapas, unas cuantas cantimploras y un paquete de galletas.

—Pero solo es un perro —objetó Alastair.

Con una mirada profundamente ofendida, *Oscar* fue a sentarse a los pies de Ari.

—*Oscar* no es solo un perro —replicó esta, mientras bajaba la mano para rascarle la cabeza al golden retriever—. Es un miembro de nuestro equipo. Sin él, hubiéramos tenido que pasar a través de la Puerta de York.

—*Oscar* es el menor de nuestros problemas —repuso Anna—. Tenemos que localizar la situación de una iglesia que se quemó hace cientos de años, y confiar en que encontraremos la entrada perdida a la Ciudad Silenciosa. En comparación, la tarea de *Oscar* es sencilla.

Oscar ladró. Alastair suspiró.

—Espero que la Clave le dé una medalla a este perro después de esto. Aunque probablemente preferirá una sopa de huesos.

—¿Y quién no? —soltó Ari, acariciándole las orejas a *Oscar*—. ¿No es verdad, perrito lindo?

Anna alzó una ceja.

—Creo que Ari extraña a *Winston* —dijo—. Alastair, tienes que decirles a Grace y Jesse...

—Que envíen mensajes de fuego al Enclave, para que se reúnan con ustedes en la entrada de las Tumbas de Hierro. Lo sé —concluyó Alastair—. Te das cuenta de que todavía no han logrado enviar ni un solo mensaje con éxito, ni al Enclave ni a ninguna otra parte.

—Lo sé —contestó Anna—. Y si llegamos a las Tumbas de Hierro, y no hay nadie, sabremos que fracasaron. Comenzaremos a ir hacia la Ciudad Irredenta. Una vez lleguemos allí, al menos podremos enviar mensajes a la Clave, y regresar con todos los cazadores de sombras que podamos, tan pronto como podamos. —Hizo todo lo que pudo para que pareciera que de un modo u otro, todo iría bien; lo cierto era que estaba rezándole al Ángel para que el proyecto favorito de Christopher funcionara.

—¿Están seguras de que quieren ir ahora? —preguntó Alastair—. La Ciudad Silenciosa estará llena de Vigilantes. Thomas y yo iríamos con ustedes...

—Thomas necesita descansar —dijo Anna, con firmeza—. Y no tenemos tiempo que perder. Cada minuto que perdemos es crucial para detener a Belial, que podría quebrar la resolución de James, o llevando a cabo algún plan horrible. Además, no pueden dejar solos aquí a Grace y Jesse. Los necesitarán, sobre todo para ir y volver de Grosvenor Square...

—Es solo que siento que estamos desapareciendo uno a uno, esfumándonos de Londres —explicó Alastair. Parecía extrañamente vulnerable; Anna sospechaba que estaba mucho más preocupado por Thomas de lo que dio a entender.

—Si tenemos éxito —repuso Anna—, entonces regresaremos en masa. Y si no funciona, no será esta excursión a la Ciudad Silenciosa lo que marcará la diferencia.

—Si nos mantenemos juntos...

—Alastair —dijo Anna, rotunda—. Me sorprendiste, sabes. Pensaba que eras un granuja sin sentimientos. Y no en plan novela o para entretener, sino de un modo egoísta y rastrero.

—Espero que ahora venga la parte en la que dices que cambiaste de opinión —masculló Alastair.

Ari escondió una sonrisa con la mano.

—Pensé mejor de ti cuando ayudaste a Thomas, después de que lo arrestaran. Y ahora, bueno... no hay nadie con quien prefiriera estar ante el fin del mundo. —Anna extendió la mano. Un momento después, con una expresión divertida, Alastair se la estrechó—. Me alegro de que te quedes aquí, cuidando de Londres —añadió—. Hasta pronto.

Alastair se quedó sin palabras por la sorpresa. Lo cual a Anna le pareció bien, pues ella dijo lo que tenía que decir. Descendió con Ari los escalones del Instituto, *Oscar* haciendo piruetas tras ellas.

Anna era consciente de que Alastair las observaba mientras se alejaban, pero no volteó para mirarlo. Hubo demasiados adioses últimamente; no necesitaba más.

—Tienes razón —dijo Matthew, después de un largo silencio—. No me gusta tu plan. —Seguía apoyado contra el pecho de James, aunque dejó de temblar—. Supongo que no tienes otro diferente, menos peligroso.

—No tenemos demasiado donde escoger —contestó James—. Aquí manda Belial; esta tierra muerta cumple su voluntad. Quiere que yo desee unirme a él, pero se le está agotando la paciencia; si simplemente se lo permito, aunque sea a regañadientes, él lo aceptará como lo que puede conseguir. Hizo demasiados planes y se esforzó mucho para rendirse ahora.

—Creerá que tú te rendiste. Que te dejaste llevar por la desesperación.

—Bien —continuó James—. Supondrá que mi gran debilidad finalmente me atrapó: que me preocupo demasiado, o nada, por la gente. Para él, esa es una fragilidad humillante. No se imaginará que hay un plan detrás.

Matthew volteó para mirarlo. Comenzó a temblar de nuevo, y de manera inquieta tironeaba con los dedos de la tela del abrigo que le cubría, como un enfermo de tifus.

—Belial ha buscado la posesión de tu cuerpo todo este tiempo. ¿Por qué no hiciste esto antes? ¿Por qué esperar hasta ahora?

—Por dos razones. Una, necesitaba que él creyera que estoy desesperado. Y dos, me aterroriza. La idea de hacer esto me asusta más que cualquier otra cosa, pero sin embargo...

Matthew se sacudió en los brazos de James. Todo su cuerpo pareció tensarse, rígido como una tabla, antes de quedarse sin fuerzas, jadeante.

James le apretó la mano.

—Kit dijo... ataques —le dijo a Matthew cuando este recuperó el aliento.

«Y fallo cardíaco», pensó James, sintiéndose fatal, pero no dijo las palabras en voz alta.

—Te traeré más agua —repuso.

—James, no... no ... —Matthew se aferró a la muñeca de James antes de que se le pusieran los ojos en blanco y comenzara a sacudirse de nuevo. Movimientos rápidos y sin coordinación, como una marioneta a la que tiraran demasiado fuerte de las cuerdas.

James sintió que el pánico se apoderaba de él. Kit fue muy claro: podía morir de eso. Que Matthew necesitaría pasar quince días sin beber nada, y faltaba aún mucho para los quince días. «Matthew podía morir —pensó—, morir ahí entre sus brazos, y se partirían por la mitad». Divididos por el medio. James nunca más tendría a su *parabatai*, la irritante, ridícula, generosa, devota, exasperante otra mitad de su alma.

Con una mano temblorosa, James sacó la estela del bolsillo. Le tomó a Matthew el brazo que se agitaba, y se lo retuvo con fuerza. Le puso la punta de la estela encima y dibujó una runa curativa.

Esta destelló y desapareció, como una cerilla corta. James lo sabía, racionalmente: las runas no funcionaban ahí. Pero no paró. Escuchaba la voz de Jem en la cabeza. Suave, continua. «Debes construir una fortaleza de control a tu alrededor. Debes llegar a conocer este poder, para que lo puedas dominar».

Dibujó un segundo *iratze*. También se desvaneció. Luego un tercero, y un cuarto, y comenzó a perder la cuenta mientras dibujaba una y otra vez sobre la piel de Matthew, obligando a su mente a concentrase en mantener el *iratze* allí, a evitar que se desvaneciera, a obligarlo de alguna manera a que funcionara.

«Recuerda que eres el lenguaje de los ángeles —pensó, mientras dibujaba otra runa más—. Recuerda que no hay lugar en el universo donde no ostentes algo de poder».

Esperaba que la runa se desvaneciera. Pero permaneció. Quizá no más de un minuto, pero mientras James la miraba, permaneció, y se fue borrando muy lentamente del brazo de Matthew.

Este dejó de sacudirse y temblar entre los brazos de James. Mientras la runa curativa se desvanecía lentamente, James entró en acción: dibujó otra, y otra, y otra, comenzando una nueva cada vez que la anterior se atenuaba.

Matthew ya no temblaba. Respiraba profunda y lentamente, mientras miraba su brazo con incredulidad, donde un mapa de restos cruzados de runas curativas, algunas nuevas, otras borrándose, le cubría el antebrazo.

—Jamie *bach* —le dijo—. No puedes hacer esto toda la noche.

—Tú mírame —repuso James, torvamente, y se apoyó contra la pared para seguir dibujando mientras hiciera falta.

Grace y Jesse encontraron una bolsa de explosivos en miniatura en el laboratorio y se entretuvieron durante casi una hora poniendo varios en la chimenea. Funcionaban como fuegos artificiales, pero en vez de prenderles fuego, había que darles unos golpecitos con la estela y luego tirarlos a cierta distancia, donde dejaban escapar un fuerte crac antes de estallar.

Era agradable reír con Jesse durante un rato, incluso si la risa era realmente mitad agotamiento. Era asombroso a lo que uno se acostumbraría: esquivar Vigilantes, y colarse en casas abandonadas. Cristales rotos y carruajes volcados en las calles. En todos los rostros, una mirada carente de expresión. No peor, quizá, que vivir bajo el mismo techo que Tatiana Blackthorn durante ocho años.

Pero a lo que Grace no se acostumbraba era a la sensación de absoluta frustración. Tenía todas las notas de Christopher, y las suyas también. Durante el tiempo que pasó en la Ciudad Silenciosa, se sintió al borde del éxito, como si tuviera la solución al problema de los mensajes de fuego en la punta de los dedos. Los suyos y los de Christopher.

Pero ahora... Con la ayuda de Jesse, intentó todo lo que se le ocurrió: intercambiar ingredientes, cambiar las runas. Nada funcionaba. Ni siquiera alcanzó el punto de éxito que logró Christopher al mandar mensajes medio quemados e ilegibles.

«Era lo único con lo que debí ser capaz de contribuir», pensó. Jesse y ella dejaron los explosivos y miraba un pergamino de vitela cubierto de runas extendido sobre la mesa de trabajo. La buena acción que podría hacer, la manera en la que podría ayudar, después de hacer tanto daño. Pero parecía que incluso eso le sería negado.

—¿Cómo sabremos si funciona? —preguntó Jesse, mirando la vitela sobre la mesa—. ¿Qué se supone que hace, exactamente?

En claro signo de rechazo por parte del universo, el pergamino de vitela soltó una nubecilla de humo antes de estallar con un estruendo, volar hacia atrás en la mesa y caer en el suelo entre ellos, donde continuó ardiendo, sin consumir la vitela.

—Esto no —contestó Grace.

Agarró unas tenazas de la chimenea que estaban apoyadas en la pared del fondo. Las usó para tomar la vitela, aún ardiendo, y depositarla en la chimenea.

—Míralo por el lado bueno —dijo Jesse—. Inventaste... la vitela siempre ardiente. Christopher estaría orgulloso. Le encantaban las cosas que no dejaban de arder.

—Christopher —replicó Grace— resolvería esto ya. Christopher era un científico. A mí me gusta la ciencia. Eso son dos cosas bien diferentes. —Miró la vitela ardiendo. Era bastante bonita, rodeada de una llama como de encaje—. Es irónico. Belial nunca le pidió a madre que matara a Christopher. Nunca pensó en él para nada. Pero al asesinarlo, puede que asegurara el éxito de Belial.

Las palabras no eran suficiente. Tiró el lápiz con fuerza, y este se estrelló insatisfactoriamente contra un archivador.

Jesse alzó una ceja. Grace no era dada a los arrebatos.

—¿Cuánto pasó desde la última vez que comiste algo? —preguntó él.

Grace parpadeó. No lo recordaba.

—Eso creía. Buscaré por la alacena, ¿de acuerdo? Se me antojan galletas, pero me conformaré con una lata de alubias. —Se encaminó hacía la escalera. Grace sabía que le estaba dando un momento para recuperarse, pero solo se frotó con cansancio los ojos doloridos: Jesse no era el problema. El problema era Christopher. Necesitaba a Christopher.

Puso la mano sobre la madera descolorida y picoteada de la mesa de trabajo. ¿Cuántas de esas manchas hizo Christopher? Cortando, quemando, derramando ácido. Años de trabajo, marcados ahí en cicatrices, del mismo modo que las vidas de los cazadores de sombras estaban marcadas por los pálidos recuerdos de las viejas runas en la piel.

Algo le rondaba por la cabeza sin poder recordarlo. Algo sobre runas. Runas y mensajes de fuego.

Christopher lo sabría.

—Christopher —dijo en voz baja, mientras pasaba la punta de los dedos sobre un largo corte de cuchillo en el tablero de madera de la mesa—. Sé que ya no estás. Y, sin embargo, te siento por todas partes. En cada matraz, en cada muestra... en cada extraño método de organización con el que me topo... te veo por todas partes, y desearía habértelo dicho, haberte dicho que me importas, Christopher. Y no creía que esta clase de sentimiento fuera real. Pensaba que era una presunción en las novelas y las obras de teatro, que uno podía... podía querer la felicidad del otro por encima de la propia, por encima de todo lo demás. Ojalá lo hubiera comprendido mejor cuando estabas... cuando aún vivías.

El silencio del laboratorio resonaba a su alrededor. Cerró los ojos.

—Sin embargo, tal vez estés aquí —continuó Grace—. Quizá estas echando un ojo a este lugar. Sé que Lucie dijo que te fuiste, pero... ¿cómo puedes seguir lejos? ¿Cómo puedes no sentir curiosidad por ver lo que está pasando, más allá incluso del tirón de la muerte? Y si estás aquí... por favor. Estoy tan cerca de resolver el enigma de los mensajes de fuego... Fue más allá de donde llegaste tú, pero aún no encuentro la solución. Necesito tu ayuda. El mundo necesita tu ayuda. Por favor.

Algo le tocó el hombro. Un toque ligero, como si se le posara una mariposa. Se tensó, pero algo le dijo que abriera los ojos.

—Grace. —Una voz suave. Inconfundible.

Tragó aire.

—Oh... Christopher.

—No voltees —dijo—. Ni me mires. Solo estoy aquí por poco tiempo, Grace. Estoy empleando toda mi fuerza para que puedas oírme. No puedo hacerme también visible.

«No voltees». Pensó en el Orfeo de los mitos griegos, al que prohibieron voltear para mirar tras él a su esposa muerta mientras la escoltaba para salir del inframundo. Fracasó y la perdió. Grace siempre pensó que Orfeo era tonto; sin duda no sería tan difícil no voltear para mirar a alguien.

Pero lo era. Sintió en su interior un dolor, el dolor de la pérdida de Christopher. Que la entendió, que no la juzgó.

—Creía —susurró— que los fantasmas solo regresaban si tenían asuntos pendientes. ¿Son los mensajes de fuego el tuyo?

—Me parece —dijo él— que tú eres mi asunto pendiente.

—¿Qué quieres decir?

—No necesitas mi ayuda para resolver esto —indicó Christopher, y ella lo vio, sobre sus párpados cerrados, mirándola con su simpática sonrisa de incredulidad, los ojos de un violeta oscuro tras los anteojos—. Solo necesitas creer que puedes resolverlo. Y puedes. Eres una científica por naturaleza, Grace, y puedes resolver enigmas. Todo lo que tienes que hacer es silenciar la voz en tu cabeza que te dice que no eres lo suficientemente buena, que no sabes lo suficiente. Yo tengo fe en ti.

—Creo que eres el único que la tiene —replicó Grace.

—Eso no es cierto. Jesse cree en ti. De hecho, todos creen en ti. Dejaron esta tarea en tus manos, Grace. Porque creen que puedes conseguirlo. Solo te queda a ti creerlo también.

671

En sus párpados cerrados ahora no veía a Christopher, sino las notas que él le dio: sus observaciones, sus ecuaciones, sus preguntas. Su escritura se desplegaba en la oscuridad, y sus propias notas, mezcladas con las de él. Y Christopher creía en ella. Y Jesse, Jesse creía en ella. Y solo porque su madre siempre pensara que ella no valía nada no significaba que su madre tuviera razón.

—No son las runas —dijo, casi abriendo los ojos con el sobresalto de caer en la cuenta—. Tampoco son los componentes químicos. Son las estelas.

—Sabía que lo haría. —Oyó la sonrisa en su voz—. E inventaste la vitela siempre ardiente. Magnífico trabajo, Grace.

Algo le rozó la sien, colocándole el cabello detrás de la oreja. Un toque fantasmal, una despedida. Un momento después, supo que él se había marchado.

Abrió los ojos y miró tras de sí. No había nada allí, sin embargo, la sensación de desesperación que esperaba que la cubriera no llegó. Christopher no estaba allí, pero su recuerdo era casi como una presencia; y más que eso, una nueva sensación, algo que florecía en su interior, algo que la hizo apartar los papeles que tenía delante y sacar su estela, dispuesta a ponerse a trabajar.

Algo se supuso que era creer en sí misma.

El trayecto a Londres transcurrió sin incidentes; en cierto momento, Anna y Ari tuvieron que meterse en un callejón para esquivar a un Vigilante, pero por lo demás las calles estaba casi todas vacías, salvo por algunos de los mundanos de rostros inexpresivos que ya se esperaban. Mientras pasaban ante una sombría entrada, Ari miró hacia dentro y vio a un demonio con cara de cabra acurrucado en las sombras, sujetando a cuatro bebés humanos. Cada uno estaba mamando de un pecho escamoso. Ari tuvo que contener el impulso de vomitar.

—No mires —advirtió Anna—. No servirá de nada.

«Concéntrate en la misión —se dijo Ari—. En la Ciudad Silenciosa. En el fin de todo eso».

Saint Peter Westcheap fue completamente destruido por el Gran Incendio. A Ari le preocupó que construyeran encima casas o tiendas, pero tuvieron suerte. En la esquina de Cheapside con Wood Street había una pequeña área pavimentada, rodeada de una baja reja de hierro: seguramente un trozo del antiguo patio de la iglesia.

Cruzaron la reja. En el centro del patio se alzaba un gran árbol, con las ramas desnudas formando una especie de dosel sobre unas cuantas tumbas antiguas que aún quedaban, las lápidas demasiado desgastadas para leerlas. Colocaron unos bancos a diferentes intervalos, y sus asientos de barras de madera estaban desgastados por años de lluvias y nieves.

Mientras *Oscar* saltaba entre los matorrales helados. Anna fue a examinar las viejas lápidas. Sin embargo, Ari se vio atraída por el gran árbol del centro del patio. Era una morera negra: no eran nativas de Gran Bretaña sino que las llevaron los romanos, antes incluso de que hubiera cazadores de sombras. La corteza no era negra en absoluto, sino de una especie de café anaranjado, y cuando Ari se inclinó acercándose, vio un dibujo grabado en ella. Un dibujo conocido.

Una runa de invisibilidad.

—¡Anna! —llamó.

Oscar ladró como si él descubriera la runa. Anna se unió a Ari junto al árbol, polvorienta pero satisfecha.

—Oh, bien hecho, Ari —exclamó, mientras tomaba la estela del cinturón—. Ahora bien, las runas de invisibilidad se usan para ocultar y esconder...

Con una mirada de feroz concentración, Anna trazó una línea sobre la runa, borrándola. Una especie de brillo pasó sobre el árbol, y las raíces comenzaron a moverse bajo el suelo, retorciéndose y curvándose hacia un lado hasta que quedó un agujero negro en la base del tronco. Parecía la entrada a una cueva.

Ari se puso de rodillas, y notó el suelo helado incluso a través del material de su traje de combate. Miró en el agujero, pero dentro estaba absolutamente negro. Incluso cuando sacó su luz mágica y lo iluminó, las sombras resultaron ser demasiado espesas para atravesarlas; se inclinó hacia dentro todo lo que pudo, y vislumbró el tenue perfil de unos escalones descendentes. Escalones de piedra, con desgastadas runas grabadas en ellos, medio borradas por el tiempo.

Se removió para salir de debajo del árbol y echó la cabeza hacia atrás para mirar a Anna.

—Tiene que ser esto —dijo—. La entrada a la Ciudad Silenciosa.

Anna se arrodilló y sostuvo a *Oscar*. Este le olisqueó las manos mientras ella le metía un trozo de papel bajo el collar.

—Buen chico, *Oscar* —le dijo—. Regresa al Instituto. Diles que la encontramos. Vete, ya —le dijo, y fue a abrirle la reja del patio. *Oscar* salió trotando valientemente y se dirigió por Cheapside a todo correr.

Anna regresó rápidamente con Ari.

—Está oscureciendo —dijo—. Debemos darnos prisa. ¿Quieres ir delante?

Ari asintió. El agujero en la base del tronco era estrecho y tenía una forma extraña. Tuvo que tumbarse sobre el estómago y arrastrase hacia atrás para entrar por el agujero, y se dejó resbalar un poco antes de que las rodillas le tocaran la superficie irregular de los escalones de piedra. Bajó por ellos hacia atrás, a cuatro patas hasta que llegó a un suelo plano.

Se puso de pie, con la luz mágica en alto. Sobre ella, Anna estaba bajando los escalones, consiguiendo que arrastrarse hacia atrás resultara elegante. Ari se dio la vuelta lentamente, iluminando todos los rincones con su luz. Estaba en el centro de una estancia de piedra, limpia, aunque polvorienta, con el suelo hecho de baldosas superpuestas. Cuando miró hacia arriba, vio un techo abovedado que se alzaba muy por encima de ella, salpicado de piedras semipreciosas, cada una tallada con una única runa reluciente.

Estaban dentro de la Ciudad Silenciosa.

Alastair recorrió la mayor parte del camino para ir a reunirse con Grace y Jesse cuando ocurrió la explosión. Le complació notar que casi ni reaccionó. Con los acontecimientos de las últimas semanas, una pequeña explosión en Grosvenor Square se merecía poco más que una ceja alzada. Además, era una explosión pequeñita; solo una pequeña llamarada en el aire a unos cuantos metros por delante de él, y luego, el humo que quedó cuando las llamas desaparecieron, y luego, en medio del humo, un trozo de papel.

Se lanzó a tomarlo antes de que el viento se lo llevara. Había runas de cazadores de sombras por todo el borde, el significado de la mayoría de ellas no lo recordaba así de golpe. Pero en el medio del papel había una nota en una escritura bastante enmarañada:

Si estás leyendo esto, tienes el primer mensaje de fuego que se envió con éxito. Fue escrito por Grace Blackthorn e inventado por Christopher Lightwood.

Por un momento, miró el papel parpadeando, como si esperara que desapareciera, o que volviera a estallar, o resultara ser una alucinación.

—¡Por el Ángel! —masculló para sí—. Lo lograron. Realmente fueron y lo hicieron.

Aún mirando el papel, cruzó Grosvenor Square hacia la casa del Cónsul, y cuando se acercaba vio a Jesse, despeinado y con ojos de loco, salir por la puerta y bajar corriendo los escalones de entrada.

—¿Lo tienes? —gritó—. ¿Lo tienes? ¿El mensaje? ¿Llegó?

Triunfante, Alastair alzó el mensaje de fuego por encima de la cabeza.

—Funcionó —exclamó—. Funcionó a las mil maravillas.

—Fue Grace la que lo consiguió —explicó Jesse—. Añadiendo una runa de comunicación a la estela antes de escribir el mensaje; era eso. ¿Puedes creer que era algo tan simple?

—En este momento, puedo creérmelo todo —repuso Alastair. Y locamente, bajo el crepitante cielo negro de un Londres poseído, se sonrieron el uno al otro como si ninguno de ellos hubiera sido más feliz en su vida.

32

LOS DIOSES QUE SEAN

Desde la noche que me envuelve,
negra como el Abismo insondable,
doy gracias a los dioses que sean,
por mi alma inconquistable.

WILLIAM ERNEST HENLEY,
Invictus

Era casi de noche cuando Lucie y Cordelia llegaron a las afueras de Idumea.

Ascendieron trabajosamente a lo alto de una colina de esquisto y rocas quebradas, el sol era un disco rojo que colgaba en el horizonte. Cordelia no hizo más que mirar preocupada a Lucie por el rabillo del ojo. Pensó que el vínculo de sangre entre Lucie y Belial la ayudaría, pero lo opuesto sería lo cierto. Lucie sufría como si arrastrara un gran peso tras ella a cada paso. «Todo un mundo muerto».

No ayudaba que permanecieran en silencio desde que dejaron atrás la corte de Carbas. Cordelia quería regresar y golpear al horrible demonio azul en el rostro. Creó una distancia entre Lucie y ella en el peor momento posible. Justo cuando su amistad se recuperaba...

—Mira —dijo Lucie. Se detuvo en lo alto de la colina y miraba hacia abajo—. Es Idumea.

Cordelia se apresuró a alcanzarla. La ladera de esquisto caía en una fuerte pendiente ante ellas. Más allá, bañada en el resplandor del sol sangriento, había una llanura salpicada de grandes rocas. En el límite de la llanura, se extendía la ciudad de Idumea, una enorme ruina oscura. Esperaba ver los restos de calles y casas, pero casi todo se había convertido en escombros. A ambos lados veía las caídas torres de los demonios: troncos de *adamas*, que reflejaban el tenue sol rojo. Rodeando la ciudad estaban las ruinas de las murallas que formaban su perímetro.

Como su propio Alacante, la ciudad estaba construida rodeando la ladera de una colina, cuya parte superior estaba medio cubierta por negras nubes bajas. Aun así, Cordelia vislumbró la forma de una enorme fortaleza en lo alto, rodeada de un muro de piedra, con sus torres recortadas sobre el cielo.

—Idumea —murmuró—. James y Matthew están justo aquí...

Intercambiaron una rápida mirada, llena del recuerdo de las advertencias de Lilith: «No pueden viajar de noche; tienen que buscar refugio en cuanto las lunas se alcen, o morir en la oscuridad».

—Podríamos correr —murmuró Lucie—. Si pudiéramos llegar a la ciudad, quizá avanzaríamos bajo el refugio de todos esos escombros...

Cordelia negó con la cabeza inmediatamente.

—No.

Le dolía incluso decirlo. Quería tanto como Lucie alcanzar la fortaleza cuanto antes. Pero el cielo pasaba de rojo a negro rápidamente, y lo que era más importante, Lucie estaba agotada. Incluso mientras negaba con la cabeza y susurraba: «No podemos simplemente esperar», su rostro estaba tenso de agotamiento y se le caían los párpados. En el mejor de los momentos, incluso, sería una tarea difícil correr sobre la arena y escalar las murallas rotas de Idumea; Cordelia se temía que, en ese en concreto, para Lucie, sería un suicidio.

—No podemos. —Cordelia obligó a las palabras a pasar por su garganta seca y ardiente—. Tendríamos que llegar a la Idumea, cruzar la ciudad, y luego ir a la fortaleza, todo en la oscuridad total, sin luces mágicas, sin saber que nos espera, y si morimos, entonces no habrá nadie que pueda salvarlos. Lo sabes tan bien como yo.

«Y no puedo arriesgarme a perderte —pensó Cordelia—. No así».

Pasado un largo momento, Lucie asintió.

—Bien. Pero tampoco nos podemos quedar aquí. Tenemos que encontrar algún lugar donde refugiarnos.

—Tengo una idea. —Cordelia bajó por la ladera de la colina. Alcanzaron la llanura justo cuando el sol se hundía en el horizonte, creando un gran tablero de ajedrez de luz y sombras. De cerca, era evidente que las grandes rocas no eran formaciones naturales, sino pedazos de la propia ciudad, arrancados del suelo y desparramados por la llanura por alguna fuerza inmensa y terrible. Pedazos de paredes, adoquines irregulares, incluso una vieja cisterna volcada sobre un lado.

Cordelia condujo a Lucie a un punto donde dos losas de una pared rota se apoyaban una sobre la otra, formando una especie de cueva triangular abierta por dos lados. Mientras se acercaban al refugio, algo destelló en lo alto con un resonante chillido.

Era la llamada de una monstruosa ave de presa.

—Rápido —dijo Cordelia, mientras sujetaba a Lucie de la mano; se metieron corriendo por la estrecha entrada de la falsa cueva, agachándose en el hueco protegido bajo las paredes rotas justo cuando la sombra descendió, pasando lo suficientemente cerca para que las alas de la enorme criatura removieran la arena.

Lucie se estremeció.

—Será mejor que saquemos las coas —dijo Cordelia—, antes de que oscurezca.

Lucie la observó con un cansancio sordo mientras Cordelia abría su mochila, haciendo una mueca de dolor; se hirió con *Cortana* en medio de las enloquecidas prisas por meterse en la cueva, y tenía un fino tajo en la palma que le sangraba. «Al menos era en la mano izquierda», pensó, mientras agarraba rápidamente la pequeña colcha que metió en la mochila y la desenrollaba. Se desabrochó a *Cortana* y la dejó apoyada en la pared, luego tomó la cantimplora y un trozo de galleta de barquillo mientras Lucie cogía su propia colcha y se la envolvía en los hombros, temblando.

Estaba oscuro, e iba a ponerse más oscuro cuando las últimas luces desaparecieran del cielo. No llevó nada para hacer fuego, aunque, sin duda, sería un modo de llamar la atención: ahí, en esa llanura oscura, serían tan brillantes y visibles como una brasa entre las cenizas. Cordelia se apresuró a destapar la cantimplora de metal y a pasarle un trozo de la dura galleta a Lucie, antes de que la última luz se desvaneciera...

—Mira —exclamó Lucie, y Cordelia se dio cuenta de que aunque la oscuridad total cayó en el exterior de su pequeño refugio, aún veía el rostro de Lucie. Su espacio estaba envuelto en un tenue brillo dorado, y al darse la vuelta, vio que el origen de la luz era *Cortana*; su empuñadura ardía tenuemente, como una antorcha mal apagada.

—¿Por qué hace eso? —susurró Lucie, mientras partía un trocito de galleta.

Cordelia negó con la cabeza.

—No lo sé. No estoy segura de que nadie entienda totalmente las espadas del Wayland *el Herrero*, y lo que pueden hacer.

Y, sin embargo, sentía un picoteo por la palma izquierda, donde se cortó con la espada. Como si *Cortana* supiera de su herida y la estuviera llamando. A ella.

Lucie masticó pensativa durante un momento.

—¿Te acuerdas —comenzó a decir— de cuando éramos pequeñas? Miraba el acantilado y recordaba... ya sabes. Cuando me salvaste la vida. ¿Te acuerdas?

Claro que se acordaba. Lucie, cayendo del camino que corría a lo largo de la cornisa. Cordelia, tirada bocabajo, agarrando la mano de su amiga mientras esta pendía sobre la larga caída hasta el fondo.

—Tenía tanto miedo... —explicó Cordelia—. Si me hubiera picado una abeja, o se me hubiera cansado la mano, o me hubieras soltado de algún modo.

—Lo sé. Estaba en una situación extrema, realmente peligrosa, y lo extraño era que me sentía segura. Porque tú me agarrabas. —Lucie miró fijamente a Cordelia—. Perdóname.

—¿Por qué?

—Por no contarte lo... Bueno, ¿por dónde empezar? Por no contarte lo de Jesse. Me estaba enamorando de él, y sabía que haría lo que fuera para conseguir que regresara, para hacer que viviera de nuevo. Sabía que quizá tuviera que hacer cosas que tú no aprobarías. Como aliarme con Grace. Debí ser sincera. Me dije que Grace nunca sería una amenaza para nuestra amistad. Pero mentir sobre ella... esa era la amenaza. Estaba asustada, pero... pero eso no es excusa. Debí contártelo.

—¿Y sobre la ceremonia de *parabatai*? —preguntó Cordelia—. No mencionar nada acerca de los fantasmas que viste... No lo entiendo.

—Tenía miedo de que pensaras que era un monstruo —respondió Lucie, con un hilo de voz—. Descubrir lo de Belial... Me sentía corrompida. Siempre pensó en la ceremonia de *parabatai* como en un acto de perfecta bondad. Algo que haría que nuestra amistad no fuera solo especial sino... sino sagrada, como la que mi padre y el tío Jem tienen. Pero entonces, me sentí como si estuviera sucia, como si no me mereciera un perfecto acto de bondad. Temía que si lo sabías, me darías la espalda...

—Lucie. —Cordelia dejó caer su galleta en algún punto de la arena—. Nunca te daría la espalda. Y qué imaginación la tuya... ¿Tú crees que, porque soy la paladina de Lilith, soy un monstruo?

Lucie negó con la cabeza.

—No, claro que no.

—Es fácil confundir la monstruosidad con el poder —repuso Cordelia—. Sobre todo cuando se es mujer, y se supone que no debes poseer ninguno de esos dos atributos. Pero tú, Lucie, tú tienes un gran poder, pero no es monstruoso, porque tú no eres monstruosa. Empleaste tu capacidad para el bien. Para ayudar a Jesse, para traernos a Edom. Cuando me salvaste en el Támesis. Cuando reconfortas a los muertos.

—Oh, Daisy...

—Déjame acabar. La gente le teme al poder. Es por eso por lo que el Inquisidor tienen tanto miedo de tu madre que cree que debe apartarla de Londres. Belial contaba con ello, con los prejuicios del Enclave, con sus miedos. Pero Luce, yo siempre te defenderé. Siempre estaré a tu favor, y si los fantasmas deciden asistir a nuestra ceremonia de *parabatai*, después los invitaré a tomar el té.

—Oh, vaya —exclamó Lucie—. Tengo ganas de llorar, pero siento el ambiente tan horriblemente seco, que no creo que pueda. —Se frotó una mancha en la mejilla—. Solo me gustaría saber... ¿por qué no me dijiste lo que sentías por James? Antes, me refiero.

—Tenías razón, Luce. Cuando dijiste que era demasiado orgullosa. Lo era... lo soy. Y pensé que me protegía. Pensé que no quería que me tuvieran lástima. No lo entendí, hasta que hablé con James y me di cuenta de que él tenía las mismas razones, las mismas excusas, para ocultar la verdad sobre Grace y el brazalete... No entendí el daño que hacía. James se estaba matando con ese secreto, guardándoselo para sí. Y yo hice lo mismo. Tenía tanto temor a la lástima que me cerré a la compasión y a la comprensión. Lo siento, Lucie, lo siento mucho...

—No lo sientas. —Lucie sorbió—. Oh, Daisy. Hice algo terrible.

—¿De verdad? —Cordelia estaba perpleja—. ¿Qué clase de cosa terrible? No puede ser tan mala.

—Lo es —gimió Lucie, y agarró su mochila. Mientras rebuscaba en ella, dijo llorosa—: Dejé de escribir *La hermosa Cordelia*. Estaba demasiado disgustada...

—No pasa nada...

—No, no lo entiendes. —Lucie sacó una pequeña libreta de la mochila—. Comencé a escribir un nuevo libro. *La malvada reina Cordelia*.

—¿Y lo trajiste? —Cordelia estaba atónica—. ¿A Edom?

—Claro —contestó Lucie—. No puedes dejar atrás un manuscrito sin acabar. ¿Y si se me ocurriera alguna idea?

—Bueno —repuso Cordelia—. Quiero decir. Claro.

Lucie le lanzó la libreta.

—No puedo ocultártelo —continuó, desconsolada—. Escribí cosas tan terribles...

—Quizá no debería leerlo —dijo Cordelia, con cierta inquietud, pero la mirada en el rostro de Lucie le hizo abrir la libreta a toda prisa. «Oh, vaya», pensó. Y comenzó a leer.

La malvada reina Cordelia se echó hacia atrás su larga y manejable cabellera escarlata. Llevaba un vestido de hilos de oro y plata, y un enorme collar de diamantes, que reposaba sobre su gran y traicionero pecho.

—Oh, tonta princesa Lucie —dijo—. ¿Creíste que tu hermano, el cruel príncipe James, te ayudaría? Lo mandé ejecutar.

—¿Qué? —La princesa Lucie ahogó un grito, porque, aunque era cruel, seguía siendo su hermano—. Pero ¿después de todo lo que hice por ti?

—Es cierto —dijo la malvada reina—, que tengo todo lo que siempre quise. La gente de esta tierra me adora, y tengo incontables pretendientes. —Señaló una larga lista de hombres apuestos que se extendía por toda la sala del trono, algunos arrodillados—. Mi espada mágica fue considerada la mejor y más hermosa espada por el Consejo Internacional de Expertos en Espadas, y la semana pasada escribí una novela de mil pá-

ginas por la que ya recibí un generoso anticipo de un editor de Londres. Es cierto, tú me ayudaste a conseguir todas esas cosas. Pero ya no me sirves para nada.

—Pero ¡dijiste que siempre seríamos amigas! —exclamó la secreta princesa Lucie—. ¡Que seríamos princesas juntas!

—Decidí que en vez de ser princesas juntas, es preferible que yo sea reina y tu mi prisionera en mi mazmorra más profunda, bajo el foso del castillo. ¡Tú, sir Jethro, llévatela!

—¡Pagarás por esto! —gritó la secreta princesa Lucie, pero sabía en su corazón que la malvada reina Cordelia ganó.

Cordelia hizo un sonido apagado. Lucie, con los ojos enormes, juntó las manos.

—Lo siento tantísimo —dijo—. Me equivocaba totalmente al pensar esas cosas, y mucho más al escribirlas....

Cordelia se llevó la mano a la boca, pero era demasiado tarde. Una risita se le escapó, y luego otra. Con los hombros temblando incontrolablemente, lazó un hipido.

—Oh, Lucie... nunca... leí... nada tan divertido...

—¿De verdad? —Lucie estaba asombrada.

—Tengo que preguntarte una cosa —dijo Cordelia, dando unos golpecitos a la página con el dedo—. ¿Por qué es mi... esto... el pecho de la malvada reina tan enorme?

—Bueno, es que lo es —explicó Lucie—. No como yo, que parezco un niño. Siempre quise tener una figura como la tuya, Daisy.

—Y yo —repuso Cordelia—, siempre quise ser pequeña y delicada como tú, Luce. —Rió de nuevo—. ¿El Consejo Internacional de Expertos en Espadas?

—Estoy segura de que existe —contestó Lucie, echándose a reír—. Y si no, pues debería. —Le tendió la mano—. Supongo que más vale que me lo devuelvas ya.

Cordelia apartó la libreta.

—No puedes decirlo en serio —dijo—. Me muero por averiguar qué le pasa a la princesa Lucie en la mazmorra. ¿Lo leo en voz alta? ¿Habrá alguna otra mención a mi pecho?

—Varias —admitió Lucie, y por la primera vez en muchos siglos, bajo el áspero brillo de las tres lunas, el sonido de la sencilla risa humana voló por las planicies de Edom.

Thomas volvió en sí lentamente. Estaba acostado sobre una cama de sábanas blancas y limpias, y el familiar olor de las hierbas y el fenol llenaba el aire. La enfermería del Instituto; la conocía bien, y por un momento desconectado y medio dormido, se preguntó: «¿Me rompí la pierna?».

Pero eso pasó hacía años. Era un niño, aún pequeño e incluso un poco enfermizo, y se cayó de un manzano. James y él jugaron a las cartas todas las noches en la enfermería del Instituto mientras él sanaba. En ese momento, le parecía como un sueño distante, de un tiempo más inocente, cuando los horrores del presente fueran inimaginables y la pérdida de James y Matthew más inimaginable aún.

«No estás muerto», se recordó, mientras comenzaba a darse la vuelta, y las colchas susurraban a sus pies. Luego lo oyó. Una voz profunda y firme, que se alzaba y bajaba: Alastair Carstairs, leyendo en voz alta. Estaba sentado junto a la cama de Thomas, con los ojos fijos en un volumen encuadernado en cuero que tenía en las manos. Thomas cerró los ojos, para saborear mejor el sonido de Alastair leyendo.

—A menudo pensé en ti —dijo Estella.

—¿De verdad?

—Últimamente, muy a menudo. Durante mucho tiempo luché por mantener lejos de mí el recuerdo de lo que desprecié cuando era ignorante de su valor. Pero, ya que mi obligación no era incompatible con la admisión de tal recuerdo, le di un lugar en mi corazón.

—Tú siempre tuviste un lugar en mi corazón —contesté.

El libro se cerró de golpe.

—Esto es aburrido —dijo Alastair, con voz cansada—. Y dudo que lo aprecies, Thomas, ya que estás dormido. Pero mi hermana siempre insiste que no hay nada mejor para los enfermos que que les lean.

«No estoy enfermo», pensó Thomas, pero siguió con los ojos cerrados.

—Quizá, debí contarte lo que pasó hoy, ya que estuviste acostado aquí —continuó Alastair—. Anna y Ari encontraron la entrada a la Ciudad Silenciosa. Lo sé porque enviaron al maldito perro de Matthew con una nota para informarnos. Y hablando de notas, Grace y Jesse consiguieron que funcione el proyecto de Christopher. Ahora están en la biblioteca, enviando docenas de esas cosas a Alacante. Solo podemos confiar en que lleguen; una cosa es enviarlas dentro de Londres, y otra diferentes es atravesar las barreras que rodean la ciudad. —Suspiró—. ¿Recuerdas el que me enviaste? ¿El que era todo un sinsentido? Me pasé horas tratando de juntar todas las piezas. Estaba desesperado por saber qué querías decirme.

Thomas permaneció tan quieto como pudo, manteniendo la respiración constante y regular. Sabía que debía abrir los ojos, decirle a Alastair que estaba despierto, pero no conseguía convencerse para hacerlo. La cruda sinceridad de la voz de Alastair era algo que nunca oyó antes.

—Hoy me asustaste —continuó Alastair—. En la estación de tren. El primer *iratze* que te puse... se borró. —Le tembló la voz—. Y pensé... ¿y si te perdía? ¿Te perdía de verdad? Y me di cuenta de que todas las cosas de las que he tenido miedo durante todo este tiempo: lo que pensarían tus amigos, lo que significaría que yo me quedara en Londres; no son nada comparado con lo que siento por ti. —Thomas notó que algo le rozaba la frente con cuidado. Alastair, apartándole un mechón de cabello—. Oí lo que te dijo mi madre —añadió Alastair—. Antes de la fiesta de Navidad. Y oí lo que le contestaste: que deseabas que me tratara a mí mismo como merecía que me trataran. La cosa es que eso es exactamente lo que estaba haciendo. Me negaba a mí mismo lo que más quería en este mundo, porque no creía que me lo mereciera.

Thomas no pudo aguantar más. Abrió los ojos y vio a Alastair, cansado, despeinado, con ojeras, mirándolo.

—¿Merecer qué? —susurró Thomas.

—Merecerte a ti —contestó Alastair, y negó con la cabeza—. Claro... claro que fingías estar dormido...

—¿Hubieras dicho todo eso de estar yo despierto? —preguntó Thomas, con brusquedad.

Y Alastair dejó el libro que sujetaba antes de contestar.

—No tienes que contestarme nada, Thomas. Sé lo que espero. Espero contra toda esperanza que puedas sentir algo semejante a lo que siento por ti. Es casi imposible imaginar a alguien sintiendo algo así hacia mí, teniendo en cuenta quién soy. Pero tengo la esperanza. No solo porque ansío tener lo que deseo. Aunque te deseo —añadió en una voz más baja—. Te deseo con un ardor que me asusta.

—Acuéstate junto a mí —dijo Thomas.

Alastair vaciló. Luego se agachó para desabrocharse las botas. Un momento después, Thomas notó que la cama se hundía, y el cálido peso del cuerpo de Alastair colocándose junto a él.

—¿Te encuentras bien? —preguntó Alastair en voz baja, mirándolo—. ¿Te duele algo?

—Solo no estar besándote en este mismo momento —contestó Thomas—. Alastair, yo te amo... pero ya sabes que...

Alastair lo besó. Fue una difícil maniobra en la pequeña cama, y sus rodillas y codos chocaban, pero a Thomas no le importó. Solo quería a Alastair junto a él, la boca de Alastair, cálida y suave, contra sus labios; labios que se abrían para susurrar.

—No lo sabía... tenía la esperanza, pero no estaba seguro...

687

—*Kheli asheghetam* —susurró Thomas, y oyó a Alastair tragar aire—. Te amo. Déjame amarte —dijo, y cuando Alastair lo volvió a besar, con un beso intenso, cálido y total, Thomas se perdió a sí mismo en él, en el modo en que Alastair lo tocaba. En cómo Alastair se movía con cuidadosa seguridad, desabotonándole la camisa con dedos hábiles. Una vez la camisa de Thomas estuvo fuera, Alastair le acarició con suavidad, su mirada soñadora, deseosa y lenta. Le acarició las muñecas, subiendo por los brazos, cruzando los hombros, abriendo las manos sobre el pecho de Thomas. Fue bajando las manos, hasta que Thomas comenzó a perder la cabeza, quería más que suaves caricias de labios y dedos.

Hundió las manos en la cabellera de Alastair.

—Oh, por favor —dijo, incoherente—, ya, ya.

Alastair rio suavemente. Se quitó la camisa, y luego se tumbó sobre Thomas, piel contra piel, y todo el ser de Thomas pareció alzarse en una espiral que se tensaba, y Alastair temblaba cuando Thomas le devolvió las caricias; temblando porque era ya, justo como Thomas le pidió, y ya era un momento tan inmenso, tan profundo en su placer y alegría, que ambos olvidaron las sombras y los peligros, el dolor y la oscuridad que los rodeaba. Más tarde lo recordarían, no tardarían, pero por el momento de ya, solo había el otro, y el brillo que tejían entre ellos en la estrecha cama de la enfermería.

Cuando Cordelia se despertó, a la mañana siguiente, el tenue sol de Edom se filtraba en su escondite. Se durmió con una mano sobre *Cortana*; se sentó lentamente, frotándose los ojos para sacarse el sueño, y miró a Lucie.

Estaba hecha un ovillo en su cobija, con los ojos cerrados y muy pálida. Cordelia se despertó varias veces durante la noche y vio a Lucie durmiendo inquieta, moviéndose de un lado a otro, a veces gritando de angustia. Incluso durmiendo, el peso de Edom caía sobre ella.

«Hoy se acabará todo —pensó Cordelia—. Conseguiremos encontrar a James y Matthew, y yo mataré a Belial, o moriremos en el intento».

Dormida, Lucie tiraba de su dije. Tenía unas oscuras ojeas. Cordelia vaciló antes de armarse de valor para acercarse y sacudir suavemente a Lucie por el hombro. No tenía sentido retrasarlo más; solo hacía que todo fuera peor.

Se racionaron lo que les quedaba de comida: unos pocos sorbos de agua y algo de galletas. Lucie pareció revivir un poco; para cuando por fin salieron de su refugio y comenzaron a cruzar la plana de Idumea, recuperó un poco de color.

Era otro día agobiante, y un viento caliente les metía polvo en la boca y en los ojos. Mientras se acercaban a Idumea, se fue haciendo más reconocible como lo que era: un Alacante en ruinas. La gran fortaleza de lo que una vez fue el Gard se alzaba sobre una mezcolanza de escombros tirados y estructuras que permanecían de pie. Todas las torres de los demonios cayeron, menos una, y ese único pináculo vítreo recogía y mantenía el fulgor escarlata del sol, como una aguja al rojo vivo clavándose en el cielo.

Cordelia se preguntó si los demonios les molestarían cuando intentaran entrar en la ciudad, sobre todo después de su encuentro con Carbas. Pero el lugar estaba casi inquietantemente desierto: solo el viento las molestaba mientras escalaban los escombros de las murallas destruidas.

Más escombros las esperaban al otro lado, pero entre las pilas de piedra maltratada o rota, había sorprendentes espacios que quedaron casi intactos. Mientras se acercaban al centro de la ciudad, Cordelia distinguió lo que fue la Plaza de la Cisterna, aunque se abrió un gran agujero en medio de las losas, como si algo, hacía mucho tiempo, hubiera surgido de debajo de la tierra. Cordelia y Lucie intercambiaron una mirada inquieta y rodearon el agujero a buena distancia.

Pasaron por los restos de los antiguos canales, llenos de un musgo negro podrido. Cordelia veía algo brillando a media distancia, un destello de metal o de oro. Un montón de escombros cerraba el camino; Lucie y Cordelia lo escalaron y se encontraron en lo que antes fuera la Plaza del Ángel.

Cordelia y Lucie miraron alrededor con una especie de horrible fascinación. Había algo muy familiar y a la vez muy poco familiar en todo: la gran plaza en el corazón de Alacante, con el Salón de los Acuerdos en un extremo, y la estatua del Ángel Raziel en el centro. Pero ahí no había Salón de los Acuerdos, solo un enorme edificio de columnas hecho de un oscuro material brillante; ese fue el destello que Cordelia vio antes. Sus laterales fueron grabados con palabras en una escritura demoniaca curvada.

En cuanto a la estatua del Ángel, ya no estaba. En su lugar se alzaba una estatua de Belial, tallada en mármol. Una mueca desdeñosa estaba estampada sobre su hermoso rostro inhumano; llevaba una armadura de escamas y las alas de ónice negro le surgían de la espalda.

—Míralo. Mira lo satisfecho de sí mismo que parece —comentó Lucie, mirando la estatua con rabia—. Ag, me gustaría poder... —Ahogó un grito y se dobló en dos, con las manos sobre el estómago—. Oh... duele.

Aterrorizada, Cordelia sujetó a Lucie por el brazo.

—¿Estás bien? Lucie...

Lucie alzó la mirada, con los ojos muy abiertos, las pupilas dilatadas y muy negras.

—Algo horrible —susurró—. Algo va mal. Los siento... los muertos...

—Es porque nos hallamos en Idumea, ¿no? Dijiste que era una ciudad muerta...

Lucie negó con la cabeza.

—Aquellos eran fantasmas viejos. Estos son nuevos, cargados de ira y odio, como si acabaran de morir, pero nada ha vivido aquí desde hace muchísimo tiempo; entonces, ¿cómo es que...? —Hizo una mueca de dolor y se tambaleó hacia atrás contra la base de la estatua—. Daisy, mira...

Cordelia volteó y vio una nube arremolinada de polvo. Pensó en las historias de tormentas en el desierto, grandes cortinas de arena moviéndose por el cielo, pero este no era un fenómeno natural. Al irse acercando, rodando por la plaza, Cordelia vio que era una nube muy densa de polvo y arena moviéndose, pero en el interior de esa nube había formas; rostros, en realidad, con grandes ojos y bocas abiertas. «Como dibujos de los serafines —pensó aturdida—, grandes alas cubiertas de ojos, ruedas de fuego que hablaban y se movían».

Lucie gemía de dolor, mientras se acuclillaba contra la estatua. La nube giratoria estaba justo frente a ellas. Del polvo y la arena, comenzó a formarse un rostro, y luego un torso y unos hombros. Un rostro melancólico, con largo cabello negro y ojos oscuros y tristes.

Filomena di Angelo. Mientras Cordelia miraba anonadada la figura extraña y medio formada en el medio del torbellino de arena, Filomena habló.

—Cordelia Carstairs —dijo, y su voz resonó como el viento que soplaba sobre el desierto—. ¿Viniste a salvarme finalmente?

«Es un demonio —pensó Cordelia—. Algún tipo de criatura de pesadilla que se alimenta de la culpa».

Aunque eso no explicaba la respuesta de Lucie ante ella. Aun así...

—Eres un monstruo —dijo Cordelia—. Te envió Belial para engañarme.

El polvo se revolvió, y un nuevo rostro apareció desde el interior. Una anciana, de ojos agudos, conocida.

—No se trata de ningún engaño —aseguró el rostro de Lilian Highsmith—. Somos las almas de aquellos que Belial asesinó en Londres. Nos atrapó aquí para su propia diversión.

La arena cambió. El triste rosto de Basil Pounceby las miraba. Lucie respiraba en rasgados jadeos; Cordelia trató de tragarse su miedo, su deseo de ir corriendo a proteger a Lucie. Esa criatura las seguiría.

—Se nos ordenó que hostiguemos a cualquier persona que llegue a Idumea y la corramos —rugió el fantasma de Pounceby—. A Belial le divierte doblegar a los cazadores de sombras a su voluntad y obligarnos a ser testigos eternos de la destrucción de lo que una vez fue Alacante.

—Belial —dijo Cordelia—. ¿En qué parte de Idumea está ahora?

Otro cambio. De nuevo Filomena, con una expresión de desesperación.

—En el Gard oscuro —contestó—. Aquel que fue el palacio de Lilith, pero ahora es suyo. Vuela allí y fuera de allí sobre un gran pájaro negro. Creemos que tomó prisioneros.

«Prisioneros». A Cordelia, el corazón le dio un brinco.

—Deben dejarnos pasar, Filomena —dijo—. Fracasé en protegerte antes. Déjame intentarlo. Vayamos al Gard, porque cuando lleguemos allí, mataré a Belial, y ustedes serán libres. Esta esclavitud tiene que acabar.

—¿Y cómo crees que puedes matar a Belial? —preguntó la voz de Basil Pounceby, cargada de desprecio—. Solo eres una chica.

En un fluido movimiento, Cordelia desenvainó su espada. *Cortana* relució en su mano, un oro lealmente desafiante, intocado por el sangriento sol.

—Soy la portadora de *Cortana*. Ya herí a Belial en dos ocasiones. Una tercera herida acabará con él.

Los ojos de Filomena se abrieron mucho. Y luego desapareció, con la arena reformándose y cambiando en el rostro más familiar de todos. Cabello y ojos claros, barba gris incipiente, un rostro de marcadas arrugas. Su padre.

—Cordelia —dijo el fantasma de Elias Carstairs—. Oíste mis palabras en París, cuando te hable, ¿verdad que sí?

Cualquier duda que Cordelia tuviera de que esos eran realmente los espíritus de Londres, desapareció.

—Sí —susurró—. Oh, *Baba*...

—Daisy —dijo Lucy, con una voz rota—. No puedo... no tenemos mucho tiempo...

—Te oí en París —respondió Cordelia, mirando directamente el rostro de su padre—. Intentaste advertirme.

—Fui hacia ti —susurró Elias, roncamente—. Oí tu llamada en la oscuridad. Pero somos débiles en la muerte... Era tan poco lo que podía hacer...

—Padre —repuso Cordelia—. En un tiempo fuiste un gran cazador se sombras. El legendario Elias Carstairs. Condujiste a los guerreros a la batalla, a la victoria. Sé un líder ahora. Desafía a Belial. Dame esta oportunidad de alcanzar el Gard. Todo depende de ello. Padre, por favor...

Se calló cuando la nube comenzó a rodar más y más deprisa. Los rostros aparecían y desaparecían en la tormenta del interior, ojos saliéndose de las órbitas, dientes castañeteando; Cordelia ya no podía decir qué rostro era el de quién, pero cada uno tenía la misma mirada de torva determinación. Y entonces, con un gran grito estridente, la nube estalló en fragmentos, y la arena regó los adoquines de la Plaza del Ángel.

Cordelia notó que los oídos le pitaban en el silencio. Volteó para mirar a Lucie, que se estaba irguiendo con cuidado.

—Se fueron, Daisy —dijo, suavemente.

—¿Y tú estás bien? —Cordelia bajó la espada—. ¿Te encuentras mejor?

—Sí, pero creo que volverán. Estaban sujetos a la voluntad de Belial; solo pueden resistírsele durante un rato. —Luce inspiró hondo para calmarse—. Será mejor que lleguemos al Gard mientras lo hacen.

Cordelia asintió, con una sensación solemne. Pensó que sentiría más dolor después de ver a su padre. En vez de eso, curiosamente, sentía una espacie de fría calma descender sobre ella. Era la portadora de *Cortana*, y no estaba allí para llorar la muerte. Estaba allí para vengarla. Era un ángel cayendo sobre las llanuras de Edom, en el nombre de Raziel y todos los nefilim que lucharon y murieron allí mucho tiempo atrás. Ella liberaría el espíritu de su padre de ese lugar. Ella rescataría a Matthew y a James. Ella liberaría Londres de Belial. Ese mundo no se podía salvar, pero el destino del suyo aún no estaba decidido.

Juntas, Lucie y ella se dirigieron hacia la oscura fortaleza en lo alto de lo que en otro tiempo fue la Colina del Gard.

Cuando el sol rojo se alzó sobre el patio a la mañana siguiente, James no durmió. Notaba como si tuviera los ojos llenos de arena, y la boca seca como un hueso. Matthew estaba sentado junto con él, con las piernas dobladas y los ojos fijados pensativamente en el horizonte.

En algún momento, James dejó de dibujar *iratzes*. Matthew dejó de temblar y se durmió, respirando profunda y regularmente, su cabeza pesada sobre el hombro de James. Algunas horas después, cuando se despertó, giró para mirar a James, pensativo.

—No sé lo que hiciste —dijo—. Como mínimo, no sé cómo fue posible. Pero... me siento mejor. Físicamente, al menos.

Se miró el antebrazo. Era una retícula de líneas blancas sin fuerza, los fantasmas de runas desaparecidas.

—Eso no debió funcionar —añadió—. Pero, claro, eso es cierto de muchas cosas que hicimos.

«Tenía razón», pensó James. No debió funcionar. Puso toda su concentración en dibujar las runas curativas, tratando de imbuirles su propia fuerza, su propia voluntad, esperando que si conseguía que cada una permaneciera un momentito, la fuerza combinada de cien de ellas haría que Matthew soportara esa noche.

Cuando Matthew se levantó y fue a buscar agua, estaba firme sobre los pies. Tenía color en el rostro, no temblaba, y las manos no se le sacudían cuando regresó con la copa. James sabía que eso no era una cura. Matthew, si sobrevivía a Edom, aún ansiaría el alcohol; quedaba mucho trabajo por hacer. Pero mantenerlo vivo para que hiciera ese trabajo...

Una sombra pasó por lo alto. Matthew le tendió una mano a James para ayudarlo a ponerse de pie.

—¿Lo dices en serio? ¿Lo de las cosas que hicimos que no debieron funcionar? —preguntó James mientras se sacudía la ropa.

Matthew lo miró raro.

—Naturalmente.

—Así que aceptas mi plan —dijo James—. El que te parece fatal.

Matthew lo miró fijamente, y luego al cielo; donde una forma oscura y alada se acercaba. Una capa de blanco puro se agitaba en el viento como una bandera.

—Belial —dijo Matthew, seco.

Dejó la copa en el suelo, y James y él se movieron para estar hombro con hombro. Era un gesto, y James lo sabía. Belial los podía separar con un solo tronar de dedos. Lanzarlos cada uno a una punta del patio. Pero los gestos eran importantes. Muy importantes.

Belial saltó del lomo de *Stymphalia* incluso antes de que el pájaro demonio tocara tierra sobre la tierra sucia y llena de guijarros. Mientras el polvo volaba, él fue directo a James y Matthew. «Estaba enojado», pensó James, lo que ya era algo: él esperó que se regodeara. Eso parecía un poco más complejo.

—Tus compañeros —soltó Belial—. Cordelia Carstairs, tu hermana, los otros... ya sabes que les ofrecí una salida segura de Londres. ¿La rechazó? ¿Siguen en la ciudad?

James sintió que se le hinchaba el corazón.

«Lo sabía —pensó—. Tenía confianza».

Extendió los brazos y las manos.

—No puedo responder a eso —contestó—. Nosotros estábamos aquí.

Belial hizo una mueca con el labio.

—Lo supongo. Pero imagino que lo supones.

—¿Por qué? —preguntó James—. ¿Les tienes miedo? ¿A un puñado de niños nefilim? —Sonrió de medio lado, y notó que se le cortaban los labios resecos—. ¿O solo de Cordelia?

Belial hizo una mueca de desdén.

—No me tocará con su sucia espada —afirmó—. Porque estaré poseyéndote, y para hacerme daño a mí, tendría que acabar con tu vida. Lo que no hará. Las mujeres —añadió— son notoriamente sentimentales.

—Maravilloso —masculló Matthew—. Consejos sobre las mujeres humanas de un Príncipe del Infierno.

—Guarden silencio —ordenó Belial—. El tiempo de jugar y de presumir pasó. Fuiste un adversario entretenido, nieto, pero nunca tuviste ninguna oportunidad. Si no aceptas que te posea, torturaré a tu *parabatai* hasta la muerte delante de tus ojos. Después de eso, te llevaré a Londres conmigo. Mataré a cada hombre, cada mujer y cada niño que me encuentre hasta que tu frágil espíritu humano se quiebre y me pidas que ponga final a todo eso.

James alzó la cabeza lentamente. Miro a su abuelo a los ojos. El ansia de apartar la mirada fue inmediato, intenso. Tras esos ojos algo reptaba, algo primordialmente malvado, frío, reptiliano y venenoso.

Mantuvo la mirada firme

—Primero, me prometes que no dañarás a Matthew —dijo James. Por el rabillo del ojo vio a Matthew cerrar los ojos—. Y te dejaré tener lo que quieres, con unas cuantas condiciones más.

Belial ronroneó.

—¿Y cuáles son?

—No dañarás a mis amigos, mi familia o a Cordelia.

—Tenerla corriendo libremente con *Cortana* es un inconveniente —replicó Belial—. Si me ataca, me defenderé. Seguramente puedes ver que no habrá acuerdo de otro modo.

—Muy bien —aceptó James. Apenas podía respirar, pero sabía que era mejor no mostrarlo—. Pero como dijiste... no lo hará.

—Uum —repuso Belial. Había ansia en su expresión. Una mirada que retorció de náuseas por dentro a James—. Parece que llegamos a un acuerdo.

—Aún no. —James negó con la cabeza—. Necesito algo más protocolario. Tu eres un Príncipe del Infierno. Debes jurarlo por el nombre de Lucifer.

Belial soltó una risita.

—Ah, el Portador de la Luz. Más vale que esperes, nefilim, no tener nunca motivo para encontrarte con él. —Extendió el brazo, con su túnica blanca arremolinándose a su alrededor como humo—. Yo, Príncipe Belial, Señor de Edom, de los Primeros Nueve, juro por el nombre de Lucifer, Él que lo es todo, que no causaré que caiga daño alguno sobre aquellos queridos por mi nieto de sangre, James Herondale. Que quede atrapado en el infierno si tal llega a pasar.

Miró a James; sus ojos eran grandes, negros y parpadeantes, oscuros y vacíos como el fin de toda esperanza.

—Ahora, ven aquí, muchacho —dijo—. Es la hora.

33

UNA FORTALEZA FALLIDA

Una fortaleza fallida, a la que defendió la razón,
un canto de sirena, una fiebre de la voluntad,
un laberinto en el que el afecto no encuentra fin,
una nube furiosa que corre ante el viento,
una sustancia como la sombra del sol,
un logro de dolor del que los listos escapan.

SIR WALTER RALEIGH,
Un adiós al falso amor

Para sorpresa de Ari, Anna y ella llegaron al corazón de la Ciudad Silenciosa sin ver ni a un solo Vigilante. Comenzaron pegándose a las sombras, comprobando puertas y arcadas antes de pasar de una habitación a otra, y comunicándose solo por gestos. Pero mientras el mapa las conducía hacia arriba desde las prisiones, a los dormitorios, y más allá de las bibliotecas y el Ossuarium, se intercambiaron miradas perplejas. Desde su entrada, no vieron ni un alma, ni oyeron ni siquiera a un ratón correteando por detrás de alguna pared.

—¿Dónde están todos? —murmuró Anna. Estaban cruzando un túnel, que se abría en una gran plaza. En cada punto cardinal de la plaza se alzaba un chapitel de hueso tallado. Cuadrados rojos y color bronce alternados, como un tablero de ajedrez, formaban el suelo.

Sus luces mágicas era la única iluminación; las antorchas colocadas en los apliques de las paredes hacía tiempo que se habían agotado.

—Quizá fuera, por Londres —sugirió Ari. Su luz mágica bailoteó sobre un dibujo de estrellas incrustado en el suelo—. Supongo que no tenían ninguna necesidad de ocupar la Ciudad Silenciosa.

—De todas formas, pensaría que dejarían al menos un guardia por si entraba alguien —repuso Anna, señalando—. Déjame ver el mapa de nuevo.

Inclinaron la cabeza sobre él.

—Nos hallamos en el Pabellón de la Verdad, aquí —indicó Ari, señalando—. Normalmente, la Espada Mortal colgaría de esa pared...

—Pero, por suerte, está en Idris —repuso Anna—. Mira... a través de esa fila de mausoleos; está marcado en el mapa. *Senda de los Muertos.*

Ari asintió lentamente. Mientras caminaba junto a Anna, pensó en que parecía como si ni hubiera podido respirar de verdad desde que entraron en la Ciudad Silenciosa. El olor en el aire, a ceniza y piedra, era un frío recordatorio de la vez anterior que estuvo allí, cuando estuvo a punto de morir por el veneno de un demonio Mandikhor. La experiencia no le dejó con ganas de regresar.

Siguieron avanzando por las salas de piedra, que las condujeron a una sala abovedada llena de mausoleos, muchos con los nombres o los símbolos de cazadores de sombras tallados sobre las puertas. Atravesaron un estrecho pasaje ente los CROSSKILL y los RAVENS-CROFT, se agacharon para pasar bajo un estrecho arco como el agujero de la cerradura...

Y se encontraron en un largo pasillo. «Largo» se quedaba muy escaso para describirlo: los apliques de luz mágica a ambos lados del túnel formaban una flecha de luz que se perdían en una distancia demasiado grande para los ojos humanos. Algo en él hizo estremecer a Ari. Quizá fuera solo que el resto de los túneles de la Ciudad Silenciosa tenían una cualidad más orgánica, a menudo siguiendo senderos no muy lógicos que Ari supuso que serían accidentes geológicos. Pero ese lo sentía ajeno y extraño, como si una vena de alguna magia peculiar corriera bajo el suelo de piedra.

Mientras iban bajando, pasaron ante runas talladas en los muros: runas de luto, pero también runas de transformación y cambio. Había también otras runas, que con el tipo de dibujo extraño que Ari vio cuando se dibujaba un Portal. Parecían encenderse cuando Anna y Ari se acercaban, antes de desaparecer entre las sombras. Ari sospechaba que eran esas las que hacían que el túnel fuera como era: una versión telescópica de una distancia real, un peculiar atajo en el tiempo y el espacio que les permitiría caminar de Londres a Islandia en menos de un día (o así sería como lo percibirían).

De vez en cuando, pasaban ante una puerta con una runa grabada, o un estrecho pasaje que serpenteaba hacia la oscuridad. El único sonido era el de sus pasos, hasta que Anna habló.

—Sabes, de pequeña, pensé ser una Hermana de Hierro.

—¿De verdad? —preguntó Ari—. Parece un montón de rutina, para ti. Y un montón de recibir órdenes.

—Algunas veces me gusta recibir órdenes —dijo Anna, y sonaba divertida.

—Nada de flirtear en la Ciudad Silenciosa —repuso Ari, aunque sintió un pequeño escalofrío en la columna, como siempre le pasaba cuando Anna tonteaba con ella—. Estoy convencida de que debe de haber una Ley sobre eso.

—Pensaba que me gustaría fabricar armas —continuó Anna—. Parecía lo opuesto a llevar vestidos e ir a fiestas. En cualquier caso, solo me duró hasta que descubrí que tendría que ir a vivir en una llanura de lava. Le pregunté a mi madre si aún podría tener mi chocolate favorito, y me contestó que lo dudaba mucho. Y eso ya fue demasiado para mí. —Se detuvo, toda la ligereza desapareció de su voz—. ¿Oyes eso?

Ari asintió muy seria. El ruido de pasos provenía de más adelante; muchos pasos, marchando a un ritmo regular. Entrecerró los ojos, pero solo pudo ver sombras, y luego el destello de algo blanco: la túnica de los Vigilantes.

—Rápido —susurró Ari. Estaban cerca de uno de los estrechos pasajes que partían del túnel: agarró a Anna por la manga y se metió agachada en él, arrastrándola consigo.

El pasaje era apenas lo suficientemente ancho para contener a las dos. Ari oía el sonido cada vez más fuerte de los pies al marchar, un extraño recordatorio de que aunque los demonios quimera poseían los cuerpos de los Hermanos Silenciosos y las Hermanas de Hierro, no eran ellos; no tenían sus poderes o sus habilidades.

Se agachó todo lo que puedo y miró hacia el corredor. Ya estaba allí: un numeroso grupo de Vigilantes, cincuenta o más, con sus túnicas blancas de muerte agitándose alrededor de sus pies, como si nacieran del humo. Avanzaban por el pasaje con una ciega determinación, con sus serrados bastones en la mano.

—Suéltame —dijo Anna, y trató de pasar sobre Ari—. Ahora sabemos cómo matarlos...

—¡No! —Ari ni lo pensó; agarró a Anna y tiró de ella para que volviera, casi lanzándola contra la pared. Ambas apagaron sus luces mágicas, y el pasaje quedó en penumbra, aunque Ari aún podía ver la furia en los ojos azules de Anna.

—No podemos dejarlos ir sin más —protestó Anna—. No podemos dejarlos ir...

—Anna, por favor. Son demasiados, y nosotras solo dos.

—Tú no. —Anna sacudió al cabeza violentamente—. Tú tienes que llegar a las Tumbas de Hierro. Una de nosotras tiene que hacerlo. No podré matarlos a todos, pero piensa a cuántos podré matar antes de...

—¿Antes de morir? —siseó Ari—. ¿Es esa la manera de honrar a Christopher?

La furia destelló en los ojos de Anna; furia dirigida a sí misma, supuso Ari.

—No pude protegerle. No estaba preparada para ese ataque. Pero, al menos, ahora sí puedo enfrentarme a esas criaturas...

—No —repitió Ari—. La responsabilidad de la muerte de Christopher es de Belial. Los Vigilante son un horror debido a de quién son los cuerpos que poseyeron. Pero las Quimeras son solo demonios. Como cualquier otro demonio. Son los instrumentos de Belial, y es a Belial a quien debemos derrotar.

—Suéltame, Ari —insistió Anna, con los ojos ardiendo. Si Ari movía la cabeza solo un poco, podía ver pasar a los Vigilantes, una marea blanca pasando por la estrecha boca del pasaje—. No será mi mano la que mate a Belial, si es que se le puede matar. Así que, al menos, déjame esto...

—No. —La determinación en la voz de Ari la sorprendió incluso a sí misma—. Puede que sea la espada de Cordelia la que mate a Belial. Pero todos estamos tras ella. Todo lo que hicimos, todo lo que logramos, nos hizo ser parte de la fuerza que dirige su espada. Pero nuestra tarea no acaba. Aún nos necesitan, Anna. Aún te necesitan.

Muy lentamente, Anna asintió.

Con cuidado, Ari soltó a Anna, rogando no malinterpretar su mirada. Rogando que Anna no saliera corriendo. Y Anna no lo hizo; se quedó muy quieta, con la espalda contra la pared, los ojos fijos en Ari, mientas el sonido de los pasos de los Vigilantes se perdía en la distancia.

Un camino agrietado, los restos de un bulevar antes impresionante, flanqueado de árboles umbríos, condujo a Cordelia y a Lucie a la base de la colina que se alzaba sobre Idumea. Antes de subir, Cordelia miró a Lucie una vez más. Ahí estaba, el impulso final, la última aproximación al palacio de Lilith. Edom e Idumea ya le cobraron muy caro a Lucie su paso por ellos. ¿Tendría fuerzas para eso?

En ese momento, Cordelia decidió que si Lucie no tenía fuerzas, ella la llevaría hasta lo alto de la colina. Llegaron demasiado lejos, y Lucie se esforzó demasiado, para que Cordelia la abandonara ahora.

Lucie estaba pálida, agotada, manchada de tierra. El encuentro con los fantasmas malditos la adelgazó: los ojos se le veían enormes en la cara, y su expresión era tensa de dolor. Pero cuando Cordelia miró a lo alto de la colina, con una pregunta en los ojos, Lucie solo asintió y comenzó a subir por el sendero irregular y zigzagueante que llevaba a la cima.

La pendiente de la ladera de la colina era más pronunciada de lo que Cordelia pensó, y el terreno mucho más áspero. Pasó mucho tiempo desde que el sendero fue atendido, y las raíces petrificadas hinchaban el seco pedregal que cubría la ladera. Bajos mojones de piedra salpicaban el borde del sendero. ¿Indicadores de tumbas olvidadas hacía mucho? ¿Murieron defendiendo la fortaleza? Cordelia solo especulaba.

Mientras subían la colina, las nubes se fueron dispersando, y vio lo que parecía todo Edom extendiéndose ante ella; pudo ver las llanuras donde Lucie y ella se habían refugiado, e incluso la larga línea del Muro de Kadesh en la distancia. Se preguntó si eso habría sido antes la frontera con otro país; se preguntó qué le habría pasado al bosque de Brocelind, con sus profundas hondonadas y sus arboledas feéricas. Se pregunto, mientas las negras nubes se escondían más allá, si Lilith habría mentido y no encontraría el camino de regreso a su propio mundo.

Se preguntó dónde estaría Belial. De hecho, no solo Belial, sino los demonios que, sin duda, lo servían. Mantenía las manos sobre *Cortana*, pero todo estaba en silencio: solo los ruidos del viento y de la trabajosa respiración de Lucie los acompañaban en la ascensión.

Al final, la cuesta comenzó a aplanarse y tomaron aliento. Ante ellas, negras bajo el resplandor rojo del sol, estaban las altas murallas que rodeaban la fortaleza, con una enorme puerta de dos hojas.

—No hay guardias —dijo Cordelia mientras se acercaban a la puerta—. No tiene sentido.

Lucie permanecía en silencio. Miraba la puerta con una extraña expresión en el rostro. Era un reflejo oscuro de la puerta del Gard en Alacante, oro y hierro grabado con sinuosas runas, aunque esas no era runas del Libro Gris, sino un lenguaje demoniaco, antiguo e inquietante. Las estatuas de piedra de los ángeles, decapitadas y corroídas por el ácido, con solo las alas abiertas como señal de lo que en un tiempo fueron, hacían guardia a cada lado de la puerta.

Esta no tenía ningún picaporte, nada que agarrar. Cordelia puso la mano sobre una hoja y empujó; el metal estaba frío como el hielo y empujarlo era como intentar mover una gran roca. No pasó nada.

—Ningún guardia —repitió—. Pero tampoco ninguna manera de entrar. —Echó la cabeza hacia atrás—. Quizá podríamos escalar la muralla...

—Déjame —dijo Lucie en voz baja. Se puso delante de Cordelia—. Contemplé esto en una visión —explicó, aunque no sonaba nada como ella—. Creo que... que era Belial al que vi. Y lo oí hablar.

Posó una mano polvorienta sobre la superficie de la puerta.

—*Kaak ssha ktar* —dijo.

Las palabras sonaron como piedra arañando metal. Cordelia se estremeció... y se quedó mirando incrédula cuando las hojas de la puerta comenzaron a separarse sin hacer ningún ruido. Ante ellas vieron una fosa, lleno de agua negra y oleosa, y un puente que lo cruzaba y llevaba directamente al interior de la fortaleza.

Ante ellas se abría el corazón del palacio de Lilith.

Después de un largo minuto y medio de escuchar a los Vigilantes pasar ante su escondite, la procesión se alejó y el silencio regresó. Con cuidado, Ari sacó la cabeza del pasaje y le hizo un gesto a Anna.

—¿Adónde crees que van? Los Vigilante, me refiero —preguntó Anna.

Ari se mordisqueó el labio.

—No lo sé, pero temo que nos estemos quedando sin tiempo.

Continuaron caminando. Era difícil decir cuánto tiempo pasaba, porque el corredor se extendía en ambos sentidos hasta donde les alcanzaba la vista. Ari miraba hacia atrás, esperando que no tuvieran que doblar donde vieron a los Vigilantes, cuando Anna soltó un apagado gritito al reconocer algo.

—¡Mira!

Ari se apresuró a alcanzarla y miró hacia donde señalaba. Allí, saliendo del túnel, había una reja de barras de oro forjado de doble hoja; estaba medio abierta, y la oscuridad era visible más allá de ella. Supo que esa era la puerta por la que Tatiana Blackthorn dejó pasar a Belial y su ejército desde las Tumbas de Hierro a la Ciudad Silenciosa.

—¿Quién haría algo así? —susurró Ari. Miró a Anna—. ¿Crees que habrá alguien allí? ¿Esperándonos?

Anna no respondió, solo cruzó la puerta. Ari la siguió.

Atravesó cavernas de escala inhumana desde que entraron, así que otra más no tuvo el mismo impacto que la primera. A pesar de eso, la pura escala de la Tumbas de Hierro la intimidó. Supuso que mil años de Hermanos Silenciosos y Hermanas de Hierro sumaban un gran número de tumbas. Cuyos inquilinos, recordó, arrasaban Londres.

Ante ellas había un suelo embaldosado, de casi cien metros en cada dirección, describiendo una enorme cámara circular. En su perímetro, docenas de escaleras de piedra se recortaban en los muros; llevaban a rellanos de los que partían más escaleras, multitud de escaleras que se extendían sobre ellas, cruzándose, formando una especie de techo enorme, que se abovedaba allí donde solo se veía la parte inferior de las escaleras. En cada uno de los rellanos, al menos en los que ellas veían, había mesas de piedra... no. Sarcófagos. Incluso desde donde estaban, en el suelo, Ari vio que las tapas fueron movidas, o tiradas del todo o empujadas hacia un lado.

No estaba tan oscuro como parecía desde fuera. En las paredes se alineaban luces mágicas, hasta arriba, proyectando un brillo azulado sobre todas las cosas. Las luces mágicas estaban colocadas a intervalos regulares, pero la situación aparentemente aleatoria de las escaleras y su entrecruzamiento las hacía relucir desde lo alto como un campo de estrellas. Era casi imposible decir hasta qué altura se alzaban las escaleras, porque desaparecían en un techo que podría ser el cielo.

Cruzaron la cripta, con el repiqueteo de sus botas resonando en el espacio cavernoso. El centro estaba vacío, pero Ari se dio cuenta de que el suelo era un enorme mosaico cuya imagen no visualizó inicialmente. La observaba mientras la cruzaban, y finalmente vio que se trataba de una Hermana de Hierro y un Hermano Silencioso, con un ángel alzándose sobre ellos.

Al final del mosaico había una larga escalera doble que se alzaba directa hacia una puerta de una sola hoja encastada en la pared.

«La salida», pensó Ari. Tenía que serlo; era lo suficientemente grande, y no se veía ninguna otra puerta, aparte de la que cruzaron para entrar.

—Bueno —dijo Anna, y Ari notó que estaba nerviosa—. ¿Adelante?

—Adelante —respondió Ari. Le tomó la mano a Anna, como si fuera a sacarla a bailar—. Vamos juntas.

La abertura real de la puerta, una vez llegaron a ella, fue un poco un anticlímax después de toda la tensión previa. Había una llave de hierro grande en la cerradura, y después de mirar otra vez a Ari, Anna la giró y simplemente empujó la puerta para abrirla.

En el otro lado se abría el cielo nocturno sobre una llanura de roca volcánica y silencio.

—¿Hola? —llamó Anna hacia el silencio.

No hubo ningún sonido.

Se miraron una a la otra horrorizadas, y Ari sintió una terrible fatiga. Ningún mensaje de fuego, al parecer. Ningún ejército de cazadores de sombras para recibirlas.

Anna respiró hondo.

—Al menos, es agradable respirar aire fresco.

—Y es bueno que tengamos un plan de contingencia —añadió Ari.

—Sí, pero es uno agotador —repuso Anna, mientras miraba el terreno rocoso que se ondulaba desde donde estaban—. ¿Cuánto crees que tardaremos en llegar a la Ciudad Irredenta?

Pero entonces, Ari captó un destello de luz en el horizonte. Miró y la luz se hizo un brillo continuo.

—¿Es eso un... Portal? —preguntó Anna, como si diciéndolo en alto fuera a causar que no lo fuera.

Mientras lo miraba, una fila de siluetas apareció, portando lámparas que despedían su propio brillo. Como luciérnagas, bailoteaban alrededor de la llanura de lava, pero entonces se fueron acercando, y los cazadores de sombras llegaron, y Grace y Jesse hicieron funcionar los mensajes de fuego, y quizá aún había eso que se llamaba esperanza en este mundo.

Anna agitó los brazos por encima de la cabeza.

—¡Aquí! ¡Estamos aquí!

Mientras se acercaban, Ari pudo verles los rostros. Reconoció a Gideon, Sophie y Eugenia Lightwood, Piers Wentworth y Rosamund y Thoby, pero la gran mayoría le resultaba desconocidos: no eran miembros del Enclave de Londres, sino que llegaba desde todas partes para luchar. No puedo evitar sentirse un poco decepcionada,

707

«pero era una tonta fantasía —pensó— el imaginar que serían recibidas por las familias que mejor conocía».

Y entonces se quedó parada porque vio a su madre.

Su madre vestía el traje de combate, con el cabello castaño canoso recogido en una práctica trenza cayéndole de la nuca, y el cinturón de armas en la cadera. Ari no recordaba la última vez que Flora Bridgestock se puso el traje de combate.

Como si supiera que su hija la buscaba, la mirada de Flora fue directa a Ari, y sus ojos se encontraron. Por un momento, Flora parecía inexpresiva, y Ari sintió una terrible ansiedad.

Y luego, lentamente, Flora sonrió. Había esperanza en esa sonrisa, y dolor y tristeza. Tendió la mano, no como una orden sino con esperanza, como diciendo «acércate, por favor», y Ari corrió hacia ella.

Cordelia y Lucie corrieron sobre el puente, mientras la negra agua de la fosa que había debajo se arremolinaba y se alzaba como si algo vivo estuviera bajo su superficie. Pero no era nada a lo que Cordelia quisiera mirar con calma y, además, estaba más preocupada por que los demonios salieran en bandada de la fortaleza, dispuestos a atacar.

Pero el lugar estaba en silencio. A primera vista, mientras pasaban bajo la amplia entrada, la fortaleza parecía abandonada. El polvo se arremolinaba sobre los suelos de piedra desnudos. Telarañas, demasiado grandes y espesas para el gusto de Cordelia, cubrían el techo y colgaban en los rincones. Una escalera de doble espiral, de hermosa factura, se alzaba hacia el primer piso, pero no había ni movimiento ni sonido provenientes de arriba, no más de los que había alrededor.

—No sé qué me esperaba —dijo Lucie, perpleja—, pero no era esto. ¿Dónde está el trono de calaveras? ¿Las estatuas decapitadas de Lilith? ¿Los tapices con la cara de Belial?

—Este lugar parece totalmente muerto. —Cordelia tenía el estómago retorcido—. Tanto Lilith como Filomena dijeron que Belial consiguió la fortaleza, que la usaba, pero ¿y si Lilith mentía? ¿O y si simplemente se equivocó?

—No lo sabremos hasta que no inspeccionemos el lugar —contestó Lucie, con una torva determinación.

Se dirigieron a las escaleras curvadas, dos escaleras en espiral que se cruzaban sin tocarse nunca, y subieron hasta el primer piso. Ahí había un largo corredor de piedra; lo recorrieron sigilosamente, con las armas preparadas, pero estaba tan vacío como la entrada. Al final del corredor había dos puertas de metal. Cordelia miró a Lucie, que se encogió de hombros y abrió una de ellas.

Al otro lado encontraron otra amplia sala, de forma semicircular, con el suelo de mármol muy agrietado. Una especie de plataforma de piedra desnuda se alzaba contra una de las paredes, y detrás dos enormes ventanales. Uno daba sobre las tristes llanuras de Edom. El segundo era un Portal.

La superficie de este se arremolinaba y bailoteaba con color, como el aceite sobre el agua. A través de ese movimiento, Cordelia vio que era, inconfundiblemente, Londres. Un Londres cuyos cielos eran grises y negros, con nubes en lo alto desgarradas por los rayos de calor. En primer plano, un puente sobre un río oscuro; más allá, una estructura gótica que se alzaba contra el cielo, una torre con reloj muy conocida...

—Es el Puente de Westminster —dijo Lucie, sorprendida—. Y las casas del Parlamento.

Cordelia parpadeó.

—¿Por qué querría Belial ir ahí?

—No lo sé, pero... mira esto —dijo Lucie.

Cordelia miró y vio a Lucie de puntitas, examinando una gruesa palanca de hierro que surgía de la pared justo a la izquierda de las puertas. Gruesas cadenas se alzaban desde ella y desaparecían en el techo.

—No... —comenzó Cordelia, pero ya era demasiado tarde: Lucie bajó la palanca. La cadena comenzó a moverse; la oían rechinar en las paredes y el suelo.

De repente, un trozo circular del suelo se hundió, desapareciendo de la vista, formando lo que parecía un pozo. Cordelia corrió hasta el borde y vio escaleras que bajaban, y al final de las escaleras... luz.

Comenzó a bajar los escalones. Los muros a ambos lados eran de piedra pulida, grabada como dibujos y palabras, pero en esta ocasión Cordelia pudo leerlas: no estaban en un lenguaje demoniaco, sino en arameo: «Y la mujer dijo a la serpiente: "Podemos comer la fruta de los árboles del jardín; excepto la fruta del árbol que está en el centro del jardín, porque Dios dijo: 'De esta fruta no comerás, no la tocarás, o morirás'"».

—Esto debieron escribirlo aquí los cazadores de sombras —aventuró Lucie, que seguía sigilosamente a Cordelia—. Supongo que es porque estas escaleras conducen a...

—Un jardín —concluyó Cordelia, que llegaba al final de la escalera, donde una pared vacía se encontraba ante ellas, pero con otra palanca de hierro surgiendo de la pared a un lado. Miró a Lucie, que se encogió de hombros. Cordelia tiró de la palanca, y de nuevo se oyó el rechinar de piedra contra piedra, y una parte de la pared se fue hacia un lado, dejando una salida. Pasó por ella y se encontró en el exterior de la fortaleza, en un jardín vallado, o en lo que fue un jardín alguna vez. Estaba mustio y ennegrecido, salpicado de tocones de árboles muertos, y con el suelo seco y cuarteado cubierto de trocitos de roca negra.

En medio del antiguo jardín, sucio y medio muerto de hambre, pero sin duda aún vivo, estaba Matthew.

Mientras Grace y Jesse seguían en la biblioteca, enviando mensajes de fuego a todos los Institutos de una larga lista, Thomas se ofreció como voluntario para unirse a Alastair en el tejado para hacer guardia. El tejado les permitía las mejores vistas de un área muy amplia: verían si se acercaban Vigilantes o incluso, y Thomas sabía que ese era un deseo desesperado, si los mensajes de fuego llegaron a su destino, y los refuerzos de cazadores de sombras comenzaban a llegar a Londres.

Costaba mantener la esperanza de que algo fuera a cambiar. Eran las primeras horas de la mañana y, en circunstancias normales, comenzaría a clarear. Pero todo tenía exactamente el mismo aspecto que en los días anteriores: el cielo era un caldero negro hirviente, el aire estaba cargado del olor a cenizas y a quemado, el agua del Támesis tenía un apagado color negro verdoso. Por el momento, ni siquiera había Vigilantes que localizar.

Thomas se apoyó en los codos junto a Alastair, que mostraba una expresión ilegible.

—Es tan raro ver el Támesis sin barcas —comentó Thomas—. Ningún sonido de voces, ni trenes... Es como si la ciudad durmiera. Detrás de un seto de espino, como en un cuento de hadas.

Alastair lo miró. Sus ojos eran oscuros y cargados de una ternura que era nueva. Cuando Thomas pensó en la noche anterior, en la enfermería con Alastair, se sonrojó tanto que hasta lo notó. Rápidamente volvió a mirar Londres.

—Lo cierto es que me siento un poco esperanzado —comentó Alastair—. ¿Es una tontería?

—No necesariamente —respondió Thomas—. Tal vez se te va un poco la cabeza, como nos estamos quedando sin comida...

Normalmente, Alastair sonreiría ante la broma, pero su expresión permaneció seria, introspectiva.

—Cuando decidí quedarme en Londres —explicó—, en parte fue porque parecía lo correcto, no aceptar la oferta de Belial. Y en parte por Cordelia. Pero también porque no quería...

—¿Qué? —preguntó Thomas.

—Dejarte —contestó Alastair. Ahora Thomas no lo miró. Alastair estaba apoyado contra el barandal de hierro. A pesar del frío, llevaba

711

desabrochado el primer botón de la camisa. Thomas veía el inicio de las clavículas, el hueco en el cuello donde Thomas lo besó. El cabello de Alastair, normalmente peinado, estaba alborotado por el viento; las mejillas encendidas. Thomas deseaba tanto tocarlo que tuvo que meter las manos en los bolsillos.

—Lo que me dijiste en la biblioteca, cuando estábamos allí con Christopher... —comenzó Thomas—. Sonaba un poco a poesía. ¿Qué significaba?

Los ojos de Alastair miraron al horizonte.

—«*Ey pesar, nik za hadd mibebari kar-e jamal. Ba conin hosn ze tos abr kanam?*» Es poesía. O al menos, una canción. Un gazal persa. «Muchacho, tu belleza supera cualquier descripción. ¿Cómo puedo esperar, cuando eres tan hermoso?» —Se le alzó una comisura del labio—. Siempre supe esas palabras. No recuerdo cuándo me di cuenta realmente de lo que significaban. Son los hombres los que cantan los gazales, sabes; solo entonces se me ocurrió pensar que había otros que se sentían como yo. Hombres que escribían libremente sobre lo hermosos que eran otros hombres, y que los amaban.

Thomas apretó las manos en el interior de los bolsillos.

—No creo que nunca nadie me considerara hermoso, excepto tú.

—Eso no es cierto —rebatió Alastair con decisión—. No ves cómo te mira la gente. Yo sí. Solía apretar los dientes, estaba tan celoso..., pensé que sin duda elegirías a cualquiera en el mundo que no fuera yo.

Extendió la mano y la curvó sobre la nuca de Thomas. Se mordisqueaba el labio inferior, lo que hizo que a Thomas le ardiera la piel. Ahora ya sabía lo que era besar a Alastair. No era solo dejar volar la imaginación; era real, y lo quería de nuevo más de lo que creyó posible.

—Si anoche fue solo cosa de una vez, dímelo —susurró Alastair—. Prefiero saberlo.

Thomas sacó las manos de los bolsillos. Sujetó las solapas del abrigo de Alastair, y se lo acercó.

—Eres —comenzó, rozando los labios con los de Alastair— eres tan exasperante...

—¿Oh? —Alastair miró a Thomas a través de las pestañas.

—Tienes que saber que me importas —añadió Thomas, y el movimiento de sus labios contra los de Alastair intensificaba la mirada de este. Notó que Alastair metía las manos bajo su abrigo, rodeándole la cintura—. Tienes que saber...

Alastair suspiró.

—Esa es la clase de frase que Charles siempre decía. «Me importas, siento algo por ti». Nunca sencillamente «te amo..». —Alastair se tensó y se apartó de golpe y, por un momento, Thomas pensó que era por él, pero Alastair miraba más allá de él, con una torva expresión en el rostro—. Mira. —Se movió por el tejado, tratando de encontrar el mejor ángulo para observar lo que localizó. Señaló—. Allí.

Thomas miró y se quedó sin aliento.

Marchaban como lo haría un ejército, sin mirar ni a derecha ni a izquierda, una única columna de entes en túnica blanca avanzando firmemente hacia el oeste, hacia el corazón de Londres.

Alastair se pasó una nerviosa mano por el cabello.

—Nunca los vi hacer esto —dijo—. Normalmente solo patrullan vagando sin demasiada intención. Y nunca vi a más de dos o tres juntos desde...

Thomas se estremeció. Estuvo confortable, acurrucado con Alastair; ahora estaba helado.

—Desde la lucha con Tatiana. Lo sé. ¿Adónde irán?

—Están bajo las órdenes de Belial —repuso Alastair—. Solo pueden ir donde él les ordene ir.

Thomas y él intercambiaron una mirada, antes de lanzarse hacia la trampa por la que bajar al interior del Instituto. Corrieron hasta la biblioteca, donde encontraron que Jesse se quedó dormido sobre la mesa, con la mejilla sobre una pila de papel en blanco y una estela modificada en la mano. Junto a él, Grace estaba sentada, escribiendo mensajes de fuego bajo la luz de una única luz mágica. Se llevó un dedo a los labios al verlos acercarse.

—Jesse está haciendo una siesta —dijo. Tenía unas marcadas ojeras, y el claro cabello le colgaba sin vigor—. Llevamos toda la noche con esto.

—Los Vigilantes están moviéndose —explicó Thomas, en voz baja—. Muchos, quizá todos ellos. Van en dirección al Strand, todos en la misma dirección.

—Como si los llamaran —añadió Alastair, mientras revisaba su cinturón de armas—. Thomas y yo iremos a ver qué pasa.

Grace dejó la estela en la mesa.

—¿Creen que una buena idea? ¿Los dos solos?

Thomas intercambió una mirada con Alastair.

—No tenemos muchas alternativas... —repuso este, hablando con cuidado.

—Esperen —dijo Jesse, incorporándose. Parpadeó y se frotó los ojos—. Se me... —Bostezó—. Perdón. Se me ocurrió que... ¿y si los mensajes de fuego funcionaron? Si la Clave encontró la entrada a las Tumbas de Hierro, y consiguió llegar a Londres, los Vigilantes lucharán contra ellos. —Miró a las dubitativas expresiones de Thomas y Alastair—. Nunca los vimos en un grupo grande como ese, ¿y qué ha cambiado desde ayer? Solo que enviamos mensajes de fuego. ¿Qué más sería?

—Podrían ser los mensajes de fuego —contestó Alastair, lentamente—. O podría ser que Belial... consiguió lo que quería.

James. Thomas sintió como si le golpearan en el estómago.

—Pensaba que te sentías optimista.

—Se me pasó —contestó Alastair.

—Bueno, sea lo que sea —repuso Jesse, poniéndose de pie—, vamos a averiguarlo.

—No —soltó Alastair, seco—. No tienes suficiente entrenamiento.

714

Tanto Grace como Jesse se ofendieron; de hecho, sus expresiones de enojo eran tan parecidas que le recordó a Thomas que tanto si tenían o no la misma sangre, seguían siendo hermanos.

—Lo que Alastair quiere decir —intervino Thomas, rápidamente— es que no es seguro, y que llevan toda la noche despiertos. Y no tenemos ni idea de a qué estaremos enfrentándonos ahí fuera.

—¿Y? —replicó Jesse, con un tono cortante—. ¿Qué esperan que hagamos? Enviamos cien mensajes de fuego; no podemos quedarnos aquí juntitos en el Instituto, esperando a ver si regresan o no.

—Veo que no soy el único que abandonó el optimismo —comentó Alastair.

—Solo está siendo realista —repuso Grace, metió la mano debajo de la mesa en la que estuvo trabajando y sacó una bolsa de lona.

—¿Qué tienes ahí? —preguntó Alastair.

—Explosivos —contestó Grace—. Del laboratorio de Christopher. Estamos listos.

—Ya pasó la hora de esconderse protegiéndonos y reservando nuestra energía —informó Jesse—. Puedo sentirlo. ¿Pueden?

Thomas no negaba que fuera cierto. Cordelia y Lucie se fueron; Anna y Ari atravesaban la Ciudad Silenciosa, con la esperanza de encontrarse con la Clave en la entrada de la Tumbas de Hierro. Casi no les quedaba comida. Y los Vigilantes se dirigían hacia algo.

—Además —añadió Grace—. Somos los únicos que sabemos enviar mensajes de fuego. ¿Y si necesitamos contactar con Anna y Ari, o con la Clave, y decirles lo que hacen los Vigilantes? ¿Dónde se reúnen? No puedes decir que eso no nos ayudaría.

Y sin duda, Thomas no podía.

—De un modo u otro, esto se va a acabar hoy —auguró Jesse, mientras se disponía a tomar la espada Blackthorn, que estaba apo-

715

yada en la pared—. Todo esto. Mejor que estemos juntos por lo que pueda pasar.

Thomas y Alastair intercambiaron una mirada.

—Y si no nos dejan ir con ustedes —añadió Jesse—, tienen que encerrarnos en el Instituto. De otro modo, no nos quedaremos aquí.

Grace asintió mostrando su acuerdo.

Thomas movió la cabeza.

—Son nefilim. No los vamos a encerrar. Si de verdad quieren venir...

—Moriremos juntos —concluyó Alastair—. Pónganse el traje de combate. No creo que tengamos mucho más tiempo.

—Matthew —susurró Cordelia.

Matthew dio un paso atrás. Miraba a Cordelia como si fuera una aparición, un fantasma que surgió de la nada.

—James —dijo con voz turbia—. James tenía razón... viniste...

Lucie atravesó la entrada al patio. El sol rojo anaranjado cayó sobre ella, y sobre Cordelia, que miró y vio que en el jardín no había nadie más que Matthew. Y aunque Cordelia estaba desesperadamente contenta de ver a Matthew, la mirada en el rostro de este le hizo sentir como si un puño le estrujara el corazón.

—Se fue —dijo ella—. ¿Verdad? James se fue.

—¿Se fue? —susurró Lucie—. No querrás decir...

—Está vivo. —El rostro de Matthew se desmoronó—. Pero poseído. Lo siento... no pude evitar que sucediera...

—Math —susurró Lucie, y entonces Cordelia y ella corrieron por el patio. Lo rodearon con los brazos, y pasado un instante, él las abrazó también.

—Lo siento —decía una y otra vez—. Lo siento...

Cordelia se apartó primero. Lucie, vio, tenía lágrimas en el rostro, pero a Cordelia ya no le quedaban; lo que sentía era demasiado terrible para llorar.

—No te disculpes —dijo con ferocidad—. Tú no hiciste que pasara esto; Belial es un Príncipe del Infierno. Hace lo que le da la gana. Pero... ¿adónde se llevó a James? ¿Adónde fueron?

—Londres —contestó Matthew—. Está obsesionado con eso. Un lugar de la Tierra donde él manda. —Su voz era amarga—. Ahora que tiene tanto poder sobre la ciudad... casi juró que mataría a toda persona viva en Londres hasta que James se rindiera y le dejara hacer lo que él quería.

—Oh, pobre James —exclamó Lucie, compasiva—. Tener que tomar una decisión tan horrible...

—Pero él ya pensó en eso —dijo Cordelia. «Piensa como James», se dijo. Llegó a conocerlo muy bien durante el medio año pasado, a saber el modo intrincado y sinuoso en que pensaba y planeaba. La clase de planes que ideaba; lo que estaba dispuesto a arriesgar y lo que no—. Que Belial le haría alguna amenaza que no resistiría. No pudo sorprenderlo.

—No lo hizo —repuso Matthew—. Anoche, James me dijo que tenía un plan. Dejar que Belial lo poseyera era una parte.

—¿Un plan? —preguntó Lucie, con urgencia en la voz—. ¿Qué clase de plan?

—Te lo contaré. Pero debemos regresar a Londres. Creo que no tenemos tiempo que perder. —Había polvo en el brillante cabello de Matthew y manchas de tierra en su rostro. Pero parecía más alerta, más decidido y con la mirada más clara de lo que Cordelia lo vio nunca.

Lucie y Cordelia intercambiaron una rápida mirada.

—El Portal —dijo Lucie—. Matthew, ¿estás lo bastante bien para...?

—¿Para luchar? —Matthew asintió—. Mientras alguien tenga un arma que pueda usar. —Se puso la mano en el cinturón—. Anoche, James me dio su pistola para que se la guardara. Creo que no quería que Belial la usara en nuestro mundo. Pero claro, a mí no me va a funcionar.

—Toma. —Lucie sacó un cuchillo serafín de su cinturón de armas y se lo pasó. Matthew lo tomó con una torva determinación.

—Muy bien —dijo Cordelia, mientras volteaba hacia el arco que llevaba de regreso al interior de la fortaleza—. Matthew, explícanos todo lo que pasó.

Matthew así lo hizo. Mientras subían la escalera, les contó sobre su encierro, sin dejarse nada, ni siquiera su propia enfermedad, o su mayúscula sorpresa cuando una puerta se abrió en la pared lisa del patio, y Lucie y Cordelia aparecieron de la nada. Les contó las amenazas que Belial les hizo antes de eso, y la decisión de James, y el momento en que Belial poseyó a James.

—Nunca vi nada tan horrible —decía mientras entraban a la sala donde estaba el Portal—. Belial caminó hacia él, con esta terrible sonrisita suya, y James se mantuvo impasible, pero Belial simplemente pasó dentro de él. Como un fantasma atravesando una pared. Desapareció en el interior de James, y los ojos de James se volvieron de un color como de plata muerta. Y cuando me miró de nuevo, era la cara de James, pero con la expresión de Belial. Desprecio y odio, y... inhumanidad. —Se estremeció—. No puedo explicarlo mejor que eso.

Cordelia pensó que lo había explicado muy bien. La idea de un James que ya no era James la ponía enferma.

—Tiene que haber algo más —repuso—. Para que James dejara que eso pasara así...

—Ya aceptó que Belial lo poseyera —explicó Matthew—. Lo que le preocupaba era lo que pasaría después. Dijo que teníamos que conseguir que Cordelia se acercara lo más posible a Belial...

—¿Para poder herirle por tercera vez? —preguntó Cordelia—. Pero ahora Belial es parte de James. No puedo herirlo mortalmente sin matar también a James.

—Además —añadió Lucie—, Belial sabe que tú eres una amenaza para él. No permitirá que te acerques a él. Y ahora que poseyó a James... será tan poderoso...

—Es poderoso —afirmó Matthew—. Pero también sufre dolor. Esas dos heridas que Cordelia le infligió siguen causándole mucho dolor. Pero tú puedes curarlas, con *Cortana*...

—¿Curar a Belial? —Cordelia se encogió—. Nunca.

—James cree que la idea tentará a Belial —explicó Matthew—. No está acostumbrado al dolor. Los demonios no suelen sentirlo. Si le dices que estás dispuesta a hacer un trato...

—¿Un trato? —Cordelia alzó la voz con incredulidad—. ¿Qué clase de trato?

Matthew movió la cabeza.

—No creo que importe mucho. James solo dijo que tienes que acercarte a él, y que tú sabrías cuándo es el momento justo de actuar.

—¿El momento justo de actuar? —repitió Cordelia suavemente.

Matthew asintió. Cordelia sintió un callado pánico; no tenía ni idea de lo que pretendía James. Se dijo que debía pensar con él, pero sentía como si le faltara una pieza crucial del acertijo, los trozos clave que le permitirían resolverlo.

Sin embargo, no soportaba mostrar sus dudas delante de Lucie y Matthew, cuando ambos la miraban con una esperanza desesperada.

—¿Cómo lo sabía? —preguntó, disimulando—. ¿Que nos verías o que llegarías a decírnoslo?

—Nunca se rindió —contestó Matthew—. Dijo que ninguno de ustedes aceptarían la oferta de Belial, o abandonarían Londres...

—Tenía razón en eso —afirmó Lucie—. Cordelia y yo vinimos aquí, pero no pasamos por la Puerta de York a Alacante. Nos quedamos en el Instituto con los otros. Thomas, Anna...

—James supuso todo eso. —Matthew miraba el Portal, su tempestuosa vista de Londres—. Dijo que vendrían a buscarnos. Las dos. Creía en ustedes.

—Entonces, nosotras tenemos que creer en él —repuso Lucie—. No podemos retrasarnos más. Tenemos que ir a Londres.

Fueron hacia el Portal; al llegar a él, Cordelia vio que la imagen dentro de la puerta encantada cambiaba del Puente de Westminster a la abadía, con sus agujas góticas alzándose hacia el cielo cargado de tormenta.

Al cabo de un instante, Lucie entró en el Portal y desapareció. Luego fue el turno de Matthew, y finalmente el de Cordelia. Al entrar en la rodante oscuridad, dejándola que la alejara de Edom, pensó: «¿Qué habrá querido decir James con "el momento justo de actuar"? ¿Qué pasará si no lo averiguo a tiempo?».

34

COMUNIÓN

No se unan en yugo desigual con los incrédulos, porque, ¿qué tiene en común la justicia con la injusticia?
¿Y qué comunión tiene la luz con las tinieblas?

2 Corintios 6:14

No fue en absoluto como James se lo esperaba. Pensó que sentiría un dolor horrible, una sensación de violación, quizá la apariencia
de estar atrapado en una pesadilla. En vez de eso, en un momento
estaba en el patio en Edom, preparándose, y en el siguiente estaba
cruzando el Puente de Westminster, con el Palacio de Westminster y
su famosa torre del reloj justo enfrente.

Notaba sus piernas llevándolo hacia delante. Sentía el cambio en el
aire, del calor asfixiante de Edom a una fresco húmedo y penetrante.
Incluso sentía el viento en el cabello; un viento oscuro, que soplaba
desde un Támesis del color de la sangre seca. Y se preguntó: «¿fallaría
algo en el plan de Belial? ¿Estaba realmente poseído?»

El aire le picaba en los ojos; instintivamente, trató de alzar la
mano para protegerse. Y descubrió que no podía. En su mente, sentía el impulso de alzar el brazo, pero el brazo no le respondía. Sin

planearlo conscientemente, intentó mirarse el brazo, y sintió una punzada de horror cuando su mirada permaneció fija sobre el otro lado del río. Entró en pánico, y se dio cuenta de que sentía algo más: un ardiente dolor en el pecho, que se convertía en una puñalada de agonía a cada paso.

Las heridas de *Cortana*. Cada una era una línea de fuego sobre su piel. ¿Cómo soportaba Belial ese dolor constante?

Intentó apretar el puño. Nada. El pánico enfermizo de la parálisis se apoderó de él: su cuerpo era una jaula, una prisión. Estaba atrapado. No importaba que se hubiera preparado para ello. Entró en pánico, y no parecía capaz de detenerlo.

Una voz conocida le resonó en la cabeza.

—Estás despierto —dijo su abuelo con un terrible placer. James sabía que su boca no se movía; ningún sonido salía de ella: era Belial que le hablaba de mente a mente. La conciencia de Belial, ligada a la suya—. Estoy seguro de que esperabas que apagara tu consciencia. Pero ¿qué diversión tendría con eso? —Soltó una risita—. Mi triunfo sobre Londres está al caer, como puedes ver. Pero mi triunfo sobre ti es completo, y después de esperarlo durante tanto tiempo, deseo disfrutarlo lo máximo posible.

Londres. Estaba en la mitad del puente; James tenía una buena vista de la ciudad desde allí, y deseó no tenerla. Se transformó desde la última vez que la vio. Nubes negras colgaban bajas en el cielo, proyectando un tono ceniciento sobre la ciudad. Londres estaba nublada con frecuencia, sí, y era famosa por la lluvia y la niebla, pero eso era algo totalmente diferente. Esas nubes eran de tinta negra y se retorcían, recordándole a James al mar bajo la casita de Malcolm en Cornualles. A cada momento, rayos rojos atravesaban el horizonte, salpicándolo de una luz sangrienta.

Normalmente, habría docenas de mundanos sobre ese puente, un flujo constante de tráfico frente a Westminster, pero todo estaba en silencio. Las calles estaban absolutamente vacías. Los edificios que flanqueaban el río estaban a oscuras y no había barcas en el Támesis. «Una ciudad muerta», pensó James. Una ciudad cementerio, donde los esqueletos podrían bailar bajo una espeluznante luna.

Esa idea lo enfermó y, al mismo tiempo, lo alivió. Porque, aunque Belial estaba encantado, James solo sentía horror. Su mayor miedo era que, de algún modo, cuando su abuelo lo poseyera, él pensaría como lo hacía Belial. Pero mientras Belial se relamía con su inminente victoria, James solo sentía disgusto y furia. «Y determinación», se recordó a sí mismo. Él escogió eso; era parte de su plan.

Matthew le rogó que se lo repensara. Pero James sabía que se le acabó el tiempo de esquivar a Belial. Lo única manera de salir era pasar a través de él.

—¿Puedo preguntar adónde vamos? —inquirió James, y su voz le resonó rara dentro de su propia cabeza—. Pensé que nos dirijamos hacia las casas del Parlamento.

—No vamos ahí —contestó Belial, secamente—. Vamos a la abadía de Westminster. Estamos aquí para una coronación. La mía, claro. Cuarenta generaciones de reyes fueron coronados allí, y como sabes, siempre insisto en seguir la tradición. Seré coronado rey de Londres, para comenzar. Después de eso... bueno, veremos lo rápido que el resto del país se arrodilla ante mí. —Rio tontamente—. ¡Yo, Belial! ¡El que nunca más caminaría sobre la Tierra! Hagamos que la Tierra se extienda bajo mis pies en rendición, y dejemos que el cielo lo contemple, horrorizado. —Echó la cabeza hacia atrás, observando el cielo requemado—. No viste venir la primera revuelta contra tu poder, Gran Señor —siseó—. Y no detuviste esta tampoco. ¿Es posible que seas tan débil como siempre dijo el Lucero del Alba?

—Ya basta —masculló James, pero Belial solo rio. Llegó al final del puente, y entraron en la calle. El Parlamento se alzaba a la izquierda. Allí, en el corazón de la ciudad, todo estaba callado y vacío; James vio carruajes abandonados, algunos volcados, como si los arrastraran caballos presas del pánico.

—¡James!

Belial giró en redondo cuando alguien surgió de detrás de un carruaje abandonado. Era Thomas, con una expresión de alegría en su rostro claro y sincero, tropezando con los escombros del suelo en su prisa por llegar hasta James. Tras él iba Alastair, mucho más despacio. Su expresión era preocupada.

A James se le cayó el alma a los pies.

«Tienes razón, Alastair. Llama a Thomas, aléjalo de mí..».

Pero Thomas ya estaba allí, devolviendo el cuchillo serafín al cinturón de armas, tendiendo la mano hacia James.

—¡Jamie! ¡Gracias al Ángel! Pensábamos...

Belial se movió, casi perezosamente, y agarró a Thomas por la solapa del abrigo. Luego, sin ningún esfuerzo, lo empujó. Thomas se tambaleó hacia atrás, y pudo caerse si Alastair no sujetara rodeándole el pecho con un brazo.

—Apártate de mí, bulto gordo y desagradable —dijo Belial. James notó cómo las palabras subían arañándole la garganta, cargadas de veneno de odio—. Estúpidos como cerdos, nefilim. Atrévanse a tocarme y morirán.

A James lo enfermó ver la expresión en el rostro de Thomas; se sentía herido, horrorizado, traicionado. Pero la mirada que Alastair lanzó a James fue diferente. Fría y furiosa, sí, pero claramente comprensiva.

—Ese no es James, Tom —dijo—. Ya no.

Thomas palideció. Con cada parte de sí, James quería quedarse, intentar explicarse de algún modo. Pero ¿qué podía decir? Alastair tenía razón y, además, Belial ya regresaba, prescindiendo de Thomas y Alastair.

James pensó que podría forzar a Belial, hacer que regresara. Una pequeña idea, un susurro. Pero no. Aún no. Era demasiado pronto. Apartó ese pensamiento, se obligó a calmarse, se obligó a no pensar en lo que significaría si su plan no funcionaba. No solo que Belial acabaría con todos aquellos a los que James amaba, sino que lo haría con las propias manos de James, y James vería su miedo, su dolor, sus ruegos muy de cerca, a través de sus propios ojos.

«Contrólate —pensó James—. Haz lo que Jem te enseñó. Control. Calma. Aférrate a quien tú eres, aquí dentro».

Mientras la abadía se alzaba ante ellos, una masa de piedra gris coronada de torres, James sintió otro estremecimiento de horror. Observó, a través de ojos que no podía cerrar, como Belial se acercaba a la catedral. Había Vigilantes en las calles, entrando y saliendo del camino de Belial, colocándose tras él y siguiéndolo. Rondaban como fantasmas mientras él cruzaba el Santuario, pasaba la alta columna del Memorial de la Guerra y entraba en la abadía a través del pasaje de piedra abovedado de la Gran Puerta Oeste, cuyas antiguas hojas de madera se abrieron de par en par para recibirlo.

James vio con sorpresa que los Vigilantes no seguían a Belial por la puerta. Esperaban en el exterior de la catedra, en grupos junto a los bancos de piedra de los arcos, como perros atados fuera de una tienda. «Claro que no entrarían», pensó James: eran demonios y ese era un lugar sagrado. Pero mientras aún lo pensaba, oyó la risa de Belial.

—Sé lo que imaginas, y te equivocas —dijo Belial—. Ya no hay lugares sagrados en Londres, ningún espacio en el que no alcance mi influencia. Podría llenar esta antigua catedral con todos los demonios en Pandemonio. Profanarían el altar y derramarían su sucia sangre por el suelo. Pero eso no sería útil a mis intenciones, que son mucho más honorables que eso.

James no preguntó cuáles eran las intenciones de Belial; sabía que eso significaría otro asalto de presunción y regodeo. Se fue por otros derroteros.

—Deseas asegurarte de que no te interrumpan. Así que los dejaste fuera, como perros guardianes, para alejar a cualquiera que pudiera tratar de detenerte.

Belial rebufó.

—No hay nadie que pueda detenerme. Están tus tontos amiguitos que se quedaron en Londres, claro, pero son demasiado pocos para marcar ninguna diferencia. Los Vigilantes se encargarán de ellos tranquilamente.

Sonaba seguro de sí mismo de un modo que hizo que James se quedara helado. Contempló la abadía inquieto. Estuvo ahí antes, claro; siempre era una experiencia extraña caminar a través del tranquilo espacio, con los leves ecos de los murmullos de los turistas o de los que rezaban. Ver los infinitos recordatorios y capillas dedicados a los héroes de lo que los mundanos llamaban Gran Bretaña. No se mencionaba a ningún cazador de sombras. No había registros de ninguna batalla contra los demonios. Nadie ahí sabía lo que él sabía: que el mundo casi era destruido hacía muy poco, en 1878, y que sus padres lo salvaron antes de cumplir los veinte años.

Y en ese momento, él avanzaba por esa nave vacía, con las botas de Belial resonando sobre las tumbas encastradas en el suelo. Una luz fantasmal procedente de las ventanas del claristorio iluminaba las protuberancias doradas que salpicaban los nervios de la bóveda de crucería, a treinta metros por encima, y se filtraba en rayos polvorientos por arcos sombríos soportados por enormes columnas acanaladas. Tras los arcos, altas vidrieras lanzaban dibujos de colores sobre la multitud de placas, tumbas y mementos que cubrían las viejas paredes de la abadía.

Belial se detuvo de golpe. James no estaba seguro de por qué; aún no llegaban al Altar Mayor, sino que se encontraban en el centro de la nave. Había largas filas de vacíos bancos de madera, iluminados por altos candeleros de hierro forjado en los que parpadeaban las velas encendidas. Después de los bancos había una pantalla tallada y decorada, a la que seguía los sillares escalonados y los arcos dorados del coro vacío. El vacío del lugar era enorme, letal: James tenía la sensación de que caminaban a lo largo de la caja torácica de algún gigante muerto hacía mucho tiempo.

—*Kaal ssha ktar* —susurró Belial. James no conocía las palabras: el lenguaje era gutural, agrio. Pero notó la furia que recorrió a Belial: una rabia amarga y repentina—. James —dijo Belial—. Me estoy enterando de algunas cosas que me molestan mucho.

«¿Enterándose cómo?», se preguntó James, pero no valía la pena especular. Belial era un Príncipe del Infierno. Era razonable suponer que escuchaba los susurros de los demonios que lo servían, que distinguía formas en el universo invisibles para los mortales como James.

—Esos amigos tuyos —continuó Belial, y la voz en la cabeza de James se hacía cada vez más estridente, casi dolorosa—. Y la verdad... Les ofrecí clemencia. ¿Sabes lo raro que es para un demonio ofrecer clemencia? ¿Y más aún para un príncipe de los demonios? Me rebajé por ellos. ¡Por ti! ¿Y cómo me lo pagan? Se mueven a escondidas por mi ciudad, hacen todo lo que pueden para estropearme los planes, y lo peor de todo, mi propia nieta se cuela en Edom con esa chica que porta a *Cortana*...

—Lo sabía —susurró James. Y lo sabía; de algún modo, estaba seguro de que Cordelia iría a buscarlo, que encontraría la manera. Y no le sorprendió que Lucie no se apartara de ella.

—Oh, cállate —soltó Belial—. Si no fuera por Lilith, siempre metiéndose por medio... —Se calló de golpe, al parecer para controlarse, lo que le costó esfuerzo—. Poco importa —continuó—. Llegaron a Idumea demasiado tarde para alejarte de mí. Sus huesos se blanquearán en Edom, junto con los de tu *parabatai*. Y ahora...

Avanzó más allá del coro, hasta el centro de la abadía, entre el transepto norte y el sur. La catedral, como la mayoría, estaba construida para parecer una cruz: los transeptos eran las galerías que formaban los brazos de la cruz. En lo alto, dos vidrieras brillaban con tonos enjoyados de azul, rojo y verde; ante ellos unos estrechos escalones daban a un estrado, sobre el que había otra pantalla grabada con dos puertas. Una mesa con una gran cruz dorada encima y cubierta con una tela de rico bordado estaba ante ellos.

—Contempla. —Belial olvidó su inquietud; su voz estaba cargada de contento—. El Altar Mayor de mi coronación.

Ante el altar había un pesado sillón de roble con un respaldo alto y patas talladas con forma de leones dorados. Con una sensación de náusea, James recordó verlo expuesto durante una visita ahí, tiempo atrás. La Silla de la Coronación de Inglaterra.

—¿Sabías —continuó Belial— que esta silla se usó para coronar al rey de Inglaterra durante seiscientos años?

James no contestó.

—Bueno, ¿lo sabías? —preguntó Belial.

—No creería que seiscientos años fueran a impresionar a un Príncipe del Infierno —contestó James—. ¿No es eso poco más que un parpadeo para el que vio nacer el mundo?

—Como de costumbre, no lo entendiste. —Belial estaba decepcionado—. No es lo que seiscientos años representan para mí. Es lo que representan para los mortales. Es la profanación de cosas consideradas sagradas e importantes para las almas humanas lo que resulta tan delicioso. Al coronarme aquí, me apropio del alma de Londres. Nunca se me escapará, en cuanto acabe con esto.

Belial subió los escalones, con un gesto de dolor, como si las heridas en su costado le enviaran una punzada de dolor a través del cuerpo de James; se dejó caer en la silla. El respaldo era demasiado alto, el asiento duro e incómodo, pero James dudó de que a Belial le importara.

—Bien, sé lo que piensas —dijo Belial en un sonsonete, como si impartiera una lección de historia a niños pequeños—. Al rey de Inglaterra solo lo puede coronar el arzobispo de Canterbury.

—Eso —replicó James— no es lo que pensaba.

Belial no le prestó atención.

—Creerías que hay arzobispos de sobra aquí —dijo Belial—, con todas las criptas que hay bajo nosotros. Pero la mayoría están enterrados en la catedral de Canterbury. Hay que retroceder hasta el siglo XIV para encontrar a un arzobispo enterrado aquí en Westminster. Justo allí, de hecho. —Señaló detrás de él, hacia uno de los transeptos—. Lo que nos da una excelente oportunidad para que contemples el poder que adquirí. ¡Tanto y solo por estar aquí, en la Tierra, en tu cuerpo! Allá fuera, en el cielo, o en lo profundo del infierno, mi poder es una aguja de luz, una estrella entre estrellas. Aquí... es una hoguera.

Mientras Belial decía la palabra «hoguera», una onda de lo que parecía calor atravesó a James. Por un momento, pensó que estaba ardiendo de verdad, que Belial encontró alguna manera de dominar el fuego del infierno para acabar con su alma. Luego se dio cuenta de que no era fuego en absoluto, sino poder... el poder del que Belial hablaba, atravesándole las venas, el vasto y aterrador poder que fue el objetivo de Belial, durante todo ese tiempo.

Un ruido como un crujido ensordecedor destrozó el silencio de la catedral. Sonaba como si rasgaran la piedra igual que un papel. Siguió y siguió, trémulo y chirriante. Belial curvó la boca de James en una sonrisa pensativa, como si escucharan una hermosa música.

El ruido paró de repente con un fuerte golpe, como si algo gigantesco cayera al suelo. Una ola de aire frío recorrió la abadía, aire que portaba el hedor de las tumbas y la podredumbre.

—¿Qué —susurró James— hiciste?

Belial soltó una risita, mientras de detrás de la columna más cercana salía el cadáver de un hombre, arrastrando los pies, con una mano de hueso alrededor de un cayado tallado en marfil. Aún se le veía algo de carne de los huesos, y también algunos cabellos, largos y amarillentos, le colgaban del cráneo, pero era más esqueleto que carne. Llevaba una túnica en jirones y sucia, pero horriblemente parecida a la túnica ceremonial blanca y la casulla bordada de oro que James vio en la fotografía de un periódico de la coronación del rey Eduardo.

El cadáver llegó a los pies del estrado. El hedor a tumba colgaba en el aire cuando su boca sonriente y sus ojos vacíos voltearon hacia Belial. Inclinó lentamente la calavera, en señal de obediencia.

—Simon de Langham, el trigésimo quinto arzobispo de Canterbury —anunció Belial—. Después de la conquista normanda, claro. —Jame notó su propia cara tensarse mientras Belial sonreía al esqueleto de Langham—. Y ahora, creo que la ceremonia puede comenzar.

Anna sintió tal alivio al ver a los cazadores de sombras a las puertas de la Tumbas de Hierro que estuvo más cerca que nunca de desmayarse. Las linternas de luz mágica se convirtieron en un dibujo de estrellas rodantes, y el suelo, la basculante borda de un bote bajo sus pies. Ari la sostuvo del brazo y la estabilizó mientras se acercaban los cazadores de sombras.

—No comí —soltó Anna, malhumorada—. Hace que me maree.

Ari simplemente asintió. Encantadora Ari, que entendía que Anna casi se desmayó de alivio, pero nunca la presionaría para que lo admitiera.

Su mareo persistió mientras los cazadores de sombras llegaban hasta ellas, que fue probablemente porque mientras Ari caminaba junto a su madre, Anna se permitió que Eugenia la agarrara. Vestida en traje de combate y encantada con toda esa excitación, no paró de hablar en todo el camino a través de la Ciudad Silenciosa. A Anna le caía bien Eugenia y normalmente disfrutaba con sus chismes, pero trataba de concentrarse en guiarlos de regreso a Londres sin perderse. Anna sospechó que solo escuchaba alguna que otra frase, lo que le proporcionaba un entendimiento parcial del informe que Eugenia daba sobre la situación en Idris.

Había mucho sobre lo furioso que estuvo el Consejo al enterarse de que Anna y los otros se quedaron en Londres, lo que no importó a Anna; y que tanto la tía Tessa como el tío Will lloraron al darse cuenta de que James y Lucie estaban atrapados en Londres, lo que sí le importó. Al parecer, Sona los consoló, y les dijo que sus hijos también estaban en Londres, pero eso era porque solo ellos derrotarían a Belial; era el momento en que ellos fueran los guerreros y el momento de que sus padres fueran fuertes por ellos. Oh, y Sona tuvo a su hijo, al parecer...

—¿Justo durante su discurso sobre guerreros? —Anna estaba desconcertada, pero Eugenia, exasperada, le dijo que no, que fue al día siguiente y que no tenía nada que ver con su discurso.

Después de eso, Anna se perdió gran parte de los detalles, porque salían del Camino de los Muertos, junto al estrecho pasillo entre CROSKILL y RAVENCROFT. Mientras pasaban el Pabellón de la Verdad, Eugenia contaba cómo probaron a tío Will y tía Tessa con la Espada Mortal y los encontraron inocentes de complicidad con Belial, pero que la auténtica identidad de Jesse fue revelada, lo que agregó intensidad a la insistencia del Inquisidor de que los Herondale creían que podían hacer su propia ley y que debían ser castigados. Anna captó que hubo muchos gritos después de eso en el Consejo en Idris, pero se volvió a concentrar en encontrar el camino.

—... ¡y no te creerías lo que hizo Charles! —exclamó Eugenia cuando ya casi estaban en Wood Street—. ¡Y en medio de la reunión del Consejo! Pobre señora Bridgestock —añadió Eugenia, moviendo la cabeza—. Todo el mundo está convencido de que el Inquisidor no seguirá en su puesto, no después de la confesión de Charles.

—¿Confesión? —preguntó Anna de golpe, sobresaltando a Eugenia—. ¿Qué dijo?

—Fue tan terriblemente incómodo —explicó Eugenia—. Nadie quería mirar al Inquisidor...

—Eugenia. Por favor, intenta ir directa a la cuestión. ¿Qué dijo Charles?

—Se levantó en la reunión del Consejo —comenzó Eugenia—. Creo que había alguien más hablando, pero él lo cortó. Dijo casi a gritos que ¡el Inquisidor era responsable de un chantaje! ¡A él! ¡A Charles! Era parte de un intento de tomar el control del Instituto de Londres.

Anna miró a Eugenia de reojo.

—¿Se reveló... con qué chantajeaba a Charles?

—Oh, sí —contestó Eugenia—. Le gustan los hombres. Como si esto tuviera que importar, aunque supongo que sí le importa a alguna gente. —Suspiró—. Pobre Charles. Matthew siempre ha sido el más valiente de los dos, aunque nadie lo viera.

Anna estaba anonadada. Miró hacia atrás a Ari que, sin duda, lo escuchó todo; estaba tan sorprendida como Anna. Supuso que ambas renunciaron a la idea de que Charles podría hacer lo correcto en algún momento. Y, sin embargo, ¿acaso Anna no creía que en esos últimos meses ella misma se convirtió en una persona mejor? ¿No era posible cambiar?

Ante ellos, Anna vio un suelo de losas, y unos escalones de piedra conocidos que iban hacia arriba. Aceleró el paso, corriendo hacia la salida, porque de algún modo tendrían que arrastrarse todos para salir por el hueco en el árbol. De repente un suave *plof* la sorprendió. Un pergamino apareció en el aire; fue cayendo lentamente hacia sus manos.

Un mensaje de fuego.

El papel se notaba caliente al tacto mientras lo desdoblaba con una sensación de asombro; una cosa era saber que los mensajes de fuego funcionaron y otra era verlo por sí misma. No reconoció la puntiaguda caligrafía, pero sospechó que sería la de Grace. Escribió solo unas pocas líneas.

> *Anna. En cuanto regresen a Londres, vengan inmediatamente a la Abadía de Westminster. Belial está aquí, y los Vigilantes se reunieron allí. La batalla comenzó.*

Cordelia se preparó para el terrible viaje a través del Portal entre mundos: un torbellino de oscuridad que la dejaba sin aliento, como fue cuando Lilith la envió a Edom.

Pero fue mucho más corriente; fue atrapada y portada por una breve oscuridad, como sobre una corriente de aire, antes de ser depositada en el familiar pavimento de su querido Londres. «Naturalmente», pensó, mientras se incorporaba y buscaba con la mirada a Lucie y Matthew. Así era como el propio Belial viajó. Servía de recordatorio de cuán superior al de Lilith era el poder que él comandaba en Edom.

Primero vio a Lucie, mirando lo que la rodeaba. Aparecieron en una calle desierta, desde la que se veía St. James's Park. Las sombras se agrupaban espesas bajo los árboles, y los setos helados se movían con algo que no era viento. Cordelia se estremeció y volteó para buscar a Matthew; este miraba horrorizado lo que los rodeaba.

—¿Esto —comenzó a preguntar con una voz ahogada— es lo que Belial hizo con Londres?

Cordelia casi lo olvidó. Ni James ni Matthew vieron antes la versión oscura de Londres. Ninguno vio los carruajes abandonados por las calles, la nubes densas y turbias que removían el aire como agua sucia, el cielo como muerto rasgado con las heridas color escarlata de los rayos.

—Estuve así desde que se fueron —explicó Cordelia—. Los mundanos y los subterráneos estaban bajo algún tipo de encantamiento. Las calles permanecieron casi vacías, excepto por los Vigilantes.

Lucie fruncía el ceño.

—Escuchen... ¿oyen eso?

Cordelia escuchó. Su audición parecía más aguda, mejor que antes, y se dio cuenta, aliviada, de que sus runas funcionaban de nuevo. Escuchaba el incipiente trueno en lo alto, el susurro del viento y, sobre todo ello, el inconfundible sonido de la batalla: gritos humanos y el choque de metal contra metal.

Corrió hacia el ruido, con Matthew y Lucie a su lado. Se lanzaron por Great George Street y doblaron en Parliament Square. Ante ellos se alzó la gran catedral de Westminster. Aunque Cordelia nunca estuvo dentro, conocía su perfil por mil libros de historia, fotografías y dibujos: era imposible confundir esa vidriera frontal, enmarcada por delgadas torres góticas y agujas conectadas por altos arcos de piedra.

Más allá, ante la entrada occidental de la catedral y extendiéndose por el patio vacío al norte de la garita del Dean's Yard, estaba librándose una batalla. Vigilantes en túnicas blancas con sus bastones negros luchaban de aquí para allá con al menos tres docenas de cazadores de sombras. Mientras corrían por la calle vacía, Cordelia buscó entre el revuelto gentío, y el corazón le saltó al ver a los amigos que Lucie y ella dejaron atrás: Anna y Ari, abriéndose camino entre un nudo de Vigilantes cerca de la puerta de la abadía; Thomas y Alastair rodeando a un único Vigilante junto a la valla, y ahí estaban Grace y Jesse cerca de la garita de entrada. Jesse combatía contra un Vigilante con la espada Blackthorn; mientras Cordelia los observaba, Grace metió la mano en una gran bolsa y sacó algo que estalló a los pies del Vigilante. El humo y las chispas le taparon la visión después de eso, pero oyó a Lucie murmurar: «Oh, buen trabajo», y pensar, con cierta sorpresa...

Todos seguían aún vivos. Aún luchando. Y no solo ellos, sino otros: Eugenia, Piers, Rosamund, incluso Flora Bridgestock y Martin Wentworth. A parte de cualquier otra cosa que pasara, sus amigos establecieron contacto con la Clave. Tuvieron éxito a la hora de conducir a los cazadores de sombras a Londres para luchar. Era casi un milagro.

Aunque todo eso sería para nada, claro, si Belial conseguía el poder que aseguró que tendrían en el cuerpo de James. Si James no fuera salvado.

—Pero ¿qué hacen? —se preguntó Lucie en voz alta mientras se acercaban a la batalla. Cordelia entendió su confusión. Los cazadores de sombras eran, sin duda, luchadores mucho más precisos que los Vigilantes y, sin embargo, se movían de un modo extraño, como bailando alrededor de ellos en lugar de atacarlos directamente. Thomas blandió una gran espada, pero no por el borde, sino con el plano de la hoja, y tiró al Vigilante al suelo. Cordelia estiró el cuello para ver qué pasaba después, pero la batalla se le acercó como una ola, tapándole la vista.

—Déjame ver —dijo Matthew, y comenzó a subir por el costado de un alto pilar de granito en el centro la placita donde se encontraban, un memorial de guerra. Miró alrededor, haciéndose pantalla con una mano, y gritó alto a Lucie y Cordelia, pero el viento se volvió a levantar y lo único que Cordelia oyó fue la palabra «quimeras».

—¡Cordelia! —Era Alastair, que volteó para ir hacia ellos, pero giró en redondo cuando un Vigilante fue directo hacia Rosamund. Esta le clavó un cuchillo serafín en el pecho y lo envió trastabillando hacia atrás; Alastair, tras él, le lanzó un potente tajo con su *shamshir* en la nuca, cortándole la capucha.

El Vigilante cayó de rodillas. Cordelia fue a sacar *Cortana*, pero se detuvo; no iría nada bien invocar ahora a Lilith. Primero tenía que encontrar a Belial. Se vio obligada a no hacer más que mirar al Vigilante, que se estremecía y se retorcía mientras algo con largas patas arácnidas comenzaba a salirle por la nuca.

Un demonio quimera. Saltó libre del cuerpo del Hermano Silencioso, siseando mientras correteaba más allá de Alastair... y era empalado por la espada de Thomas. Mientras la quimera se convulsionaba, Rosamund saltó por encima de su cuerpo agonizante, con los ojos brillantes.

—¡Ahí estás! —gritó, como si preguntarse dónde estaban Lucie, Cordelia y Matthew le ocupara todo su tiempo libre—. ¡Me sorprendí tanto cuando ninguno de ustedes pasó a través de la Puerta de York! ¿De verdad que estuvieron escondidos en Londres todo este tiempo? ¡Qué terriblemente excitante!

Matthew saltó del monumento, y aterrizó suavemente de pie.

—Estamos buscando a James —dijo. Ella lo miró sorprendida—. ¿Viste a James?

—Bueno —contestó Rosamund con cautela—. Piers dijo que entró en la Abadía de Westminster y aparentemente trata de coronarse a sí mismo rey de Inglaterra. La verdad es que no sé qué lo motivó.

—¡Rosamund! —llamó Thomas. Iba en traje de combate, con el cabello rubio despeinado, y un moretón naciéndole en la mejilla—. Te necesitamos junto a la puerta. Los Vigilantes están rodeando a Eugenia. —Rosamund soltó un gritito y, sin decir más, salió corriendo—. Eugenia está bien —dijo Thomas en cuanto Rosamund no lo oyó—. Aunque estoy seguro de que no le importará que la ayuden, pero... ¡regresaron! —Fue mirando del uno al otro como si no creyera lo que veía—. ¡Todos regresaron! Y están bien. —Agarró a Matthew por el brazo—. Creí que te perderíamos, Math. Todos creíamos que te perderíamos.

—¿Qué pasa? —preguntó Lucie, mirando alejarse a Rosamund—. ¿Cómo consiguieron traerlos a todos aquí? Quiero decir, no a todos, porque es un grupo bastante curioso, pero aun así...

—Grace y Jesse consiguieron que funcionaran los mensajes de fuego —contestó Thomas, mientras miraba ansioso hacia atrás, hacia la lucha—. Los enviaron a Idris... supongo que este era el grupo que estaba en la Sala del Consejo en ese momento, así que fueron los primeros en recibir un mensaje. Vinieron a través de las Tumbas de Hierro, igual que hicieron los Vigilantes. Hay más en camino. Cazadores de sombras, me refiero, no Vigilantes.

—¿Qué hacen? —preguntó Matthew—. Eligieron una extraña manera de luchar.

—Es el único modo que encontramos de vencer a los Vigilantes. Llevan un símbolo en la nuca que los une al demonio quimera. No lo puedes ver con las capuchas subidas. Si lo destruyes, la quimera se ve obligada a salir. Así que hay que intentar colocarse por detrás de ellos, lo que no es fácil. —Thomas extendió la mano—. Aquí está el símbolo. Quería enseñarle a la gente cómo es.

Cordelia miró al dibujo en su palma abierta. Se parecía al sigilo de Belial que ella llegó a conocer tan bien, pero con una especie de gancho saliendo de él.

736

Cordelia se sorprendió cuando Lucie abrió mucho los ojos.

—Tengo que llegar hasta Jesse —dijo—. Tengo algo que decirle. —Comenzó a retroceder, mientras descolgaba el hacha del cinturón.

—Lucie... —comenzó Cordelia.

—Tengo que hacerlo —repuso Lucie, sacudiendo la cabeza casi ciegamente—. El resto, vayan a buscar a James... lo más rápido que puedan...

Y salió corriendo, zigzagueando por el límite de la apretada batalla, dirigiéndose a la garita que había en un ángulo cerca de la entrada de la catedral. Cordelia ansiaba correr tras ella, pero Lucie tenía razón. Lo más importante en ese momento era James. James y Belial.

Volteó hacia Thomas.

—¿Está James realmente dentro de la abadía?

—Sí —contestó Thomas. Vaciló un instante—. Pero sabes que no es James, ¿verdad? Me lo encontré. —Se estremeció—. Es Belial, usando el cuerpo de James. Con qué propósito, ahora mismo, no soy capaz de decírtelo.

—Sabemos que es Belial —repuso Matthew—. Tenemos que llegar hasta él. Todos esos Vigilantes, aquí... —Hizo un gesto indicando la batalla—. Están tratando de mantenernos alejados de él, del interior de la abadía. Y, específicamente, están tratando de mantener lejos a Cordelia y *Cortana*.

—Intentamos entrar —explicó Thomas—. Los Vigilantes no nos dejan ni acercarnos.

—Tiene que haber otra entrada —dijo Cordelia—. La catedral es enorme.

Matthew asintió.

—Hay otras entradas. Conozco una cuantas. —Se irguió—. Tenemos que reunirlos a todos...

Thomas sabía que quería decir exactamente Matthew con «todos».

—Primero, alejemos a Cordelia antes de que alguno de los Vigilantes se fije en ella —dijo.

—Cordelia y yo nos vamos —repuso Matthew—. Tom, junta al grupo y reúnanse con nosotros en la esquina de Great College Street.

Thomas miró a Matthew con una expresión ligeramente curiosa. Luego asintió.

—Y entonces, ¿iremos por James?

Cordelia puso la mano sobre la empuñadura de *Cortana*.

—Y entonces iremos por James.

Por tercera vez, Ari puso el pie sobre el pecho del Vigilante y, en un limpio movimiento, arrancó la *khanda* de su cuerpo. Trató de recobrar el aliento. Aún no conseguía ponerse por detrás del Vigilante, y sabía que este se levantaría, pero agradecía el momento de respiro mientras esperaba a que se recuperara. Aunque antes de que ocurriera, notó que le daban un toquecito en la espalda. Giró en redondo, dispuesta a atacar, pero era Thomas, con una expresión de urgencia.

—Ari, rápido, ven conmigo.

Ari no preguntó nada. Si Thomas parecía así de desesperado, tendría una razón para apartarla de la batalla. Mientras se abrían paso a empujones entre la muchedumbre que luchaba y se debatía, él le hizo saber, a gritos, esquivando las escaramuzas, que Cordelia, Matthew y Lucie regresaron, y que había un plan para que entraran en la catedral. No explicó más, pero el alivio de saber que sus amigos habían regresado, y de que había algún tipo de plan, fue suficientes para mantener a Ari avanzando.

Llegaron más cazadores de sombras, y entraron en masa en el patio triangular justo cuando Ari y Thomas salían, pero no había tiempo para pararse y ver si había rostros conocidos. Thomas y ella ya corrían calle abajo, dirigiéndose al otro lado de la catedral. Allí encontraron a los otros: Alastair, Cordelia, Matthew y Anna. Inmediatamente, Thomas fue junto a Alastair, que mostraba bastantes moretones y cortes, ya que no hubo tiempo para parar y dibujar runas de curación, y lo besó. Ari quiso hacer lo mismo con Anna, pero decidió esperar, dada la feroz luz de batalla en los ojos de Anna.

—Pero ¿por qué? —decía Cordelia. Parecía más sucia de lo que Ari la vio nunca: tenía las botas llenas de polvo, el traje arañado, y tenía polvo por todo el cabello—. ¿Por qué diablos estaría Belial en la abadía tratando de coronarse rey a sí mismo?

—Justo —repuso Anna—. No se me ocurriría pensar que esa sería su prioridad. Pero Piers consiguió mirar al interior. James, Belial, subió a la Silla de la Coronación del Altar Mayor, y al menos algunas de las joyas de la corona también.

—También parece —indicó Alastair— tener a un arzobispo de Canterbury.

—¿Raptó al arzobispo de Canterbury? —preguntó Ari, horrorizada. No estaba totalmente segura de lo que hacía un arzobispo, pero, sin duda, raptar uno estaba más allá de los límites de la decencia.

—Peor. —Anna estaba muy seria—. Alzó a uno de entre los muertos. Los muy muy muertos. Y está tratando que sea él quien le haga los honores.

—¿Hará eso que su poder cambie en algo? —preguntó Thomas—. ¿Coronarse a sí mismo? ¿Acaso solidifica su domino de Londres?

—Debe de hacerlo —respondió Alastair—. Pero lo más importante, esta puede ser nuestra última oportunidad de conseguir que Cordelia se acerque lo suficiente a él...

—Pero no lo puede herir de muerte —lo interrumpió Anna antes de que Alastair acabara—. No sin matar a James.

Se hizo un terrible silencio.

—James le dijo a Matthew que tenía que acercarme a él tanto como pudiera —explicó Cordelia—. Y confío en él. Si eso es lo que quiere que haga...

—James estaría dispuesto a sacrificarse —dijo Thomas en voz baja—. Todos lo sabemos. Pero no podemos... no podemos perder a otro...

Anna apartó la mirada.

Ari se sorprendió al oír intervenir a Matthew. Estaba con la espalda erguida y había algo muy diferente en él. Como si Edom lo hubiera cambiado, y no era solo que estuviera más delgado y con aspecto de estar agotado, sino como si la luz de sus ojos, siempre presente, cambiara de cualidad.

—James no consideraría esto un sacrificio —dijo Matthew—. No querría vivir con Belial poseyéndolo. Si no hubiera otra salida, él aceptaría la muerte como un regalo.

—Matthew —dijo Cordelia a media voz.

Los ojos de Anna destellaron.

—Tú eres su *parabatai*, Math. Seguro que no puedes estar argumentando a favor de su muerte.

—No quiero que pase —repuso Matthew—. Sé que yo mismo no sobreviviría. Pero él me pidió que fuera su voz cuando ya no tuviera una. Y no puedo traicionar esa promesa.

—Déjenme hacer una pregunta —intervino Alastair—. ¿Alguien tiene una solución diferente? ¿Una en la que Belial no asesine a todos en Londres, y quizá en cualquier otra parte del mundo, y deje de poseer a James, y James no corra peligro? Porque de ser ese el caso, que hable ahora.

Hubo otro horrible silencio.

—Quiero a James como si fuera mi hermano —dijo Thomas—, pero Math tiene razón. James no querría vivir con Belial controlando todos sus movimientos. Sería una tortura.

—James dijo que creyera en él —indicó Cordelia, con la barbilla en alto, y un gesto de determinación—. Y eso hago.

Anna asintió.

—Muy bien. Entonces, este es el plan. Metemos a Cordelia en la abadía, lo más cerca posible de Belial. —Tomó un cuchillo serafín, sin encender, de su cinturón de armas—. Ahora, vamos. Hay una entrada por detrás que usaremos para meternos dentro.

Hizo un gesto a los otros de que la siguieran por Great College Street, un estrecho callejón adoquinado con casas altas y pasadas de moda en un lado. En el otro lado estaba la abadía, protegida por una alta muralla de piedra rematada con picas. A media calle, encontraron un recodo que entraba en la muralla, donde estaba una pequeña puerta de madera sin cierre ni picaporte visible.

Anna se la miró un momento y luego le lanzó una fuerte patada; la puerta se abrió con un ruido como el de un disparo. La atravesaron y se encontraron en un patio monástico de grandes dimensiones. Era un jardín de elegante diseño, con césped recortado bordeado de parterres de flores, y totalmente desierto. Las ventanas de lo que sería una residencia estudiantil daban a él; Ari se preguntó qué les pasaría a los estudiantes que normalmente vivían en la abadía. ¿Vagarían por las calles de Londres, con rostros totalmente inexpresivos como el resto de los mundanos?

Juntos, los cazadores de sombras se apresuraron silenciosamente cruzando por el césped y luego a través de unos arcos que daba a un túnel iluminado tenuemente que acababa en la abadía en sí. No había ningún movimiento, ni ninguna señal de alguien vivo. Salieron del túnel en un pequeño jardín rodeado de muros, abierto a un cielo que era un remolino de negras nubes de tormenta entrechocando. En el centro del jardín, una fuente soltaba un hilito de agua hacia una pila de piedra. Thomas se detuvo un momento, parpadeando bajo esa luz antinatural.

—Si lo logramos —dijo—, si todo vuelve a algún tipo de normalidad, ¿recordarán los mundanos lo que pasó? ¿Cómo era todo esto?

Nadie respondió; solo Alastair tocó suavemente a Thomas en el hombro antes de seguir adelante. Ari notó que se agruparon más o menos alrededor de Cordelia, como si fueran la escolta de un adalid guerrero. Fue totalmente inconsciente, pero todos lo hicieron.

Atravesaron un pasaje que llevaba a un jardín mayor y cuadrado, rodeado de arcos. El Gran Claustro. El cuadrado de hierba seca estaba rodeado de los arcos y los pasillos de losas de piedra antigua y desgastada.

En el silencio, el crujido de las bisagras de metal era tan fuerte como un grito. Ari se cuadró cuando, de la oscuridad del pasaje por el que llegaron, las túnicas blancas de los Vigilante se hicieron visibles. Al parecer, fueron vistos; al parecer, los siguieron; al parecer, nada impedía a los Vigilantes entrar en la iglesia. Del rincón más alejado tras ellos, aparecieron media docena más, avanzando con rapidez, cruzando el césped del claustro para llegar a ellos. No había donde esconderse; nada donde meterse detrás.

Anna se volteó.

—Váyanse todos. Tenemos que llevar a Cordelia hasta James. Yo mantengo a esos a raya.

Ari recordó la cara de Anna en el pasillo, su feroz desesperación, su necesidad de enfrentarse a los Vigilantes... y su aparente deseo de hacerlo sola.

Cordelia estaba paralizada, con la mano sobre *Cortana*; su rostro, una máscara de indecisión.

—Anna...

—Anna tiene razón —intervino Alastair—. Cordelia. Vamos.

Ari no dijo nada mientras los demás corrían saliendo del claustro, a través de una serie de arcos que conducía al interior de la abadía. Pero no los siguió; solo hizo un gesto a Thomas, cuando este se paró y volteó a medias para mirarla, indicando que siguieran sin ella.

—Me quedo —dijo, y Anna volteó para mirarla fijamente. Tenía un cuchillo serafín en la mano y su expresión era de pura furia, con los ojos azules refulgiendo.

—Ari... idiota... vete de aquí...

Pero era demasiado tarde para sus protestas; ya estaban rodeadas de Vigilantes. Anna soltó una palabrota y alzó su cuchillo.

—¡*Kadmiel*!

El fulgor de la hoja hizo guiñar los ojos a Ari; llevó la mano por encima del hombro y desenfundó su *khanda*. Su mente ya estaba trasladándose desde el lugar del pensamiento consciente al lugar de la batalla, donde sus manos y cuerpo parecían conectados a una fuerza exterior a ella. Una fuerza despiadada y vengadora.

Cargó contra el Vigilante más cercano. Este alzó su bastón, pero no lo suficientemente rápido. El *khanda* le golpeó con un sonido desagradable. Pero solo consiguió salir del cuerpo resbalando; la espada se quedó manchada de sangre, y la herida del Vigilante comenzó a cerrarse.

Ari miró más allá de él, a los ardientes ojos de Anna. Con la mirada, le dijo a Anna lo que necesitaba; solo esperaba que Anna lo entendiera, mientras ella hacía retroceder al Vigilante, dándole golpe tras golpe, tratando de colocarle en la posición justa...

Detrás del Vigilante, *Kadmiel* ardía. Con el cuchillo en la mano, Anna le arrancó la capucha al Vigilante y le pasó la hoja por la nuca. El Vigilante se desplomó; su cuerpo se sacudió mientras el pequeño demonio quimera salía, liberándose del cuerpo que ya no podía contenerlo.

Ari no esperó a que los otros Vigilantes reaccionaran; inmediatamente saltó hacia delante, y atacó a uno que le daba la espalda, le cortó la capucha y destruyó la marca de Belial con un solo tajo de su *khanda*. Mientras el Vigilante se plegaba sobre sí mismo, Ari miró a Anna triunfante, pero vio que Anna, con el cuchillo serafín ensangrentado en alto, miraba más allá de ella con una mirada de terrible desaliento.

Ari volteó la cabeza y vio por qué: más Vigilantes entraban en el claustro. Demasiado para que ellas dos se encargaran de ellos. Lo que antes era un riesgo, se convirtió en algo peor. Se convirtió en un suicidio.

Ari captó la mirada de Anna. Se miraron durante un instante antes de que juntas se dispusieran a enfrentarse a los demonios.

Eran solo cuatro. Matthew, Alastair, Thomas y Cordelia.

Huyó del Gran Claustro, dejando a Anna y Ari para enfrentarse a los Vigilantes. Pensar en eso hacía que a Thomas se le revolviera el estómago, incluso sabiendo que ambas eran guerreras excelentes. Incluso sabiendo que, en realidad, no había otra alternativa.

Tenían que llevar a Cordelia con Belial.

Matthew se erigió en el guía; los condujo a través de una pesada puerta de roble, a lo largo del lado sur de la gran catedral, los hizo pasar por la parte inferior de la nave y luego regresar por la pared norte. Permanecieron ocultos de la parte central de la iglesia, con el coro bloqueando la vista del Altar Mayor. «Lo que era enervante», pensó Thomas, ya que todos sabían que era allí donde estaba Belial, haciendo solo aquello que el Ángel sabía.

Fuera lo que fuese que hacía, lo hacía en silencio. Se detuvieron cerca del transepto norte, escuchando; Thomas se apoyó silenciosamente contra el frío muro de piedra durante un instante. Pocas cosas le hacían sentirse pequeño, pero se quedó parado por la inmensa altura de la catedral, las grandes filas de arcos de una altura increíble que subían y subían, como una ilusión óptica.

Se preguntó si era esa enormidad lo que llevó allí a Belial. O algo de su solemnidad, de las efigies ceremoniales de los soldados y los poetas, de la realeza y los estadistas, que se alineaban por las paredes. Se dio cuenta de que estaba frente a una gran estatua del mayor general sir John Malcolm, un caballero de media calva apoyado sobre una espada de piedra. Según la inscripción en el pedestal de mármol donde se alzaba «su recuerdo es guardado por millones, su fama vive en la historia de las naciones. Esta estatua fue erigida por los amigos que adquirió gracias a su espléndido talento, su eminente servicio público y sus virtudes privadas».

«Bueno —pensó Thomas—, pues yo nunca oí hablar de ti».

Sir John Malcolm frunció el ceño.

Thomas se irguió de golpe. Miró a la derecha, a Alastair, y luego a Matthew y Cordelia. Ninguno notó nada raro. Cordelia y Matthew hablaban de la mejor ruta por la que Cordelia llegaría al Altar Mayor, y Alastair miraba hacia el fondo, con el ceño fruncido.

Thomas siguió su mirada y se dio cuenta de que Alastair miraba a otro monumento, un enorme bajo relieve de mármol multicolor, representando a Britania, el símbolo de Bretaña, sujetando una enorme lanza. Una intensa luz escarlata apareció en el interior de la lanza de piedra, como si la calentaran desde bajo.

—Alastair —susurró Thomas, y en ese momento, con un horrible sonido de rasgado, sir John Malcolm bajó de su pilar y alzó su espada de mármol; esta también ardía con una intensa luz escarlata.

Thomas se tiró a un lado justo cuando la espada bajaba, y se estrellaba contra el suelo de la abadía, alzando una nube de polvo de piedra. Oyó a Alastair llamarlo, y se puso de pie rápidamente.

En segundos, el caos se desató en el transepto norte. Britania se arrancaba de su prisión de piedra grabada, con su mirada vacía clavada en Cordelia. Varios caballeros con armadura completa comenzaron a alzarse de sus posiciones yacientes sobre las tumbas.

Matthew volteó, pálido como uno de ellos.

—Cordelia, corre —dijo.

Ella vaciló, justo cuando un soldado romano con su *gladius* en mano apareció por la esquina. Fue directo hacia ella, y sin pensárselo dos veces, Matthew se puso ante él. Alzó su cuchillo serafín y el gladius de piedra chocó contra él, y envió a Matthew varios pasos hacia atrás. Cordelia fue hacia él, y lo mismo hizo Thomas. Pero fue como si las estatuas oliesen la sangre... Britania se inclinó sobre él, alzando la lanza...

Algo se estrelló contra Matthew, sacándolo del paso. La lanza se clavó en la pared, justo detrás de donde él estuvo, e hizo salir volando esquirlas de piedra, mientras Alastair rodaba por el suelo de la abadía.

Alastair. Alastair salvó la vida de Matthew. Thomas solo tuvo un momento para captar eso antes de voltear para mirar a Cordelia...

—Corre... —le dijo entre dientes—. Ve a buscar a James.

Los caballeros que se liberaron de las tumbas avanzaban hacia ellos, con sus pasos resonando en la catedral. Thomas creyó oír una risa distante. Belial.

Cordelia se quedó muy quieta durante un momento. Su mirada pasó de Thomas, a Mathew, que se ponía de pie y alzaba de nuevo su cuchillo serafín, y finalmente a Alastair, que también estaba ya de pie. Trataba de memorizarlos, como si rogara poder retener esa imagen en la cabeza y no olvidarla nunca.

—Vete —dijo Alastair con voz áspera, y los ojos fijos en su hermana. Sangraba por un corte en la sien—. Layla. Vete.

Cordelia corrió.

Aunque más cazadores de sombras llegaron para unirse a la batalla frente a la abadía, Lucie veía claramente que los nefilim tenían problemas con los Vigilantes.

No pensó que tardaría tanto en llegar a la garita de la entrada. Ya sabía cómo se podía matar a un Vigilante, pero no tuvo tiempo de intentarlo. Tenía que llegar junto a Jesse. Empleó su pequeña estatura con ventaja, colándose entre las filas de los nefilim, agachándose para correr por el patio. Cuando podía, usaba el hacha contra los pies y las piernas de los Vigilantes, haciéndose caer; uno que peleaba con Eugenia se cayó bocabajo de repente, y esta se quedó mirando sorprendida.

Mucho de los nefilim junto a los que pasó eran desconocidos, y sintió una punzada en el corazón al no ver a sus padres. Al mismo tiempo, ¿no era mejor que estuvieran en algún otro sitio, lejos del peligro? Sabía que correrían allí en cuanto pudieran. Aunque esperaba que la batalla ya hubiera acabado para entonces. Y en eso ella ayudaría.

Pero para hacerlo, necesitaba estar con Jesse.

Por fin, salió de la escaramuza principal y se encontró en la garita de entrada. Al principio no vio ni a Grace ni a Jesse, solo una tira de pavimento ennegrecido y un poco del césped del Dean's Yard a través de la serie de arcos principal.

Sintió un momento de temor; ¿le pasaría algo a Jesse, o a Grace? ¿Se irían a algún otro punto de la batalla, y tendría que buscarlos, cuando había tan poco tiempo?

Y entonces oyó la voz de Jesse.

—¡Lucie, cuidado! —gritó, y cuando ella se giró en redondo, se dio cuenta de que él estaba detrás de ella, y también un Vigilante, con el negro bastón en la mano. Lucie agarró el hacha, pero Jesse tenía la espada desenvainada y obligaba al Vigilante a retroceder. Algo pasó junto al Vigilante y explotó detrás de él, enviando lenguas de fuego que le prendieron en el fondo de la túnica.

Lucie alzó la mirada y vio a Grace sobre una cornisa en la pared de la garita. Seguía agarrando su bolsa, y tenía algo agarrado con la otra mano, otro explosivo, sin duda. Su mirada estaba fija en Jesse, que aprovechó la distracción del Vigilante para cortale la capucha; se giró alrededor de él, lanzó un tajo con la espada y le cortó en la nuca.

El Vigilante cayó hacia delante como un árbol arrancado por la tormenta, sin hacer ningún intento de protegerse. En cuanto su cuerpo comenzó a sacudirse, el demonio quimera le salió a través de la cuenca de un ojo, ante lo que Lucie se estremeció, El demonio rotó la cabeza rápidamente, buscando un lugar donde esconderse.

Lucie bajó su hacha y lo cortó en dos. El demonio hizo un ruido como de hueso aplastado y desapareció.

—Lucie. —Jesse la sujetó con el brazo libre, y la atrajo con fuerza contra su cuerpo. Ella notó el acelerado latido de su corazón. Jesse respiraba agitadamente; olía a sudor, sangre y cuero. Olores de cazador de sombras. Ella lo miró a la cara, en la que tenía varios cortes y moretones, y vio que la miraba con sus ojos verdes, asombrados...

—Métanse bajo la puerta —siseó Grace desde arriba—. No se queden mirando el uno al otro durante la batalla...

Jesse parpadeó como si despertara de un sueño.

—Ese es un buen consejo —reconoció.

Lucie estuvo de acuerdo. Agarró a Jesse por el brazo, y medio lo arrastró hasta las sombras del portal, que era profundo, casi un túnel que llevaba al Dean's Yard al otro lado.

—Lucie. —Jesse envainó la espada ensangrentada y sostuvo a Lucie. La estrechó contra sí, con la espalda contra el muro de piedra. Ella dejó al hacha a un lado, y lo agarró por el saco de combate, aferrándose a él—. Creí que te habías ido para siempre. Creí que te había perdido.

Parecía que hubiera pasado mucho tiempo desde la noche que lo dejó, colocando una nota doblada bajo su almohada.

—Lo sé —susurró ella, deseaba poner su cabeza en el pecho de él. Deseaba acariciarle la mejilla, decirle que no pasó un momento sin que pensara en él, en regresar con él. Pero no había tiempo—. Lo sé, y lo siento. Pero Jesse... necesito que me abraces.

—Quiero hacerlo. —Él le rozó el cabello con los labios—. Estoy furioso contigo y desesperadamente contento de verte, y quiero abrazarte durante horas, pero no es seguro...

—¿Recuerdas cuando te dije que nunca vi el fantasma de una Hermana de Hierro o de un Hermano Silencioso? —susurró Lucie—. Que allí donde viajaran, ¿yo nunca fui tan lejos? Bueno, pues era cierto que nunca los vi. Pero los oí. Ahora me doy cuenta.

—¿Los oíste? ¿Qué...?

—Siempre que estaba contigo, siempre que te tocaba y veía la oscuridad y oía aquellos gritos..., creo que Malcolm se equivocaba. No creo que estar contigo me acerque más a Belial, que lo haga más vulnerable. Creo que fue lo que te pasó lo que me lleva más cerca del otro lado. A donde van las almas, las que no se quedan por aquí.

Al otro lado de los arcos, estalló un explosivo, esparciendo tierra y enviando humo a su escondite. A Lucie se le retorció el estómago; Grace no contendría eternamente a los Vigilantes.

—Jesse. El signo que veía... no era porque fuera el símbolo de Belial; el símbolo los retenía, los mantenía prisioneros...

—Lucie —dijo Jesse en voz baja—. No lo entiendo.

—Lo sé, y no hay tiempo para explicártelo. —Se puso de puntitas, y le rodeó el cuello con los brazos—. Confía en mí, Jesse. Abrázame. Por favor.

Él se la acercó. Ella soltó un grito ahogado de alivio, y se apretó contra él.

—Bueno —le susurró él al oído—, pues si vamos a hacer esto...

Y entonces la besó. Ella no se lo esperaba de forma consciente, pero parecía que su cuerpo sí; se elevó aún más de puntitas, acariciándole la nuca con la mano, notando el sabor a sal en sus labios, y algo dulce y cálido tras ellos. La piel le cosquilleaba de ansia, y luego el impulso de ansia se convirtió en un zumbido dentro de su cabeza. Lucie sintió que se le aguzaba la percepción, la oscuridad la invadía, su visión se centraba.

Cerró los ojos. Estaba en la gran oscuridad, con el titileo de las estrellas en la distancia. Rechinó los dientes, aunque no lo sentía, al abrirse hacia fuera. Se abrió para oír las voces, los horribles gritos que se volvieron tan familiares. Fueron creciendo en algún punto más allá de su imaginación, los gritos de los perdidos, desesperados por ser encontrados. De los desconocidos, desesperados por ser reconocidos.

Y en ese momento los reconoció. Sabía exactamente quiénes eran. Y aunque su propio cuerpo estaba más allá de su consciencia, les gritó con la mente.

—¡Hermanas de Hierro! ¡Hermanos Silenciosos! —llamó—. Me llamo Lucie... Lucie Herondale. Quiero ayudarlos.

Los profundos gritos continuaron; Lucie no tenía modo de saber si la escuchaban o no. Ni modo de llegar hasta ellos, pero tenía que intentarlo; solo podía entregar su mensaje y no perder la esperanza.

—Ahora entiendo lo que trataban de decirme —gritó—. Sus almas están viajando, pero aún recuerdan sus cuerpos, aún podría ser que vuelvan a ellos algún día. Y Belial llegó y los violó; los robó de las Tumbas de Hierro y metió a sus demonios en sus cuerpos para usarlos como desea. Será detenido. Yo les juro que será detenido. Pero tienen que ayudarme. Ayúdenme, por favor.

Se detuvo. Aún oía los gemidos en la distancia. ¿Se volvieron más fuertes? No los distinguía.

—¡Luchen contra ellos! —gritó—. ¡Reclamen a ustedes mismos! Si expulsan a los demonios de su cuerpo, ¡juro que nosotros sabremos cómo destruirlos! ¡Serán libres! Pero ¡deben intentarlo! —Los gritos cesaron; solo quedaba un gran silencio. Ella flotaba en él, en la oscuridad y en el silencio, totalmente sin nada que la retuviera. Fue más lejos que nunca antes, alcanzado más lejos de lo que nunca llegó a alcanzar. Si regresaría o no, era algo que no sabía. Alzó el rostro hacia las estrellas, que no eran realmente estrellas—. Los necesitamos. Los nefilim los necesitan. Hemos luchado con tanto ahínco...

Su visión comenzó a atenuarse, la consciencia se le escapaba.

—Por favor —susurró Lucie—, regresen con nosotros, por favor —y entonces su mente fue tragada por la oscuridad y ya no pudo decir nada más.

35

ALAS DE RELÁMPAGO

Pero ¡mira!, el airado vencedor convocó
a sus ministros de persecución y de venganza
de nuevo a las puertas del cielo: la lluvia de azufre
lanzada sobre nosotros en la tempestad, al pasar allanó
la ola feroz, que desde el precipicio del cielo
nos recibió al caer, y el trueno, con sus alas
de rojos relámpagos y su impetuosa rabia.

JOHN MILTON, *El paraíso perdido*

Cordelia corrió.

Corrió desde el transepto norte de la abadía, rodeando la tumba de Eduardo *el Confesor*, y entró en la nave, donde el coro daba paso a una larga hilera de bancos, todos de cara al Altar Mayor.

Donde Belial estaba sentado, desmadejado sobre la Silla de la Coronación. Permanecía quieto, con una mano bajo la barbilla y la mirada clavada en ella.

Sujetando a *Cortana* de través, como si fuera un escudo dorado, Cordelia comenzó a caminar hacia el Altar Mayor. Mantuvo la espalda tiesa y el rostro inexpresivo. Que Belial la viera acercarse. Que se cuestionara el porqué de su calma; que se preguntara qué tenía ella planeado.

Que tuviera miedo. Esperaba que tuviera miedo.

Ella no tenía miedo. No en ese momento. Estaba sin aliento. Perpleja. Sabía que era cierto, desde que encontraron a Matthew en Edom, y él les contó lo sucedido. Pero no fue capaz de imaginárselo. No hasta ese mismo momento, mientras caminaba con confianza por el centro de la Abadía de Westminster como si fuera a su propia coronación. No hasta ese mismo momento, cuando miró al Altar Mayor, y vio a James.

James. Incluso con todo lo que sabía, parte de ella quería correr escalones arriba y tirarle los brazos al cuello. La sensación sería la de James: su corazón latiría como lo hacía el de James. Su cuerpo sería como el de James contra el suyo, su cabello como el de James si le pasaba los dedos por él; sonaría como James, si hablaba.

¿O no? Cordelia no lo sabía. Él le pidió a Matthew que fuera su voz; ¿acaso el sonido de la voz de James, incluso su sonido, se perdió para siempre? ¿Volvería a oírle decir «Daisy, mi Daisy» de nuevo alguna vez?

Él sonrió.

Y fue como si la sacudiera.

El rostro de James; el que invocaba con tanta facilidad con los ojos cerrados, la suave boca, los altos pómulos y los adorables ojos dorados... todo estaba colocado en una desagradable mueca, una expresión mezcla de odio y temor, de desprecio y... diversión. El tipo de diversión que la hacía pensar en un escolar torturando a un insecto.

Tampoco sus ojos eran ya dorados. Los ojos de Belial, en el rostro de James, eran de color de plata oscura, el color de las monedas manchadas.

Él alzó la mano.

—Para —dijo en una voz que no se parecía en nada a la de James, y Cordelia... se paró. No tuvo la intención de hacerlo, pero era como si se diera contra una muralla de cristal, una barrera mágica invisible. No podía dar ni un paso más—. Eso ya es lo bastante cerca.

Cordelia apretó la empuñadura de *Cortana*. Notaba que la espada le temblaba en la mano; esta sabía que tenían un propósito que cumplir allí.

—Quiero hablar con James —dijo Cordelia.

Belial sonrió, una expresión retorcida que no se parecía en nada a la sonrisa de James.

—Bueno —repuso—. ¿Acaso no todos queremos cosas? —Tronó los dedos, y de entre las sombras del costado del altar apareció tambaleante una horrible figura: un cadáver animado, un marco de huesos amarillentos coronado por una sonriente cadavera. Llevaba la mitra de arzobispo y una casulla sucia que antaño tuvo unos bordados de oro; la vestimenta estaba podrida en su mayor parte, y a través de los agujeros, Cordelia veía las costillas del arzobispo, de las que pendían hilos de carne correosa. En las manos sujetaba una corona púrpura y dorada, con gemas de todos los colores incrustadas. A Cordelia le recordó, de un modo horrible y extraño, la obra en el escenario del Ruelle Infierno, el público aplaudiendo una peculiar coronación...

—Yo, por ejemplo —continuó Belial—, deseo ser coronado rey de Londres, por el aquí presente Simon de Lengham.

El arzobispo muerto se balanceó de un lado al otro.

Belial suspiró.

—Pobre Simon; no paran de interrumpirnos los idiotas de tus amigos. Y ahora, claro, tú. —Su mirada plateada pasó por ella como agua—. No puedo decir que es la coronación de mis sueños.

—Lo que yo no veo es por qué quieres una coronación —repuso Cordelia—. Creía que las cosas como la realeza, los reyes y las reinas, solo les importaban los mundanos.

No pretendió que fuera especialmente insultante, pero para su sorpresa, la furia destelló en el rostro de Belial.

—Por favor —dijo—. Soy un Príncipe del Infierno, ¿acaso crees que ese título no significa nada?

«Sí», pensó Cordelia, pero no dijo nada.

—No voy a aceptar una reducción de categoría —soltó, mientras se acomodaba en la silla—. Además, hay magia en los rituales. Este cementará mi dominio de Londres, y finalmente de toda Inglaterra. Y después de eso, ¿quién sabe? —Sonrió animado, como si recuperara el buen humor—. Con este cuerpo nuevo que tengo, todo es posible. No hay reino en la Tierra que no caiga ante mí, si me lo propongo. —Dejó caer la cabeza hacia atrás, el sedoso cabello oscuro de James le cayó sobre la frente de un modo encantador. Cordelia sintió náuseas—. Oh, James es un desgraciado. —Soltó una risita—. Lo puedo sentir. Contemplarte aquí le causa una agonía que, te lo aseguro, es deliciosa. Resulta fascinante el modo en que los humanos notan el dolor. No el físico, claro, eso esta conocido hasta la saciedad, sino el tormento emocional. La angustia de sentir. Es única entre los animales.

—Dicen que los ángeles lloran —replicó Cordelia—. Pero supongo que tú ya lo olvidaste.

Belial entrecerró los ojos color plata.

—Y hablando de dolor físico —continuó Cordelia—. Las heridas que *Cortana* te infligió. Las heridas que te infligí yo. Aún te duelen, ¿no es cierto?

Sobre ella, Cordelia oyó un repentino aleteo. Miró hacia arriba rápidamente y vio una lechuza volar por las galerías de arco por encima de ellos.

—Las heridas que tienes —prosiguió Cordelia— nunca se cierran. Arderán para siempre. —Dio la vuelta a *Cortana*, para que la cara grabada de la hoja quedara frente al altar. «Soy *Cortana*, del mismo acero y temple que *Joyeuse* y *Durendal*»—. A no ser que yo las sane.

—¿Sanarlas? —repitió bruscamente, tanto que el arzobispo, aparentemente confuso, avanzó con la corona real. Belial estaba molesto, y agarró la corona al esqueleto y le hizo un gesto para que se caminara. —¿Cómo puedes...? ¡Ah! —La sorpresa se borró de su expresión—. Porque es una espada de paladín. Yo también oí las historias que dicen que tienen ese poder. Pero solo son historias.

—Las historias no son mentiras —replicó Cordelia. Alzó la mano izquierda. Luego se colocó el filo de la espada en ella, la hoja fría contra su piel. Presionó, y la hoja le cortó en la palma. La sangre manó de la herida y cayó en gruesas gotas sobre el suelo de mármol.

Alzó la mano herida para mostrársela a Belial, que no reaccionó, solo siguió observándola. Luego ella se colocó la parte plana de la espada sobre la palma y se la pasó lentamente por encima. Cuando bajó la espada, la herida había desaparecido, y no había ninguna cicatriz ni marca, ni siquiera una línea blanca donde estuvo el corte. Abrió y cerró el puño unas cuantas veces y luego alzó la mano de nuevo para que Belial se la viera bien.

—Las historias son ciertas —afirmó.

—Interesante —murmuró Belial, como para sí mismo, pero sus ojos seguían clavados en *Cortana*, incluso cuando Cordelia bajó la espada. Lo vio ansioso. Ansiosos por el fin del dolor.

—Esta es la espada *Cortana* —le recordó Cordelia—, forjada por Wayland *el Herrero*. No hay otra igual, y puede curar tanto como puede herir. Pero solo lo hará en la mano de su verdadero portador. No puedes simplemente matarme y luego emplear la espada para curarte.

Belial guardó silencio durante un largo momento.

—Entonces, ¿cuál es tu propuesta? —preguntó finalmente.

—Abandona el cuerpo de James —respondió Cordelia. Sabía que era una propuesta ridícula, pero tenía que hacer que siguiera hablando. James dijo que ella tenía que acercársele mucho, y ahí estaba ella, buscando desesperadamente en el rostro de Belial cualquier señal de vida de James.

Belial le lanzó una agria mirada.

—Tu gambito es más tonto de lo que pensaba. Trabajé muy duro y haciendo planes durante demasiado tiempo para renunciar a esta forma. Fue mi primer objetivo durante todo este tiempo. Sin embargo —añadió—, no rechazo negociar. Si me curas las heridas, te permitiré conservar la vida.

«Quizá James supuso que las cosas serían diferentes», pensó Cordelia. Que no estaría tan atrapado como lo estaba. O quizá lo único que quería era que ella se acercara lo suficiente para matarlo.

Esa idea le revolvía el estómago. Pero sabía que era una posibilidad.

—No quiero conservar la vida —susurró Cordelia—. Quiero a James.

—James ya no está —replicó Belial, quitándole importancia—. No sirve de nada ser como un niño, llorando por el juguete que no puedes tener. —Frunció las cejas, claramente buscando algo que a Cordelia le pareciera una razón para seguir viviendo—. Tienes un hermano —comenzó Belial, pensativo—. Y aunque maté a tu padre, tu madre está viva. ¿Y qué hay de tu hermano recién nacido? —Le brillaron los ojos—. ¿Un bebé que aún no habla ni camina? Un niño que te necesita a ti.

Sonrió desagradablemente. Cordelia sintió como si se saltara un escalón, como si tratara de agarrarse en el aire.

—¿El bebé...? —Negó con la cabeza—. No. Eres un mentiroso. Tú...

—La verdad, Cordelia —continuó Belial. Se puso de pie, con la corona brillándole en la mano. La luz de los rosetones hizo destellar fuego de las gemas mientras él la alzaba por encima de su cabeza—. Me hiciste una oferta que sabes que solo puedo rechazar. Luego me dices que yo soy el mentiroso, lo que sugeriría que no estás interesada en una negociación. Así que, Cordelia Carstairs, ¿por qué estás aquí realmente? Solo para observarme... —Belial sonrió a la corona— ¿Ascender?

Cordelia alzó los ojos hacia él.

—Estoy aquí porque creo en James.

Belial se quedó quieto.

«James —pensó Cordelia—, si hay algún trozo de ti ahí. Si alguna parte de ti permanece, atrapada bajo la voluntad de Belial... Que sepas que tengo fe en ti. Que sepas que te amo. Y que nada que Belial haga cambiará eso».

Y Belial seguía sin moverse. No era una inmovilidad natural, sino que parecía congelado en el sitio, como si un hechicero lo hubiera encantado. Luego, lentamente, a trompicones, movió los brazos, y los fue bajando por los lados. Soltó la corona, que cayó pesadamente al suelo. Incluso más lentamente, alzó la cabeza y miró directamente a Cordelia.

¡Sus ojos! Con un sobresalto que sintió en lo más profundo de su alma, Cordelia se dio cuenta de que sus ojos eran dorados.

—¿James? —susurró.

—Cordelia —dijo él, y su voz, su voz era la de James, la misma voz que la llamaba Daisy—. Dame a *Cortana*.

Era lo último que se esperaba que James le pidiera, y lo primero que querría Belial. Y Belial era un maestro de la mentira. Seguro que cambiaría el timbre de la voz, sonar como él en un esfuerzo por engañarla... Y si escogía mal, condenaría a la ciudad, y en última instancia, al mundo entero, a la ruina.

Vaciló. Y oyó la voz de Matthew en la cabeza: «Dijo que tú sabrías cuándo es el momento justo de actuar. Que creyeras en él». No mintió en lo que dijo antes. Estaba allí porque creía en James. Tenía fe en él, no solo porque James se lo dijera, sino porque llegó tan lejos guiándose por su propio instinto y su fe en sus amigos. Y no había vuelta atrás.

Seguía sin avanzar, no podía caminar hacia el Altar Mayor. Echó el brazo hacia atrás y luego lanzó *Cortana*. Casi gritó cuando la espada se separó de ella, dando vueltas de punta a punta; James alargó la mano y la agarró en el aire por la empuñadura.

La miró. Sus ojos eran dorados, y cargados de pena.

—Daisy —dijo.

Y se hundió la espada en su propio corazón.

Todos los cazadores de sombras creían que morirían luchando, y lo cierto era que los criaban desde pequeños para entender que ese era el método de muerte preferido. Ari Bridgestock no era diferente. Siempre se preguntó qué batalla sería su última, pero en los últimos minutos, adquirió una fuerte sensación de que iba a ser esa.

No era un gran alivio que Anna estuviera allí con ella. Anna era una gran guerrera, pero Ari no creía que ni siquiera el mejor guerrero tuviera alguna posibilidad en esa situación. Parecía una horda infinita de Vigilantes, más que suficientes para superar a cualquier ejército de cazadores de sombras, y aún seguían y seguían apareciendo más.

Sin necesidad de hablarlo, decidieron que no había ni tiempo ni espacio para la sutil maniobra necesaria para destruir las runas de posesión. Lo único que harían era contener la marea, hacer caer a los suficientes Vigilantes para darse un momento de respiro, aunque volvieran a verlos levantarse de nuevo.

Anna era una larga mancha imprecisa de movimiento, su collar de rubí refulgiendo sobre su pecho como una gota de sangre angélica. Su cuchillo serafín se movía con tanta rapidez en su mano que Ari no podía ni verlo; parecía una estela plateada pintada en el aire. En la mente de Ari apareció un pensamiento: «Aceptaría morir aquí, ahora mismo, si eso significara que Anna siguiera viviendo».

Una vez que tuvo ese pensamiento y supo en un instante que era absolutamente cierto, todo se le hizo más claro. Una nueva energía fluyó en ella; redobló su ataque, usando su *khanda* para hostigar a una alto Vigilante, cuya túnica blanca ya estaba manchada de sangre. Le hundió la hoja en el pecho.

Y oyó a Anna gritar su nombre. Volteó la cabeza, con la hoja aún en el Vigilante, y vio a otro de ellos alzándose a su espalda, una antigua Hermana de Hierro alzando un bastón negro con púas para hundírselo en la espalda a Ari. Esta liberó su *khanda*, mientras el primer Vigilante se desplomaba, pero no había tiempo... el segundo Vigilante ya estaba sobre ella, el bastón estaba bajando...

El Vigilante se desplomó, golpeando el suelo con la fuerza de un árbol talado. El bastón le cayó de la mano, repicando por el suelo. Ari miró inmediatamente a Anna. Sin duda, Anna fue por detrás para herir al Vigilante, para evitar que hiciera daño a Ari. Y Anna estaba allí, con su cuchillo serafín en la mano, pero estaba aún demasiado lejos del Vigilante caído para haberlo tocado ella. Su rostro era una máscara de asombro, incluso de temor. Ari nunca la vio asustada antes.

—¿Qué diablos...? —susurró Anna, y Ari se dio cuenta de que todos los Vigilantes caían. Se doblaban como títeres con las cuerdas cortadas, desplomándose sobre la hierba manchada de sangre. Y entonces, antes de que Anna o Ari tuvieran tiempo de bajar las armas, se oyó un terrible ruido de desgarro. De los cuerpos caídos de las Hermanas de Hierro y los Hermanos Silenciosos, surgieron los demonios quimera: alguno reptando por bocas u ojos abiertos, otros abriéndose paso por alguna herida abierta en medio de una lluvia de sangre.

Ari retrocedió, medio por repulsión y medio preparándose para combatir las Quimeras, mientras surgían, chasqueando y babosas de sangre, con las fauces destellando. Eran más pequeñas de lo que se imaginó, del tamaño de unos cerditos. Ari alzó su *khanda* bien arriba, pero se quedó sorprendida cuando los demonios giraron y huyeron como un montón de ratas, reptando sinuosamente, botando sobre el césped húmedo del claustro y subiéndose por los muros para desaparecer por el tejado.

Se hizo el silencio. Ari permaneció quieta sobre los cuerpos de los Hermanos Silenciosos y las Hermanas de Hierro, que estaban tan inmóviles como efigies. No oía nada procedente del interior de la abadía, nada que explicara lo que acababa de suceder, ¿llegaría Cordelia hasta James? ¿Murió Belial? Algo ocurrió, algo muy importante...

—¡Ari! —Anna sujetó a Ari por el brazo, y la hizo girar para quedar cara a cara. Anna dejó caer su cuchillo serafín; chisporroteaba sobre la hierba como una vela agonizante, pero a Anna no parecía importarle. Le toco el rostro a Ari; la mano de Anna estaba cubierta de sangre seca, pero Ari se apoyó en la mano, en Anna—. Pensé que morirías —susurró Anna—. Que ambas íbamos a morir. —Su oscuro cabello le cayó sobre los ardientes ojos azules; en ese momento, lo único que Ari quería era besarla—. Y me di cuenta.... me sacrificaría sin pensarlo. Pero a ti no. No soportaría perderte.

—Y yo no soportaría perderte a ti —respondió Ari—. Así que nada de sacrificarte. Hazlo por mí. —Dejó caer la *khanda* cuando Anna la acercó más a sí y le acarició el cabello, que se le había soltado y le caía sobre el rostro.

—No me dejarás —dijo Anna con fiereza—. Quero que te quedes, conmigo, en Percy Street. No quiero que te traslades a algún departamento en alguna parte, con aplicaciones...

Ari negaba con la cabeza, sonriendo; no creía que tuvieran esa conversación justamente en ese momento, pero ¿cuándo había esperado Anna para decir lo que creía que tenía que decir?

Alzó el rostro hacia el de Anna; estaba tan cerca que sentía el roce de las pestañas de Anna.

—Nada de aplicaciones —repuso Ari—. Nada de departamentos en Pimlico. Solo nosotras. Donde tú estés es mi hogar.

Cordelia gritó.

La hoja penetró en James con un ruido desagradable, el horrible rasgar de huesos y músculo. Cordelia lo sintió en su propio cuerpo, como si la hubiera atravesado a ella; mientras James caía de rodillas, ella se lanzó contra el muro invisible que la separaba del Altar Mayor, se tiró contra él como si fuera un cristal que se rompiera, pero resistió, dejándola clavada en el lugar.

James estaba de rodillas, con las manos ensangrentadas apretando la empuñadura de *Cortana*. Le colgaba la cabeza hacia delante; Cordelia no le veía el rostro. James agarró con más fuerza el arma, con los nudillos en blanco. Mientras Cordelia se tiraba contra la barrera que los separaba, él se arrancó salvajemente la espada, y ella notó de nuevo como la hoja cortaba hueso al liberarse.

Él miró por un momento la espada, manchada de sangre, antes de abrir la mano y dejarla caer al suelo repicando. Alzó la cabeza y miró a Cordelia, mientras la sangre le manaba lentamente de la herida en el pecho.

Sus ojos eran color plata. Cuando habló, la sangre le burbujeó en los labios; su voz era espesa, pero reconocible. La voz de Belial.

—¿Qué —comenzó a decir, mientras su mirada incrédula pasaba de la espada a sus manos ensangrentadas— es esto?

—Te estás muriendo —contestó Cordelia. Supo que ya no tenía miedo de Belial. Ya no tenía miedo de nada. Lo peor que podía pasar, pasó. Belial moriría, pero James moriría con él.

—Es imposible —dijo él.

—No es imposible —replicó Cordelia—. Son tres heridas de *Cortana*.

Hubo como un rugido en la distancia, que fue creciendo y creciendo. Cordelia notaba un temblor en la tierra, muy por debajo de sus pies; a un lado, con un suave repiqueteo, el arzobispo muerto se deshizo en un montón de polvorientas vestiduras y huesos.

—Un alma humana no superaría mi voluntad —siseó Belial. La sangre le caía por la barbilla—. Mi voluntad es inmutable. Soy un instrumento de Dios.

—No —replicó Cordelia—. Eras un instrumento de Dios.

Todo el rostro de Belial se sacudió, la boca le tembló, y en ese momento, Cordelia vio, a través de la imagen de James, el ángel que Belial era, antes de escoger el poder, la guerra y la Caída. Sus ojos

761

color plata estaban muy abiertos, confundidos y cargados de un temor tan completo que era casi inocencia.

—No puedo morir —dijo, limpiándose la sangre de la boca—. No sé cómo morir.

—Ni lo sabe nadie vivo —repuso Cordelia—. Supongo que lo aprenderás, como el resto.

Belial se tambaleó hacia delante. Y el techo de la abadía desapareció, o eso pareció, porque fue allí y en ese momento ya no lo estaba, sin que hubiera ningún ruido de arrancarlo, ni de la piedra al romperse. Simplemente desapareció, y Cordelia miró al torbellino que era el cielo; era negro con nubes opacas, recorrido por oscuros relámpagos, pero las nubes se estaban abriendo. Vio un destello de azul, un cielo limpio y fresco, y luego un resplandor: un rayo de sol. Atravesó las ventanas de la abadía y posó una brillante barra dorada sobre el suelo de piedra.

Belial tiró la cabeza hacia atrás. Sobre él, se separaban las nubes blancas, iluminadas por el sol de invierno, brillante como el hielo, y con la luz sobre su rostro, pareció como si Belial estuviera atrapado entre el dolor y la alegría, la mirada de un mártir. Mientras se ponía de pie, pareció salir del cuerpo de James, como una serpiente sale de su piel. James se desplomó silenciosamente sobre el suelo del altar, y Belial se alzó y partió, irreconocible. Ardía con una luz oscura con la forma de un hombre, alzando las manos arriba, arriba hacia el Cielo del que se apartó tanto tiempo atrás.

—¿Padre? —preguntó.

Una lanza de luz salió de entre las nubes. Corrió disparada hacia abajo como el rayo, como una flecha de fuego, y se hundió en Belial. Este estalló en llamas, sombra ardiendo, y aulló de dolor.

—¡Padre, no!

Su grito no tuvo respuesta. Mientras Cordelia contemplaba con deslumbrada sorpresa, Belial se fue alzado en el aire: se debatía luchando, y sus profundos gritos eran como el rugido del trueno; y forcejeando, fue llevado hacia el cielo.

La barrera que estuvo reteniendo a Cordelia lejos del altar, desapareció. Subió corriendo los escalones, cubiertos de sangre resbaladiza, y se dejó caer junto a James.

Este yacía sobre la espalda, con el rostro muy pálido, en un charco de su propia sangre, que se extendía. Ella le puso la mano en el cuello, y apretó fuerte con los dedos. Ahogó un grito.

James tenía pulso.

Jesse se dejó caer al suelo, aún sujetando a Lucie. Todo ocurrió tan de repente..., la besó, notando su mano, cálida y familiar, en la nuca. Pero al instante siguiente, ella se tensó como si recibiera un disparo; se quedó inerte, un peso muerto en sus manos. Seguía sujetándola, con la cabeza de ella sobre sus hombros, apoyado contra la parte interior del arco. Al menos, estaba vivía. Su respiración era casi jadeante, y el pulso le batía rápido en la vena del cuello. Tenía la cara manchada de polvo. La notaba muy frágil entre sus brazos, ligera como un pájaro.

—Luce —susurró. Con la mano libre, palpó buscando la estela, una de las que Grace modificó para que se escribieran mensajes de fuego con ella, y dibujó una runa curativa en el brazo de Lucie.

No pasó nada. La runa no se borró, pero tampoco Lucie abrió los ojos. Sus ojos azules, que lo perseguían mientras caminaba solo por las calles de Londres, un fantasma que no hablaba ni al que se le podía hablar, que no sentía calor, o frío, o dolor. Lucie le devolvió las sensaciones a su existencia: lo tocó y le devolvió la vida.

«Renunciaría a todo eso —pensó, mientras miraba su rostro, desesperado—, si sirviera para que estés bien».

—Jesse. —Grace apareció entre la oscuridad de los arcos—. Estoy... ¡Oh! ¿Está bien?

—No lo sé. —Jesse miró a su hermana; resultaba tan extraño verla en traje de combate, con su cabello rubio platino retorcido en un moño alto en la cabeza—. No...

—Déjame que la sujete. —Grace se arrodilló y extendió los brazos para agarrar a Lucie—. Se me acabaron los explosivos. Yo vigilaré a Lucie; tú mejor te encargas de que no vengan Vigilantes. —Había algo solícito en la actitud de Grace, casi como la que se esperaría de un médico; a Jesse le hizo pensar en Christopher, y bajó suavemente a Lucie y apoyándola en Grace, que sacó su estela—. Está bien —dijo esta, mientras comenzaba a dibujarle otro *iratze* en el brazo a Lucie—. Yo me encargo de ella.

Dejar a Lucie era lo último que Jesse quería hacer, pero Grace tenía razón: sin explosivos, los Vigilantes no tardarían en encontrarlos. Se puso de pie y sostuvo la espada Blackthorn.

Los gruesos muros de piedra del arco atenuaron parte del fragor de la batalla. Este estalló en los oídos de Jesse en cuanto salió al patio. El entrechocar de armas, la mezcla de gritos, aullidos de dolor y angustia. Entre el caos de la lucha, captó un vistazo de Will Herondale, y Tessa junto a él, batallando contra los Vigilantes, aunque no estaba seguro... ¿llegaron con la última oleada de cazadores de sombras? ¿O veía visiones? Podía ver que había cuerpos por el suelo, la mayoría de nefilim, unos cuantos Vigilantes. «Eran demasiado difíciles de matar», pensó invadido por la desesperación.

De repente, pensó en *Oscar*; dejaron a *Oscar* en el Instituto, encerrado a salvo, aunque sus aullidos de decepción al verse dejado atrás los siguieron hasta las rejas. ¿Si todos moría ahí, quién se encargaría de *Oscar*? ¿Quién lo soltaría?

«Para», se dijo. Sabía que sus pensamientos se dispersaban por el agotamiento y el pánico por Lucie. Tenía que centrarse en la batalla que se desarrollaba frente a él, en los Vigilantes; uno de ellos iba hacia él, una Hermana de Hierro con una mirada vacía y fija...

Que se quedó rígida y puso los ojos en blanco. Mientras Jesse miraba, espada en mano, la Hermana se desplomó, con la espalda arqueada mientras el resto de ella se extendía sobre el suelo manchado de sangre. Se le abrió la boca, y un demonio Quimera comenzó a arrastrarse hacia el exterior, empujándose con sus tentáculos.

Alguien lanzó un grito ronco. Jesse apartó la vista del Vigilante caído y se dio cuenta de que lo mismo pasaba por todas partes. Uno a uno, los Vigilantes caían. Uno a uno, los demonios Quimera surgían de sus cuerpos, arrastrándose, reptando y siseando, claramente furiosos de ser desalojados de sus huéspedes de un modo tan poco ceremonioso.

En medio de la melé, los cazadores de sombras gritaban de alegría; Jesse vio el destello plateado de los cuchillos serafines mientras los nefilim atacaban a los demonios quimera; el hedor a icor agriaba el aire. Mientras caía el último Vigilante, Jesse se dio cuenta de algo más: un apretado grupo de demonios Quimera se reunió e iban derechos hacia la garita de la entrada.

«Lucie», pensó. Sabía que eso era cosa suya: se metió en la oscuridad, llamó a las almas perdidas de las Hermanas de Hierro y los Hermanos Silenciosos, cuyos cuerpos fueran poseídos. Y era evidente que la oyeron. Se tiraron atrás, arrancándose los demonios quimera del cuerpo, dejándolos libres para que las espadas y los cuchillos serafines acabaran con ellos.

Mientras las babeantes Quimeras se acercaban, Jesse vio la furia en sus ardientes ojos verdes.

«Lo saben», pensó. Lucie era la culpable, la que les hizo eso; alzó la espada, sabiendo que, aunque los quimeras eran relativamente fáciles de matar, no esperaría a deshacerse de una docena a la vez...

—¡Tírame la espada, Blackthorn!

Jesse apartó la mirada de los quimeras, y se quedó asombrado. Subida a media altura en el Memorial de Guerra estaba Bridget, con un vestido de flores y un delantal, con los rojos rizos al aire, y su rostro ardiendo de furia.

—¡Lo sabía! —gritó Jesse—. ¡Sabía que seguías en Londres! Pero ¿cómo? ¿Cómo escapaste del hechizo de Belial?

—¡Nadie me dice lo que tengo que hacer! —gritó Bridget, como respuesta—. ¡La espada!

Así que él le tiró la espada. Voló hacia Bridget, que la atrapó en el aire y saltó del monumento, cayendo como un ancla justo en medio de los demonios quimera. Mientras comenzaba a golpearlos con saña, Jesse agarró un cuchillo serafín de su cinturón, susurró «¡*Hamiel!*» y se lanzó a la batalla junto con Bridget, cortándole el torso a una quimera con una sensación de victorioso alivio.

Y el cielo sobre ellos se partió en dos.

Su pulso era muy leve, pero ahí estaba, un toque rápido contra la punta de sus dedos. James estaba vivo.

Cordelia sintió como si tragara fuego. Todo su cuerpo se despertó; se tiró sobre James, para sujetar a *Cortana*. Con la mano libre, agarró el fondo de la camisa de James, empapada de sangre, y se la subió: allí, en el lado izquierdo del pecho, estaba el corte de la herida que se infligió a sí mismo, abierta y con los bordes escarlata.

Alzó a *Cortana*. Oyó pasos, miró hacia atrás y vio a Matthew, Alastair y Thomas acercándose. Movió la cabeza para decirles «no se acerquen», y ellos se pararon a unos metros, con la expresión horrorizada e inquieta, mientras que con gran cuidado, Cordelia bajaba la espada y posaba la parte grabada de la hoja sobre el torso de James, cubriéndole la herida, la empuñadura hacia sus manos.

«Que sea la efigie sobre la tumba de un caballero», pensó; que sea ese guerrero. Empleó toda su voluntad, y fue más potente que la de un Príncipe del Infierno.

Hubo un largo momento de quietud mientras James yacía inmóvil, con la hoja dorada de *Cortana* reluciendo sobre su piel, desnuda y cubierta de sangre. Cordelia le cubrió la fría mejilla con la mano.

—Soy un paladín —susurró—. Este es mi poder. Herir, con justicia. Sanar, con amor. —Recordó hacía mucho tiempo, sujetando a un James enfebrecido que casi caía hacia el reino de las sombras. Ella se había aferrado a él, como si solo por la fuerza de su voluntad pudiera mantenerlo ligado al mundo.

—James —dijo ahora, usando las mismas palabras que usó entonces—, debes resistir. Debes hacerlo. No te vayas a ninguna parte. Quédate conmigo.

James abrió la boca y tragó aire. Ese sonido atravesó a Cordelia como un rayo; *Cortana* destelló cuando el pecho de James se alzó para respirar. Los dedos se le movieron a los lados, y lenta, muy lentamente, abrió los ojos.

Eran puro oro.

—Daisy —dijo, con una voz áspera como papel de lija. Parpadeó mirando el cielo—. ¿Estoy... vivo?

—Sí —susurró ella. Tenía sabor a sal en la boca. Reía y lloraba, y le tocaba el rostro: la boca, las mejillas, los labios, los ojos. La piel de James recuperó el calor y el color—. Estás vivo.

Ella se inclinó para rozarle los labios con los suyos. Él hizo una mueca de dolor, y Cordelia retrocedió de golpe.

—Lo siento...

—No lo sientas —susurró él, y miró hacia abajo—. Es solo que tengo una espada bastante grande sobre mí...

Cordelia tomó *Cortana* y la apartó; la herida bajo ella desapareció, aunque aún había mucha sangre por todas partes. Oyó pasos en los escalones del altar. Volteó y vio que era Matthew, corriendo para lanzarse junto a James.

—Estás bien —murmuró. Una larga mirada pasó entre James y él, una que dijo a Cordelia que fuera lo que fuese que pasó cuando estaban atrapados en Edom, forjó una nueva conexión entre ellos. Matthew parecía volcado en James con todo su ser, lo que, pensó Cordelia, era como debía ser.

—Lo sentí, sabes —dijo Matthew, mientras le apartaba a James un mechón de los ojos—. Mi runa de *parabatai* borrándose... —Le falló la voz—. Y luego la sentí regresar. —Miró a Cordelia—. ¿Qué has...?

—¡Layla! —resonó la voz de Alastair, como una alarma.

Cordelia se puso de pie de un salto. Mientras lo hacía, notó que una sombra pasaba sobre ella, y se dio cuenta de que el techo de la catedral reapareció con la misma velocidad que desapareció. Sobre ella se alzaban los altos arcos, y ante ella, en los escalones del altar, estaba Lilith.

Jesse nunca vio o imaginó nada igual; quizá en antiguos cuadros de las visitaciones de los dioses a la Tierra. Las nubes negras en lo alto chocaban unas con otras como las hojas de las espadas, enviando una reverberación por todo el cielo más rugiente que cualquier trueno.

Se tambaleó hacia atrás cuando el suelo se sacudió bajo él. Una docena de rasgados rayos, negros como los bastones que los Vigilantes llevaron, cayeron como flechas desde las nubes: uno alcanzó el Memorial de Guerra, provocando una lluvia de chispas. Otro dio en las puertas de la abadía, haciéndolas temblar. Jesse oyó a alguien maldiciendo bien alto, y estuvo casi seguro de que era Will.

Y luego otro rayo, mucho más cercano, fue directo hacia la garita. Jesse se tiró hacia atrás mientras que Bridget alzaba la espada Blackthorn, casi como si quisiera hacerlo retroceder...

El rayo cayó directamente en la espada. La hoja brilló durante una fracción de segundo, iluminada como una lámpara, antes de saltar hecha pedazos. Bridget fue lanzada hacia atrás; tiró la empuñadura de la espada rota y corrió por el patio mientras las nubes en lo alto retrocedían.

Jesse fue hacia ella, tratando de mantener el equilibrio mientras la tierra se sacudía bajo él. Los demonios quimera corrían por el patio como insoportables escarabajos negros enloquecidos. Jesse pensó que vio una sombra negra salir disparada desde el techo de la abadía, lanzada hacia un hueco, cada vez mayor, que se abría entre las nubes.

Parpadeó, y ya no lo vio más, le dolieron los ojos; la luz caía; luz del sol, pura y dorada, del tipo que, durante todos esos largos días oscuros, casi olvidó que existía.

Miró alrededor. El patio era un caos. Los demonios quimera estallaban en llamas cuando el sol los tocaba, y corrían de un lado para el otro como encendidas antorchas. Chispas de un dorado pálido llovían del cielo. Una rozó la mejilla de Jesse; era fresca, no ardiente. Y Bridget se estaba sentando, sacudiéndose el polvo de su vestido floreado. Parecía furiosa.

—¡Jesse!

Este volteó en redondo. A través de las chispas que caían, vio a Lucie, de pie bajo los arcos, con las manos agarradas por delante. Junto a ella estaba Grace, sonriéndole aliviada, y Jesse se dio cuenta de que no sabía cuál de ella dijo su nombre.

Quizá no importara. Ellas dos eran las personas más importantes de mundo para él. La chica a la que amaba y su propia hermana.

Corrió hacia ellas. Lucie miraba alrededor maravillada, mientras las chispas del polvo dorado le rozaban la cara.

—Lo hizo —informó—. Daisy lo hizo. Belial está muerto. Lo puedo sentir.

—Mira —dijo Grace, guiñando los ojos—. ¿No son esos tu madre y tu padre, Lucie?

Miraron todos hacia la abadía. «Así que no se lo imaginó», pensó Jesse; eran Will y Tessa, ayudando a Eugenia y Gideon a abrir las puertas de la catedral. Se reunía un gran número de cazadores de sombras: Jesse vio a Gabriel Lightwood, y a Charlotte Fairchild. Seguramente les dijeron que James y sus amigos se encontraban en el interior de la abadía, y estaban desesperados por entrar.

—James —susurró Lucie, abriendo los ojos. Un momento después, y a pesar de su agotamiento, ya corría hacia la catedral, seguida de Jesse y Grace.

Lilith.

Era alta, fría y pálida como una columna de mármol, con la larga cabellera cayéndole por debajo de la cintura. Llevaba un vestido hecho con las plumas de las lechuzas, que se movían cuando ella se movía, con tonos crema, marrones y naranja oscuro.

—Mi paladina —dijo, con una voz profunda cargada de exultación—. Sin duda, hiciste maravillas aquí.

Cordelia oyó pisadas, y más allá de Lilith vio a Anna y a Ari, que entraban corriendo en la nave, reducían el paso al llegar al Altar Mayor y se quedaban mirando lo que sería un retablo realmente extravagante... Matthew arrodillado junto a un James ensangrentado, Thomas y Alastair al pie de los escalones mirando a Lilith y Cordelia.

«Ya estaba», pensó Cordelia tranquilamente. Ahí se acababa. Se libraría de Lilith ya, o moriría en el intento.

—No soy tu paladina —replicó.

Lilith agitó una mano muy blanca, quitándole importancia.

—Claro que lo eres. Y te comportaste más allá de todas mis expectativas. Belial fue abatido, y Edom queda liberado de su control. Vuelve a ser mío. Claro que... —añadió— ...tu trabajo aquí no ha acabado del todo. Verás, con la muerte de Belial, seguro que Asmodeus reclamará Edom. Pero ¡poco sabe que estoy en posesión de una matadora de Príncipes del Infierno! Te enfrentarás a él como mi mejor guerrero, y de nuevo lograrás la victoria, estoy segura.

Cordelia miró hacia atrás por encima del hombro. A *Cortana*, que yacía reluciendo sobre el suelo. A Matthew que sujetaba a James por los hombros, y a James, que estaba sentado, respirando ásperamente, con los ojos fijos en Lilith cargado de un profundo odio.

—Te los puedes quedar si quieres —dijo Lilith, hizo un gesto hacia Matthew y James—, cualquiera de ellos o los dos, mientras no te distraigan de las tareas necesarias. Me siento generosa.

—Creo que no me oíste —repuso Cordelia—. Ya no soy tu paladina, Lilith. Nuestro acuerdo concluyó, y yo cumplí con mi parte del trato.

La madre de los demonios rio suavemente,

—Bueno, no del todo. Al final, tú no mataste a Belial, ¿no es así? Fue James Herondale quien asestó el golpe mortal. —Sus labios se curvaron en una torva sonrisa—. ¿Qué es lo que dices, nefilim? ¿Algo sobre que la Ley es la Ley, incluso si deseásemos que no lo fuera?

—*Sed lex, dura lex*. La Ley es dura pero es la Ley —dijo Cordelia, mirando a Lilith—. Sin duda, la letra de la Ley, o cualquier voto o contrato, es importante. Que es por lo que tuve tanto cuidado cuando te pedía que hicieras un voto. ¿Te acuerdas lo que te hice prometer? —Miró fijamente a Lilith—. «Jura que si Belial muere por mi espada, me liberarás de mi juramento de paladín. Júralo por el nombre de Lucifer».

Una luz roja comenzó a arder en los ojos de Lilith.

—Nunca juré que yo daría el golpe mortal. Solo que sería dado con *Cortana*. Y así fue.

Lilith mostró los dientes.

—Escúchame, niña...

Cordelia soltó una carcajada, cortante como el filo de un cuchillo.

—No puedes ordenarme nada —replicó—. Ni siquiera que te escuche. Tu dominio sobre mí se acabó; ya no eres mi señora, y yo no soy tu caballero. Sabes que estoy diciendo la verdad y que tu juramento te obliga a ello: no puedes hacerme daño, ni a mí ni a mis seres queridos. —Sonrió al ver la furia en el rostro de Lilith—. Y yo que tú, no me quedaría aquí mucho más rato. El dominio de Belial sobre este mundo también acabó, y este volverá a ser suelo consagrado.

Lilith siseó. No era un sonido humano sino como el de una serpiente. Serpientes negras le salieron de los ojos y se sacudieron como látigos, mientras ella avanzaba hacia Cordelia.

—¡Cómo osas desobedecerme! —gritó rabiosa—. Quizá no pueda hacerte daño, pero te devolveré a Edom, te encerraré allí, te aprisionaré donde no puedas escapar; si no eres mía, no pertenecerás a nadie...

—*Sanvi.* —Una voz conocida resonó como una campana. Lilith se quedó clavada en el sitio, y su rostro se retorció—. *Sansavi. Semangalaf.*

Cordelia miró hacia atrás. James estaba de pie, con Matthew al lado. En la mano derecha, James tenía su pistola, brillando plateada, con la inscripción en el costado reluciendo: LUCAS 12:49. «Vine a traer un fuego a la tierra, y cómo desearía que ya estuviera encendido».

James se balanceaba ligeramente, con la ropa empapada de sangre medio seca, pero estaba de pie, con los ojos ardiendo de furia.

—Recuerdas esta arma —le dijo a Lilith—. Recuerdas el dolor que te causa. —Sonrió feroz—. Otro paso más hacia Cordelia, y te lleno de balas. Puede que no mueras, pero desearás hacerlo.

Lilith siseó de nuevo; el cabello se le elevaba y retorcía, cada mechón una serpiente fina y venenosa.

—Belial está muerto —replicó—. Con él se irá tu poder sobre las sombras, el poder de tu hermana sobre los muertos. Incluso dudo que puedas disparar esa pistola...

James quitó el seguro con un firme clic.

—¿Lo probamos?

Lilith vaciló. Un momento, luego otro. James no titubeó, mantuvo el brazo firme, el cañón de la pistola apuntando directamente a la madre de los demonios.

Y algo cambió. Cordelia lo notó como una variación en el aire, como si empezara otra estación. Las piedras sobre las que estaba Lilith comenzaron a relucir de un color rojos oscuro, como de hierro derretido. De repente, aparecieron llamas, que prendieron en el fondo del vestido de Lilith, llenado el aire con el olor de plumas quemadas.

Lilith gritó, un terrible lamento que fue alzándose hasta convertirse en un chillido que no era de este mundo. Unas sombras le fueron rodeando el cuerpo; unas grandes alas de bronce batieron el aire. Mientras ella se alzaba, con la forma de una lechuza, James apretó el gatillo de la pistola.

No pasó nada. Se oyó un ruido seco y metálico, y eso fue todo. James bajó la pistola, con los ojos siguiendo la lechuza, cuyas alas batían frenéticamente mientras se alzaba más y más, perdiéndose en el aire.

Lilith tenía razón. James ya no podía usar la pistola.

Exhaló lentamente y dejó caer la pistola al suelo, donde dio un golpe sordo; cuando alzó la mirada hacia Cordelia, estaba sonriendo.

—¡Al demonio! —exclamó.

Y Cordelia no quería nada más que correr hacia él y tomarlo por el cuello, para susurrarle que estaban a salvo; que por fin, por fin, todo había acabado. Pero mientras sonreía, grandes rayos de luz se extendieron por la catedral, y el aire se convirtió en una nube resplandeciente cuando motas de polvo destellaron bajo los rayos del sol, un sol que entraba por las puertas de la catedral, que abrieron de par en par.

Y por esas puertas entró Lucie, llamando a Cordelia, y luego Jesse y Grace, y Will y Tessa, corriendo hacia James. Y un poco detrás, Eugenia, Flora, Gideon y Gabriel, Sophie y Charles, e incluso Charlotte, que lanzó un grito cuando vio a Matthew.

Y había docenas más, cazadores de sombras que no conocían llenando la catedral mientras Cordelia caía de rodillas junto con James y Matthew. Matthew le sonrió, se puso de pie y comenzó a bajar los escalones hacia su madre y su hermano.

Junto con ella, James la tomó de la mano. Cordelia sabía que solo sería un momento, hasta que los otros llegaran a ellos, antes de que se perdieran en el torbellino de abrazos, saludos y exclamaciones de alivio y gratitud.

Lo miró; aún estaba cubierto de sangre, tierra y runas curativas, con el polvo de Edom en las pestañas. Pensó en todas las cosas que le quería decir, en que todo había acabado y estaban a salvo, y que nunca pensó que fuera posible amar a alguien tanto como lo amaba a él.

Pero él habló primero. Su voz era gruesa, los ojos le brillaban.

—Daisy —dijo—. Creíste en mí.

—Claro que sí —repuso ella, y se dio cuenta, mientras decía esas palabras, de que eso era todo lo que realmente necesitaba decirle—. Siempre lo haré.

CODA

La noche cayó sobre Londres. Pero no era la noche antinatural, pesada, vacía y silenciosa, que había cubierto la ciudad durante los terribles días pasados. Era una noche londinense corriente, llena de vida y ruido: el sonido de las ruedas de los carruajes, el silbido de los trenes distantes, los gritos lejanos de los londinenses pasando bajo un cielo lleno de luz de luna y estrellas. Y cuando Jem salió del Instituto y se detuvo durante un momento en el patio, el aire era frío y limpio, y sabía a invierno y a cambio de año.

En el interior, había fatiga y calor, e incluso algunas risas. No para todos, aún no; aún había desconcierto, dolor y entumecimiento. Anna Lightwood regresó a Alacante para estar con su familia, y Ari Bridgestock fue con ella. Pero como Jem tenía buenas razones para saber, incluso después de una pérdida tan inimaginable, que se seguía adelante: la vida tenía que vivirse, y se aprendía a soportar las cicatrices.

Y los jóvenes eran resistentes. Incluso después de por todo lo que pasó ese día, Cordelia lloró de alegría al saber que tenía un nuevo hermanito: se llamaba Zachary Arash Carstairs. Sona llegaría a la mañana siguiente, con el bebé, y tanto Cordelia como Alastair estaban impacientes por verlo.

«Todo equilibrado», pensó Jem. La vida y la muerte; el dolor y la felicidad. James y sus amigos fueron valientes, increíblemente valientes; vivió la pesadilla de Londres bajo el control de Belial, sobrevivió al páramo que era Edom. En el exterior de la Abadía de Westminster, con la ropa empapada en sangre, James le dijo a Jem que fueron todos los años que entrenaron juntos, de reforzar y afilar su voluntad, lo que le dio la idea de que resistiría a Belial, que superaría su posesión aunque fuera solo un momento.

«Y eso fue una parte», pensaba Jem. La fuerza de voluntad no se descartaría, pero también jugó un papel el gran punto débil de los demonios: no entendían ni el amor ni la confianza. Belial subestimó no solo a Cordelia, Lucie y James, sino también a sus amigos, lo que serían capaces de hacer los unos por los otros. No los vio como los vio Jem, en la sala esa noche: Cordelia durmiendo en un sillón en brazos de James; Alastair y Thomas, tomados de la mano ante la chimenea; Lucie y Jesse, comunicándose con susurros y miradas. Matthew, siendo amable con sus padres y, por primera vez en mucho tiempo, consigo mismo. Y Will y Tessa, con las manos tendidas hacia Jem, como siempre.

En ese momento, Jem miraba el patio; la nieve comenzó a caer del cielo, blanqueando el hierro de las rejas y cubriendo las pisadas de plata.

Oía los murmullos de sus Hermanos en el fondo en la cabeza: un continuo rumor suave de conversaciones silenciosas. Hablaban de la cruel violación que Belial cometió con las Hermanas de Hierro y los Hermanos Silenciosos cuyas almas viajaron fuera de su cuerpo. Hablaban de retornar esos cuerpos a las Tumbas de Hierro a la mañana siguiente, de devolverlos a un estado más digno. Hablaba de Bridget Daly, la mundana que fue alcanzada por un rayo no terrenal, y qué cambios se harían para ella, en caso de que alguno fuera posible. Y hablaban de Londres: de que los habitantes mundanos de la ciudad recordarían esos últimos días como los de una terrible nevada que los dejó encerrados en casa, y aisló Londres del mundo exterior.

Ya comenzaba: el resto del mundo estaba informando de un tiempo extremo en Londres que cortó las líneas de telégrafo e impidió la circulación de los trenes.

La Clave contrató a Magnus Bane para reparar la destrucción ocasionada en la Abadía de Westminster, pero ningún brujo, ni ninguna magia que Jem conociera, era la responsable de ese gran olvido. Parecía una intervención directa de los ángeles.

—«Tales circunstancias ya se dieron anteriormente —le explicó el hermano Enoch—, solo que tú, Zachariah, eres demasiado joven para recordarlo. Belial destruye el equilibrio de las cosas; a veces, el Cielo devuelve ese equilibrio, aunque solo podemos suponer cuándo lo hará. A fin de cuentas, los Ángeles no responden ante nosotros».

Los subterráneos que fueron atrapados en la ciudad, al parecer, sí recordaban lo ocurrido, aunque Magnus dijo que sus recuerdos eran tenues y confusos. Por lo que Cordelia y Lucie explicaron, Jem pensó que era mejor así. Se preguntaba sobre Malcolm; si el Brujo Supremo estuvo en Londres cuando esta fue tomada o no, era una cuestión sin resolver...

Un movimiento captó la atención de Jem, el parpadeó de una sombra en la entrada del Instituto. Oyó el chillido del metal al rozarse. Aunque la reja se cerró, su puerta se abrió, solo lo justo para permitir que la sombra pasara por el espacio.

Jem se irguió con la mano sobre su bastón al ver a un hombre caminando hacia él sobre las losas del patio. Un hombre apuesto, de edad mediana, en un traje elegante. Tenía el cabello oscuro y había algo peculiar en su rostro. A pesar de las arrugas, las marcas de la edad y la experiencia, parecía extrañamente joven. «No no joven», pensó Jem, apretando la mano sobre su arma. Nuevo. Como si acabara de hacerse, modelado de alguna arcilla extraña: Jem no podía explicarlo, ni siquiera a sí mismo. Pero sabía lo que veía.

«Demonio —susurró una voz en el fondo de su mente—. Y no cualquier demonio. Aquí hay un gran poder».

—«Detente —dijo Jem, alzando una mano, y el hombre se detuvo, como si nada, con las manos en los bolsillos. Llevaba un abrigo largo y correoso, de una textura con un aspecto desagradable. La nieve caía, suave y blanca, pero ningún copo se le quedaba en el cabello o la ropa. Caía alrededor del hombre, como si no lo tocara—. ¿Por qué viniste aquí, demonio?».

El hombre sonrió. Una sonrisa fácil y perezosa.

—Vaya, eso sí que es grosero —respondió—. ¿Por qué no me llamas por mi nombre? ¿Belial?

Jem se puso alerta.

—«Belial está muerto».

—Un Príncipe del Infierno no puede morir —contestó el demonio—. Sí, el Belial que conocías está muerto... bueno, yo no usaría exactamente esa palabra, pero sin duda su espíritu no causará más problemas a tu reino. Me asignaron a mí su lugar. Ahora yo soy Belial, el devorador de almas, el mayor de los nueve Príncipes del Infierno, el comandante de incontables ejércitos de condenados.

—«Ya veo —repuso Jem—. Y aún me pregunto... ¿por qué viniste aquí? ¿Qué mensaje esperas transmitir? —Hubo un gran murmullo en el fondo de su cabeza, pero no le prestó atención; la parte más humana de él tomó el control. La parte que amaba y sentía; que deseaba, por encima de todas las cosas, proteger a su familia: Will, Tessa y sus hijos—. Tu predecesor tenía una insana obsesión con una familia de cazadores de sombras. Causó mucho sufrimiento y destrucción, y finalmente lo llevó a la muerte. Espero que tú no continuarás con esa fijación».

—No —respondió el nuevo Belial—. Ese era su linaje, no el mío. No me importa la familia de la que hablas; no son nada para mí. El previo Belial perdió su fuerza por su fascinación hacia ellos. Yo solo deseo ir recuperando esa fuerza.

—«¿Y viniste, por la bondad de tu demoniaco corazón, a decirme eso? —preguntó Jem, con ironía—. No. Temes a *Cortana*. Sabes que mató a tu predecesor. Temes ser el siguiente objetivo de su portadora».

—A los humanos les cuesta comprender cómo funciona el cielo y el infierno —repuso Belial, pero había una cierta tirantez en su sonrisa—. No serviría de mucho que la chica Carstairs me matara; solo me remplazarían por otro, uno quizá más decidido a acabar con ella.

—«Para resumir —dijo Jem—, lo que estás diciendo es que si los Herondale te dejan en paz, tú los dejas en paz a ellos».

—Eternamente —especificó Belial— Y como dije, no tengo ningún interés en ellos. Ahora solo son nefilim corrientes.

Jem no estaba muy seguro de estar de acuerdo con eso, pero lo dejó pasar.

—«Pasaré esa información —dijo—. Estoy seguro de que tampoco tendrán ningún interés en mantener ninguna conexión contigo».

Belial sonrió, sus dientes eran blancos y afilados.

—Encantador —repuso—. Te deberé un favor por eso, Silencioso.

—«No hace falta» —replicó Jem, pero Belial ya desaparecía; solo quedaba un resplandor donde estuvo y luego ni siquiera eso. La única prueba de su presencia era un círculo de piedra en el centro del patio donde no cayó la nieve.

EPÍLOGO

«Ese año, el verano tardó en llegar a Londres», pensó Cordelia, y a la mansión de Chiswick aún más, como si el lugar poseyera su propio clima particular. A pesar del cielo azul, los jardines de la mansión parecían cubiertos de sombras; los árboles estaban revestidos de verde, pero pocas flores nacieron en los jardines asilvestrados. Cordelia recordó la primera vez que vio la casa: por la noche, en una oscuridad plagada de demonios, donde el propio viento parecía susurrar: «Vete, aquí no te queremos».

En ese momento, las cosas eran diferentes. Quizá la mansión en sí no cambiaría, pero Cordelia sí. No estaba allí solo con Lucie, embarcándose en una misión clandestina, sino rodeada de su familia, sus amigos, su esposo y su *parabatai*. No le importaría ni que nevara. Rodeada de los suyos, estaba contenta.

El suelo resultó ser duro, rocoso y difícil de excavar; incluso haciendo turnos con las palas, les costó la mayor parte de la mañana cavar un agujero rectangular en el que cupiera el antiguo ataúd de Jesse, que se balanceaba precariamente en el borde de la fosa.

Llevaron cestas de pícnic; aunque no tenían la intención de acomodarse ahí, bebieron cerveza de jengibre; todos estaban algo sudados y sucios, y los chicos se quitaron el saco y se arremangaron las camisas. James excavó una buena parte del agujero, y Cordelia disfrutó observándolo. En ese momento, él estaba consultando algo con Matthew, y al parecer, decidió que el agujero ya era lo bastante grande, y volteó hacia el resto del grupo: Lucie y Jesse, Thomas y Alastair, Anna y Ari, Matthew (y *Oscar*), Cordelia y Grace.

—Muy bien —dijo James, apoyándose en la pala, como el enterrador de *Hamlet*—. ¿Quién quiere empezar?

Se miraron los unos a los otros; con cierta timidez, como niños a los que descubrieron saltándose alguna regla. (Bueno, Anna no. Anna nunca miraba con timidez.) Pero fue idea de Matthew, así que al final todos los ojos cayeron sobre él, que se arrodilló para acariciarle la cabeza a *Oscar*.

Matthew estaba divertido.

—Ya veo —dijo—. Muy bien. Les enseñaré cómo se hace.

Oscar ladró cuando Matthew se acercó al ataúd vacío de Jesse, que tenía la tapa abierta. Los árboles proyectaban la sombra de las hojas sobre él, y sobre el chaleco verde de Matthew. El cabello le creció bastante desde el invierno, y casi le tocaba el cuello de la camisa. Estuvo entrenando muy duro y ya no se le veía tan delgado. Había una profundidad en su sonrisa que no estuvo ahí cuando Cordelia llegó a Londres; ni siquiera durante su viaje a París.

Con una floritura, Matthew sacó una botella de coñac del interior del chaleco. Estaba llena, con el líquido ámbar destellando de color dorado bajo el sol.

—Aquí —dijo él, inclinándose para dejarla en el ataúd—. No creo que nadie se sorprenda con mi elección.

Cordelia también dudó de que alguien se sorprendiera. Cuando el invierno dio paso a la primavera, todos sintieron como si finalmente dejaran atrás una larga oscuridad para volver a la luz. Fue Anna la primera que comentó que, en verano, se irían casi todos de Londres, disgregándose así el grupo, que fue su apoyo durante los últimos largos meses. James y Cordelia se irían de luna de miel, Matthew de viaje; Alastair y Thomas ayudarían a Sona a instalarse de nuevo en Cirenworth (su deseo de trasladarse a Teherán se evaporó milagrosamente después de una visita de meses de su familia con motivo del nacimiento de Zachary) y Anna y Ari pronto estarían en la India. La vida seguía su curso, por mucho que ellos cambiaran, y para marcar la ocasión, Matthew sugirió organizar una ceremonia, en la que cada uno de ellos enterraría un símbolo del pasado.

—No tiene por qué ser algo terrible —dijo Matthew—. Solo algo de lo que quieran desprenderse, o considerar como parte de su pasado y no del futuro.

Le sonrió ligeramente triste a Cordelia al decir eso. Desde enero había una especie de distancia entre ellos, no una distancia hostil o de molestia; pero la cercanía que sintió hacia él en París, la sensación de que se entendían a la perfección, desapareció. Paradójicamente, Matthew se unió más a James, y a Thomas, e incluso a Alastair.

—Tienes que dejar que su corazón sane —dijo James—. Eso solo se consigue con un poco de distancia. Se arreglará con el tiempo.

«Un poco de distancia». Solo que Matthew se iría a una gran distancia, muy pronto, y durante un tiempo que Cordelia desconocía.

Matthew se alzó, se frotó las manos y se apartó para lanzarle un palo a *Oscar*. Este galopó por la hierba, se detuvo y olió el aire con suspicacia.

Ari se cuadró de hombros y se acercó para ocupar el lugar de Matthew. Llevaba un sencillo vestido de calle de color rosa, y el cabello recogido en un moño bajo. Sujetaba una hoja de papel doblada y ligeramente quemada en los bordes.

—Esta es la carta que mi padre escribió para intentar chantajear a Charles —explicó—. Para mí, simboliza un estándar que él me imponía, pero que no se imponía a sí mismo. Eso es lo que mi padre quería que yo fuera: una imagen falsa. No quien soy en realidad. No quien espero que él aprenda a ser algún día.

Mientas la dejaba caer en el ataúd junto a la botella de coñac, sus ojos permanecían tristes. Maurice Bridgestock seguía en Idris, desposeído de su cargo de Inquisidor. Pronto viajaría a la isla de Wrangel, un lugar solitario donde se ocuparía de vigilar y mantener las protecciones. La señora Bridgestock solicitó el divorcio, pero lejos de estar desanimada, parecía liberada por su nueva independencia, y dio la bienvenida a Anna, y a todos los amigos de Ari, a su casa. Esta se convirtió en un lugar alegre y cálido para ir de visita, pero Cordelia no culpaba a Ari por lamentar lo que le sucedió a su padre, o por desear que fuera un hombre mejor. Era una sensación que ella misma conocía bien.

Thomas fue el siguiente. Su Thomas era un poco una paradoja: cargaba con las señales de la pérdida de Christopher de un modo más visible que los demás, en las arrugas alrededor de los ojos, que no tenía antes y que no eran muy corrientes en alguien tan joven. (Cordelia pensaba que le conferirían carácter.) Pero también había encontrado una nueva paz. Siempre trató de hacerse más pequeño en un cuerpo que le resultaba torpe; ahora estaba tranquilo, como si por fin se viera a sí mismo del mismo modo que lo veía Alastair: alto, elegante y fuerte.

Al igual que Ari, sujetaba una hoja de papel, aunque esta no estaba ligeramente chamuscada sino muy chamuscada.

—Yo enterraré una de las primeras pruebas de los mensajes de fuego —explicó—, en la que escribí algunas cosas de las que me arrepiento.

Alastair sonrió.

—Me acuerdo de eso.

Thomas dejó caer el papel.

—Representa un tiempo en el que no sabía lo que quería. —Miró a Alastair, y la conexión entre ellos fue casi palpable—. Pero eso ya no es así.

Alastair tomó el turno después de Thomas; cuando se cruzaron, sus manos se rozaron ligeramente. Siempre se tocaban: Alastair le ajustaba la corbata a Thomas; este le alborotaba el cabello; era algo que Sona encontraba muy divertido. A Cordelia le resultaba muy tierno.

Al igual que Matthew, Alastair alzó una botella, aunque esta era pequeña y con una etiqueta en letras mayúsculas. Por un momento, Cordelia se preguntó si era alcohol, ¿estaría deshaciéndose de lo que le recordaba a su padre? Pero se dio cuenta de que no era eso en absoluto. Se trataba de un frasco vacío de tinte para el cabello. Alastair lo dejó caer en el ataúd con una sonrisa irónica.

—Una señal —dijo— de que descubrí que mi cabello está mucho mejor en su estado natural.

—No te metas con los rubios —soltó Matthew, pero sonreía mientras Cordelia ocupaba el lugar de su hermano.

Alastair asintió animándola cuando ella se situó junto al ataúd de Jesse. Miró a sus amigos, sintiéndose extrañamente como si estuviera en un escenario, aunque con un público mucho más amistoso que el del Ruelle Infierno. Buscó la sonrisa de Lucie, luego la de James, antes de respirar hondo y agarró la vaina vacía que le colgaba de la cintura.

Se la descolgó, y la miró con aprecio. Era un objeto muy hermoso. Acero con plata, con repujado de oro, grabada con runas y hojas, flores y vides. La luz que se filtraba por las ramas en lo alto iluminaba su belleza.

—Pensé mucho —comenzó Cordelia, girando la vaina en las manos— en lo que quería dejar atrás. Pensé que tendría que ser algo relacionado con Lilith. Pero al final elegí esto. Es hermoso. Y porque es hermoso, mi padre quiso regalármelo, y por eso, llegó tarde y borracho a mi boda. —Respiró hondo, y notó lo ojos de Matthew sobre ella—. Nunca llegó a entender que yo no quería regalos bonitos. Lo quería a él. A mi padre a mi lado. Y... nunca se lo dije. Guardé el secreto en mi corazón. —Se agachó para dejar la vaina, que relucía entre el resto de objetos—. Si le hubiera dicho la verdad a mi padre, quizá no hubiera cambiado nada, pero sí cambiaría cómo me siento ahora, mis lamentos. Si les dijera la verdad a todos ustedes sobre mi plan de ir a buscar a Wayland *el Herrero*, me podría haber evitado un gran error. —Se puso de pie—. Lo que dejo atrás son los secretos. No todos los secretos —añadió, sonriendo levemente—, pero sí los que ocultamos por vergüenza, o por algún defecto imaginario que otros juzgarían. Nuestros defectos siempre son más monstruosos a nuestros ojos que a los de los demás; a los ojos de aquellos que nos aman, estamos perdonados.

Lucie aplaudió enérgicamente.

—Ahora que tienes *parabatai* —dijo—, ¡nunca más necesitarás tener secretos! Al menos, no conmigo —añadió—. Puedes tener secretos para el resto de estos bárbaros, si lo prefieres.

Hubo un coro de amistosos abucheos.

—Lucie, querida —dijo Anna—. No le des tan malos consejos a Cordelia. Todos queremos oír lo que tenga que decir, por muy escandaloso que sea. De hecho, especialmente si es escandaloso. —Y sonrió lentamente.

—Anna —comenzó Matthew en un tono medio en broma medio en serio—, ¿no te toca a ti ahora? ¿Con qué vas a contribuir?

Anna trazó una onda en el aire.

—Con nada. Me gusta todo lo que tengo y apruebo todo lo que he hecho.

Incluso Alastair se rio de su ocurrencia, y Ari apoyó la cabeza en el hombro de Anna. Cordelia se fijó en que el chaleco de Anna tenía rayas rosas que hacían juego con el vestido de Ari; Anna comenzaba a llevar algo a juego con lo que se pusiera Ari, lo que para Anna representaba un compromiso más serio que las runas de matrimonio.

—Bueno. —Todos miraron al oír eso; Grace pocas veces hablaba, y siempre era una pequeña sorpresa oír su voz—. Como alguien que tiene mucho de lo que arrepentirse, seré la siguiente. Si no hay objeciones.

Nadie dijo nada, y Grace avanzó en silencio hasta el ataúd que fue de su hermano. En los últimos meses, se hizo un lugar entre ellos, un miembro del grupo como la hermana de Jesse. Era innegable que si ella no hubiera completado las investigaciones de Christopher, posiblemente no hubieran conseguido la victoria sobre Belial. Y las palabras de Christopher: que si la culpaban eternamente por sus acciones pasadas, no serían mejores que Tatiana, seguían con ellos.

Incluso así, fue una tregua difícil. Cuando James les explicó a sus padres la historia del brazalete y de la maldición, se quedaron destrozados. Cordelia estuvo allí, y vio con qué intensidad sentían el dolor de James, más profundamente de lo que sentirían un dolor propio. Y cargarían con el sentimiento de culpa de los padres: que debieron darse cuenta, que debieron suponerlo, que debieron proteger a su hijo.

James protestó, y les aclaró que la propia maldad del brazalete impedía ese conocimiento, esa protección y esa ayuda. No era culpa de ellos. Aun así, era una herida, y Grace desapareció sigilosamente del Instituto ese día, y se trasladó a la casa de la Cónsul, donde ayudaba a Henry a reorganizar su laboratorio.

Jesse se preocupó: ¿no sería incómodo para ella estar allí, después de su historia con Charles? Pero Grace objetó que Charlotte y Henry lo sabían todo, y que Charles y ella llegaron a un entendimiento. Aunque Charles se enojó al principio, después se sintió agradecido con Grace por interrumpir sus planes de boda con Ari, lo que los hubiera hecho infelices a ambos. En esos momentos, él se encontraba en Idris, trabajando para el nuevo Inquisidor, Kazuo Satō. (Charles a veces les enviaba cartas, normalmente a Matthew, pero algunas a Ari, con noticias de su padre. Hubieran formado un matrimonio espantoso, dijo Ari, pero como amigos, se llevaban sorprendentemente bien.)

787

Cuando se trataba de Grace, todo el mundo miraba a James, que a fin de cuentas, era al que más daño había hecho. Y todos se sorprendieron al ver que su furia hacia ella se desvanecía rápidamente con la muerte de Belial. Una noche, en la cama con James, Cordelia le dijo: «Sé que no es algo de lo que hablemos muy a menudo, pero todo el mundo te mira cuando quieren decidir cómo tratar a Grace. Y tú pareces haberla perdonado. —Rodó para ponerse de costado y lo miraba con curiosidad—. ¿Lo hiciste?».

Él también se puso de costado, cara a cara con ella. Los ojos de él eran de un dorado brillante, del color de la luz del fuego, y le dejaron un rastro de calor cuando le recorrieron a ella la forma del hombro y la curva del cuello. Cordelia pensó que nunca dejaría de desearlo, y él no daba ninguna señal de sentir algo diferente por ella.

—Supongo que no lo hablamos porque muy pocas veces pienso en ello —contestó él—. Contárselo a todos fue lo más difícil. Después de eso... Bueno, no sé si la perdoné. Pero considero que no puedo estar furioso con ella cuando yo tengo tanto y ella tan poco.

—¿No crees que deberías hablar con ella? ¿Oírla pedirte perdón? —preguntó Cordelia, y James negó con la cabeza.

—No. No es algo que necesite oír. Y en cuanto a ella, siempre estará marcada por su infancia y por las cosas que hizo. ¿Qué añadiría a eso los castigos o las disculpas?

«Las cosas que hizo». Cordelia recordó esas palabras de James cuando, en ese momento, Grace alzó los dos trozos rotos de plata. Los restos del brazalete maldito. Miró a James directamente a los ojos. Tenía una cicatriz reciente en la mejilla, no de la batalla de Westminster, sino de un matraz que se estrelló en el laboratorio de Fairchild.

James asintió mirándola, y Cordelia se dio cuenta de que no era necesaria ninguna conversación más que esa para resolver lo que pasó entre Grace y James. Hacía tiempo que había concluido, y el dolor pasado de James quedó disuelto por el James que era ahora: era como el recuerdo de una aguja con la que ya no se sacaba sangre.

Grace dejó caer el brazalete roto en el ataúd; los trozos repicaron sobre algo de vidrio. Se quedó mirándolos durante un momento antes de girar y alejarse, con la espalda recta y el claro cabello alzado por el viento.

Se colocó al lado de Jesse. Este le puso la mano sobre el hombro antes de ir hacia el ataúd. «De todos ellos —pensó Cordelia—, él era el que más había cambiado desde enero». Entonces seguía pálido y delgado, sobre todo para ser un cazador de sombras, a pesar de su determinación de trabajar y entrenar, de aprender las habilidades de fuerza y equilibrio que a la mayoría de los cazadores de sombras les inculcaban desde la primera infancia. Con el paso de los meses, meses en los que entrenó casi todos los días con Matthew y James, hasta que podía subir las cuerdas que colgaban del techo de la sala de entrenamiento sin siquiera jadear, era fuerte y fibroso, con la piel un poco más oscura por la exposición al sol, y tenía la Marcas de nuevas runas. Toda la elegante ropa que Anna le ayudó a comprar se tuvo que ensanchar, y ensanchar de nuevo para que le cupiera su nuevo cuerpo. Ya no era un chico que creció bajo una sombra: era casi un hombre, y uno fuerte y sano.

Él alzó un trozo dentado de metal, brillante bajo el sol; y Cordelia se dio cuenta de que era la empuñadura rota de la espada Blackthorn. El círculo de espinas grabado era visible en la cruz ennegrecida.

—Yo —comenzó Jesse con calma— dejo atrás la complicada historia de mi familia. Se ser un Blackthorn. Evidentemente —añadió—, no hay nada intrínsecamente malo en mi familia. Toda familia tiene miembros que son buenos y otros que no lo son tanto. Pero las cosas terribles que hizo mi madre, las hizo después de tomar ese nombre. Colgó la espada Blackthorn en la pared sobre mi ataúd porque era tan importante para ella, que incluso en mi estado cercano a la muerte quería recordarme siempre que yo era su idea de un Blackthorn. Así que estoy enterrando la idea de mi madre de lo que representaba ser un Blackthorn; la dejo atrás, y comenzaré de nuevo como un nuevo tipo de Blackthorn. El tipo que yo elijo ser.

Dejó la empuñadura rota entre los otros objetos, y por un momento se quedó mirando el ataúd que fue su prisión durante tanto tiempo. Cuando le dio la espalda, fue con aire de determinación, y se alejó para unirse a Lucie con la cabeza muy alta.

Y le llegó el turno a Lucie. Le apretó la mano a Jesse antes de acercarse al ataúd. Antes le dijo a Cordelia lo que llevaría: un dibujo de una *pyxis*, tomado del departamento del brujo Emmanuel Gast.

Cordelia sabía que Lucie se sentía culpable por lo que ocurrió con Gast; en general, por todas las veces que forzó a los muertos, aunque con Gast fue lo peor. Lucie no perdió la capacidad de ver fantasmas, pero el poder de dominarlos desapareció a la muerte de Belial. Lucie confesó a Cordelia que se alegraba de haberse librado de él, que ni siquiera se sentiría tentada a volver a usarlo.

No dijo nada mientras dejaba caer el papel: Lucie, por lo normal tan llena de palabras, parecía no tener ninguna en ese momento. Lo observó planear en su caída, con las manos a los costados y solo alzó la vista cuando James se unió a ella junto a la tumba... no, se recordó Cordelia, no era una tumba: era una especie de despedida, pero no de ese tipo.

Junto con Lucie, James miró a Cordelia. Ahí, entre las sombras, sus ojos eran del color de la luz del sol. Luego él miró alrededor a los otros, y lentamente se sacó la maltrecha pistola del cinturón.

—Tengo la sensación de que casi tendría que disculparme con Christopher —comenzó—. Pasó tanto tiempo, y destruyó tantos objetos, tratando de que esto funcionara... y, sin embargo, la tengo que dejar atrás. No porque ya no dispare cuando se lo ordeno, lo que es cierto, sino porque solo me funcionó debido a Belial, y Belial ya no está. Los poderes que poseímos yo y Lucie debidos a él nunca fueron dones, siempre fueron cargas. Era una carga, y pesada. Una carga de la que ambos nos libramos con alivio. —Miró de reojo a Lucie, que asintió con los ojos brillantes—. Me gustaría pensar que Christopher lo entendería —concluyó James, y se arrodilló para dejar la pistola plana en el interior del ataúd.

Respiró hondo y dejó escapar un largo soplido, como alguien que, después de recorrer un largo y polvoriento camino, encontrara finalmente un lugar para descansar. Sujetó la tapa del ataúd y lo cerró con un crujido audible. Mientras se ponía de pie, todo el grupo permaneció en silencio; incluso Anna ya no sonreía, sino que miraba pensativa y seria.

—Bueno —dijo James—, ya está todo.

—Constantinopla —dijo James a Cordelia.

Estaba sentado sobre una manta amarilla de pícnic, extendida sobre la verde hierba de Hyde Park. El Serpentine relucía color plata en la distancia; a su alrededor se encontraban sus amigos, colocando mantas y cestas; Matthew rodaba sobre la hierba con *Oscar*, que trataba desesperadamente de lamerle le cara. Cordelia sabía que, en cualquier momento, llegarían sus familias, pero por el momento solo estaban ellos.

Cordelia se apoyó en James. Estaba sentada entre sus piernas, con la espalda contra su pecho. Él jugueteaba delicadamente con el cabello de ella; ella supuso que debería decirle que, si seguía así, no tardaría en soltar todos los broches y en crear un desastre de peinado, pero no conseguía que le importara.

—¿Qué pasa con Constantinopla?

—Cuesta creer que estaremos allí en quince días. —La rodeó con los brazos—. De luna de miel.

—¿De verdad? Pues a mí me resulta de lo más normal. Um, um. —Cordelia le sonrió por encima del hombro. Lo cierto era que casi ni podía creérselo. Aún se despertaba por la mañana y se pellizcaba al darse cuenta de que estaba en la misma cama que James. Que estaban casados, y ya con todas las runas matrimoniales, aunque no pensaría en eso sin sonrojarse.

Convirtieron la habitación que era la recámara de James en una sala de planificación, en la que, según dijo James con gran pompa y gesticulando con un lápiz detrás de la oreja, planearían aventuras. En su imaginación ya habían viajado a Constantinopla, Shanghái y Tombuctú; ahora irían ahí en realidad. Verían el mundo, juntos, y con ese objetivo colgaron mapas y horarios de trenes, y las direcciones de los Institutos de todo el mundo.

—Pero ¿qué pasará cuando tengan hijos, con todo este ir de un lado a otro? —protestó Will con fingida desesperación, pero James solo se rio y dijo que se los llevarían con ellos allí a donde fueran, quizá en unas maletas especialmente diseñadas.

—Eres una ama cruel, Daisy —le dijo en ese momento, y la besó. Cordelia se estremeció toda entera. Rosamund le dijo una vez que besar a Thoby era aburrido, pero Cordelia no imaginó llegar a aburrirse de besar a James. Se acercó más a él sobre la manta, mientras él le sujetaba suavemente el rostro con la mano...

—¡Eh! —gritó Alastair de buen humor—. ¡Deja de besar a mi hermana!

Cordelia se apartó de James y rio. Sabía que Alastair no lo decía en serio; ya se sentía cómodo en su grupo de amigos, tan cómodo como para hacer bromas. Nunca más volvería a preocuparse por si lo admitirían en una reunión en la Taberna del Diablo, o en una fiesta o en alguna de las reuniones a altas horas en casa de Anna. Las actitudes hacia su hermano cambiaron, pero más que eso, él cambió. Era como si permaneciera encerrado en una habitación, y Thomas le abriera la puerta. Alastair se sentía libre para expresar el amor y el afecto que sentía por sus amigos y familiares, que siempre antes minimizó y escondió. Sorprendió realmente a Sona y Cordelia con la atención que prestaba a su nuevo hermanito. Mientras Alastair estuviera allí, Zachary Arash nunca tendría que estar solo ni un segundo: Alastair siempre lo cargaba, siempre lo estaba lanzando al aire y atrapándolo mientras el bebé reía y gritaba de contento. Muy pocas veces regresaba a casa al final del día sin llevarle un sonajero o un juguete para que el bebé se entretuviera.

Una noche después de cenar en la casa de Cornwall Gardens, Cordelia pasó a la salita de casa de su madre y vio a Alastair sentado en el sofá con el bebé: una masa envuelta en cobijas con dos puñitos rosas, que agitaba mientras Alastair le cantaba, en voz baja, una melodía persa que Cordelia solo recordaba a medias: «Eres la luna en el cielo, y yo soy la estrella que gira a tu alrededor».

Era una canción que su padre les cantaban cuando eran muy pequeños. Cordelia pensó en cómo las cosas siempre volvían a su cauce, y del modo que menos se esperaba.

—Pastel de Bakewell —dijo Jesse—. Bridget se superó a sí misma.

Lucie y él vaciaban una cesta de pícnic del tamaño del Palacio de Buckingham sobre la manta a cuadros blancos y azules que Lucie tendió sobre el césped bajo un grupito de castaños.

Bridget se superó a sí misma; cada vez que Lucie pensaba que acabarían de vaciar la cesta, Jesse sacaba alguna otra delicia: sándwiches de jamón, pollo frío con mayonesa, pasteles de carne, fresas, pasteles de Bakewell y pasteles Eccles, queso y uvas, limonada y cerveza de jengibre. Desde que Bridget se recuperó de la herida recibida en Westminster, estuvo salvajemente activa en la cocina: de hecho, tenía más energía que nunca. Los mechones grises le desaparecieron de la cabeza; Will comentó que envejecía al revés. Incluso sus canciones se volvieron más frecuentes y más descaradas.

—Voy a esconder unas cuantas. Si no Thomas se las comerá todas —dijo Jesse, mientras apartaba varios de los pasteles de Bakewell. Al moverse, una gruesa Marca negra en su antebrazo destelló. Hogar. Era una Marca que se usaba muy poco, más simbólica que práctica, como las runas de luto o alegría.

Se la puso el día que regresó de Idris, después de su juicio con la Espada Mortal. Aunque las dudas de la Clave sobre la lealtad de Will y Tessa quedarían resueltas con sus testimonios, y con la muerte de Belial, la cuestión de Jesse y las acciones de Lucie al resucitarlo permanecieron vivas. La Clave quiso hablar con ambos, pero Jesse insistió: quería que lo juzgaran solo a él con la Espada Mortal. Quería que se supiera que era el hijo de Tatiana, y que ella lo mantuvo medio en vida hasta que Lucie hizo lo que había hecho; que Lucie era inocente de practicar la nigromancia. Ya no quería fingir ser Jeremy Blackthorn. Quería que se supiera quién era, y enfrentarse a cualquier posible consecuencia.

Después de todo, decía él, un juicio revelaría lo duro que luchó contra Belial, que nunca cooperó con él o con ningún otro demonio. Lucie sabía que esperaba que su testimonio no solo la ayudara a ella, sino también a Grace, y aunque Lucie respetó sus deseos y no acompañó a Alacante (se pasó los dos días que él estuvo fuera tirándose del cabello y escribiendo una corta narración titulada *El heroico príncipe Jethro derrota al malvado Consejo de la Oscuridad*), sospechaba que así fue.

Cuando Jesse regresó de Idris, su nombre y el de Lucie estaban limpios. Ya era, oficialmente, Jesse Blackthorn, y había en él una nueva resolución. Ser parte del Enclave, mantener la cabeza alta entre ellos... después de todo, muchos de ellos lo vieron luchando valientemente en Westminster, incluso sabían que ayudó antes. Patrullaba, asistía a reuniones, acompañó a Lucie a su ceremonia de *parabatai* con Cordelia. La Marca del Hogar, que era permanente, se la había puesto Will, que también le regaló una estela que tiempo atrás perteneció al padre de Will (y que ya había modificado para crear mensajes de fuego, al igual que todas las estelas en uso). «Ambos eran regalos: la runa y la estela», pensó Lucie, una especie de bienvenida combinada, esperaba, con una promesa.

—No te metas con Thomas por tener siempre hambre cuando tú siempre tienes hambre —indicó Lucie.

—Tantas horas de entrenamiento todos los días... —comenzó Jesse, haciéndose el indignado, pero luego entrecerró los ojos—. Luce. ¿Qué pasa?

—Allí. En el banco —susurró ella.

Ella se dio cuenta de que él volteaba para mirar: se colaron una fila de bancos de parque a los extremos de un seto bajo, no lejos de una estatua de piedra de un chico con un delfín. En uno de los bancos estaba sentado Malcolm Fade, vestido con un traje de lino color crema y un sombrero de paja inclinado sobre los ojos. A pesar del sombrero, Lucie notaba que él la miraba con una gran concentración.

El estómago le dio un pequeño vuelco. No había visto a Malcolm desde la fiesta de Navidad en el Instituto, y parecía como si, desde entonces, hubiera pasado toda una vida.

Malcolm movió un dedo en su dirección, como diciéndole: «Ven a hablar conmigo».

Lucie vaciló.

—Debería ir a hablar con él.

Jesse frunció el ceño.

—No me gusta —dijo—. Déjame ir contigo.

Parte de Lucie quería pedirle a Jesse que la acompañara. No alcanzaba a ver el rostro de Malcolm, pero notaba la intensidad con la que la miraba, y no estaba segura de que fuera totalmente amistosa. Sin embargo, una parte en su interior sabía que ella era la que se unió a Malcolm con una promesa. Una promesa de la que no se ocupó nunca.

Miró alrededor; nadie más en el grupo se fijó en el brujo. Matthew estaba acostado sobre la hierba, con el rostro vuelto hacia el sol, mientras que Thomas y Alastair jugaban a lanzarle cosas a

Oscar; James y Cordelia solo tenían ojos el uno para el otro, y Anna y Ari estaban en la orilla del río, sumidas en una profunda conversación.

—No pasa nada; además me puedes ver. Si te necesito, te haré una señal —dijo Lucie, y le plantó a Jesse un beso en la cabeza mientras se ponía de pie. Él estaba con el ceño fruncido mientras ella cruzaba el césped hacia Malcolm.

Al acercarse al Brujo Supremo, Lucie se fijó en lo mucho que cambió desde la última vez que lo vio. Él siempre estaba muy arreglado, con la ropa elegida cuidadosamente por talla y moda, pero en ese momento parecía un poco descuidado. Tenía agujeros en el saco de lino blanco y lo que parecían trocitos de flores y heno enganchados a las botas.

Lucie se sentó alegremente en el banco del parque, no junto con Malcolm, pero no tan lejos como para insultarle. Unió las manos sobre el regazo y miró hacia el parque. Veía a sus amigos sobre sus brillantes mantas de pícnic; *Oscar* una sombra de color dorado pálido que iba de aquí para allá. Jesse, vigilándola con rostro serio.

—Hace un día precioso, ¿verdad? —comentó Malcolm. Su voz sonaba remota—. Cuando dejé Londres, el suelo estaba cubierto de hielo.

—Cierto —repuso Lucie, cuidadosa—. Malcolm, ¿dónde estuviste? Creía que te vería después de la batalla de Westminster. —Al ver que él no decía nada, Lucie continuó—. Pasaron seis meses, y...

Eso la sorprendió.

—¿Dijiste seis meses? Estaba en la verde tierra de Feéra. Para mí fue solo cosa de semanas.

Lucie estaba atónita. No había escuchado de ningún brujo que viajara frecuentemente a Feéra, si lo hacían alguna vez. Pero eso explicaba la hierba y las flores en sus botas. Lucie supuso que le preguntaría por qué fue allí, pero tuvo la sensación de que la pregunta no sería bienvenida.

—Malcolm —dijo en su lugar—, mi poder ya no existe. Debes suponerlo: desde que murió Belial, ya no puedo mandar sobre los muertos. —Él no dijo nada—. Lo siento...

—Esperé —la interrumpió él— que quizá tu poder comenzara a regresar. Como una herida que sana. —Él miraba la hierba que se extendía ante ellos, como si buscara algo allí que no encontrara.

—No —dijo Lucie—. No ha regresado. Y no creo que lo haga nunca. Estaba ligado a mi abuelo y se desvaneció con su muerte.

—¿Lo probaste? ¿Intentaste usarlo?

—Así es —contestó Lucie lentamente—. Jessamine me dejó probarlo. Pero no funcionó... y me alegro. Lamento no ayudarte, pero no lamento haber perdido ese poder. No sería muy agradable usarlo con Annabel. Entiendo que aún penas por ella...

Malcolm la miró y luego apartó la mirada, tan rápido que Lucie solo notó la furia en sus ojos y el gesto torcido de la boca. Parecía estar a punto de cachetearla si pudiera.

—Tú no entiendes nada —siseó él—, y como todos los cazadores de sombras, cuando haces una promesa a un subterráneo, inevitablemente la rompes.

—¿No podría ayudarte de algún otro modo? —preguntó Lucie, preocupada—. Conseguiría algún tipo de compensación de la Clave, una disculpa por lo que le hicieron a Annabel...

—No. —Se levantó de golpe—. Ya conseguiré yo mi propia compensación. Para mí, los cazadores de sombras llegaron al final de su utilidad. —Entonces, miró más allá de Lucie, a Jesse. Jesse con el cabello negro y los ojos verdes, Jesse con un parecido a los retratos de familia en la mansión de Chiswick.

¿Pensaría en lo mucho que Jesse se parecía a Annabel, a todos sus ancestros? Su rostro carecía de emoción; la furia desapareció, dejando tan solo una especie de indiferencia calculada.

—No volveré a confiar en otro cazador de sombras, nunca —dijo, y sin mirarla de nuevo, se fue caminando.

Por un momento, Lucie se quedó sentada en el banco, sin moverse. Se culpaba. Nunca debió hacerle esa tonta promesa, no debió decir que usaría su poder, incluso después de lo que pasó con Gast. No pretendió aprovecharse de Malcolm; tuvo toda la intención de cumplir su parte del trato, sin embargo, se arrepentiría de hacerlo. Pero sabía que él nunca creería eso.

Jesse estaba de pie cuando ella regresó a la manta de pícnic. Le tomó la mano con expresión preocupada.

—Estaba a punto de ir allí...

—No pasa nada —repuso Lucie—. Está enojado conmigo. Yo le hice una promesa y no la he cumplido. Me siento fatal.

Jesse negó con la cabeza.

—No hay nada que pudieras hacer. No sabías que tu poder se extinguiría —dijo él—. Al final, su rabia no es contra ti. Es contra lo que pasó hace mucho tiempo. Y solo espero que pueda dejarlo ir. Nada se puede hacer ahora por Annabel, y darle vueltas al pasado le envenenará el futuro.

—¿Cuándo te volviste tan sabio? —susurró ella, y Jesse la envolvió entre sus brazos. Por un momento, permanecieron así, disfrutando de la cercanía del otro. Era una maravilla abrazar a Jesse, tocarla sin que la rodeara una terrible oscuridad. Y en una nota más práctica, era muy agradable estar en brazos de Jesse sin que sus padres la vigilaran como halcones. Aunque vivían juntos en el Instituto, tenían estrictamente prohibido ir a la habitación del otro a no ser que las puertas quedaran abiertas; por más que Lucie se quejara, Will no cedía.

—Estoy segura de que Madre y tú hicieron todo tipo de cosas escandalosas cuando vivían juntos en el Instituto —dijo Lucie.

—Exactamente —contestó Will, torvo.

Tessa rio.

—Quizá cuando estén prometidos, relajemos las reglas —dijo alegremente.

«No era culpa de Jesse que no estuvieran prometidos», pensó Lucie en ese momento en el parque; ella le dijo que se casarían cuando vendiera su primera novela, y él pensó que era una buena previsión. Ya trabajaba en ella: *La hermosa Cordelia y la princesa secreta Lucie derrotan a los Malvados Poderes de la Oscuridad.*

Jesse le sugirió acortar el título. Lucie dijo que lo pensaría. Comenzaba a apreciar el valor de la crítica.

Olvidó su tristeza por Malcolm mientras inclinaba el rostro hacia atrás y sonreía a Jesse.

—Una vez me dijiste que no creía en los finales, felices o de otro modo —dijo él, mientras le cubría la nuca suavemente con su callosa mano—. ¿Es cierto?

—Claro —exclamó ella—. Aún nos queda mucho por delante, bueno, malo y todo lo demás. Creo que esto es nuestro medio feliz. ¿No te parece?

Él la besó, lo que, con toda confianza, Lucie consideró como una afirmación.

—No veo —dijo Alastair, mientras *Oscar* le dejaba un palo a los pies— por qué este perro consiguió una medalla. Al resto no nos dieron ninguna medalla.

—Bueno, no es una medalla oficial —respondió Thomas, mientras se arrodillaba sobre la hierba para rascarle la cabeza a *Oscar* y moverle las orejas—. Ya lo sabes.

—Se la entregó la Cónsul —insistió Alastair, mientras también se arrodillaba. Sostuvo el pequeño medallón enganchado al collar de *Oscar*. Estaba grabado con las palabras OSCAR WILDE, PERRO HÉROE. Charlotte se lo entregó a Matthew, diciéndole que, en su opinión, *Oscar* hizo tanto como cualquier humano para salvar Londres.

—Porque la Cónsul es la madre del dueño del perro —señaló Thomas, intentando, y fracasando, evitar que *Oscar* le lamiera la cara.

—Terrible favoritismo —protestó Alastair.

Un año atrás, Thomas quizá pensaría que Alastair hablaba en serio; ahora sabía que se hacía el tonto a propósito. Hacía más el tonto de los que cualquiera de ellos creyera. Un año atrás, Thomas nunca fue capaz de imaginarse a Alastair de rodillas sobre el lodo y la hierba con un perro. No fue capaz de imaginárselo sonriendo, y mucho menos sonriéndole a él, fuera más allá de sus locas fantasías imaginarse lo que sería besar a Alastair.

Ahora, Alastair y él ayudarían a Sona a trasladarse, con el bebé Zachary, a Cirenworth, y después de eso, Thomas y Alastair irían a vivir a la casa de Cornwall Gardens. (Thomas aún recordaba a Alastair preguntándole si le gustaría que vivieran juntos; Alastair estuvo claramente aterrado de que Thomas dijera que no, y Thomas tuvo que besarlo y besarlo hasta dejarlo jadeante contra la pared antes de que realmente se creyera que la respuesta de Thomas era sí.)

Thomas se preguntó si ese cambio lo pondría nervioso, pero descubrió que solo se sentía excitado antes la idea de formar un hogar con Alastair. (Por mucho que Cordelia lo provocara diciéndole que Alastair a veces roncaba y siempre dejaba por ahí los calcetines sucios.) Estaba nervioso al ir a contarles a sus padres la verdad sobre sí mismo y su relación con Alastair. Eligió una noche corriente de febrero, cuando estaban todos reunidos en la sala: Sophie tejía algo para Charlotte, Gideon revisaba unos papeles de la Clave, y Eugenia leía *Historia de los cazadores de sombras de Londres*, de Esme Hardcastle, y riendo a carcajadas. Todo parecía muy corriente hasta que Thomas se puso de pie delante de la chimenea y carraspeó ruidosamente.

Todos lo miraron, las agujas de tejer de Sophie detenidas a medio punto.

—Estoy enamorado de Alastair Carstairs —dijo Thomas, fuerte y claro, para que no hubiera posibilidad de error—, y voy a pasar el resto de mi vida con él.

Hubo un momento de silencio.

—Creía que Alastair ni te caía bien —dijo Gideon, mirándolo desconcertado—. No mucho, al menos.

Eugenia tiró el libro al suelo. Se puso de pie y miró a sus padres, a toda la sala, de hecho, incluso al gato que dormía junto a la ventana, con una enaltecida dignidad.

—Si alguien aquí condena a Thomas por lo que es o por a quién ama —anunció—, él y yo dejaremos inmediatamente esta casa. Residiré con él y los rechazaré como mi familia.

Thomas se preguntaba, alarmado, como explicaría a Alastair ese asunto de Eugenia viviendo con ellos, cuando Sophie puso sus gafas sobre la mesa.

—Eugenia —dijo— no seas tonta. Nadie aquí va a «condenar» a Thomas.

Thomas soltó un suspiro de alivio. Eugenia parecía un poco desanimada.

—¿No?

—No —contestó Gideon, con firmeza.

Sofie miró a Thomas con los ojos llenos de cariño.

—Thomas, querido, te queremos y queremos que seas feliz. Si Alastair te hace feliz, entonces estamos encantados. Aunque estaría bien que nos presentaras —añadió con toda la intención—. ¿Quizá lo podrías invitar a cenar?

Eugenia estaba decepcionada, pero Thomas no. Siempre supo que sus padres lo querían, pero saber que lo quería tal y como era le daba la misma sensación que si se deshiciera de algo muy pesado que llevara mucho tiempo cargando, sin darse cuenta de su peso.

Alastair fue a cenar y los encantó a todos, y eso llevó a muchas otras cenas: deliciosas cenas persas en casa de los Carstairs, e incluso una cena en casa de los Bridgestock, con todas las familias reunidas. Con Maurice lejos, Flora descubrió que le encantaba organizar reuniones sociales, y Thomas estaba encantado de ver a Anna tan feliz, tan amorosa con Ari y tan libre con sus risas y sonrisas, como no lo era desde niña. De hecho, Alastair y él se quedarían un tiempo con *Winston*, el loro, mientras Ari, Flora y Anna viajaban a la India a visitar los lugares donde Ari vivió de niña y buscar a los parientes de su abuela, sus tíos y sus tías.

Alastair ya le enseñó a *Winston* algunas palabrotas en persa, y tenía la intención de seguir con su educación en la misma línea. Thomas no se molestó en impedirlo; le gustaba pensar que en ese momento ya sabía en qué batallas valía la pena involucrarse.

Oscar se puso sobre su lomo y jadeaba con la lengua de fuera. Alastair le rascaba la panza, pensativo.

—¿Crees que deberíamos regalarle un perro a Zachary? Quizá le gustaría tener uno.

—Creo que se lo tendríamos que regalar en unos seis años —contestó Thomas—. Cuando sea capaz de decir la palabra «perro», y quizá darle de comer y jugar con él. De todas formas, no será su perro sino el de tu madre, y ella ya tiene un bebé al que cuidar.

Alastair miró pensativo a Thomas. El corazón de Thomas dio un vuelco, como le pasaba siempre que era el único objeto de atención de Alastair.

—Supongo que será Zachary quien tendrá que continuar el nombre de la familia —dijo—. Será lo más probable.

Thomas sabía que Ari y Anna tenían planes de adoptar un bebé, y entre los nefilim siempre había niños que necesitaban adopción, pero él no pensó en niños para Alastair y él, excepto como una neblinosa pregunta en el futuro. Por el momento, Zachary ya era suficiente.

—¿Te importa? —le preguntó.

—¿Importarme? —Alastair sonrió, sus blancos dientes contrastando contra su piel bronceada por el verano—. Mi Thomas —dijo, mientras le sujetaba el rostro entre sus largas y delicadas manos—. Soy totalmente feliz con todo, tal y como está.

—James —dijo Anna, imperiosa—, está más allá de los límites del comportamiento poco caballeroso el besar apasionadamente a tu esposa en público. Detente, y ven a ayudarme a colocar los palos del croquet.

James alzó la mirada lentamente. El cabello de Cordelia se soltó, como ella predijo, y él todavía mantenía los dedos enredados en los largos mechones rojizos.

—No tengo ni la más remota idea de cómo jugar al croquet —replicó.

—Yo solo sé lo que leí en *Alicia en el País de las Maravillas* —informó Cordelia.

—Ah —exclamó James—. Flamencos, y luego... ¿erizos?

Anna extendió los brazos.

—Tenemos pelotas, mazos y aros de croquet. Tendremos que improvisar a partir de ahí. Mis disculpas, Cordelia, pero...

Cordelia sabía que no valía la pena disuadir a Anna de algo que decidiera hacer. Se despidió de James con la mano, mientras Anna arrastraba a este hasta donde Ari trataba de atrapar una pelota pintada que escapó, y Grace sujetaba un aro de croquet con una expresión confusa.

Un destello de oro a la orilla del río captó la atención de Cordelia. Matthew fue a la orilla del Serpentine y observaba el lento paso del agua bajo el pálido sol de junio. Tenía las manos a la espalda; Cordelia no veía su expresión, pero lo conocía lo suficiente para interpretar su lenguaje corporal. Sabía que pensaba en Christopher.

Esa idea le causó una punzada de dolor, se puso de pie y cruzó el césped recortado hasta donde se encontraba Matthew. Los patos picoteaban impacientes entre las cañas, y barquitos de juguete se balanceaban brillantes sobre el agua. Notó que Matthew sabía que ella estaba allí, a su lado, pero él no dijo nada. Ella se preguntó si, a Matthew, mirar el río le recordaba a Christopher, como le pasaba a James; este a menudo hablaba de sueños en los que veía a Christo-

803

pher en la otra orilla de un amplio río, una gran cinta de agua plateada ante él, esperando pacientemente a que sus amigos se reunieran con él algún día.

—Te extrañaremos, lo sabes —dijo Cordelia—. Todos te extrañaremos mucho.

Él se inclinó para recoger una piedra lisa y la miró, claramente pensando en lanzarla para que rebotara sobre el agua.

—¿Incluso Alastair?

—Incluso Alastair. Aunque nunca lo admitirá. —Calló un instante, deseando decir algo, pero no segura de que debía hacerlo—. Resulta raro que te vayas ahora, cuando parece que te encontraste. Por favor, dime que tu ida... no tiene nada que ver conmigo.

—Daisy. —Volteó hacia ella, sorprendido—. Aún te quiero. Siempre será así, en algún punto de mi corazón, y James también lo sabe; pero me alegro de que estén juntos. Los últimos meses hicieron que me dé cuenta de lo infeliz que James fue, durante mucho tiempo, y su felicidad es también la mía. Lo entiendes; tú también tienes una *parabatai*.

—Creo que es como James soporta que te vayas —repuso Cordelia—. Sabe que no estás huyendo de nada, sino que vas corriendo hacia alguna gran idea. —Sonrió.

—Muchas grandes ideas —contestó Matthew, rodando la piedrecilla entre los dedos. Era una canto de río corriente, pero pequeños trocitos de mica brillaban en ella, como cristal—. Cuando bebía, mi mundo era muy pequeño. Nunca iba más lejos del siguiente trago. Ahora mi mundo se abrió. Quiero correr aventuras, hacer locuras y cosas magníficas y coloristas. Y ahora que soy libre...

Cordelia no le preguntó de qué era libre; lo sabía. Matthew les dijo la verdad a sus padres de lo que hizo hacía años, y cómo su madre sufrió por su causa, cómo sufrieron todos. James lo acompañó, y se sentó junto a él mientras Matthew explicaba, sin dejar ningún detalle. Cuando acabó, temblaba de miedo. Charlotte y Henry estaban devastados y, por un momento, James pensó que sería testigo de la disolución de esa familia.

Luego Charlotte tomó a Matthew de la mano.

—Gracias al Ángel que nos lo dijiste —repuso—. Siempre supimos que alguna cosa pasaba, pero no sabíamos qué. No solo perdimos a ese hijo, sino también a otro, a ti. Cada vez te alejabas más de nosotros, y no podíamos recuperarte.

—Entonces, ¿me perdonan? —susurró Matthew.

—Sabemos que no pretendías hacer ningún mal —contestó Henry—. No pretendías dañar a tu madre; te creíste una terrible historia y cometiste un terrible error.

—Pero fue una equivocación —dijo Charlotte, con firmeza—. Eso no cambia en absoluto nuestro amor por ti. Y es un auténtico regalo que nos lo digas ahora —Intercambió una mirada con Henry que Jame describió después como «melosa»—, porque tenemos algo que decirte, también. Matthew, voy a tener otro bebe.

A Matthew se le salieron los ojos de las órbitas. Fue, como dijo James en aquel momento, un día de muchas confidencias.

—No te vas por lo del bebé, ¿verdad? —le preguntó Cordelia en el parque, burlándose un poco.

—Bebés —le recordó Matthew, muy serio—. Según los Hermanos Silenciosos, serán gemelos. —Sonrió—. Y no, ya me gusta la idea de tener unas hermanitas o hermanitos pequeños. Cuando regrese de mi viaje, tendrán ya casi un año y comenzarán a tener personalidad. Un momento excelente para enseñarles que su hermano mayor Matthew es la persona más elegante y notoria que conocerán nunca.

—Ah —repuso Cordelia—. Pretendes sobornarlos.

—Totalmente. —Matthew la miró; el viento del río le hizo volar el cabello rubio por delante de los ojos—. Cuando llegaste a Londres, lo único en lo que pensaba era lo mucho que me desagradaba tu hermano, y esperaba que tú fueras como él. Pero me ganaste enseguida; eras amable y valiente, y tantas otras cosas que yo aspiraba a ser. —Le tomó la mano, aunque no había nada romántico en ese gesto; le puso la piedra del río en la palma y le cerró los dedos sobre ella—. Creo que no me di cuenta, hasta que me enviaste a los Alegres Compañeros cuando estaba tocaba fondo, de lo mucho que necesitaba a alguien en mi vida que viera como soy de verdad y me ofreciera amabilidad, aunque no se la pidiera. Incluso cuando sentía que no me la merecía. Y cuando atraviese los mares con *Oscar*, cada vez que vea una tierra nueva, pensaré en ti y en esa amabilidad. Siempre la llevaré conmigo, y con el conocimiento que es el regalo que no tenemos el valor de pedir el que resulta ser el más importante.

Cordelia suspiró.

—Una parte terriblemente egoísta de mí quiere pedirte que te quedes en Londres, pero supongo que no podemos quedarnos contigo cuando el resto del mundo ansía que lo ilumines.

Matthew sonrió de lado.

—Adulación. Ya sabes que siempre funciona conmigo.

Y mientras Cordelia apretaba la piedrita en la mano, se dio cuenta de que de la distancia que sintió entre ellos desaparecía. Aunque él estuviera en la otra punta del mundo durante un año, no estarían lejos en espíritu.

Se oyó un roce, era James, con el cabello oscuro alborotado, que iba hacia ellos por el césped. Tenía una pila de papel quemado en la mano.

—Acabo de recibir el séptimo mensaje de fuego de mi padre. —Rebuscó entre los papeles—. En este, me dice que se retrasan y que están a unos diez minutos. En este otro, están a nueve minutos. Y en este, están a ocho minutos. Y en este...

—¿Están a siete minutos? —aventuró Matthew.

James negó con la cabeza.

—No, en este quiere saber si tenemos suficiente mostaza.

—¿Y qué haría si no la tuviéramos? —preguntó Cordelia.

—Solo el Ángel sabe —respondió James—. Lo que es seguro es que no se sentirá muy feliz con todos esos patos. —Sonrió a Matthew, que lo miró de esa manera suya que parecía decir todo sobre lo mucho que amaba a James: que su amistad era al mismo tiempo muy tonta y terriblemente seria. Bromeaban durante el día, y arriesgaban la vida durante la noche, porque eso era ser un cazador de sombras.

James guiñó los ojos mirando en la distancia.

—Math, me parece que tu familia llegó.

Y sí, parecía que, finalmente, los demás llegaban. Charlotte iba hacia ellos por el camino del parque, empujando la silla de ruedas de Henry.

—El deber me llama —dijo Matthew y salió corriendo hacia sus padres. *Oscar* dejó a Thomas y Alastair para ir con él, corriendo tras sus talones y ladrando su bienvenida.

James sonrió a Cordelia, esa sonrisa encantadora y perezosa que siempre le hacía sentir como si deliciosas chispas le recorrieran la columna. Se acercó a él, mientras se metía en el bolsillo la piedra que Matthew le dio. Durante un momento, se quedaron mirando el parque en un amistoso silencio.

—Veo que el juego de croquet va bien —comentó Cordelia. De hecho, Anna, Ari y Grace crearon una extraña torre de aros y mazos que no se parecía en nada a los campos de croquet que ella conocía. Se apartaron un poco y la contemplaban: Anna estaba encantada, Ari y Grace confusas—. No sabía que Grace enterraría el brazalete —dijo—. En la mansión. ¿Te dijo algo de eso?

James asintió, con sus dorados ojos pensativos.

—Me preguntó si me parecía bien que lo enterrara, y le dije que sí. Después de todo, es su propio arrepentimiento lo que está enterrando.

—Y tu pena —añadió Cordelia, a media voz.

Él la miró. Tenía una mancha en el pómulo y otra de hierba en el cuello de la camisa. Y, sin embargo, cuando ella lo miró, le pareció más hermoso que cuando lo consideró de una perfección distante e intocable.

—No tengo pena —repuso él. La tomó de la mano y entrelazó los dedos—. La vida es una larga cadena de sucesos, de decisiones y de elecciones. Cuando me enamoré de ti, eso me cambió. Belial no pudo alterar eso. Nada pudo alterar eso. Y todo lo que pasó después, todo lo que él intentó hacerme a través del brazalete, solo reforzó lo que ya sentía por ti y nos acercó más. Fue debido a él y a sus interferencias que nos casamos. Yo ya te amaba, pero estar casado contigo solo me enamoró más de un modo inescapable; nunca fue tan feliz como lo era cada momento que estábamos juntos, y fue ese amor lo que me llevó a romper el brazalete, y a darme cuenta de que tenía una voluntad que podía resistirse a la de Belial. —Le apartó un mechón de cabello de la cara, con suavidad, mirándola a los ojos—. Así que no, no tengo pena, porque todo por lo que tuve que pasar me llevó a donde estoy ahora. A ti. Estuvimos en el crisol y salimos como oro.

Cordelia se puso de puntitas y le dio un rápido beso en los labios.

—¿Eso es todo? —preguntó él—. Creo que hice un discurso muy romántico. Esperaba una respuesta más apasionada, o quizá que escribieras mi nombre en cadenas de margaritas sobre la orilla del río...

—Fue un discurso muy romántico —admitió Cordelia—, y créeme, tendré mucho más que decir al respecto más tarde. —Le sonrió de esa forma particular que siempre hacía que los ojos de James lanzaran fuego—. Pero nuestras familias acaban de llegar, así que, a no ser que quieras un abrazo apasionado delante de tus padres, tendremos que guardarlo para más tarde, cuando estemos en casa.

James volteó y vio que ella estaba en lo cierto: todos llegaron a la vez, y se acercaban hacia la zona de pícnic, saludando con la mano: Will y Tessa, riendo con Magnus Bane. Sona empujando el carrito de Zachary Arash y platicando con Flora Bridgestock, Gabriel y Cecily con Alexander de la mano, Gideon y Sophie, que se paraban para platicar con Charlotte, Henry y Matthew. Thomas, Lucie y Alastair comenzaban a correr sobre la hierba hacia sus familias. Jesse se quedó atrás para ayudar a Grace con la pila de elementos de croquet, que se cayeron; Anna y Ari reían demasiado para moverse, apoyada la una en la otra, mientras las pelotas de croquet rodaban por todas partes.

—¿Cuando estemos en casa? —dijo James a media voz—. Aquí estamos, con todos los que queremos, y los que nos quieren. Estamos en casa.

Alastair sacó a su hermanito del carro; con Zachary en un brazo, saludó a Cordelia. Matthew, conversando con Eugenia, sonrió, y Lucie hizo un gesto hacia James y Cordelia como llamándolos: «¿Qué esperan? Vengan aquí».

Cordelia tenía el corazón tan acelerado que no podía hablar. Sin decir palabra, sostuvo a su esposo de la mano.

Junto con James, Cordelia corrió.

NOTAS SOBRE EL TEXTO

Como siempre, el Londres de los cazadores de sombras es una mezcla entre lo real y lo irreal. La mayoría de las localizaciones citadas en este libro son reales y aún se pueden visitar hoy día. La Puerta de York data de principios del siglo XVII y solía ser un elegante muelle para la casa del duque de Buckingham; se puede llegar fácilmente yendo a la estación de Charing Cross y caminando hacia el Támesis. La iglesia de Saint Peter Westcheap se alzaba en la esquina de Cheapside y Wood Street desde la época medieval hasta el Gran Incendio de Londres en 1666. Aún se conserva un pequeño patio, y también la enorme y vieja morera por la que Anna y Ari entran en la Ciudad Silenciosa.

La estatua de sir John Malcolm en el transepto norte de la abadía de Westminster es real, como lo es el bajorrelieve de Britania, que se encuentra cerca. Simon de Langham fue arzobispo de Canterbury desde 1366 a 1368; dejó la mayoría de su enorme herencia a la abadía, y por eso es el único arzobispo de Canterbury enterrado allí. Es la tumba eclesiástica más antigua del lugar.

Polperro es un pueblo de pescadores real y encantador del sur de Cornualles, y la casita de piedra que inspiró la casa de Malcolm se ve fácilmente en una lengua de tierra que forma una barrera natural en el puerto del pueblo.

El poema de amor que recita Alastair a Thomas es del poeta persa del siglo XIII Šams-e Qays, que lo cita como escrito por otro poeta, Natáanzi.

NADA EXCEPTO LA MUERTE

UNA HISTORIA EXTRA CON CORDELIA Y LUCIE

† † †

ABRIL 1904

«Un día cálido y soleado sería agradable para su ceremonia de *parabatai*», pensó Cordelia. Pero estaban en Londres al comienzo de primavera, y era tan húmedo y lluvioso como se esperaba. Caminó por los senderos bifurcados del cementerio de Highgate, pensando en la última vez que estuvo allí, ya hacía casi un año. Cuando siguió a James hacia las sombras. Cuando le infligió la primera herida a Belial. A pesar del apacible silencio que reinaba en el cementerio esa mañana, sintió un escalofrío al traspasarlo.

Cuando llegó al claro donde la entrada de la Ciudad Silenciosa apareció en la forma de la estatua de un ángel, un tenue rayo de luz atravesó las nubes e iluminó los árboles. Pequeños brotes verdes colgaban de las ramas, un portento de primavera y crecimiento. La piedra de la espada del ángel, con su pregunta eterna: QUIS UT DEUS?, «¿Quién es como Dios?», resplandecía.

—Nadie —dijo Cordelia en voz baja—. Nadie es como Dios.

La estatua se deslizó hacia un lado; la entrada a la Ciudad Silenciosa quedó abierta. Comenzó a bajar los escalones de piedra, con las botas resonando en la hueca oscuridad. Sacó su piedra de

815

luz mágica, y dejó que el pálido resplandor blanco le iluminara el camino.

La Ciudad Silenciosa, como el propio Highgate, tenía un aire de apacible silencio, como si nunca hubiera sido invadida, como si un horrible ejército de Vigilantes nunca hubiera acechado sus pasillos. «Generaciones venideras leerían sobre lo que pasó en libros polvorientos», pensó, pero no parecería real o inmediato o terrorífico. Solo otro capítulo en una historia larga y sangrienta.

Lucie quiso que la ceremonia se celebrara en algún otro sitio. Tuvo muchas ideas, todas de lugares que consideraba que tenían una importancia simbólica: los jardines de Mount Street, Regent's Park, en medio del puente de la Torre. Pero el hermano Zachariah sugirió educadamente que todos, incluso las propias Lucie y Cordelia, se beneficiarían de una vuelta a la tradición, y el hermano Jeremiah indicó, no tan amablemente, que la ley era la ley, y que uno no celebraba las ceremonias de *parabatai* allí donde le apeteciera.

Cordelia sabía exactamente por qué a Lucie no le entusiasmaba la idea de realizar la ceremonia en la Ciudad Silenciosa. Lucie se sentía perseguida: perseguida por el temor de lo que podría ocurrir, de que su conexión con Belial, aunque quebrada, levantara su fea cabeza de nuevo. Cordelia le insistió docenas de veces en que no se preocupara, que ella estaría a su lado en todo momento.

Y quizá tuviera razón en preocuparse. Cordelia no estaría segura. Técnicamente, la ceremonia estaba abierta a cualquier cazador de sombras que quisiera asistir, y a ella le inquietaba un poco que se presentara mucha gente. Un montón de mirones fueron a ver a James y Matthew hacer sus votos, lo sabía, pero James le explicó que la mayoría solo querían ver si él, el hijo de una bruja, estallaría en llamas en el momento en que comenzara a recitar las palabras de la ceremonia.

James y Alastair eran los testigos de Lucie y Cordelia, y esta sospechaba que hicieron correr la voz de que solo la familia era bienvenida a ese acontecimiento. Y le sorprendió bastante que la gente parecía escucharlos. No había ninguna multitud cerca de las enormes puertas de la cámara ceremonial cuando se acercó a ella, y se metió la piedra mágica en el bolsillo porque antorchas llameantes se encargaban de iluminar la Ciudad de Hueso.

James y Alastair llegaron antes (junto a Sona, Jesse, Will y Tessa) para que el hermano Zachariah les explicara sus obligaciones como testigos. Cordelia podía ir con ellos, claro, pero prefirió hacer el camino sola. Le parecía parte de la ceremonia. Se despertó esa mañana con una sensación de callada excitación. A lo que más se parecía esa sensación era a la que había sentido el día que se había casado con James, e incluso entonces, sintió que a pesar de los votos y la ceremonia, el camino que realizaba en su vida era enorme, pero temporal.

Este era enorme y permanente. Y quiso caminar sola hacia él, no como la esposa de James o la hermana de Alastair, no como la nuera de Will y Tessa, o la amiga de nadie. Quería presentarse simplemente como Cordelia, con su alma al desnudo, y dispuesta a ofrecérsela a Lucie.

Pero cuando entró en la cámara, una de las mayores que vio, con las paredes de mármol veteado y círculos ennegrecidos en el suelo de ceremonias anteriores, Lucie no estaba allí.

La iluminación de la sala era tenue. Las velas en las paredes estaban escondidas tras soportes, y proyectaban una luz sobre el suelo de mármol.

En un lado de la sala estaba la familia de Cordelia. Su madre, con Zachary Arash en brazos, sonrió orgullosa cuando ella entró. A su lado estaba su tía Niloufar, que estaría reprendiendo seriamente a Alastair, agitando un dedo hacia él. Alastair asentía con una mirada en el rostro que Cordelia sabía que significaba que apenas prestaba atención. Él captó la mirada de Cordelia cuando esta entró y le guiñó un ojo, lo que le reportó un nuevo sermón de Niloufar.

Al otro lado se encontraban Tessa y James, que le lanzó un beso. En el centro de la sala se encontraban Jem, que alzó la cabeza para saludarla, y Will, que estaba sumido en una profunda conversación con Jem. Otros Hermanos Silenciosos estaban repartidos por la estancia: el hermano Shadrach cargaba con un incensario humeante, que llenaba la sala de un olor dulzón y especiado, y varios otros Hermanos se colocaron en los puntos cardinales de la sala, inmóviles, con las manos unidas.

Jem llevaba la cabeza descubierta, lo que era inusual en un Hermano Silencioso. Conociéndolo, Cordelia pensó que seguramente era por los presentes, que se pusieron un poco nerviosos al ver los hábitos de los Hermanos Silenciosos durante los últimos meses. Estaría diciéndole algo a Will en silencio, y luego volteó y se deslizó hacia Cordelia.

—«Me alegro de que estés aquí, prima —dijo en silencio. La tenue luz brillaba en el mechón blanco que le atravesaba el cabello negro—. Lucie... noto que está preocupada. Se fue por ese arco, torciendo la esquina. Quizá si fueras a hablar con ella..».

Cordelia sintió una repentina punzada de pánico. ¿Y si Lucie no se veía capaz de seguir con esto? Miró alrededor para ver si todos la miraban, pero parecían ocupados.

—«Repasaré con Alastair y James lo que deben hacer —dijo Jem—. Para asegurarnos de que estén bien preparados».

—Gracias —susurró Cordelia, y se marchó apresuradamente, cruzando el arco y entró en la estrecha alcoba que había más allá. Era un espacio pequeño y circular, con el techo muy alto, como si se encontrara en el fondo de un pozo gigantesco. Lucie estaba apoyada contra una de las paredes de piedra, moviendo la cabeza; Jesse estaba junto a ella, con la cabeza inclinada, murmurando suavemente. Había amor y preocupación en su voz, pero cuando entró Cordelia, volteó con una expresión de alivio en la cara.

—Daisy está aquí —dijo, mientras le plantaba un beso en la frente a Lucie—. Habla con ella, ¿de acuerdo? Ella lo entenderá. Incluso si no quieres hacerlo. —Miró a Cordelia con ojos tensos y preocupados, pero no había nada de esa tensión en su voz—. Ella lo entenderá, Lucie.

Lucie dijo algo inaudible. Un momento después, Jesse salió de la alcoba, ofreciendo una sonrisa triste a Cordelia al pasar.

Lucie y Cordelia se quedaron a solas en la alcoba. Lucie estaba muy pálida, con la espalda pegada a la pared, arrinconada. Pero trató de sonreír a Cordelia.

—Mírate —dijo.

—Míranos —repuso Cordelia. Ambas iban con el traje de combate ceremonial: pantalones y túnicas hasta los muslos, con mangas bufadas, y los puños y los bordes bordados de plata con la runa de *parabatai*—. Luce... si tienes miedo... —Respiró hondo—. No tenemos por qué hacerlo. Te quiero, ya lo sabes Y quiero ser tu *parabatai*. Pero incluso sin la ceremonia...

—Lo sé —repuso Lucie a media voz. Miró directamente a Cordelia. Como siempre, su delicado rostro y sus grandes ojos azules de Herondale contrastaban extrañamente con la oscuridad del poder que tenía: nada en ella hacía pensar en fantasmas, o muertos, o espíritus inquietos—. Y sé que mi conexión con Belial ya no existe. Pero estaba tan preocupada... ¿Y si algo va mal?

—No creo que pase nada —dijo Cordelia—. Pero si no lo intentamos, nunca lo sabremos, ¿no crees?

Lucie comenzó a sonreír.

—No... no, supongo que no. —Movió la cabeza—. Estaba preocupada —continuó—, pero ahora que te veo, no lo estoy. Superamos Edom juntas. Seguro que podemos hacer esto.

—Acompáñame —dijo Cordelia. Le tendió la mano y Lucie la tomó.

Cuando regresaron a la cámara, la ceremonia comenzó inmediatamente, como si los Hermanos solo estuvieran esperando a que entraran. Cordelia y Alastair fueron conducidos a unas baldosas concretas de la sala, separados por unos metros, mirando al hermano Zachariah. Lucie y James fueron colocados frente a ellos. Cordelia veía a Tessa y Will juntando las manos, ambos radiando una feliz excitación; y entonces dos anillos de fuego blanco y dorado aparecieron en el centro de la sala, exactamente debajo del punto más alto de la cúpula, y todo lo que quedaba fuera del alcance del fuego desapareció entre las sombras.

Cordelia notó que Alastair le apretaba la mano. Ella se inclinó hacia él un momento mientras los Hermanos Silenciosos formaba un gran círculo alrededor de los dos anillos llameantes del centro de la sala. Sabía que Alastair solo estaba ahí como testigo, no para ayudarla o guiarla, pero su presencia igualmente le infundía valor.

—«Cordelia Carstairs Herondale. Avanza».

Las voces de todos los Hermanos, hablando como uno solo, resonaron en su cabeza. Sabía lo que tenía que hacer y se preparó para ello. Soltó la mano de Alastair, y cruzó al interior del plateado anillo de fuego; las llamas se alzaron alrededor de ella, ni calientes ni frías, pero cargadas de una energía tensa y vibrante.

—«Lucie Herondale. Avanza».

A través de las llamas, Cordelia vio a Lucie entrar en su círculo de fuego, de cara a Cordelia; de hecho, no veía nada más. Solo las llamas y a Lucie, y alrededor de ellas, oscuridad. Ya no veía a sus familiares esperando a ambos lados de la cámara; no veía a James o a Alastair. Sintió que los Hermanos les daban instrucciones como testigos, pero no las oía por encima del sonido del fuego.

Las llamas que rodeaban a Lucie y a ella se alzaron y se entrelazaron. De repente, apareció un nuevo anillo de fuego entre las dos, que conectaba los dos anteriores. Cordelia entró en él, igual que Lucie; cuando lo hicieron, las llamas crecieron hasta la altura de la cadera, y luego aún más hasta alcanzar los hombros.

Fuera del círculo, todo estaba oscuro. En el interior, Cordelia estaba con Lucie, que brillaba con fuerza. Esta miraba a Cordelia, y en sus ojos Cordelia leyó su historia juntas: todo lo feliz, triste, absurdo, furioso y ridículo que las unió. Se vio a sí misma agarrando a Lucie por la muñeca, evitando que cayera; vio a Lucie escribiéndole cartas todas las semanas, recordándole que no estaba sola; se vio a sí misma en los brazos de los ahogados y los muertos del Támesis, mientras Lucie les rogaba que la salvaran del rio. «¡Sáquenla, sáquenla, por favor!» Se vio a sí misma con Lucie en la escalera del Instituto, prometiéndole: «Nunca te dejaré. Siempre estaré a tu lado».

¿Y no eran esas las palabras del propio juramento, en el fondo? Con renovada confianza, Cordelia enderezó la espalda y sonrió a Lucie, que le devolvió la mirada con una especie de maravillada reverencia.

—«Ahora pronuncien el juramento», dijeron los Hermanos.

Cordelia tomó aire y comenzó a hablar junto con Lucie.

«Allí donde tú vayas, yo iré..».

Vio a Lucie y a sí misma cruzando las arenas ardientes de Edom. Lucie, cada vez más enferma, pero sin vacilar ni un instante. Sus voces se alzaron juntas en la siguiente frase del juramento:

«Allí donde mueras, yo moriré, y allí seré enterrada..»..

De repente, Lucie hizo una mueca de dolor. Cordelia volteó, con el temor retorciéndole el estómago, y vio las tenues y parpadeantes siluetas de los fantasmas: fantasmas que las rodeaban, como lo hicieron en el cementerio de Cross Bones; permanecían entre el fuego y las sombras, pero no atenuados por la oscuridad. Brillaban del color de la plata blanca. Al principio, solo había un puñado, pero luego fueron apareciendo más. Una docena, dos docenas. Sus rostros eran demasiado tenues para distinguirlos, pero se hacían visibles por momentos.

Parecía que, finalmente, tendrían una multitud presente en la ceremonia.

Lucie espiró trémula.

—Debemos parar —susurró—. ¿De acuerdo? Debemos detener la ceremonia.

Los Hermanos no contestaron. Cordelia aún no veía más allá de los brillantes anillos de fuego. Estaba sola con Lucie, y con los espíritus de los muertos.

—No —dijo con firmeza—. Vamos a completar la ceremonia.

—Pero... —repuso Lucie.

—Ya esperamos mucho... —replicó Cordelia—. Hoy nos vamos a convertir en *parabatai*, porque nada puede separarnos, y después de esto nada lo hará. Recuerda. —Clavó la mirada en los ojos de Lucie—. Somos más fuertes juntas. Juntas somos imparables.

—Daisy. —Lucie se quedó sin aliento—. Los fantasmas... son cazadores de sombras.

Cordelia miró, y parpadeó sorprendida: sobre los cuerpos solidificados de los muertos había runas. Runas de cazadores de sombras, que brillaban doradas, en contraste con el plateado de sus siluetas.

Su ropa indicaba que algunos vivieron recientemente, mientras que otros iban con ropas de hacía cien, doscientos o quinientos años atrás. E iban en pares. Algunos eran pares de hombres, o de mujeres; otros, uno de cada género. Algunos se parecían, quizá fueran hermanos, mientras que otros tenían apariencias diferentes. Cordelia vio a un hombre de cabello oscuro que vestía hábitos de color marfil; vio a dos mujeres con las espadas desenvainadas, ambas enfundadas en armaduras medievales de piel y metal. Y había una mujer alta, hermosa, con rostro severo, que llevaba un vestido pasado de moda junto con un hombre de rostro amable y triste. Esos eran los fantasmas más detallados y visibles, y Lucie no dejaba de mirarlos.

—Creo... —susurró Lucie, y sacudió la cabeza—. Creo que son Silas Pangborn y Eloisa Ravenscar.

—¿Qué? —le contestó Cordelia también en un susurro. Conocía esos nombres... todos los cazadores de sombras los conocían. Eran una advertencia, una historia que se contaba a los niños, sobre dos *parabatai* que se enamoraron y cuyas vidas acabaron en tragedia.

Cordelia reparó en que, por mucho que hubieran violado la ley de los cazadores de sombras en vida, al parecer seguían juntos en la muerte—. ¿Cómo puedes saberlo?

—Hay un retrato de Silas en el Instituto —contestó Lucie, con una voz asombrada—. Era amigo del padre de Charlotte.

El fantasma del hombre con hábitos de color marfil habló:

—No tengan miedo —dijo, con una voz débil y con eco—. Estamos aquí para honrarlas.

—¿Sí? —Lucie estaba asombrada—. Pero... ¿por qué?

Una de las mujeres en cota de mallas habló; tenía gruesas trenzas rubias.

—Por la bondad que mostraron siempre con los muertos. Somos los *parabatai* que fueron antes que ustedes, los que lucharon juntos y murieron juntos. Estamos unidos, todos nosotros, por una línea que se remonta a Jonathan Cazador de Sombras y David *el Silencioso*, y por eso en esta cámara, nos mostramos ante ustedes.

—Bondad —repitió Lucie. Bajó la mirada—. No siempre he sido buena con los muertos —dijo—, no como debí serlo. Tenía ese poder, venía de un mal lugar, pero ahora ya no lo tengo.

—Sí —dijo la mujer, con amabilidad—. Es bueno que ese poder fuera destruido. En tus manos hizo el bien, pero podría hacer grandes males.

—Entonces, ¿qué bondad? —preguntó Cordelia.

La mujer extendió las manos. La runa de *parabatai* brilló dorada en su antebrazo desnudo.

—Los espíritus que estaban atrapados en la tierra de Edom —contestó—, fueron liberados gracias a ti. Los espíritus de los Hermanos Silenciosos y las Hermanas de Hierro, que no estaban muertos sino simplemente vagando, recuperaron la paz.

—¿Necesitan nuestra ayuda? —preguntó Lucie.

La mujer sonrió.

—No —respondió—. Superaron a Belial, el Príncipe del Infierno, y salvaron la ciudad de Londres. Aportaron gran honor a los nefilim, y lo único que pedimos es que reciban nuestra bendición.

Lucie y Cordelia se miraron asombradas mientras los dos fantasmas avanzaban.

—Que reciban las bendiciones de la fuerza —murmuraron, y desaparecieron, aunque el brillo de sus runas flotó en el aire hasta después de que se fueran.

Luego, todos los demás se acercaron, de dos en dos, bendiciéndolas en voz baja: bendiciones de honor, de valor, de sanación, de esperanza. Algunos hablaban su lengua, otros, en cambio, otras lenguas. Cada pareja, después de hablar, desaparecía también, dejando el resplandor de las runas en el aire.

Parecía que el tiempo se detuvo, aunque debían de pasar solo unos minutos. Cuando los últimos fantasmas, el hombre moreno con armadura y su *parabatai* con túnica de color marfil, se desvanecieron, Cordelia y Lucie se encontraron rodeadas de un campo de brillantes estrellas doradas, cada una, una runa: runas de poder angelical, de sabiduría y de inteligencia. Y, naturalmente, la propia runa de *parabatai*, repetida una y otra vez en titilantes constelaciones.

Y luego esas también se desvanecieron, y la cámara de mármol regresó. De nuevo había suelo bajo sus pies, y un techo de piedra en lo alto. Las llamas de color blanco dorado del anillo en el que estaban unidas se alzaron de nuevo, más brillantes que antes, y crepitaron con calidez.

Las voces de los Hermanos resonaban en sus oídos.

—«Pasó mucho mucho tiempo desde que la Ciudad Silenciosa fue testigo de una maravilla igual».

—Una maravilla —susurró Cordelia, apretándole la mano a Lucie—. Te preocupaba que ocurriera algo terrible, Luce. Pero solo ocurrieron cosas buenas, porque tú eres buena.

—Y tú estabas preocupada por Lilith —repuso Lucie—. Pero realizaste buenos actos con su poder, porque tú eres buena.

Cordelia no le soltó la mano a Lucie. Y decidió que no lo haría ahora. Ya solo quedaban unas cuantas palabras más para concluir la ceremonia, y las dijeron las dos juntas, ambas sonriendo.

—Allí donde tú vayas, yo iré. Allí donde tú mueras, yo moriré, y allí seré enterrada. Y el Ángel será mi testigo, y mucho más... si nada, excepto la muerte, nos separa a ti y a mí.